U0029745

COMMON MASTER PRESS+

沙丘

-1-

DUNE

法蘭克·赫伯特—著 顧備—譯

FRANK HERBERT

本書獻給辛勞不囿於紙上談兵，而擴及「實體物質」之人——
獻給旱地生態學家，不論他身在何處，於何時工作。
謹以謙卑欽慕之心，獻上此本預示之作。

沙丘

第一卷　沙丘

1

初始之時，最需戒慎小心，以保不偏不失。對此，每位貝尼．潔瑟睿德[1]女修都了然於胸。要研究摩阿迪巴的一生，一開始便要留心他所處的時代：生於帕迪沙皇帝沙德姆四世在位第五十七年。請特別關注摩阿迪巴所在之處：厄拉科斯行星。是，他確實出生在卡樂丹，並在那裡度過生命最初的十五年，但別受此蒙蔽。厄拉科斯，這顆又稱「沙丘」的星球，才始終是他的家園。

——伊若琅公主《摩阿迪巴手冊》

• • •

在出發前往厄拉科斯的那一週，眾人來回奔走，亂到幾乎無法忍受。此時，一位老邁的巫婆來訪，她想見那男孩——保羅的母親。

當晚卡樂丹堡天氣和煦，而這棟亞崔迪氏族寓居了二十六代的古老石堡，卻散發出天氣變換前夕特有的陰溼感。

老嫗被人從邊門領了進來，沿著拱廊，經過保羅的房間。她獲准從門口悄悄看一眼躺在床上的男孩。

男孩驚醒了，藉著地板附近的懸浮燈發出的微弱光芒，隱約看到一具龐大的女人身影映在房門上，就站在他母親前方一步外。那是女巫的影子，頭髮彷彿亂蓬蓬的蜘蛛網，五官籠罩在斗篷的陰影下，雙眼有如熠熠寶石。

「以他的年紀，個子小了點吧，潔西嘉？」老婦人問道。她的聲音嘶啞粗嘎，像沒調準的巴利斯九弦琴。

保羅的母親用她柔和的女低音回答道：「亞崔迪家是出了名的發育晚，尊上。」

「這我聽說過，聽說過。」老婦人嘶啞道，「但他畢竟十五歲了。」

「是的，尊上。」

「他醒著呢，在聽我們說話。」老婦人說，「狡猾的小鬼。」她輕笑，「但皇族是需要狡猾的。如果他真是預言中的奎薩茲．哈德拉赫……那麼……」

保羅躺在床上的陰暗處，瞇著眼。一對橢圓、炯炯如鳥眼的眼睛——老婦人的眼睛，在與他四目相交時彷彿變大了，發出光芒。

「好好睡吧，狡猾的小鬼。」老婦人說，「明天，你需要使出渾身解數來應付我的戈姆刺。」

然後她就離開了，將他母親推出去，門關上時發出重重的悶響。

保羅躺在床上，清醒地想著：什麼是戈姆刺？

在這變幻莫測、令人不安的時刻，這老婦是保羅所見過最怪異的人物。

尊上。

還有她喊他母親潔西嘉的語氣，像在使喚尋常女僕，而不符合她母親的身分——貝尼．潔瑟睿德女士、公爵的情婦，以及公爵繼承人的母親。

1 貝尼．潔瑟睿德原文Bene Gesserit。Bene指良好，Gesserit指行為、作為。Gesserit發音也與Jesuit相似，而Jesuit指耶穌會。——編注戈姆刺是不是厄拉科斯上的什麼東西？我們在去那裡之前，我必須先了解？他猜測著。

他喃喃唸著她那些奇怪的詞：「戈姆刺……奎薩茲．哈德拉赫。」要學的東西本來就夠多了，厄拉科斯是和卡樂丹截然不同的世界。新學來的東西在保羅腦子裡打轉。厄拉科斯——沙丘——荒漠之星。

父親手下刺客團的團長瑟非．郝沃茲是這麼解釋的：過去八十年間，與他們不共戴天的哈肯能氏族一直住在厄拉科斯，並根據鉅貿聯會的一紙合約，以準封邑的形式掌管星球，開採抗衰老的香料，美藍極。現在，哈肯能人即將離開厄拉科斯，改由亞崔迪氏族實行封邑統治——顯然是雷托公爵的一大勝利。然而，郝沃茲也說，這樣的表象隱含著最要命的危機，因為那表示雷托公爵在蘭茲拉德的大氏族間很受愛戴。

「受到愛戴，往往會招來當權者的嫉恨。」郝沃茲這麼說過。

厄拉科斯——沙丘——荒漠之星。

保羅睡著了，夢見一座厄拉科斯洞穴，身旁全是沉默的人群，在無數小光球朦朧的光線下移動。他聽到一種模模糊糊的聲響——滴答滴答的水聲，感到肅穆的氣息，像是大教堂。儘管身在夢中，但保羅知道自己醒來後仍會記得。他總能記住那些預知的夢。

夢境消退。

保羅醒來，發現自己正躺在溫暖的床上——他思索……思索著。在這個卡樂丹堡的世界裡，他沒有同齡玩伴，或許離開也沒什麼好傷感。他的老師尤因醫師曾經指點他，在厄拉科斯，人們並不嚴守階級制度。那顆星球庇護著一群特殊的人，他們居住在沙漠邊緣，沒有蓋德和霸夏會對他們發號施令。這些飄忽不定的人被稱作弗瑞曼人，甚至不列入帝國的官方人口。

厄拉科斯——沙丘——荒漠之星。

保羅意識到自己的緊張，決定練習母親教他的身心控制法。以三次急促的呼吸為引，他進入飄浮的意識中……凝神……動脈擴張……避免意念渙散……只留下選出的意識……血液送出，立即湧入超載的部位……一個人無法僅憑本能便能飽足、安全、自由……動物的意識無法延伸至此時此刻之外，也不會想到獵物或許終將滅絕……動物會破壞，不會生產……動物的喜樂依然更接近感官層面，而不具感性……人類需要一面背景網格，透過這網格去觀看他的世界……有選擇地集中意念，這會建構出你的網格……深刻地意識到細胞的需求，讓整個身體順從神經、血液的流動……一切事物、細胞、生命，都是短暫的……都是為內在的持續流動而奮鬥……

這訓練在保羅飄浮的意識中不斷、不斷展開。

當清晨的澄黃晨曦射上保羅的窗，他透過眼瞼感覺到了光亮，睜開眼，聽到城堡再度鬧哄哄，看見自己臥室天花板上那熟悉的斑斑光束。

通往走廊的門開了，母親朝房內望了望，暗紅銅色的頭髮以黑色髮帶繫在頭頂，鵝蛋臉不動聲色，一雙綠眸嚴肅地凝視著。

「你醒了。」她說，「睡得好嗎？」

「好。」

當她從衣架上為他挑選衣服時，保羅打量母親高䠷的身形，從她的肩膀看到隱隱的緊張。其他人或許不會注意，但保羅受過母親貝尼．潔瑟睿德式的訓練——一絲不漏，觀察入微。她轉過身，手裡拿著一件半正式的外衣，胸前口袋的上方是亞崔迪氏族的紅鷹紋章。

「快穿上。」她說，「聖母在等著。」

「我夢見過她一次。」保羅說，「她是誰？」

「她是我在貝尼．潔瑟睿德學校的老師。現在，她是皇帝的真言師。嗯，保羅……」她頓了頓，「你必須把你的夢告訴她。」

「好的。我們就是因為她才得到厄拉科斯，對嗎？」

「我們並沒有得到厄拉科斯。」潔西嘉撣了撣一條褲子上面的灰塵，然後和那件外衣一起掛在床邊的穿衣架上，「別讓聖母久等了。」

保羅坐起身，抱著雙膝說：「什麼是戈姆刺？」

再一次，母親傳授的訓練讓他看出她那幾乎難以覺察的猶豫，感受到那股緊繃所洩漏的恐懼。

潔西嘉走到窗前，猛地拉開窗簾，目光越過河畔的果園，遠遠地望向修比山。「你很快就會知道……什麼是戈姆刺。」她說。

他聽出母親語氣中的畏懼，不由得揣測起來。

潔西嘉依舊望著窗外說道：「聖母正在我的日光室等你。請快一些。」

・・・

聖母凱亞斯．海倫．莫哈亞坐在錦織椅上，看著保羅母子一步步走近。從她兩側的窗口望出去，可以俯瞰河流彎曲的南岸和亞崔迪氏族名下的綠色田園，然而聖母卻無意欣賞。今天早晨，她感到自己上了年紀，為此有幾分惱怒。她把這歸咎於太空旅行，而太空旅行總令人想起可惡的宇航公會和他們那種鬼鬼祟祟的作風。但是，這項任務必須要有目光如炬的貝尼．潔瑟睿德親自把關。召令一下，就算是帕迪沙皇帝的真言師也無法推諉。

該死的潔西嘉！聖母默默想道，如果她乖乖生個女孩就好了！

潔西嘉停在座椅前三步外，左手輕提裙裾，微微欠身行禮。保羅則按照舞蹈老師所教的那樣稍稍躬身即起——「對受禮方的身分存疑時」，就會這麼致意。

聖母將保羅行禮的分寸看在眼裡。她說：「他很謹慎嘛，潔西嘉。」

潔西嘉把手搭在保羅肩頭上，摟住他。有那麼一瞬，她手心傳出一波驚恐，但隨即恢復自制。「他受過這種教導，尊上。」

她在怕什麼？保羅心想。

老婦人只一瞥，將保羅的體貌盡收眼底：鵝蛋臉像潔西嘉，但那強健的骨骼……他有父親的深色頭髮，眉形卻來自那名字諱莫如深的外祖父，還有細長而傲慢的鼻子、直視自己的那對綠眸，這些都像老公爵，他過世的祖父。

那傢伙倒是會讚賞這份無畏，即使是在墳墓中。聖母暗想。

「教導是一回事，」她說，「基本資質又是另一回事，我們等著瞧。」老婦人向潔西嘉投去嚴厲的一瞟，「妳退下吧。我命令妳去練習靜心冥想。」

潔西嘉的手從保羅肩頭拿開，「尊上，我——」

「潔西嘉，妳知道一定要這麼做。」

保羅仰視母親，一臉疑惑。

潔西嘉挺直了身體，「是的……當然。」

保羅回頭望著聖母。母親對這位老婦人的客氣和明顯的敬畏都在提醒他要小心。然而，他雖為母親散發的恐懼而憂心，卻也感到些許憤怒。

「保羅——」潔西嘉深深吸了口氣，「……你將要接受的測試……對我很重要。」

「測試？」保羅抬頭望著母親。

「記住，你是公爵的兒子。」潔西嘉說，隨即急急轉身，大步朝門外走去，裙裾沙沙作響。房門重重在她身後關上了。

保羅面對老婦人，壓下胸中怒氣，「妳把潔西嘉女士當成侍女打發？」

老婦人緊皺的嘴角擠出一絲微笑，「小子，潔西嘉女士在學校的那十四年，的確是我的侍女。」她點點頭，「而且，是不錯的侍女。現在，你過來這裡！」

這道命令突如其來，保羅還沒來得及細想，就身不由己照做了。「她對我用了魅音。」他暗想道，並在聖母示意時停了下來，站在她膝旁。

「看到這個了？」她從長袍的衣褶裡取出一具綠色的金屬方盒，每邊約有十五公分長。她轉了轉那盒子。保羅看到其中一面敞開著——裡面黑沉沉的，令人不寒而慄。任何光線都射不進那片黑暗。

「把你的右手放進盒子裡。」她說。

恐懼席捲保羅，他開始向後退，但老婦人開口道：「你就這樣聽你母親的話？」

他仰望那雙鷹隼般的眼睛。

慢慢地，在感受到一股排山倒海的衝動時，他將手放進盒子。黑暗吞沒了他的手。他先感到一陣寒意，然後有平滑的金屬抵著他的手指，手指一陣麻刺，彷彿失去了知覺。

老婦人露出獵食的表情，右手從盒子上抬起，穩穩停在保羅的脖子旁。保羅看到她手中有什麼金屬閃了閃，扭頭想看個究竟。

「別動！」她厲聲喝道。

又在施展魅音！保羅把目光轉回她臉上。

「我正用戈姆刺指著你的脖子。」她說，「戈姆刺，最霸道的武器。它是一根針，針尖上有一滴毒液。啊哈！別把手抽走，否則就讓你嘗嘗毒藥的滋味。」

保羅乾嚥一口，只能緊緊盯著那張布滿皺紋的老臉。她說話時兩眼放光，鑲銀的牙齒在暗淡的牙床上反射出點點銀光。

「公爵的兒子必須了解毒藥。」她說，「這是我們這個時代的做法，是吧？鴆毒要下在飲料裡，憔瑪思放在食物裡。毒效有快的，有慢的，也有不快不慢的。對你來說，這毒是前所未見的：戈姆刺，專殺動物。」

保羅的傲氣戰勝了恐懼。「妳竟敢影射公爵的兒子是動物？」他質問道。

「好，我就先假設你可能是『人類』好了。」她說，「站穩！我警告過你，別輕舉妄動。我老是老了，手還是能在你逃脫之前把毒針扎進你的脖子。」

「妳是誰？」保羅輕聲問道，「妳是怎麼哄騙我母親，讓她把我留下來，單獨和妳在一起？妳是哈肯能的人嗎？」

「哈肯能人？上帝啊，不是！現在，閉嘴。」一隻乾枯的手指碰了碰保羅的脖子，他竭力壓下跳開的衝動。

「好，」她說，「頭一關你過了。接下來的考驗是這樣的：只要你把手從盒子裡抽出來，你就死定了。規則只有一條：把手留在盒子裡才能活命，抽出來就是找死。」

保羅深深吸了一口氣，壓住心中的顫慄。「只要我喊一聲，幾秒之內就會有侍衛制住妳，妳也會死。」

「你母親守在門外，侍衛過不了她那一關。別指望了。你母親通過了這個測試，現在輪到你了。你要感到光榮，我們很少用這個測試男孩子。」

好奇心一起，保羅的恐懼消退到可以勉力壓下的程度。這老婦人說的是真話，毋庸置疑，他聽得出來。如果他母親守在外面……如果這真的是測試……不管是什麼，他知道自己無法脫身。戈姆刺抵著他的脖子，自己的性命就在聖母手上。他想起「制驚禱文」，那是他母親在貝尼．潔瑟睿德儀式中傳授給他的：

我絕不能害怕。恐懼會扼殺心智。恐懼是小號的死神，會徹底摧毀一個人。我要面對恐懼，讓恐懼掠過我，穿過我。當這一切過去，我將睜開靈眼，凝視恐懼走過之路。恐懼消逝後，不留一物。唯我獨存。

保羅感到自己恢復了鎮定，「動手吧！老太婆。」

「老太婆！」她厲聲道，「你夠膽，這無法否認。好吧，我們走著瞧，小子。」她彎身湊近，壓低聲音，近乎耳語道：「你盒子裡的那隻手會感到疼痛，很痛！可是，如果你抽出手，我的戈姆刺就會刺進你的脖子──你會立刻死去，快得像劊子手揮下的斧頭。抽出手，戈姆刺就要你的命，懂嗎？」

「盒子裡有什麼？」

「疼痛。」

保羅感覺到了，手上的刺痛正在加劇。他緊閉雙唇。這怎麼可能是在測試？他想。刺痛變成了搔癢。

老婦人說：「你聽過吧，動物為了掙脫捕獸夾，會咬斷一條腿。那是野獸的伎倆，人則會待在陷阱裡，忍痛，裝死，這樣才有可能殺死設下陷阱的人，免得自己的同類受他危害。」

搔癢變成隱約的灼痛。「妳為什麼要這麼做？」保羅問道。

「看看你是不是『人類』。安靜！」

保羅的左手緊握成拳——燒灼感已從盒子裡的右手蔓延到這隻手，並慢慢加劇：燒，燒得更厲害，越來越厲害……他感到左手的指甲陷進了掌心，而燒灼的那隻右手卻連彎曲手指都做不到。

「燒起來了。」保羅輕聲說。

「安靜！」

痛楚躍上他的手臂，他的額頭滲出了汗珠。每條肌肉都在哀號，要他把手從燃燒的火堆裡抽出來……可是……戈姆刺。保羅沒有轉頭，只試著斜睨脖子上的那根毒針。他發現自己正大口大口喘著氣，想放慢呼吸，卻做不到。

痛！

世界變成了空白，只有那隻淹沒在劇痛中的手是真實的。而那張老邁的臉就在幾公分外盯著他。雙唇乾得幾乎張不開了。

那燒灼！那燒灼！

他覺得他能感覺到燒焦的皮膚從那隻灼痛的手上捲起，肌肉變得酥脆，一塊塊剝落，只剩下燒焦的骨頭。

停了！

不疼了！彷彿關上了某個開關。

保羅感到自己的右臂在顫抖，全身大汗淋漓。

「夠了。」老婦人喃喃道，「Kull wahad。沒有女孩能堅持到這一步。我以為你一定通不過。」她往椅背一靠，撤走了戈姆刺。

「把手從盒子裡拿出來，孩子，看看它。」

保羅壓下顫抖，盯著那個無底黑洞。那隻手彷彿有了自己的意志。劇痛記憶使他動彈不得。理智告訴他，從盒子裡拿出來的會是一截焦黑的殘肢。

「拿出來。」她厲聲道。

他抽出手，驚訝地瞪著——毫髮無傷，皮肉沒有任何受過劇痛的跡象。他舉起手，轉了轉，又彎了彎手指。

「那是刺激神經所引發的疼痛。」她說，「未來會成為『人類』的人，不會受到損害。有很多人願意出天價來買這盒子的祕密。」她把盒子收進長袍中。

「可那種疼痛——」保羅說。

「疼痛！」她輕蔑地說，「『人類』可以憑意念控制體內的任何一條神經。」

保羅突然感到左掌發痛，這才鬆開緊握的手指，看著指甲在掌心摳出的四道血印。他垂下手臂，看著老婦人說：「妳以前也這樣測試過我母親嗎？」

「你用篩子濾過沙子嗎？」她問。

這個天外飛來的問題使他一震，有了更高層的領悟：用篩子濾沙。他點點頭。

「我們貝尼．潔瑟睿德濾的是人，以找出『人類』。」

保羅舉起右手，回想剛才的疼痛。「用這種方法——疼痛？」他問道。

「小傢伙，我仔細觀察疼痛中的你。疼痛只不過是測試的中心軸。至於我們的觀察方法，你母親已經傳授給你。我在你身上看到她教導過你的跡象。我們要測試的，是危機和觀察。」

保羅聽出她話中的堅定，說道：「這是真的！」

聖母凝視著保羅。他感應到真實！他會是那個人嗎？他真的是那個人嗎？

她壓下興奮之情，提醒自己：希望會蒙蔽雙眼。

「你分得出人們說的是真話？」她說。

「我分得出。」

從他的語氣可以察覺，保羅已在多次試驗中確認自己擁有嫻熟的探真能力。她聽得出來，於是說道：「也許你真的是奎薩茲．哈德拉赫。坐下，小兄弟，坐在我腳邊。」

「我寧可站著。」

「你母親以前就坐在我腳邊。」

「我不是我母親。」

「你有點恨我們，嗯？」她望向門口，叫道：「潔西嘉！」

門應聲打開，潔西嘉站在那裡，目光如炬地盯著屋內，看到保羅時，眼神立即變得柔和。她擠出一絲微笑。

「潔西嘉，妳從來沒停止過恨我嗎？」老婦人說。

「我對您又愛又恨。」潔西嘉答道，「恨——來自我永遠無法忘記的疼痛。而愛卻是……」

「只要說出基本事實。」老婦人說，語氣卻很柔和，「妳可以進來了，但還是得保持沉默。門關上，注意別讓人打擾我們。」

潔西嘉走進屋裡，關上門，背倚著門。我兒子還活著，她想。他沒死，而且，是……『人類』。我早就知道他是……但……他活著。現在，我可以繼續活下去了。她只覺得背後抵著的房門堅固而真實。

屋裡的一切都湧到眼前，壓迫著她的神經。

我兒子活下來了！

保羅看著母親。老婦人的話是真的。他想離開，獨自消化這次的經歷，但他知道必須獲准才能告退。老婦人身上有股力量能控制他。她們說的是真的。

他母親經歷過這樣的試煉，這裡面一定有某種可怕的使命……那種痛苦和恐懼，真可怕。他明白何謂可怕的使命，那代表不計成敗，一切都在所不惜。保羅感到那種可怕的使命正在感染自己，卻不知道那可怕的使命究竟是什麼。

「哪一天，小傢伙，」老婦人說，「你，可能也得像她那樣站在門外。這得有幾分能耐。」

保羅低頭凝視那隻飽嘗劇痛的手，然後抬起頭看著聖母。她的語氣帶有某種異乎尋常的東西，他從來沒有在其他人的話中聽到過。那些詞鑲著光芒，又暗藏急切。他感到，無論自己向她提出什麼問題，得到的回答都會使他超越肉身世界，進入更高深的領域。

「妳們為什麼要用試煉找到人類？」保羅問。

「為了解放你們。」

「解放？」

「以前，人類一度將思考移交給機器，希望自己能夠解脫。然而，這只是讓機器的擁有者奴役其他人。」

「汝等不應造出具人類那等思維之機器。」保羅引述道。

「正是引自巴特勒聖戰和《奧蘭治合一聖書》。」她說，「但《奧蘭治合一聖書》其實應該這麼說：『汝等不得造出機器去假冒人類思維。』你研究過晶算師嗎？」

「我一直在跟瑟非．郝沃茲學習。」

「當年的大反叛毀去了一根支柱，」她說，「這逼得人類拓展思維，於是人們開始設立學校去訓練人類的才能。」

「貝尼．潔瑟睿德學校？」

她點點頭，「那些古老的學校只有兩支倖存下來——貝尼．潔瑟睿德和宇航。在我們看來，宇航幾乎完全側重數學。貝尼．潔瑟睿德的作用則是另一種。」

「政治。」保羅說。

「Kull wahad」，老婦人說道，朝潔西嘉重重睨了一眼。

「我沒告訴過他，尊上。」潔西嘉說。

聖母把注意力轉回保羅。「那麼，你是憑一點線索，看出這件事。」她說，「政治，沒錯。有些人看出人類需要連續不斷的血脈，而最初的貝尼．潔瑟睿德學校就由這些人主掌。她們注意到，如果不在繁衍過程中將人類譜系跟動物譜系分開，血脈就不可能連續不斷。」

保羅發現，老婦人的話突然失去了原本獨有的犀利。他母親說過，他有明辨真偽的直覺，而此時有什麼抵觸了這份直覺。但聖母並不是在撒謊，她顯然相信自己所說的話。這其中有某種更深的東西，與他那個可怕的使命息息相關。

他說：「可我母親告訴我，學校裡許多貝尼．潔瑟睿德都不知道她們的父母是誰。」

「遺傳世系會永遠放在我們的檔案裡。」她說，「你母親知道，要麼她是貝尼．潔瑟睿德的後代，要麼她本身的血統還算可以。」

「那麼，她為什麼不能知道自己的父母是誰？」

「有些人知道……但許多人不知道。比方說，我們也許希望她跟某個近親結合，以建立某種優勢的遺傳性狀。原因很多。」

保羅再次感到不對勁。他說：「妳們承擔了很多事情。」

聖母盯著保羅，心想：他的語氣裡是不是帶著幾分批評？「我們肩負重任。」她說。

保羅感到自己逐漸擺脫試煉帶來的震驚。他審視著聖母，問道：「妳剛才說，也許我是奎薩茲・哈德拉赫……那是什麼？人形戈姆刺嗎？」

「保羅，」潔西嘉說，「不能用這種語氣對……」

「我來處理，潔西嘉。」老婦人說，「來，小傢伙，知道真言者之藥嗎？」

「妳們用這藥來提高自己分辨真偽的能力。」保羅答道，「母親告訴過我。」

「那你見識過辨真入定嗎？」

他搖搖頭說：「沒有。」

「這種藥很危險，」她說，「但能帶來靈視。在這種藥的激發下，真言者可以凝視記憶中——她肉身記憶中的許多地方。我們俯瞰過去的一條條大道……但只看得到女性的大道。」她的聲音蒙上了一抹傷感，「然而，有個地方是任何真言者都看不到的。那裡會把我們彈開，相當可怕。據說，有天會出現一個男人，他將在藥物的激發下找到自己的內在靈眼。他會看到我們看不到的地方——看透女性和男性的過去。」

「妳們的奎薩茲・哈德拉赫？」

「對，奎薩茲・哈德拉赫，可以同時存在於多重時空的人。許多男性都試過這種藥，很多很多，但沒有一個成功。」

「他們試了，然後失敗，全都這樣？」

「哦，不。」她搖了搖頭，「他們試了，結果都死了。」

2

想要了解摩阿迪巴，卻不了解他的世仇哈肯能人，這就像要獲得真理卻不懂謬誤，要領受光明卻不懂黑暗一樣，都是枉費心機。

——伊若琅公主《摩阿迪巴手冊》

• • •

這是一顆浮雕星球儀，半隱半現，在一隻戴著光燦戒指的胖手撥弄下轉個不停。一座形狀不規則的架子支著星球儀靠在牆邊，房間沒有窗戶，屋裡剩下的幾面牆都堆滿了彩色卷軸、膠卷書、磁帶和捲盤。移動式懸浮力場中懸著幾盞金色燈球，照亮了房間。

房間正中有張橢圓桌，粉晶色桌面是石化的艾樂迦木，四周圍著各色型號的懸浮椅，其中兩把上有人坐著。一個是黑髮少年，十六歲上下，圓臉，目光陰沉。另一個是又矮又瘦的男子，五官陰柔。

少年和男子都盯著星球儀，而半隱半現的那個人繼續撥弄著它。

輕笑聲從星球儀旁傳出。低沉的男音邊笑邊說：「就這樣，彼特，這是史上最大的陷阱，而公爵正往陷阱走去。這真是我——弗拉迪米爾．哈肯能男爵的傑作。不是嗎？」

「當然是了，男爵。」男子回答，音質是悅耳、悠揚的男高音。

胖手垂在星球儀上，止住轉動。現在，屋裡所有眼睛都盯著靜止的星球儀表面，看出了這是專為帝國的星球總督和富有的藏家打造的星球儀，上面印有皇室手工藝品的徽印，經緯線都嵌上細如髮絲的鉑線，兩極則鑲著雲乳鑽石。

胖手在星球儀表面緩慢移動，描摹細節。「請過來看看，」男低音喃喃道，「仔細看，彼特，還有你，我親愛的菲得－羅薩。從北緯六十到南緯七十度——瞧這些精緻的紋路，還有色彩，難道沒有使你們想起甘甜的太妃糖嗎？你看不見湖泊、河流、海洋的藍色。還有這些美麗的極地冰帽——真小。有人會錯認這個地方嗎？厄拉科斯！真正的獨一無二。頂極的舞臺，正適合這次獨一無二的勝利。」

彼特的嘴角露出微笑：「想想看，男爵，帕迪沙皇帝竟然相信他已經把你的香料星球給了公爵。真是悲慘。」

「一派胡言。」男爵低沉地說，「你這麼說，是想讓小菲得－羅薩昏頭轉向嗎？沒必要把我侄子搞糊塗。」

陰沉著臉的少年在椅子上動了動，撫平黑色緊身衣上的一處褶皺。這時，他聽到身後那扇門上傳來輕輕的敲門聲，坐直了身子。

彼特站起身來，走到門前，把門打開一條縫，寬度剛好夠他接過一具傳訊筒。他關好門，轉開圓筒，掃了一眼，再一次低聲笑了出來。

「怎麼說？」男爵問道。

「那蠢貨給我們答覆了，男爵。」

「亞崔迪氏族怎麼可能拒絕任何一個裝腔作勢的機會？」男爵問，「那麼，他怎麼說？」

「真是最粗魯不過的傢伙，男爵，竟然稱您『哈肯能』，沒有『閣下暨親愛的表兄』，沒有頭銜，什麼都沒有。」

「哈肯能這個名字很好。」男爵咆哮道，語氣卻洩漏了他的焦急，「親愛的雷托說了些什麼？」

「他說：『拒絕你提出的開會要求，眾所周知，我時常見識你的背信棄義。』」

「還有呢？」男爵問。

「他說：『決鬥這門藝術，帝國上下仍有不少人尊重。』他的簽名：『厄拉科斯的雷托公爵。』」彼特大笑起來，「厄拉科斯！哦，天哪！這也太可笑了。」

「閉嘴，彼特！」男爵說。笑聲戛然而止，像有誰切斷了開關，「『決鬥』，對嗎？」男爵問道，「家族仇殺，是吧？他選了非常貼切的古老字眼，背後的傳統這麼豐富，生怕我不懂他的意思。」

「你作出了求和的表示，」彼特說，「過場算是已經走過了。」

「身為晶算師，你話太多了，彼特。」男爵說。他想：我必須盡快解決這傢伙，他快沒什麼用了。男爵的目光越過房間，盯著他的晶算師刺客，看到了大多數人一眼就會注意到的特徵：眼睛，一瞇暗淡的藍，中間是更藍的瞳仁，沒有一絲眼白。

彼特咧開大嘴，像一張鬼臉面具，下方的兩隻眼睛就像兩道窟窿。「可是，男爵，世上還沒有比這更美妙的復仇。這背後插刀的計畫天衣無縫。讓雷托用卡樂丹換沙丘——而且是皇帝下的令，他別無選擇。你這玩笑真絕！」

男爵冷冷地應道：「你太多嘴了，彼特！」

「可我很開心，我的男爵。而你……你是有點妒忌吧。」

「彼特！」

「啊哈，男爵！沒有本事親自定下這麼一套瞞天過海的詭計，你是不是有點遺憾啊？」

「總有一天我會讓人勒死你的，彼特。」

「那是一定的，男爵。到頭來啊！但還是得擺出慈悲的樣子，是吧？」

「你一直在吃塞木塔和真言草嗎，彼特？」

「面不改色地說出真相，嚇到男爵了，對嗎？」彼特說，他的臉一縮，變成了皺起眉頭的卡通面具，「啊哈，可男爵您瞧，身為晶算師，我當然猜得出你什麼時候才會派出劊子手。只要我還有用，你就會留著我。過早行動是一種浪費，我還很有用武之地。我知道你從那顆可愛的沙丘星球上學到了什麼──一滴都不浪費。對吧，男爵？」

男爵繼續盯著彼特。

菲得─羅薩在椅子上如坐針氈。這些吵個沒完的蠢貨！他想，我叔叔和他的晶算師一說話，就開始鬥嘴。他們以為我沒事可做了，只能聽他們爭吵？

「菲得，」男爵說，「我告訴過你，讓你來就是要你多聽、多學。你在學嗎？」

「是的，叔叔。」他的語氣帶著小心翼翼的奉承。

「有時候，我真猜不透彼特。」男爵說，「我會讓他不好過，都是出於不得已。可他……我發誓，他卻能在痛苦中取樂。就我本人來說，我很同情可憐的雷托公爵。尤因醫師很快就會背叛他，這是整個亞崔迪氏族的末日。當然，雷托會知道是誰的手在控制那個聽話的醫師……知道這一點，一定是晴天霹靂。」

「那你為什麼不乾脆讓那位醫生一劍捅進公爵的肋骨裡？神不知鬼不覺，乾淨俐落。」彼特問。「你提到了同情，可──」

「等我把他的命運握在手中時，我一定會讓公爵知道。」男爵說，「同時，各大氏族也一定會明白。這會讓他們不敢輕舉妄動。這樣一來，我操弄的空間就更大了。很明顯我必須這麼做，但我不見得喜歡。」

「操弄的空間。」彼特輕蔑地說，「你已經引起皇帝注意了，男爵。你行事太魯莽。總有一天，皇帝會派他的一、兩支薩督卡軍團到羯地主星這裡。到那時，就是你弗拉迪米爾．哈肯能男爵的末日。」

「你很希望看到，對不對，彼特？」男爵問道，「你會很高興看到薩督卡軍團洗劫我的城市，搶光這座城堡。你真的迫不及待了。」

「這還要男爵問嗎？」彼特輕聲說。

「你這麼熱愛血腥和痛苦，真該去率領霸夏。」男爵說道，「對了，關於厄拉科斯的戰利品，或許我承諾下得太快了。」

彼特邁著奇怪的碎步，向房間中央走了五步，停在菲得—羅薩身後。屋裡有股緊張的氣氛，少年抬頭看著彼特，擔心地皺起眉頭。

「別和彼特開玩笑，男爵。」彼特說，「你答應過給我潔西嘉女士，你答應過把她給我。」

「為了什麼，彼特？」男爵問，「為了痛苦嗎？」

彼特瞪著他，一言不發。

菲得—羅薩把他的懸浮椅移到一旁：「叔叔，我非得待在這裡嗎？您說過您要——」

「我親愛的羅薩開始不耐煩了。」男爵說。他在星球儀旁的陰影裡走動著，「耐下心來，菲得。」說完又把注意力轉回到晶算師身上，「說說那位小公爵吧，我親愛的彼特，那個男孩保羅。」

「他會掉進陷阱，落入你手中的，男爵。」彼特嘟囔著說。

「我並不是問這個，」男爵說，「你應該記得，你曾預言那個貝尼．潔瑟睿德女巫會生下女兒。看來你錯了，對吧，晶算師？」

「我不常出錯，男爵。」彼特說著，他的聲音頭一次出現恐懼，「你得承認，我不常出錯。而你自己也知道，貝尼・潔瑟睿德幾乎只懷女胎。就連皇帝的妻子也只生女兒。」

「叔叔，」菲得—羅薩說，「您說這裡有重大的事情要讓我去——」

「聽聽我的侄子在說些什麼，」公爵道，「他急著管我的封邑，卻連自己都管不好。」男爵在星球儀旁動了動，在陰影中投下又一道陰影。

「好吧，菲得—羅薩・哈肯能，我召你來，是想教你一點稱得上是智慧的東西。你觀察過我們這位優秀的晶算師嗎？你應該要從我們的談話中學到一些東西。」

「可是，叔叔——」

「彼特，一個最高效的晶算師。你不這麼認為嗎，菲得？」

「是的，可——」

「啊！的確如此。可是，他消耗太多香料了，吃起香料來跟吃糖一樣。瞧他的眼睛！簡直像是直接從厄拉欽恩勞動營裡逃出來的人。高效的彼特，但仍然意氣用事，動不動就發脾氣。高效，彼特，但仍會出錯。」

彼特陰沉沉地低聲說道：「男爵，你把我叫到這裡來，就是為了貶低我的效能嗎？」

「貶低你的效能？你應該更了解我的，彼特，我是只希望我的侄子能懂晶算師的局限。」

「你已經在訓練人接替我了？」彼特問道。

「接替你？為什麼，彼特？我去哪裡找像你這麼陰險狠毒的晶算師？」

「去找到我的地方找，男爵。」

「也許我真該那麼做，」男爵沉吟道，「你近來確實顯得不太穩定。還有，你吃的香料也太多了！」

「我的享樂太過奢侈嗎，男爵？你有意見？」

「我親愛的彼特，正是你的享樂把你緊緊綁在我身邊，我又怎麼會有意見？我只希望我的侄子能看清你的這一點。」

「原來我是在展示臺上任人觀賞。」彼特說，「我是不是該跳個舞？是不是該把各種功能都表演給赫赫有名的菲得—羅薩看？」

「沒錯，」男爵說，「你是在展示臺上。現在，給我閉嘴。」他瞥了菲得—羅薩一眼。他侄子的嘴唇豐滿、突出，這正是哈肯能氏族的遺傳特徵。男爵留意到這雙嘴唇此刻正因忍俊不住而微微嘟起，「這是一個晶算師，菲得。它受過訓練，經過調校，專門用來履行某些職責。它只是裝在人的軀殼裡，這個事實無論如何都不能忽略。那其實是很嚴重的缺點。我有時會想起那些古老的機器，裝配了思維能力，那或許才是對的。」

「跟我比起來，那只是玩具而已。」彼特厲聲道，「男爵，連你本人都可能比那些機器還要強。」

「也許吧，」男爵說，「哎，好了……」他深深吸了一口氣，打個嗝，「現在，彼特，你大致跟我侄子講解一下我們跟亞崔迪氏族作戰的要點。如果可以的話，展示一下你的晶算師功能。」

「男爵，我警告過你，關於這些資訊，別太信任年紀這麼小的人。據我觀察——」

「這個由我決定。」男爵說，「我命令你，展示你的一項晶算師功能。」

「好吧。」彼特說。他站直，擺出一種奇異的莊嚴姿態，彷彿戴上了另一副面具，但這次是把全身都罩了進去，「幾個標準日後，雷托公爵將舉家搭乘宇航的航班，前往厄拉科斯。宇航將讓他們在厄拉欽恩城著陸，不會去我們的迦太奇城。公爵的晶算師，瑟非．郝沃茲，必然會斷定厄拉欽恩更容易防守。」

「菲得，仔細聽，」男爵說，「特別留意這是計中計，而且之後也還有招。」

菲得—羅薩點點頭。這才像話。老鬼終於讓我參與機密計畫了。一定是想讓我做他的繼承人。

「還有幾件不相關的事也可能會發生，」彼特說，「我預計亞崔迪氏族會去厄拉科斯星，但我們絕不能忽略，公爵可能會和宇航達成了協議，讓他們把他送到帝國以外的某個安全地方。在以往的類似情況中，有些氏族會乾脆叛逃，帶著家族的原子武器和屏蔽裝備逃出帝國疆域。」

「公爵太驕傲了，不會這麼做。」男爵道。

「這只是一種可能性。」彼特說，「不過，對我們而言，最終的結果都一樣。」

「不，不一樣！」男爵吼道，「我要他死，要他的血脈徹底斷掉！」

「這最有可能。」彼特說，「氏族要預謀叛逃，就免不了露出一定跡象。公爵似乎沒有這類動作。」

「沒錯，」男爵嘆了口氣，「繼續說，彼特。」

「到達厄拉欽恩後，」彼特說，「公爵及他的家眷將住在瑞瑟登西，那裡近來是芬倫伯爵和夫人的官邸。」

「跟走私販接洽的特使。」男爵笑道。

「什麼的特使？」菲得—羅薩問。

「你叔叔在開玩笑，」彼特說，「他把芬倫伯爵稱為走私販特使，是因為皇帝對厄拉科斯的走私活動很感興趣。」

菲得—羅薩轉身，大惑不解地看著他的叔叔：「為什麼？」

「別傻了，菲得，」男爵咬牙切齒道，「皇帝當然會對這種事情感興趣。只要宇航不在帝國的實際掌控下，情況就不會改變。你以為密探和刺客整天跑來跑去，為的是什麼？」

菲得—羅薩的嘴做了個「喔」的口型。

「我們已經在瑞瑟登西動過手腳。」彼特說，「將會有一場暗殺亞崔迪繼承人的行動——一場有可能成功的行動。」

「彼特，」男爵低聲道，「你是說——」

「我是說會發生一些『意外』。」彼特說，「大家會覺得，如果不是這些『意外』，刺客一定會得手。」

「噢，但那小子的細嫩身軀是多麼可口。」男爵說，「不用說，他未來可能會比他父親更危險……有那個女巫母親的訓練。該死的女人！哼，行了，請繼續，彼特。」

「郝沃茲會斷定我們在他身邊安插了奸細，」彼特說，「最可疑的是尤因醫師，而他也的確是我們的奸細。但郝沃茲早已調查過他，發現我們那位醫生是蘇克學校的畢業生，接受過皇家的心理制約——按理說，這樣的人是夠可靠的，甚至連皇帝都很信任。所有人都以為，極端的心理制約是無法消除的，除非你把人殺了。然而，正如前人所說，只要有適當的槓桿，你甚至可以移動星球。我們找到了移動醫生的槓桿。」

「怎麼做到的？」菲得—羅薩被這番話迷住了。人人都知道，皇家的心理制約是無法推翻的！

「下次再說吧。」男爵說，「彼特，繼續。」

「有個人會背黑鍋，」彼特說，「我們會拽出一個最有意思的疑犯，放在郝沃茲前進的路上。她的膽大妄為，將會引起郝沃茲的注意。」

「她？」菲得—羅薩問。

「潔西嘉女士本人。」男爵說。

「這不是太妙了嗎？」彼特問，「郝沃茲會滿腦子都是這份猜疑，而這會妨礙他的晶算師功能。他甚至會試圖殺了她。」彼特皺了皺眉頭，接著道：「但我不認為他辦得到。」

「你不希望他成功，對嗎？」男爵問道。

「別讓我分心，」彼特說，「當郝沃茲一心一意盯著潔西嘉女士的時候，我們要在幾個要塞城鎮策劃幾次暴動，進一步分散他的注意力。暴動會被鎮壓下來，公爵會相信，他們多少算是安全了。然後，時機成熟，我們就傳信給尤因，然後帶著主力部隊逼近……呃……」

「繼續，把一切都告訴他。」男爵說。

「我們會在兩支薩督卡軍團的支援下行動。薩督卡軍人會穿上哈肯能軍裝。」

「薩督卡！」菲得—羅薩倒抽一口氣，腦子裡全是可怕的皇家軍隊，殺人不眨眼的殺手，帕迪沙皇帝的狂熱戰士。

「你瞧我多信任你啊，菲得，」男爵說，「這件事絕不能傳到別的氏族耳中，否則，蘭茲拉德可能會聯合起來反抗皇室，搞得天下大亂。」

「最重要的是，」彼特說，「既然皇帝要利用哈肯能氏族來為他幹骯髒事，我們也就占了真正的優勢。當然了，是危險的優勢。但只要小心運用，哈肯能氏族就可以大撈一筆，讓帝國的任何氏族都望塵莫及。」

「你絕對想像不出這牽涉到多大的財富，菲得，」男爵說，「無論如何也想像不出。首先，我們將在鉅貿聯會取得董事席位，而且是不能撤銷的席位。」

菲得—羅薩點點頭。財富是一切，而鉅貿聯會則是取得財富的關鍵。每個顯赫的氏族都想方設法利用董事的權勢，把手伸入公司的金庫。在帝國，鉅貿聯會董事會還代表真正的政治權力——由於蘭茲拉德足以和皇帝及其支持者分庭抗禮，蘭茲拉德的投票權轉移到誰手上，誰便掌握了政治權力。

「雷托公爵可能沿著沙漠邊緣逃亡，投靠那群新崛起的弗瑞曼暴民。」彼特說，「或者將家人送往他想像中的安全區。但那條路，卻由皇帝的密探把守——那個星球生態學家。你可能還記得，凱恩斯。」

「菲得記得，」男爵說，「繼續說。」

「你胡扯的樣子真不怎麼樣，男爵。」彼特說。

「繼續說，我命令你！」男爵喝道。

彼特聳聳肩。「如果一切按計畫進行，」他說，「一個標準年內，哈肯能氏族在厄拉科斯將會有一個次級封邑，由你叔父分派。管理厄拉科斯的，將會是他自己的代理人。」

「更多的油水。」菲得－羅薩說。

「沒錯。」男爵說。豈止油水，我們會馴服厄拉科斯……除了少數躲在沙漠邊緣的弗瑞曼人……還有馴化的走私販子，那些傢伙就跟當地的勞動營一樣，被牢牢綁在那顆星球上。

「而各大氏族將會知道，是男爵消滅了亞崔迪氏族。」彼特說，「他們會知道的。」

「會知道的。」男爵吸了口氣。

「最棒的是，」彼特說，「公爵本人也會知道。其實他現在就知道。他已經能感覺到陷阱了。」

「公爵確實知道，」男爵說著，聲音裡帶著一絲感傷，「但即使知道也沒辦法……這更悲慘。」

男爵從厄拉科斯星球儀旁走開，踏出陰影，顯出身形——臃腫到令人怵目驚心，身穿黑色長袍，從衣服的褶皺可以看出他全身的肥肉都由移動式懸浮器撐起。他可能足足有兩百公斤，但那雙腿所能承受的重量還不到五十公斤。

「我餓了，」男爵沉聲道，一邊抬起戴戒指的手，擦了擦突出的嘴唇，肥鼓鼓的雙眼瞪著菲得－羅薩，「叫人上菜，親愛的。入睡前要吃些東西。」

3

聖．尖刀厄莉婭說過：「聖母必須既有交際花的魅惑手腕，又有聖潔女神的凜然難犯，只要青春的吸引力還在，就該磨利這些特質。當年華逝去、美貌不再，她會發現，這些特質空出的位置，將源源湧出智計及花招。」

——伊若琅公主《摩阿迪巴家族紀事》

•••

「好吧，潔西嘉，對於自己，妳有什麼要說的。」聖母問道。

卡樂丹城堡，保羅接受考驗的當天，日落時分，兩個女人單獨待在潔西嘉的日光室裡，而保羅則在隔壁的隔音冥想室等候。

潔西嘉面朝南方的窗戶站立。夜色逐漸籠罩草地與河水，她視而不見，聖母提出的問題，她也聽而不聞。

多年之前也曾有一次這樣的考驗。那是在瓦拉赫九號行星上的貝尼．潔瑟睿德學校，一名紅銅色頭髮、身體正受青春期風暴摧殘的瘦削女孩走進了督察——聖母凱亞斯．海倫．莫哈亞的書房。潔西嘉低頭盯著自己的右手，伸了伸手指，當時的疼痛、恐懼和憤恨歷歷在目。

「可憐的保羅。」她輕聲說。

「我在問妳話，潔西嘉！」聖母背倚石牆，坐在兩扇西窗之間，不耐煩地喝道。

「什麼？哦……」潔西嘉把心思從過去拉了回來，面對聖母，「您想要我說什麼？」

「我想要妳說什麼？我想要妳說什麼？」老婦人模仿潔西嘉說話，蒼老的嗓音夾著冰霜。

「沒錯，我是生了兒子。」潔西嘉有幾分慍惱，她知道對方是故意激怒自己。

「我告訴過妳，只能給亞崔迪生女兒。」

「兒子對他太重要了。」潔西嘉懇求道。

「而妳呢，驕傲到以為能生出奎薩茲．哈德拉赫！」

潔西嘉揚起下顎，「我感受到這種可能。」

「妳只滿心想著妳的公爵想要兒子，」老婦人厲聲說道，「但他的渴望跟這無關。亞崔迪的女兒可以嫁給哈肯能的繼承人，彌合裂痕。可妳卻讓事態更加複雜，難以挽回。現在，我們可能同時失去兩支血脈。」

「妳也不見得永遠正確。」潔西嘉說，無畏地迎向那雙直盯著她的老邁眼眸。

片刻後，老婦人喃喃道：「事已至此。」

「我發過誓，絕不後悔自己所做的決定。」潔西嘉說。

「多麼高尚，」聖母嘲諷道，「絕不後悔。等妳只能逃亡，有人懸賞妳的首級，所有人都出手想要取妳和妳兒子的性命，我們就走著瞧吧。」

潔西嘉臉色蒼白，「就沒有別的選擇了嗎？」

「別的選擇？貝尼．潔瑟睿德該問這樣的問題嗎？」

「我只是想知道您以您的卓越能力預見到的未來。」

「我在未來看到的，就是我在過去看到的。潔西嘉，妳很了解我們做事的模式。不論什麼人種，都明白自己終將一死，擔心自己的血緣斷絕。這流在我們的血液中，不用計畫，自然會迫切地想要融合遺傳品系。帝國、鉅貿聯會、所有大氏族，在血脈流過的路上，這些都只是浮渣中的碎屑。」

「鉅貿聯會，」潔西嘉輕聲地說，「我猜他們早就決定好怎麼瓜分厄拉科斯的戰利品了。」

「鉅貿聯會只不過是我們這個時代的風向標，」老婦說，「現在，皇帝和他的朋友掌握了鉅貿聯會百分之五十九點六五的董事席位。他們當然嗅到了利益。當其他人也嗅到時，皇帝在董事會的投票實力還會加強。這就是歷史的模式，孩子。」

「這當然正是我現在需要的，」潔西嘉說，「回顧一下歷史。」

「別亂開玩笑，孩子！妳跟我一樣清楚我們周遭的形勢。我們的文明是三足鼎立：皇室，還有代表各大氏族的蘭茲拉德，他們互相抗衡，中間則是宇航公會，該死地壟斷了星際運輸。在政治上，三足鼎立是所有結構中最不穩定的。本來這就夠糟了，那種罔顧大多數科學的封邑貿易文化又使情況更加複雜。」

潔西嘉苦澀地說：「血脈路上的碎屑——這裡就有碎屑，有雷托公爵，還有他的兒子，還有一個……」

「哦，閉嘴，孩子！妳一腳踏進來的時候，就完全知道妳走的路會步步驚心。」

「我是貝尼．潔瑟睿德，我只為獻身而存在。」潔西嘉引述道。

「沒錯。」老婦人說，「現在我們只能希望可以阻止衝突全面爆發，盡我們最大的努力挽救最重要的血脈。」

潔西嘉閉上雙眼，感到眼淚湧上眼眶。她壓下內心的瑟縮、身體的冷顫，盡量調整自己不均勻的呼吸、紛亂的脈搏和汗濕的掌心。不久，她說道：「我自己的錯誤，代價由我付。」

「妳兒子會跟妳一起付出代價。」

「我會盡力庇護他。」

「庇護！」聖母斥責道，「妳很清楚這麼做的後果！潔西嘉，過分庇護妳兒子，他會不夠強大，擔不起任何使命。」

潔西嘉轉過身，看著窗外越來越濃的夜色。「那個叫厄拉科斯的星球，真有那麼可怕嗎？」

「很糟，但也並不是完全沒有希望。我們的護使團已經去過那裡，多少緩和了局勢。」聖母站起身來，撫平長袍上的一處縐褶，「把那小男孩叫進來。我得馬上走了。」

「非走不可嗎？」

老婦人的聲音變得柔和：「潔西嘉，孩子，我真希望我能代替妳承受痛苦。但我們每個人都必須走自己的路。」

「我明白。」

「我疼妳，跟疼我的親生女兒一樣，但我絕不能讓這份感情妨礙我們的職責。」

「我明白……這是必然的。」

「妳做過的事，潔西嘉，還有為什麼那麼做——這些妳我都心知肚明。但為了妳好，我不得不告訴妳，妳的孩子成為貝尼．潔瑟睿德完人的可能性很小。妳絕不能期望過高。」

潔西嘉憤憤抹去眼角的淚水，「妳又讓我覺得自己像個小女孩了——正在背誦著第一篇課文。」她咬緊牙關，一字一頓地說，「『人類絕不能向動物屈服。』」潔西嘉一聲哽咽，低聲道：「我一直好孤獨。」

「這也是考驗，」老婦人說，「人類幾乎總是孤獨的。現在，去叫男孩吧。他度過了漫長、恐怖的一天，但給他的時間已經夠他思考、記住這一切。我必須再問幾個有關他那些夢的問題。」

潔西嘉點點頭，走到冥想室，打開門，「保羅，請你來一下。」

保羅慢吞吞地走進來，渾身倔強的氣息。他瞪著母親，一副她是陌生人的樣子。看到聖母時，他的目光中流露出警惕，但這次他朝聖母點了點頭，就像在和地位相等的人打招呼。他聽到母親在他身後關上了房門。

「年輕人，」老婦人說，「讓我們回到你做過的那些夢吧。」

「妳想問什麼？」

「你每晚都做夢嗎？」

「是，但並非所有的夢都值得記住。我可以記住每一個夢，但有些值得記，有些不值得。」

「你怎麼知道這兩者的差異？」

「我就是知道。」

老婦人瞟了潔西嘉一眼，又把目光轉回保羅身上：「你昨晚做過什麼夢？值得記住嗎？」

「是的，」保羅閉上雙眼，「我夢見一個洞穴……還有水……那裡還有一個女孩——她很瘦，長著一雙大眼睛。她的眼睛全是藍色，沒有一點眼白。我跟她說話，把妳的事告訴她。我告訴她，我在卡樂丹看見了聖母。」保羅睜開眼睛。

「那麼，你昨晚告訴這陌生女孩的事，今天都發生了嗎？」

保羅想了想，然後說：「對。我告訴她，妳來了，而且在我身上留下古怪的標記。」

「古怪的標記。」老婦人吸了氣，再度瞟了瞟潔西嘉，之後又緊盯著保羅，「現在，老實告訴我，你在夢裡看到的事，是否經常真的發生，就跟夢中看到的一模一樣？」

「是的。我以前也夢見過那女孩。」

「哦？你認識她？」

「我會認識她的。」

「給我講講她。」

保羅再度閉上眼睛，「我們在岩石中一個很小的藏身處。天快黑了，但還是很熱。從石縫中可以看見連綿起伏的沙丘。我們在……在等待……等著跟一些人會合。她很害怕，但拚命掩飾，而我卻很興奮。然後她說：『給我講講你家鄉的水吧，烏蘇爾。』」保羅睜開眼，「很奇怪，我的家鄉在卡樂丹，我從沒聽說有哪顆星球叫烏蘇爾。」

「這場夢裡還有什麼嗎？」潔西嘉催促道。

「還有。或許她是叫我烏蘇爾，」保羅說，「我也是剛剛想到的。」他再次閉上眼睛，「她讓我給她講水的故事。於是我握著她的手，說要給她唸一首詩，然後我就開始唸詩。但我還得不時向她解釋詩中的字——像海岸、浪花、海藻和海鷗什麼的。」

「什麼詩？」聖母問。

保羅睜開眼睛：「葛尼·哈萊克寫的交響詩，關於悲傷的時光。」

保羅身後的潔西嘉背誦起來：

我記得岸邊篝火那苦鹹的輕煙

以及松林的樹蔭——

堅挺，清晰……偉岸——

海鷗棲息於斷崖之巔，
在綠波中投下白影點點。

松林中拂過一陣風
引得松濤搖曳；
海鷗展開雙翼
高飛
漫天哀唳。

我聽到風聲
在海灘上呼嘯，
還有浪花襲礁，
我看見了海藻，
已讓那篝火烤焦。

「就是這首。」保羅說。

老婦人緊盯著保羅看了一會兒，然後說道：「年輕人，身為貝尼·潔瑟睿德的督察，我一直在尋找奎薩茲·哈德拉赫，那個能夠真正成為我們一員的男性。你母親從你身上看到了這種可能性，但她是以母親的眼光看到。如今，我也看到了，但僅此而已。」

她沉默起來，保羅知道她想讓自己開口，但決定等她先說。

過了一會，她說：「那麼，就當你有可能吧。你有自己還不了解的特質，這點我承認。」

「我可以走了嗎？」保羅問。

「你不想聽聖母給你講講奎薩茲．哈德拉赫的事嗎？」潔西嘉問。

「她說過，那些試過的人都死了。」

「但我可以幫你，我可以給你一些線索，讓你知道他們為什麼會失敗。」聖母說。

說什麼線索，保羅想，其實，她知道的並不多。但他仍回道：「那就說吧。」

「然後咒罵我？」她嘲弄地笑了笑，蒼老的臉上又多了幾道皺紋，「很好，『懂服從方懂統治』。」

保羅大感意外：這麼鄭重的話，講的卻是這麼簡單的事。難道她以為母親什麼也沒教他嗎？

「這就是線索？」他問道。

「我們現在要做的不是針鋒相對，也不是在字義上糾纏不休。」老婦人說，「柳枝順著風擺動，才能枝繁葉茂，直到長成密林，形成一堵牆擋下狂風。這就是柳樹的使命。」

保羅盯著她。她說到使命，這個詞使他一震，他再次感受到可怕的使命。他突然湧現一股惱怒：昏聵的老巫婆，滿嘴故弄玄虛。

「妳覺得我有可能成為那個奎薩茲．哈德拉赫，」他說，「妳說的是我，但隻字不提怎樣才能幫助我父親。我聽到妳跟我母親說的話。妳一副我父親已經死去的樣子。哼，他還沒死。」

「如果還能為他做些什麼，我們早就做了。」老婦人斥喝道，「也許我們可以救你。沒多大把握，但總是有可能。至於你父親，救不了了。等你學會接受這個現實，你才算真正上了一堂貝尼．潔瑟睿德的課。」

保羅看得出這些話有多麼令他母親震驚。他瞪著這老婦人，她怎麼能這麼說他的父親？是什麼讓她這麼篤定？憤慨在他心頭蒸騰。

聖母看著潔西嘉：「妳已經照我們的方式訓練他很久了——我看得出他受訓的跡象。我要是妳，也會這麼做。讓魔鬼去遵守規則吧。」

潔西嘉點點頭。

「但現在，我要提醒妳，」老婦人說，「最好別管什麼循序漸進了。若想保命，他就需要練好魅音。在這方面他已經有很好的開端，但我們都知道，他的訓練還遠遠不夠……而且是要命的不夠。」她走近保羅，俯視著他，「再見，年輕人。我希望你能成功。但即使你失敗了——唔，我們還是會成功的。」

她再次望向潔西嘉，兩人交換了心照不宣的眼神。隨後，老婦人穿過房間，長袍拖在地上，沙沙作響，卻再也沒有回頭看一眼。這個房間和房間的主人，已經被她從腦海中逐出。

但潔西嘉在聖母轉身的瞬間看到她的臉，乾枯的臉頰上竟有幾點淚光。那眼淚比今天她們跟對方所說的任何話、任何徵兆，都更令人惶惑不安。

4

大家都知道摩阿迪巴在卡樂丹沒有同齡的玩伴。多一人，就多一份危險。但摩阿迪巴確實有幾位優秀的同伴兼師長，有吟遊武士葛尼．哈萊克，您將在此書中讀到他的一些詩歌。老晶算師瑟非．郝沃茲，刺客中的大師，一提起這人，就連帕迪沙皇帝都膽顫心驚。鄧肯．艾德侯，來自吉奈士的劍術大師。惠靈頓．尤因醫師，他因變節而臭名昭著，但學識淵博。潔西嘉女士，用貝尼．潔瑟睿德的方式指引自己的兒子。當然，還有雷托公爵，這位父親的身教一直以來都受到忽視。

——伊若琅公主《摩阿迪巴童年史》

• • •

瑟非．郝沃茲悄悄走進卡樂丹城堡的訓練室，輕輕關上門。他站了一會兒，感到自己的老邁、疲憊、歷經滄桑。他的左腿發疼，那是效力於老公爵時被人砍傷的。

到如今，已經整整三代人了。他想。

他環顧著這間大屋子，正午的陽光從天窗上灑下，照得滿室明亮，那男孩背對著門坐著，正在專心研究L型桌上攤開的文件和圖表。

跟這小子講過多少回了，絕不要背對著門坐著。郝沃茲清清嗓子。

保羅仍埋首研讀。

一團烏雲遮住了天窗。郝沃茲又輕咳一聲。

保羅挺直了身子，頭也不回地說：「我知道，我背對著門坐了。」

郝沃茲壓住笑意，大步從房間那頭走了過來。

保羅抬起頭來，看著桌旁這位頭髮花白的老人。郝沃茲有一張黝黑的臉，上面布滿皺紋，一雙深邃的眼睛總是帶著警惕。

「我聽見你從大廳走過來，」保羅說，「也聽見你開門了。」

「那聲音有可能是我假造的。」

「我分得出來。」

他也許真有這個本事，郝沃茲想。他那個女巫母親正在傳授他更深奧的訓練，毫無疑問。我真想知道她那所寶貝學校對這件事會有什麼看法。也許這就是那個老督察要特別跑這一趟的原因，要我們親愛的潔西嘉女士放規矩些。

郝沃茲從保羅面前拖過一把椅子，刻意臉朝著房門坐下。他倚著椅背，四下打量這間屋子，突然覺得這地方有點陌生——屋裡大部分傢俱都運往厄拉科斯了，現在只剩下一張訓練臺，擊劍鏡上鑲的水晶稜柱靜悄悄不動，旁邊豎著人形靶，靶上貼著一塊塊補丁，像飽受戰爭摧殘、傷痕累累的古代步兵。

那不正是我，郝沃茲心想。

「瑟非，你在想什麼？」保羅問。

郝沃茲看著男孩說：「我在想，大家馬上就要離開這裡了，看樣子，可能再也見不到這地方。」

「這令你傷心？」

「傷心？胡說！跟朋友分別才令人傷心，地方不過就是個地方。」他看了一眼桌上的圖表，「而厄拉科斯只不過是另一個地方。」

「我父親派你來考我嗎？」

郝沃茲皺起眉頭——這小男孩對他真是觀察入微。他點點頭：「你在想，如果是他本人來該有多好。但你必須明白他現在有多忙，晚一點他就會來的。」

「我一直在研究厄拉科斯上的風暴。」

「風暴嗎，哦——」

「看上去很糟。」

「糟？你用詞太謹慎了。沙暴形成於方圓六七千公里的平原上，一路狂吸任何可以助長風勢的力量——季風、其他風暴，任何有能量的東西。風速可以高達每小時七百公里，所到之處，任何鬆動的東西都會被捲起——沙子、塵土，什麼都跑不了。風暴甚至能把肉從骨頭上扒下來，再將骨頭削成薄片。」

「他們為什麼不控制這種氣候？」

「厄拉科斯的問題比較特殊，費用比別處要高，還有維護什麼的。宇航在衛星控制系統上開了天價，而你父親的家族又不是什麼富豪，小子，這你也知道。」

「你以前見過弗瑞曼人嗎？」

今天這小子怎麼一直想東想西的。郝沃茲想。

「我好像沒見過他們。」他說，「住在裂谷和凹地的傢伙長得都差不多，分不大出來。他們都穿著那種寬大飄逸的長袍。只要是在封閉空間，簡直臭氣熏天。那種味道是因為他們身上穿著的一種裝備——就叫蒸餾服，用來回收自己身體的水分。」

保羅嚥了口唾液，突然意識到自己嘴裡的液體，並回憶起夢中的乾渴。那裡的人一定非常需要水，才不得不回收身體散發的水分，這使保羅突然意識到那裡的荒涼。「在那裡，水可真珍貴。」保羅說。

郝沃茲點點頭，心想：也許這也算是讓他明白那顆星球有多險惡。沒有這一點認知就踏上那顆星球，是瘋子才會做的事。

保羅抬頭望著天窗，發覺已經開始下雨了。他看著灰色的變色玻璃上漸漸擴散開來的水漬，「水。」

「你會了解，水是生死存亡的問題。」郝沃茲說，「作為公爵的兒子，你永遠不會想要了解這一點，但你會發現，你周圍到處是乾渴帶來的壓力。」

保羅用舌頭潤了潤雙唇，回憶起一週前那天以及聖母帶給他的嚴酷考驗。她同樣提起了水荒。

「你會認識死原，」她說，「認識空曠的原野，除了香料和沙蟲，沒有生物能夠生存的貧瘠大地。你會在眼眶塗上顏料，以降低陽光的灼亮。棲身之地意味著避風、藏身的洞穴。沒有撲翼機、地行車，沒有馬，你唯一的憑仗是自己的雙腿。」

最引起保羅注意的，不是她話中的內容，而是聲調——彷彿吟唱，還帶著顫音。

「等你開始住在厄拉科斯上，」當時她說，「剋剌，大地是多麼空曠，月亮是你的朋友，而太陽是你的敵人。」

保羅感到母親從她看守的房門邊走到他身旁。她看著聖母問道：「您沒有看到一絲希望嗎，尊上？」

「他父親的是沒有了。」老婦人揮手要潔西嘉噤聲，低頭看著保羅說：「小傢伙，牢牢記住這句話：世界由四件事支撐著……」她伸出四根關節粗大的手指，「……哲人的好學，上位者的公正，賢人的祈禱，以及勇者的膽識。但如果沒有一個懂得統御之道的領袖……」她合起手指，握成一個拳頭，「……

這一切就毫無意義。把這當作你的箴言。」

聖母離開已有一週多。直到現在，保羅才開始明白她那段話的分量。如今，與瑟非・郝沃茲一起坐在訓練室裡，他突然感到毛骨悚然。他抬起頭來，看到對面那位晶算師皺著眉頭，一臉疑惑。

「你神遊到哪裡去了？」郝沃茲問。

「你見過聖母嗎？」

「那個皇宮來的真言師？」郝沃茲的眼睛興致勃勃地眨了眨，「見過。」

「她……」保羅遲疑了，覺得不能把自己的考驗告訴郝沃茲。他的顧忌變多了。

「嗯？她怎麼了？」

保羅深呼兩口氣。「她說了一件事，」保羅閉上眼睛，回憶當時的那番話，開口複述時，不由自主帶上那位老媼的語氣，「『你，保羅・亞崔迪，君王的後裔，公爵的兒子，必須學會統御之道，這是你的祖先從來沒有學過的東西。』」保羅睜開眼說，「我聽到就發火了。我說我父親統治了整顆星球。可她卻說，『他將會失去。』我說我父親馬上就要得到更富庶的星球。而她告訴我，『那顆星球，他也會失去。』我想跑開，並警告父親，但她說已經有人警告過他——你，我母親，還有許多人。」

「這是真的。」郝沃茲輕聲說。

「那我們為什麼還要去？」保羅問道。

「因為那是皇帝的命令，還因為不管那個巫婆探子怎麼說，我們不是全無希望。那位『古老的智慧源泉』還湧出了些什麼？」

保羅低頭看看自己在桌下攥緊的右手。慢慢地，他強迫肌肉放鬆下來。她對我有某種控制力，保羅想。她是怎麼做到的？

「她讓我告訴她什麼是統治，」保羅說，「我說就是發號施令。然後她說我還需要學習。」

她切中要害了。郝沃茲想，一邊點頭示意保羅繼續說。

「她說統治者應該學會說服而不是強制，她說統治者必須擺出最好的咖啡壺，把最優秀的人吸引到自己桌邊來。」

「你父親吸引了葛尼和鄧肯這樣的人才。她以為他是怎麼辦到的？」郝沃茲問。

保羅聳聳肩，「她又說，優秀的統治者必須學會他那顆星球的語言，她還說，每顆星球的語言都不一樣。我還以為她的意思是厄拉科斯人不說凱拉赫語，可她說根本不是那一回事。她告訴我，她指的是岩石的語言、生命的語言，那種不僅僅要用耳朵聽的語言。我說那就是尤因醫師所說的──生命之謎。」

郝沃茲咯咯輕笑，「聽了這話，她怎麼說？」

「我想她惱火了。她說生命之謎並不是有待解開的疑難，而是必須經歷的現實。於是我向她引述了晶算師的第一法則：『停下某一進程，將無法理解該進程，理解必須與進程的發展同步，必須融入其中，與其一道前進。』她聽到之後，似乎滿意了。」

他似乎已經恢復了，郝沃茲想。但那個老巫婆那麼嚇唬他，究竟是為什麼？

「瑟非，」保羅說，「厄拉科斯真像她說的那麼糟嗎？」

「怎麼可能糟到那個地步。」郝沃茲勉強笑道，「就拿那些弗瑞曼人來說吧，他們是沙漠中的叛教者。根據初步概算，我敢說他們的數量遠遠超過帝國的估計。小伙子，這些人就住在那裡，許許多多的人，而且……」郝沃茲把一隻粗壯的手指放到眼睛旁邊，「……他們從骨子裡恨透了哈肯能人。這話你可一個字也不能洩漏出去，我是把你當成你父親的幫手才讓你知道的。」

「我父親跟我講過薩魯撒．塞康達斯那個地方。」保羅說，「你知道嗎，瑟非，那地方聽上去很像厄拉科斯……也許沒厄拉科斯那麼糟，但很像。」

「我們並不真正了解如今的薩魯撒．塞康達斯，」郝沃茲說，「只知道很久以前的薩魯撒．塞康達斯大致……大致是什麼樣子。然而，就我們所知道的事來看……你是對的。」

「弗瑞曼人會幫我們嗎？」

「有可能。」郝沃茲站起身來，「我今天就要出發去厄拉科斯。這期間，為了我這個向來疼愛你的老頭子，你要照顧好自己，行嗎？做個好孩子，繞到我這邊來，面對著門坐。我並不是認為城堡裡有什麼危險，只是想讓你養成習慣。」

保羅站起身來繞過桌子。「你今天就走？」

「就今天，明天輪到你。我們下次見面，就在新世界的土地上了。」他抓住保羅右臂上的二頭肌，「用刀的手要隨時空著，嗯？屏蔽場也要充飽能量。」他鬆開手，拍拍保羅的肩膀，轉身大步朝門口快速走去。

「瑟非！」保羅叫道。

郝沃茲轉過身，站在敞開的門口。

「任何情況下都別背對著門口坐。」保羅說。

那張布滿皺紋的老臉綻開了笑容。「我不會的，小伙子，相信我。」他走出去，輕輕關上房門。

保羅坐在郝沃茲的位置上，收拾好桌上的文件。再過一天，保羅環視著這間屋子，我們就要走了。離別之情驟然湧上心頭，比以往任何時候更加強烈。他想起聖母對他講的另一件事：世界是萬物的總和——人類、泥土、生物、月亮、潮汐、太陽，這未知的總和就是所謂的自然。在這個模糊的整體中，不存在現在這個概念。他想：什麼是現在？

房門砰的一聲開了，一個相貌醜惡的大個子勉強擠進門來，懷裡抱著一大堆武器。

「喲，葛尼．哈萊克，」保羅叫起來，「新的兵器大師就是你嗎？」

哈萊克抬起一條腿，用腳後跟把門踢上，一邊說：「你更想要我陪你玩，這我知道。」他打量了一下屋子，發現郝沃茲的手下早已來過，做了例行巡查，以確保公爵繼承人的安全。屋子裡到處留有隱約的痕跡。

保羅看著大個子搖搖晃晃繼續往前挪，想把那一大堆武器放到訓練臺上。他肩上還掛著一把巴利斯九弦琴，靠近指板的琴弦上插著撥片。

哈萊克將武器扔在臺上，排成一排，有刺劍、匕首、雙刃匕首、彈速緩慢的擊昏槍和屏蔽場腰帶。然後轉過身，下頜上那道赤棘鞭留下的疤痕擰起，臉上露出大大的笑。

「你就連一聲早安也不對我說，小鬼！」哈萊克說，「你是用什麼刺螫了郝沃茲？他從我身旁跑過去，就像趕著去參加死對頭的葬禮。」

保羅咧嘴笑了。身邊的人當中，他最喜歡葛尼．哈萊克，也了解這男人的氣性、促狹和詼諧。他把哈萊克當朋友，而不僅僅是僱用的劍客。

哈萊克把巴利斯九弦琴從肩上甩下，開始調音，「不說就不說吧。」

保羅站起來，大步走過去，大聲說：「好了，葛尼，開戰的時候，你的工作就是準備音樂嗎？」

「看樣子，今天是你頂撞我們這些老頭子的日子嘍。」哈萊克說。他試著撥了一個和弦，點點頭。

「鄧肯．艾德侯在哪裡？」保羅問，「不是該他來傳授我兵器嗎？」

「鄧肯領著第二隊人馬上厄拉科斯去了，」哈萊克說，「留下來陪你的只有可憐的葛尼，剛剛打完仗，一心只想來點音樂。」他又撥出另一個和弦，聽了聽，笑著說：「大夥兒已經在會議中決定了，有鑑於你是這麼糟糕的戰士，我們最好還是讓你學點音樂，總不能讓你一輩子都一事無成吧。」

「那麼，也許你應該給我唱首歌。」保羅說，「我得確定，該怎麼做才不至於一事無成。」

「哈哈……」葛尼大笑著，彈起了《加利西亞的姑娘》。他用撥片在琴弦上撥出一串音符，一邊唱道：

噢，加利西亞的姑娘，
會因為你的珍珠，
還有厄拉欽恩的水春心蕩漾。
但如果你想要的女子，
要像烈火情感奔放，
就試試女孩來自卡樂丹。

「就你那破手，加一個撥片，能彈成這樣已經不錯了。」保羅說，「但如果讓我母親聽到你在城堡唱這種下流的歌，她準會把你的耳朵掛在城堡外牆上作裝飾。」

葛尼揪了揪自己的左耳說：「那也是破爛的裝飾品。聽多了某個小傢伙在巴利斯九弦琴上彈出的奇音怪調，這耳朵早就千瘡百孔了。」

「看來你是忘了在床上發現沙子的滋味了。」保羅說著，從桌上拉下一條屏蔽場腰帶，迅速扣在腰間，「來，開打吧！」

哈萊克瞪大了眼睛，裝出吃驚的樣子，「哦！原來那件事出自你頑皮的手啊！今天你得好好保護自己了，少爺——守好嘍。」他抓過一把刺劍，空揮幾下，「我是來報仇雪恨的地獄魔鬼！」

保羅舉起另一把刺劍，用手彎了彎，一腳往前，擺好站姿。他模仿尤因醫師的儀態，裝出格外莊重的神情道：「我父親派了一個多麼呆的人來傳授我兵器啊。」他拉長音調，「呆瓜葛尼・哈萊克，竟忘了身為戰士的第一課：要全副武裝，上好屏蔽場。」保羅打開屏蔽場腰帶上的能量開關，從前額到後背一陣麻刺，聽到外界的聲音穿透屏蔽場後變得扁平，「在屏蔽場的對戰中，防守要迅速，攻擊要緩慢，」保羅說，「進攻的唯一目的，是設計對手，使對手踏錯步法，露出破綻。屏蔽場能擋下快攻，但擋不住緩慢的刺入！」保羅刺劍一揚，快速佯攻一劍，再嗖地抽回，緩緩地向前一送，刺穿渾噩的屏蔽場。

哈萊克看著保羅的動作，直到最後一刻才一側身，讓保羅沒開刃的劍鋒劃過胸前。「速度，無懈可擊，」他說，「但你卻露出大大的空門，對方要是從下向上一刺，你是抵擋不住的。」

保羅懊惱地退後一步。

「這麼粗心大意，我真該抽你一頓。」哈萊克從桌上拿起一把無鞘的雙刃匕首，拎在手裡，「這東西在敵人手裡，就會讓你的鮮血橫流！你是身手靈活的徒弟，但僅此而已。我警告過你，即便是玩，也不能讓手持致命武器的人突破你的防禦。」

「我看我今天的心情不適合練武。」保羅說。

「心情？」哈萊克的語調透著火氣，即使隔著屏蔽場也能聽出來，「心情跟這有什麼關係？只要需要，你就得戰鬥——不管你是什麼心情！心情這東西只適合做愛、放牛或者彈彈巴利斯九弦琴什麼的，跟戰鬥毫不相干！」

「抱歉，葛尼。」

「抱歉還不夠！」

哈萊克打開自己身上的屏蔽場，身體微微下蹲，左手雙刃匕首刀尖朝前，右手刺劍高舉，「現在，來真正的防守！」他高高躍向一側，然後向前朝保羅攻去。

保羅向後避開，一擋，兩人的屏蔽場一觸便相互彈開，劈啪作響。他感覺到電流傳上自己的皮膚，帶來一陣麻刺。葛尼怎麼了？保羅自問，他是來真的！保羅左手一抖，腕鞘裡的刺針落入掌中。

「你也覺得有必要加一件武器了，嗯？」哈萊克哼了一聲。

這是背叛嗎？保羅猜測道，不，葛尼不可能！

兩人繞著房間搏鬥──戳刺、格擋，佯攻、反攻。屏蔽場邊緣的空氣對流太過緩慢，場內氧氣來不及補充，於是越來越混濁，屏蔽場每相撞一次，臭氧味便濃上幾分。

保羅繼續後退，但現在是朝L型桌的方向退。如果我能把他引到桌旁，就可以設計他了。保羅想，再邁一步，葛尼。

哈萊克向前邁了一步。

保羅向下一擋，轉身，看到哈萊克的刺劍被桌沿擋住，便朝旁邊一閃，右手的刺劍向上用力一挑，左手刺針直指哈萊克的頸側，停在兩公分外。

「滿意了？」保羅低聲問道。

「看看下邊，小子。」葛尼氣喘吁吁地說。

保羅照做了。只見哈萊克的雙刃匕首從桌沿下刺出，刀尖幾乎刺到大腿內側。

「我們應該算是同歸於盡。」哈萊克說，「但我得承認，逼你一下，你打得更好些。這回你的心情對了吧？」哈萊克如惡狼般咧嘴一笑，臉上的赤棘鞭痕沿著下頷延展開來。

「剛剛你向我撲來的時候，樣子真狠。」保羅說，「你真想要我見血嗎？」

哈萊克收回雙刃匕首，站直身子，「只要你沒有使盡全力，我就會好好教訓你。給你留下一塊疤，讓你永遠記住。我絕不會讓我心愛的徒弟一碰到哈肯能家的混蛋就被幹掉。」

保羅關上屏蔽場，倚在桌邊直喘氣，「那也是我活該，葛尼。但如果你傷了我，我父親會發火的。我絕不會讓你因為我的失誤而受罰。」

「那樣的話，」哈萊克說，「也是我的錯。不過你用不著擔心一兩個傷疤。你很少受傷，真夠幸運的。至於你父親——公爵只會因為我沒把你培養成一流的戰士而懲罰我。你突然冒出什麼心情不好的鬼話，我如果不說清楚，就是失職。」

保羅直起身子，將刺針收入腕鞘。

「我們在這裡，並不全是在玩。」哈萊克說。

保羅點點頭。哈萊克竟然嚴肅起來了，態度冷峻，這可不是他的個性。保羅生出一股奇異感。他看著哈萊克臉上那道泛紅的赤棘鞭痕，想起了鞭痕的來歷。那是野獸拉班抽出來的，在羯地主星的哈肯能奴隸營。保羅突然感到一陣羞愧，自己竟然會懷疑哈萊克，就算只是瞬間也不應該。之後他想到，那道傷疤當初一定痛到入骨，或許就像聖母給他的考驗那樣。他搖搖頭，甩開這種想法，回到現實。

「今天我的確是想要玩一玩，」保羅說，「最近這段時間，周圍的事都太沉重了。」

哈萊克側過身子，掩飾自己的情緒。他眼中一陣發熱，感到椎心的悲痛——往日的時光已經掏光他，留下來的他就像個水泡，一戳即破。

這孩子得在多短的時間內長成大人。哈萊克想，得在多短的時間內學會步步為營，按血統劃分人群，只相信自己的至親。

哈萊克沒有回頭，只是說道：「我知道你還想著玩，小伙子，我當然願意陪你一起玩。但現在已經不是玩的時候了。明天我們就要出發去厄拉科斯。厄拉科斯可是實實在在的，哈肯能人也是實實在在的。」

保羅在身前豎起刺劍，用劍刃觸了觸前額。

哈萊克轉過身，見保羅以劍致意，點了點頭表示接受。他指著人形靶說：「現在，我們來訓練你的出招時機。讓我看看你怎麼制伏那個邪惡的東西。我在這裡控制它，可以看到你的全部動作。我警告你，今天我會用些新招式。但真正的敵人，是不會給你任何警告的。」

保羅踮踮腳，放鬆一下肌肉。他突然體認到，自己的生活中將充滿突如其來的改變，不由得嚴肅了起來。他走向人形靶，用刺劍的劍尖在人形靶胸前拍了一下，感受到劍刃被防禦場彈了回來。

「好了，開打！」隨著哈萊克一聲大喊，人形靶撲向保羅。

保羅啟動屏蔽場，格開、還擊。

哈萊克一邊觀察，一邊操縱人形靶。他的意識似乎分成了兩半：一半專注於格鬥訓練，另一半則神遊物外。

我是一株精心訓練的果樹，他想。結滿精心訓練的情感和能力，以及種種嫁接到我身上的東西——只等別人採摘。

不知為何，他想起了自己的小妹妹，那張精靈般的臉清晰地浮現在他的腦海裡。但她已經死了——死在哈肯能軍隊的娛樂室裡。她喜歡紫羅蘭……或是雛菊？他記不得了。他很在意，自己竟然記不得了。

保羅擋住了人形靶的一次慢攻，然後騰出左手準備出招。

這機靈的小鬼！哈萊克尋思道，開始全神觀察保羅單手揮轉的動作。看樣子他一直在自己練習、鑽研。這些招數不是鄧肯的風格，更不是我教他的。

這種想法只使他更加哀傷。我也受到心情的影響，他想。不知這小子晚上是否也像我一樣輾轉反側，整晚聽著枕頭嚓嚓聲，心驚膽跳。

「如果願望是魚兒，我們都會去撒網撈。」他喃喃地說。

這是他母親的話。在感到自己被未來的黑暗所籠罩時，他也常會這麼說。隨後他又想到，對一個從不知海和魚為何物的星球而言，這種說法可真是夠怪的。

5

惠靈頓・尤因醫師：（宇航公曆一〇〇八二—一〇一九一）；蘇克學校醫師（畢業於：宇航公曆一〇一一二年）；其妻為萬娜・瑪庫斯（宇航公曆一〇〇九二—一〇一八六？）。被稱為背叛雷托・亞崔迪公爵的叛徒。（參考書目：《皇室心理制約與背叛》，附錄七）

——伊若琅公主《摩阿迪巴詞典》

・・・

女按摩師剛剛離開，所以，儘管保羅聽到尤因醫師走進訓練室，聽出了拘謹、慎重的腳步聲，但他仍舊臉朝下趴在L型桌上。跟葛尼・哈萊克練完後，保羅感到一股懶洋洋的鬆弛。

「你看上去很愜意。」尤因醫師用他那鎮定、高亢的音調說道。

保羅抬起頭，看見那挺拔的身影站在幾步外，穿著皺起的黑色衣服，方方的腦袋，紫紅的嘴唇，下垂的短髭，前額上有代表皇家心理制約的菱形刺青，長長的黑髮以蘇克學校的銀環束在左肩上。

「今天我們沒時間上常規的課程了，你一定很高興吧。」尤因說，「你父親等一下就來。」

保羅坐起身。

「不過，我還是為你準備了影像書閱覽器和幾堂課的膠卷。我們可以在前往厄拉科斯的路上學。」

「哦。」

保羅抓起衣服往身上套。聽說父親要來，他非常興奮。自從皇帝下令要他們接管厄拉科斯以來，父子倆很少有時間待在一起。

・・・

尤因走到L型桌邊，心想，這孩子，這幾個月以來，這孩子結實了不少。多麼枉然，多麼令人哀傷的枉然。但他馬上提醒自己：一定不能動搖。我所做的一切，都是為了我的萬娜，為了讓她不再受哈肯能禽獸的殘害。

保羅走到桌旁和他站在一起，邊扣著外套的鈕釦邊說：「要我在路上學什麼？」

「啊……學習厄拉科斯的各種地球生命形態。對某些生命形態來說，那顆星球似乎是最理想的生存環境。但生存方式還不是很清楚。到了以後，我會找到星球生態學家──凱恩斯博士，協助他調查。」

尤因想：我在說什麼？我甚至對自己都這麼虛偽。

「會有關於弗瑞曼人的資料嗎？」保羅問。

「弗瑞曼人？」尤因的手指敲著桌面，發現保羅正盯著自己這個緊張的動作，於是縮回了手。

「也許你有厄拉科斯人口這方面的資料？」保羅說。

「當然有。」尤因說，「那裡的人大致分為兩類──弗瑞曼人是一類，剩下的則生活在裂谷、凹地或窪地裡。據說他們會通婚。生活在凹地和窪地村莊的女人喜歡嫁給弗瑞曼男人，那裡的男人也願意娶弗瑞曼女人。他們有一句諺語：『城市出教養，沙漠出智慧。』」

「你有他們的照片嗎？」

「我看能不能給你弄幾張。當然，最有意思的特徵應該是他們的眼睛──全藍，沒有半點眼白。」

「變異？」

「不，這跟血液中的香料濃度有關。」

「弗瑞曼人敢生活在沙漠邊緣，一定非常勇敢吧。」

「這是一致公認的。」尤因說，「他們為刀刃作詩，他們的女人跟男人一樣凶猛，就連小孩也非常凶悍危險。我猜想，公爵絕不會允許你跟他們混在一起。」

保羅凝視著尤因。對弗瑞曼人的這番簡單描述，雖然只有寥寥數語，但已經深深打動了他。一定要爭取他們，跟他們結盟！他想。

「那沙蟲呢？」保羅問。

「什麼？」

「我想要多了解沙蟲。」

「哦……哦……當然。我的影像書裡有一具小型標本，只有一百一十公尺長，直徑二十二公尺。是在北半球採集來的。根據紀錄，有可靠的目擊者發現過長達四百公尺的沙蟲。而且有理由相信，甚至有比那更大的沙蟲。」

保羅瞥了一眼桌上攤開的厄拉科斯北半球圓錐投影圖，問道：「沙漠地帶和南極地區都標上不宜居住，是因為沙蟲嗎？」

「還有風暴。」

「但任何地方都可以改造得適合居住。」

「除非經濟上做得到。」尤因說，「厄拉科斯有許多危險，要去除這些危險需要付出很高的代價。」

他捋了捋自己下垂的短髭，「你父親馬上就到。在我走之前，先送你一個禮物，這是我整理行李時發現的。」尤因把一個東西放在兩人之間的桌子上——黑色，橢圓形，不比保羅的拇指尖大多少。

保羅看著那東西。尤因注意到這男孩並沒有伸手去拿。真夠謹慎的，他想。

「這是非常古老的《奧蘭治合一聖書》，專為太空旅行者製作的。不是影像書，而是真正印在絲紙上。配有專用的放大器和靜電充電系統。」他拿起書，展示給保羅看，「靜電會吸附彈簧鎖封面，把整本書闔上。在邊緣按一下——就這樣，你所選的頁面會互斥，書就打開了。」

「這麼小！」

「但是有一千八百頁。按一下書的邊緣——這樣，行了……然後，靜電會在你讀書的時候逐頁翻書。手指千萬不要碰到書頁，絲纖維太脆弱了。」他闔上書，把書遞給保羅，「試試看。」

尤因看著保羅埋首研究，心想，我這是在安慰我的良心。在背叛他之前，我先給他宗教的歸屬。這樣我就可以對自己說，他去到一個我去不了的地方。

「這一定是在影像書發明之前製造出來的。」保羅說。

「相當古老了。這是我們兩人的祕密，好嗎？你父母也許會覺得你年紀太小，不該擁有這麼貴重的東西。」

尤因心想：他母親一定會懷疑我的動機。

「那……」保羅闔上書，捧在手上，「如果這書那麼貴重……」

「就別掃老頭子的興了，」尤因說，「這是我年紀很小的時候別人送我的。」然後他尋思道，我必須勾起他的興趣，和他的貪婪。

「翻到卡利馬第四百六十七頁，那寫著，『所有生命均誕生自水』。看到了嗎？封面邊緣有道很小的凹痕，標明這句話的位置。」

保羅摸摸封皮，摸到了兩道凹痕，其中一道比另一道淺些。他按下較淺的那一道，書在他手心攤開了，放大器也滑到適當的位置。

「大聲讀出來。」尤因說。

保羅用舌頭潤潤嘴唇，讀道：「試想，聾子聽不到聲音。那麼，既然我們沒有聾，又為什麼會聽不到？我們究竟缺少什麼，以至看不見、聽不到我們四周的另一個世界？圍繞在我們身旁的是什麼……」

「停！」尤因吼道。

保羅立即打住，盯著他看。

尤因緊閉雙眼，竭力恢復鎮靜。太怪了，怎麼會剛好翻到萬娜最喜愛的那一頁？尤因睜開眼睛，看到保羅正注視著自己。

「有什麼不對嗎？」保羅問。

「抱歉，」尤因說，「那是……是我……亡妻最喜歡的一頁。我不是想讓你讀那一頁，那會勾起我的回憶……痛苦的回憶。」

「書上有兩道凹痕。」保羅說。

當然，尤因想，萬娜標出了她喜歡的那一頁。他的手指比我敏感，所以摸到了她的標記。只是個意外，僅此而已。

「你會發現這本書很有意思，」尤因說，「裡面有不少史實，也有道德哲學。」

保羅低頭看著掌心上的小書——多麼小一本，裡面卻大有玄機……讀這部書的時候，他竟有一種觸動。他覺得有某種東西在翻攪他的可怕使命。

「你父親隨時會來，」尤因說，「把書收起來，有空的時候再讀。」

保羅照尤因所教的方法觸了一下書的邊緣，書自動闔上了。保羅把書塞進束腰長袍中。尤因朝他吼叫的那一瞬間，保羅還擔心他會把書要回去。

「謝謝您的禮物，尤因醫師，」保羅鄭重地說，「這是我們倆的祕密。如果我那裡有什麼是您喜歡的，請別客氣。」

「我……什麼也不需要。」尤因說。

他想：為什麼我要站在這裡折磨自己？也折磨這可憐的小伙子……儘管他什麼都不知道。哦！那些該死的哈肯能禽獸！為什麼要挑選我做這件令人痛恨的事？

6

我們應該如何展開摩阿迪巴之父的研究？雷托．亞崔迪公爵兼具超常的熱情和非凡的冷靜。有許多事實能夠幫助我們了解這個人：他對貝尼．潔瑟睿德女士忠貞不渝的愛情，對兒子的殷殷期待，還有部下對他的忠心耿耿。你看到了這樣一個人——一個被命運的陷阱捕獲的人，站在兒子的輝煌背後黯然失色的孤獨身影。然而，我們仍要問：兒子豈不正是父親的延伸嗎？

——伊若琅公主《摩阿迪巴家族紀事》

．．．

保羅看著父親走進訓練室，衛兵在外面就定位，其中一人關上了門。跟平時一樣，保羅有一種晉見父親的感覺，他總算大駕光臨了。

公爵身材高大，橄欖色的皮膚，瘦削的臉上稜角分明，顯得十分嚴厲，只有那雙深灰色的眼睛讓人覺得溫和些。公爵身穿黑色制服，胸前繡有鷹隼的紅色家徽，窄腰上繫著銀色屏蔽場腰帶，由於時常使用，已長出銅鏽。

公爵說：「在認真研究嗎，兒子？」

他繞到L型桌前，看一眼桌上的文件，環視整間屋子，重新望著保羅。他很累了，但不想露出倦意，只好硬撐著，撐得渾身痠痛。去厄拉科斯的路上，我一定得找機會好好休息，他想。到了那裡，就沒時間休息了。

「不算很認真，」保羅說，「一切都那麼……」他聳聳肩。

「是啊。唔，我們明天出發。最好能早點在我們的新家安頓下來，早點擺脫這些煩心事。」

保羅點點頭，突然想起聖母的話，心裡一沉：「……至於你父親，救不了了。」

「父親，」保羅說，「厄拉科斯會像大家說的那麼危險嗎？」

公爵勉強裝出無所謂的樣子，微笑著在桌子一角坐下。他腦子裡有一整套安撫人的說詞，用來在戰前消解部下的憂慮。但那些話都凍結在舌頭上，說不出口，原因只有一個：這可是我兒子。

「會很危險。」他承認。

「郝沃茲跟我說，我們有一個爭取弗瑞曼人的計畫。」保羅說。說到這裡，他自己也覺得奇怪：為什麼我不把那個老婦人的話告訴他？她怎麼就封住了我的嘴了？

公爵注意到兒子的不安，於是說道：「跟往常一樣，郝沃茲看到了重大機會。但除此之外還有更多，比如鉅貿聯會。皇帝把厄拉科斯給了我，就不得不給我鉅貿聯會的董事席位……這是不易察覺的收穫。」

「鉅貿聯會控制著香料。」保羅說。

「厄拉科斯和那裡的香料就是我們進入鉅貿聯會的通行證，」公爵說，「鉅貿聯會比美藍極更有價值。」

「聖母警告過你嗎？」保羅脫口問道，並握緊拳頭，感到掌心因為出汗變得滑膩。這個問題要問出來可真費力。

「郝沃茲告訴我，她跟你講了一些關於厄拉科斯的事，想嚇唬你。」公爵說，「別讓女人的憂慮蒙蔽了你的心智。沒有哪個女人願意讓自己心愛的人去冒險。這些警告其實是你母親的手筆。就把這看作是她對我們的愛吧。」

「她知道弗瑞曼人的事嗎？」

「知道。其他的事，她同樣知道得不少。」

「什麼事？」

公爵想：真相可能比他想像的更糟，但只要受過訓練，知道如何面對，就連危險的真相也是有價值的。那個地方不會保留什麼東西給我兒子——在面對危險的時候。他必須知道這一點，可是，他還這麼小。

「很少有產品能逃離鉅貿聯會的控制，」公爵說，「薪柴、驢、馬、乳牛、木材、糞肥、鯊魚、鯨皮——從最普通的本地貨到最不可思議的舶來品……甚至包括我們卡樂丹粗劣的龐迪米。宇航運的任何貨物，從伊卡茲的藝術品到瑞切斯和伊克斯的機械，一和美藍極相比，都黯然無光。一捧香料就可以買到圖比勒上的一棟房子。這種香料無法用人工製造，必須在厄拉科斯上開採，不但獨一無二，而且確實有抗衰老的功能。」

「現在是由我們控制香料嗎？」

「在某種程度上，是的。但重要的是，必須考慮到仰賴鉅貿聯會盈利的各大氏族。你想，這些盈利絕大程度上都依賴同一種物產——香料，要是出於什麼原因，香料的產量減少了，那會怎樣？」

「誰囤積了美藍極，誰就掌握了生殺大權。」保羅說，「其他人都會被晾在一邊。」

公爵放任自己享受片刻冷酷的滿足，看著兒子想，看得很透啊，這樣的觀察力是真正下過苦工的。他點點頭說：「哈肯能人已經囤積了整整二十多年。」

「他們會破壞開採，而問題會被歸咎到您身上。」

「他們想讓亞崔迪氏族成為眾矢之的，」公爵說，「你想，蘭茲拉德在某些事務上一直希望由我帶頭領導大家，擔任他們的非官方發言人。要是他們的收入嚴重減少，而問題出在我，你想他們會有什麼反應？畢竟，人最看重的還是自己的利益。大公約算什麼！絕不能讓別人卡住你的財源！」公爵的嘴角露出一抹冷笑，「不管我的處境有多糟，他們都會假裝沒看到。」

「即使我們受到原子武器攻擊？」

「不會那麼明目張膽，不會公然挑戰公約，但除此之外，幾乎什麼都做得出來……也許會撒撒粉，在土壤裡下點毒什麼的。」

「那我們為什麼還要攪進去呢？」

「保羅！」公爵緊皺眉頭看著兒子說，「避開陷阱的第一步，是知道陷阱在什麼地方。這就像一對一格鬥，兒子，只是規模更大些——格擋、格擋、再格擋……看起來沒完沒了。我們要做的就是見招拆招。知道哈肯能人囤積了美藍極以後，我們還要問自己另一個問題：還有誰在囤積？我們要這樣列出敵人的清單。」

「誰？」

「我們知道有幾個氏族和我們不和，另外一些是我們認為還算友好的。但目前我們還不需要考慮他們，因為還有一個更重要的人物：我們敬愛的帕迪沙皇帝。」

保羅突然感到嗓子發乾，嚥了嚥，說：「你能不能召開蘭茲拉德，揭穿——」

「讓敵人明白我們已經知道他用哪隻手握刀嗎？啊，是的，保羅——我們現在已經看見刀了，可誰知道接下來這把刀會往哪裡轉？如果我們把這件事提到蘭茲拉德，那只會引起騷動。皇帝會否認一切，誰又能跟他辯駁？我們贏得的只是一點時間，卻要冒亂成一團的風險。誰知道下一次攻擊來自哪裡？」

「也許所有氏族都開始囤積香料了。」

「我們的敵人已經搶在我們前頭，領先太多，來不及趕上了。」

「皇帝，」保羅說，「那就意味著薩督卡軍隊。」

「穿上哈肯能人的軍服，這毫無疑問。」公爵說，「但士兵畢竟還是狂熱分子。」

「弗瑞曼人能怎樣幫我們對付薩督卡？」

「郝沃茲給你講過薩魯撒・塞康達斯嗎？」

「皇帝的監獄行星？沒有。」

「如果那不僅僅是監獄行星呢，保羅？關於薩督卡皇家軍隊，有一個問題你從沒問過：那些人來自哪裡？」

「來自監獄行星？」

「他們一定是從某個地方來的。」

「但皇帝徵募的後備部隊來自——」

「正是為了讓我們相信，這些人也只不過是皇帝徵募的人，只不過從小就接受頂尖的訓練。你只會偶然聽到有人交頭接耳說起皇帝手下那些軍事教官。不管怎樣，我們的文明社會依然保持同樣的平衡：一邊是大氏族蘭茲拉德的軍力，另一邊是薩督卡軍隊跟軍隊的後備部隊。保羅，薩督卡仍是薩督卡。」

「但每份關於薩魯撒・塞康達斯的報告都說那裡是地獄。」

「毫無疑問。但如果想訓練出剽悍、強壯、凶殘的士兵，你會讓他們待在怎樣的環境？」

「但這樣的人，要如何贏得他們的忠誠呢？」

「已經有不少方法都證明很有效：讓他們產生某種程度的優越感、訂立祕密盟約的神祕感、同舟共濟的團隊精神。各個時代都有很多地方這麼做過。」

保羅點點頭，凝視著父親的臉，感覺自己快要領悟了。

「再說厄拉科斯，」公爵說，「只要你走出城鎮和軍隊駐防的村莊，環境的惡劣程度就跟薩魯撒・塞康達斯不相上下。」

保羅睜大了眼睛：「弗瑞曼人！」

「我們在那裡有一支潛在的軍團，與薩督卡軍一樣勇猛、凶狠。不但要有足夠的耐心才能悄悄收服他們，還要有足夠的財力才能把他們武裝起來。但是，弗瑞曼人就在那裡……香料的資源也是。現在你知道我們為什麼明知有陷阱，還要到厄拉科斯去了吧。」

「難道哈肯能人看不出弗瑞曼人的潛力？」

「哈肯能人看不起弗瑞曼人，以追殺弗瑞曼人為樂，甚至從來沒費心計算他們的人口數。我們很清楚哈肯能人對行星人民採取什麼政策——錢花得越少越好。」

公爵胸前鷹徽上的金屬絲線隨著他的走動而熠熠生輝。「明白了嗎。」

「我們目前正跟弗瑞曼人接洽，對嗎？」保羅說。

「我派了一支使團，由鄧肯・艾德侯領隊。」公爵說，「鄧肯是驕傲、無情的人，但崇尚真理。我想，弗瑞曼人會欽佩他的。如果運氣好，他們會透過鄧肯評估我們。鄧肯，高尚的君子。」

「鄧肯，高尚的君子，」保羅說，「葛尼，無畏的猛士。」

「說得好。」公爵答道。

保羅想：葛尼就是聖母所說的那種人，世界的支柱——「……勇者中的勇者。」

「葛尼跟我說你今天在武器課上表現不錯。」公爵說。

「他跟我可不是這麼說的。」

公爵放聲大笑：「我猜葛尼很少讚揚別人。他說你的感覺很敏銳——用他的話說，是懂得刀尖與刀刃的差別。」

「葛尼說用刀尖殺人缺乏美感，應該用刀刃殺人。」

「葛尼生性浪漫。」公爵低沉道。跟自己的兒子討論殺人突然令他感到不安，「我倒寧願你永遠不用殺人……但如果一定要做，用什麼方式都行——刀尖或刀刃都無所謂。」他抬頭望向天窗，大雨正傾盆如注。

保羅順著父親的視線望去，外面是漫天大雨——厄拉科斯無論如何也不會有這番景象。他想到那片天空之後遙遠的太空。「宇航的星艦真的很大嗎？」保羅問。

公爵看著他。「這將是你第一次離開這顆行星。」他說，「是的，他們的星艦很大。這次航程很長，所以我們會搭巨型運輸艦。巨型運輸艦真的非常大，只一個角落就可以容納我們所有的巡防艦和運機艦——我們只占載物清單的很小一部分。」

「航行途中，我們不能離開我們的巡防艦，是嗎？」

「這是為了得到宇航的安全保障而付出的一部分代價。哈肯能人的航艦可能就在我們旁邊。不過這也沒什麼好怕的。哈肯能人很清楚，他們最好不要危害自己的運輸特權。」

「我會盯著我們的監視器，看能不能發現宇航領航員。」

「你找不到的。即使他們的代理商都從來沒見過宇航領航員。宇航把隱私權看得跟壟斷權一樣重。千萬別做會危害我們運輸特權的事，保羅。」

「你覺得他們躲起來，會不會是因為他們已經變異了，長得不再像……人類？」

「誰知道？」公爵聳聳肩道，「這個謎，我們是不大可能解開的。我們還有更迫切的問題，其中之一就是——你。」

「我？」

「你母親希望由我來告訴你，兒子。你知道嗎，你可能具有晶算師的天賦。」

保羅瞪著父親，一時說不出話來。半晌才問道：「晶算師？我？可我……」

「郝沃茲也同意，兒子。真的。」

「但我以為，晶算師的訓練必須從嬰兒開始，而且還不能讓受訓者知道，以免會影響早期……」

保羅打住了，腦中一閃，過去種種狀況突然變得清晰，「我明白了。」他說。

「總有一天，」公爵說，「潛在的晶算師會明白身上發生過的事。他可能從此不用再接受這樣的訓練。晶算師必須親自參與最後的抉擇：是繼續訓練，還是放棄。有的人可以繼續，有的不能。只有潛在的晶算師才能判斷自己到底是不是這塊料。」

保羅摸摸下頷，想起郝沃茲和母親給他的特別訓練：記憶術、集中意念、肌肉控制、增強感官的靈敏度、學習語言及聲音的細微差別——現在，他對這一切都有了全新的認識。

「兒子，有一天你會成為公爵。」父親說，「晶算師公爵會令人相當害怕。你現在能決定嗎？……或者，再多點時間考慮？」

保羅毫不猶豫地回答：「我會繼續訓練。」

「是啊，令人害怕。」公爵喃喃道。保羅看到父親臉上露出驕傲的微笑，但這笑容卻令他震驚：公爵窄長的臉龐看上去竟然像極了骷髏。保羅閉上眼睛，感到內心深處的可怕使命感又在蠢蠢欲動。也許，成為晶算師就是那個可怕的使命吧。保羅想。

但即使他全心這樣想，他新覺醒的意識卻不相信。

7

貝尼．潔瑟睿德系統早就透過護使團播下神奇傳說的種籽，如今有了潔西嘉女士和厄拉科斯，這棵樹終於結出成熟果實。長期以來，為了保護貝尼．潔瑟睿德成員，她們在已知的宇宙中傳播預言，這種遠見卓識早就為人所讚賞，但這類為了在險惡情境中生存所創造的環境，卻從未有如此符合天時地利人和者。預言傳說甚至帶上具有厄拉科斯色彩的標誌（包括聖母、聖歌、頌詩應答，以及大多數的誡命預言等等）。而且，人們普遍同意，潔西嘉女士的隱性能力是被大大低估了。

——伊若琅公主《解析：厄拉欽恩的危機》
（限內部傳閱，貝尼．潔瑟睿德檔案號碼：ＡＲ—八一〇八八五八七）

．．．

在厄拉欽恩大廳的角落，在露天區域，打包裝箱的生活用品堆積如山——盒子、木箱、行李箱、紙箱，有些已經拆了一半，潔西嘉身旁到處都是。她看著亂七八糟的雜物，聽見宇航又將另一批貨物卸到門口。

潔西嘉走到大廳中央，慢慢轉身，四下打量陰暗的雕塑、裂紋，以及深深嵌入牆壁的窗框。這座巨大的古式建築使她想起貝尼．潔瑟睿德學校裡的女修廳。只不過女修廳給人的感覺是溫暖的，而這裡只有陰冷的石塊。

為了設計這些承重牆和黑色帷幔，建築學家一定將研究追溯到遠古時代，潔西嘉想。她上方的拱形天花板有兩層樓高，那巨大的梁木她確信一定是耗費鉅資從外星系運到厄拉科斯。這個星系沒有一顆行星種得出可以做梁木的樹——除非這梁木是仿木材料製成的。

她不這麼認為。

這是舊帝國時代的政府官邸，那時花起錢來不像現在這樣慎重。這大宅早在哈肯能人到來之前就矗立在這裡，而哈肯能人新建的迦太奇——一片浮華、粗俗的都市帶，則在此地東北二百公里處。雷托明智地選了厄拉欽恩作為新政府所在地。厄拉欽恩這名字聽起來很悅耳，充滿了傳統氣息。而這座城市也比較小，更易於消毒、防守。

入口又傳來卸貨聲，潔西嘉嘆了口氣。

潔西嘉右邊的箱子上靠著一幅公爵父親的肖像，包綑畫作的麻繩像磨損的飾物般垂掛下來，其中有一條仍纏在潔西嘉的左手上。畫像旁邊放著一顆嵌在飾板上的黑色牛頭。牛頭像一座黑色島嶼，浮在包裝紙的海洋中。飾板平放在地，公牛閃亮的鼻子直指天花板，彷彿在喘著粗氣，隨時準備衝向回音繞梁的大堂。

潔西嘉自己也覺得奇怪，究竟是什麼衝動讓她先拆開這兩樣東西——牛頭和畫像。她知道，此舉一定有某種象徵性。自從公爵派人將她從貝尼．潔瑟睿德學校買下來以後，她第一次感到如此恐懼，如此懷疑自己。

牛頭和畫像。

兩者使她更加心亂如麻。她打了一個寒顫，抬頭瞄了一眼上方高處那狹長的天窗。剛過正午，在這個緯度，天空顯得既黑又冷，遠比卡樂丹溫暖的藍天還要陰暗。潔西嘉的心中湧起一股鄉愁。

多麼遙遠啊，卡樂丹。

「原來妳在這裡！」

這是公爵的聲音。

她一旋身，看見公爵從拱廊出來，大步走向餐廳。他那身胸前佩著紅色鷹徽的黑色制服看上去又髒又皺。

「我還以為妳在這可怕的地方迷路了。」他說。

「這是棟陰冷的房子。」她說。潔西嘉望著公爵那高大的身材、深色的皮膚（常常讓她想起橄欖樹和蔚藍大海上的金色太陽）。他的灰眼氤氳靉靆，卻有一張掠食動物的臉，瘦削、稜角分明。

潔西嘉胸口一緊，對公爵突然有些發怵。自從決定服從皇帝的命令以來，他就變成一個凶狠、猛烈的人。

「整個城市都很冷。」她說。

「這是座骯髒的要塞，到處是灰塵。」公爵表示同意，「但我們要改變這一切。」他環顧大廳，「這是舉行活動的公共區域，我剛看了南翼的幾戶家庭私宅，那邊好多了。」他走到潔西嘉身邊，撫著她的肩膀，欣賞著她的雍容華貴。

再一次，公爵揣想著她未知的血統——也許是某個叛亂氏族？或是躲到民間的皇族？她看上去比皇帝本人的血統更加尊貴。

在他的注視下，潔西嘉輕輕轉了半身，側對著公爵。他突然意識到，潔西嘉身上沒有什麼地方特別突出，她的美是渾然的美。她有一頭閃亮的紅銅色秀髮，鵝蛋形的臉，瞳距稍寬，雙眸就像卡樂丹清晨的天空般湛綠明亮。小巧的鼻子，嘴唇寬厚。她的身形優美，高䠷而苗條，只是略顯單薄。

他記得他的買辦轉告他，學校裡做雜役的女修說她很瘦。但這種描述太簡化了。她將皇室的美麗高雅帶到亞崔迪氏族，他很高興保羅更像她。

「保羅在哪裡？」他問。

「跟尤因在屋裡什麼地方上課吧。」

「也許在南翼，」他說，「我好像聽到尤因的聲音，可我沒時間去看看。」他低頭看著她，頓了頓，「我到這裡來，只是想把卡樂丹城堡的鑰匙掛在餐廳。」

她屏住呼吸，止住自己想伸手拉他的衝動。掛鑰匙——這個舉動有一種大事底定的意味。但此時此地實在不適合安慰。「我進來的時候看見屋頂上掛著我們的旗幟。」潔西嘉說。

他瞥了一眼父親的畫像，「妳準備把肖像掛在哪裡？」

「就在這屋裡找個地方。」

「不。」公爵語氣平淡卻斬釘截鐵。她明白，要說服他，她只能使詐，公然爭辯於事無補。可她仍必須試試，哪怕只是為了提醒自己，她永遠不會對他使詐。

「爵爺，」她說，「假如您只是……」

「我的回答還是『不』。大部分事情我都縱容妳，儘管這並不體面。但這次不行。我剛從餐廳來，那裡……」

「爵爺！請您聽我說。」

「這是在妳進餐時的胃口和我祖先的尊嚴中間作選擇，我親愛的。」公爵說，「掛在餐廳裡。」

她嘆了口氣：「是，爵爺。」

「只要有可能，妳可以恢復過去的習慣，在妳的房間用餐。但在正式場合，我希望妳能出席，坐在妳該坐的位子上。」

「謝謝，爵爺。」

「還有，別對我那麼冷淡、守禮！妳得慶幸我沒正式娶妳，親愛的。不然的話，妳就有責任陪我用每一餐了。」

她渾若無事，點點頭。

「郝沃茲已經在餐桌上裝好我們自己的毒素檢測器，」他說，「妳房裡也有一個移動式的。」

「你早就預計到這種……意見不合。」她說。

「親愛的，我還想到妳的舒適。僕傭我已經僱好了，都是本地人，但郝沃茲查過底細──都是弗瑞曼人，會一直幹到我們自己的人忙完其他事為止。」

「這裡的人都確實安全可靠嗎？」

「任何仇恨哈肯能的人都可靠。妳甚至可能願意留用夏道特梅帕絲。」

「夏道特？」潔西嘉說，「弗瑞曼頭銜？」

「有人說，意思是『汲水的人』。在這裡，這頭銜代表的地位相當高。看了鄧肯的報告以後，郝沃茲對她評價很高。他們確信她想當傭人，特別是當妳的傭人。」

「我？」

「弗瑞曼人已經知道妳是貝尼．潔瑟睿德。」他說，「這裡有不少關於貝尼．潔瑟睿德的傳說。」

護使團真是無孔不入，潔西嘉想。

「這是不是代表鄧肯成功了？」她問，「弗瑞曼人會成為我們的盟友嗎？」

「還不確定。」他說，「鄧肯認為，他們想再觀察我們一段時間。不過，不管怎麼說，他們已經答應在休戰期間不再襲擊我們的外圍村落。這是相當重要的收穫，比表面看起來還要重要。郝沃茲告訴我，弗瑞曼人是哈肯能人的肉中刺，他們造成的損壞是哈肯能人的高度機密。哈肯能人可不想讓皇帝知道他們的軍隊有多無能。」

「一個弗瑞曼管家，」潔西嘉沉吟著，又把話題帶回夏道特梅帕絲，「她應該有一雙全藍的眼睛吧。」

「別被弗瑞曼人的外表給蒙蔽了。」公爵說，「他們的內在十分堅強，精力旺盛。我想，他們正是我們需要的人。」

「這是一場危險的賭博。」她說。

「別再談這個話題了。」他說。

她勉強擠出笑容，「我們要盡心盡責，毫無疑問。」她深吸兩口氣，腦中默念如儀，很快做了一次清心靜氣的修練法。隨後她問道：「我分配房間時，需要為您特別預留什麼嗎？」

「以後一定得教教我，妳究竟是怎麼做到的。」他說，「居然能排開煩惱，投入現實事務，這一定是貝尼．潔瑟睿德的修行吧。」

「這是女人的修行。」她說。

公爵笑道：「那好，分配房間吧。我的臥室旁一定要有寬敞的辦公區。在這裡，我要處理的文件遠比卡樂丹還多。當然還要有一間侍衛的房間。我想就這些了。別為這幢房子的安全操心，郝沃茲的人已經徹底檢查過了。」

「這我相信。」

公爵抬頭看看手錶，「還有件事也許妳還得看著點，把所有的鐘錶調成厄拉欽恩當地時間。我已經派了個技師去做這件事，他馬上就到。」他一邊把潔西嘉前額的一縷頭髮撥到後面，一邊說，「我得去起降場了，載著後備人員的第二艘星艦隨時可能抵達。」

「不能讓郝沃茲去接嗎，爵爺？你看上去太累了。」

「瑟非比我還忙。妳知道，這個星球上到處都是哈肯能人的詭計。此外，我還必須努力說服一些老練的香料獵人別走。妳知道，領主變了，他們有權離開。這裡的星球生態學家也允許人們自行選擇去留。這個人是皇帝和蘭茲拉德任命的變動仲裁官，沒辦法收買。大約有八百名老練的人手想搭乘運送香料的貨運艦離開，現在那裡正好有一艘宇航的貨運艦。」

「爵爺……」她頓了頓，猶豫不定。

「什麼？」

他在努力確保我們在這顆星球上的安全，誰都勸不動他。潔西嘉心想，而我又不能對他使詐。

「您希望什麼時間用晚膳？」她問。

這不是她原本想說的話，他想。啊，我的潔西嘉，真希望我們倆待在別的星球，遠遠離開這個可怕的地方，就我們倆，無憂無慮。

「我會在起降場的官員食堂吃，」他說，「會很晚才回來。還有……嗯，我會派一輛警衛車來接保羅，我想讓他出席我們的戰略會議。」

他清清嗓子，似乎想說點別的什麼，但卻突然毫無徵兆地一轉身，大步朝大門走去。她可以聽到那裡正在卸箱子，他的聲音從那邊傳來，威儀又倨傲。他在急忙時跟僕人說話就是這種語氣。「潔西嘉女士在大廳裡，馬上去她那裡。」

外邊的門砰地一聲關上了。

潔西嘉轉過身，面對雷托父親的畫像。這是著名畫家阿爾波的作品，當時老公爵正值中年，一身傳統的鬥牛士裝束，紫紅色披風從他的左肩披下，襯著他的臉，使他比真實年齡顯得更年輕些，看上去不比現在的雷托老多少，也有同樣的灰眸，如出一轍的鷹隼五官。她握緊拳頭，手垂在身側，瞪著畫像看。

「該死的！該死的！該死的！」她輕聲說。

「您有什麼吩咐，尊貴的人？」女人的聲音傳來，又尖又細。

潔西嘉轉過身，低頭望去。眼前是一個骨節突出、髮色灰白的女人，穿著奴隸的褐色寬短外衣，沒有剪裁可言。早晨從起降場來新家的這一路上，不少當地人夾道歡迎，而這女人就和那群人一樣，又皺又脫水。潔西嘉尋思道，這顆星球上的本地人看起來都非常缺水，營養不良，可雷托卻說他們十分健壯、精力旺盛。當然了，還有那些眼睛，那最深邃、最濃重的藍，沒有半點眼白——顯得神祕莫測。潔西嘉強迫自己別盯著他們看。

那女人生硬地點點頭說：「人家都叫我夏道特梅帕絲，尊貴的人。您有什麼吩咐嗎？」

「稱我『女士』就可以了，」潔西嘉說，「我不是貴族出身，是雷托公爵的情婦。」

那女人又一次怪異地點了點頭，偷覷著潔西嘉，狡黠地問：「這麼說還有位夫人？」

「沒有，一直都沒有。我是公爵唯一的……伴侶，他繼承人的母親。」

說這些話時，潔西嘉內心不由得驕傲地笑了笑。聖奧古斯丁是怎麼說的？她問自己。「心智駕馭身體，無令不行；心智指揮自身，阻力叢生。」是啊，近來我越來越常遇到阻力，應該找個地方獨自靜一靜。

屋外大路上傳來一陣奇怪的吆喝聲，不斷重複著「Soo-soo-Sook! Soo-soo-Sook」，然後是「Ikhut-eigh」接著又是「Soo-soo-Sook」。

「那是什麼？」潔西嘉問，「今早我們乘車經過大街時聽到好幾次。」

「不過是賣水的，女士。您沒有那個必要去理會，這裡的水箱足足存了五萬升水，總是滿滿的。」她低頭看看自己的衣服，「哦，您知道嗎，我在這裡甚至不用蒸餾服。」她咯咯地笑著說，「這樣也沒有死掉我！」

潔西嘉欲言又止，想問問這個弗瑞曼女人，從她那裡套點有用的訊息。但恢復城堡的秩序似乎更緊迫。再者，她也覺得相當不安，這裡竟然以水為財富的主要指標。

「公爵跟我講過妳的頭銜，夏道特。」潔西嘉說，「我記得『夏道特』是非常古老的詞彙。」

「您知道那些古老的方言？」梅帕絲問，眼裡流露出一股奇異的急切。

「方言是貝尼．潔瑟睿德的入門課。」潔西嘉答道，「我懂波坦尼方言、契科布薩語以及所有的狩獵語言。」

梅帕絲點點頭：「跟傳說中的完全一樣。」

潔西嘉心想：我為什麼要這樣裝神弄鬼？但貝尼．潔瑟睿德的方式就是拐彎抹角，引人入彀。

「我知道大神母的黑暗力量和手段。」潔西嘉說。從梅帕絲的動作和表情中，她看到了蛛絲馬跡。

「*Miseces preja*」，潔西嘉用契科布薩語說，「*Andral t're pera! Trada cik buscakri miseces perakri*—」

梅帕絲倒退一步，似乎打算拔腿逃開。

「我知道很多事，」潔西嘉說，「我知道妳生過孩子，失去了心愛的人，曾經擔驚受怕，到處躲藏，對別人做過凶殘的事，而且會做更多凶殘的事。是的，我知道很多事。」

梅帕絲低聲說：「傷害別人我不想，女士。」

「妳提到了傳說，想尋求答案。」潔西嘉說，「可是，小心妳可能會找到的答案。我知道妳束腰外衣裡藏著武器，已經準備好要動武。」

「女士，我……」

「妳確實有可能讓我送命，雖然機會不大。」潔西嘉說，「但是，這麼做所招來的毀滅是妳在最魂飛魄散時也無法想像的。要知道，有些事比死亡更可怕——尤其是對一整支民族來說。」

「女士！」梅帕絲哀求道，她幾乎要跪倒在地了，「如果您能證明您就是那個人，這件武器就會成為送給您的禮物。」

「如果我無法證明，它就會讓我送命。」潔西嘉說道。她等待著，看起來很放鬆，然而，正是這種不以為意，讓受過貝尼．潔瑟睿德訓練的人在對峙時令人不寒而慄。

現在就看她會做出什麼決定了。她想。

慢慢地，梅帕絲把手伸入衣領內，取出一把藏在黑色刀鞘中的刀，黑色刀柄上有深深的指槽。她一手持刀鞘，一手握刀柄，拔出乳白色的刀身，舉了起來。刀身光澤奪目，那是本身自帶的光輝。兩面開刃一如雙刃匕首，長約二十公分。

「您知道這東西嗎，女士？」梅帕絲問。

這只會是那個東西，潔西嘉很清楚，也就是傳說中的厄拉科斯晶刃匕。從來沒人能把這種刀帶離厄拉科斯，所以她只在傳聞和隨意的閒聊中聽人說過。

「這是晶刃匕。」她說。

「提到時，口氣要鄭重。」梅帕絲說，「您知道它代表什麼嗎？」

潔西嘉想：這個問題暗藏殺機。這弗瑞曼女人想做我的傭人，大概就是為了問我這個問題。我的回答可能會使她當場動手，但也可能……會怎樣？她來是想問：這刀代表什麼。她想從我這裡找到答案。在契科布薩語中，她名字的意思是『汲水的人』。而刀，用契科布薩語來說就是『死亡創造者』。她越來越按捺不住了，我必須立即回答。延誤跟錯誤的答案一樣危險。

潔西嘉說：「那是創造——」

「哎——」梅帕絲哀嚎了起來，聲音聽上去既悲痛又歡喜。她渾身劇烈顫抖，刀刃也因此顫個不停，閃得屋裡一片刀光。

潔西嘉蓄勢待發。她本來想說的是「創造死亡的人」，然後再加上那個古字。可現在，所有的感官都在警告她：不要按本意說下去。她受過最嚴格的訓練，能從肌肉最不引人注目的一絲輕顫中發現危險。

關鍵詞就是……創造者。

創造者？創造者。

梅帕絲還舉著那把刀，彷彿要揮刀上前。

潔西嘉說：「妳以為，我，一個知道大神母祕密的人，會不知道創造者嗎？」

梅帕絲放下刀，「女士，在預言中活得太久的人，在預言實現的時候會很震驚。」

潔西嘉想著那個預言。許多世紀以前，貝尼·潔瑟睿德的護使團在這裡播下了誡命預言，傳說的種子。如今，播種的人無疑早已逝世，使命卻完成了：為貝尼·潔瑟睿德有朝一日的需要，向這群人灌輸保命的傳說。

是啊，這一天到了。

梅帕絲還刀入鞘，「這是一把還不穩定的刀，請放在您身邊。只要離開人體一週，它就會開始分解。這口刀是您的了——沙胡羅之牙，陪伴您一輩子。」

潔西嘉伸出右手，決定冒險一搏，「梅帕絲，妳的刀還沒見血就收起來了。」

梅帕絲倒吸一口氣，讓刀落入潔西嘉手中。她扯開褐色的束腰外衣，哀號著對潔西嘉說：「取走我生命中的水吧！」

潔西嘉從刀鞘裡抽出刀來。真亮啊！她把刀尖指向梅帕絲，看到這女人的臉上流露出深深的恐懼，那種恐懼甚至遠遠超過對死亡的懼怕。難道刀尖上有毒？潔西嘉想。她刀尖一挑，在梅帕絲左胸靠上的地方輕輕劃下一道，濃稠的鮮血滲了出來，但立即止住。極速凝結，潔西嘉想。用來保存水分的變異。

她把刀收回刀鞘，說道：「扣起妳的束腰外衣，梅帕絲。」

梅帕絲依言行事，但仍在發抖。她用那雙不帶一點眼白的眼睛看著潔西嘉，說：「您是我們的人，」她喃喃地說，「您就是那個人。」

門口又一次傳來卸貨聲，梅帕絲迅速抓起入鞘的刀，藏到潔西嘉身上。「只有潔淨的人才能看到刀，或者死人！」她驚惶地說，「您知道的，女士！」

現在知道了。潔西嘉想。

送貨人沒進門廳就離開了。

梅帕絲讓自己鎮定下來，「不潔的人如果看到了晶刃匕，就不能活著離開厄拉科斯。千萬別忘了，女士。這把晶刃匕就託付給您了。」她深深吸了一口氣說，「現在，一切就等天行其道，不能急。」她瞄了一眼周圍堆積如山的箱子和貨品，「這裡還有一大堆事情等著我們呢。」

潔西嘉遲疑了，「天行其道」，這是護使團咒文中的一句特殊箴言——聖母必將降臨，解脫爾等。

可我不是聖母，潔西嘉想。隨即便想道：神母啊！她們把這句話種在這裡！這塊土地該有多可怕啊。

梅帕絲實事求是地說：「您希望我先做些什麼？女士。」

本能警告潔西嘉要配合這種不經意的語氣。她說：「那邊那幅老公爵的畫像，那必須掛到餐廳的牆上，牛頭要掛在畫像對面。」

梅帕絲走到牛頭邊。「這頭怪物真大啊，光牛頭就這麼大。」她說著彎下腰，「我得先把這東西弄乾淨，是嗎？女士？」

「不用。」

「但角上都有一塊塊泥巴了。」

「那不是泥，梅帕絲，那是老公爵的血。這頭牛奪走了老公爵的命，之後幾小時內，這對牛角就被噴上一層透明的定型劑。」

梅帕絲站起身來。「原來是這麼回事！」她說。

「只是血而已，」潔西嘉說，「陳年的血印。現在，叫幾個人幫忙把這些東西掛起來。那牛頭很重。」

「您以為血印會讓我不舒服？」梅帕絲問，「我從沙漠來，血我看多了。」

「我……知道妳見過血。」潔西嘉說。

「有些還是我自己的血呢，」梅帕絲說，「比剛才您劃的那一道還要多。」

「妳寧可我劃得更深些？」

「哦，不！身體裡的水夠少的了，哪能就那麼噴到空中浪費了。您做得對。」

潔西嘉注意到她的態度和她所用的詞，突然領悟其中深刻的內涵，「身體裡的水」，她再一次感受到水在厄拉科斯的地位高到令她覺得壓迫。

「哪一樣東西該掛在餐廳的哪一面牆上？」梅帕絲問。

真是務實的人，這個梅帕絲。潔西嘉想。「妳自己決定吧。其實放哪裡都沒多大分別。」

「就聽您的，女士。」梅帕絲彎下腰，開始清除牛頭上的包裝和繩索，「殺了個老公爵，啊？」她衝牛頭哼哼著。

「要不要我召人來幫妳？」潔西嘉問。

「我做得來，女士。」

是的，她做得來。潔西嘉想，這些弗瑞曼人就是這樣，凡事都寧願自己來。

潔西嘉感到衣服下那把晶刃匕發出陣陣寒意，想起了貝尼．潔瑟睿德環環相扣的大計。剛剛的事也是其中一環。正是因為那個大計，她才得以化險為夷。「不能急。」梅帕絲這麼說過，然而，這個地方風雨欲來，潔西嘉心中湧現不祥的預感。即使護使團的準備工作和郝沃茲嚴密的偵察，都不能排遣這種萬噸大石壓在胸口的感覺。

「把那些東西掛好後就來拆箱子，」潔西嘉說，「門口的那些搬運工裡，有一個人拿著所有的鑰匙，他知道什麼東西該放哪裡。去他那裡取鑰匙和貨單。如果有什麼不明白的，就到南翼來找我。」

「遵命，女士。」梅帕絲說。

潔西嘉轉過身，心想：郝沃茲可能認為這座官邸已經安全了，但還是有點不對勁，我能感覺到。她突然急著想見兒子，於是開始朝拱門後方的通道走去，通道盡頭就是餐廳和私宅。越來越快，越來越快！她幾乎跑了起來。

在她身後，正在清理牛頭包裝的梅帕絲停了下來，看著潔西嘉遠去的身影。「沒錯，她就是那個人。」她喃喃道，「真可憐哪。」

8

「尤因！尤因！尤因！」歌謠中這樣唱道，「死一萬次都不足惜！」

——伊若琅公主《摩阿迪巴童年史》

• • •

門微微敞開，潔西嘉走了進去。房間四面都是黃牆，左方有一把矮小的黑皮靠背長椅和兩座空書架，凸出的一角掛著一隻落滿了灰的長頸水瓶。她右側還有一扇門，那邊立著更多空書架，還有一張從卡樂丹帶來的桌子和三把椅子。尤因醫師站在她正前方的窗戶旁，背對著她，正出神望著外面的世界。

潔西嘉又默默往屋裡踏了一步。

尤因的外套皺巴巴的，左肘處一塊白斑，似乎剛在白粉牆上靠過。從後方看，他像一道無血無肉的人影，套著過大的黑色外衣；又像一具操偶師操作的牽線傀儡。他一頭黑髮以蘇克學校銀環束在左肩，似乎只有那黑髮下方的方形腦袋還有幾分活氣，會隨著外界的動靜微微轉動。

潔西嘉環視屋內，沒有發現兒子的蹤跡，但她右側有一扇關上的房門，她知道門後是一間小臥室，保羅說過他喜歡那裡。

「午安，尤因醫師，」她說，「保羅在哪裡？」

他沒轉身，點點頭，像是在對窗外的什麼人打招呼，心不在焉地說：「妳兒子累了，潔西嘉，我讓他去隔壁的房間休息。」

突然，他身體一僵，旋即轉過身，短髭在他紫色的唇邊拍動：「原諒我，女士！我在想事情……我……不是故意要這麼放肆。」

她笑了，伸出右手，有那麼一刻，她擔心他會跪下去：「惠靈頓，別這樣。」

「居然這麼稱呼您，我……」

「我們已經認識六年了，」她說，「早就不該那麼拘謹──我是指私底下。」

尤因擠出一絲笑容，心想：行了。現在，她會以為我的任何失態都是因為窘迫。只要讓她自以為知道原因，她就不會深究了。

「我恐怕走神了。」他說，「每當我……為您感到難過的時候，心裡就直呼您為……嗯，潔西嘉了。」

「為我難過？為什麼？」

尤因聳聳肩。很久以前，他就注意到潔西嘉在分辨真偽方面不如他的萬娜有天分。但只要有可能，他依然盡量在她面前說真話，這是最安全的。

「您已經看過這地方了，女……潔西嘉，」說起她的名字時，他有點結巴，隨即急忙往下說道，「跟卡樂丹比起來，這地方真荒涼。還有那些當地人！我們在路上看到的那些村婦，在面紗之下號叫著，還有她們看我們的那種眼神。」

她兩臂交叉抱在胸前，感覺到衣服下面的晶刃匕──如果報告屬實，刀刃是用沙蟲之牙製成的。

「他們不過是覺得我們很陌生──不同人種，風俗也不一樣。他們只知道哈肯能人。」她的目光越過他看著窗外，「剛才你盯著外面在看什麼？」

他轉回身望向窗外：「那些人。」

潔西嘉走到他身邊，看著左側屋子前方尤因凝視的地方。那裡長著一排二十多棵椰棗樹，樹下的地面掃得很乾淨，露出光禿的地面，一道柵欄將樹與大路隔開。路上往來的人都穿著長袍，潔西嘉發覺，在她與這些人之間有一片微弱的光帶。這是官邸的屏蔽場。她繼續觀察往來的人群，不知尤因究竟在他們身上看到什麼值得注意的東西。

她發現了，不由得抬手撫著面頰。行人看著椰棗樹的眼神！她從中看到了嫉妒，仇恨……還有期盼。每個人都用複雜的神色斜睨著那些樹。

「您知道他們在想什麼嗎？」尤因說。

「你會讀心術？」她問道。

「我知道他們的想法。」他說，「他們看著這些樹，然後想：『那等於我們一百個人。』這就是他們在想的事。」

她皺起眉頭，轉身迷惑地問：「為什麼？」

「那些樹是椰棗。」他說，「一棵椰棗樹一天需要四十升水，一個人卻只需要八升。那麼，一棵椰棗樹就等於五個人。那裡有二十棵樹——也就是說，一百個人。」

「但有些人看樹的時候卻一臉期盼。」

「他們只是希望上面掉下椰棗來，可惜季節還未到。」

「我們對這個地方的看法未免太苛刻了，」她說，「這裡既有希望也有危險。香料可以使我們富有，有了這筆巨大的財富，我們就可以隨心所欲地改造這顆星球。」

她暗暗笑著自己：我這是想說服誰？她終於忍不住笑出了聲，但笑得很苦澀，毫無歡愉。「但安全卻是錢買不到的。」她說。

尤因轉開臉，他想：我要是真能恨他們，而不是愛他們，那該多好！潔西嘉的神態舉止有許多地方都神似他的萬娜。但是，這種想法本身就很嚴酷，進一步堅定了他的決心。殘忍的哈肯能人很奸詐。萬娜或許還活著，他必須查清楚。

「別為我們擔心，惠靈頓，」潔西嘉說，「麻煩是我們的，不是你的。」

她以為我在替她擔心！尤因眨眨眼，壓住淚水，心想，我確實替她擔心。當那個黑心的哈肯能男爵達到他的目的時，我會站在他面前，抓住我唯一的機會，在他最不防備時攻擊他——在他得意忘形的時候！

他嘆了一口氣。

「如果我進去看看保羅，會不會打擾他？」她問。

「不會。我給他吃了鎮靜劑。」

「他調整得還好嗎？」

「只是有點太累了。他很興奮。不過，在這種情況下，有哪個十五歲的男孩會不興奮呢？」他把門打開，「他就在裡面。」

潔西嘉跟上，朝陰暗的房間看了看。

保羅躺在窄小的床上，一隻手放在薄薄的被單下，另一隻手放在頭上。日光從床邊百葉窗的縫隙間灑落，照在他的臉上、被單上。

潔西嘉端詳兒子那張酷似自己的鵝蛋臉。他的頭髮像公爵，炭黑色，亂糟糟的。長長的睫毛掩著萊姆綠的眼眸。潔西嘉笑了，感到恐懼不翼而飛。她突然意識到遺傳基因在兒子臉上留下的線索——

他的眼形和臉形都很像她，但從那樣的輪廓中透出的銳利眼神卻跟他父親如出一轍，自小就顯得很成熟。

她想，他的長相是從隨機模式中精巧提取的精華——是由無數偶然的序列匯聚而成。這讓她忍不住想走到床邊跪下，將兒子摟入懷裡，但尤因在場，她壓下這股衝動，退了出來，輕輕關上房門。

尤因已經回到窗邊，他受不了潔西嘉凝視兒子的那種神態。為什麼萬娜就從沒為我生過孩子？他暗自問道，我是醫生，我知道這不是生理上的原因。難道是因為貝尼．潔瑟睿德的緣故？也許，她另有使命？會是什麼呢？她當然愛我，這是一定的。

生平第一次，尤因感到自己或許只是某場大局的一部分，而他永遠無從了解其中的複雜及深奧。

潔西嘉停在他身邊，「孩子睡覺時的無邪真是百看不厭。」

他機械地回應道：「大人要是也能這麼輕鬆該有多好！」

「是啊。」

「我們把輕鬆丟到哪裡了？」尤因喃喃地問。

她瞥了他一眼，注意到那古怪的語氣，但她一心掛念保羅，想著他將在這裡接受的全新艱苦訓練——跟他們原來為他規畫的生活有天壤之別。

「是啊，我們失去了某些東西。」她說。

她望向右邊窗外的一道斜坡，灰綠色的灌木叢在風中抖動。葉片上布滿灰塵，枝幹末端都乾枯了。斜坡上深黑色的天空低垂，像片墨水漬。厄拉科斯的太陽發出乳白色的光芒，給萬物鑲上一道銀色的邊——像她胸衣下面藏著的那把晶刃匕。

「天空好暗。」她說。

「部分原因是這裡的空氣缺乏水分。」尤因答道。

「水！」她咬牙切齒道，「在這裡，無論你走到哪裡，都要面對缺水的難題。」

「這是厄拉科斯最神祕的謎。」他說。

「為什麼水會這麼少？這裡有火山岩，有好多我念得出名字的能源，還有極地冰層。他們說不能在沙漠中打井，因為有沙暴和沙潮，設備還沒安裝好就會被毀掉——如果沙蟲沒有先吃掉你的話。無論如何，他們也從來沒在沙漠裡找到水。但是，惠靈頓，真正的謎是他們在盆地和凹地打出的井，你看過那方面的資料嗎？」

「先滲出幾滴水，然後就什麼都沒有了。」他答道。

「但是，惠靈頓，那正是神祕之處。水找到了，但馬上就枯竭了，然後再也看不到一滴水。在那附近再挖井，結果都一樣：滲出幾滴水，馬上就停了。難道從來沒人覺得奇怪嗎？」

「是很奇怪，」他說，「您懷疑是因為某種生命的作用嗎？真是這樣，岩芯樣本裡不是該有些跡象嗎？」

「會有什麼跡象？有異星植物，或者動物？誰又能分辨出來？」她轉身重新面朝那道斜坡，「水停了，有什麼東西堵塞了水源，這就是我的猜測。」

「也許原因已查明，」他說，「但哈肯能人封鎖了大量有關厄拉科斯的資訊。或許他們有理由把這封鎖起來。」

「什麼理由？」潔西嘉問，「此外，空氣中有水分，當然很少，可還是有的。這是當地的主要水源，靠捕風器和沉澱裝置來收集。那些水分又是從哪裡來的？」

「極地冰帽？」

「冷空氣吸收的水分很少，惠靈頓。哈肯能人在這裡布下了重重迷瘴，需要密切調查。另外，背後的祕密不一定都跟香料直接相關。」

「我們的確是在哈肯能人的迷瘴裡，」他說，「也許，我們……」

他突然停下來，發覺潔西嘉正專注地盯著他。「有什麼不對嗎？」

「你說『哈肯能』時的語氣。」她答道，「就是公爵在說到這個令人痛恨的名字時，語氣也沒你那麼重。我不知道原來你跟他們還有私人恩怨，惠靈頓。」

神母啊！尤因想，她起疑了！我得用上萬娜教我的一切。只能這麼做：盡可能講真話！

他說：「您不知道我妻子，我的萬娜……」他聳聳肩，嗓子一緊，竟說不下去了，半晌才接著說：「他們……」尤因說不出話來。痛苦襲來，他緊緊地閉上眼睛，默默忍受胸口傳來的陣陣劇痛，直到一隻手輕輕觸了一下他的手臂。

「原諒我，」潔西嘉說，「我不是故意要揭舊傷疤。」

她想：那些禽獸！他的妻子是個貝尼．潔瑟睿德──他身上到處都是她留下的痕跡。很顯然，哈肯能人殺了她。又是一個可憐的受害者，因同仇敵愾而投靠亞崔迪氏族。

「對不起，」他說，「我無法談這件事。」他睜開眼，讓自己完全沉浸在內心的悲痛中。至少，這是真的。

潔西嘉細細打量他，看到他那高聳的顴骨、杏眼裡深色的瞳仁、奶油般的白淨膚色、紫紅色嘴唇周圍一圈彎彎的細長短髭、瘦削的下頷。她還看見他兩頰和前額的紋路，那不但是歲月留下的滄桑，也是痛苦刻出的線條。她油然生出深切的憐憫。

「惠靈頓，很抱歉我們把你帶到這個危險的地方。」她說。

「我是自願來的。」他答道。同樣，這也是事實。

「可是，這整顆星球就是哈肯能人的一個陷阱，你必須明白這一點。」

「要對付雷托公爵，單單一個陷阱是不夠的。」他說。這也是真話。

「也許我該對他更有信心些，」她說，「他是出色的戰略家。」

「我們被人連根拔起，」他說，「這就是我們感到不安的原因。」

「除掉失根的植物是何等容易，」她說，「尤其是當你把它放在居心叵測的土壤中。」

「我們能肯定這片土壤居心叵測嗎？」

「發生過幾場水亂，有人放出風聲，說公爵帶來的人大幅增加了這顆星球的人口總數。」她說，「等到他們知道我們正在安裝新的捕風器和沉澱裝置，補充水源，水亂才平息下來。」

「在這裡，維持生命的水只有那麼多。」他說，「大家都知道，水量這麼有限，人口增加意味著水價上漲，窮人就死定了。但公爵已經解決了問題，一時的動盪不一定代表永遠的敵視。」

「還有衛兵，」她說，「到處都是衛兵，再加上屏蔽場。隨便你往哪裡瞧，都有他們的模糊的身影。我們在卡樂丹可不是這樣過日子的。」

「給這顆星球一個機會吧。」他說。

但潔西嘉的目光仍舊緊緊盯著窗外。「在這裡，我能嗅出死亡的味道。」她說，「郝沃茲派了一整營的先發探員來這裡。外邊那些衛兵就是他的人，運貨的也是他的人。可財庫卻莫名其妙大幅短縮，這金額只會意味著一件事：高層賄賂。」她搖搖頭，「哪裡有瑟非．郝沃茲，哪裡就有死亡和詐欺。」

「您在責備他。」

「責備？我是在讚美他。死亡和詐欺是我們現在唯一的希望。我只是不想自欺欺人，假裝自己不知道他那些手段。」

「您應該……讓自己忙一點，」他說，「讓自己沒時間注意這些可怕的……」

「忙！不忙的話，惠靈頓，我的時間都到哪裡去了？我是公爵的祕書，每天都很忙，忙到天天聽到令人擔憂的新消息……甚至那些他以為我不知道的消息。」她緊閉雙唇，輕聲說，「有時我想，他選上我，有幾分是因為我受過的貝尼・潔瑟睿德訓練？」

「您是什麼意思？」他發覺自己被她那偏激的語氣吸引住了，他從來沒見過她如此怨恨的表情。

「惠靈頓，一個情深意切的祕書可靠多了，」她問，「你不這麼想嗎？」

「這樣想沒什麼意思，潔西嘉。」

責備的話自然而然地脫口而出。公爵對自己情婦的感情是毋庸置疑的。只需留意公爵追隨她身影的眼神，就能看出這一點。

她嘆了口氣：「你說得對，確實沒什麼意思。」

她再次雙手交叉抱在胸前，讓晶刃匕緊貼在肌膚上，想著它所代表的未竟志業。

「不久就會有更多的殺戮。」她說，「哈肯能人不會善罷甘休，不是他們死，就是公爵亡。男爵不會忘記公爵是皇室的血親——無論是多遠的遠親，總是血濃於水，而哈肯能的封號只來自鉅貿聯會的帳簿。他內心深處有一股恨，因為在柯瑞諾戰役後，有個哈肯能人因陣前退縮而遭到亞崔迪的流放。」

「家族世仇。」尤因喃喃地說。一瞬間，他心頭湧起熊熊怒火。他被這份家族世仇的蜘蛛網捕獲，愛妻萬娜因此被殺——也許更糟，正在哈肯能人手中飽受摧殘，直到她丈夫完成男爵的要求。家族世仇困住了他，而這些人也同樣是這深仇大恨的一部分。可笑的是，這樣的仇殺將在厄拉科斯——美藍極在宇宙中的唯一產地綻放花朵，而美藍極卻能延長壽命，帶來健康。

「你在想什麼？」潔西嘉問。

「我在想，現在公開市場上每十克香料要賣六十二萬太陽幣，這筆財富可以買到不少東西了。」

「惠靈頓，就連你也逃不過貪欲嗎？」

「不是貪欲。」

「那是什麼？」

他聳聳肩。「徒勞。」他瞥了一眼潔西嘉，「您還記得第一次吃香料時的感覺嗎？」

「嘗起來像肉桂。」

「但每次吃，味道都不一樣，」他說，「香料就像生活，每一回吃入口，都會呈現不同的面貌。有人堅持認為，香料能根據每個人的風味經驗創造反應。身體知道哪種東西對自身有好處，會把香料的風味詮釋成那種東西帶來的愉悅感——輕微的狂喜。香料跟生活還有另一個相同之處：永遠不可能用人工合成。」

「我想，我們應該叛逃，逃到帝國勢力範圍以外的地方。」她說。

他看出來潔西嘉一直沒在聽他說話。他揣摩她的一字一句，暗想：對啊，她為什麼不讓公爵這麼做呢？事實上，她可以讓他做任何事。

他加快語速，一方面是因為他要說的是真心話，另一方面，他也想快點改變話題：「潔西嘉，如果我問一個私人問題，您會不會覺得……我太冒昧？」

一陣莫名的憂慮湧上，她倚著窗簷，「當然不會，你是……我的朋友。」

「為什麼不讓公爵娶您？」

她轉過身，昂首怒目：「『讓』他娶我？可——」

「我不該問這個。」他說。

「不，」她聳聳肩說，「有一個很好的政治原因——只要我的公爵保持單身，一些大氏族就還是會抱著聯姻的希望。再說……」她嘆了口氣道，「……煽動別人，讓別人遵從你的意志，這樣做會漸漸使你蔑視人性。這種手腕用在什麼地方，就會使那裡腐壞。如果是我『讓』他……這麼做，那就不是他本人的意願。」

「我的萬娜可能也會這麼說。」他喃喃自語道。而這，同樣是真話。他把手放到嘴邊擦了擦嘴，神經質地嘸了一口。他從來沒像今天這樣，差一點就把自己的祕密角色全盤托出。

潔西嘉又開始說話，打破這一刻。「另外，惠靈頓，公爵其實有雙重性格：其中一面是我深愛的，迷人、風趣、體貼而……溫柔，擁有女人夢寐以求的一切；而另一面卻……冷酷、專制、自私，像冬天的寒風那麼嚴苛、殘暴——這是他父親塑造出來的。」她的臉扭了扭，「要是公爵出生時那老頭就不在了，該有多好！」

沉默中，通風機吹出的陣陣微風撥弄著百葉窗，發出細細的聲音。

她突然深吸一口氣：「雷托是對的，這些房間比屋子裡其他地方舒服得多。」她轉過身，仔細打量了一遍屋子，然後說：「請見諒，惠靈頓，我想再好好檢查這一帶，然後分配房間。」

他點點頭說：「當然。」心想：要是有辦法可以不做那件事，就好了。

潔西嘉放下手臂，走到廳門前站了一會，猶豫片刻，走了出去。她想：我們說話的時候，他隱瞞了什麼，欲言又止。可她轉念又想：省省吧。毫無疑問，他是個好人。然後，她又舉棋不定，幾乎要轉回身和尤因對質，把他隱藏的祕密全挖出來。可那只會讓他感到屈辱、恐懼，知道自己其實很容易被人看透。我應該更信任朋友才對。

9

許多人都發現，摩阿迪巴學習有關厄拉科斯的一切必要訊息時速度驚人。貝尼．潔瑟睿德當然清楚這種速度的基礎是什麼。對於貝尼．潔瑟睿德之外的人，我們只能這麼解釋：摩阿迪巴之所以進步神速，是因為他最初受到的訓練就是如何學習，他的第一堂課，就是堅信他能夠學會一切。許多人不相信自己有能力學習，更多的人則認為學習很困難。這些人數量之多，令人震驚。摩阿迪巴知道如何從每一次經歷中學到教訓。

——伊若琅公主《摩阿迪巴之人性》

．．．

保羅躺在床上裝睡。做個吞藥的假動作，把尤因醫師的安眠藥藏在掌心相當容易。保羅忍住笑，連母親都相信他睡著了。他本想跳下床，請母親允許他在屋子裡四處查探，但知道她不會同意。這裡還有太多動盪。不，這是最好的方法！

我既然沒問，也就無從違背命令。何況我只是在屋子裡的安全區域轉轉，不溜出門去。

他聽見母親和尤因醫師在另一間屋子說話，但模模糊糊地聽不真切——是關於香料……還有哈肯能什麼的。閒聊聲時高時低。

保羅的注意力轉到雕花的床頭板上。其實那是嵌在牆上的假床頭板，裡面藏著控制這房間裡所有設施的機關。木板上雕著一尾躍起的魚，下面是重重褐色浪花。保羅知道，按一下魚眼就會打開屋頂的吊燈，而某朵浪花擰一下就能調控通風設備，另一朵浪花則可以調控溫度。

保羅輕輕從床上坐起。左側牆邊有一排高聳的書架，書架可以推到一邊，露出一面帶抽屜的壁櫥。通往大廳的門上有只門把，形狀像撲翼機上的推力桿。

這房間似乎是專門用來誘惑保羅的。

這間屋子，還有整顆星球。

他想起尤因給他看過的影像書，《厄拉科斯：皇帝的沙漠植物研究實驗站》，那是一本老影像書，寫於香料問世之前。書上各種各樣的名詞在保羅腦海裡一一閃過，在那本書協助記憶的脈衝裡，每個名字都配有一幅影像：仙人掌、豚草、椰棗、匍匐美女櫻、月見草、金鯱仙人球、黃櫨、石炭酸灌木……漠鷹、小更格盧鼠、敏狐……

這些名字與照片都來自過去地球人的生活，其中許多只存在於厄拉科斯，在宇宙的其他星球都已絕跡。

有那麼多新東西要學——還有香料。

還有沙蟲。

外面房間的門關上了，保羅聽到母親的腳步聲，沿著走廊漸行漸遠。至於尤因醫師，保羅知道，他會找點東西來讀，並繼續待在外面的房間。

出去探險的時候到了。

保羅溜下床，朝通向壁櫥的書架走去。身後突然一聲響，保羅停下腳步，轉過身去。雕花床頭板掉了下來，正好落在他剛才睡覺的地方。保羅一愣，而這個僵住的動作救了他的性命。

床頭板後方滑出一具微型尋獵鏢，不到五公分長。保羅一眼便認出來。這是常見的暗殺武器，每個皇室後代從兒時起就學過這種武器。這是一片狠毒的金屬，由某個人在不遠處操作，瞄準後打入移動的人體，沿神經管道進入最近的重要器官。

尋獵鏢升起，在屋裡左右搜索。

保羅腦中立即閃過尋獵鏢的弱點：它壓縮過的懸浮場會使房間畫面變形，以映照出獵殺的對象，操作的人只能鎖定動作——對準任何移動中的物體。屏蔽場可以減緩尋獵鏢的速度，讓人有機會摧毀尋獵鏢。但保羅把屏蔽場放在床上。雷射槍也可以擊落尋獵鏢，但雷射槍太貴，又是出了名的容易故障、難維護——再者，雷射光束切入高熱的屏蔽場，會有起火爆炸的危險。亞崔迪人向來只靠護體屏蔽場和臨機應變戰勝尋獵鏢。

現在，保羅一動也不動，非常緊張。他知道，能應付眼前危機的只有他的急智。

尋獵鏢又升高了半公尺，借助百葉窗灑下的光一點一點地搜尋，前後移動著，搜索過四分之一的房間。

我必須設法抓住，保羅想。懸浮場會使它底部很滑溜，我必須牢牢抓住。

這東西下降了半公尺，向左搜索，繞回床邊。保羅能聽到它發出的隱約嗡響。

是誰在操控？保羅想，一定是附近的什麼人。我可以叫尤因，可他一開門就會被擊中。

保羅身後的廳門軋軋一響，接著傳來一記敲門聲。門開了。

尋獵鏢嗖的一聲，飛了過去，掠過保羅頭頂。

保羅右手閃電般用力一抓，扣住那致命的東西。它嗡嗡叫著，在他手裡不斷扭動，但他拚盡全力，死死抓在手上，之後猛然轉身，向前一送，狠狠地把尋獵鏢撞在門鎖片上。喀嚓一聲，他感到尋獵鏢前端的偵測器碎了，在他手裡一動也不動。

保羅依然緊抓著不放，以防萬一。

他抬眼望去，正碰上夏道特梅帕絲那雙瞪得大大的全藍眼眸。

「您父親派我來叫您，」她說，「廳裡有人等著護送您過去。」

保羅點點頭，眼睛和注意力都集中在這個古怪的女人身上。她穿著奴隸常穿的那種布袋狀褐色束腰外衣，正盯著保羅手上抓著的東西。

「我聽說過這鬼東西，」她說，「要不是被你抓住了，它會要了我的命。對不對？」

保羅嚥了嚥，這才能開口說話：「我……才是它的目標。」

「可它剛才卻朝我飛來。」她說。

「那是因為妳在動。」保羅一邊說一邊心想：這人是誰啊？

「您救了我的命。」

「我救了我們倆的命。」

「照我看，您原本可以讓那鬼東西收了我的命，趁機逃走。」她說。

「妳是誰？」他問。

「夏道特梅帕絲，管家。」

「妳怎麼知道我在這裡？」

「您母親告訴我的，我在門廳下通往詭異房間的樓梯上碰見她。」她向右一指，「您父親的部下正等著您。」

應該是郝沃茲的人。他心想，我們必須把操作這東西的人找出來。

「去告訴我父親的部下，」保羅說，「告訴他們，我在屋裡抓住了一支尋獵鏢。讓他們散開來搜查，找到操控者。告訴他們，立即封鎖官邸和周圍地區。他們知道該怎麼做。操控者肯定是我們中間的哪個外人。」

他又想：會不會是她呢？但他知道這是不可能的。她進來時，尋獵鏢還有人在操控。

「在遵照您的吩咐前，少爺，」梅帕絲說，「我必須先講清楚我們之間的事，您讓我欠了您一筆水債，我不知道該怎麼還。但我們弗瑞曼人有債必還，不管是明債還是暗債。我們知道，你們中間出了個叛徒。是誰，我們還不知道，但確定有。也許那人就是操縱這把屠刀的手。」

保羅默默記下這番話：叛徒。他還沒來得及開口，那古怪的女人就轉了個身，朝門口跑去。

他想叫她回來，但看她的樣子，她肯定不會樂意——她已經把她知道的一切都告訴他，現在正要去完成他的命令。一分鐘內，屋子裡就會到處都是郝沃茲的人。

保羅的腦子開始思索起這番奇特對話的其他部分：詭異房間。他望向自己的左側，也就是梅帕絲剛才所指的方向。我們弗瑞曼人。這麼說她是弗瑞曼人。他停下來，動用記憶術，眨了眼，把她的型態儲存在腦海中：深褐色皮膚，滿臉皺紋，藍中帶藍的眼睛沒有一絲眼白，然後，他加上了標注：夏道特梅帕絲。

保羅握著裂開的尋獵鏢，轉身回到自己房間，左手從床上撈起屏蔽場腰帶，繞在腰間扣好，然後回頭衝出房間，沿著走廊朝左側跑去。

她說過，母親就在這下面什麼地方——樓梯……詭異房間。

10

面對考驗時，潔西嘉女士為何能度過險境？細細思量下面這句貝尼．潔瑟睿德諺語，你或許會有所領悟：「直通終點之路，必為死路。只需稍稍攀爬，便可證明那是一座山。站在山頂上，你將看不見山。」

——伊若琅公主《摩阿迪巴家族紀事》

•••

在官邸南翼的盡頭，潔西嘉發現了一段金屬螺旋樓梯，通往一道橢圓門。她回頭向下望望門廳，又朝上看了看那扇門。

「橢圓形？」她覺得很奇怪。屋裡的房門很少有這種形狀。

透過螺旋梯下面的窗口，潔西嘉可以看到厄拉科斯巨大的白色太陽正漸漸西沉，門廳映滿了長長的影子。她把注意力轉回樓梯。刺目的夕陽射在空曠的樓梯上，照出了上面的一塊塊泥乾。

潔西嘉一手放在樓梯扶手上，開始向上爬。手掌下的扶手冰涼涼的。她停在門前，發現門上沒有門把，原應安裝門把的地方隱約有道壓痕。

應該不會是掌紋鎖。潔西嘉告訴自己，可它看上去卻像掌紋鎖。任何掌紋鎖都有辦法打開，她在學校裡學過。

潔西嘉向後望了望，確信沒人注意她，這才把手掌放在壓痕上。輕輕一壓，用最輕的力道，剛好使掌紋變形——手腕一轉，再轉，掌心沿著表面旋轉。

卡嗒一聲，她感覺到了。

就在這時，下方門廳裡傳來一陣匆忙的腳步聲。潔西嘉把手從門上拿開，轉過身，看見梅帕絲朝樓梯下方走來。

「大廳裡來人說，公爵派他們來接少爺保羅。」梅帕絲說，「他們有公爵的印鑑，衛兵已經驗過他們的身分。」她瞄了一眼門，又把目光轉回潔西嘉身上。

潔西嘉想：這個梅帕絲很謹慎，這是個好徵兆。

「從門廳這頭數來，保羅在第五間房裡，那間小臥室。」潔西嘉說，「如果妳叫不醒他，就請隔壁的尤因醫師過去。保羅剛服過藥，也許需要打一針清醒劑。」

梅帕絲朝那扇橢圓門射去銳利的一瞥，潔西嘉覺察到她的表情帶著一絲厭惡。潔西嘉還來不及問她那是什麼門，她已經轉身匆匆走開。

郝沃茲檢查過這地方，潔西嘉想。裡面不可能有什麼太可怕的東西。

她推了推，門朝裡打開，露出一間小屋，對面又有一扇橢圓門。這一回，門上有道手輪柄。

氣密門！潔西嘉想。她低頭一看，發現小屋地上有一根撐門桿，上面還留著郝沃茲的私人記號。這扇門原本是開著的。她想，可能有人不小心碰到了桿子。又沒意識到外面的門會自動關上。

她跨過門檻，走進小屋。

為什麼在屋裡還要安裝氣密門？她暗自問道，驀地想到封裝在特定氣候中的異星生物。特殊氣候！

在厄拉科斯，這麼做很有道理。即使最耐旱的外星植物，到了這裡也需要人工澆灌。

她身後的門開始闔上。潔西嘉抓住門，拿起郝沃茲留下的支撐桿，把門牢牢頂住。她再次打量裝有手輪柄的內門，發現門把上方的金屬有一行蝕刻的模糊字跡。她認出那是凱拉赫語：「噢，人類啊，這裡屬於上帝的創造。請佇立於此，準備愛上這位無上友人的完美作品吧。」

潔西嘉把全身重量壓在手輪上，手輪向左轉動。門開了，一陣如羽翼般輕柔的微風拂過她的臉頰，揚起她的頭髮。她感到空氣發生了變化，有一種更為濃郁的氣息。她敞開門，裡面竟是大片大片的綠，上面灑滿澄黃的陽光。

澄黃的陽光？她問自己，隨即想道：濾光玻璃！

她跨過門檻，門在她身後自動闔上。

「喜溼植物的溫室。」潔西嘉深吸一口氣。

到處是盆栽和修剪整齊的灌木。她認出了含羞草、貼梗海棠、鬱金香、開著碧綠花朵的普拉尼聖塔、白綠相間的阿卡索……玫瑰。

居然還有玫瑰！

一朵巨大的粉紅玫瑰花盛開著，潔西嘉低下頭，深深嗅著沁人心脾的芬芳，然後直起身，在屋裡繼續觀賞。

一陣有節奏的聲響侵入她的耳際。

她撥開一株枝繁葉茂的灌木，向溫室正中望去。那裡有一處低矮的噴泉，很小，幾道溝槽向上噴出數彎細流，在空中畫出道道弧線，飛濺到中央一個金屬碗內。那有節奏的聲響就是水流落下時發出的嘩嘩聲。

潔西嘉迅速讓意識空明，有條不紊地勘察整個溫室。看樣子，這裡大約有十平方公尺，建在門廳盡頭的上方，與其他房間的結構略有不同。由此判斷，整棟建築完工時並不包括這座溫室，應該是很久以後才在這一翼的房頂上增建的。

她在溫室的南牆停下，面前是寬大的濾光玻璃。她環顧四周，這裡的每一處可用空間都栽滿了異星的喜濕植物。一片茵茵綠意中突然傳來一陣沙沙聲，潔西嘉警覺起來，結果發現那只是裝有水管和噴嘴的簡單定時灌溉系統。一個支臂抬起，噴嘴灑出一片水霧，淋濕了她的臉頰。隨後，支臂自動收起，這時潔西嘉才看見它澆灌的對象：一株蕨樹。

溫室裡到處都是水，而在這顆星球上，水是最珍貴的生命之源。這種奢侈的浪費深深震撼著潔西嘉，使她久久不能平靜。

她抬頭望望窗外低懸的澄黃太陽，嶙峋的天際線下方是一道道斷崖，構成了那邊巨大岩體的一部分，人們稱那片拔地而起的岩壁為「大盾壁」。

濾光玻璃，潔西嘉想。可以讓熾熱的陽光變得柔和、宜人。是誰修了這麼一個地方？雷托？把這當成禮物給我驚喜確實像他的作風。但不可能這麼快就建好，再說他一直忙著處理更重要的事。

她想起了讀過的有關報告。在厄拉欽恩，許多住宅都用氣密門窗密封，以保存、回收室內的水分。雷托說過，為了彰顯權力與財富，這幢府邸沒有這種裝置，門窗只能阻擋無所不在的沙塵。

但是，這個小房間卻比不用氣密裝置的整幢府邸更能展現權力與財富。潔西嘉估計，這間休閒用的溫室所耗費的水足夠一千個厄拉科斯人存活，也許還不止。

潔西嘉款款沿著窗戶漫走，繼續觀察溫室的陳設，來到噴泉旁時，發現近半人高的地方有個金屬檯面。她看了一眼，上面有一本白色記事簿和一枝筆，被扇形樹葉半掩著。她走到桌旁，注意到上面有郝沃茲留下的印跡。記事簿上有一段留言：

致潔西嘉女士：

這地方曾帶給我無限歡愉，願您也有如此享受。願這溫室能向您傳達我們共同的師長對我們的教誨：越接近心悅之物，越容易令人放縱，一路危機四伏。

我最衷心的祝福

芬倫夫人，瑪歌

潔西嘉點點頭，她想起雷托說過，芬倫伯爵曾是皇帝在厄拉科斯的前任代理人。但這段留言暗含深意，要潔西嘉密切留意，同時還告訴她，留言者也是貝尼·潔瑟睿德。芬倫伯爵已經正式娶她為妻了，潔西嘉一時有些黯然神傷。

即使是在這個念頭閃現的瞬間，潔西嘉也不忘彎身搜尋隱藏的信息。一定有，因為放在明處的留言中有一句暗語：「一路危機四伏」。只要形勢需要，一個貝尼·潔瑟睿德都會用這句密語向其他貝尼·潔瑟睿德示警，除非學校下令禁止。

潔西嘉摸摸紙張的背面，又擦了擦正面，想找出點狀密碼，一無所獲。手指撫過記事本邊緣，也沒有。她將記事本放回原處，心中焦灼難安。

難道在放記事本的地方？潔西嘉想。

可郝沃茲已經遍查此屋，肯定動過這本子。她抬頭看看記事本上方的樹葉。樹葉！她用手指觸摸葉子的葉面、葉脊和葉脈。找到了！手指觸到點狀密碼。只有一段，她迅速拂過，讀了起來：

「妳兒子和公爵身處險境。有間臥室設計來吸引妳兒子。哈肯能人在裡面設下死亡陷阱，有一些會刻意露出馬腳，但有一個可能會躲過偵測。」

潔西嘉壓下跑回保羅身邊的衝動。必須先讀完情報。她的手指飛快摸索：「我不知這陷阱的明確性質，但與床有關。公爵的危險來自親信或部將的變節。哈肯能人準備把妳當作禮物送給寵臣。就我所知，這間溫室是安全的。由於伯爵不是哈肯能人收買的對象，請原諒我無法提供更多了。瑪歌匆匆疾筆。」

潔西嘉收好樹葉，急忙轉身，衝回去找保羅。就在此時，氣密門猛地被撞開，保羅跳進門來，右手舉著一件東西，用力甩上門，一見母親，便撥開樹葉衝到她面前，將手和手上抓著的東西一起按在水裡。

「保羅！」她抓住他的肩膀，盯著他手上的東西問，「那是什麼？」

「尋獵鏢。」保羅說得隨意，但潔西嘉卻從他的語氣中聽出異樣，「在我的房間裡抓住的。我砸了探測器，但怕這樣還是不夠，水應該能使它短路。」

「全浸下去！」潔西嘉囑咐道。

保羅照做了。

過了一會，她又說：「手拿出來，把那東西留在水裡。」

保羅縮回手，甩乾了水，眼睛盯著那金屬，看著它靜靜躺在水底。潔西嘉折了一根樹枝，戳了戳那可怕的金屬片。

它徹底壞了。

她將樹枝扔進水裡，看著保羅。他正打量著這間溫室，她認出那種觀察入微的炯炯眼神，貝尼·

潔瑟睿德式的眼神。

「這地方藏得住任何東西。」保羅說。

「我有理由相信這裡很安全。」潔西嘉說。

「大家也都覺得我的房間很安全，郝沃茲說過……」

「這是尋獵鏢，」她提醒兒子，「表示操縱的人就在房子裡。操控者控制射束的範圍很有限。這可能是在郝沃茲搜索完才裝的。」

但她想起了樹葉上的情報，「……親信或部將的變節」。不會是郝沃茲，一定。哦，一定不是郝沃茲。

「郝沃茲的人正在搜查房子，」保羅說，「尋獵鏢差點擊中那個來叫我起床的老婆婆。」

「是夏道特梅帕絲。」潔西嘉說，想起了在樓梯旁相遇時的情景。「你父親召你去……」

「那可以等，」他說，「妳為什麼覺得這個房間是安全的？」

她指著留言本，向他說明清楚。

保羅稍稍鬆了口氣。

但潔西嘉內心依然十分緊張，她想：尋獵鏢，神母垂憐！她得動用全部訓練，才不至於歇斯底里地顫抖起來。

保羅實事求是地說：「不用說，是哈肯能人。我們必須消滅他們。」

門外傳來敲門聲——從敲門暗號聽來，是郝沃茲的人。

「進來。」保羅叫道。

門敞開，走進一名身材高大、身穿亞崔迪軍服的人，帽簷上還有郝沃茲的特務徽章。「原來您真在這裡，少爺，」他說，「管家說您會在這裡。」他四下打量這間溫室，「我們在地下室發現一座石塚，抓住藏在裡面的人。他有尋獵鏢的操控板。」

「我希望能參加審訊。」潔西嘉說。

「抱歉，女士，我們抓他的時候一團亂，他死了。」

「沒有東西可以指認他的身分嗎？」她問。

「我們找不到，女士。」

「他是厄拉科斯當地人嗎？」保羅問。

這問題很一針見血，潔西嘉點頭讚賞。

「是當地人的長相，」那人說，「看起來，應該一個多月前就藏進石塚等我們。昨天我們檢查地下室的時候，入口的石塊和灰泥都還是封死的。我以名譽擔保。」

「沒人質疑你們搜查得不夠徹底。」潔西嘉說。

「但我們確實搜查得不夠徹底，女士。應該在那下面使用聲納裝置。」

「我猜你們現在用的就是那東西吧。」保羅說。

「是的，少爺。」

「傳個口訊給我父親，說我們有事要耽擱片刻。」

「遵命，少爺。」他瞥了一眼潔西嘉，「郝沃茲命令我們，鑑於目前的局勢，少爺應留在安全的地方，受到嚴密的保護。」他掃了一眼溫室，「這地方安全嗎？」

「我有理由相信這地方是安全的，」潔西嘉說，「郝沃茲和我都檢查過。」

「那麼，我在屋外安排衛兵，女士，重新檢查過整幢宅子以後再撤除。」他彎腰致意，舉手觸了觸帽簷向保羅敬禮，然後退出去，將身後的門關好。

屋裡頓時安靜了，保羅打破沉寂：「待會兒，我們是不是應該親自檢查整幢宅子？妳的雙眼可能會發現別人沒注意到的東西。」

「這一翼是我唯一沒親自檢查的地方，」她說，「我留到最後是因為……」

「因為郝沃茲親自檢查過。」他說。

她飛快地掃了他一眼，問道：「你不信任郝沃茲？」

「不是，可是他年紀大了……又過度操勞。我們這樣做可以幫他分擔一些工作。」

「那樣做只會讓他臉上無光，影響他的工作效率。」潔西嘉說，「他知道這件事以後，就連迷路的昆蟲也休想混進來。他一定會自責，因為……」

「我們也得有自己的措施。」他說。

「郝沃茲為整整三代亞崔迪家人效力，忠心耿耿。」她說，「他理應得到尊重和信賴……再怎麼多都不為過。」

保羅說：「當妳做了什麼讓父親煩心的事時，他總會說『貝尼・潔瑟睿德！』語氣就像在咒罵。」

「我有什麼地方讓你父親煩心了？」

「當妳跟他爭執的時候。」

「你又不是你父親，保羅。」

保羅想：那個叫梅帕絲的女人說，我們中間有個叛徒。現在說這個會讓她擔心的，但我必須告訴她。

「你怎麼吞吞吐吐的？」潔西嘉問。「這可不像你，保羅。」

他聳聳肩，轉述梅帕絲的話。

而潔西嘉想的卻是樹葉上的密語。她當機立斷，讓保羅看了那片樹葉，向他解釋上面的消息。

「父親應該立即知道，」保羅說，「我用密碼加密，發給他。」

「不行。」她說，「你最好等你們單獨見面時再告訴他。知道的人越少越好。」

「你是說我們誰也不能信任嗎？」

「還有另一種可能，」她說，「這條消息是故意放給我們的。傳遞情報的人或許以為是真的，其實卻上了敵人的當，中了對方的反間計。」

保羅仍繃著一張臉，憂心忡忡，「嗯，在我們中間散布猜疑，以達到削弱我們的目的。」

「你必須私下告訴父親，提醒他對這方面多加留意。」她說。

「我明白。」

潔西嘉轉過身面對高處的濾光玻璃，注視著西南方向。厄拉科斯的太陽正在下沉，山崖上懸著一顆澄黃光球。

保羅也跟著她轉過身：「我也不認為是郝沃茲。會不會是尤因？」

「他既不是部將，也不是親信。」她答道，「而且，我可以向你保證，他跟我們大家一樣痛恨哈肯能人。」

保羅望著遠山，心想：也不可能是葛尼……或者鄧肯。會不會是副官呢？不可能，他們祖祖輩輩都忠於亞崔迪氏族，而且有很好的理由效忠。

潔西嘉揉揉前額，感到疲憊不堪。這裡真是危機四伏！她看著外面被濾光玻璃濾成柔黃色的風景，仔細觀察著。公爵府邸遠處是蔓延開來的儲存場，四周圍欄高聳，裡面是成排的香料倉庫，倉庫周圍有一座座用支柱撐起的哨塔，像一群群警惕的蜘蛛。她至少可以看見二十片儲存場，一路延伸到大盾壁的斷崖下——倉庫連綿不絕，如繁星散布整座盆地。

濾光玻璃外，太陽慢慢消失在地平線下，星辰一顆顆躍出。她看見其中有一顆特別明亮，低垂在地平線邊緣，正節奏精準地閃爍——一陣陣星光，一閃，一閃，一閃……

朦朧中，身旁的保羅不安地動了一下。

但潔西嘉的注意力集中在那顆孤獨的明亮星辰上，看出那位置太低了，一定來自大盾壁的斷崖。

有人在發信號！

她想讀出其中的訊息，但從沒學過這種密碼。

斷崖下方的平原上，燈光已紛紛亮起。藍黑色的背景上，到處是點點黃光。突然，兩人左方有一個光點變得特別明亮，一閃一閃，開始回應斷崖上的信號。閃爍速度極快，像一道顫動的光流，閃爍，再閃！

熄滅。

山崖那邊的假星辰立即暗了下來。

是信號……潔西嘉的心裡充滿不祥的預感。

為什麼要用燈光向盆地對面發信號？她自問，為什麼不用通訊網絡？

答案很明顯：厄拉科斯的通訊網絡已經被公爵的探員全面監聽。燈光信號只可能說明一件事：公爵的敵人——哈肯能奸細們，正在互相傳遞訊息。

身後傳來一陣敲門聲，郝沃茲的一個部下道：「徹查完畢，少爺……女士。現在該送少爺去他父親那裡了。」

11

人們說，雷托公爵沒有察覺厄拉科斯的危機，貿然走進陷阱。但也許應該這麼說：他在極度危險的環境中待了太久，因而誤判了這次的危險程度。或者，他也有可能故意犧牲自己，以讓兒子得到更好的一生？一切證據都顯示出，公爵並不是一個輕易上當的人。

——伊若琅公主《摩阿迪巴家族紀事》

・・・

雷托・亞崔迪公爵斜倚著厄拉欽恩城外起降場導航塔臺的圍欄。厄拉科斯有兩個月亮，一號月亮像一枚圓圓的銀幣，此時正高懸在南方的地平線上。月光下，大盾壁那嶙峋的斷崖隔著沙塵發出朦朧光亮，就像乾透的糖霜。他左方是厄拉欽恩的滿城燈火——黃……白……藍，在薄霧中交相輝映。

由他簽署的通告如今貼滿星球上各個人口密集的地方。上面寫著：「我們聖明的帕迪沙皇帝陛下已授權我掌管這顆星球，並弭平一切爭端。」

照本宣科的官方俗套散發一股孤寂的感受。如此自欺欺人的法律術語，蒙蔽得了誰？當然不會是弗瑞曼人，也不是控制著厄拉科斯內部貿易的那些小氏族……對了，還有哈肯能人，但他們還算是人嗎？

居然想要我兒子的命！

他怒不可遏。

只見一輛車亮著燈由厄拉欽恩城方向朝起降場開來。他希望那是護送保羅的衛兵和運兵車。他們延誤了許久，他心急如焚，但也知道，郝沃茲的副官這麼做是出於謹慎。

居然想要我兒子的命！

他搖搖頭，甩開這個令人狂怒的念頭，轉身看著起降場上自己的五艘巡防艦沿著跑道一字排開，像一排身形巨大的衛兵。

因謹慎而延誤總比……

那是個傑出的副官，他提醒自己，出了名的能幹，忠心耿耿。

「我們聖明的帕迪沙皇帝……」

這是一座衰落的要塞城市，如果這裡的居民看了皇帝寫給他這位「高貴的公爵」的私人便條，不知會作何感想。提及這些蒙面的男男女女時，皇帝的語氣極其輕蔑：「……但對野蠻人還能指望什麼？他們最寶貴的夢想就是脫離帝國封建體制，生活在朝不保夕的世界裡。」

此時此刻，公爵感到自己最寶貴的夢想就是終結一切階級差異，永遠不用再管令人窒息的秩序。他抬起頭，越過滿天沙塵，遙望靜止的群星，心想：這群小小的光點中，有一顆就是我的卡樂丹……可我再也見不到我的家鄉了。對卡樂丹的思念使他胸口一痛。他覺得這痛並非出自他的體內，而是由卡樂丹傳來的，直抵他心靈深處。他無法把厄拉科斯這片乾枯的荒地稱為家鄉，他懷疑自己永遠都做不到。

我必須隱藏感情。他想。一切都是為了兒子。如果他要擁有自己的家園，只能是在這顆星球上。我可以把厄拉科斯當成臨死前抵達的地獄，但他必須在這裡找到足以激發他的東西，一定要有這種東西。

自憐的惆悵潮水般湧上心頭，但他立即斥退、壓下這種情緒。不知為何，他突然想起葛尼・哈萊克常哼的兩句詩：

我以肺腑品嘗時光的輕風
一路穿過紛揚落沙……

嗯，葛尼會在這裡看到無數的落沙。公爵想。月光輕籠的斷崖後方就是中央荒地，貧瘠的岩石、沙丘，飛揚的沙塵，未知的乾枯野地，弗瑞曼人就住在邊緣地帶，也許四處散落。如果說還有什麼能給亞崔迪後代帶來一線希望，可能就是這些弗瑞曼人了。前提是，哈肯能人還沒將這些人拉入他們的陰謀詭計中。

居然想要我兒子的命！

一陣金屬摩擦的尖利噪音響徹整座高塔，震動了他手臂下的圍牆。一道防爆門在他面前落下，擋住了他的視線。

接駁艦來了，他想。該下去工作了。他轉身走下身後的樓梯，向集散廳走去，下樓時盡量讓自己冷靜下來，調整好表情，準備迎接來人。

居然想要我兒子的命！

公爵走進那座黃色穹頂大廳時，裡面早就人聲鼎沸了。他們肩上背著自己的包，大喊著，喧譁著，像收假歸來的學生。

「嗨，感覺到你胯下那傢伙了嗎？那就是重力！兄弟！」

「這地方的重力有多大？感覺很沉哩！」

「書上說是標準地球重力的十分之九。」

偌大的屋子裡到處充斥著閒談的聲浪。

「你下來時有仔細看過這個鬼地方嗎？這裡的值錢東西都跑哪裡去了？」

「哈肯能人帶走了！」

「給我熱水澡和柔軟的床就夠了！」

「沒聽說嗎，笨蛋？這下面沒地方洗澡。用沙子擦屁股吧！」

「嘿！行了！公爵來了！」

屋裡立刻安靜下來，公爵走下樓梯，邁進大廳。

葛尼．哈萊克從人群中大步走來。他一邊肩膀上掛著包，另一隻手握住巴利斯九弦琴的琴把。他的手指修長，拇指又夠大，足以在琴弦上撥弄出美妙的音樂。

公爵看著哈萊克，欣賞著這個長相醜惡的大塊頭，看到他那雙碎玻璃一樣燦亮的眼睛裡透著一股不馴。這人曾經脫離帝國封建體制，但又遵守每項誡律。保羅叫他什麼來著？「猛士。」

葛尼頭頂的禿斑上蓋著一綹綹金髮。一張大嘴咧著，像是在嘲笑著什麼，下顎那道赤棘鞭留下的疤痕似乎有了自己的生命地扭動著。整個人顯得隨意、行若無事。他走到公爵面前，彎腰致意。

「葛尼。」公爵說。

「爵爺，」他用巴利斯琴指著屋裡的人說，「這是最後一撥了。本來我打算跟第一撥人來的，可是……」

「不用急，我們留了些哈肯能人給你。」公爵說，「葛尼，一起走走，我們談談。」

「遵命，爵爺。」

兩人走進供水機旁的一間凹室裡，大廳裡的眾人又亂糟糟地喧譁起來。哈萊克把背包扔在角落，巴利斯琴卻始終握在手中。

「你能撥多少人給郝沃茲？」公爵問。

「瑟非碰上麻煩了嗎，大人？」

「他損失了兩名探員，可是他的先發探員讓我們掌握了很多線索，讓我們知道哈肯能人在這裡的整體部署。只要我們能迅速行動，就能確保一定程度的安全，得到喘息時間。你能撥出多少人，他就要多少，要那種不會一動刀子就畏畏縮縮的人。」

「我可以撥給他三百名最棒的戰士，」哈萊克說，「把他們派到哪裡？」

「去大門口，郝沃茲的一名探員在那裡等著接他們。」

「要我馬上安排嗎？」

「先等一下，還有件麻煩事。我已經讓起降場的司令官找了個藉口，在天亮前扣住這艘接駁艦。運送我們的宇航巨型運輸艦馬上就要繼續航行。這艘接駁艦應該會跟一艘裝載香料的貨運艦聯絡。」

「我們的香料嗎，陛下？」

「我們的香料。但這艘接駁艦還會運走一批香料獵人，他們都是舊領主的人。領主換人時，他們有權選擇離開，變動仲裁官也批准了。他們都是寶貴的工人，葛尼，大約有八百人。接駁艦起飛前，你必須設法說服其中一部分人留下來，幫我們工作。」

「您想讓我用多大力度來『說服』他們，大人？」

「我想要他們心甘情願地合作，葛尼。那些人有我們需要的經驗和技術。他們想離開，這就意味著他們不屬於哈肯能陣營。郝沃茲覺得，這夥人裡可能有安插進來奸細。但他那個人你也知道，在他看來，每個死角都藏著刺客。」

「大人，郝沃茲這次確實找出不少藏汙納垢的死角。」

「而且還漏掉了一些。不過我想，哈肯能人如果真的在這些打算離開的人當中安插臥底，也未免太有想像力了。」

「可能吧，大人。那些人在什麼地方？」

「再下面一層，在一間候機室裡。我建議你下去彈一兩首曲子，讓他們放鬆一下，然後再慫恿一下。如果有合適的人，可以答應讓他們當頭，不管他們幫哈肯能人工作的時候工資是多少，一律加百分之二十。」

「就這些嗎？我知道哈肯能人的工資行情。這些人本來就是喜歡到處跑的浪子，手裡又有解聘金……這個，大人，加薪百分之二十恐怕很難誘惑他們留下來。」

雷托不耐煩道：「那特殊情況你就酌情處理吧。但要記住，財庫不是無底洞。盡量別超過百分之二十。我們特別需要沙地爬行車駕駛員、氣象監測員、沙象員——任何有沙漠經驗的人。」

「明白了，大人。『他們都為暴行而來，他們將昂首如東風，積聚沙粒俘獲一切』。」

「很有感染力的歌，」公爵說，「把你的手下交給副官，讓他簡要說明一下用水紀律，然後安排這些人在起降場隔壁的兵營就寢。起降場工作人員會為他們帶路。還有，別忘了給郝沃茲增派人手。」

「三百名最棒的戰士，大人。」他拿起包，「做完這些後，去哪裡向您匯報？」

「我接管了頂樓的會議室，參謀人員都會集中在那裡。我想重新安排部隊配置，疏散到全星球。讓裝甲分隊做先導。」

哈萊克正轉身離開，一聽此言，停下腳步，望著雷托的眼睛：「您預計會有這麼大的麻煩嗎？我還以為這裡有變動仲裁官在，應該不會有什麼問題。」

「公開和祕密的戰鬥都會有，」公爵答道，「我們完成接管之前，會有大量的流血犧牲。」

「『你從河裡取的水必在旱地上變作血。』」哈萊克說。

公爵嘆了口氣說：「快去快回，葛尼。」

「遵命，爵爺。」他咧開嘴笑了起來，傷疤隨之起伏扭動，「『看啊，我是沙漠中的野驢，義無反顧地向前衝。』」葛尼轉身大步走到廳中，轉達公爵的命令，然後匆匆穿過人群離開了。

雷托看著葛尼遠去的背影搖了搖頭。哈萊克總是讓人驚奇：滿腦子歌謠、引言和鮮花般的詩句……可面對哈肯能人的時候，他又是鐵石心腸的殺手。

過了一會，公爵從容不迫地朝升降機走去。眾人紛紛敬禮，他輕鬆地揮揮手回應。他認出一個宣傳員，於是停下腳步，告訴那人一些訊息，讓他轉告大家：攜家帶眷的人大概想知道家人是否平安，在哪裡能找到家人；另外，這裡的女人比男人多，有些人可能會對此很感興趣。

公爵拍了拍那名宣傳員的胳膊，示意他立即將消息傳播出去，這才繼續前行。他朝人群點點頭，微笑著，還和一個下屬互開了幾個玩笑。

統帥必須永遠看起來很自信，他想。哪怕即將大難臨頭，也不能在人們前流露出半點焦慮。

升降機門緩緩關上，他轉過身，面對牆壁，長長地吐一口氣，放鬆下來。

他們竟然想要我兒子的命！

12

厄拉欽恩起降場的出入口有一座碑，製作得十分粗劣，像是用最簡陋的工具刻成的。日後，摩阿迪巴將多次引述這段銘文。來到厄拉科斯的第一晚，他便見到了這段碑文。當時他被送到公爵的指揮所，參加父親召開的第一次全體參謀會議。碑文原來是對即將離開厄拉科斯的人所作的籲請，但在這個剛從死亡邊緣逃脫的男孩看來，卻有了另一層黑暗的內涵——「哦，知道我們在此受苦的人，別忘了在祈文中提到我們的名字。」

——伊若琅公主《摩阿迪巴手冊》

• • •

「戰爭理論，就是經過計算的冒險。」公爵說，「但如果危險涉及自己的家人，單純的計算就會受到……其他因素的干擾。」

他很清楚自己應該遏制怒氣，卻沒能做到。他轉過身，沿著長桌走了幾步，又再折回。

公爵和保羅單獨坐在起降場的會議室裡。房間裡空蕩蕩的，只有一張長桌，周圍是老式的三腳椅。桌子一頭擺放著一面地圖板和一部投影機。保羅坐在地圖板旁邊。他已經把尋獵鏢的事告訴父親，還提到有個叛徒正威脅著他的安全。

公爵在保羅對面停下，拍著桌子說：「郝沃茲跟我說那棟房子是安全的！」

保羅遲疑地說：「一開始我也很生氣，也怪罪郝沃茲。但刺客不是來自房間內部，刺殺計畫簡單、聰明又直接，本來很可能會得逞，而我之所以能躲過，全靠您和其他人對我的嚴格訓練，包括郝沃茲。」

「你是在幫他辯護嗎？」公爵質問道。

「是的。」

「他老了，就這麼回事。他應該——」

「他很睿智，經驗豐富。」保羅說，「郝沃茲犯過的錯，您能想起多少？」

「為他說話的人應該是我，」公爵說，「而不是你。」

保羅笑了。

雷托在桌前坐下，手放在兒子手上：「兒子，最近，你……成熟了很多。」他抬起手，「我很欣慰。」他也笑了，回應著兒子的笑容，「郝沃茲會自責的。他對自己發的火會比我們兩人加起來還大。」

保羅抬起眼睛，望向地圖板後方黑黝黝的窗戶。窗外夜色如墨，陽臺上的欄杆反射著屋裡的燈光。保羅發現外面有什麼東西在移動，隨即認出那是身著亞崔迪制服的衛兵。保羅回頭看著父親身後的白牆，再低頭看看閃亮的桌面，發覺自己的雙手早已握成了拳頭。

公爵對面的門砰的一聲打開，郝沃茲大步走了進來，看上去從未這麼蒼老、乾硬。他繞過桌子，在公爵面前肅立。

「大人，」他目視雷托後方的某一點說，「我剛知道我辜負了您的信任。我認為我有必要請辭……」

「哦，坐下，別說傻話。」公爵說。他擺擺手，指著保羅對面的椅子說：「真要說你犯了什麼錯誤的話，那就是你高估了哈肯能人。他們頭腦簡單，設計的陰謀也簡單。我們想都沒想到有這麼簡單的詭計。我兒子剛剛煞費苦心向我指出，他這次能逃過一死，主要是靠你對他的嚴格訓練。在這方面，你並沒有辜負我！」他拍拍空椅子的椅背，「坐下！」

郝沃茲坐倒在椅子上：「可……」

「我不想再聽人談這件事，」公爵說，「事情已經過去，我們還有更緊迫的事要處理。其他人都在哪裡？」

「我讓他們在外邊等著，我……」

「叫他們進來。」

郝沃茲看著公爵的眼睛說：「大人，我……」

「我知道誰是我真正的朋友，瑟非，」公爵說，「讓他們進來。」

郝沃茲把話嚥了回去。「是，大人。」他在椅子上轉過身，衝著敞開的門叫道：「葛尼，叫他們進來。」

哈萊克領著一隊人走進屋內，每個軍官的表情都十分嚴肅，身後跟著各自的副手和專家。人人都散發熱忱，入座時，會議室響起一陣窸窸窣窣的聲音。一股醒神的棸恰葛香沿著桌子飄送過來。

「這裡有咖啡，等一下自己拿。」公爵說。

公爵的目光掃過自己的部下，心想：他們都是優秀的軍人，在這種戰爭中，沒人能比他們做得更好。公爵等著咖啡從隔壁房間端進來，送到每個人面前。他發現不少人臉上都掛著倦容。

過了一會，公爵戴上沉靜、果決的面具，站起身來，用指關節敲敲桌子，引起大家的注意。

「諸位，」他說，「我們的文明似乎總擺脫不了侵略的習性，就算執行皇帝陛下最簡單的命令，也免不了你爭我奪。」

桌邊響起一陣乾笑。保羅意識到，父親的語調、措辭無一不是恰如其分，正好能振作大家的情緒，就連他聲音裡流露出的幾分倦意也配合得恰到好處。

「我想，我們最好先聽聽瑟非對弗瑞曼人還有什麼要補充的。」公爵說，「瑟非？」

郝沃茲抬起頭來。「大人，在大體的報告之後，我還有幾個經濟問題需要詳細討論。但現在我要說的是，弗瑞曼人越來越像我們所需要的同盟軍。他們目前還在觀望我們是否值得信任，但看起來是願意接受我們的。他們送來了一些禮物，有他們自己製作的蒸餾服……一些沙漠地區的地圖，畫出了哈肯能人留下的據點……」他低頭看了一眼桌子，接著說道：「他們的情報經證實完全可靠，在我們跟變動仲裁官打交道時幫了大忙。他們還送來了一些小東西，有香料酒、糖果、藥品，還有給潔西嘉女士的珠寶。我的人正在檢查這些東西，看樣子沒什麼問題。」

「看樣子你喜歡這些人，瑟非？」桌旁的一個人問道。

郝沃茲轉身面對提問的人：「按鄧肯．艾德侯的說法，這些人值得欽佩。」

保羅望一望父親，然後把視線轉回郝沃茲身上，鼓起勇氣問：「弗瑞曼人的數量有多少？你有相關的最新情報嗎？」

郝沃茲看著保羅答道：「根據他們加工食物的數量和一些證據，艾德侯估計他拜訪的那個穴地可能有一萬人左右。他們的首領說他的部落有兩千個家庭。我們有理由相信，這樣的穴地還有許多。他們似乎都向一個名叫列特的人效忠。」

「這是個新情報。」雷托說。

「我過去疏忽了，大人。有跡象表明這個列特可能是當地人信奉的神。」

桌旁另一人清了清嗓子問：「能確定他們跟走私販子有來往嗎？」

「艾德侯在那個部落時，正好碰上一支走私商隊帶著大量香料離開。他們用牲口運貨。從種種跡象分析，他們的行程需要十八天。」

公爵說：「看樣子，在這段不穩定的時期，走私販子把交易量提高了一倍。這值得我們深思。我們不必過分擔心這顆星球上的非法香料走私，這種事是無法杜絕的。但完全置之不理——也不好。」

「您已經有計畫了，大人？」郝沃茲問。

公爵看著哈萊克說：「葛尼，我想讓你帶領一支代表團，如果你願意，叫使團也行，去跟這些浪漫的商人接觸一下。告訴他們，只要他們交納百分之十的公爵稅，我就不會管他們的走私。郝沃茲估算過，他們的賄金和僱用戰士的費用是這個數字的四倍。」

「要是皇帝聽到風聲怎麼辦？」哈萊克問，「他一向把鉅貿聯會的利潤看得很緊。」

雷托微笑道：「我們會把全部稅金以沙德姆四世的名義公開存入銀行，然後從中扣除我們用於徵稅的合法費用。讓哈肯能人抓我們的把柄去吧！我們會搞垮一堆在哈肯能時期發了橫財的人。再也不會有賄賂這種事了！」

哈萊克的臉一擰，露出了笑容，「啊，爵爺，真是一記漂亮的陰招，剛好打在敵人的腰眼上。真想看看男爵聽到這個消息時的臉色！」

公爵轉身對郝沃茲說：「瑟非，上次你說你能買到那些帳本，到手了嗎？」

「是的，爵爺。我的人還在仔細研究。我大概瀏覽了一下，可以先大致說一說。」

「說吧。」

「哈肯能人每三百三十個標準日便能從這個星球賺到一百億太陽幣。」

在座眾人無聲地倒抽一口氣，連那些已經不自覺露出無聊表情的年輕副手也坐直了身子，朝彼此瞪大眼睛。

哈萊克喃喃道：「『他們要吸取海裡的豐富，及沙中所藏的珍寶。』」

「你們瞧，諸位，」公爵說，「還有誰會那麼天真，相信哈肯能人會因為皇帝一聲令下就默默打包離開嗎？」

眾人搖了搖頭，輕聲贊同公爵。

「我們只能用利劍奪下這個地方。」公爵轉向郝沃茲，「現在該報告設備了。他們留給我們多少設備？沙地爬行車、採收機和附屬設備之類？」

「一大堆，大人。變動仲裁官核對了帝國的清單，只要是上面列出來的設備都在。」郝沃茲打了個手勢，示意副手遞給他一個文件夾，放在面前的桌上打開，「但他們沒說的是，只剩不到一半的沙地爬行車可以運轉，只有三分之一的運機艦可以飛到香料開採地。哈肯能人留下的每樣設備不是壞了，就是隨時會解體。只要有一半還能運轉，就是我們的運氣了，而這一半中如果有四分之一能繼續運轉六個月，那運氣就更好了。」

「這遠比我們預計的還要好了。」雷托說，「基礎設備的確實情況呢？」

郝沃茲瞄了一眼文件夾說：「幾天內可以派出大約九百三十來部採收機。用於探勘、偵察和氣象觀測的撲翼機六千二百五十架……運機艦接近一千架。」

哈萊克說：「要是重新跟宇航談判，讓他們同意發射一艘巡防艦到軌道上去充當氣象衛星，會不會便宜些？」

公爵看著郝沃茲：「這方面沒有新消息嗎，瑟非？」

「現階段我們必須尋找別的途徑，」郝沃茲說，「宇航的代理人並不是真的想跟我們討價還價。他只是想通過另一種方式讓我們明白，他們的開價我們絕對付不起，無論我們再怎麼努力，都不會改變。換句話說，他們根本不打算賣給我們。我們的任務是在重新跟他們接洽之前找出原因。」

哈萊克的一個副手在椅子上轉動身體，忿忿地說：「這簡直沒有公理！」

「公理？」公爵看著說話的人，「誰要在這裡找公理？強權就是公理，而我們要做的就是建立自己的公理，就在厄拉科斯——要麼贏，要麼死。你後悔把未來交給我們了嗎，先生？」

那人望著公爵，說道：「不，大人。您不能回頭了，我同樣別無選擇，只有繼續追隨您。請原諒我一時衝動，可是……」他聳聳肩，「……誰都免不了有不爽的時候。」

「不爽，這我理解，」公爵說，「但只要我們手裡還有武器，而且可以自由使用，那就不必抱怨有沒有公理。還有誰心裡憋著怨氣的？有就發洩出來。在座的都是朋友，大家都可以暢所欲言。」

哈萊克動了動，說：「爵爺，我認為引起抱怨的原因是，我們沒有任何來自其他大氏族的志願軍。他們稱您為『公正的雷托』，承諾說永遠都是您的朋友，但那只是在不損害他們利益的前提下。」

「他們還不知道這次交鋒誰會勝出，」公爵說，「大部分氏族之所以壯大，原因就是盡可能少冒險。我們可以鄙視他們，卻無法真的譴責他們。」他看著郝沃茲說，「既然我們在討論設備，可不可以放些影像？讓我們熟悉一下這些機器。」

郝沃茲點點頭，朝投影機旁的助手打了個手勢。

桌面上出現了一幅立體投影，有些離得較遠的人乾脆站了起來，以看得清楚些。

保羅傾身向前，盯著那架機器。

從投影上看得出機器周圍站著幾個人，相比之下，那部機器顯然是具龐然大物，大約有一百二十公尺長，四十公尺寬，基本上就像一隻長長的蟲子，以一組組履帶移動。

「這就是採收處理機。」郝沃茲說，「我們挑了一部修復狀況良好的爬行車來製作投影。我們還發現了一整套電動挖掘裝置，是這裡的第一批皇家星球生態學家帶來的。雖然時代久遠，但還可以用。

只是我完全不知道它是怎麼撐下來的，為什麼能撐下來。」

「如果這套設備就是大家所說的『老瑪麗亞』，那其實應該是博物館的館藏。」一個助手說，「我認為哈肯能人把它當成刑具，是懸在工人頭上的威脅：好好幹，要不就會被分到『老瑪麗亞』上去。」

桌邊一陣哄笑。

保羅沒有笑，他全神貫注在投影上，腦子裡充滿了疑問。他指著桌上的影像說：「瑟非，有大到可以把整部爬行車吞下去的沙蟲嗎？」

大家頓時不作聲了。公爵暗暗罵了一句，轉念一想：不——他們必須面對這裡的現實。

「沙漠深處確實有那種巨型沙蟲，可以把這整套機器一口吞進肚子裡。」郝沃茲說，「至於大盾壁附近，也就是大部分香料開採出來的地方，有許多沙蟲可以先毀掉爬行車，再慢慢一口口咬掉。」

「為什麼我們不能給沙地爬行車裝上屏蔽場？」保羅問。

「根據艾德侯的報告，」郝沃茲答道，「在沙漠上安裝屏蔽場是很危險的。即使個人使用的小屏蔽場都會招來方圓數百公尺內的沙蟲。看樣子，屏蔽場會使沙蟲狂性大發。關於這一點，弗瑞曼人警告過我們，而我們沒有理由懷疑。艾德侯在弗瑞曼人穴地也沒有發現任何屏蔽場設備的影子。」

「一點都沒有？」保羅問。

「要讓幾千人對這種東西守口如瓶，是相當困難的。」郝沃茲說，「艾德侯可以到弗瑞曼人穴地的任何地方隨意走動。他沒看見屏蔽場，也沒發現任何使用過屏蔽場的跡象。」

「真是個謎。」公爵說。

「哈肯能人當然在這裡使用了大量的屏蔽場，」郝沃茲說，「他們在每個駐防村莊都設有維修倉庫，帳目也顯示出更換屏蔽場及其他配件的鉅額支出。」

「弗瑞曼人會不會有方法讓屏蔽場失靈？」保羅問。

「不太像。」郝沃茲回答說，「理論上有這種可能，當然，只要有一個極大的靜電反電性裝置，就能破壞屏蔽場。但沒有人做過這樣的實驗。」

「如果有，我們早就聽說了。」哈萊克說，「走私販與弗瑞曼人有密切聯繫，如果這種設備真的存在，他們早就弄到手，賣到其他星球上了。」

「我不喜歡這麼重要的問題懸著。」雷托說，「瑟非，我要你把它列為首要任務，盡快找到答案。」

「我們已經開始打探了，爵爺，」郝沃茲清清嗓子說，「對了……艾德侯確實說過一件事，他說你不可能搞錯弗瑞曼人對屏蔽場的態度，他們覺得屏蔽場很可笑。」

公爵皺起眉頭，「那繼續討論開採香料的設備了。」

郝沃茲朝投影機旁的助手做了個手勢。

一個帶機翼的裝置取代了龐大的採收處理機，同樣很龐大，周圍的人顯得相當渺小。「這是一部運機艦。」郝沃茲說，「基本上就是大型撲翼機，唯一的作用就是將沙地爬行車送到香料儲量豐富的沙地，沙蟲出現時再把爬行車撤出來。沙蟲無處不在。開採香料就是盡可能的進進出出。」

「這倒很符合哈肯能人的道德觀。」公爵說。

全場哄堂大笑。

投影儀又投下一架撲翼機的影像，取代了原先的運機艦。

「這是相當傳統的撲翼機。」郝沃茲說，「主要的改動是增加航程，此外還增加了防沙塵的密封裝置。三十艘運機艦中大約只有一艘裝有屏蔽場，也許是為了減輕重量，增大航程。」

「這麼不在意屏蔽場，不太對勁。」公爵喃喃道，他心想：難道這就是哈肯能人的祕密？這是不是意味著，如果事態的發展對我們不利，我們乘著帶屏蔽場的巡防艦會無法逃跑？他猛地搖搖頭，想甩掉這種念頭。他說：「讓我們進行工作評估吧。我們能有多少利潤？」

郝沃茲翻了兩頁筆記說：「在估算了維修和可運轉設備後，我們初步算出營運成本。為了保證盈餘的準確度，還納入了折舊。」郝沃茲閉上眼睛，進入晶算師的半入定狀態，接著說：「在哈肯能統治時期，維修費與薪資控制在百分之十四。至於我們，一開始如果能控制在三成，就算走運了。考慮到再投資和其他可能出現的因素，包括鉅貿聯會的提成和軍事支出，我們的利潤率會降低到百分之六至七。這種情況將一直持續到我們汰換掉老舊的設備，這樣利潤才能回升到百分之十二到十五的正常水平。」他睜開雙眼，「除非爵爺願意採用哈肯能人的做法。」

「我們的目的是建立穩固的、永遠的行星基地，」公爵說，「所以必須努力讓這裡的大多數人滿意——尤其是弗瑞曼人。」

「尤其是弗瑞曼人。」郝沃茲附和說。

「我們在卡樂丹之所以保持絕對優勢，」公爵接著說，「靠的是海軍和空軍。在這裡，我們也要發展出某種優勢，就叫做沙漠軍吧。這裡面也許可以包括空軍，也可能沒有。我請你們留意，本地撲翼機大多沒有屏蔽場。」他搖搖頭，接著又說：「哈肯能人為了提高周轉率，從外星球僱用了一些主要的專業人員，但我們不敢，每一批新人裡都可能會有不懷好意的人。」

「那麼，我們的利潤和產量會有相當長的一段時間拉不起來。」郝沃茲說，「最初兩季的產量可能比哈肯能人低上三分之一。」

「知道了，」公爵說，「正如我們所預料。弗瑞曼人那邊，我們的速度要加快。在鉅貿聯會第一次查帳之前，我希望能有整整五支弗瑞曼軍團。」

「這樣時間很趕，殿下。」郝沃茲說。

「大家都很清楚，我們時間本來就很趕。薩督卡軍一抓到機會，就會偽裝成哈肯能人出現在這個星球上。瑟非，你估計他們會運來多少人？」

「了不起四、五支軍團，不會再多了。宇航的運費相當昂貴。」

「那麼，五支弗瑞曼軍團再加上我們自己的軍隊，應該足以應付了。我們只要弄些薩督卡俘虜在蘭茲拉德上亮亮相，形勢就能大為改觀。至於香料開採的利潤，倒無關緊要。」

「我們會盡力的，閣下。」

保羅看了看父親，又回頭望著郝沃茲，突然有所感觸：這位晶算師畢竟已經年邁，且已為亞崔迪氏族三代人效力。混濁的褐色眼睛，飽經風霜、布滿皺紋的臉頰，駝下來的雙肩，薄薄的嘴唇上還沾著服用沙弗汁留下的青紫色殘漬——這一切都顯示出他的老邁。

多少重大的責任，卻壓在一個老人身上。保羅想。

「我們正在打一場刺客戰爭，」公爵說，「但還沒全面開打。瑟非，哈肯能人的組織現在情況如何？」

「我們已經清理掉二百五十九名哈肯能主要人員，爵爺，剩下的基層組織不會超過三個，總數可能一百人左右。」

「你們清理的這些哈肯能人都有資產嗎？」公爵問。

「大多數生活富裕，爵爺，屬於僱主階層。」

「我要你給他們每個人偽造一份效忠書，附上他們的簽名。」公爵說，「整理好，然後送給變動仲裁官。我們要採取法律行動，證明他們的效忠是假的，然後沒收他們的財產，剝奪他們的一切權利，把他們全家驅逐出境，讓他們一無所有。注意，一定要分給皇室百分之十的好處。全部行動務必要合法。」

瑟非笑了，深紅色的嘴唇下露出染上沙弗汁紅斑的牙，他說：「很妙的一步棋，不愧是亞迪崔氏族的人，爵爺。很慚愧我沒能先想到。」

哈萊克在桌子對面皺起眉頭，注意到保羅一臉不以為然。其他人都在點頭，微笑。

錯了，保羅想。這只會將敵人逼上絕路。他們就算投降，也得不到任何好處。

他知道在這種世仇戰爭向來不擇手段，但這樣的一步棋，即使能帶來勝利，也可能會毀了他們。

「『我曾在異鄉為異客。』」哈萊克引述道。

保羅盯著他，知道這句話引自《奧蘭治合一聖書》，心想：葛尼也和我一樣，不希望再搞那些狡詐的詭計了嗎？

公爵瞄一眼漆黑的窗外，回頭看著哈萊克說：「葛尼，你說服了多少沙漠工人留下來？」

「總共二百八十六人，閣下。我認為應該接受他們，這是我們的運氣。他們都是很有用的人。」

「就這麼多了嗎？」公爵抿了抿嘴，「好吧，傳達我的命令……」

門外一陣騷動，打斷了公爵的話。鄧肯．艾德侯穿過衛兵，沿著長桌疾步走到公爵身邊，俯身在他耳旁說了幾句。

公爵朝他一揮手，說：「大聲講出來，鄧肯，在座的都是高級軍官，沒什麼不放心的。」

保羅仔細打量艾德侯。他的一舉一動都像貓科動物，矯健、反應敏捷，沒人比他更適合做武器教官了。他黝黑的圓臉轉向保羅，深邃的眼眸不動聲色，但保羅看出他沉靜外表下隱藏著興奮。

艾德侯環視桌邊眾人：「我們制伏了一隊偽裝成弗瑞曼人的哈肯能傭軍。弗瑞曼人派了一個信使向我們示警。但在戰鬥中，我們發現哈肯能人伏擊了弗瑞曼信使，他受了重傷。我們本想把那個弗瑞曼人帶到這裡來救治，但他在途中就斷氣了。我知道信使傷勢過重時，停下來看看能做些什麼，卻看到他正想扔掉一件東西，被我嚇到了。」艾德侯看了一眼雷托，「是一把刀，爵爺。一把您前所未見的刀。」

「晶刃匕？」有人問。

「沒錯，」艾德侯回答，「乳白色，會自行發出亮光。」他把手伸進束腰外袍，拿出一柄刀鞘，外露的刀柄上帶有黑色紋路。

「刀別拔出來！」

聲音洪亮，從屋子盡頭敞開的房門傳來，穿透人心。大家都站了起來，朝門口望去。

一個身材高大、穿著長袍的人站在門口，被衛兵交叉的利劍擋住。淺褐色的長袍把他從頭到腳裹得嚴嚴實實，只有兜帽和黑色面罩之間留著一道縫，露出一雙全藍的眼睛，不帶一絲眼白。

「讓他進來。」艾德侯輕聲道。

「別攔他！」公爵說。

衛兵猶豫了一下，放下手中的劍。

那人走了進來，站在公爵對面。

「這是史帝加，我拜訪的那個部落的首領，假弗瑞曼軍隊的事就是他派人來向我們示警。」艾德侯引介道。

「歡迎，先生，」雷托說，「為什麼不能拔刀？」

史帝加望著艾德侯道：「你知道我們有看重清潔和榮譽的風俗，這刀的主人是你的朋友，我允許你看這把刀。」他的眼光掃過屋內其他人，「但我不認識其他人，你就這樣讓他們褻瀆一把榮耀的刀嗎？」

「我是雷托公爵，」公爵說，「你允許我看這把刀嗎？」

「我同意給予你拔出此刀的權利。」史帝加說。桌邊傳來一陣不滿的竊竊私語。他舉起一隻瘦削、青筋暴突的手，說：「我提醒你們，這把刀的主人將你們視為他的朋友。」

大家安靜下來，等待著。保羅打量這個人，感到他身上散發威嚴的氣勢。他是一個首領，弗瑞曼首領。

保羅對面靠近桌子中間的一個人輕聲道：「他以為自己是什麼人？竟要他來告訴我們在厄拉科斯上有什麼權利？」

「據說亞崔迪的雷托公爵受命統治這裡，」那個弗瑞曼人說，「正因如此，我必須把我們的原則告訴你：見過晶刃匕的人，需要承擔一定的責任。」他意味深長地看了一眼艾德侯，「看過晶刃匕後，就是我們的人，未經我們允許，不能離開厄拉科斯。」

哈萊克和另外幾人站起身來，一臉不忿。哈萊克說：「雷托公爵才能決定是否……」

「請等一下。」雷托說，溫和的語氣使眾人冷靜下來。不能讓局面失控。他想，然後對弗瑞曼人說：「先生，尊重我的人，我也會敬重他、維護他的尊嚴。我確實欠了你的情，而我向來有恩必報。如果按照你們的風俗，這刀不能在這裡出鞘，那麼，它絕不會出鞘——這是我的命令。這位朋友為我們而死，我們敬重他。如果還有什麼是我們可以做的，只需講一聲。」

弗瑞曼人盯著公爵，緩緩拉開面罩，露出一張長滿烏黑短髭的臉，鼻翼瘦削，嘴唇豐滿。他不慌不忙地彎下腰，在明亮的桌上吐了一口唾沫。

桌旁眾人勃然大怒，正準備一躍而起，艾德侯大喝一聲：「別動！」吼聲響徹整間會議室。

大家一怔，誰也沒動。艾德侯接著說：「我們感謝你，史帝加，感謝你把生命中的水贈給我們。我們由衷接受這口水。」隨即，艾德侯在公爵面前的桌上也吐了口唾沫。

他站在公爵身旁說：「大人，還記得水在這裡有多珍貴嗎。這是在表示尊敬。」

雷托這才在椅子上坐定，視線與保羅相交，看見兒子臉上的苦笑，也感受到手下眾人理解了弗瑞曼人的舉動後慢慢放鬆了下來。

弗瑞曼人看著艾德侯說：「我的穴地對你評價很高，鄧肯．艾德侯。你是否發過誓，必須效忠公爵？」

「他這是在邀我加入他們的部落，大人。」艾德侯說。

「他接受雙重效忠嗎？」雷托問。

「您希望我跟他去嗎，大人？」

「這件事我希望你自己決定。」公爵嘴裡這麼說，語氣中卻流露出熱切之意。

艾德侯注視著弗瑞曼人說：「史帝加，你能接受我現在這種身分嗎？有時候，我得回來為我的公爵效力。」

「你作戰勇猛，也為我們的朋友盡了最大的力。」史帝加說，他看著公爵，「就這樣吧：這個人，艾德侯，可以保留這把晶刃匕，作為他效忠我們的標誌。當然，他必須潔淨身體，還要奉行儀式。但這件事沒有問題，他可以同時是弗瑞曼人和亞崔迪戰士。這種事是有先例的，列特就向兩個主人效力。」

「鄧肯？」雷托問。

「我懂您的意思，大人。」艾德侯回答說。

「那好，同意。」雷托說。

「你的水是我們的了，鄧肯．艾德侯，」史帝加說，「我們朋友的遺體留給你的公爵，他的水就是亞崔迪的水。這就是我們之間的誓約。」

雷托嘆了口氣，瞄了一眼郝沃茲，兩人視線相交，郝沃茲點點頭，一臉愉悅。

「艾德侯要跟朋友道別，」史帝加說，「我會在下面等著。圖羅克是死去那位朋友的名字，你們需要這個名字，讓他的靈魂重獲自由。你們現在都是圖羅克的朋友。」

史帝加轉身準備離開。

「你不再待一下子嗎？」雷托問。

弗瑞曼人回過身，手一抬，蒙好面罩，同時調整了一下面罩後方的什麼東西。在面罩落下之前，保羅瞭了一眼，看上去像是一根細管。

「有什麼理由要留下來嗎？」他問。

「我們想向你表達敬意。」公爵回答。

「但我必須馬上到另一個地方去，否則就不值得尊敬了。」說完，他又看了一眼艾德侯，迅速轉身，大步從衛兵身旁走過。

「如果別的弗瑞曼人都能跟他一樣，我們就能合作無間。」雷托說。

艾德侯淡淡地說：「弗瑞曼人都跟他差不多，大人。」

「鄧肯，你知道以後要怎麼做嗎？」

「我是您派到弗瑞曼人那裡的大使。」

「全靠你了，鄧肯。在薩督卡軍來犯之前，我們至少需要五支弗瑞曼軍。」

「這需要花些工夫，大人。弗瑞曼人向來各自為營。」艾德侯有些遲疑，隨即又說：「大人，還有一件事。我們幹掉的那隊傭傭軍中，有人想從死去的那個弗瑞曼朋友身上奪走晶刃匕。那傭傭兵說，哈肯能人為晶刃匕懸賞一百萬太陽幣。」

雷托的下頜一抬，非常吃驚，「他們為什麼這麼想得到晶刃匕？」

「這刀是用沙蟲之牙打磨而成，是弗瑞曼人的標誌。有了它，隨便哪個藍眼睛的人都可以滲入任何弗瑞曼部落。如果我前往別的弗瑞曼穴地，除非他們認識我，否則就會盤問我。我看起來不像弗瑞曼人，但是……」

「你說的是彼特・德・弗立斯，哈肯能的晶算師殺手。」公爵說。

「一個跟魔鬼一樣狡詐的傢伙，爵爺。」郝沃茲說。

艾德侯將帶鞘的刀塞入袍中。

「看好這把刀。」公爵說。

「我明白，爵爺。」他拍拍腰帶上的收發器說，「我會盡快向您回報。瑟非有我的呼叫代號，讓他用戰時密碼呼叫。」他敬了個禮，轉身急匆匆追趕那個弗瑞曼人。

眾人聽著他咚咚的腳步聲在走廊漸行漸遠。

雷托和郝沃茲交換了會意的眼神，微微一笑。

「還有很多事要談，大人。」哈萊克說。

「我一直在耽誤你的工作。」雷托說。

「我這裡有前進基地的報告，」郝沃茲說，「是否下次再談，大人？」

「需要很長時間嗎？」

「簡單講講的話，不會太久。弗瑞曼人流傳著一種說法，說在沙漠植物實驗站時期，厄拉科斯曾經有二百多個這樣的前進基地。到現在，所有前進基地應該都已經荒廢了，但有報告說這些基地在廢棄之前已經被密封起來。」

「裡面有設備？」公爵問。

「根據鄧肯的報告，是有的。」

「基地都分布在什麼地方？」哈萊克問。

郝沃茲回答說：「這個問題的答案，無一例外全都是：『列特知道』。」

「上帝知道。」雷托輕聲道。

「或許不完全是這樣，大人，」郝沃茲說，「史帝加剛才也提到這個名字，他指的會不會是個真實的人？」

「『向兩個主人效力，』」哈萊克說，「這話聽上去像引述宗教的語言。」

「說起引述，你應該再清楚不過。」公爵說。

哈萊克笑了。

「變動仲裁官，」雷托說，「那位星球生態學家，凱恩斯……他會不會知道這些基地在哪裡？」

「大人，」郝沃茲謹慎地說，「凱恩斯是皇室的人。」

「但天高皇帝遠。」雷托說，「我要那些基地，那裡面有大量物資，我們可以搶救來修復現有的設備。」

「大人！」郝沃茲說，「在法律上，那些基地仍然屬於皇帝。」

「這裡的氣候太惡劣，足以毀掉任何東西。」公爵說，「我們可以把問題推給氣候。找到這位凱恩斯，至少打探清楚這些基地是否存在。」

「徵用這些基地會有危險，」郝沃茲說，「有件事鄧肯說得很明白：這些基地或基地的概念對弗瑞曼人意義重大。如果占用這些基地，就有可能得罪弗瑞曼人。」

保羅觀察著周圍眾人的表情，發覺大家十分緊張，專注地聽著每一個字。看上去，他們對父親的態度深感不安。

「父親，聽他的吧，」保羅壓低聲音說，「他講的都是真話。」

「大人，」郝沃茲接著說，「那些基地裡確實有材料可以讓我們修好所有的設備，但由於戰略的理由，我們拿不到。在沒有進一步情報之前貿然行動，會太過草率。我們不該忘記，這個凱恩斯是皇帝授權的變動仲裁官。而且弗瑞曼人也很服他。」

「那就來軟的。」公爵說，「我只是要知道那些基地是否真的存在。」

「遵命，大人。」郝沃茲坐回到座位上，垂下眼簾。

「好吧，」公爵說道，「我們都知道等在我們前面的是什麼了——工作。我們一直在操練，也有一些經驗。我們很清楚會有什麼成果，也都很明白失敗的後果。你們領命之後就各自行動去吧。」他看著哈萊克說，「葛尼，先處理走私販的事。」

「『我將深入乾枯大地上叛軍的巢穴。』」哈萊克吟道。

「總有一天，我會堵住那男人的語錄，那樣他看起來會跟沒穿衣服一樣。」公爵說。

桌旁響起一陣笑聲，但保羅聽得出來，笑聲十分勉強。

公爵轉向郝沃茲說：「瑟非，在這層樓再設一個情報指揮所。一準備好就來見我。」

郝沃茲站起身來，環視會議室，好像在找幫手，然後轉過身，帶頭走出了房門。其他人也匆忙站起來，推開椅子，一起湧向門口，場面一時有點混亂。

會議就這樣在混亂中結束了。保羅一邊想，一邊凝視最後幾個人離去的背影。以前，會議總是在直截了當的氣氛中結束，問題總有解決方案。但這次似乎有些稀稀落落，又因為效能不彰而令人疲累，更糟的是還出現了爭執。

生平第一次，保羅允許自己認真考慮失敗的可能性——並不是因為害怕，也不是由於老聖母等人的警告，而是由於自己對形勢的分析。

父親在孤注一擲。他想，局勢對我們很不利。

保羅想起郝沃茲在會議期間的表現，這位老晶算師似乎有些不安。

某件事讓郝沃茲坐立不安。

「後半夜你最好待在這裡別走了，兒子。」公爵說，「反正馬上就要天亮。我會通知你母親。」他站起身來，動作顯得緩慢而僵硬，「你可以把這些椅子拼起來，躺在上面睡一睡。」

「我並不覺得特別累，父親。」

「隨便你。」

公爵雙手背在身後，沿著長桌來回踱步。

像籠中困獸。保羅想。

「您準備跟郝沃茲談談叛徒的事嗎？」保羅問。

公爵在兒子對面停下腳步，朝著黑黝黝的窗口說：「出現叛徒的可能性，我們已經討論過好幾次了。」

「那老婦人似乎很有把握，」保羅說，「母親的情報也……」

「我們已經有防範措施。」公爵說道，環視著房內。保羅注意到父親眼中困獸般狂暴的眼神，「待在這裡別走。我要去跟瑟非談談建立指揮所的事。」他轉身大步走了出去，輕輕向衛兵點了點頭。

保羅瞪著父親剛才所站的地方，那地方甚至在公爵走出房門前就已經空了，他只是移不開眼睛。他想起那個老婦人的話：「……至於你父親，救不了他了。」

13

摩阿迪巴抵達的第一天，當他與家人駛過厄拉欽恩街道時，有人想起了那些傳說與預言，斗膽喊道：「馬赫迪！」但他們的呼喊與其說是宣告，不如說是疑問，因為人們此時僅只是冀望他就是預言中的利桑・阿拉黑——天外之音。與此同時，他們也十分注意他母親。他們已經聽說她是個貝尼・潔瑟睿德。很明顯，對他們而言，她便如同另一個天外之音。

——伊若琅公主《摩阿迪巴手冊》

・・・

一個衛兵把公爵領到角落的房間，裡面只有瑟非・郝沃茲一個人。隔壁房間傳來人們安裝通訊設備的聲音，這邊卻相當安靜。公爵四下打量，郝沃茲則從一張攤滿紙張的桌子旁邊站起來。四面綠壁的房間裡除了那張桌子，還有三把懸浮椅，椅子上代表哈肯能人的「H」字母被倉促抹掉，留下殘缺的色塊。

「椅子是我們摸來的，但很安全。」郝沃茲說，「保羅在哪裡，大人？」

「我把他留在會議室。沒有我在那裡吵他，但願他能睡一下。」

郝沃茲點點頭，走到通往隔壁房間的小門旁，關上門，隔壁的靜電聲、電火花的劈啪聲頓時消失。

「瑟非，我很在意皇室和哈肯能人囤積的香料。」雷托說。

「爵爺？」

公爵的嘴唇繃得緊緊的，「倉庫很容易摧毀。」郝沃茲正準備開口，公爵抬手打斷他，繼續往下說道：「別管皇帝的香料儲備。如果哈肯能人遇上了麻煩，他只會竊喜。至於男爵，也不可能公開承認自己囤積了大量香料，那麼，連他自己都不承認有的東西，就算被毀了，他又能怎樣？」

郝沃茲搖搖頭，「我們人手不夠，爵爺。」

「抽調艾德侯的一部分人馬，或許有些弗瑞曼人也會樂意來一趟星際旅行。突襲羯地主星。這樣牽制哈肯能人，可以取得一些戰略優勢，瑟非。」

「遵命，爵爺。」郝沃茲轉過身去。公爵發現這位老人有些緊張，心想：他可能在懷疑我不信任他。他一定知道我那裡有些關於叛徒的私人密報。嗯，最好立即打消他的憂慮。

「瑟非，」他說，「你是我能完全信賴的少數幾個人之一，所以，還有件事我想和你談談。我們倆都清楚，為了防止敵人滲透，我們一直很警覺……最近我得到兩個新情報。」

郝沃茲轉身看著公爵。

雷托轉述保羅的話。

老人卻沒有以晶算師的專注思考這兩份情報，他似乎更加不安了。

雷托細細打量老人，接著說：「老友，你欲言又止。開參謀會議時我就注意到你有點緊張。什麼事那麼嚴重，不能在會議上講出來？」

郝沃茲緊閉雙唇，沙弗汁染紅的嘴唇拉成一條僵硬的直線，周圍一圈全是細紋。他抿著嘴，說道：「爵爺，我不知道該如何開口。」

「你我身上都有不少為救對方的命留下的傷疤，瑟非。」公爵說，「你心裡清楚，無論什麼事，都可以跟我說。」

郝沃茲凝視著公爵，心想：我最喜歡他的就是這一點。他這麼高尚，值得我忠心耿耿為他效力。為什麼我必須傷害他？

「怎麼了？」雷托問。

郝沃茲聳聳肩：「一小段信函，是我們從一個哈肯能信使身上搜到的。這封信原來是要交給一個名叫帕迪的人。我們有理由相信，這個帕迪是哈肯能人地下組織的負責人。這封信函——可能很重要，也可能無足輕重，幾種解釋都能成立。」

「信上什麼內容這麼麻煩？」

「只剩下一小片，爵爺，很不完整。信的內容印在微型膠片上，附有常見的自毀膠囊。我們沒能及時阻止酸液腐蝕，只救下一小段話。可這段話……仍然非常引人深思。」

「是嗎？」

郝沃茲揉揉嘴唇，繼續說：「上面寫著：『……托永遠不會懷疑，而當他的摯愛出手擊中他時，僅僅這個事實本身就足以毀掉他。』信上有男爵的私人封印，我查證過，封印是真的。」

「你的懷疑很明顯。」公爵說著，聲氣突然間變得冷冰冰。

「我寧願砍掉自己的雙臂，也不願意傷害您，」郝沃茲說，「爵爺，可如果……」

「潔西嘉女士。」雷托說，只覺得胸中怒火狂燒，「你不能從那個帕迪身上逼問出事實嗎？」

「不幸的是，我們截下信使時，帕迪已經死了。而我可以肯定，信使本人並不知道自己傳送的是什麼。」

「我明白了。」

雷托搖搖頭，心想：真棘手，不可能有什麼，我了解自己的女人。

「爵爺，如果……」

「不！」公爵厲聲喝道，「這裡一定有問題——」

「但我們不能忽視，爵爺。」

「她已經跟了我十六年！這期間她有無數機會——你也曾親自調查過那所學校和那個女人。」

郝沃茲苦澀道：「我也有過疏漏。」

「告訴你，不可能！哈肯能人的目的是毀掉亞崔迪氏族的血脈——也就是保羅。他們試過一次了。一個女人怎麼可能會對自己的兒子下手？」

「也許她的目標並不是自己的兒子。昨天的事可能只是高明的騙局。」

「不可能是騙局。」

「先生，按理說她不會知道自己的父母是誰。可如果她知道呢？如果她是孤兒，比如說，某個因為亞崔迪氏族而失去父母的孤兒呢？」

「那她應該在這之前就下手。在我的杯子裡下毒……晚上用匕首。誰能比她更有機會？」

「哈肯能人的目的是徹底摧毀您，爵爺，而不只是除掉您。報家族世仇的手段有很多種。如果成功，可能成為家族仇殺中的傑作。」

公爵雙肩一沉，閉上雙眼，看上去蒼老而疲憊。這不可能，他想。那女人早已把心交給我了。

「讓我猜忌自己所愛的女人。要毀掉我，還有比這更好的方法嗎？」公爵問。

「這種解釋我也考慮過，」郝沃茲答道，「可還是……」

公爵睜開眼睛，盯著郝沃茲，心想：就讓他懷疑吧。懷疑是他的職責，與我無關。也許，如果我一副中了圈套的樣子，那個潛藏的敵人就會開始輕忽。

「你有什麼建議？」公爵輕聲問道。

「從現在開始，全天候監視她。爵爺，要一刻都不放鬆。這一切我都會暗地裡進行。這件事艾德侯是最好的人選。也許，我們可以在本週內把他召回來。我們訓練了一個艾德侯部隊裡的年輕人，是派到弗瑞曼人那裡取代艾德侯的理想人選。他很有外交天分。」

「千萬不能破壞我們在弗瑞曼人那裡的根基。」

「當然不會，爵爺。」

「保羅怎麼辦？」

「也許我們該警告一下尤因醫師。」

雷托轉身背對著郝沃茲，「交給你全權處理吧。」

「我會小心的，爵爺。」

至少這一點我還可以放心。雷托想。他說：「我要出去走走，如果你有事，儘管來找我，我就在圍牆內。衛兵可以——」

「爵爺，您走之前，我有張膠片想讓您看一下，這是對弗瑞曼人宗教信仰的初步分析。您還記得嗎？是您讓我向您彙報的。」

公爵頓了一下，卻沒轉過身來，只是說道：「不能等等嗎？」

「當然可以，爵爺。當時您問我當地人在呼喊什麼。是『馬赫迪』！他們是在叫少爺。當他們——」

「保羅？」

「對，爵爺。這裡有一個傳說，一個預言：有一天，某位領袖將來到他們中間，他是貝尼．潔瑟睿德的兒子，這人將帶領他們獲得真正的自由。這預言遵循了人們熟知的救世主模式。」

「他們認為保羅就是這個……這個……」

「他們只是冀望，爵爺。」郝沃茲說著，遞過一個膠片膠囊。

公爵接過膠囊，順手塞進口袋。「我等一下再看。」

「好的，爵爺。」

「現在，我需要時間……想一想。」

「是，爵爺！」

公爵深深嘆了口氣，大步走出房門，向右一轉，沿著走廊向前，雙手負在身後，全不在意自己走到了什麼地方。一路走過無數走廊、樓梯、陽臺和大廳……人們紛紛敬禮，然後讓到一側。

走著走著，他又回到會議室。屋裡沒開燈，保羅睡在桌子上，身上蓋著衛兵的外套，頭枕著一個小盒子。公爵輕輕穿過屋子，走到陽臺上看風景。遠處的起降場亮著燈，微弱的光線映在公爵臉上。站在陽臺一角的衛兵認出了公爵，立刻卡的一聲肅立敬禮。

「稍息。」公爵輕聲說，倚上陽臺冰冷的金屬欄杆。

黎明前的寂靜籠罩著這片沙漠盆地。他抬起頭仰望天空，上方的星子像藍黑色幕布上一面亮閃閃的輕紗。南方地平線上，低垂的二號月亮透過薄薄的沙幕疑心重重地窺探人間，向他灑下嘲弄的月光。

公爵仰首凝望時，月亮卻沉了下去，落在大盾壁的後方，山崖的輪廓鑲上了一圈光暈。突如其來的黑暗，公爵只覺得一陣寒意，打了道冷顫。

憤怒如電流般衝擊著他。

哈肯能人一直在騷擾我、暗算我、打擊我——到此為止。他想，這些齷齪的東西，腦袋只配到鄉下當村長！我該表明態度了！他邊想邊感到悲哀：我必須用銳眼和利爪來統治，像凡鳥中的鷹隼一樣。他下意識抬起手來，摸了摸胸前的鷹徽紋章。

東方，夜色染上了一抹明亮的灰白，隨即又轉為貝殼的乳白色，星星隨之黯淡下來了。黎明的晨曦緩緩灑遍破碎的天際。

公爵沉醉在眼前的美景中。

真是無與倫比的景象。他想。

他從未料到這裡竟有如此出色的奇景：紅色鋸齒般的天際線與紫色、赭色的斷崖；起降場遠處的夜色中，閃著微光的露珠滋潤著厄拉科斯上生命短促的種籽，大片大片的紅花盛開著，花間清晰地印著一團團紫羅蘭色……像巨大的腳印。

「真是美麗的早晨，大人。」衛兵說。

「是啊，真美。」

公爵點點頭，心想：也許，這個星球會越來越迷人；或許，它能成為我兒子的美好家園。

就在這時，他看見一些人影走進花田，用一種鐮刀般的東西掃來掃去——露水採集者。這裡的水太珍貴了，就連露水也必須收集起來。

這裡也可能是可怕的地方。公爵想。

14

發現自己的父親是個人——是血肉之軀，也許是世上最可怕的覺醒。

——伊若琅公主《摩阿迪巴語錄》

• • •

公爵說：「保羅，我要做一件令人厭惡的事，但我必須這麼做。」他站在移動式毒物探測器旁，這部機器剛剛才被搬來會議室檢測他們的早餐。探測器軟綿綿地懸掛在桌子上方，保羅不由得聯想到某種剛死去的怪蟲。

公爵望著窗外，看著起降場和晨曦中飛舞的沙塵。

保羅面前放著一具閱讀器，裡面是關於弗瑞曼人宗教習俗的短片。影片是郝沃茲手下一個專家整理出來的，保羅不安地發現裡面竟然提到了自己。

「馬赫迪！」

「天外之音！」

他一閉上眼就能想起當時群眾傳來的呼喊。原來他們盼的是這個，保羅想。他想起那位年邁的聖母提到的奎薩茲・哈德拉赫。這些回憶讓保羅不由得想起那個可怕的使命，這個陌生的世界也似乎因此籠上了一層莫名的熟悉感。

「令人厭惡！」公爵說。

「您指的是什麼？父親？」

雷托轉過身，俯視著兒子道：「哈肯能人設計我猜疑你的母親。但他們不知道，我寧願懷疑自己也不會懷疑她。」

「我不明白，父親。」

雷托再次望向窗外。潔白的太陽已升上半空，乳白色的陽光穿透一片翻湧的沙塵，湧入貫穿大盾壁的陰暗峽谷。

公爵用低緩的聲音壓下心頭怒火，向保羅解釋了那封神祕的信函。

「您也可以讓他們以為你懷疑的是我。」保羅說。

「我要讓他們以為自己成功了。」公爵說，「要讓他們覺得我是個蠢蛋。必須讓這看起來像真的一樣，甚至連你母親也要瞞住。」

「可是，父親大人！為什麼？」

「你母親的反應不能像是在演戲。哦，她確實有能力演好一齣戲……但這必須萬無一失。我希望引出內奸。一定要讓人覺得我完全被蒙在鼓裡。她會很傷心，但這樣做的目的是保護她，不讓她受到更大的傷害。」

「為什麼要告訴我這些，父親？也許我會走漏風聲。」

「在這件事情上，他們不會盯住你不放。」公爵說，「你一定要嚴守祕密，切記。」他走到窗戶旁，背對著保羅說：「這樣一來，萬一我出了事，你就可以把真相告訴她——告訴她，我從未懷疑她，一絲半點都沒有。我想讓她知道這一點。」

保羅從父親的話裡聽出了死亡的氣息，馬上說道：「您不會有事的，父親大人。那——」

「別說了，兒子！」

保羅望著父親的背影，他的頸項、他的雙肩、他遲緩的動作，無一不透著疲倦。

「您太累了，父親。」

「我是累了，」公爵道，「我的心累了。各大氏族讓人傷感的衰敗終究影響了我。我們曾經是多麼強大啊。」

保羅忿忿道：「我們的家族沒有衰敗！」

「沒有嗎？」

公爵轉身面對兒子，犀利的雙眼下方一片黑青，嘴角自嘲地一撇。「我本應娶你母親，讓她做我的公爵夫人。可是……我的未婚狀態能讓一些氏族還抱著聯姻的希望。」他聳聳肩，「所以，我……」

「母親跟我解釋過。」

「身為領袖，沒有什麼比英勇更能贏得屬下的忠誠，」公爵說，「因此，我有意養成了這種氣質。」

「您領導得很好，」保羅說，「統治有方。人們心甘情願地追隨您，愛戴您。」

「我有第一流的宣傳機構。」公爵說著，又轉身看著盆地，「我們在厄拉科斯這裡還是有機會的，這一點，皇帝從未想到。但有時我還是會想，如果我們一走了之，乾脆叛逃，是不是會更好。有時候，我真希望我們可以隱姓埋名，躲到民間，不再為人所……」

「父親！」

「是啊，我確實累了。」公爵說，「你知道嗎？我們已經建好自己的工廠，正利用香料殘渣作為原料製造膠卷。」

「父親大人？」

「膠卷材料絕不能短缺，」公爵說，「否則，我們怎麼把自己的消息鋪天蓋地送往鄉村、城市？必須讓這裡的人民知道我統治有方。如果我們不講，他們怎麼可能知道？」

「您應該休息一下。」保羅說。

公爵再一次面對兒子，「厄拉科斯還有一個優勢，我差點忘了說。在這裡，香料無處不在。你呼吸的空氣裡、吃的食物裡，幾乎都有香料。我發現，這能形成天然免疫力，使《暗殺手冊》裡一些常見的毒藥失效。還有，因為必須珍惜每一滴水，所以食物加工的一切都受到最嚴格的監控，從酵母的培養、水耕栽培到營養化學，都是如此。因此，我們無法用毒藥大批消滅這裡的人口，別人也同樣不可能用這種方法對付我們。厄拉科斯使我們變得光明磊落了。」

保羅剛要開口，公爵便打斷他說：「這些事，我總得找個人聊聊，兒子。」他嘆了口氣，回頭看看窗外乾枯的大地。現在就連花朵也不見了——先被露水採集員踐踏了一番，剩下的又在烈日下凋萎了。

「在卡樂丹，我們有占絕對優勢的海空軍，足以統治一切。」公爵說，「而在這裡，我們必須從零開始，努力組建沙漠軍。這是你繼承的家產，保羅。如果我發生意外，你會變成什麼樣的人？你領導的不會是叛亂家族，而是游擊家族——不斷逃亡、不斷被人追殺。」

保羅搜腸刮肚想說些什麼，可又無從說起。他從未見過父親這麼消沉。

「要保住厄拉科斯，」公爵說，「有時必須做出有損尊嚴的決定。」窗外，起降場邊上有一根旗杆，代表亞崔迪氏族的綠黑旗懶洋洋地在上面飄動。他指著那面旗幟，「這面旗代表著榮耀，但最後，除了榮譽之外，也可能代表許多邪惡。」

保羅乾嚥了嚥，父親的話裡有一種看透一切，一種宿命感。男孩覺得心裡空蕩蕩的。

公爵從口袋掏出一片抗疲勞藥片，也不喝水，直接嚥下。「權力和恐懼，」他繼續說，「是管理國家的工具。我要下令調整你的課程，把重點放在游擊戰上。那邊的那支影片——他們叫你『摩阿迪巴』、『天外之音』。這些是你最後的手段，你可能會從中獲利。」

保羅盯著父親，公爵的雙肩重新挺了起來——藥片開始見效了。但保羅仍然想著父親那些充滿恐懼和疑慮的話。

「那個生態學家怎麼還不到？」公爵喃喃道，「我告訴瑟非讓他早點來的。」

15

某天，我的父親帕迪沙皇帝拉著我的手，將我領到肖像廳裡亞崔迪．雷托公爵的自真肖像前。我憑著母親教我的方法，察覺他有心事。我發覺兩人驚人地相像：父親和這個畫中人都有一張瘦削、高貴的臉，輪廓分明，最突出的是那對冷峻的眼眸。「公主，我的女兒，」我父親說，「當年，這男人選妻之時，我多希望妳的年齡能再大一些。」我父親那時七十一歲了，看上去卻並不比畫像上的那個人老。雖然我只有十四歲，但我依然記得，當時我就推斷出，父親私下多麼希望公爵是他的兒子，對兩人由於政治的緣故成為敵人是多麼痛心疾首。

——伊若琅公主《父親的皇宮家事》

・・・

凱恩斯博士接獲的命令是出賣這些人，可第一次見面，他就動搖了。他以自己是科學家而自豪，對他來說，傳說只是有趣的線索，可以據此尋找文化的根源。然而這男孩竟與古老的預言如此驚人地吻合。「探究的雙眼」、「冷淡含蓄的率直」，無一不符。

當然，傳說也留有迴旋餘地，沒有說明「天外之音」究竟是聖母帶來的，還是在此地降生的。不過，傳說和真人如此吻合，確實令人嘖嘖稱奇。

上午晚些時候，他在厄拉欽恩城外起降場的行政大樓外見到了他們。附近停著一艘沒有標誌的撲翼機，隨時待命準備起飛。發動機嗡嗡作響，像昏昏欲睡的昆蟲。一名亞崔迪衛兵手握出鞘的利劍站在一旁，身上的屏蔽場使周圍的空氣微微扭曲。

凱恩斯對屏蔽場這種防衛模式嗤之以鼻，心想：厄拉科斯會讓他們大吃一驚的。

行星生態學家舉起一隻手，要他的弗瑞曼衛兵退後。他大步走向大樓入口——一道開在鍍塑岩石上的黑洞。建築雖然龐大，卻如此暴露，他想，還不如住在洞穴。

大樓裡的動靜引起了他的注意。他停下腳步，整理一下罩袍和蒸餾服。

大門豁然洞開，一批亞崔迪士兵出現在門口，一律全副武裝：發射低速子彈的擊昏槍、佩劍、屏蔽場。他們身後走出一位身材高大的男人，長著一張鷹臉，深色的皮膚和頭髮。他穿著一襲寬大的及踝罩袍，胸前印著亞崔迪鷹徽紋章。看得出來，他對這種衣著並不熟悉，下襬一角緊貼著蒸餾服的褲管，沒有弗瑞曼人那種瀟灑及飄逸。

他身旁跟著一名少年，同樣的深色頭髮，但臉龐更圓。凱恩斯知道這少年應該有十五歲了，只是看上去更小。然而，那年幼的身軀散發出威嚴的氣勢和沉著的自信，彷彿對周圍的一切了如指掌，能看到別人看不見的東西。他一身跟他父親相同樣式的罩袍，但他一副隨意自在的樣子，讓人覺得他從小就穿慣了這種衣物。

預言說：摩阿迪巴能夠洞悉別人難以察覺的東西。

凱恩斯搖搖頭，告訴自己，他們不過是普通人。

凱恩斯認出了另一個人，葛尼．哈萊克，和公爵父子一樣，穿著沙漠服裝。凱恩斯深吸一口氣，壓下對哈萊克的不滿——他曾叮囑凱恩斯，在與公爵及其繼承人見面時要遵守規矩。

「你要稱呼公爵為『爵爺』或『大人』，也可以稱他『尊貴的人』，但這個稱呼通常適用於更正式的場合。公爵的兒子，可以稱之為『少爺』或『大人』。公爵為人寬和，但不喜歡跟人太過親近。」

凱恩斯看著這群人越走越近，心想：他們馬上就會知道誰才是厄拉科斯的主人。竟然讓那個晶算師盤問了我半晚！還指望我教他們檢驗香料開採？

郝沃茲的真正意圖沒能瞞過凱恩斯。他們想得到皇家基地。顯然是從艾德侯那裡聽說的。

我要讓史帝加把艾德侯的腦袋送給這位公爵。凱恩斯告訴自己。

公爵一行離他只有幾步遠了，腳下的沙地靴踩得沙子咯吱作響。

凱恩斯彎腰致意：「公爵閣下。」

雷托走向獨自站在撲翼機旁的生態學家，仔細打量著他：高而瘦削，寬鬆外袍、蒸餾服、短統靴，一身沙漠人的打扮。兜帽甩在身後，面罩掛在一旁，露出沙褐色的長髮，稀疏的短髭。濃濃的睫毛下是一雙藍中透藍的眼睛，眼眶上殘留著幾道深色顏料。

「你就是那位生態學家。」公爵說。

「我們在這裡更習慣用舊式的頭銜：行星生態學家。大人。」凱恩斯說。

「如你所願。」公爵低頭望著保羅，「兒子，這位就是變動仲裁官，解決爭執的仲裁人，受命監督這裡的一切，保證我們的接管過程符合規定。」他看著凱恩斯說，「這是我兒子。」

「大人。」凱恩斯說。

「你是弗瑞曼人嗎？」保羅問。

凱恩斯笑道：「這裡的部落和村莊都把我當成自己人，少爺。但我是為皇帝效力的，是皇室行星生態學家。」

保羅點點頭，此人透著一股強悍的氣勢，給他留下了深刻印象。哈萊克剛才站在行政大樓的窗前將凱恩斯指給保羅看，說：「就是那個帶著一隊弗瑞曼隨扈的人，正朝撲翼機走去。」

保羅用雙筒望遠鏡觀察凱恩斯片刻，留意到他稜角分明的嘴唇和高高的額頭。哈萊克在保羅耳旁低聲道：「是個怪人，說話很精準——直截了當，從不模稜兩可，像把剃刀。」

而站在他們身後的公爵則說：「典型的科學家。」

現在，保羅就站在距離此人幾步遠的地方。他感到凱恩斯身上有一股威儀，一種人格的影響力，彷彿出身皇家，生來就是發號施令的。

「我知道，這些蒸餾服和長袍是你送來的。謝謝你。」公爵說。

「希望它們能合身，大人。」凱恩斯道，「那是弗瑞曼人製作的，盡可能按你手下哈萊克所提供的尺寸去做。」

「有件事我很感興趣。你說過，如果不穿這些服裝，你就不能帶我們去沙漠。」公爵說，「但我覺得，我們可以帶上大量的水。我們本來就沒打算去很久，再說還有空中掩護，就是在我們上方飛行的隨扈。我想，不可能出現迫降吧。」

凱恩斯盯著公爵，看著他那水分充足的身體，冷冷地說：「在厄拉科斯，你不能說可不可能，你只能說會或不會。」

哈萊克臉一板：「稱呼公爵要用『大人』或『爵爺』！」

公爵一揮手，示意哈萊克別開口，「這裡的人還不習慣我們的方式，葛尼，應該允許例外。」

「遵命，爵爺。」

「我們欠你的情，凱恩斯博士。」雷托說，「你送的衣服，你對我們人身安全的考慮，我們是不會忘記的。」

保羅想起一句《奧蘭治合一聖書》的話，衝口而出：「『禮物是河流的賜福。』」這句話在一片寂靜中清晰響起。凱恩斯帶來的弗瑞曼隨扈正蹲坐在行政大樓的陰影裡休息，聽到這句話，全都跳了起來，激動地嚷著。其中一人高喊道：「利桑．阿拉黑！」

凱恩斯迅速轉身，做了一個簡短的向下劈手勢，示意弗瑞曼人散開。隨扈退開了，一邊嘀嘀咕咕，消失在大樓四周。

「真有意思。」雷托說。

凱恩斯淩厲地掃了一眼公爵和保羅，說著：「這裡的大多數沙漠原住民都非常迷信。別理他們，他們沒有惡意。」但他心中卻在想傳說中的句子：他們將用聖語向你們致意，而你們的禮物將保佑他們。

在此之前，雷托對凱恩斯的印象只來自郝沃茲的口頭報告。郝沃茲對此人十分提防，疑心重重。此時，雷托對他的看法一下子明朗了：凱恩斯成了弗瑞曼人。他帶來一支弗瑞曼隨扈，這只會代表一件事：弗瑞曼人想試探一下，在新領主的統治下，他們能不能自由進出城區——但這隊人馬似乎只是儀仗隊。從他的神態看來，他是高傲的人，自由自在慣了，只在起疑時才會露出戒慎的語氣神態。保羅問他是不是弗瑞曼人，這個問題一針見血。

凱恩斯已經徹底成為當地人。

「我們可以出發了嗎，爵爺？」哈萊克問。

公爵點點頭：「我乘自己的撲翼機去，凱恩斯可以跟我一起坐在前排，為我指路。你和保羅坐後排。」

「請等一等，」凱恩斯說，「如果您允許的話，爵爺，我必須檢查您的蒸餾服。」

公爵正想開口，但凱恩斯搶先接著道：「我和您一樣關心自己的性命……大人。如果你們遇到任何意外，掉腦袋的會是誰，我心知肚明。」

公爵皺起眉頭，心想：這可真棘手！如果我拒絕，就可能得罪他，而這個人對我而言可能是無價之寶。然而……我對他所知不多，要讓他進入我的屏蔽場，觸摸我的身體嗎？

這些念頭迅速閃過腦海，公爵心一橫，一句：「聽你的。」向前跨出一步，敞開自己的長袍，看著哈萊克立即擺出姿勢，一臉警惕，但還是待在原地不動。公爵行若無事地說：「嗯，蒸餾服跟你的生活息息相關，如果不麻煩，我們會很感謝你為我們解釋這種裝備。」

「當然。」凱恩斯說。他的手伸到長袍下，摸到肩上的密封閥，邊檢查邊向公爵解釋：「蒸餾服基本上是個微型複合結構，一種高效的過濾器和熱交換系統。」他調整了一下公爵肩上的密封閥，繼續說：「與皮膚接觸的那一層有很多孔隙讓汗液穿透，這樣可以冷卻身體……和普通的蒸發過程很相似。外面兩層……」凱恩斯收緊胸帶，接著道：「……包含熱交換的絲狀構造和鹽的析出裝置。鹽可以回收。」

公爵抬起胳膊，方便凱恩斯的動作。「很有意思。」

「深呼吸。」凱恩斯說。

公爵照做了。

凱恩斯檢查著腋下密封閥，調整了其中一個。「身體的活動，特別是呼吸，還有會帶來滲透壓的動作，能為裝置提供動力。」他又稍微鬆了鬆胸帶，「回收的水分循環到集水袋內。你脖子旁夾著一根管子，通向集水袋，你可以用這根管子喝水。」

公爵低下頭，看到了凱恩斯所說的管子。「高效、方便，」他說，「設計得真好。」

凱恩斯膝蓋著地，開始檢查腿部密封閥。「尿液和糞便在大腿襯墊內處理。」他說著站了起來，摸摸衣領合不合身，然後拉高一段領邊，「在一望無盡的沙裡，你要把這個過濾面罩戴在臉上。這根管子插在鼻孔裡，管子上還有塞子，可以保證鼻孔和管子間沒有任何縫隙。記住，通過口腔過濾器吸氣，用鼻管吐氣。一套狀態良好的弗瑞曼蒸餾服可以讓你每天只流失一點點水分，即使大量消耗體能時也一樣。」

「每天一點點。」公爵說。

凱恩斯用手指壓了壓蒸餾服的前額墊說：「這東西可能會有點摩擦皮膚。如果不舒服，請告訴我，我可以塞點東西，把它弄緊些。」

「多謝。」公爵說。他晃了晃蒸餾服裡的雙肩，感覺確實好了許多，比較貼身，沒那麼不舒服了。

凱恩斯轉身對保羅說：「小伙子，我們來瞧瞧你穿得如何。」

人是不錯，但必須讓他學會怎麼稱呼別人。公爵想。

保羅順從地站著，讓凱恩斯檢查蒸餾服。頭一次穿上這套表面光滑、帶有波浪的衣物時，他有一種異樣的感覺。他知道自己以前從未穿過這種衣服，然而，在葛尼笨手笨腳的指點下，他覺得自己出於本能，自然而然就知道該怎麼穿，該怎麼調整。保羅收緊了胸帶，利用呼吸以獲取最大的泵壓動力。他不僅清楚應該怎麼做，還知道為什麼要這麼做。第一次收緊脖墊和前額墊時，保羅便知道這是為了防止擦傷。

凱恩斯直起身體，後退了一步，一臉迷惑。「你以前穿過蒸餾服嗎？」

「這是第一次。」

「那，是有人幫你調整過？」

「沒有。」

「你的沙地靴沒在踝骨扣死，很方便穿脫，誰告訴你這麼做的。」

「這……我覺得應該這麼做。」

「當然應該。」

凱恩斯揉著臉頰，想到了那個傳說：他將知道你們的做法，彷彿生來如此。

「我們別浪費時間了。」公爵指指等在一旁的撲翼機，帶頭走了過去，對一個敬禮的衛兵點了點頭。他爬進機艙，繫緊安全帶，開始檢查操縱器和儀表。其他人也尾隨公爵上了撲翼機，機身吱嘎作響。

凱恩斯繫好安全帶，注視著機艙舒適的內裝。柔軟豪華的灰綠色椅墊，閃閃發光的儀表。艙門一關，通風扇開始轉動，機艙裡瀰漫著過濾後的清新空氣。

軟弱！他想。

「一切正常，爵爺。」哈萊克說。

雷托開始向機翼輸送動力。機翼上下撲動著，一下、兩下，離開地面至十公尺高度。機翼有力地揮動著，一加力，嗖地一聲，他們陡直地升上高空。

「往東南方向越過大盾壁，」凱恩斯說，「我已經讓你的挖沙師把設備集中在那裡了。」

「好。」

公爵傾斜機身，轉彎加入空中掩護，其他飛機立即進入護衛隊形，一起向東南方飛去。

「這些蒸餾服的設計和製造顯示出極高的工藝水平。」公爵說。

凱恩斯應道：「哪天我帶你去參觀穴地工廠。」

「一定很有意思，」公爵說，「我發現，有些駐防城市也生產這種服裝。」

「拙劣的仿製品，」凱恩斯說，「任何愛護自己皮膚的沙丘人都只穿弗瑞曼蒸餾服。」

「它真的可以保證身體每天只流失一點點水分？」公爵問。

「如果穿戴正確，前額的帽簷夠緊，所有的密封閥都正常工作的話，全身上下只有手掌會流失一點水分。」凱恩斯答道，「如果不必用手做什麼重要操作，你還可以戴上蒸餾手套。大多數在沙漠中行走的弗瑞曼人都在掌心抹上一種石炭酸灌木的汁液，可以防止出汗。」

公爵從左窗向下看，大盾壁支離破碎。整座山體都由風化的巨岩組成，一片片呈黃褐色，間雜著黑色裂紋。這片大地彷彿被人從天上擲下，任由它碎得四分五裂。

他們掠過一座低淺的盆地，灰沙從岩圈南方的一道缺口流入盆地中心，形成乾三角洲，周圍襯著顏色較深的岩石，界限分明。

凱恩斯在座椅上向後一靠，想著剛才在蒸餾服下方觸碰到的皮肉是何等豐潤。他們的長袍外面都繫著屏蔽場腰帶，腰間有擊昏槍，頸部扣著錢幣大小的緊急信號發射裝置。公爵和他兒子都在腰間別著一把小刀，刀鞘已經很老舊。這些人給凱恩斯留下了深刻印象，一種溫和與剽悍的奇特組合，與哈肯能人完全是兩種作風。

「向皇帝匯報這裡的政權交替時，你會說我們都依法行事嗎？」雷托瞟了一眼凱恩斯，回到航線上。

「哈肯能人走了，你們來了。」凱恩斯說。

「一切是否盡如皇帝所願呢？」公爵又問。

凱恩斯的下顎繃緊，瞬間緊張了。他答道：「身為行星生態學家和變動仲裁官，我直屬於帝國……大人。」

公爵冷冷一笑：「但現實如何，我們都明白。」

「容我提醒，皇帝陛下支持我在這裡的工作。」

「是嗎？那你的工作是什麼？」

短暫的沉默，保羅心想：他把凱恩斯逼得太緊了。保羅瞍了一眼哈萊克，但這名吟遊武士正盯著窗外荒涼的景色。

凱恩斯生硬地答道：「你指的當然是我身為行星生態學家的職責了。」

「當然。」

「主要是旱地生態學和植物學……還有一些地質工作，鑽探和試驗。這麼大的一顆星球，總有無窮的可能性。」

「你也調查香料嗎？」

凱恩斯轉過身，保羅注意到他兩頰繃緊的線條。「這問題很怪，大人。」

「凱恩斯，別忘了，這裡現在是我的封邑。我的管理方式與那些哈肯能人完全不同。我不會阻撓你研究香料，前提是你向我分享你的研究成果。」他看著這位行星生態學家說，「哈肯能人並不鼓勵任何香料研究，是嗎？」

凱恩斯看著公爵，並不回答。

「你可以直言不諱，」公爵說：「無需瞻前顧後。」

「的確，帝國法庭遠在天邊。」凱恩斯喃喃道。他心想：這個被水軟化的外來者在期待什麼？難道他以為我會蠢到跟他們合作？

公爵哈哈大笑，一邊注意航向，一邊說：「先生，我發覺你的語氣中有一絲不友好。我們有帶著一大幫嗜殺成性的人在這裡無法無天嗎？我們期待你能盡早明白我們跟哈肯能人是不一樣的。」

「我看過你們鋪天蓋地發往穴地與村莊的宣傳，」凱恩斯說，「『仁慈的公爵』！你的部門——」

「夠了！」哈萊克斥喝道，從窗口猛地轉過頭來，傾身向前。

保羅把一隻手放在哈萊克的手臂上。

「葛尼！」公爵回頭看了他一眼，「這個人一直活在哈肯能的統治下。」

哈萊克坐回到椅子上：「是。」

「你那位郝沃茲很圓滑，」凱恩斯說，「但他的目的仍然非常清楚。」

「那麼，你會幫我們找到那些基地嗎？」公爵問。

凱恩斯的回答十分簡潔：「基地是皇帝的財產。」

「但都荒廢了。」

「遲早會用上。」

「皇帝也這麼認為嗎？」

凱恩斯嚴厲地瞪了一眼公爵，「如果厄拉科斯的統治者不是把全部心思用在搜刮香料上，這地方可以變成樂園。」

他沒有回答我的問題。公爵想。他問道：「沒有錢，這個星球怎麼變成樂園？」

「如果買不到你所需要的人力，錢又有什麼用？」凱恩斯反問道。

終於！公爵想。他接著說：「我們下次再討論這個問題。現在，我相信我們已到達大盾壁邊緣，仍然保持航向嗎？」

「保持航向。」凱恩斯低聲道。

保羅望向窗外。身下支離破碎的大地已經變成一堆凌亂的縐褶，朝著貧瘠的岩石高原和刀削斧鑿的峭壁延伸。峭壁後面，指甲般的新月形沙丘連綿湧向地平線，遠處不時可見一片晦暗的陰影，深色的斑塊，看起來不像是沙地。也許是露出地表的岩層。但在蒸騰的高溫空氣中，保羅無法確定。

他問：「那下邊有什麼植物嗎？」

「有一些。」凱恩斯答道，「這個緯度的植物，我們通常稱之為小盜水者。它們演化成掠奪彼此的水分，會大口吞下露水。沙漠中有些地方生機盎然，但不管哪裡的植物，都得學會在這種嚴酷的環境下生存。即使是你，只要困在那裡，也得模仿它們的生存方式，否則只有死路一條。」

「你是說互相盜取水分？」保羅問，語氣洩漏了他的憤慨。

「這種事也發生過。」凱恩斯答道，「但我不是那個意思。你瞧，我的氣候決定了一種獨特的世界觀。你無時無刻不意識到水，也絕不會浪費任何含水的東西。」

而公爵卻在想：「……我的氣候！」

「向南偏二度，大人。」凱恩斯說，「西方有一股風暴正朝這邊來。」

公爵點點頭。他已看到那邊褐色的滾滾沙塵，讓撲翼機斜飛轉了一個彎，身後的護衛隊也跟著傾斜，在經沙塵折射的陽光下，一排機翼泛起一片迷濛的橙光。

凱恩斯說：「這樣應該能避過風暴了。」

「如果飛進風暴，一定很危險吧。」保羅說，「沙子真能穿透最堅硬的金屬嗎？」

凱恩斯答道：「在這樣的高度，不會有沙子，只有沙塵。主要的危險是缺乏能見度、亂流以及通風口堵塞。」

「我們今天能看到實際的香料開採嗎？」保羅問。

「非常有可能。」凱恩斯回答。

保羅靠回椅背。透過提問和超感知，他已經完成了母親所說的「登錄」。現在，他記下凱恩斯了——聲調、臉和姿態的所有細節。凱恩斯長袍的左袖不自然地捲起，說明袖筒藏有匕首。腰間怪異地鼓起。據說，沙漠上的人都會繫上腰帶，裡面塞著小型必需品。外套的衣領上別著銅領針，上面雕了隻野兔。兜帽甩在背後，帽緣也別著一個類似的小領針。

坐在保羅旁邊的哈萊克一扭身，從後艙取出他的巴利斯九弦琴。哈萊克調音的時候，凱恩斯回過頭來看了一眼，隨即又把注意力轉到航線上。

「你想聽什麼，少爺？」哈萊克問。

「你決定吧，葛尼。」保羅回答。

哈萊克低下頭，耳朵貼近音箱聽了聽，撥弄著琴弦，輕聲唱了起來：

我們的父親在沙漠上吃著嗎哪[2]，
在那旋風四起的燒灼之地，
主啊，救我們逃離這可怕大地！
救救我們……哦——哦，
救我們逃離飢渴乾涸的大地。

凱恩斯瞟了一眼公爵說：「大人，您出門還帶著助興的護衛。他們是否全都這麼多才多藝呢？」

2 據聖經及古蘭經記載，古代以色列人流浪到曠野時無食物可吃，於是上帝降下嗎哪這種白色穀物，研磨後做成餅吃，度過了四十年。——編注

的法眼。」「葛尼？」公爵笑著說，「他是特例。我喜歡帶著他，是因為他的一雙眼睛，很少有東西能逃過他

行星生態學家皺起了眉頭。

哈萊克接著剛才的節奏和調子繼續唱道：

哎呀！我是沙漠之梟！

因為我是沙漠之梟，哦！

公爵從面前的儀表上拿起話筒，拇指推開開關，說道：「指揮官呼叫護衛隊，B區九點鐘方向出現飛行物，請確認。」

「只不過是隻鳥，」凱恩斯說道。隨即他又補了一句：「你有一雙銳利的眼睛。」

儀表上的揚聲器劈哩啪啦響了一陣，傳來一個聲音說：「這裡是護衛隊，已將飛行物全面放大辨認，是隻大鳥。」

保羅朝指示的方向看去，遠處有一個黑點，一個停停走走的小黑點，不仔細看是看不見的。保羅這才意識到父親是多麼緊張，每種感官都在高度戒備。

「我不知道沙漠深處還有這麼大的鳥。」公爵說。

「看起來像隻鷹，」凱恩斯道，「許多生物已經適應了這裡的環境。」

撲翼機掠過一片光禿禿的岩石高原。保羅從兩千公尺的高空向下看，他們的撲翼機和護衛隊在地面投下了扭曲的陰影。下面的地勢看似平坦，但扭曲的影子指出事實並非如此。

「以前曾有人徒步穿越沙漠嗎？」公爵問。

哈萊克的音樂停了下來，他傾過身去，想聽聽凱恩斯的回答。

「不是從沙漠深處。」凱恩斯答道，「從第二區倒是有幾次。他們穿過岩石區，那裡很少有沙蟲出沒，才能活著走出去。」

凱恩斯的音質有異，這引起了保羅的注意。他受過訓練的感官立刻警覺了起來。

「啊，沙蟲，」公爵說，「什麼時候我一定要見識一下。」

「可能你今天就能見到。」凱恩斯說，「哪裡有香料，哪裡就有沙蟲。」

「總是這樣嗎？」哈萊克問。

「總是這樣。」

「沙蟲和香料有什麼關聯嗎？」公爵問。

凱恩斯轉過身，保羅看見他說話時抿了抿嘴。「沙蟲保護香料沙地。每一條沙蟲都有自己的……領地。至於香料……誰知道？我們驗了沙蟲標本，懷疑沙蟲跟香料之間有某種複雜的化學交換。我們在沙蟲的管腺中發現了微量氫氯酸，其他地方還有更複雜的酸。我會給你幾篇我寫的專題論文。」

「屏蔽場無法防衛嗎？」公爵問。

「屏蔽場！」凱恩斯嗤之以鼻，「在沙蟲活動的區域啟動屏蔽場，等於自尋死路。沙蟲會不顧領地界線，千里迢迢從四面八方衝過來襲擊屏蔽場。使用屏蔽場的人，還沒有人能逃出生天。」

「那麼，怎樣才能制伏沙蟲？」

「要想殺死沙蟲並保留完整的蟲體，目前唯一的方法就是對沙蟲的每段體節進行高壓電擊。」凱恩斯答道，「炸彈可以把沙蟲震昏，可以把沙蟲身體炸成幾截，但沙蟲的每段體節都有獨立的生命。據我所知，除了原子彈，目前還沒有什麼炸彈有足夠的威力殺死整條巨型沙蟲。沙蟲的生命力頑強得難以置信。」

「為什麼不努力消滅沙蟲呢？」保羅問。

「花費太高，」凱恩斯回答，「涵蓋的區域也太廣了。」

保羅靠回椅背。他有真言感應力，從凱恩斯的音調轉折察覺他正在撒謊，說的話半真半假。他想：如果沙蟲和香料真有關聯，那麼殺死沙蟲就會毀了香料。

公爵說：「很快就不會再有人不得不徒步穿越沙漠了。只要開啟裝在我們頸部的這種微型信號發射器，救援人員就會馬上出發。不多後，我們所有的工人都將穿戴這種裝置。專門的援救系統也正在設立。」

「非常值得讚許。」凱恩斯說。

「聽語氣，你並不贊同。」公爵說。

「贊同？我當然贊同，但那沒什麼用。沙蟲發出的靜電會屏蔽許多信號，發射器也會短路。你知道，以前也有人試過。厄拉科斯的氣候對設備很不利。而且，沙蟲一開始攻擊，你的時間就不多了，大多數情況下不超過十五到二十分鐘。」

公爵問：「你有什麼建議？」

「你問我的意見？」

「當然，你是行星生態學家。」

「你會採納我的建議嗎？」

「如果是明智的建議。」

「那好，大人。永遠不要單獨旅行。」

公爵把目光從儀表上移開，問道：「就這樣？」

「就這樣。永遠不要單獨旅行。」

「如果遇上風暴，落單了，被迫緊急降落呢？」哈萊克問，「任何事都做不了嗎？」

「任何事這個詞，涵蓋很廣啊。」凱恩斯說。

保羅問：「你會怎麼做？」

凱恩斯轉過頭，緊盯著保羅看，然後對公爵說：「首先我會記得保護我的蒸餾服不破損。如果我在沙蟲區外，又或是在岩石區，我就不離開撲翼機。如果是在大平漠，就應該盡快遠離飛機，大約一千公尺就夠了。然後，我會藏到自己的長袍下面。沙蟲會發現飛機，卻可能不會注意到我。」

「然後呢？」哈萊克問。

凱恩斯聳聳肩說：「等沙蟲離開。」

「就這些？」保羅問。

「等沙蟲離開後，你可以試著走出來，」凱恩斯說，「你必須躡手躡腳地走，避開沙鼓和沙潮盆地——往最低的岩石區走。這樣的岩石區有很多，你還是有可能成功的。」

「沙鼓？」哈萊克問。

凱恩斯答道：「沙子壓實之後的狀態，即使是最輕的踩踏，也會發出鼓聲。沙蟲一聽見就會撲上去。」

「那沙潮盆地呢？」公爵接著問。

「這是沙漠歷時數百年形成的凹坑，裡面全是沙塵。有些非常大，甚至會出現沙浪和沙潮。任何不小心進入的動物都會被吞沒。」

哈萊克坐回椅子裡，繼續彈起琴來。不久，他唱道：

沙漠中的野獸在那裡狩獵，
等著不知情的獵物經過。
哦——，不要誘惑沙漠之神，
除非你想在墓穴中獨自寂寞。
危險是——

他突然停下，傾身向前，說：「前面有沙塵，爵爺。」

「我看見了，葛尼。」

「那就是我們要找的。」凱恩斯說。

保羅挺直身子朝前看，大約三十公里外的沙漠上，一陣黃塵貼著地面翻滾。

「那裡有輛你們的沙地爬行車，」凱恩斯說，「就在地表。那代表它正在開採香料。採到礦沙後，用離心力將香料與沙子分開，這股沙塵就是排出的沙子，跟別的沙塵完全不同。」

「上方有飛機。」公爵說。

「我看到兩架……三架……四架觀測機，」凱恩斯說，「它們在守望，看有沒有蟲跡。」

「蟲跡？」公爵問。

「朝沙地爬行車移動的沙波。他們在沙漠地表設置了震波感測器。有時沙蟲潛得太深，地表就不會有沙波。」凱恩斯朝空中左看右看，細細搜尋，「應該有運機艦在附近的，但我們沒看到。」

「沙蟲總是會來，是嗎？」哈萊克問。

「是的。」

保羅傾身向前，碰了一下凱恩斯的肩：「一條沙蟲的活動區域有多大？」

凱恩斯皺起眉頭，這小孩問的全是大人的問題。

「這要看沙蟲的體積有多大。」他說道。

「有何不同？」公爵問。

「大沙蟲可能會控制三到四百平方公里，小的——」公爵突然踩下制動器，凱恩斯的話也被打斷了。發動機吊艙安靜下來，機身隨之一震。短短的機翼張開，罩住空氣，飛機便浮在半空中。公爵微側機身，讓機翼輕輕扇動，將撲翼機轉入撲翼模式。他左手指著東方沙地爬行車後面說：「那是蟲跡嗎？」

凱恩斯側過身子，越過公爵，朝他所指的方向看去。

保羅和哈萊克也擠在一起，朝同一方向張望。他還注意到，護衛隊措手不及，衝過了頭，現在正轉彎折回。沙地爬行車就停在他們前方，大約三公里外。

就在公爵所指的地方，新月形的沙丘一路投下無數陰影，就像浪濤般鋪向天際。而遠處有條長線劃破沙浪，一挺一挺地向前延伸，在沙表泛起層層波峰。保羅見狀，想起了大魚緊貼著水面游過時劃出的漣漪。

「沙蟲，」凱恩斯說，「很大一條。」他向後一靠，抓著儀表上的話筒，調整到一個新頻段，看了一眼上方的地圖網格，對著話筒說：「呼叫德爾塔阿加克斯九號沙地爬行車，蟲跡警告。德爾塔阿加克斯九號請注意，蟲跡警告。請回答。」他等著。

儀表的揚聲器傳來一陣靜電噪音，然後一個聲音回答道：「誰在呼叫德爾塔阿加克斯九號，完畢。」

「他們似乎很冷靜。」哈萊克說。

凱恩斯對著話筒說：「未登記航行——在你們東北方大約三公里處。有蟲跡正急速朝你的位置移動，預計抵達時間二十五分鐘。」

另一個低沉的聲音從揚聲器傳出：「這裡是偵察指揮中心。目標已確認，交會時間正在計算。」那聲音頓了一下，繼續說：「二十六分鐘後交會。時間估計很準確。哪一位在未登記航行上？完畢！」

哈萊克已經解開安全帶，插入公爵和凱恩斯中間，「這是正規的工作頻率嗎？凱恩斯？」

「是。怎麼啦？」

「有誰會聽？」

「只有這個區域的工作人員。干擾太大，信號傳不出去。」

揚聲器又響起：「這裡是德爾塔阿加克斯九號，這次的目擊獎金由誰獲得？完畢。」

哈萊克看了一眼公爵。

凱恩斯說：「誰最先發出沙蟲警報，誰就可以從採到的香料中獲得一筆獎金。他們想知道——」

「告訴他們是誰最先看見沙蟲的。」哈萊克說。

公爵點點頭。

凱恩斯猶豫了一下，隨即拿起話筒說：「沙蟲警報獎金屬於雷托・亞崔迪公爵，雷托・亞崔迪公爵，完畢。」

揚聲器裡傳出洩氣的聲音，在一陣靜電中有些扭曲：「收到，謝謝。」

「現在再告訴他們，獎金由他們自己分了，」哈萊克命令說，「告訴他們，這是公爵的意思。」

凱恩斯深吸一口氣，然後說道：「公爵要你們小組自己分掉這筆獎金，收到了嗎？完畢！」

「收到，謝謝。」揚聲器答道。

公爵說：「我剛才忘了說，葛尼還是非常傑出的公關人材。」

凱恩斯皺著眉頭，疑惑地看了葛尼一眼。

「這會讓那些人知道，公爵關心他們的安全。」哈萊克說，「消息會傳出去。我們用的是這一區的工作頻率，不大可能被哈肯能人的密探聽到。」他看了一眼空中護衛隊，「再說我們的武器相當強，冒得起這個險。」

公爵朝不斷噴出沙塵的沙地爬行車斜飛而去：「現在怎麼辦？」

「這附近有一支運機艦聯隊，」凱恩斯說，「會有運機艦飛來把爬行車運走。」

「如果運機艦失事了，怎麼辦？」哈萊克問。

「會失去一些設備。」凱恩斯答道，「飛近點，到沙地爬行車上方，大人。你會發覺這很有意思。」

公爵臉一沉，忙著操縱飛機，一頭衝入沙地爬行車上空的洶湧氣流中。

保羅向下望去，看到下邊那頭金屬與塑膠製成的怪物仍在不停地向外噴沙。這東西像一隻巨大的藍褐色甲蟲，四周的手臂向外伸出，在沙地上留下一道道寬闊的痕跡。他還注意到，沙地爬行車上有一個上下顛倒的漏斗，深深戳入前方深黑色的沙地裡。

「從顏色上看，是藏量豐富的礦床。」凱恩斯說，「他們會繼續開採，直到最後一分鐘。」

公爵將更多動力輸出到機翼，機翼挺直後飛機陡然下衝，然後停在低空，在沙地爬行車上方盤旋。他朝左右各瞥了一眼，看見護衛隊仍保持高度，在上方盤旋。

保羅仔細觀察沙地爬行車排沙管中噴出的黃色沙霧，又抬頭瞻望沙漠中不斷推進的沙蟲。

「怎麼聽不見他們呼叫運機艦呢？」哈萊克問。

「運機艦常常使用另一個頻率。」凱恩斯說。

「每輛沙地爬行車附近不是應該有兩艘運機艦待命嗎？」公爵問道，「下邊那部機器上應該有二十六個工人，更別提還要加上設備。」

凱恩斯回答說：「你沒有足夠的額——」

揚聲器裡傳來了憤怒的聲音，打斷了他的話：「你們有誰看見運機艦？他沒回話。」

揚聲器裡傳出一陣嘈雜聲，接著突兀的超控信號壓下了所有聲音，一片寂靜中，一開始的那個聲音說道：「依次報告，完畢！」

「這裡是偵察中心，我最後看見時，運機艦飛得相當高，然後轉了個彎，朝西北方向飛走了。現在看不見。完畢。」

「一號機：沒有發現，完畢。」

「二號機：沒有發現，完畢。」

「三號機：沒有發現，完畢。」

沉默。

公爵朝下俯看，他座機的影子剛剛掠過沙地爬行車。他問：「只有四架偵察機，對嗎？」

「正確。」凱恩斯說。

「我們這邊有五架撲翼機，」公爵說：「我們的撲翼機比較大，每架可以再擠三個人。他們自己的偵察機應該可以帶走兩個人。」

保羅心算了一下說：「還少三個位子。」

「為什麼不給每輛沙地爬行車配備兩架運機艦？」公爵怒吼道。

「你們沒有足夠的額外設備。」凱恩斯說。

「所以更應該保護我們現有的設備！」

「運機艦會飛到什麼地方？」哈萊克問。

「可能在某個我們看不見的地方迫降了。」凱恩斯說。

公爵抓過話筒，手指按在開關上，卻猶豫起來，「他們怎麼會找不到運機艦？」

「他們都全力盯著地面，搜尋蟲跡。」凱恩斯解釋道。

公爵按下開關，對著話筒說：「這裡是你們的公爵。我們現在下來營救德爾塔阿加克斯九號。所有偵察機聽我指揮。偵察機在沙地爬行車東邊著陸，我們在西邊，完畢。」

他探手下去，打開自己的指揮頻率，對護衛隊重複了剛才的命令，然後把話筒還給凱恩斯。

凱恩斯轉回正常工作頻率，揚聲器裡傳來爆炸似的咒罵聲：「……香料差不多要裝滿了！我們已經快裝滿一車了！不能留給混帳沙蟲！完畢。」

「見鬼的香料！」公爵咆哮道。他一把抓過話筒說，「我們會挖到更多香料的！我們的撲翼機還有空位，但有三個人帶不走。你們自己用抽籤或是別的方式決定誰能離開。但你們必須離開，這是命令。」

他將話筒丟給凱恩斯，見凱恩斯甩了甩撞痛的手指，低聲說了句：「對不起。」

「還有多少時間？」保羅問。

「九分鐘。」凱恩斯答道。

公爵說：「這架撲翼機的功率比其他幾架大。如果我們用噴射器以四分之三翼展起飛，還可再多裝一個人。」

「沙地是軟的。」凱恩斯說。

「多載四個人又採用噴射器起飛，可能會導致機翼折損，爵爺。」哈萊克說。

「這架不會。」公爵說。撲翼機滑至沙地爬行車旁邊時，他向後拉動操縱桿，機翼一斜，飛機在離沙地爬行車不到二十公尺處停了下來。

沙地爬行車已經安靜下來，排沙管裡也不再噴出沙霧，只有微弱的轟隆聲。公爵一打開艙門，聲音變得清晰。

緊接著，一股濃郁刺鼻的肉桂香撲鼻而來。

偵察機發出巨大的拍打聲，在沙地上滑行了數公尺，停在沙地爬行車的另一邊。公爵自己的護衛隊俯衝下來，停在他的座機旁。

保羅看著這輛巨大的沙地爬行車，所有的撲翼機在旁邊都顯得渺小——像甲蟲旁的蚊蚋。

「葛尼，你和保羅把後座扔掉，」公爵說。他用手動將翼展調到四分之三，設好仰角，檢查噴射發動控制器，「他們到底為什麼還不從那機器裡走出來？」

「他們希望運機艦會現身，」凱恩斯解釋說，「他們還有幾分鐘時間。」說完他朝東方望去。

大家扭頭朝同一方向看，沒有沙蟲的蹤跡，但空氣中卻瀰漫著沉重而緊繃的焦慮氣息。

公爵抓起話筒，狠狠撥到指揮頻率，說道：「讓兩架護衛機扔掉屏蔽場發動機，按編號執行。這樣你們可以分別多載一個人。我們不能把任何人留給那怪物。」他把對講機調回工作頻率，大聲吼道：「好了！德爾塔阿加克斯九號機上的人！出來！馬上！這是你們公爵的命令！快跑！不然我就用雷射炮把爬行車切成兩半！」

靠近爬行車前部的一扇艙門猛然打開，接著是尾艙的艙門，還有一個艙門在爬行車的頂部。眾人連滾帶爬跳了出來，滑下或爬到沙地上。一個穿著格紋工作長袍的高個男人最後出來，先跳到履帶上，再跳進沙裡。

公爵把話筒掛在儀表上，一側身，踏上機翼舷梯，大喊道：「兩人一組上你們的偵察機！」

穿格紋長袍的高個子開始把他的人兩兩分開，推著他們朝等在另一側的飛機跑去。

「四個人到這裡來！」公爵叫道，「四個人上後邊的撲翼機！」他用手指點了點緊跟在後邊的一架護衛機，衛兵正忙著把屏蔽場發動機往外推，「四個人上那邊的撲翼機！」他指著另一艘已經扔掉屏蔽場發動機的撲翼機，「其餘的，三個一組上其他撲翼機！快跑，你們這些傢伙！」

高個子將手下全部分派好，這才帶著另外三人步履艱難地從沙地上跑過來。

「我聽見沙蟲了，但看不見。」凱恩斯說。

其他人也馬上聽見了——一種沙沙的滑動聲，還有一定距離，但越來越響了。

「真是見鬼的拖拖拉拉。」公爵喃喃道。

周圍的撲翼機開始起飛，拍動的機翼揚起一片沙塵，公爵不由得想起在故鄉星球的叢林中所做的一次緊急迫降——空地上，腐爛的野牛屍體周圍，食腐鳥驚得振翅飛起。

香料工人從撲翼機一側艱難地往上爬，從公爵身後爬入機內。哈萊克出手相助，使勁將他們拽進後艙。

「小伙子，快進去！」公爵喝道，「動作快！」

保羅被這些汗流浹背的人擠到角落，聞到他們身上嚇出的冷汗，還注意到其中兩人蒸餾服的頸部根本沒調好。他把這項訊息存到記憶中，以備日後之用。父親必須下令整頓蒸餾服的使用規範。若沒有人盯著，這種事只會越來越馬虎。

最後一個人氣喘吁吁地進入後艙，一邊喊道：「沙蟲！快追上我們了！快起飛！」

公爵滑進座椅，皺眉說：「根據原來的估算，我們差不多還有三分鐘，對嗎，凱恩斯？」他關上門，檢查是否關好。

「幾乎一秒不差，大人。」凱恩斯心想：真夠鎮定的，這公爵。

「全部安全抵達，閣下。」哈萊克說。

公爵點點頭，看著最後一架護衛機起飛，調整好點火系統，又看了一眼機翼和儀表，這才一一用力按下噴射起飛鈕。

起飛使公爵和凱恩斯深深陷入座椅，後面的人則被緊緊壓在後艙壁上。凱恩斯觀察公爵操縱飛機的手法——動作輕巧又沉著。撲翼機現在已經完全升空，公爵注視著儀表，時時觀察左右兩翼的情況。

「撲翼機很沉，爵爺。」哈萊克說。

「哦，還在這撲翼機的承載範圍內，」公爵說，「你不會真的以為我敢拿這架飛機冒險吧，葛尼？」

哈萊克咧嘴笑了，說：「一點也不，爵爺。」

公爵從容地傾斜機身，繞了一個大彎，在沙地爬行車上方開始爬升。

被擠在角落的保羅緊靠在舷窗旁，低頭盯著沙地上沉寂的機器。蟲跡消失在機器約四百公尺外，而現在，沙地爬行車周圍的沙地卻好像開始震盪了起來。

「沙蟲現在就在沙地爬行車下面，」凱恩斯說，「你們即將看到極少有人看到的一幕。」

一片片煙塵籠罩了爬行車周圍的沙地，龐大的機器開始向右傾斜。爬行車右方有個巨大的沙漩渦正在形成，越轉越快。方圓數百公尺的空中布滿沙塵。

接著，他們看見了！

沙地上出現一個大洞，洞內瑩亮的白色輪輻在陽光下閃爍。保羅估計，這洞的直徑至少是沙地爬行車長度的兩倍。只見爬行車隨著滾滾沙浪轟地一聲滑進洞裡。巨洞隨即坍塌。

「天啊，真是頭怪物！」坐在保羅身邊的人喃喃道。

「把我們辛辛苦苦採來的香料全吞掉了！」另一人憤憤地說。

「有人會為這件事付出代價的，」公爵說，「我向你們保證。」

在父親那非常平淡的語氣裡，保羅聽出了深藏的怒氣。他發覺自己也同樣惱怒：這是無可原諒的浪費！

一陣沉默之後，大家聽到凱恩斯吟誦道：「保佑創造者和祂的水，保佑祂的來去，願祂的到來潔淨這個世界，願祂為祂的子民守望這個世界。」

「你在說什麼？」公爵問。

但凱恩斯不作聲了。

保羅瞥了一眼擠在身邊的人，發覺他們都極其敬畏地盯著凱恩斯的後背。其中一人悄聲道：「列特。」

凱恩斯轉過頭，眉頭緊蹙。那人向後一仰，窘迫不安。

獲救的另一人開始粗嘎乾咳。不久，也喘著粗氣說：「詛咒那個地獄洞！」

最後一個走出爬行車的高大沙工說：「科斯，省省吧，你只會咳得更厲害。」他在人群中轉動身體，讓自己看得到公爵的後腦勺，然後說道：「我敢說您就是雷托公爵了。謝謝您救了我們的性命。要不是你們趕來，我們就死定了。」

「安靜，讓公爵專心駕駛。」哈萊克低聲說。

保羅瞥了一眼哈萊克。他也看到父親的下頷繃緊的線條。碰上公爵發火時，別人連走路都得放輕腳步。

公爵開始調整航線，不再劇烈傾斜機身，然後停在空中——沙地上有新動靜。沙蟲已退到地底深處，但就在剛才爬行車所在地附近，只見兩道人影正離開陷落的沙地，一路朝北走去。他們看起來像是在沙表滑行，所經之處竟連半點沙塵也沒揚起。

「下邊的人是誰？」公爵厲聲道。

「兩個跑來搭爬行車的傢伙，爵爺。」高個子沙工說。

「為什麼沒告訴我們這兩個人的事？」

「他們自己要冒險的，爵爺。」

「大人，」凱恩斯說，「這些人知道，困在沙蟲的沙漠國度，幾乎怎麼做都沒用。」

「我們從基地派一架撲翼機來接他們。」公爵咬牙切齒道。

「隨您的意，大人。」凱恩斯說，「不過看樣子，撲翼機來的時候，只怕已經沒人可救了。」

「不管怎樣，我們還是要派一架撲翼機來。」公爵說。

「離沙蟲現身的地方那麼近，」保羅說，「他們是怎麼逃出來的？」

「當時洞穴四周都在往下陷，給人距離上的錯覺。」凱恩斯解釋道。

「您在浪費燃料，大人。」哈萊克壯膽道。

「知道了，葛尼。」

飛機掉了個頭，朝大盾壁飛去。公爵的護衛隊也由先前的盤旋位置俯衝，在公爵座機的上方及左右兩側就定位。

保羅回想凱恩斯和高個子沙工所說的話。他感應到其中的不盡不實，公然的謊言。沙漠上的那兩個人在沙表滑行時一派泰然若素，行進的方式顯然精心設計過，不會把鑽進地底的沙蟲引出來。

弗瑞曼人！保羅想，除了他們，還有誰能那麼沉著自信地走在沙地上？誰會那麼不把沙漠的危險放在眼裡——是因為他們根本不會有危險嗎？他們知道在那種地方應該如何生存！他們知道如何騙過沙蟲！

「弗瑞曼人在沙地爬行車上做什麼？」保羅問。

凱恩斯猛然轉過身來。

那個高個子沙工也轉身盯著保羅，眼睛瞪得大大的——一雙藍中透藍的眼睛。「這小伙子是什麼人？」他問。

哈萊克插到保羅和那人中間，答道：「保羅．亞崔迪，公爵的繼承人。」

「為什麼他說我們的爬行車上有弗瑞曼人？」高個子又問。

「他們的樣子符合描述。」保羅說。

凱恩斯哼了一聲說：「光憑外貌是分不出弗瑞曼人來的！」他看著高個子沙工問道：「你，那是什麼人？」

「是別人的朋友，」高個子沙工說，「只是從村裡來的朋友，想看看香料田。」

凱恩斯轉回頭去：「這些弗瑞曼人！」

然而，他想起了那則傳說：「天外之音能看穿詭計。」

「現在他們多半已經死了，小爵爺。」那高個子沙工說，「我們不該說死人的壞話。」

但保羅聽得出他們聲音中的虛假，也感受到話中的恐嚇。哈萊克也是，並本能地擺出了防衛姿勢。

保羅淡淡說道：「死在這麼可怕的地方。」

凱恩斯並不回頭，只是說道：「若上帝決定讓某個受造物在某地結束，他會使那人走到應至之處。」

雷托扭頭冷冷看了凱恩斯一眼。

凱恩斯迎向公爵的目光。今天目睹的一切使他心煩意亂。他想：這個公爵關心人勝過香料。為了救人，不惜讓自己和兒子陷入險境。損失了一輛沙地爬行車，他擺擺手就過去了。幾條人命受到威脅，他大發雷霆。這樣的領袖必然贏得屬下狂熱的愛戴。要擊敗他，相當困難。

事與願違，凱恩斯暗暗承認：「我喜歡這位公爵。」

16

偉大只是一時的經歷，絕不會始終如一。偉大之所以能出現，部分原因在於人類那建構神話的想像力。經歷到偉大的人，必然會感受到自己身在神話中。他一定是映現了人們投射在他身上的依托。同時，他還必須具備強烈的冷嘲意識，這能讓他從自命不凡的信念中解脫。沒有這種特質，即使只是偶然偉大，也會摧毀一個人。

——伊若琅公主《摩阿迪巴語錄》

•••

黃昏時分，在厄拉欽恩官邸的宴會廳裡，懸浮燈已亮了起來，澄黃燈光映在牆上那隻角上染血的黑牛頭和老公爵烏黑發亮的油畫上。

這兩件辟邪物的下方，潔白的亞麻桌布散發溫潤光澤，亞崔迪家擦得閃亮耀眼的銀餐具沿著桌子一絲不苟地排開。一群僕人等在水晶玻璃杯旁，擺好架勢。餐桌正上方垂著一盞古典枝形吊燈，還未點亮，吊鏈向上隱入黑暗，同在黑暗中的還有毒素檢測器。

公爵停在門口，檢查一切是否就緒，一邊想著毒素檢測器，以及它在他所處的社會中所代表的意義。

一切都有模式。公爵想：你可以經由我們的語言探出我們的深淺。我們用高雅而精準的詞彙描述陰險的暗殺手法。今晚會不會有人試試鴆毒——投入飲料的毒藥？或者試試憔瑪思——下在食物中的毒？

他搖了搖頭。

長桌上，每個盤子旁都放著一壺水。公爵算了一下，長桌上的水足以讓厄拉欽恩一戶貧苦家庭用上一年多。

公爵站在門廊，兩側都有寬大的盥洗盆，貼著繁複華美的黃色、綠色瓷磚。每只盥洗盆上還有一排毛巾架。管家解釋說，這是當地的習俗，客人進來以後，禮貌性地在盥洗盆的水裡浸一浸手，朝地上潑幾捧，用毛巾把手擦乾，再將毛巾扔在門邊的積水上。宴會結束後，乞丐會聚在門外，乞討毛巾擰出來的水。

真是典型的哈肯能風格，公爵想。做盡了人所能想像出來的一切下流勾當。他深吸了口氣，感到胸中怒火中燒。

「這種習俗到此為止！」他喃喃地說。

對面的廚房來了一個女僕——是管家推薦的那種又老又一臉風霜的女僕，正停在門廊逡巡不前。公爵抬手向她做了一個手勢，她這才從暗處走出來，繞過桌子，急急忙忙走近公爵。公爵注意到她那張如皮革般粗糙的臉和藍中透藍的眼睛。

「大人有何吩咐？」她低著頭，垂著眼簾。

他一揮手，「把這些水盆和毛巾撤了。」

「可……尊貴的爵爺……」她抬起頭，張口結舌。

「我知道這個習俗！」公爵喝道，「把水盆端到大門口去。從我們開始吃飯到晚宴結束，每個來討水的乞丐都可以得到滿滿一杯水，明白了嗎？」

那張粗糙的臉上表情十分複雜：失望，憤慨……

雷托心裡一動，瞬間明白了。她一定早打算賣掉這些被腳踐踏過的毛巾中擰出來的水。這可能也是習俗之一。

他陰沉著臉，厲聲道：「要一五一十執行我的命令。我會安排一個侍衛看著。」

他猛一轉身，大步穿過走廊，走向大廳。過去的記憶在他腦海中翻騰著，像無牙老太婆的嘮叨無休無止。他想起陽光下的水和波浪，遍地綠草如茵的日子，而不是如今的狂沙。炫目的夏日像風中的落葉般從他身邊飛掠而過。

一切都過去了。

我開始老了。他想，已經能感到死神冰冷的手了。為什麼會有這種觸動？不過就這老太婆的貪念。

大廳裡，一大群客人站在壁爐前圍繞著潔西嘉女士。壁爐裡的火劈啪作響，搖曳的橙黃色火光照耀著珠寶、蕾絲和價格不菲的衣料。公爵從人群中認出一名來自迦太奇的蒸餾服製造商、一個電子設備進口商，以及一名供水商，他的避暑別墅坐落在極地，靠近他的水廠。還有一名宇航銀行的代表、一名香料開採設備的經銷商，最後是一名表情嚴厲的瘦削女子，專門為外星球來的旅客提供保鏢服務，據說這所謂的保鏢服務只是幌子，她私下做的是各種走私、間諜以及敲詐勒索的營生。

大廳裡的大多數女性都像是從一個模子裡刻出來的——精心打扮，一絲不亂，既賞心悅目又難以親近，一種奇異的混合。

即使潔西嘉不是女主人，也同樣會成為眾人的中心。公爵心想。她沒戴珠寶，服飾選擇了暖色調，長裙顏色接近室外陽光，紅銅色的頭髮上繫著一條褐色髮帶。

公爵意識到，她是在不動聲色地戲弄他，對他近來的冷淡表達不滿。她再清楚不過，公爵最喜歡看到她穿這種色澤溫暖的衣物。

鄧肯・艾德侯穿著閃亮的制服站在附近，面無表情，一頭鬈曲的黑髮梳得整整齊齊，看起來更像一名侍衛，而不是賓客中的一員。郝沃茲將他從弗瑞曼人那裡召回，給他的任務是：以保護潔西嘉女士為由，全天候監視她。

公爵環顧大廳。

保羅被一群奉承的厄拉欽恩富家子弟圍在一個角落裡，人群裡還夾雜著三名神色凜冽的亞崔迪軍官。公爵特別注意那些年輕女子，公爵繼承人當然是最搶手的獵物，但保羅對她們一視同仁，神態矜持而莊重。

他會是出色的公爵，雷托想，猛然省悟這個想法很不吉利，不禁背脊發涼。

保羅看到父親站在門廳，有意避開他的目光。他看了看四周的客人，人人滿手珠寶（還有手指不引人注目的小動作：用微型遙控探測器檢測毒物）。望著一張張談笑風生的臉，他突然厭惡起這些人來。這些臉不過是面具，掩飾著不可告人的想法，喋喋不休的聲音只是為了驅趕排山倒海的空虛。

我這麼不耐煩，他想，不知葛尼知道了會怎麼說。

他知道自己為什麼情緒低落。他原本不想參加這個宴會，但父親的態度很堅決：「你有你的身分，有地位要維護。你年紀夠大了，該盡職責了。你幾乎是個男人了。」

保羅看著父親走了進來，審視著大廳，然後走向圍著潔西嘉女士的那群人。

雷托走到那群人附近，那個供水商正在問：「公爵要設立氣候調節系統，這是真的嗎？」

公爵站在那人身後回答說：「先生，我們還沒想過那麼遠的事。」

那人轉過身，露出一張曬得黝黑的平淡圓臉：「啊，公爵，我們正等著您。」

雷托瞟了一眼潔西嘉，說道：「有點事要處理。」然後，他轉向供水商，解釋了剛才命人撤除盥洗盆的事，隨即補充道：「就我而言，那些陋習就到此為止。」

「大人，這是公爵的命令嗎？」他問。

公爵說：「這就讓你們自己憑……呃……憑良心決定吧。」他轉過身，發現凱恩斯正向這邊走來。

一位女客說：「我覺得這很慷慨，把水送給——」有人朝她「噓」了一聲。

公爵看著凱恩斯，這位行星生態學家身穿一套老式暗褐色制服，佩著帝國公務員的肩章，衣領上還有一個小小的淚珠形職級領章。

供水商忿忿問道：「公爵是在批評我們的習俗嗎？」

「這習俗已經改了。」雷托說道，一邊向凱恩斯點了點頭。他留意到潔西嘉皺起了眉頭，心想：這可不像她，但可以助長我們失和的傳言。

「如果公爵允許，」供水商繼續說，「我還想再問幾個有關習俗的問題。」

公爵聽出供水商的語氣突然變了，有點油腔滑調，周圍的人也都警覺起來，默不作聲。大廳裡的其他人紛紛朝這邊轉過頭來。

「用餐的時間是不是快到了？」潔西嘉問。

「但我們的客人還有些問題要問。」雷托看了一眼供水商。這張圓臉上有一雙大眼睛，一張厚嘴唇。公爵想起郝沃茲備忘錄上的話……林加．比特——要留意這供水商。記住這個名字。哈肯能人利用過他，但從來未能完全控制他。

「跟水有關的習俗相當有意思。」比特的臉上掛著微笑，「我很好奇，想知道您打算怎麼處理這幢府邸的溫室。您打算繼續在人民面前炫耀嗎，大人？」

雷托壓住胸中怒氣，盯著這個人，思緒在他腦中奔騰。在公爵的城堡裡向公爵挑釁，這種事需要足夠的膽量，何況這位比特先生已經在合作協議上簽名。除了膽量，他還得掂掂自己的實力。而在這裡，水的確就是實力。如果在供水設施上裝地雷，發個信號就能將其摧毀……這個人看來做得出這種事。摧毀供水設施就等於摧毀了厄拉科斯，這可能正是這位比特先生一直以來舉在哈肯能人頭上的棍棒。

「溫室的事，公爵大人和我另有計畫。」潔西嘉對雷托笑了笑，「我們打算繼續保留，當然了，只是把溫室當成厄拉科斯人民委託我們管理的產業。我們有一個夢想，總有一天，厄拉科斯的氣候會徹底改變，天空下的任何地方都可以種植這類植物。」

多虧了她！雷托想，讓我們的供水商去細細咀嚼這些話吧！

「很明顯，你對水和氣候控制很感興趣。」公爵說，「我建議，你的投資最好多樣化些。總有一天，在厄拉科斯上，水將不再是稀少的貨物。」

公爵心想：郝沃茲一定要更雷厲風行，派人滲透到這位比特先生的組織中。而且，我們必須立即著手建立備用的供水設施，絕不能讓棍棒舉到我頭上！

比特點點頭，臉上仍掛著微笑說：「一個非常值得稱許的夢想，大人。」他退後一步。

凱恩斯臉上的表情引起雷托的注意。他盯著潔西嘉，看上去彷彿著了魔——像墜入愛河……或者，墜入宗教狂熱狀態的信徒。

預言中的話在凱恩斯腦中迴盪：「他們將會和你們一起實現最寶貴的夢想。」他直接對潔西嘉說道：「妳帶來捷徑了嗎？」

「啊，凱恩斯博士，」供水商說，「您居然沒帶著大隊弗瑞曼人馬就大駕光臨，真是難得。」

凱恩斯掃了比特一眼，表情晦澀難測。「據說，在沙漠擁有大量的水會使人輕忽大意，最後因而喪命。」

「沙漠上有許多稀奇古怪的說法。」比特說著，語氣中卻透露出些許不安。

潔西嘉走到雷托身邊，挽著他的臂彎，趁機讓自己鎮靜下來。凱恩斯剛才說了一個詞，「捷徑」。這個詞翻譯成古代語言就是「奎薩茲．哈德拉赫[3]」。其他人似乎沒有留意行星生態學家這個古怪的問題，而現在，他正躬身傾聽一位女賓的溫言軟語。

奎薩茲．哈德拉赫，潔西嘉想。我們的護使團也將那個傳說散播到這裡來了？這念頭煽起了她對保羅的祕密期望：保羅很可能就是奎薩茲．哈德拉赫，極有可能。

宇航銀行的代表與供水商聊了起來。比特的音量一揚，壓過眾人閒聊的嗡嗡聲。他說：「許多人都想過要改變厄拉科斯。」

公爵發現，這些話就像劍一樣戳入凱恩斯的心，他猛然直起身來，離開了那位嬌媚的夫人。

大廳驟然安靜下來，一名穿著僕役制服的家族士兵在雷托身後輕輕咳了一聲，說道：「大人，晚宴準備好了。」

公爵向潔西嘉投去詢問的一瞟。

「這裡的習俗是，賓客入席後，男女主人才入座。」她微笑著說，「爵爺，這個習俗是不是也需要改一改？」

3 Kwisatz Haderach，源於希伯來語 Kefitzat Haderech。在猶太教經典《塔木德》的故事中，Kefitzat Haderech 指從一地到另一地的捷徑，或快到超越自然的前進速度。——編注他冷冰冰答道：「這習俗似乎不錯，現在還用不著改。」

要繼續讓人以為我懷疑她是內奸。他想。公爵看著從身邊一一走過的客人，你們中間，相信這個假象的是誰？

潔西嘉感受到他的冷落，卻不明就理。過去一週來，這種情況時常發生。他那樣子像是在左右為難，她想。是因為我過早安排這次宴會嗎？不過，他知道讓我們的官員和當地人打成一片有多麼重要。我們就像家長，代表他們所有人。再沒什麼比這種社交活動更能讓當地人明白這一點了。

雷托看著眾人從身邊走過，回憶起瑟非．郝沃茲對這次宴會的態度：「爵爺，我堅決反對！」一絲嚴厲的笑容掛在公爵嘴邊，當時的場面真僵！他態度強硬地表示要出席這次宴會，郝沃茲則搖著頭說：「大人，對於這件事，我有不祥的預感。我們在厄拉科斯的一切進展太快。這不像哈肯能人，一點都不像。」

保羅陪著一個比他高半個頭的年輕女子從公爵身邊走過。那女的說了句什麼，他點點頭，同時不滿地看了父親一眼。

「她父親製造蒸餾服，」潔西嘉介紹說，「我聽說，穿了他製造的蒸餾服，只有傻瓜才會被困在沙漠深處走不出來。」

「走在保羅前面那個臉上有疤的人是誰？」公爵問，「我認不出來。」

「是後來才加進賓客名單的。」潔西嘉低聲說，「葛尼安排的，走私販。」

「葛尼安排的？」

「在我的要求下。郝沃茲調查過他，但我想他有些不大情願。這個走私販叫杜埃克，埃斯馬．杜埃克。他在走私販中頗有勢力。這裡的人都認識他。他出席過許多家族的晚宴。」

「為何要邀請他？」

「這裡的人都會問這個問題，」她說道，「杜埃克的出席，會在大家心中撒下懷疑和猜忌的種子。人們也會格外留意你在加強取締賄賂時，也打算從走私販那一端著手。這一點，郝沃茲似乎也很喜歡。」

「我不確定自己是否喜歡。」他朝身旁走過的一對夫婦點點頭，見後面的客人已經不多，於是問道：「為什麼妳沒有邀請一些弗瑞曼人？」

「不是有凱恩斯嗎？」她說。

「對，凱恩斯是來了，」他說，「妳還給我安排了別的小驚喜嗎？」他領著潔西嘉，跟在眾人身後走進大廳。

「其他都是按慣例安排的。」她說。

她想：親愛的，你沒看出這個走私販手裡有高速航艦嗎？而且他是可以買通的。我們必須留條後路。當形勢無法挽回時，我們還有一扇離開厄拉科斯的門。

走進宴會廳後，潔西嘉將手從雷托的臂彎中抽出，讓雷托帶她入座。雷托大步走到桌子盡頭主人的座位旁，一名男僕為他扶好椅子。一時間，席間到處響起衣裙摩擦的沙沙聲和椅子拖動的嘩啦聲，所有人都就座了，惟有公爵仍然站著。他舉起手打了個手勢，桌旁身穿僕役制服的士兵全退到後側，站直肅立。

屋裡一片不安的沉默。

潔西嘉望向長桌另一端，發現雷托的嘴角在微微顫動，臉上隱隱露出惱怒。是什麼令他生氣？她暗自思忖，不會是因為我邀請了走私販。

「我改了盥洗盆的習俗，有人對此有疑問。」公爵說，「這是我的作風，我想用這種方式告訴大家，許多事將會改變。」

眾人一言不發，氣氛尷尬。

潔西嘉想：他們以為他喝醉了。

雷托高高舉起水樽。懸浮燈的光線照在水樽上，又反射到四周。他說：「我以皇室貴族的身分向大家敬水，乾杯！」

眾人端起水樽，所有目光都集中在公爵身上。一片突如其來的寂靜中，從廚房過道吹來一陣微風，一盞懸浮燈輕輕晃了晃，燈影在公爵那張鷹臉上搖曳不定。

「我來此，我歸於此！」他高聲喊道。

大家將水樽舉到嘴邊，但公爵一動不動，其他人愣了一下，跟著停住。公爵繼續說：「我要用大家最看重的一句格言祝福諸位：財富碾壓一切！」

他啜了一口水。

其他人也跟著喝了，互相交換懷疑的眼神。

「葛尼！」公爵叫道。

大廳盡頭的凹室裡傳來哈萊克的聲音：「在，爵爺。」

「給我們彈支曲子吧，葛尼！」

凹室裡立刻傳出了巴利斯九弦琴的琴聲。公爵比了個手勢，僕人端上一盤盤佳餚。烤野兔佐賽佩達醬、天狼星的阿普羅密治奶凍、溫室種植的查卡星甜橙，美藍極咖啡（一股香料的濃郁肉桂味立刻瀰漫全桌），還有隨著冒泡的卡樂丹葡萄酒一起上桌的肉派。

然而，公爵仍未坐下。

賓客等候著，目光在面前的佳餚和站著的公爵之間游移。雷托說：「古時，運用自己的才藝為賓客助興是主人的職責。」他緊握水樽，指關節漸漸發白，「我不會唱歌，但我可以把葛尼彈奏的歌詞唸出來。就把這當成我的另一番祝辭吧，獻給所有以自己的生命換來此時此刻的人。」

桌邊一陣不安的騷動。

潔西嘉垂下眼簾，瞟向離她最近的人——圓臉的供水商及其女伴，面色蒼白、神情嚴肅的銀行代表（像木著一張臉的稻草人，眼睛死死盯著雷托），粗魯、臉上有刀疤的杜埃克，他始終垂著那雙藍中透藍的眼睛。

公爵吟誦道：

回首吧，朋友——勿忘多年前的戰友，
全都注定要背負痛苦和金錢的煩憂。
我們銀色的領章上有他們的魂魄。
回首吧，朋友——勿忘多年前的戰友，
那時分分秒秒都沒有虛假和忽悠，
他們的逝去帶走財富的引誘；
回首吧，吾友——勿忘多年前的戰友，
當我們帶著苦笑走到人生的盡頭，
也將再不為財富所誘。

公爵拉長音調唸出最後一句，從水樽中喝了一大口水，砰的一聲用力把水樽放回桌上，水從水樽口濺在亞麻桌布上。

一片尷尬的沉默，其他人喝了一口。

公爵再次舉起水樽，這一回，他將剩下的那一半水全都潑在地上。他知道，桌上其他人必須跟著這麼做。

潔西嘉第一個效法公爵。

大家愣了一下，也跟著將自己水樽裡的水潑在地上。保羅就坐在父親身邊，潔西嘉發現他正在研究每個人的反應，而她自己也被賓客的動作給吸引住——尤其是女人。這可是純淨、可供飲用的水，不是扔掉的濕毛巾。她們不願將水倒掉，又不得不這麼做，有人雙手顫抖，有人猶猶豫豫，有人發出神經質的笑聲……還有人心不甘情不願。一位女士把水樽掉到了地上，男伴為她撿起時，她張望別處。

然而，特別引起她注意的是凱恩斯。這位行星生態學家猶豫了半天，最後把水倒進外衣下的一只容器裡。他發現潔西嘉注視著自己，也不說話，只對她笑了笑，朝她舉起空水樽，以示乾杯。從他的動作上看，他絲毫不覺得尷尬。

哈萊克的音樂依然在屋子中飄蕩，但現在彈的已經不是小調，而變得輕快活潑，似乎想提振氣氛。

「晚宴開始。」公爵宣布，坐回座位上。

他很憤怒、猶豫不決。潔西嘉心想，損失那輛沙地爬行車本不該對他造成這麼大的打擊。一定不僅是損失一輛沙地爬行車那麼簡單，他的舉止就像一個不顧一切的人。她舉起叉子，希望能掩飾突如其來的哀痛。為什麼不呢？他的確不顧一切。

漸漸地，氣氛活躍了起來，晚宴終於正式開始。

蒸餾服製造商對潔西嘉的廚師和美酒讚許有加。

「這兩者都是我們從卡樂丹帶來的。」她說。

「棒極了！」他嘗了嘗酒，稱讚道：「真是棒極了！不帶一絲香料味。這裡到處都是香料，大家都聞膩了。」

銀行代表看著對面的凱恩斯說：「凱恩斯博士，據我所知，又有一輛沙地爬行車被沙蟲吞掉了。」

「消息傳得真快！」公爵說。

「那麼，這是真的了？」銀行家把注意力轉向雷托公爵。

「當然，確有其事！」公爵咬牙切齒道，「該死的運機艦不見了。那麼大的東西，竟然也會不見。」

「沙蟲來的時候，沒有運機艦去營救沙地爬行車。」凱恩斯道。

「竟然也會不見！」公爵重複道。

「沒人看到運機艦離開嗎？」銀行家問。

「偵察機上的人一向都只盯著地面看。」凱恩斯說，「基本上，他們只關注蟲跡。運機艦上的人員一般是四人，兩名飛行員，兩名隨行人員。如果一個——甚至兩個人員都被公爵的敵人收買了……」

「哦——我明白了，」銀行家說，「那你，身為變動仲裁官，對此有何意見？」

「我必須謹慎考慮我的立場。」凱恩斯說，「而且，我當然不會在餐桌上討論這種事。」他心想：這個死骷髏！他明知我受命不理會這類違規事件。

銀行家笑了笑，繼續吃東西。

潔西嘉坐在那裡，想起在貝尼．潔瑟睿德學校學過的一堂課，主要內容是刺探和反刺探。授課老師是一位胖乎乎、滿臉笑容的聖母。她那愉快的嗓音與教學內容形成了奇異的反差。

有一點要注意，任何刺探與反刺探學校的畢業生都具有相似的基本反應模式。任何訓練都會在學生身上留下印記、模式。而這種模式是可以分析、預測的。

所有間諜的動機模式都是類似的。也就是說：不同學校、設定不同目標的間諜，動機不外那幾種。妳們首先要學習如何透過分析一一找出這些要素——首先，通過詢問者提問的模式，找出其內在傾向；其次，密切觀察對方的語言思維傾向。妳們會發現，很容易通過語音轉折和發言模式來確定對方的語言根基。

如今，潔西嘉和兒子、公爵及其他客人坐在餐桌上，聽著這位銀行代表發言，突然一陣發冷——她發現此人其實是哈肯能密探。他有羯地主星的語言模式——雖然掩飾得很巧妙，但卻逃不過潔西嘉訓練有素的感知，就像自己上門招認一樣。

這是否意味著宇航已經決定與亞崔迪氏族為敵？潔西嘉自問。這個想法使她大為震驚。她叫人上一道新菜，以掩飾自己的情緒，同時仔細傾聽那個人的每一句話，希望能從中探知他的目的。他會改變話題，說些似乎無關痛癢的話，其實卻暗藏言外之意。潔西嘉對自己說，這是他的模式。

銀行家嚥下水中的食物，啜了口酒，不時面帶微笑跟右側的女人閒聊。有那麼一刻，他似乎專心聽著下首座位上一個男人的談話，那人正跟公爵說明厄拉科斯本地的植物沒有刺。

「我喜歡看厄拉科斯的鳥兒在空中飛翔。」銀行家對潔西嘉說，「當然，這裡所有的鳥都是食腐動物。還有許多鳥變成了吸血動物，甚至不用喝水就能生存。」

桌子另一頭，蒸餾服製造商的女兒坐在保羅和她父親之間。她揚起那張漂亮的臉蛋，皺著眉頭說：「噢，Soo-soo，你說的，真是世上最令人厭惡的東西。」

銀行家笑了：「他們叫我『Soo-soo』，因為我是供水商聯會的財務顧問。」見潔西嘉一直一言不發地看著他，又接著說：「水販的吆喝就是『Soo-soo sook!』，他學得唯妙唯肖，桌旁許多人都笑了起來。

潔西嘉聽出他的語調中的自吹自擂，但她更注意那名跟他一搭一唱的女孩——兩人說話的模式如出一轍。看來，兩人是一夥的。她給銀行家鋪了一道臺階，讓他說出他想說的話。潔西嘉瞥了一眼林加．比特，這位水業大亨正板著臉，一心一意吃著東西。潔西嘉聽出銀行家那句話的暗示：「我同樣控制著厄拉科斯至高無上的權力之源——水！」

保羅注意到身旁這名女伴話中的虛假，又看到母親正用貝尼．潔瑟睿德的高度專注傾聽這番對話，突然心血來潮，決定當個陪襯，延長這段對話。他對銀行家說：「先生，你的意思是說，這些鳥會自相殘殺？」

「少爺，這問題真奇怪，」銀行家說，「我只說這些鳥會吸血，但不一定非得吸同類的血，是吧？」

「這問題並不奇怪。」保羅說。潔西嘉注意到他話中的機巧，那是她的訓練成果，「大多數受過教育的人都知道，對任何生物而言，最殘酷的潛在競爭來自同類。」他故意從鄰座女伴的盤子裡叉了一塊食物，邊吃邊說，「從同一只盤子取食，有同樣的基本需求。」

銀行家僵住了，皺起眉頭，看了看公爵。

「別錯把小兒當孩子看。」公爵微笑著說。

潔西嘉掃了一眼滿桌的客人，發現比特的臉色開朗了，凱恩斯和走私販杜埃克也笑容滿面。

「這是一條生態法則。」凱恩斯說，「看樣子，少爺對此有相當的理解。生命個體之間的鬥爭，是爭奪系統中自由能量的鬥爭。而血正是高效的能量之源。」

銀行家放下叉子，怒道：「聽說，弗瑞曼人渣就喝他們死去的同胞之血。」

凱恩斯搖了搖頭，用講課的語氣說：「不是喝血，先生。但是，一個人身上所有的水，完完全全，都屬於他的族人——屬於他的部落。要生活在大平原附近，這是必需的。水在那裡非常珍貴，而按重量來算，人體大約有七成是水。死人當然再也用不到這些水。」

銀行家雙手按著盤子兩側的桌子，潔西嘉還以為他會一把推開，怒而離席。

凱恩斯看著潔西嘉說：「失禮了，女士。餐桌上本來不該談這樣可怕的話題，但有人所言不實，總是該澄清一下。」

「你跟弗瑞曼人往來了那麼久，早就不知道感情為何物了。」銀行家粗聲粗氣地說。

凱恩斯平靜地看著他，端詳銀行家那張蒼白顫抖的臉：「你是在向我挑戰嗎，先生？」

銀行家一僵，嚥下一口唾沫，「當然不是。我怎麼會做出這麼侮辱男女主人的事。」

從這人的聲音、表情、呼吸和他前額暴起的青筋中，潔西嘉感受到他的恐懼。這人害怕凱恩斯！

「我們的男女主人有能力判斷是否受到了侮辱，」凱恩斯說，「他們是勇敢的人，懂得如何捍衛自己的尊嚴。事實上，兩人此時身在這裡……在厄拉科斯，僅僅這一點，就足以證明兩人的勇氣。」

潔西嘉注意到雷托很享受這場交鋒，但大多數人不以為然。坐在桌旁的人都是一副隨時準備躲開的姿勢，雙手藏在桌子下。只有兩人是明顯的例外：一個是比特，他公然笑看銀行家的窘態；另一個是走私販杜埃克，他正看著凱恩斯，似乎在等待凱恩斯的某種暗號。潔西嘉還發覺，保羅正一臉敬佩地看著凱恩斯。

「怎麼樣？」凱恩斯說。

「我無意冒犯，」銀行家喃喃道，「如果有失禮之處，請接受我的道歉。」

「白白的得來，白白的捨去。」凱恩斯邊說邊對潔西嘉笑了笑，然後繼續用餐，彷彿什麼也沒發生過。

潔西嘉看到走私販也鬆了口氣。她記下這點：此人的一舉一動顯示，他隨時準備助凱恩斯一臂之力。看樣子，他和凱恩斯之間有某種默契。

雷托把玩著一把叉子，若有所思地看著凱恩斯。這位生態學家的態度表明，他對亞崔迪氏族已有不同看法。上次那趟沙漠之旅中，他似乎還很冷淡。

潔西嘉揮了揮手，示意僕人端上下一道食物和飲料。僕人走了進來，手上端著紅酒和蘑菇酵母醬。

晚宴的談興慢慢恢復了，但潔西嘉聽得出其中的不安和焦慮。銀行家陰著臉，默默用餐。她想：若有需要，凱恩斯會毫不猶豫殺死他。她也看出凱恩斯對殺人似乎滿不在乎。他殺人不手軟，她猜想這大概是弗瑞曼人的特點。

潔西嘉轉向左側的蒸餾服製造商說：「水在厄拉科斯如此重要，令我大開眼界。」

「是非常重要。」他贊同道，「這是什麼做的？真美味！」

「用特殊醬料製作的兔舌，」她說，「來自非常古老的食譜。」

「這食譜我非有一份不可。」他說。

她點點頭：「我會送一份給你。」

凱恩斯看著潔西嘉說：「剛來厄拉科斯的人常低估水在這裡的重要性。妳看，妳談到了最低定律。」

她聽出了凱恩斯話裡的試探，說道：「作物的生長對環境因子的需求量有一低限度的要求，若低於此一限度，則作物的生產量不增加。最不利的條件，控制了生長率。」

「大氏族的成員中，很少有人意識到行星生態問題。」凱恩斯說，「水是厄拉科斯生物生長最不利的條件。但是，請注意，如果不審慎處理，生長本身也會導致不利條件。」

潔西嘉知道凱恩斯話中有話，但自己沒聽出來。「生長。」她說，「你的意思是，厄拉科斯可以有一種井然有序的水循環，讓人類活在更有利的環境中？」

「不可能！」那位水業大亨厲聲道。

潔西嘉把注意力轉向比特：「不可能嗎？」

「在厄拉科斯上不可能，」他說，「別聽這人扯白日夢，所有實驗室證據都不支持他的說法。」

凱恩斯看著比特，潔西嘉發現其他人全都停止交談，側耳傾聽這一輪交流。

「實驗室證據往往會蒙蔽我們，使我們忽略一個最簡單的事實。」凱恩斯說，「那就是：我們在這裡討論的東西源於野外，活在野外。而野外的動植物繼續過著正常生活。」

「正常！」比特哼聲道，「厄拉科斯上沒什麼是正常的！」

「恰恰相反，」凱恩斯說，「只需懂得這個星球的局限和生存壓力，就能沿著自給自足的地帶，建立某種和諧。」

「這永遠不可能做到。」比特說。

公爵突然省悟凱恩斯的態度為什麼會轉變：因為潔西嘉剛剛說的話──為厄拉科斯人民代管那些溫室植物。

「凱恩斯博士，這種自給自足系統要如何建立？」公爵問。

「只要我們能使厄拉科斯上百分之三的綠色植物參與碳水化合物的形成過程，有了食物，循環系統就算啟動了。」凱恩斯說。

「而水是唯一的問題，是吧？」公爵問。他感受到凱恩斯的興奮，自己也不由得受到感染。

「水是最大的問題。」凱恩斯說，「這個星球上有許多氧，但缺乏常見的附隨物質──廣泛分布的植物、游離二氧化碳的大型來源，這通常來自火山等現象。在這顆星球，大型區域的地表都有不尋常的化學交換。」

「你做過先導實驗嗎？」公爵問。

「我們花了很長時間，試著建立生態系效應。試驗規模很小，做法也相當業餘，但我或許可以發現一些有用的事實。」凱恩斯說。

「沒有足夠的水。」比特說，「就這麼簡單，水不夠。」

「比特先生是水方面的專家。」凱恩斯笑了，埋首繼續進餐。

公爵的右手猛地向下一揮，厲聲道：「不！我想知道答案！有足夠的水嗎，凱恩斯博士？」

凱恩斯盯著自己的盤子。

潔西嘉觀察他臉上的情緒，心想：他很會掩飾自己。不過她已經能夠掌握他，並看出他相當後悔說出剛才那些話。

「有足夠的水嗎？」公爵追問道。

「也許……有吧。」凱恩斯回答道。

他那種沒有把握的神情是裝出來的！潔西嘉想。

保羅也憑著自己更深的真言感應力發現凱恩斯暗藏的動機。他必須用上所有訓練才能壓抑內心的興奮。有足夠的水！但凱恩斯不想讓人知道。

「我們的行星生態學家有許多引人入勝的夢想。」比特說，「他跟弗瑞曼人一起做夢——預言和救世主的夢。」

桌邊響起幾聲輕笑，潔西嘉記下了發笑的人：走私販杜埃克、蒸餾服製造商的女兒、鄧肯・艾德侯和那個提供神祕保鏢服務的女人。

今晚一直有一種古怪的緊張氣氛。潔西嘉想，暗流洶湧，有太多事我沒注意到。我必須建立一些新的情報來源。

公爵的目光從凱恩斯身上轉向比特，再移到潔西嘉臉上。他感到莫名的消沉，覺得自己似乎錯過了什麼重大訊息。「也許真是這樣。」他喃喃道。

凱恩斯飛快地說：「大人，也許我們應該另選時間討論這個問題。有許多——」

這時，一名身著軍服的亞崔迪士兵急匆匆地從門口走進來，打斷了行星生態學家的發言。他越過侍衛，逕直走到公爵身邊，彎腰低聲對著公爵耳語。

潔西嘉從帽徽上認出他是郝沃茲的部下，壓住內心的不安，扭頭跟蒸餾服製造商的女伴說起話來。這女人身材嬌小，深色頭髮，一張娃娃臉。

「妳的餐點幾乎沒怎麼動，親愛的，」潔西嘉說，「要我幫妳叫點別的什麼嗎？」

這女人先看了一眼蒸餾服製造商，這才答道：「我不太餓。」

公爵突然起身，站在那名軍人身邊，以嚴厲的口吻下令道：「大家坐著別動。請原諒我失陪片刻，有件事我得親自去處理。」他離席而去，又說：「保羅，請代我招呼賓客。」

保羅站起身，想問父親為什麼必須離開，但他知道自己的一舉一動都必須保持莊重，於是走到父親的座位上坐下。

公爵轉身走到凹室對葛尼說：「葛尼，請坐到保羅的位置，宴席上不能有單數。宴會結束後，也許我會讓你把保羅帶到起降場指揮部。等我的命令。」

身著軍裝的哈萊克從凹室走出來。一身軍裝、醜惡的外形，與席間的衣香鬢影格格不入。他把巴利斯九弦琴斜靠在牆上，走到保羅的位子上坐下。

「請不必驚慌。」公爵說，「但我必須聲明，在侍衛沒通知一切安全之前，誰也不要離開。只要大家待在這裡，就能安全無虞。我們會盡速解決這點小麻煩。」

保羅從他父親的話裡聽出了暗號：侍衛、安全、盡速解決。

是安全措施出了問題，不是什麼武力衝突。他看到母親也聽出話中的訊息，兩人都鬆了一口氣。

公爵微微點首，一轉身，大步朝門外走去，剛才那名軍人緊隨在後。

保羅說：「請大家繼續用餐。我相信，凱恩斯博士正在談論水的問題。」

「我們可以下次再談嗎？」凱恩斯問。

「當然可以。」

潔西嘉自豪地注意到，兒子現在舉止沉穩，散發成年人的自信。

銀行家端起水樽，衝比特舉了一下說：「在詞藻華麗方面，我們這裡沒人能超越林加．比特先生。我們幾乎以為，他立志要成為大氏族。來吧，比特先生，帶領我們為保羅乾一杯。這孩子雖然年少，但非要別人把他當大人看。我想，你或許為他準備了些名言警句。」

潔西嘉的右手在桌面下攥成拳頭，她注意到哈萊克向艾德侯打了個手勢，又看見牆邊的士兵已經進入最高戒備。

比特惡狠狠瞪了銀行家一眼。

保羅也發現士兵已經擺出防衛姿勢，他瞟了一眼哈萊克，然後盯著銀行家，直到他放下水樽，這才開口說道：「有一回，在卡樂丹，有名漁夫淹死了。我看到打撈上來的屍體，他——」

「淹死的？」蒸餾服製造商的女兒問。

保羅猶豫了一下，接著說：「是的，沉到水裡，淹死了。」

「這種死法可真有意思。」她低聲道。

保羅的笑容變得冷峻，扭頭對著銀行家繼續說：「有意思的是這人肩上的傷——是其他漁夫的爪靴造成的。淹死的漁夫是沉船上的船員之一。船是一種水上交通工具，而沉沒是指，沉到水底。一名幫忙打撈屍體的漁夫說，已經不止一次看到這種傷口。這意味著，另一個落水的漁夫為了浮上水面而踩在這個可憐同伴的肩膀上——好吸到氧氣。」

「這件事有什麼意思？」銀行家問。

「當時，我父親得到一個結論。他說，落水的人為了活命踩在你肩膀上，這可以理解。但如果發生在客廳，就不能原諒了。」保羅頓了頓，讓銀行家有時間明白自己的意思，這才接著說：「我應該再補充一點：餐桌上同樣不允許這種事。」

屋裡突然靜了下來。

太魯莽了。潔西嘉想，以銀行家的地位，足以向我兒子要求決鬥。她注意到艾德侯正嚴陣以待，家族士兵也全神戒備。葛尼．哈萊克則盯著他對面的男人。

「哈——哈——哈——」是走私販杜埃克，他笑得前仰後合。

桌旁眾人都露出了緊張的笑容。

比特笑容滿面。

銀行家將椅子向後推開，怒視著保羅。

凱恩斯說：「要欺負亞崔迪家的人，風險得自負。」

「羞辱賓客是亞崔迪家的習俗嗎？」銀行家質問道。

不等保羅回答，潔西嘉已傾身向前說：「先生！」同時心裡暗忖：我們必須弄清楚，這個哈肯能畜生在玩什麼把戲。他是來這裡試探保羅的嗎？有沒有其他幫手？

「我兒子拿出一件衣服，你就說是為你訂製的？」潔西嘉問，「這自白還真有意思。」她的手滑到插在小腿刀鞘中的晶刃匕上。

銀行家沉下臉盯著潔西嘉。她注意到保羅趁對方視線轉移，將身體從桌邊退開，準備好隨時出手。他聽懂了母親的暗號：衣服，「準備制暴。」

凱恩斯若有所思地看了潔西嘉一眼，朝杜埃克打了一個微不可察的手勢。走私販立即跳起來，舉起水樽說：「我提議，大家敬年輕的保羅・亞崔迪一杯，一個外表是少年，卻有男子漢風範的人。」

他們為什麼要插手？潔西嘉自問。

銀行家現在改盯著凱恩斯，潔西嘉發現他臉上又露出了畏懼的神情。

桌邊眾人紛紛舉起水樽。

凱恩斯怎麼做，人們就跟著怎麼做。潔西嘉想，他是在告訴我們，他站在保羅這一邊。他的威懾力下面藏著什麼祕密？不可能是因為變動仲裁官的職位，那只是臨時的。當然也不是因為他的文官身分。

她的手離開晶刃匕，向凱恩斯舉起水樽，凱恩斯也舉了舉自己的水樽回應。

只有保羅和銀行家仍然空著兩手。Soo-soo！真是愚蠢的綽號。潔西嘉想。銀行家死盯著凱恩斯，而保羅則盯著自己的盤子。

我的處理沒什麼不對，保羅想。他們為什麼要插手？他悄悄睃了一眼最近的男賓。準備制暴？誰會出手？當然不會是那個銀行家。

哈萊克動了動，好像並不是要跟某個特定的人講話，只是目視前方，望著對面的一眾賓客道：「在我們的社會裡，人們不應該輕易動武，這常常意味著自取滅亡。」然後，他看看蒸餾服製造商的女兒，問道：「您以為如何，小姐？」

「哦，是的，是的。的確如此。」她答道，「太多暴力衝突了，真令我噁心。在很多情況下，大家其實沒有什麼惡意，可卻有人為此喪命。這真沒道理。」

「確實沒道理。」哈萊克說。

潔西嘉目睹這女孩的完美反應，暗忖道：這個看似頭腦空空的小女人，其實並不真的頭腦空空。潔西嘉看出了對手的路數，同時知道哈萊克也發現了。他們的計畫是用女色來勾引保羅。潔西嘉鬆了一口氣。她兒子說不定是第一個看出來的，他受過的訓練使他一眼便能看穿這麼明顯的布局。

凱恩斯對銀行家道：「是不是準備好再道一次歉了？」

銀行家對潔西嘉勉強擠出一絲笑容，說道：「女士，恐怕我酒喝得太多了。您席上的酒後勁太大，我有點不習慣。」

潔西嘉聽出他語氣中的怨恨，親切地說：「陌生人相遇時，應盡力包容風俗習慣方面的差異。」

「謝謝您，女士。」他說。

蒸餾服製造商那位一頭深色秀髮的女伴向潔西嘉傾過身體，問道：「公爵說我們待在這裡很安全，我真希望這不是意味著會有更多打鬥。」

有人要她發動這個話題。潔西嘉想。

「應該不會是什麼大事。」潔西嘉說道，「不過，近來有好多事都需公爵親自過問。只要亞崔迪和哈肯能的恩怨未解，我們就必須嚴加防範。公爵已經發誓要復仇，當然不會允許厄拉科斯上還有活著的哈肯能密探。」她瞟了一眼銀行業務代表，「當然，各大氏族也會支持他這種做法。」她扭頭對著凱恩斯說：「是不是啊，凱恩斯博士？」

「確實如此。」凱恩斯答道。

蒸餾服製造商輕輕拉了一下女伴，她看著他說：「我相信現在我可以吃點東西了。我想嘗嘗你們早些時候端出來的那道鳥肉。」

潔西嘉朝一個僕人做了個手勢，然後對銀行家說：「先生，你剛才說到鳥和鳥的習性。我發覺厄拉科斯上有許多有趣的事。告訴我，什麼地方能找到香料？香料獵人要深入沙漠腹地嗎？」

「哦，不，女士，」他說，「人們對沙漠腹地了解不多，而南部地區幾乎什麼都沒有。」

「傳說南部地區有大量的香料礦，」凱恩斯說，「但我懷疑這完全是毫無根據的臆造。有些膽大的香料獵人確實有幾次深入中央地帶的邊緣，但那非常危險。導航訊號不穩定，還經常出現沙暴。離大盾壁的基地越遠，傷亡率就會越急劇升高。冒險深入南方無利可圖。如果我們有氣象衛星的話，也許……」

比特抬起頭，含著滿口食物插嘴道：「聽說弗瑞曼人可以去那裡，他們哪裡都能去，還在南方找到滲水區和吸井。」

「滲水區和吸井？」潔西嘉問。

凱恩斯迅速答道：「都是不著邊際的謠傳，女士。其他星球上的確有，但厄拉科斯不可能。在滲水區地區，地下水常常滲出地表，或非常靠近地表，只要找到某些跡象，就可以挖出水來。吸井是滲水區的一種，那種地方，人們甚至插根管子就可以吸到水……傳說如此。」

他的話不盡然真實。潔西嘉想。

他為什麼要撒謊？保羅也不明白。

「太有趣了。」潔西嘉道，心中暗忖：「傳說如此……」他們的表達形式很古怪，假如他們知道迷信背後的真相。

「我聽人講，你們有句諺語，」保羅說，「『城市出教養，沙漠出智慧。』」

「厄拉科斯有許多諺語。」凱恩斯回答道。

潔西嘉正想提出新問題，就見一個僕人彎腰遞給她一張紙條。她打開看，是公爵的筆跡，還有他的暗號。潔西嘉飛快掃了一遍。

「有個好消息要告訴大家，」她說，「公爵派人傳信，讓大家放心。麻煩事已經解決。失蹤的運機艦找到了，飛行員中有個哈肯能奸細，他制伏了其他機組成員，把運機艦劫持到一個走私販基地，想在那裡賣掉。現在人和運機艦都回到我們手上了。」

她朝杜埃克點點頭。

走私販也點頭回應。

潔西嘉捲起紙條，塞進衣袖。

「很高興這起事件沒有演變成公開戰爭，」銀行家說，「人民希望亞崔迪氏族能帶來和平與繁榮。」

「尤其是繁榮。」比特說。

「大家是不是要用甜點了？」潔西嘉問道，「我特意讓我們的廚師準備一道卡樂丹甜品：龐迪米，搭配朵沙醬。」

「聽起來真誘人，」蒸餾服製造商說，「可以給我食譜嗎？」

「你想要什麼食譜都行。」潔西嘉說，一邊記下這個人，回頭再告訴郝沃茲。這個蒸餾服製造商是大野心家，可能可以收買。

她周圍的賓客開始閒聊：「這布料多美啊……」「他特意為那珠寶配了個底座……」「下一季我們應該努力增加產量……」

潔西嘉低頭望著自己的盤子，內思暗忖雷托字條上的加密部分：哈肯能人企圖運進一批雷射槍。我們查獲了。但這也意味著，他們可能已經成功地運進好幾批武器。當然，這也代表他們不怎麼在乎屏蔽場。應有適當防範。

潔西嘉凝神思索雷射槍。那種白熱光束可以切開任何已知的物質，前提是沒有屏蔽場阻擋。屏蔽場反射的能量會使雷射槍和屏蔽場一起爆炸，但哈肯能人似乎並不擔心。為什麼？雷射槍加屏蔽場的爆炸是危險的變數，可能比原子武器更強大，也可能只殺死槍手和屏蔽場裡面的人。

找不出答案使她十分不安。

保羅說：「我早就知道，我們一定會找到運機艦。只要我父親出馬，不管什麼問題都會迎刃而解。哈肯能人已經開始對這一點有所了解了。」

他在誇口，潔西嘉想。但我們憑什麼誇口呢？為了防備敵人的雷射槍，今晚我們必須睡在遠離地面的地底。

17

無人能躲──祖先的暴行，每個人都必須償還。

──伊若琅公主《摩阿迪巴語錄》

．．．

大廳傳來一陣騷亂，潔西嘉打開床邊的燈。鐘還沒來得及調成當地時間，必須先減去二十一分鐘，也就是，現在大約凌晨兩點。

騷亂聲斷斷續續，越來越響。

是哈肯能人攻進來了嗎？她猜測著。

潔西嘉溜下床，打開監視器，想查看一下家人都在什麼地方。螢幕顯示保羅正在臨時改建成臥室的地下室準備睡覺，吵鬧聲顯然還沒傳到他那裡。公爵的房間沒人，床上整整齊齊，沒有睡過的痕跡。難道他還在起降場指揮部？

屋邸前方還沒有安裝監視設備。

潔西嘉站在臥室正中，側耳傾聽。

有個人在大喊，聲音時斷時續。她聽到有人在叫尤因醫師。潔西嘉抓起長袍往肩上一披，隨便蹬了雙拖鞋，將晶刃匕綁到腿上。

又有人叫尤因醫師。

潔西嘉束好長袍腰帶，來到走廊上。一個念頭突然擊中她：如果雷托受傷了？她跑了起來，走廊似乎隨著她的腳步不斷延長。她在走廊盡頭穿過一道拱門，一路衝出宴會廳，沿著過道跑進大廳，發現這裡燈火通明，牆上所有壁燈都開到最亮。

在她右側靠近正門的地方，只見兩個侍衛架著鄧肯．艾德侯正往裡走，他的頭無力地垂在胸前。眾人一見到潔西嘉，頓時僵在當場，大廳裡驀然靜了下來，只聽得見喘息聲。

一名士兵用譴責的口吻對艾德侯說：「瞧你幹的好事！你把潔西嘉女士給吵醒了。」

巨大的帷幔在他們身後如波浪般起伏，這說明正門還開著。沒有公爵和尤因的蹤影。梅帕絲站在一旁，冷冷盯著艾德侯。她穿著一件褐色長袍，袍邊繪有蛇紋，腳上穿著沒繫帶的沙地靴。

「我吵醒了潔西嘉女士，又怎麼樣？」艾德侯嘟噥道。他抬起臉，朝天花板吼道：「我的劍最先沾上革魯曼人的血！」

神母啊！他喝醉了！潔西嘉想。

艾德侯黝黑的圓臉擰作一團，鬈曲的頭髮像黑山羊皮上亂糟糟的羊毛，還沾著嘔吐的髒物，上衣也扯破了，裂開一條大縫，露出先前參加宴會時所穿的禮服襯衫。

潔西嘉走到他面前。

一個侍衛朝她點點頭，卻不敢鬆手，扶著艾德侯說：「女士，我們不知道該拿他怎麼辦。他在門口大鬧，又不肯進來。我們擔心當地人會跑來看熱鬧。這可不行，會敗壞我們的名聲。」

「他剛才去哪裡了？」潔西嘉問。

「晚宴結束後，他送一位年輕姑娘回家。是郝沃茲的命令。」

「您知道，女士，就是那種陪人參加宴會的姑娘。」他瞟了一眼梅帕絲，悄聲說道，「監視女人的特殊任務，他們總是要艾德侯去做。」

「哪個年輕姑娘？」

潔西嘉想：這倒是，可為什麼艾德侯會醉成這樣？

她蹙起眉頭，轉身對梅帕絲說：「梅帕絲，拿點醒酒的東西來。我看最好用咖啡因，也許廚房還剩下一些香料咖啡。」

梅帕絲聳聳肩，往廚房去了，她那沒繫鞋帶的沙地靴踩在石板上，劈啪劈啪響了一路。

艾德侯轉了轉搖搖晃晃的腦袋，斜睨著潔西嘉，喃喃道：「為……公爵……殺了三……個哈根呢人……想知道為……什麼在這裡？在這……不能住在地……面。這是什麼鬼……鬼地方，嗯？」

側廳傳來一陣腳步聲，引起了潔西嘉的注意。她一扭頭，看見尤因朝他們走來，左手還拎著藥箱，每走一步就跟著晃一下。他穿戴整齊，臉色蒼白，顯得很疲憊，額頭上的菱形刺青非常顯眼。

「哦，好……醫師！」艾德侯叫道，「你去……哪裡了？大？給人發……藥？」他轉身醉眼惺忪地看著潔西嘉，「我……真該死的……糗了，對吧？」

潔西嘉皺著眉，一言未發，心想：艾德侯為什麼會醉成這樣？被人下了藥嗎？

「香料啤酒喝多了。」艾德侯說，想直起身來。

梅帕絲手裡端著一杯熱氣騰騰的東西走進來，猶豫著在尤因身後停下腳步。她看著潔西嘉，潔西嘉搖了搖頭。

尤因把藥箱放在地板上，朝潔西嘉點頭致意。「香料啤酒喝多了？」

「真見鬼了……好！從沒……嘗過這麼好的……東西。」艾德侯努力讓自己集中精神，「我的劍最……最先沾上革魯曼人的血！殺了個哈……哈……可寧人，為……為公爵殺……殺的。」

尤因扭頭看著梅帕絲手裡的杯子，問道：「這是什麼？」

「咖啡。」潔西嘉回答道。

尤因拿起杯子，舉到艾德侯面前說：「喝吧，小伙子。」

「什……什麼也不喝了。」

「聽我的，喝！」

艾德侯晃著腦袋朝尤因湊過去，踉蹌了一步，連扶著他的侍衛也跟著向前一步。「醫生，為皇帝辦事真……煩透了。這……一回，得按我的辦法……」

「先喝了再說，」尤因說，「就一杯咖啡而已。」

「這地方……真要命的倒……楣！該死的……太陽……就是見鬼的亮！曬死人了！什麼顏……色都不對……了，什麼都……不……對，要不……」

「哦，現在是晚上，」尤因跟他講理道，「乖乖喝下去，你會好受些。」

「就不想……好受些！」

「我們不能在這裡跟他吵上一整晚。」潔西嘉說。她心想，需要來點狠的。

「女士，您沒必要守在這裡，」尤因說，「讓我來處理吧。」

潔西嘉搖搖頭，走上前，狠狠搧了艾德侯一個耳光。

他拽著侍衛向後踉蹌幾步，惡狠狠瞪著她。

「在公爵家裡不允許這種事。」她一邊說，一邊從尤因手中奪過杯子，任憑咖啡從杯中潑濺出來，硬塞到艾德侯嘴邊，「喝下去！這是命令！」

艾德侯的身體猛地一挺，低頭怒視她，緩慢、清晰、一字一頓地說：「我才不服從該死的哈肯能間諜的命令。」

尤因一僵，轉身看著潔西嘉。

潔西嘉頓時面無血色，點了點頭。一切都明朗了——這幾天身邊人的言行，那些破碎的訊息，現在全都解開了。她感到怒不可遏，幾乎難以自持。她動用了貝尼．潔瑟睿德最深奧的訓練，這才平復亂成一團的心跳和呼吸。儘管如此，她還是覺得胸口有火苗四竄。

監視女人的特殊任務，他們總是要艾德侯去做！

她瞟了尤因一眼，醫師低下頭。

「這件事你知道？」她質問道。

「我……聽到傳聞，女士。但我不想增加您的負擔。」

「郝沃茲！」她厲聲說道，「我要瑟非．郝沃茲立刻來見我！」

「可是，女士……」

「立刻！」

一定是郝沃茲。她想，這麼無稽的懷疑，如果是別人提出的，不會有人放在心上。

艾德侯搖搖頭，嘟噥著說：「真見鬼的糟透了。」

潔西嘉低頭看看手裡的杯子，突然一揚手，將咖啡潑到艾德侯臉上。「把他關到東翼的客房裡。」她命令著，「讓他在那裡睡一覺，清醒清醒。」

兩名侍衛忿忿看著她，其中一人大著膽子說：「或許我們應該帶他到別的地方，女士。我們可以……」

「這就是他該待的地方！」潔西嘉咬牙切齒道，「他在這裡還有任務要執行。」語氣流露出一絲苦澀，「監視女人，他不是很厲害嗎？」

侍衛嚥下嘴邊的話。

「你們知道公爵去哪裡了嗎？」她詢問道。

「他在指揮所，女士。」

「郝沃茲跟他在一起嗎？」

「郝沃茲在城裡，女士。」

「你們馬上去把郝沃茲帶來見我，」潔西嘉說，「我在起居室等他。」

「可是，女士……」

「如果有必要，我會通知公爵。」她說，「但我希望不必這麼做。我不想為這事打擾他。」

「是，女士。」

潔西嘉將空杯子塞回梅帕絲手裡，看到她那雙藍中透藍的眼睛裡疑惑重重，於是說道：「妳可以回去睡覺了，梅帕絲。」

「您確定今晚不再需要我了？」

潔西嘉冷笑道：「我確定。」

「也許，這件事可以明天再處理，」尤因說，「我可以給妳鎮靜劑……」

「回你自己的房間，讓我自己處理這件事。」潔西嘉拍拍他的手臂，盡量不讓自己的命令顯得太強硬，「這是唯一的辦法。」

她猛地一轉身，高高揚起頭，闊步穿過大廳，走向自己的房間。冰冷的牆……過道……熟悉的門。

她一把拉開門，大步走進去，砰地一聲把門關上，站在那裡，憤怒地瞪著起居室那扇因屏蔽場而變得影影綽綽的窗戶。郝沃茲！他會不會就是哈肯能人收買的內奸？我們等著瞧。

潔西嘉走到鋪有施拉格獅皮的老式扶手椅前，把椅子挪到正對房門的位置。她突然異常清晰地意識到腿上那把刀鞘裡的晶刃匕。她解下刀鞘，綁在手臂上，甩了幾下，看會不會掉下來。然後再次環顧四周，把裡裡外外每一處擺設都印在腦海中，以備不時之需。牆角的躺椅，沿牆擺開的一排直背椅，兩張矮几，通向臥室的門邊靠著她的齊特琴。

懸浮燈發出淡淡的玫瑰色亮光，她將燈光調暗，坐進扶手椅裡，拍了拍椅背。她很欣賞這把椅子的端凝穩重，正適合這種場合。

現在，放馬過來吧。她想，該怎樣就怎樣。她以貝尼．潔瑟睿德的作風等待著，養精蓄銳。

敲門聲響起，比她預計的還要早。郝沃茲在她應允後走了進來。

她坐在椅子上，動也不動，盯著郝沃茲，從他亢奮的舉止看得出他剛服用抗疲勞藥物，但也同時看出他掩蓋的疲倦。他那混濁的老邁雙眼閃動著光芒，蒼老的皮膚在燈光下微微泛黃，持刀的右臂衣袖上有濕漉漉的汙漬。

潔西嘉嗅到血腥味。

她指著一把直背椅，說：「把那把椅子拿過來，坐在我對面。」

郝沃茲欠了欠身，照做了。那個爛醉蠢笨的艾德侯！他心裡暗罵道，打量潔西嘉的臉，心裡盤算著該怎樣挽回局面。

「我們之間的隔閡，早就該清一清了。」潔西嘉說。

「出了什麼事，女士？」郝沃茲坐下來，雙手放在膝蓋上。

「別裝了！」她厲聲說，「就算尤因沒有說我為什麼要召見你，你安插在我家中的密探也跟你匯報過了。我們至少可以對彼此開誠布公吧。」

「遵命，女士。」

「首先，回答我一個問題，」她說，「你現在是哈肯能奸細嗎？」

郝沃茲猛地從椅子上挺起半個身子，臉色一沉，質問道：「妳竟敢這樣侮辱我？」

「坐下。」她說，「你正是這樣侮辱我的。」

他慢慢坐回到椅子上。

潔西嘉仔細打量面前這張熟悉的臉，深深鬆了一口氣：不是郝沃茲。

「現在我知道了，你仍然忠於公爵。」她說，「因此，我準備原諒你對我的羞辱。」

「有什麼需要原諒的嗎？」

潔西嘉眉頭一皺，心想：我該打出王牌來嗎？需要告訴他我已經懷孕好幾週，肚子裡有公爵的女兒嗎？不……連雷托自己都不知道，這只會讓他的生活變得更複雜，而現在正需要他把所有心思放在我們的生存上。不，還不到打這張牌的時候。

「找個真言師就可以解決這個問題，」她說，「可我們沒有高等學會認證的真言師。」

「是啊，如您所說，我們沒有真言師。」

「我們中間是不是有內奸？」她問，「我認真調查過我們的人。會是誰呢？不會是葛尼，當然也不是鄧肯。他們手下的軍官級別都太低了，用不著考慮。不是你瑟非，也不可能是保羅。我知道不是我。那麼，是尤因醫師？要不要叫他到這裡來，考驗一下？」

「您也知道，這完全沒有必要。」郝沃茲說，「他在高等學院受過心理制約。這一點我可以確定。」

「更何況，他妻子是個貝尼．潔瑟睿德，死在哈肯能人手上。」潔西嘉說。

「原來她是這麼死的。」郝沃茲說。

「他一提到哈肯能，就恨得咬牙切齒，你聽不出來嗎？」

「您也知道，我沒有這種耳力。」

「那麼，是什麼使我遭到這麼卑劣的懷疑？」她問。

郝沃茲皺眉道：「女士，您這麼說，我很為難。我首先必須效忠公爵。」

「正因為你忠於公爵，我才準備要原諒你。」她說。

「可我還是要問：有什麼需要原諒的嗎？」

「看樣子，現在是陷入僵局了？」她問。

他聳聳肩。

「那好，我們先聊點別的。」她說，「鄧肯．艾德侯是可敬的戰士，在防衛和監視方面能力超群。可今晚，他喝多了一種叫香料啤酒的東西，醉到神智不清。有報告說，我們有不少人迷上這種調和酒。這是真的嗎？」

「您有您自己的情報來源，女士。」

「那是自然。你看不出這種醉酒是一個徵兆嗎，瑟非？」

「您這是在打啞謎。」

「那就運用你的晶算師技能分析一下！」她厲聲道，「鄧肯和其他人到底出了什麼問題？我可以用四個字回答：他們沒家。」

郝沃茲用力踏了一下地板：「厄拉科斯，這裡就是他們的家。」

「厄拉科斯是個未知世界！卡樂丹曾經是他們的家，但我們切斷了他們的根。他們現在沒有家了。他們害怕公爵會戰敗。」

郝沃茲變得強硬：「要是別人講出這種話來，就會——」

「噢，得了，瑟非。醫師要是正確診斷病情，就要被人扣上失敗主義或不忠的帽子嗎？我唯一的目的就是治好病。」

「這類事務，公爵一向讓我負責。」

「可你明白，我對這種病的發展有種出於本能的憂慮。」她說，「或許你也承認，在這方面我還算有些能耐。」

我該給他當頭棒喝嗎？她揣測，他需要醒一醒，這樣才能跳脫例行思維。

「對於妳的憂慮，可以有許多種解釋。」郝沃茲聳聳肩說。

「這麼說，你已經認定我有罪了？」

「當然不是，女士。可我不能讓敵人有機可乘。形勢所迫，不得不這樣。」

「但是，我兒子的性命就在這棟房子裡受到了威脅，你居然沒查出來。」她說，「到底是誰有機可乘了？」

他的臉色一沉：「我已經向公爵遞過辭呈了。」

「你向我……或保羅，遞過辭呈嗎？」

他的憤怒再也壓不住，呼吸變得急促，鼻翼翕動，兩眼直直瞪著她。潔西嘉看到他的太陽穴上青筋直跳。

「我是公爵的人，我……」後半句話他吞了下去。

「沒有內奸，」她說，「威脅來自其他地方，也許跟雷射槍有關。也許，他們冒險藏了一些雷射武器，裝上定時裝置，瞄準住宅屏蔽場。他們也有可能……」

「雷射若撞上住宅屏蔽場，威力可不小。爆炸之後，誰還分得清是不是原子彈造成的？要知道，原子彈可是違禁武器。」他反問道，「不，女士。他們不會冒險做這種違法的事，輻射會殘留很長時間，證據難以消除。不，他們會遵守大多數規矩。一定是有內奸。」

「你是公爵的人，」她冷笑道，「你會為了救他而毀了他嗎？」

他深深吸了一口氣，然後說：「如果您是無辜的，我自會向您負荊請罪。」

「看看你，瑟非。」她說，「人要待在適合的地方，才能過得最好，每個人都必須清楚自己在大局中的位置。毀掉這個位置，就意味著毀掉了這個人。瑟非，在所有愛戴公爵的人之中，你我兩人的位置最能毀掉其他人的位置。難道我就不能在公爵耳邊抹黑你嗎？瑟非，這類耳語，什麼時候說最有效果？我還需要說得更清楚嗎？」

「您威脅我？」他低聲喝道。

「說實話，沒有。我只不過向你指出，有人企圖挑撥離間，讓我們自亂陣腳。這一招很聰明，也很惡毒。我建議要整頓一下我們的內部秩序，不要讓敵人有機可乘。」

「您是在譴責我暗地裡散布毫無根據的猜疑？」

「毫無根據，是的。」

「妳打算以牙還牙嗎？」

「瑟非，你的生活就是跟各種耳語糾纏，但我不是。」

「那妳是質疑我的能力了？」

她嘆了一口氣說：「瑟非，我希望你檢查一下，你在這件事情上有多少非理性的判斷。人類自然是不講邏輯的動物，你把邏輯運用到一切事務中，這並不自然，只是因為相當有用，這種做法才不得不延續下來。你是晶算師，邏輯思維的化身。你解決問題的方式是完全置身事外，從各個角度翻來覆去查驗問題。」

「您是在教我怎麼做好我的工作嗎？」他用毫不掩飾的輕蔑的口氣道。

「一切身外之事，你都能充分運用你的邏輯。」她說，「但人類的特性是，一旦遇到個人問題，越是涉及個人，也就越難保持超脫，運用邏輯去審視。我們常會在原地打轉，責怪一切，卻無法面對埋在深處、真正折磨著我們的癥結。」

「妳是有意要一步步摧毀我的信心，讓我不信任自己的晶算師功能。」他乾巴巴道，「要是我發現有人企圖用這種方式破壞我們部隊裡的任何武器，我會毫不猶豫地揭發他、除掉他。」

她說：「最優秀的晶算師，都會健康面對自己算式中的誤差因子。」

「我也向來這麼說。」

「那請你認真思考我們兩人都已經看到的症狀：酗酒、爭執，人們交頭接耳，四處散播厄拉科斯的各種謠傳，忽略最簡單的——」

「閒得無聊罷了，沒什麼。」他說，「不要裝神弄鬼，試圖讓我分心。」

她凝視他，想著公爵的人在軍營裡互相吐苦水，你簡直能聞到電流，就像燒焦的絕緣體。他們正在變成傳說中前宇航時期的人，那些迷失在太空裡的行星搜索者，「太空漂泊者」——厭倦了手裡的槍，永遠在搜尋，永遠在準備，永遠沒準備好。

「為公爵效力時，為什麼你從不充分運用我的貝尼．潔瑟睿德能力？」她問，「是害怕地位不保嗎？」

他怒視潔西嘉，兩眼冒火：「我知道她們傳授給貝尼．潔瑟睿德……」他突然住口，蹙著眉頭。

「接著說，說出來，」她說，「貝尼．潔瑟睿德女巫。」

「我知道她們給過妳一些真的訓練，」他說，「我從保羅身上看出來了。雖然妳們學校一向宣揚『只為獻身而存在』，但這糊弄不了我。」

潔西嘉想：要想敲醒他，下手就必須狠，反正他幾乎準備好了。

「開會時，我一發言，你總是一副畢恭畢敬的樣子。」她說，「可是你很少聽取我的建言，為什麼？」

「我不信任妳們貝尼．潔瑟睿德，妳們動機不純。」他說，「妳或許以為自己可以看穿一個人，以為能讓別人言聽計從……」

「你這可悲的傻瓜，瑟非！」她怒斥道。

他皺起眉頭，坐回椅子上。

「不管你聽到什麼有關我們學校的謠言，」她繼續說，「都離事實很遠。若我真想毀了公爵……或是你，或任何我身邊的人，你都無法阻止我。」

她心中暗想：為什麼我會讓傲慢控制住我，說出這樣的話？我受到的訓練可不是教我這麼做。我不該用這種方式打擊他。

郝沃茲一隻手滑到上衣下方，那裡藏著一個微型毒鏢發射器。她沒有屏蔽場。他想，這只不過是她在自誇嗎？我現在就能除掉她……可，嗯，要是我錯了，後果……

潔西嘉發現了他伸手的動作，說道：「希望你我之間永遠無需向對方出手。」

「非常好的願望。」郝沃茲表示同意。

「但現在，我們之間出現了猜忌。」她說，「我必須再問你一遍：如果我跟你說，哈肯能人布下疑雲，要我們相互攻擊，這個解釋是不是更合理？」

「看來我們又回到剛才的僵局了。」郝沃茲說。

她嘆了口氣，心想：他幾乎就要準備好了。

「在人民心目中，公爵和我是父親和母親的代表，」她說，「這個地位——」

「公爵並沒有娶妳為妻。」

她力持鎮定，心想：有力的還擊，這一拳。

「但只要我還活著，他就不會娶任何其他人。」她說，「正如我剛才所說，公爵和我是代表。為了擾亂、分裂我們，使我們大亂——哈肯能人會最想朝誰下手？」

他聽出她這番話的意圖，沉下臉來，皺起了眉頭。

「公爵？」她說，「確實是相當誘人的目標，但除了保羅，沒人比他受到更嚴密的保護。我？當然也很誘人，但他們心知肚明，貝尼．潔瑟睿德不是好惹的。因此，他們找到一個更好的目標，這個人的職責本身就形成了一個可怕的盲點，猜忌對這個人來說就跟呼吸一樣自然，他的一生都建立在含沙射影和裝神弄鬼上。這人就是——」她突然伸出右手，指著他說：「你！」

郝沃茲立刻從椅子上跳了起來。

「我沒讓你動，瑟非！」她大喝一聲。

老晶算師幾乎是跌回椅子上，肌肉不由自主立即服從了。

她微微一笑，卻毫無笑意。

「現在你見識到學校傳授給我們的真正本領了。」她說。

郝沃茲嗓子發乾，想要咽口唾沫。她的指令既高高在上又專橫霸氣，語調和儀態都讓他無從抵禦，還來不及想，身體就已遵命行事。這種反應無從預防——無論是邏輯還是激烈的憤怒……都沒有作用。要這樣切中要害，她必須要對那個人有最敏銳、深切的了解。這種程度的控制，是郝沃茲做夢也想不到的。

「我跟你說過，我們應該互相了解。」她說，「我指的是，你應該了解我，因為我已經了解你。現在我告訴你，在我這裡，你對公爵的忠誠是你唯一的安全保障。」

他瞪著潔西嘉，舌頭舔了舔嘴唇。

「如果我想要個傀儡，公爵早就娶我了。」她說，「他甚至會以為，那是他自己的意志，不受任何人影響。」

郝沃茲低下頭，透過稀疏的睫毛往上看。他用盡全力才控制住自己不要叫衛兵。控制……還有猜疑，這女人可能都不會允許。他毛骨悚然，皮膚還記得剛才受制於人的感受。在他遲疑的那一瞬，她完全可以拿出武器，殺死他。

每個人都會有這麼一個盲點嗎？郝沃茲想，別人可以利用這一點對我們發號施令，我們還來不及抵抗，就乖乖聽命？這念頭使他震驚。有誰能阻止擁有這種力量的人？

「你剛才看到了貝尼．潔瑟睿德手套下的鐵拳。」潔西嘉說，「很少有人見到後還能活下來。但對我們來說，剛才那不過是小試牛刀。你還沒見識到我全部的本領。想想吧！」

「那妳為什麼不當面摧毀公爵的敵人？」他問。

「你要我摧毀什麼？」她問，「你想讓我把公爵變成懦夫，要他永遠依靠我嗎？」

「可是，妳有這樣的威力……」

「威力是柄雙刃劍，瑟非。」她說，「你以為，她可以輕易將人變成一支利器，直插敵人的要害。

不錯，瑟非，我甚至可以插入你的要害。但是，結果會怎樣？只要有夠多的貝尼．潔瑟睿德這麼做，所有貝尼．潔瑟睿德都會成為眾矢之的。我們不想有這樣的結果，瑟非。我們不想毀了自己。」她點點頭，「我們確實只為獻身而存在。」

「我無法回答妳，」他說，「妳知道我回答不了。」

「這裡發生的一切，不能向任何人提起，」她說，「我了解你，瑟非。」

「女士……」老人又努力嚥下一口唾沫。

他想：是的，她的確擁有超凡的能力。但這就能保證她不會成為哈肯能人更可怕的工具嗎？

「公爵的朋友毀掉他的速度，會跟他的敵人一樣快。」她說：「我相信，你一定會查清並打消你的疑慮。」

「如果能證明我的疑慮純屬無稽的話。」他說。

「如果？」她譏諷地說。

「如果。」

「你很固執。」她又說。

「只是謹慎，」他說，「而且能察覺任何誤差因子。」

「那麼，我要向你指出另一個問題：當你站在某人面前，無計可施之時，這人手裡拿著刀，刀尖直指你的咽喉，但他沒有殺你，反而放了你，而且還把刀也給你了，讓你想怎樣就怎樣。你說，這意味著什麼？」

她從椅子上站起來，背對他說：「現在你可以走了，瑟非。」

老晶算師站起身來，頓了頓，慢慢將手伸向束腰外衣下面的致命武器。他想起了鬥牛場和公爵的父親（不管有什麼缺點，老公爵都是英勇的人），還有很久以前的那場鬥牛賽：那頭黑色巨獸站在那裡，頭朝下，無法移動，一臉迷惑。公爵轉身背向牛角，火焰般的大紅披風掛在他的手臂上，看臺上響起雷鳴般的歡呼。

我就是那頭黑牛，而她則是鬥牛士。郝沃茲想。他將手從武器上移開，瞄了一眼空著的手心上晶亮的汗漬。

他明白，最後真相大白後，無論結果如何，他都永遠不會忘記眼前這一刻，也不會喪失對潔西嘉女士的無比敬意。

他默默轉身離開房間。

一直緊盯著玻璃窗上影子的潔西嘉垂下眼簾，轉過身，看著緊閉的房門。

「現在，有人總算可以好好地作戰了。」她喃喃地說。

18

與夢境角力？
與暗影爭鬥？
抑或在睡夢中翻扭？
時間悄悄逃溜，
生命被偷。
為瑣事所羈絆的你，
不過是你愚行的徒囚。

——獻給詹米斯的輓歌，伊若琅公主《摩阿迪巴之歌》

• • •

雷托站在門廳裡，借著一盞懸浮燈讀著一張字條。還有數小時才破曉，而他正渾身疲憊。他剛從指揮所回來，一個弗瑞曼信使就把這張字條送到外面侍衛的手裡。

字條上說：「日間一縷煙，入夜一炷火。」

沒有簽名。

「這是什麼意思？」他尋思道。

信使沒等回覆就走了，公爵自然來不及問些什麼。他就像一縷暗幢幢的影子，無聲無息融入了夜色之中。

雷托把字條塞進束腰外衣的口袋，打算之後拿給郝沃茲看。他撥開前額一縷汗濕的頭髮，輕輕嘆了口氣。抗疲勞藥的藥效已漸漸耗盡。上次晚宴過後，他已經整整兩天沒閉眼。上次躺在床上更是晚宴之前很久的事。

除了軍事要務以外，還有一件與郝沃茲有關的事非常令人不安：據稱，潔西嘉私下召見了他。

我應該讓潔西嘉知道嗎？他忖度道。沒有必要再這樣遮遮掩掩了。或著，還是要先保密？

那個該死的鄧肯．艾德侯！

他搖搖頭。不，不怪鄧肯。是我的錯，我不該從一開始就瞞著潔西嘉。我必須現在就跟她坦白，以免造成更大的傷害。

這個決定使他好受了些，他匆匆離開門廳，穿過大廳，沿著走廊朝私宅區走去。

走廊在轉彎處一分為二，其中一條通往僕人的休息區，一陣奇怪的呻吟從那邊傳來，公爵不由得停下腳步，左手按在屏蔽場的開關上，右手拔出刺劍。那奇怪的聲音使他渾身一顫，但有利劍在手，他稍感安心。

他輕輕穿過走廊，一邊暗罵這裡昏暗的燈光。每隔八公尺才有一盞最小的懸浮燈，燈光還調到最暗。黑黝黝的石牆吞沒了燈光。

前方燈光不及之處，地板上有一團晦暗的影子。

雷托頓了頓，差點要打開屏蔽場，但最終還是放棄了，因為那會妨礙行動和聽覺……另外，那批繳獲的雷射槍令他如芒刺在背。

他悄悄走向那一團灰影，認出那是個人，臉朝下趴在石板上。他手持利劍，用腳把那人翻過來，在昏暗的燈光下湊近察看。是走私販杜埃克。他的胸口有一大片血漬，死不瞑目地盯著空蕩蕩的黑暗深處。雷托摸摸那片血漬——還是溫熱的。

*這個人為什麼會死在這裡？*雷托尋思道，*是誰殺了他？*

呻吟聲更大了，從前方通往中央控制室的側向通道傳來，那間屋子裡安裝著整幢房屋的主屏蔽場發動機。

公爵一手握劍，一手放在屏蔽場開關上，繞過屍體，悄悄走過通道，朝屏蔽場控制室觀探。前方幾步外又有一團灰色的東西攤在地板上，他一眼看出，聲音正從那裡發出。那團影子緩慢而艱難地朝公爵爬過來，喘著粗氣，含糊低語。

公爵心中一凛，勉強壓下懼意，快步穿過通道，在那個爬動的身影旁蹲下。是梅帕絲，弗瑞曼管家。她的頭髮披散在臉上，衣衫不整，背後有一大團血漬正從背上慢慢滲到身側。他拍拍她的肩，她用雙肘撐起身子，側著頭斜斜望著他，空空的眼神已經渙散了。

「您，」她喘著氣說，「殺了……侍衛……派……找到……杜埃克……逃……女士……您……您……這裡……不……」她仆倒在地，頭啪的一聲撞到地上。

雷托摸摸她的太陽穴，已經沒有脈搏了。他看著梅帕絲背後的血漬，有人從背後捅了她一刀，會是誰呢？他的大腦急轉。她的意思是有人殺了侍衛嗎？而杜埃克……是潔西嘉派人去找他的？為什麼？

雷托站起身來，就在這時，第六感向他發出警報，雷托急忙伸手去按屏蔽場開關——太遲了。重重的一擊將他的手震開了，他感到一陣痛楚，低頭看時，發現有支鏢射入衣袖，麻木感從手臂開始向全身蔓延。他艱難地抬起頭，朝通道盡頭望去。

尤因站在控制房敞開的大門，門上方一盞稍亮的懸浮燈將他的臉映成黃色。他身後一片寂靜——聽不到發動機的轟鳴聲。

尤因！雷托想，他破壞了主屏蔽場發動機！我們門戶大開了！

尤因開始朝公爵走過來，一邊將鏢槍放入衣袋中。

雷托發覺自己還可以說話，喘息著問：「尤因！你怎麼會？」麻木感已經傳到他的腿部，他滑倒在地，背靠石牆坐在那裡。

尤因彎下腰，一臉哀傷，伸手摸了摸公爵的前額。公爵能感覺到他的觸摸，但那種感覺似乎很遙遠……很遲鈍。

「鏢上塗的麻藥是精心特製的，」尤因說，「你可以說話，但我建議你別那麼做。」他朝大廳方向瞥了一眼，轉身從公爵身上拔下毒鏢，扔到一旁。鏢掉在石板上，發出卡嗒一聲。公爵只覺得這聲音十分遙遠、微弱。

不可能是尤因，雷托想。他受過心理制約。

「怎麼會呢？」雷托輕聲問道。

「對不起，親愛的公爵。我身不由己。」他摸摸前額的菱形刺青，「我自己都覺得奇怪，居然能戰勝火煉良知——但我想要殺一個人，是的，我真的想要殺死他，什麼都不能阻止我。」

他又低頭看看公爵：「哦，不是您，我親愛的公爵，是哈肯能男爵，我想要殺死男爵。」

「男……哈……」

「別出聲，拜託，我可憐的公爵。您的時間不多了。還記得您以前在納卡跌傷那一回嗎？我給您裝過一顆假牙——那顆牙必須換掉。等一下，我會讓您失去知覺，然後換掉那顆牙。」他張開手，看著手心裡的什麼東西，繼續說道：「這是您那顆假牙的複製品，內部做得跟牙神經一模一樣，能逃過普通探測器的檢查，就算是快速掃描儀也不怕。但如果您使勁咬，牙冠表面就會碎掉，然後只要您使勁呼氣，您周圍的空氣裡就會充滿毒氣——最致命的毒氣。」

雷托抬頭瞪著尤因，發覺他眼中充滿了瘋狂，汗水順著他的臉和下頜往下淌。

「可憐的公爵，反正您難逃一死。」尤因說，「但您死前有機會接近男爵。他一定會相信您已經被藥麻倒，再也無力襲擊他。您會被注射麻藥，然後捆起來。但攻擊的形式無奇不有，防不勝防。您一定要記住那顆牙，雷托．亞崔迪公爵，記住那顆牙，一定要記住。」

老醫師越靠越近，他的臉和臉上垂下的短髭擋住了雷托的視線。

「那顆牙——」尤因喃喃地說。

「為什麼？」公爵輕聲問道。

尤因單膝跪在公爵身邊。「我跟男爵做了一筆魔鬼交易，我必須確認他履行了承諾，見到他之後，我就能知道。但兩手空空，我永遠也別想見到他。而您就是我的贖金，可憐的公爵。等我見到他，我就知道了。我可憐的萬娜教會我許多東西，其中之一就是在巨大壓力下判定事情的真偽。我不是每次都能做得很好，但只要見到男爵——到那時，我一定會知道。」

雷托努力想低頭看看尤因手上的那顆牙，他覺得這一切簡直像場噩夢——不可能發生的噩夢。

尤因的臉部扭曲，紫紅的嘴唇痛苦地上揚。「男爵不會讓我太靠近他的，不然我會自己來。不，我會被擋開。而您……啊，現在！您，您就是我美妙的武器！他一定會讓您靠近他身邊——為了嘲弄您，在您面前自誇。」

雷托像中了催眠術一般盯著尤因下顎左邊的一塊肌肉，看著這塊肌肉在尤因說話時扭動著。

尤因更加靠近，「至於您，我的好公爵，我珍貴的公爵，您必須記住這顆牙。」他把那顆牙捏在拇指和食指之間，「這是您最後僅有的機會了。」

公爵無聲地動了動嘴，片刻後才發出聲音：「拒絕。」

「啊，不！您一定不會拒絕。因為，您若肯幫我這個小忙，作為回報，我會救出您的兒子和女人。除了我，誰都辦不到。我可以送他們去一個哈肯能人找不到的地方。」

「怎麼……救……他們？」公爵輕聲地問。

「讓人以為他們死了。然後，把他們藏在弗瑞曼人那邊，弗瑞曼人跟哈肯能人不共載天，他們甚至會燒掉哈肯能人坐過的椅子，把鹽撒在哈肯能人走過的路上。」他摸摸公爵的下頷說，「您的下頷還有感覺嗎？」

公爵發覺自己已經無法回答了。他隱隱感到有人在扯他，看見尤因正伸手拔他的公爵印戒。

「給保羅。」尤因說，「等一下您就會失去知覺。再見，我可憐的公爵。下次再見時，就沒時間聊天了。」

一種遙遠的清涼感漫過公爵的下頷，漸漸泛上他的臉頰。昏暗的走廊縮小了，聚成一個小點，凝固在尤因紫色的雙唇上。

「記住這顆牙！」尤因用氣音說道，「這顆牙！」

19

應該有一門研究不滿情緒的學科。人們需要困苦和壓迫來磨礪心志。

——伊若琅公主《摩阿迪巴語錄》

．．．

潔西嘉在黑暗中醒來，周圍的死寂給她不祥的預感。她不明白自己為何如此昏沉、遲鈍。恐懼沿著神經刮擦。她想坐起來開燈，卻動彈不得，口中有股……怪異感。

噹啷——噹啷——噹啷——噹啷！

沉悶的敲擊聲在四周迴盪，黑暗中聽不清來自何方。就在附近。

一片空白，只有時間像針刺一樣簌簌移動。

她開始感受自己的身體，發覺手腕和腳踝都被束縛起來，口中塞著東西。手被綁在背後，她側身躺著，試著拉了拉繩索，意識到那是克銳荽爾纖維製成，越使勁掙脫，就綁得越緊。

現在，她想起來了。

就在她的臥室裡，有人在漆黑中將一塊潮溼、刺鼻的東西捂在她臉上，塞入她口中，然後用手按住她。當時她喘了一口氣——往肺裡吸了一大口——濕布上是麻醉劑的味道。然後她失去知覺，沉入令人惴惴的黑暗中。

終於來了。她想，郝沃茲是對的。要制伏貝尼・潔瑟睿德何其容易，只需一名叛徒就夠了。

她強壓下掙脫繩索的衝動。

這不是我的臥室，她想。他們把我帶到別的地方了。

慢慢地，她恢復了鎮定。

她嗅到自己身上散發一股汙濁的汗味，混合著恐懼的氣息。

保羅在哪裡？她問自己，我兒子——他們把他怎麼了？

鎮定。

她用古法調息，強迫自己鎮定下來。

但恐懼仍舊揮之不去。

雷托？你在哪裡，雷托？

她感到周圍不再那麼黑了，看得見一些影子。層次漸漸分明，刺激著她的視覺神經。白色，那是門下縫隙透出的光。

我躺在地上。

通過地板的震動，她能感覺到有人在附近走動。

潔西嘉強壓下內心的恐懼。我必須鎮定，保持警覺，做好準備。也許我只有一次機會。她再次強迫自己冷靜下來。

亂撞的心跳慢慢平復了，她開始往回算，我昏迷了一小時。她閉上眼，凝神傾聽逐漸走近的腳步聲。

四個人。

她算出不同的腳步聲。

我必須裝成昏迷的樣子。於是她在冰冷的地板上全身放鬆，試試身體能不能動，開門聲隨即響起，一道亮光照在她的眼皮上。

腳步聲越走越近，有人停在她面前。

「妳醒了，」低沉的男低音道，「別裝了。」

她睜開眼。

站在她面前的是弗拉迪米爾．哈肯能男爵。她認出這是保羅睡過的那個小房間，保羅的小臥榻就靠在一邊，床是空的。士兵拿來幾盞懸浮燈，放在房門兩側。門廳的亮光從敞開的門口照進來，刺激著她的眼睛。

她抬頭望向男爵。他披著一件黃色斗篷，蓋住支撐著他的移動式懸浮器，蜘蛛般的黑眼睛下方是兩團肥嘟嘟的肉。

「這麻藥是算好時間的，」他低聲說道，「我們知道妳會在那哪一分鐘醒過來。」

這怎麼可能？她想，要做到這一點，就必須知道我的精確體重，我新陳代謝的速度，我的……尤因！

「真遺憾，妳的嘴還必須塞住。」男爵說，「本來，我們可以好好聊一聊的。」

只有尤因辦得到。她想：怎麼會？

男爵瞥了一眼身後的門說：「進來，彼特。」

來人站在男爵身旁，潔西嘉以前從未見過他，但那張臉卻很熟悉——這人是彼特．德．弗立斯，男爵的晶算師刺客。她仔細觀察著彼特——鷹臉，墨藍色的眼睛表明他是厄拉科斯人，可他的動作和站姿卻透露這人並不是原住民。而且，他的皮膚也過於潤澤。高個子，身材瘦削，莫名有股雌雄難辨。

「我親愛的潔西嘉女士，很遺憾我們還不能暢談。」男爵說，「不過，我知道妳的能力。」他瞟了一眼彼特，「對嗎，彼特？」

「是的，正如您所說，男爵。」他答道。

這個男高音使潔西嘉一陣背脊發涼。她還從未聽過如此令人發怵的聲音。對受過訓練的貝尼・潔瑟睿德而言，這聲音無異於大聲宣告著：殺手！

「我要給彼特一個意外，」男爵說，「他以為自己是來這裡領戰利品的——也就是妳，潔西嘉女士。但我想證實，他並不是真的想得到妳。」

「你是在跟我開玩笑嗎，男爵？」彼特問，臉上露出了微笑。

看到這個微笑，潔西嘉不解男爵為何沒有跳起來防備。但她隨即省悟：男爵沒受過這方面的訓練，並不理解這個微笑的含意。

「在許多方面，彼特都很天真。」男爵說，「他不願意承認妳有多麼危險，潔西嘉女士。我真想讓他見識一下，但冒那樣的險未免也太過愚蠢。」男爵對彼特笑笑，此時彼特的臉已戴上恭候的面具。「我知道彼特想要什麼。他想要權力。」

「你答應過我可以得到她。」彼特說，那男高音已經不再是冰冷冷的無動於衷。

從聲音中，潔西嘉聽出來他的意圖，不由得心中一寒，想道：男爵怎麼把晶算師養成這樣一頭畜生？

「我給你一次選擇的機會，彼特。」男爵說。

「什麼選擇？」

男爵舉起胖胖的手指打了個響指：「帶上這個女人，逃離帝國。或者，擁有厄拉科斯上亞崔迪氏族的公爵封邑，以我的名義統治這裡。」

潔西嘉看到男爵的蜘蛛眼研究著彼特。

「除了沒有頭銜，你可以成為這裡的公爵。」男爵說。

這麼說，我的雷托死了嗎？潔西嘉暗問道。她感到自己內心有某個角落在默默啜泣。

男爵仍在留意他的晶算師：「彼特，你很清楚，你之所以想得到她，無非因為她是公爵的女人，是權力的象徵——漂亮，能幹，受過精心訓練，很稱職。但現在我們說的是整個公爵封邑，彼特！這可比權力象徵要好得多，是實實在在的權力！有了它，你可以有許許多多女人……還有更多。」

「你不是在跟彼特開玩笑吧？」

在懸浮器的幫助下，男爵像跳舞一樣輕盈轉身，答道：「玩笑？我？記住——我放棄了那個男孩。你也聽過那個叛徒的報告，那小子所受的訓練可不簡單。他們都一樣，這個母親和她的兒子——都很致命。」男爵微笑起來，「現在我得走了。我特地為這一刻安排了一名士兵，等一下就會叫他進來。他是個聾子。他的任務就是送你踏上流亡的旅程。如果他發現這女人控制了你，就會馬上出手制伏她。在你們離開厄拉科斯之前，他不會允許你拔出她嘴裡的東西。當然，如果你選擇留下來……那他就另有任務了。」

「你不用走，」彼特說，「我選好了。」

「啊哈！」男爵大笑起來，「這麼快就做出決定了，那只有一種可能。」

「我要公爵封邑。」

潔西嘉心想：彼特不知道男爵在撒謊嗎？不過，他又怎麼會知道？他只是畸形的晶算師。

男爵低頭俯視潔西嘉：「我這麼了解彼特，這不是很棒嗎？我跟我的護衛長打過賭，他一定會選擇公爵封邑。哈！那麼，我這就走了。這樣再好不過，啊哈，好極了！妳要明白，潔西嘉女士，我跟妳沒有什麼深仇大恨，只是形勢所需而已。現在這樣真是再好也不過。是的，我並沒有真的下令除掉妳。以後等別人問起我，我就可以聳聳肩，實話實說。」

「那麼，你把這件事交給我了？」彼特問。

「我派來的士兵會聽你指揮。」男爵說，「隨便你怎麼處置她吧。」他盯著彼特，「是的，我的手在這裡滴血未沾。全是你的決定。對，我什麼都不知道。你想怎麼幹都行，但必須先等我離開。是了，嗯……啊。對，對，很好。」

他害怕真言師的質詢。潔西嘉想，誰呢？哦，哦，是聖母凱亞斯．海倫，當然！如果他知道自己必須面對聖母的質詢，那就是說，皇帝必定跟此事有關。啊，我可憐的雷托！

男爵瞥了潔西嘉最後一眼，轉身走出房門。她的目光緊跟著他，心想：正如聖母所警告的那樣——對手太強大了。

兩名哈肯能士兵走了進來，後面跟著一個臉上有疤的士兵，拔出雷射槍守在門口。

他就是那個聾子，潔西嘉想。她仔細觀察著那張疤臉，男爵知道我能用魅音控制人，特地派了個聾子來。

疤臉看著彼特問：「我們已經把那男孩放在外邊的擔架上了。您有什麼吩咐？」

彼特對潔西嘉說：「我原本考慮用妳的兒子脅迫妳，但現在，我覺得那沒什麼用。我讓感情蒙蔽了理智，對晶算師來說，可不是好現象。」他看了一眼先進來的兩名士兵，轉過身，讓那聾子可以讀唇語，「那個叛徒建議把那男孩弄到沙漠裡去，我看，乾脆把兩人都扔到那裡。他的計畫不錯，沙蟲會毀掉所有證物。絕不能讓人發現他們的屍體。」

「您不想親自動手嗎？」疤臉問。

他會讀唇語。潔西嘉想。

「我還是效法男爵吧。」彼特說，「把他們扔到那個叛徒所說的地方去。」

潔西嘉聽出彼特聲音中的緊繃，那是晶算師在竭力控制語調。她想：嗯，他也害怕真言師。

彼特聳聳肩，轉身走出門。他在門口猶豫了一下，潔西嘉以為他會轉身再看她最後一眼，但他終究沒有回頭，就那麼走了。

「我說，今晚幹下這種事，我可不敢想像日後還要面對真言師。」

「你一輩子都不大可能見到那老巫婆的。」另一名士兵說著，走到潔西嘉面前，俯身看著她說：「站在這裡瞎聊，任務也不會自己完成。抬她的腿，然後——」

「為什麼不在這裡除掉他們？」疤臉問。

「不想弄得滿手血。」前面那名士兵說，「除非你想勒死他們。我嘛，喜歡直截了當。就照那個叛徒說的，把他們扔到沙漠，砍上幾刀，然後留給沙蟲去收拾吧，這樣就一乾二淨了。」

「噢……好吧。我想，你說得對。」疤臉說。

潔西嘉側耳傾聽，細細觀察，默記一切。但她口中塞著東西，無法運用魅音，何況還得考慮那個聾子。

疤臉把雷射槍塞回到槍套，抓起她的腳，像抬米袋那樣抬著她出門，扔在一個附有束縛帶的懸浮擔架上，將她轉了一下，在擔架上放好。這時，潔西嘉看到了另一張臉——保羅！他也被捆著，但嘴沒被塞住。他的臉離她不到十公分，雙眼緊閉，呼吸平穩。

他被迷昏了嗎？潔西嘉尋思道。

士兵抬起擔架，保羅的眼睛睜開一道縫，偷偷望向潔西嘉。

千萬不要用魅音！潔西嘉祈禱著，小心那個聾子士兵！

保羅的眼睛閉上。

他一直在練意念呼吸法，讓自己鎮靜下來，傾聽敵人的談話。那聾子是個大麻煩，但保羅努力不讓自己絕望。

保羅又忍不住悄悄看了一眼母親的臉——她似乎沒有受傷，只是嘴被堵住了。

他琢磨著是誰抓住她的。他自己被抓的過程平淡無奇：臨睡前吃了尤因給的藥丸，醒來後就已經被綁在這具擔架上。也許，她也是一樣。按推斷，叛徒是尤因，但他暫不下最後定論。這沒有道理——蘇克的醫師怎麼可能叛變？

擔架稍稍傾斜了一下，哈肯能士兵將兩人從門口推了出去，來到滿天星斗的夜空下。擔架的浮筒在門口蹭了一下，然後是腳踩在沙地上的嚓嚓聲。一架撲翼機的機翼在他們上方大張，遮住了點點繁星。擔架下降，落在地上。

保羅眨了眨眼睛，適應戶外微弱的光線。他看見聾子士兵打開機艙門，頭伸入黑乎乎的綠色機艙，瞥了一眼亮閃閃的儀表。

「這就是給我們用的撲翼機？」他轉身看著同伴的嘴唇。

「對。那個叛徒說，這架飛機已經修好，可以在沙漠上執行任務。」另一個士兵答道。

疤臉點點頭：「但這是他們的那種小型撲翼機，把他倆往裡一塞，就只能再載兩個人了。」

「兩個就夠了。」一個擔架兵湊近聾子，嘴唇對著他說，「克奈特，從現在開始，由我們兩人來負責就行了。」

「男爵告訴我，一定要親眼看到他們被解決掉。」疤臉說。

「你有什麼好擔心的？」另一名士兵問。

「她可是貝尼．潔瑟睿德女巫，」疤臉說，「會妖法。」

「啊哈……」第一個擔架兵用拳頭在他耳邊比劃了一下，「你是說，他們中有一個是女巫，嗯？懂你的意思。」

站在他後方的士兵輕蔑道：「等一下她就變成沙蟲的大餐了。我不覺得貝尼．潔瑟睿德女巫對著那些個大沙蟲也能使出什麼妖法來。對嗎，齊戈？」

「沒錯。」對方回答，轉身走回潔西嘉身邊，抬起她的肩膀，「來吧，克奈特。你想親眼看看他倆的結局，就跟著一起來吧。」

「謝謝你的邀請，齊戈。」疤臉說。

潔西嘉感到自己被抬了起來，機翼的影子在星光下忽閃。她被推進機艙後座，士兵檢查過綁她的克銳荽爾繩後，又將她捆在座位上。保羅被塞在她身旁，也綁得很牢，但她發現那只是普通的繩子。疤臉，那個名叫克奈特的聾子坐在前座，名叫齊戈的擔架兵繞了一圈，最後選了剩下的那個前座。

克奈特關好機艙門，彎腰拉起操縱桿，撲翼機在一片塵土飛揚中離開了地面，朝南方的大盾壁飛去。齊戈敲敲同伴的肩膀說：「你怎麼不轉身去監視他們倆？」

「所以你知道路線？」克奈特問。

「跟你一樣聽那叛徒說過。」

克奈特轉過椅子。藉著微弱的星光，潔西嘉看到他手上握著雷射槍。潔西嘉調整自己的目力，飛機內壁似乎變亮了，但疤臉卻始終隱沒在黑暗中。潔西嘉試了試安全帶，發現很鬆，左臂蹭在束帶上感覺有點刺。她立刻明白，有人在束帶上動了手腳，只要用力一拉，就會繃斷。

難道有人來過撲翼機這裡，為我們做好了準備？潔西嘉思忖道，會是誰呢？

慢慢地，她將捆著的腿從保羅身邊挪開。

「這麼漂亮的女人就這樣浪費了，真是可惜。」疤臉說，「你以前有沒有碰過貴婦人？」他扭頭看看正在開飛機的齊戈。

「貝尼．潔瑟睿德並不是人人都出身高貴。」飛行員齊戈回答說。

「但她們看上去都很高貴。」

他可以清楚看到我。潔西嘉將捆著的腿移到座位上，蜷成一團，盯著疤臉。

「真漂亮。」克奈特用舌頭舔舔嘴唇，「真是太可惜了。」他看了看齊戈。

「你在想我認為你正在想的那件事嗎？」飛行員齊戈問。

「誰會知道呢？」疤臉說，「幹完以後……」他聳聳肩，「我只是從沒上過貴婦人。以後可能也不會有這樣的機會了。」

「你敢動我母親一根手指……」保羅咬牙切齒，眥目瞪著疤臉。

「嘿！」齊戈笑了，「小狗叫起來了，可惜咬不到人。」

而潔西嘉心想：保羅的音調拉得太高，但說不定能起作用。

飛機靜靜向前飛行。

這些可憐的傻瓜。潔西嘉一邊觀察這些士兵，一邊回想男爵的話。他們一回報任務已經完成，就會被立即滅口。男爵可不想留下人證。

撲翼機側過機身，朝大盾壁的南端飛去，潔西嘉看到月光下撲翼機投在沙地上的影子。

「這裡夠遠的了。」齊戈說，「叛徒說，扔在大盾壁附近的任何沙地上都可以。」他壓下操縱桿，撲翼機朝沙丘滑下，在空中拉出長長的弧線，穩穩掠過沙漠。

潔西嘉看到保羅開始有節奏地呼吸，讓自己鎮定下來。他閉上雙眼，又再睜開。潔西嘉看在眼裡，卻幫不上他。她想：他還沒有完全掌握魅音，如果他失敗了……

撲翼機輕輕一偏，在沙地上著陸。潔西嘉望向身後的大盾壁北邊，只見遠處又有機翼的影子掠過，消失了。

有人在跟蹤我們！她想，誰？接著：一定是男爵派來監視這兩個人的，監視者身後一定也還有監視者。

齊戈關掉機翼引擎，死寂如洪水般淹沒了眾人。

潔西嘉轉過身，從疤臉身邊的機窗望出去，看到一輪明月正散發朦朧月光，覆上一層霜華的峭壁在沙漠上隆起，表面有一條條風沙蝕刻出的溝壑。

保羅清了清嗓子。

飛行員說：「現在嗎，克奈特？」

「我不知道，齊戈。」

齊戈轉過身說：「啊哈，瞧。」伸手去撩潔西嘉的裙子。

「拿掉她的嘴塞。」保羅命令道。

潔西嘉感到這句話在空中滾動著，語氣、音質都相當出色——夠強制，非常嚴厲。音調再稍稍低點會更好，但仍能擊中這個人。

齊戈伸手摸到潔西嘉嘴上的帶子，扯開嘴塞上的結。

「住手！」克奈特下令道。

「哦，閉嘴，」齊戈說，「她的手綁著呢。」結一拉開，帶子就鬆了。他盯著潔西嘉，兩眼直冒光。

克奈特把手放在飛行員的手臂上說：「喂，齊戈，沒必要……」

潔西嘉甩了甩脖子，將嘴塞吐出來，壓低音調，用低沉而親暱的語調說：「先生們！沒必要為我打架。」與此同時，她衝克奈特扭動身體，想挑起他的衝動。

她看見他們緊張起來，她知道，此時他們已經堅信，必須打敗對方才能得到她。他們的爭吵不需要任何理由，在他們的意識裡，他們確實是在爭奪她。

她抬起頭來，移到儀表射出的光線下，讓克奈特能看清她的嘴唇。她說：「你們千萬別打起來。」兩人拉開距離，戒心重重地互相打量著。「有哪個女人值得你們為她決鬥嗎？」她問。

她口吐這番話，展示著自己，使他們覺得完全有必要為她決鬥。

保羅緊閉雙唇，強迫自己保持沉默。剛才，他得到一次運用魅音的機會，總算是成功了。而現在——一切全靠他母親了，她的經驗遠比自己豐富。

「對，」疤臉說，「沒必要為個女人……」

他的手突然朝飛行員的頸部揮去，只見某個金屬物一晃，擋開了這一擊，順勢插進疤臉胸口。

疤臉呻吟一聲，軟綿綿向後一倒，靠在艙門上。

「以為我是傻子？連你那點小把戲都看不出來？」齊戈說。他縮回手，露出一把刀來，在月光下熠熠閃光。

「現在輪到那小鬼了。」他邊說邊撲向保羅。

「沒有必要。」潔西嘉呢喃道。

齊戈一頓。

「我可以乖乖聽你吩咐，你不想這樣嗎？」潔西嘉問道，「給這個小男孩一個機會吧，」她的嘴角輕輕一彎，蔑笑道：「他在沙漠上也沒有什麼機會，讓他去吧，然後……」她微笑起來，「你會得到最好的回報。」

齊戈左看右看，注意力又回到潔西嘉身上，說道：「我聽說過人在沙漠上會發生什麼事。也許，一刀結束這孩子，對他還比較好。」

「我的要求是不是有點過分？」潔西嘉懇求道。

「妳想要騙我。」齊戈嘟噥道。

「我不想看到我兒子死，」潔西嘉說，「這也算是欺騙嗎？」

齊戈退回去，打開門，一把抱住保羅，將他從座位上拖過去，推到門口，讓他一半身子掛在外面，然後舉起手中的刀說：「小鬼，如果我砍斷你身上的繩子，你會怎麼做？」

「他會馬上離開這裡，往山岩那邊跑。」潔西嘉說。

「你會那麼做嗎，小鬼？」齊戈問。

保羅的肯定語氣控制得恰到好處，「是。」

刀向下一揮，砍斷了腿上的繩子。保羅感到背後有隻手將他往沙地上一推，他假裝沒站穩，一個踉蹌側身靠在門上，然後轉身，好像要直起身的樣子，接著踢出右腿。

多年的格鬥訓練沒有白費，保羅的腳尖精準踢中敵人的要害，所有訓練彷彿全都集中在這一擊，全身上下每塊肌肉都搭配無間，腳尖狠狠踢中齊戈柔軟的腹部，就在胸骨下半寸。這一踢力道驚人，直搗肝臟，穿透橫膈膜，震碎了齊戈的右心室。

士兵喉嚨「咯」的一響，猛地摔倒在座椅上。保羅的手還捆著，使不上力，就順勢倒在沙地上，一個側滾翻，借力站起。他踏上機艙，找到那把刀，用牙咬著割斷母親身上的繩索。潔西嘉一獲自由就立刻拿過刀來，替他鬆綁。

「我完全可以控制他，」潔西嘉說，「他會替我割斷繩子的。你剛才那麼冒險實在太愚蠢了。」

「我發現有機可乘，就動手了。」他說。

她聽出他在竭力控制自己的情緒，於是說道：「機艙頂有尤因的族徽，畫得很匆忙。」

他抬起頭，看到那彎曲的符號。

「出去吧，我們檢查一下飛機。」她說，「飛行員座位底下有個包裹，進來的時候我就摸到了。」

「炸彈？」

「不像。這裡面有點不對勁。」

保羅跳到沙地上，潔西嘉也跟著跳了下來，轉過身去拿座椅下的背包，卻看見齊戈的腳就在眼前。她拉扯包裹時，發覺上面濕答答的。那是飛行員的血。

浪費水。她想，心裡很清楚那是厄拉科斯人的思維。

保羅四處張望，沙漠中嶙峋的岩石如同大海上突起的海崖，遠方則是風化的斷壁殘崖。他轉過身，發現母親提著從機艙裡拿出的背包，正朝沙丘對面的屏蔽山張望。他想看看是什麼引起了母親的注意，結果發現另一架撲翼機正朝他們猛撲過來，知道已經沒時間把屍體清出機艙再逃逸了。

「快跑，保羅！」潔西嘉大喊道，「是哈肯能人！」

20

厄拉科斯這樣教人用刀——剁掉殘缺的部分，然後說：「現在，一切都完整了，因為這就是全部。」

——伊若琅公主《摩阿迪巴語錄》

• • •

一名身穿哈肯能軍服的人衝過來，在大廳盡頭停下，瞪著尤因，然後瞟了一眼梅帕絲的屍體和趴在地上的公爵。來人右手握著雷射槍，渾身上下散發著一種滿不在乎的殘暴，那種凶悍、那種姿態，讓尤因不由得心頭一震。

薩督卡。尤因想，從外表上看，是比上校高一階的霸夏，也許是皇帝親自派來監視這裡的情況。不管他們穿什麼軍服，一眼就能認出來。

「你是尤因。」那人說，若有所思地打量著醫師頭髮上的蘇克學校束環，又看了一眼尤因額頭上的菱形刺青，然後盯著尤因的眼睛。

「我是尤因。」醫師說。

「你可以放鬆些，尤因。」那人說，「你一關掉住宅的屏蔽場，我們就衝進來了。一切都在我們的控制中。這就是公爵嗎？」

「這就是公爵。」

「死了？」

「只是失去知覺，我建議你把他捆起來。」

「這些也都是你殺的？」他回頭瞟了瞟大廳裡梅帕絲的屍體。

「很遺憾。」尤因喃喃道。

「遺憾！」薩督卡軍人輕蔑地說。他走上前去，低頭看著雷托：「那麼，這就是偉大的紅公爵了。」

假使我剛才還不確定這人的身分，現在就沒什麼好懷疑的了。尤因想，只有皇帝會稱亞崔迪為紅公爵。

這名薩督卡伸手從雷托的制服上割下紅色鷹徽。「小小的紀念品，」他說，「公爵印戒在哪裡？」

「他沒戴在身上。」尤因回答道。

「這我看得見！」薩督卡厲聲道。

尤因身體一僵，嚥了口唾沫。要是他們逼迫我，弄個真言師來，就會發現印戒的去處，發現我準備的撲翼機——那一切就全完了。

「有時公爵會讓信使帶上印戒作為信物，表示命令由公爵本人親自下達。」尤因說。

「那肯定是他的親信。」薩督卡低聲道。

「你不打算把他捆起來嗎？」尤因壯起膽子問。

「他還要多久才能恢復知覺？」

「大約兩小時吧。給他下的劑量不如給那女人和小男孩的那麼精確。」

薩督卡輕蔑地用腳踢了踢公爵說：「醒過來也沒什麼好怕的。那女人和小孩什麼時候醒？」

「大約十分鐘。」

「這麼快？」

「男爵通知我，說他的手下一到，他本人也會緊跟著到。」

「那他等一下就會到了。你去外邊等著，尤因，」他朝尤因射去凌厲的一眼，「現在就去！」

尤因瞟了一眼雷托說：「怎麼處置——」

「他會像送入烤爐的肉塊一樣捆好，送去給男爵。」他又看了一眼尤因前額的菱形刺青，「我們的人認識你，你待在大廳很安全。我們沒時間瞎聊了，叛徒。我聽到有其他人進來了。」

叛徒。尤因想。他垂下眼簾，從那名薩督卡身邊擠了過去，心裡明白這是先兆——歷史會記他一筆：尤因，叛徒。

往正門走時，他看到更多屍體，便一路仔細辨認著，生怕在其中看到保羅或潔西嘉。死者全都是亞崔迪的侍衛或身穿哈肯能軍服的人。

哈肯能衛兵警覺起來，盯著他從前門走到火光沖天的夜空下。道路兩旁的椰棗樹熊熊燃燒著，照亮了大宅。樹下，滾滾濃煙從用來點火的易燃物上不斷湧出，在橙黃色的火焰中升騰。

「是那個叛徒。」有人說。

「男爵很快就要見你。」另一個人說。

我必須到那架撲翼機上，尤因想。把印戒放在保羅能找到的地方。這時，恐懼襲上他的心頭：如果艾德侯懷疑我，或者，他不耐煩了起來——如果他沒去我告訴他的地方等著——那潔西嘉和保羅就逃不過這場大屠殺了。我的所作所為將得不到一絲一毫的彌補。

哈肯能衛兵放下手臂說：「別礙事，去那邊等吧。」

突然，尤因感到自己在一片廢墟之中被遺棄了，沒人會原諒他，他連最微乎其微的憐憫也得不到。艾德侯可千萬不能出錯。

另一個衛兵撞到他身上，斥喝道：「你！別擋路！」

即使我幫了他們大忙，他們也依然鄙視我。尤因默默想著，挺直了身子，想保存一點尊嚴。

「等著男爵傳喚！」一名衛隊軍官怒吼道。

他點點頭，裝著不經意的樣子往前走，轉過一道彎，避開燃燒的椰棗樹，走到暗處。他加快腳步，朝溫室下方的後院走去，每一步都洩漏了他的焦慮。那裡有一架撲翼機——停在那裡等著運走保羅和他母親。

後門大開，門口站著一名哈肯能衛兵，他忙著留意燈火通明的大廳，盯著在屋裡乒乒乓乓逐間搜查的士兵。

他們還真以為自己贏了！

尤因藉著陰影繞過了衛兵，走近撲翼機的另一側，輕輕打開艙門，手伸到椅子下面摸索他早就藏在那裡的弗瑞曼求生包，掀開頂蓋，摸了摸背包內皺巴巴的香料紙——那是他留下的字條。他把戒指塞進紙裡包好，縮回手，把求生包放回原處。

他輕輕關好艙門，悄悄沿原路返回，溜到大宅一角，然後繞回正門外燃燒的椰棗樹下。

現在，完成了。他想。

他再一次走進椰棗樹耀眼的火光下，拉了拉身上的斗篷，盯著熊熊烈火。很快我就會知道了。很快就會見到男爵，到時候我就知道了。他想，而男爵——有顆小小的牙齒正在等著他。

21

傳說，在雷托．亞崔迪公爵去世的那一刻，卡樂丹空中有顆流星從他祖先的宮殿上方劃過。

——伊若琅公主《摩阿迪巴童年史》

・・・

弗拉迪米爾．哈肯能男爵將一艘巡防艦改造成臨時指揮所。他站在舷窗前眺望，外面是夜色籠罩下火光沖天的厄拉欽恩。男爵留神盯著遠處的大盾壁，在那裡，他的祕密武器正在執行任務。

使用炮彈的火炮。

公爵的戰士已經撤到坑道，進行殊死抵抗。火炮正緩緩噴出適量的橙黃色火焰，洞口周圍的石塊和泥土在閃閃火光中傾瀉而下——公爵的人會被封在洞裡，最終餓死、渴死，像被堵死在巢穴中的野獸。

男爵能感覺到遠處鼓點般的爆炸聲，連他的巡防艦都隨之微微震動：碰……碰！然後又是碰——碰！

誰能料想，竟有人在屏蔽場時代重新啟用火炮？這個念頭讓他不禁心中暗笑。但我們早就料到公爵的人會跑向那些坑道。我和皇帝的聯軍毫髮無傷，皇帝一定會賞識我的算無遺策吧。

他調了調身上撐著他那臃腫身軀的小懸浮器。一絲微笑逸出嘴角，扯動著下頷的贅肉。

公爵這些勇猛的士全都浪費了，真可惜。他嘴角越來越開，最後笑出了聲來。遺憾就應該帶著殘酷！他點點頭，失敗者注定是死不足惜的消耗品。整個宇宙就靜靜坐在那裡，嘉許任何能做出正確決定的人。猶豫不決的兔子終將洩漏行踪，被人趕進自己的洞穴中。否則，飼主要怎麼控制、繁衍兔子？男爵在腦海中想像自己的戰士就像圍著兔子飛的蜜蜂，有足夠的蜜蜂為你辛勤工作，這日子還真愜意。

他身後的門打開了，男爵轉身前先仔細打量舷窗玻璃上反射的影子。

走進艙房的是彼特，身後跟著男爵的私人侍衛隊隊長烏曼．庫圖。門外有幾個衛兵在走動。他們在他面前一向都小心翼翼擺出羔羊的溫馴表情。

男爵轉過身。

彼特嘲弄似的用手指觸了一下前額的頭髮，算是敬禮。「好消息，爵爺，薩督卡把公爵帶來了。」

「當然了。」男爵沉聲道。

他研究著彼特那張陰柔的臉，陰鬱的面具遮掩了他的邪惡。還有那雙眼睛：半掩的眼眶裡一雙藍中透藍的深藍眼睛。

我必須盡快除掉他。男爵想，他很快就沒什麼利用價值了，而且幾乎對我構成嚴重的威脅。首先，必須讓厄拉科斯人恨他。然後，他們就會歡迎我親愛的菲得—羅薩來拯救他們。

男爵將注意力轉向他的侍衛隊長烏曼．庫圖。他的下頜肌肉線條有如剪刀，下頜像靴尖一樣突出。這是個可靠的人，可靠在他的醜行眾所周知。

「首先，把公爵出賣給我們的那個叛徒在哪裡？」男爵問，「我必須把酬勞賞給他。」

彼特踮起一隻腳尖，微微轉身，對門外的衛兵做了個手勢。

門外一個黑影一晃，尤因走了進來，動作僵硬、一絲不苟，短髭垂在紫紅色的嘴唇旁，只有那對老邁眼眸還有些活力。他向前三步，彼特朝他比了個手勢，他依令停了，站在原地，盯著不遠處的男爵。

「啊哈——尤因醫師。」

「哈肯能大人。」

「我聽說，你已經把公爵交給我們了。」

「我已經完成我這一半的交易，大人。」

男爵看了看彼特。

彼特點點頭。

男爵轉頭看著尤因，說道：「信上的交易，嗯？我……」他吐出話來，「那我是要做什麼來回報你？」

「您記得很清楚，哈肯能大人。」

此刻，尤因讓自己凝神思考對策。他的腦子裡彷彿有一座無聲的鐘擺正重重敲擊著。他看出男爵態度上的微妙破綻。萬娜確實死了——他們再也奈何不了她了。如果不是這樣，脆弱的醫師就還有一線希望活下去。可現在，男爵的態度讓他知道希望破滅了，一切都完了。

「是嗎？」男爵問。

「您答應過，我的萬娜不用再受苦。」

男爵點著頭說：「哦，對了。現在我想起來了，我確實答應過。那就是我的承諾。我們就是這樣扭轉了皇家的心理制約。你沒辦法眼睜睜看著你的貝尼．潔瑟睿德女巫在彼特的痛苦強化器裡哀號。好吧，弗拉迪米爾．哈肯能男爵向來一言九鼎。我告訴過你，我會解除她的痛苦，並讓你跟她團聚。那好，就這樣吧。」他朝彼特揮了揮手。

彼特的藍眼睛一亮，突然閃到尤因的背後，動作就像貓一樣敏捷，手中的刀一閃，鷹爪般刺進尤因的後背。

老人僵住了，但目光始終緊盯著男爵。

「跟她團聚去吧！」男爵鄙夷地撂下一句話。

尤因站著，搖搖晃晃，嘴唇小心翼翼、精確地蠕動，聲音以一種慎重其事的奇異節奏傳出：「你……以為……你……打敗……我，你……以為……我……不知道……我……能給……我的……萬娜……帶去……什麼。」

他轟然倒下，沒有彎腰，直挺挺地，就像一棵傾倒的大樹。

「跟她團聚去吧。」男爵又說了一遍，但聽上去就像微弱的回音。

尤因給他一種不祥的預感。男爵搖搖頭，轉而留意彼特，看他用一小塊布拭去刀刃上的血漬，藍眼睛流露出心滿意足。

他親手殺人時就是這幅模樣啊，男爵想。這下我知道了。

「他確實把公爵交出來了？」男爵問。

「確實，爵爺。」彼特回答。

「那就把他帶進來！」

彼特瞄了一眼侍衛隊長，後者立即轉身去帶人。

男爵低頭看著尤因，從他倒下的方式看，你甚至會覺得他身體裡長的不是骨頭，而是橡樹。

「我從不相信叛徒，」男爵說。「哪怕是我自己策反的叛徒。」

他看著窗外夜色籠罩的觀景口，男爵知道，外面那片黑沉沉的大地是他的了。轟炸大盾壁坑道的隆隆炮火已經停止，所有兔洞陷阱都堵死了。突然，男爵覺得這一片盡致空洞的黑暗真是美妙絕倫，再沒有比這更美的顏色了。當然，黑底上的白色也很好，那種瓷器的純白。

但他仍抹不去一絲疑慮。

那個愚蠢的醫師究竟是什麼意思？當然，很可能尤因終於醒悟等著他的是什麼結局。但那句話卻使男爵心裡頗有些不安：「你以為你打敗我了。」

他是什麼意思？男爵想。

雷托．亞崔迪公爵從門外走進來，手臂被鐵鏈綑著，鷹臉上沾著泥，制服被扯破了——有人撕掉了制服上的徽章。腰間的衣服被撕裂，看樣子他身上的屏蔽場腰帶沒等解開，就被直接扯下來。他站在男爵面前，眼神既呆滯又瘋狂。

「呃——」男爵一開口，就停了下來。他頓了頓，深深吸口氣。他知道自己剛才的聲音太大了，有失體面。他早就夢想著這一天，可此時此刻，他卻覺得勝利的滋味有些變樣。

該死的，那個可惡的醫師！最好在地獄受盡苦刑！

「我想這位好公爵服過藥了，」彼特說。「尤因是用藥幫我們抓住他的。」彼特轉向公爵問道：「你被下了藥吧，對不對，親愛的公爵大人？」

聲音很遙遠。雷托能感覺到鐵鏈的摩擦、痛楚的肌肉、乾裂的嘴唇、火辣辣的臉頰，乾渴的滋味刮擦著喉嚨。傳來的聲音感覺很鈍，像裹著棉毯。眼前一切都影影幢幢，彷彿隔著一層布。

「那女人和男孩如何啊？彼特。」男爵問，「有消息了嗎？」

彼特飛快地用舌頭舔了舔嘴唇。

「看來你已經聽到些什麼了！」男爵厲聲道，「到底怎樣？」

彼特看了一眼侍衛隊長，又回過頭看著男爵說：「爵爺，派去執行任務的那兩個人——他們……嗯……已經……嗯……找到了。」

「那麼，他們匯報說一切都順利完成了？」

「他們都死了，爵爺。」

「他們當然都死了！我想知道的是——」

「大人，發現他們的時候，他們已經死了。」

男爵臉色一變：「那女人和男孩呢？」

「沒有任何蹤影，大人。但那裡有一隻沙蟲，在我們調查現場時出現了。也許就跟我們的預期一樣——一場意外，可能——」

「沒有什麼『可能』，彼特。還有那架失蹤的撲翼機呢？對我的晶算師來說，那代表什麼？」

「很明顯，是公爵的某個手下駕機逃跑了，大人。他殺了我們的飛行員，然後逃跑了。」

「是公爵的哪個手下？」

「大人，這人下手乾淨俐落，無聲無息。是郝沃茲，或者，是哈萊克，也可能是艾德侯，或者任何高級軍官。」

「可能！」男爵喃喃道，看了一眼公爵那中了迷藥的搖晃身影。

「形勢掌握在我們手裡，爵爺。」彼特說。

「不！還沒有！那個愚蠢的行星生態學家在哪裡？那個叫凱恩斯的人在哪裡？」

「我們已經打聽到他的行蹤，剛剛派人去了。爵爺。」

「皇帝的人馬就是這樣幫忙的嗎，我很不喜歡。」男爵低聲道。

聲音透過棉毯傳來，含糊不清，但其中有幾句話在公爵心中沸騰了起來：女人和男孩——沒見到任何蹤影。保羅和潔西嘉已經逃走了。還有郝沃茲、哈萊克和艾德侯，他們的命運都還未定。還有希望。

「公爵印戒在哪裡？」男爵質問道，「他手指上光禿禿的，什麼也沒有。」

「那個薩督卡說，抓到公爵的時候就不在他身上了，大人。」侍衛隊長說。

「那個醫師，你殺得太快了，」男爵說。「那是個失誤。你應該先問過我，彼特。你太輕舉妄動了，對我們沒什麼好處。」他一臉陰沉道：「你嘴裡的『可能』太多了！」

保羅和潔西嘉逃走了！這個想法像正弦波一樣懸在公爵腦中。他記憶中還有一件事：一筆交易。他很快就想起來了。

牙齒！

現在，他記起了其中一部分：一粒嵌在假牙裡的毒氣藥丸。有人告訴他要記住那顆牙。那牙就在他嘴裡，用舌頭舔一舔可以感覺到形狀。他要做的，就是使勁咬破。

時候還沒到！

那人告訴他要等男爵靠近時再動手。誰告訴他的？他記不起來了。

「他現在這模樣，藥性還會維持多久？」男爵問。

「也許再過一個小時吧，大人。」

「也許，」男爵咕噥著。他轉身面向窗外漆黑的夜色說：「我餓了。」

那就是男爵吧，那個模模糊糊的灰色影子。雷托想。那影子在他眼前跳來跳去，整棟房子都好像跟著在晃動。而且，他感覺這個房間不停地放大縮小，一會兒亮一會兒暗，最後縮成一個黑點，慢慢消失了。

對公爵來說，時間變成了一層層，任他在其間飄來蕩去。我必須等。公爵想。

那裡有張桌子，雷托看得很清楚。還有一個粗俗的胖子坐在桌子另一頭，面前放著吃剩的食物。雷托感覺到自己就坐在那胖子對面，還有數條鐵鏈和束帶將他綁在椅子上，身體隱隱作痛。他意識到時間在流逝，卻不知道到底過了多久。

「我相信他正在恢復意識，大人。」

柔滑的聲音，是彼特。

「我也看見了，彼特。」

隆隆的男低音，是男爵。

雷托的感官漸漸恢復，身下的椅子變得更實在，被捆綁的感受也變得更加清晰。現在他終於可以清楚看到男爵。雷托注視著那人手上的動作：一手緊抓盤沿，另一隻手握住湯匙柄，還不忘騰出一隻手指摸著下頷上的贅肉。

雷托盯著那隻移動中的手，看到入迷。

「你能聽見我說話吧，雷托公爵。」男爵說，「我知道你聽得見。我們希望你能說出，在哪裡能找到你的女人和你跟她生的兒子。」

雷托始終面無表情，但男爵的話令他心頭一定。這麼說是真的，他們沒抓到保羅和潔西嘉。

「我們不是在玩小孩子的遊戲，」男爵不滿地吼道。「你一定知道他們的下落。」他傾身向前看著雷托，仔細研究他的臉。這件事不能私下解決，男爵感到很頭痛。讓外人看見皇室成員陷入這樣的窘境，這會立下不良先例。

雷托感到力氣恢復了。現在，關於假牙的記憶清晰地浮現在腦海中，就像平原上的尖塔。那顆假牙裡有一粒做成神經形狀的藥丸——毒氣膠囊。他想起是誰把這件致命武器放進他嘴裡了。

尤因！

在迷迷糊糊的記憶中，他好像看見過一具軟綿綿的屍體被人從他身邊拖了出去。答案如水蒸氣般湧上，他知道那一定是尤因。

「你聽到那聲音了嗎，雷托公爵？」男爵問。

雷托漸漸留意到一個嘶啞的聲音，是某人在極度痛苦中的嗚咽。

「你的一個手下扮成弗瑞曼人，被我們抓住了。」男爵說。「那很容易揭穿，因為他的眼睛，這你也知道。他堅持說他是被派去弗瑞曼那邊當間諜。我在這個星球上住了這麼久，親愛的表弟，沒人會去監視那些沙漠暴民。告訴我，你是不是收買了他們？你是不是把兒子和女人送到他們那裡去了？」

雷托因恐懼而胸口一緊，心想：如果尤因把他們送去沙漠人那裡，哈肯能人不找到他們，絕不會善罷甘休的。

「得了，得了，」男爵說。「我們沒多少時間了，而痛苦會來得很快。別逼我，親愛的公爵。」男爵抬起頭看了一眼站在公爵身旁的彼特，「彼特沒把工具全帶來，但我相信他可以臨時弄些出來。」

「臨時弄出來的東西有時是最好的，男爵。」

那個柔滑而充滿暗示的聲音！公爵聽到就在他的耳際。

「我知道你有緊急計畫。」男爵說，「你的女人和兒子究竟被送到什麼地方去了？」他看著公爵的手，「你的戒指不見了，是不是你兒子拿去了？」

男爵抬起頭，盯著雷托的眼睛。

「你不回答，」他說，「是想逼我做我自己也不願意做的事嗎？彼特會用最簡單、最直接的方法。我也認為，有的時候，那就是最好的辦法。可是，讓你這樣受罪，可不是什麼好事。」

「也許，可以把滾燙的牛油滴在背上，或者眼皮上。」彼特說，「或許身體的其他部位。當犯人不知道牛油會落在哪裡的時候，這尤其有效。這方法很好。在赤裸的身體上燙出一個個發白的膿包，那圖案不是很有美感嗎，男爵？」

「妙極了！」男爵說著，口氣卻帶著厭煩。

那些悲慘的手指！雷托看著那雙胖手，閃亮的珠寶套在嬰兒般胖嘟嘟的手指上，手指不自覺地顫動著。

公爵身後的門裡傳來一陣陣極度痛苦的哀號，那聲音啃噬著他的神經。他們抓住的是誰？他猜想著，會是艾德侯嗎？

「相信我，親愛的親戚，」男爵說，「我也不希望你落到這種地步。」

「你以為你的心腹會很快招來援兵，但這是不可能的。」彼特說，「你知道，戰爭也是一門藝術。」

「而你是出色的藝術家，」男爵不耐煩地說，「好了，拜託你閉嘴吧。」

雷托突然回憶起葛尼．哈萊克說過的一句話，他當時一邊看著男爵的照片一邊說：「我站在海邊的沙灘上，看見一頭野獸從海中升起……他的頭上刻著褻瀆的名字。」

「我們在浪費時間，男爵。」彼特說。

「也許吧。」

男爵點點頭說：「你也知道，我親愛的雷托，到頭來，你還是會招出他們的去處。當痛苦升到某個程度，你什麼都會願意出賣。」

他幾乎都說對了，雷托想，要不是我還有一顆牙……要不是我真不知道他們在哪裡。

男爵抓起一長條肉，一口氣塞進嘴裡，慢慢嚼著，吞了下去。我們必須試試別的手段，他想。

「看看這個了不起的人，看看這個拒絕出賣的人，」男爵說，「看啊，彼特。」

而男爵心想：是的！看看他吧，看看這個自以為絕不可能出賣的人。瞧他那樣子，他這一生的每一秒都在出賣自己，把自己分成上百萬份，一份份零賣！如果你現在把他抓起來，搖一搖，你會發現他已經空了！什麼都沒有了！賣光了，現在，他是怎麼死的，又有什麼區別？

背景音一般的哀號停止了。

男爵看見侍衛隊長烏曼．庫圖出現在門口，搖了搖頭——俘虜沒有供出他們所需的情報。又失敗了。該跟這個傻瓜公爵攤牌了，男爵想。這個愚蠢而軟弱的傻瓜，還不明白地獄離他有多近——只有一根神經那麼近。

這個想法讓男爵鎮定下來，推翻了不願讓皇室成員受酷刑的原則。他突然覺得自己像一名外科醫師，隨心所欲地揮舞著手術刀，解剖手下的肉體——他要將這些傻瓜的面具一一割開，讓他見識到面具下方的地獄！

兔子，全都是兔子！

面對掠食者時，他們是怎樣抱頭鼠竄！

雷托隔著桌子盯著對面的男爵，想著自己為什麼還在等。那顆牙會迅速結束一切。然而——一切是那麼美好，他的這一生啊。他發覺自己正在回憶那隻天線風箏，在卡樂丹湛藍的天空中騰升，保羅看著風箏，開懷大笑。他又回憶起厄拉科斯這裡的日出——柔美的沙霧籠罩下，大盾壁那繽紛的層巒疊嶂。

「真糟糕。」男爵嘟囔著，推開桌子，向後靠了靠，在懸浮器的幫助下輕盈地站起身來，頓了頓，發現公爵的表情略有改變。他看見公爵深深吸了口氣，下頷一僵，雙唇緊閉，兩頰的肌肉輕輕蠕動著。

他這麼怕我啊！男爵想。

他的確是在害怕，害怕男爵會逃脫。公爵猛然用力一咬牙，感到膠囊破了，舌尖一辣，於是張開嘴，用力吹出毒氣。男爵的身影變小了，就像通過窄窄的隧道望見的一道人影。耳旁傳來一聲喘息——是那個聲音柔滑的傢伙：彼特。

他也中了！

「彼特，怎麼啦？」

隆隆作響的男低音似乎是從很遠的地方傳來的。

雷托感到記憶滾滾湧上：那個沒牙的老巫婆正喃喃叨唸。房屋、桌子、男爵、一雙魂飛魄散的眼睛——藍裡透藍。一切似乎都被緊密地壓縮在他周圍，又迅速消逝。

有個下頷像靴尖的男人，這個看上去像玩具兵的人摔倒在地，他的鼻子明顯被打斷過，整個歪向左側，像節拍器上歪斜的指針，從挨過上勾拳後就再沒能恢復原位。雷托只聽見一聲陶器摔碎的聲音，遠遠的，又像在耳際轟鳴。他的大腦如同無底的倉庫，將一切盡收入內。所有聲音：每一聲呼號，每一聲呢喃，每一聲……沉寂。

有個念頭縈繞在雷托腦海中。他看到了，在黑色光束上方散漫無形的光線內看到了，肉身雕成的時光以及時光雕成的肉身。這個念頭給他一股深刻的豐盈感，他知道，這種感受，他永遠也無法言述。

一片死寂。

男爵背靠密室門站著，這是他的私人緊急避難所，就在桌子後方。他果斷衝進密室，留下門外一屋子的死人。他調動所有的感官，變得異常警覺。我吸進那東西了嗎？他問自己，不論那是什麼，我吸進去了嗎？

外面重新響起了嘈雜聲……而他也恢復了理智。他聽見有人在大聲發號施令：防毒面具……關好門……打開送風機。

其他人很快就倒下了。他想，但我還站著，還在呼吸。無情的地獄啊！我差一步就踏進去了。

現在他可以開始回想了。他的屏蔽場一直開著，儘管能量調得很低，但足以減緩屏蔽場外緣的分子交換。而且他當時正要離開那張桌子……加上彼特驚嚇之下倒抽一口，侍衛隊長因此衝了過來，斷送了自己的命。

巧合，加上垂死之人的粗喘讓他瞬間警惕起來，才逃過這一劫。

但男爵並不感謝彼特，那傻瓜的死完全是自找的，還有那個愚蠢的侍衛隊長！他信誓旦旦說每個來見他的人，自己都檢查過了！那公爵怎麼可能……？無跡可循。連桌子上方的毒素檢測器也沒查出來——直到一切都太遲了。怎麼會？

算了，現在已經無所謂了。男爵想著，鎮定了下來。下一任侍衛隊長的首要任務，就是找出這些疑問的答案。

他發現大廳的動靜越來越大，就在那間死亡之室另一扇門外的轉角。男爵自己推開密室門，打量著四周的侍從。他們站在那裡，目瞪口呆，靜候男爵的反應。

男爵會發火嗎？

男爵立即明白了，自己從那可怕的房間逃出生天後，時間只過了幾秒鐘。

有的衛兵把武器對準房門，有的正朝空蕩蕩的大廳發起猛攻，喧囂聲跟右側轉角的吼聲連成一氣。

有一個人大步從那轉角繞了過來，脖子上掛著防毒面罩，目光始終盯著走廊天花板上的一整排毒素檢測器。他一頭黃髮，扁平的臉上有對綠眼眸，厚嘴唇上一條條紋路向四周散開。他看起來像是某種水中生物，突兀地置身陸地上的長腳動物之間。

男爵盯著這個漸漸走近的人，想起了他的名字：內夫得。阿金．內夫得，衛兵下士。內夫得對塞木塔上癮，那是一種混合藥物，會在最深層的意識中引發音樂幻覺。這是相當有用的訊息。

那人在男爵面前停下腳步，敬禮道：「走廊已清理完畢，大人。我在外邊看到了，那一定是毒氣。您房間裡的通風設備正在把走廊的空氣往裡送。」他看了一眼男爵上方的探測器，又說：「裡面的人無一倖免。我們現在正在清掃這個房間。您有什麼指示？」

男爵認出這人的聲音，他就是剛才在密室外大聲發號施令的人。動作很快，這傢伙。男爵暗忖道。

「裡面的人都死了？」男爵問。

「是的，大人。」

那好，我們必須調整一下。男爵告訴自己。

「首先，」他說，「我祝賀你，內夫得。你是我的新任侍衛隊長。而我希望，你能記取今日的教訓，別步上你前任的後塵。」

男爵看到，這名新上任的侍衛隊長露出了意會的神情。內夫得知道，自己再也不會缺少塞木塔了。

內夫得點點頭說：「請大人放心，我一定會竭盡全力保障您的安全。」

「那好，現在談談正事。我懷疑公爵嘴裡藏了東西。你要查出那是什麼，怎麼使用，是誰幫他放進去的。你要採取一切預防措施——」

他突然閉口不言，身後走廊上傳來的騷動打斷了他的思路。守在巡防艦升降機門口的衛兵正試圖阻止一個高個子霸夏統領，不讓他從升降機門出來。

男爵不認識那位霸夏統領，只覺得他薄薄的嘴唇就像是皮革上劃出來的一道縫，一雙黑沉沉的眼睛像兩灘墨漬。

「手拿開，你們這群禿鷹！」那人吼道，將衛兵撞到一旁。

啊哈——薩督卡軍團。男爵想。

霸夏統領大步走向男爵，瞇起眼睛打量。這些薩督卡軍官總讓男爵渾身不自在。他們看上去全都像公爵的……哦，是已故公爵的親戚。還有，瞧瞧他們對男爵的態度！

來人停在男爵面前半步外，雙手反剪在背後。男爵的一個衛兵在他身後猶猶豫豫，打著顫，手足無措。

男爵注意到他沒有敬禮，態度驕矜自大，因而愈發不安。他們在這裡只有一支軍團——十支旅，名義上是為了增援哈肯能軍團，但男爵才不會自欺欺人。

如果薩督卡掉轉槍口，只這一支軍團，就足以擊敗所有哈肯能人。

「告訴你的人，以後別攔著不讓我見你，男爵。」這位薩督卡厲聲道，「我還沒跟你談好怎麼處置亞崔迪公爵，我的人就把他交給了你。現在我們就來談。」

我絕不能在手下面前丟臉，男爵想。

「哦？」他冷冷地說，對聲調的控制頗感自豪。

「皇帝命令我，要保證他的皇室表弟死得痛快，不能讓他受苦。」霸夏統領說。

「我收到的旨令也是這麼說的。」男爵撒謊道，「你以為我會抗旨嗎？」

「我要親自看過，才能向皇帝覆命。」霸夏統領說。

「公爵已經死了。」男爵咬牙切齒道，揮揮手示意他離開。

霸夏統領依舊凜然不動，男爵揮手時，他別說動，連眼皮也沒眨一下。「怎麼死的？」他凌厲問道。

真的！男爵想，這真的太過分了！

「自行了斷——如果你一定要知道的話。」男爵說，「他服毒自盡了。」

「我現在就要見到屍體。」霸夏統領說。

男爵故作惱怒狀，昂首瞪著天花板，腦子卻飛速地運轉起來：混帳！那房間還來不及清理，這個眼尖的薩督卡就要進去了！

「馬上！」薩督卡繼續斥喝，「我要親眼看看。」

男爵明白他阻止不了。這個薩督卡會目睹一切。他會知道公爵殺死了那些哈肯能人……也會猜到，就連男爵本人大概也會命懸一線。桌子上用剩的晚餐就是物證。公爵的屍體就橫在桌子旁，周圍一片狼藉。

躲不掉。

「別拖延時間！」霸夏統領喝道。

「沒人拖延時間。」男爵說，他盯著這名薩督卡黑幽幽的眼睛，「我絕不會隱瞞皇帝任何事。」他對內夫得點了點頭說：「這位霸夏統領要去現場看，馬上。從你旁邊的那扇門領他去吧，內夫得。」

「這邊請。」內夫得說。

這個薩督卡傲慢地闊步繞過男爵，用肩膀在衛兵中擠出一條路來。

真讓人難以忍受，男爵想。現在，皇帝會知道我是如何在陰溝裡翻了船。他會把這當成弱點看。

男爵意識到，皇帝和他的薩督卡軍團同樣鄙視弱點，這使他更加惱怒。男爵咬著下嘴唇，安慰自己，至少，皇帝還不知道亞崔迪公爵奇襲了羯地主星，毀掉哈肯能在那裡的香料儲備。

狡猾的公爵，真該死！

男爵看著他們遠去的背影——那個傲慢的薩督卡，還有粗壯、能幹的內夫得。

我們必須調整，男爵想。只好再讓拉班來統治這顆該死的星球了。不要限制他。我得用我們哈肯能人的血在厄拉科斯開出路來，讓他們接受菲得—羅薩。該死的彼特！還沒完成我交代的事，就讓自己送了命。

男爵嘆了口氣。

我必須馬上去忒萊素找一個新的晶算師。不用懷疑，他們一定已經為我準備好新人了。

他身旁的一個衛兵咳了一聲。

男爵轉身對那名衛兵說：「我餓了。」

「是，大人。」

「你去清一下那個房間，仔細查查那裡有什麼祕密。這段時間，我想分一下心。」男爵低聲說道。

衛兵垂下眼簾問：「大人您想要怎麼分心？」

「我會待在我的臥房。」男爵說，「把我們在蓋蒙特買的那個年輕小伙子給我送來，就是眼睛很漂亮的那個。藥要餵夠。我可不想搞得像是在摔角。」

「是，大人。」

男爵轉過身，啟動懸浮器，邁著輕盈的步伐，一彈一彈地朝他的臥房走去。沒錯，他心想，就是那個長著一雙漂亮眼睛的小傢伙。他長得多像小保羅·亞崔迪啊。

22

哦，卡樂丹的海洋，
哦，雷托公爵的子民——
雷托的堡壘淪陷了，
永遠淪陷了……

——伊若琅公主《摩阿迪巴之歌》

• • •

保羅有股感覺：過去的一切，今晚之前所有的經歷，都變成了沙漏中流轉的細沙。他雙手抱膝坐在母親身旁，躲在一頂用布和塑膠製成的小帳棚裡。這是弗瑞曼人的蒸餾帳棚，和兩人此時身上的弗瑞曼蒸餾服都是從撲翼機上那只背包裡拿出來的。

保羅毫不懷疑是誰將沙漠求生包放在那裡，又是誰給押送的撲翼機訂好航線。

尤因。

叛徒醫師直接將兩人送到鄧肯．艾德侯的身邊。

艾德侯將兩人藏在這裡，周圍全是高聳的峭壁，相當安全。保羅透過帳棚透明的那一端凝視著外面月光籠罩下的山崖。

現在我成了公爵，卻像小孩一樣躲躲藏藏。這個念頭使保羅倍感屈辱。然而，不可否認的是，這麼做是明智的。

今晚，他的意識發生了一些變化。他將周圍環境和所有變故看得一清二楚。訊息和冷酷的精準有了自己的生命，不斷湧入他腦中，他無力阻止。計算在他的意識中源源展開。這是晶算師技能，但又不只如此。

保羅回想剛剛那狂亂而絕望的瞬間：一架陌生的撲翼機衝破夜色，直直撲向他們，像頭巨鷹一樣，兩翼挾風掠過沙漠上方。隨即，保羅預料之中的事發生了。撲翼機一個打滑，像醉了一樣踉蹌越過一道沙脊，直衝狂奔的人影——他母親和他自己。撲翼機在兩人面前滑行了一段距離，保羅到現在還記得當時那股燒焦的硫磺味。

他知道，母親轉過身，本以為會受到哈肯能僱傭軍雷射槍的掃射，卻認出了艾德侯。他正從撲翼機敞開的艙門裡傾伸半個身子，衝兩人大吼道：「快！你們南邊有沙蟲！」

但保羅在轉身的同時就知道是誰在駕駛那架撲翼機了。飛行姿態、俯衝著陸的方式，這種種線索如此細微，即使他母親都沒注意到，他卻一眼就精準看出是誰坐在操控器前。

帳棚裡，保羅對面的潔西嘉動了動，說：「只有一種解釋，尤因的妻子落在哈肯能人手裡。他恨哈肯能人！這一點我絕不會看錯。你讀過他的字條。但他為什麼要把我們從大屠殺中解救出來呢？」

她到現在才看出來，而且看得這麼淺。這個念頭使他大為震驚。當時，他讀著那張跟公爵印戒放在一起的字條，自然而然就看到了真相。

「不用試圖原諒我。」尤因是這樣寫的，「我不想要你們的原諒。我已經背負了夠多罪責。事已至此，我並不指望別人理解。這是我自己的坦哈砥試煉，我的終極試驗。我將亞崔迪公爵的印戒交給你們，證明我所寫的內容全是真的。你們看到這張字條的時候，公爵已經去世。請放心，我向你們保證，他不是孤身上路，我們最憎恨的敵人將會為他陪葬。」

字條上沒有署名，也沒有記號，但那熟悉的筆跡不會有錯——是尤因寫的。

想起那封信，保羅再次感受到那一刻的椎心之痛。那種感覺既強烈又陌生，似乎是從他新獲得的晶算師意識外側生出。他讀到父親已死的句子，心中明白這些話全是真的，但卻感到這只不過是他需要放入大腦中使用的另一份數據。

我愛我父親，保羅想。他知道這是真的。我應該哀悼他，應該要有感覺才對。

但他卻無動於衷，只有一個想法：這是一件重要事實。

跟其他事實一樣，都是事實。

與此同時，他的大腦還在增強感官印象、推斷、計算。

保羅又想起哈萊克的話：「只要需要，你就得戰鬥——不管你是什麼心情！心情這東西只適合做愛、放牛或者彈彈巴利斯九弦琴什麼的，跟戰鬥毫不相干！」

也許這就是原因吧，保羅想。以後再哀悼我父親……等我有時間的時候。

但內在那股冷酷的精準並未鬆懈。他可以感覺到，這種全新的意識才剛剛開始，以後會越來越強大。在接受聖母凱亞斯．海倫．莫哈亞的考驗時，他首次體驗到的那股可怕的使命感正在他體內蔓延。他的右手，刻著當時痛楚的那隻手，正在發顫，隱隱作痛。

他們口中的奎薩茲．哈德拉赫，就是這樣嗎？保羅尋思道。

「有那麼一陣子，我以為郝沃茲又搞錯了。」潔西嘉說，「我以為，或許尤因不是蘇克醫師。」

「無論我們以前怎麼看他，都沒看走眼，他還是他……只是，多了些變化。」保羅說。他心想，她怎麼會這麼遲鈍，還看不清這件事？然後說道：「如果艾德侯找不到凱恩斯，我們就——」

「他並不是我們唯一的希望。」她說。

「我不是這個意思。」他說。

潔西嘉聽出他的斬釘截鐵，那種發號施令的口吻。她愣了一下，在黑暗中盯著保羅看。他坐在帳棚透明的那一端，背後是月光輝映的山崖，形成一道輪廓分明的剪影。

「你父親的部下中一定還有其他人逃出來。」潔西嘉說，「我們必須把他們聚集起來，找……」

「我們要依靠自己。」他說，「首要之務是氏族的原子武器。必須在哈肯能人找到之前把這些武器拿到手。」

「他們不太可能找到，」她說，「武器藏得很隱密。」

「不能有半點僥倖心理。」保羅說。

而潔西嘉卻在想，他想利用原子武器勒索他們，威脅說要毀掉星球和香料——這就是他打的主意。但是，到那時，他唯一的指望就只有叛逃和隱姓埋名了。

母親的話激起了保羅的另一重心事：身為公爵，對一夜之間喪失人民的憂慮。保羅心想，人民才是大氏族真正的力量。他記起離開卡樂丹之前郝沃茲所說的話：「與朋友分離才令人傷心，地方不過就是個地方。」

「他們動用了薩督卡，」潔西嘉說，「我們必須等薩督卡撤走再開始行動。」

「他們認為我們夾在沙漠與薩督卡之間，進退不得。」保羅說，「他們不敢留下任何亞崔迪活口，只會斬盡殺絕。別期望我們的人能逃出來。」

「他們不可能一直冒這個險——皇帝會怕風聲走漏。」

「是嗎？」

「我們的人肯定能逃出來不少。」

「是嗎？」

潔西嘉轉身，兒子話中的凜冽令她不寒而慄。她聽著他精準地計算機率，意識到他的心智能力已經超越了她，在某些問題上看得比她更全面。她協助他訓練出這種智力，但現在卻發現，自己竟為此感到害怕。她思緒翻騰，想躲在公爵懷中，隨即想到自己已永遠失去那樣的保護，不禁淚流滿面。

躲不掉的，雷托。潔西嘉想，這是愛的時代，也是悲痛的時代。她把手放到腹部，感受那裡的胎兒。我有亞崔迪的女兒了，當初不就是命令我生女兒嗎？但聖母錯了，女兒也救不了我的雷托。這孩子只是死亡途中通向未來的一條生命。我懷上她，是出於本能，並不是遵從命令。

「再試試通訊電臺。」保羅說。

無論我們怎麼阻止自己思考，大腦總是停不下來。她這麼想著。

潔西嘉找出艾德侯留下的小型接收器，啟動後面板上亮起綠光，傳來一陣尖銳的微弱聲音。她調低音量，搜尋波段。未幾，帳棚裡響起亞崔迪的戰時密語：

「……撤退，在山嶺會合。菲多報告：迦太奇沒有倖存者，宇航的銀行遭洗劫。」

迦太奇！潔西嘉想，那是哈肯能人的老巢。

「他們是薩督卡，」那聲音說，「注意身穿哈肯能軍服的薩督卡。他們……」

揚聲器傳來一聲怒吼，然後陷入死寂。

「試試別的波段。」保羅說。

「你知道那意味著什麼嗎？」潔西嘉問道。

「我預料到了。他們毀了銀行，想將宇航的火引到我們頭上。只要宇航跟我們為敵，我們就會被徹底困在厄拉科斯。再試試別的波段。」

潔西嘉琢磨著他的話：我預料到了。他發生了什麼事？慢慢地，潔西嘉將注意力轉回接收器上。她轉動旋鈕，接收器不時傳出斷斷續續的通話聲，反映出殘酷的戰況。他們用亞崔迪戰時密語呼喊道：「……撤退……」「……盡量集結……」「……困在洞裡……」

其他波段有許多哈肯能人在七嘴八舌，帶著無可錯認的興高采烈。有嚴厲的指令，也有戰況報告。內容不多，潔西嘉還無法破解語言，但哈肯能人興奮的語氣卻相當明顯。

哈肯能人贏了。

保羅搖搖袋中的密封水瓶，聽到裡面的水叮咚作響。他深吸一口氣，從帳棚透明的一端往上看，凝視著星光下的絕壁，左手撫著帳棚入口的括約門。「天就要亮了。」他說，「我們多等艾德侯一個白天，晚上不能再等了。在沙漠裡，只能在晚上趕路，白天得躲在陰影下休息。」

一個傳聞浮上潔西嘉的腦海：如果沒有蒸餾服，坐在沙漠陰影下的人每天需要五升水以維持體重。她感受到蒸餾服光滑的襯裡摩娑著自己的身體，心裡明白，他們的生命完全仰仗這些裝備。

「我們一離開這裡，艾德侯就找不到我們了。」她說。

「這世上多的是手段讓任何人開口。」他說，「如果艾德侯黎明前還不回來，我們就必須考慮他可能被抓到了。妳認為他可以堅持多久？」

這個問題不需要答案。潔西嘉一言不發。

保羅打開背包，取出一本帶照明裝置和放大鏡的微型手冊，書頁上躍出一些綠色和橘紅色的字母：「密封水瓶、蒸餾帳棚、能量包、蒸餾服體液回收管、沙地通氣管、雙筒望遠鏡、蒸餾服修補組、標地槍、凹地路線圖、蒸餾服鼻塞、定位羅盤、創造者矛鉤、沙錘、狼煙……」

在沙漠上生存，必需物資真不少。

不久，他將手冊扔到帳棚地墊上。

「我們能去哪裡？」潔西嘉問。

「父親提到過沙漠軍，」保羅說，「沒有這種軍力，哈肯能人無法統治這顆星球。其實，他們從來沒有真正統治過這顆星球，將來也不可能做到。就算他們有一萬支薩督卡軍團也沒用。」

「保羅，你不能認為……」

「我們手上有一切證據。」他說，「就在這裡，這個帳棚裡——包括帳棚本身、這個背包和裡面的東西，還有這些蒸餾服。我們知道宇航對氣象衛星開了天價，我們還知道……」

「氣象衛星跟這有什麼關係？他們不可能……」她頓住了。

保羅發覺自己的超感知正在觀察她的反應，計算每一個細節。「現在妳明白了。」保羅說，「氣象衛星觀測地形。沙漠深處有某些東西禁不起這樣頻繁的觀測。」

「你在暗示，宇航自己控制著這顆星球？」

她太遲鈍了。

「不！」保羅說，「是弗瑞曼人！為了保住祕密，他們買通了宇航，用的賄金是任何擁有沙漠軍的人都能免費取得的——香料。這不是間接的大略推測，而是直接計算出來的。很可靠。」

「保羅，」潔西嘉說道，「你不是晶算師，你還不確定要怎樣……」

「我永遠也不會成為晶算師，」他說，「我是另外一種……怪胎。」

「保羅！你怎能說出這麼——」

「讓我靜一靜！」

他轉身看著窗外的黑夜。為什麼我無法哀傷？他大惑不解。他覺得，自己身上每一條肌肉都渴望能釋放悲痛，但他做不到，可能永遠都做不到。

潔西嘉從未從兒子嘴裡聽到如此悲痛的話。她想伸手擁抱他，安慰他，幫助他——但她明白自己無能為力。這個問題必須由他自己解決。

弗瑞曼求生手冊就扔在潔西嘉與兒子之間的地上，發亮的小燈吸引了她的注意。她撿起手冊，看了一眼扉頁，念道：「《『宜人的沙漠』手冊》。一個充滿生命力的地方，這裡有生命的阿耶蒂和布爾汗。皈依吧，拉頓神永遠不會灼燒你。」

聽上去像《光明書》。她回憶起當年研讀過的「無上之祕」。有人在借助宗教力量影響厄拉科斯人？

保羅從背包中拿出定位羅盤看了看，又放回去，說：「想想這些特製的弗瑞曼設備有多麼精密！承認吧，能製造這種東西的文化，一定深厚到超出任何人的想像。」

潔西嘉仍為他嚴酷的語氣而感到憂慮，遲疑了一下，轉頭繼續看書，研究一幅厄拉科斯的星象圖：「摩阿迪巴：老鼠。」她注意到老鼠尾巴指向北方。

保羅藉著手冊的亮光，盯著幽暗帳棚裡母親的模糊身影，如今，我該完成父親的遺願了。趁她現在還有時間哀痛，我先轉達父親的話。之後她就不能哀痛了，否則會很不方便。然後他發現，自己也被這種冷酷的思緒嚇到了。

「母親。」他說。

「嗯？」

她聽出兒子的聲調變了，心底為之一寒。她從未聽過這麼嚴格的音調控制。

「我父親死了。」他說。

她在自己腦海中搜尋與這個事實對應的東西——這是貝尼．潔瑟睿德評估資料的方式。她找到了：一種撕心裂肺的失落感。

潔西嘉點點頭，無法言語。

「父親交代我一件事。」保羅說，「如果他發生任何意外，就替他轉達一句話給妳。他擔心妳可能會以為他不信任妳。」

那個無用的猜疑，她想。

「他想讓妳知道，他從沒懷疑過妳。」保羅解釋了父親當初的欺瞞，然後補充道：「他想讓妳知道，他始終完全信任妳，他永遠愛妳、珍惜妳。父親說，他寧可懷疑自己。他只有一個遺憾——沒有讓妳成為他的公爵夫人。」

潔西嘉淚如泉湧，用手抹了一把眼淚，心想：這麼浪費身體裡的水，真蠢！但她知道自己為什麼這麼想——她企圖把哀痛化為憤怒。雷托，我的雷托！她想。我們對自己所愛的人做了多麼可怕的事！她猛地關掉了微型手冊上的照明燈。

她抽泣著，渾身顫抖。

保羅聽到母親哀痛的哭泣聲，覺得心裡空蕩蕩的。我並不覺得哀傷，他想。為什麼？為什麼？他覺得自己無法哀傷是一個可怕的缺陷。

潔西嘉突然想起《奧蘭治合一聖書》裡的話：有留有去，有愛有恨，有戰有和。

保羅的大腦已經轉向冷靜的計算。他已看清在這顆險惡的星球上該如何前進。他甚至沒有耽溺於作夢，而專注於預知未來的意識中，推演著最有可能出現的未來。不僅如此，他還看到了宇宙之祕的邊緣——彷彿自己的心智探入某種永恆之境，品嘗著未來的微風。

驀地，保羅彷彿找到了一把必需的鑰匙，心智攀爬到意識的另一道峽谷中。他感到自己緊緊攀附在這個新的海拔高度上，如履薄冰，四處張望。他彷彿置身在一顆球體中，四面八方都有道路向外輻射……但這也只是種近似的感受。

他記得自己曾經看見過一條細紗方巾在風中飛舞，而現在，他感到自己的未來就正如那條方巾，飄忽不定，難以捉摸。

他看見了人。

他體驗到無窮可能性所帶來的炙熱和冰冷。

他知道名字、地點，感受到無邊無際的情感，在無人探索過的裂隙中找出無數隱藏的數據。他有時間探測、檢查、體驗，但沒有時間捏塑。

那是一邊光譜，列出各種可能性，從最遙遠的過去，到最遙遠的將來——從最可能，到最不可能。他看到自己以無數種方式死去，他看到全新的行星，全新的文明。

人。

人。

他看見他們蜂擁而至，無從辨認，但他的意識卻能將他們分門別類。

甚至包括宇航的人。

他想：宇航——那裡有我們可以走的路。他們會接受我的怪異，把那當作一種他們很熟悉的、相當寶貴的東西。永遠有人保證供應無虞，如今他們已經上癮的東西。那就是——香料。

但他也覺悟到，他終其一生都將在可能發生的種種未來中摸索前行，就如同那些在茫茫太空中引導星艦前進的領航員。雖然那是過去的方式了。在和那些包含了領航員的可能未來迎面相遇時，他也認知到自己的怪異。

我有另一種視域。我看到另一片地域，有各種通道的地域。

這種意識既使他放心，也使他不安——在那個地域中，有那麼多地方都陷沒了，或他無法望及。

這番醒悟倏忽而至，也一閃即逝。他意識到，整個過程不過是一眨眼的工夫。

然而，他個人的意識已經天翻地覆，清明到令人畏懼。他四下環視。

隱藏在岩石間的帳棚依然晦暗不明，母親仍在哀淒悲泣。

他仍然能感受到自己並不哀傷……心裡那個空蕩蕩的地方似乎已與他的心智分離——他的心智仍在有條不紊地運作著，以一種類似晶算師的方式處理資料、評估、計算，提交結果。

現在他看出來了，自己身負很少有人擁有過的龐大資料。但這些資料無力減輕心中那種空蕩蕩的感受。他覺得非得打碎什麼不可。這念頭就像在他心中安裝了一顆定時炸彈，而定時器正滴答滴答走個不停。不管他自己想要什麼，一切都逕自運轉著，記下他身邊一切細微的變化——濕度的輕微改變、溫度稍稍下降、昆蟲掠過帳棚頂，以及帳棚外那一小片星空中正要盛大登場的黎明。

空蕩蕩的感覺難以忍受。知道時鐘已按下又如何？他可以回顧自己的過去，看到過去的起點：訓練、磨礪技能、深奧修練的壓力，甚至是《奧蘭治合一聖書》在緊要關頭的啟發……以及近來大量攝入的香料。除了回顧，他也可以前瞻，朝那個最可怕的方向遠望，看到盡頭有些什麼。

我是個怪物！他想，怪胎！

「不，」他說，「不！不！不！」

他發覺自己正握起拳頭捶打地面。（而他體內那個鐵面無私的部分則將這個動作當成有趣的情緒資料記錄下來，投入計算。）

「保羅！」

母親來到他身旁，抓著他的手，臉色灰白地盯著他，「保羅，你怎麼了？」

「妳！」他說。

「我在這裡，保羅。」她說，「沒事的。」

「妳對我做了什麼？」保羅質問道。

在瞬間的清明中，她意識到這個問題的根源。她脫口而出：「我生了你。」

這個她出於本能和敏銳的反應而說出的回答，使保羅冷靜了下來。他感到母親正握著自己的手，於是凝神看著母親臉部模糊的輪廓。（他翻湧的心智以一種全新的方式注意到母親臉上某些基因的線索。這條線索加上其他資料，讓他終於解開了疑問。）

「放開我。」他說。

她聽出保羅語氣中的生硬，只好照做。「保羅，你願意告訴我出了什麼事嗎？」

「妳訓練我的時候，知道自己在做什麼嗎？」保羅問。

他的聲音裡已經沒有一絲孩子氣了。潔西嘉一邊想，一邊說：「我和所有父母親一樣，希望你能……高人一等，與眾不同。」

「與眾不同？」

她聽出兒子語氣中的怨恨，於是說：「保羅，我——」

「妳要的不是兒子！」他說，「妳要的是奎薩茲．哈德拉赫！是男性貝尼．潔瑟睿德！」

保羅的怨恨使她畏縮。「但是，保羅……」

「這件事，妳問過我父親嗎？」

她心中又湧起一陣哀痛，輕聲對他說道：「不管你是什麼，保羅，你既繼承了你父親的基因，也繼承了我的基因。」

「但不該有那些訓練。」他說，「不該有那些……喚醒……沉睡者的東西。」

「沉睡者？」

「就在這裡。」保羅用一隻手指著頭，然後又指指胸口，「在我身體裡，不斷地長啊長啊長……」

「保羅！」

她聽得出來，保羅已經到情緒爆發的邊緣。

「聽我說。」他說，「過去，妳想要聖母聽聽我做過的夢。現在，請妳以她的身分來聽。剛才，我在清醒時做了個夢，妳知道為什麼嗎？」

「你必須鎮定下來。」她說，「如果有——」

「香料。」保羅告訴她，「這裡到處都有香料——空氣裡、土壤裡、食物裡。這種抗衰老的香料，就像真言師的藥物一樣，是毒藥！」

潔西嘉的身體一僵！

他壓低聲音重複道：「毒藥——這麼精妙，這麼陰險，這麼……無法逆轉。只要你不停止服用，甚至不會有性命之憂。我們再也離不開厄拉科斯了，除非帶著這顆星球的一部分一起走。」

他的聲音中有某種凜冽的東西，不容任何質疑。

「妳，還有香料。」他說，「任何人攝入這麼多香料後，都會發生變化。但拜妳之賜，我可以意識到這種變化。如果是在不知不覺中，這種變化還不會引起不安，但我辦不到！因為我看見了！」

「保羅，你——」

「我看見了！」保羅重複說。

她聽出保羅聲音中的瘋狂，但不知如何是好。

保羅又開口了，但她聽到他已經恢復鋼鐵般的自制力。他說：「我們困在這裡了。」

我們困在這裡了，潔西嘉在心中默念。

她相信保羅說的是真話。任何騙術、任何詭計，甚至貝尼．潔瑟睿德的力量，都不能使他們完全擺脫厄拉科斯：香料有致癮性。早在她察覺之前，她的身體就已經知道這一點了。

所以，我們將在這裡終老一生，潔西嘉想，在這顆地獄星球上。只要能躲過哈肯能人的追殺，這裡就是上天為我們預備的地方。而我這一生也很明確了，就是一匹育種的母馬，為貝尼．潔瑟睿德的計畫保存重要的血脈。

「我必須讓妳知道我剛剛做了什麼夢。」保羅說，聲音又狂暴了起來，「為了讓妳相信我所說的話，我要先告訴妳，我知道妳會在這裡生下一個女兒——我的妹妹。就生在厄拉科斯上。」

潔西嘉把手按在帳棚的地墊上，撫平皺起的布料，想借此壓住內心的恐懼。她知道自己的腹部還未隆起，若沒有受過貝尼．潔瑟睿德的訓練，她也認不出身體的細微徵兆，無從知道腹中已有一個幾週大的胎兒。

「只為獻身。」潔西嘉喃喃道，試圖以貝尼．潔瑟睿德箴言讓自己鎮定下來，「我們只為獻身而存在。」

「我們將在弗瑞曼人那裡找到一個家。」保羅說，「妳們的護使團已經為我們預備好逃難的地洞。」

她們確實在沙漠中為我們鋪了條路，潔西嘉告訴自己，但他怎麼會知道護使團？她發覺，保羅身上那股陌生感有排山倒海之勢，令自己不寒而慄。

保羅端詳著影影綽綽的母親，新的意識讓他看出她的畏懼和每一個反應，彷彿有片炫目的光線勾勒出她的輪廓。他從內心深處生出一股憐憫。

「這裡可能會發生的事，我還不能向妳透露。」保羅對母親說道，「我甚至不能告訴自己，儘管我看得見。這股關於未來的意識——似乎不受我的控制。一切就這麼出現了。至於最近的未來，比如說，一年後，我能看到一些……一條路，就跟我們卡樂丹的中央大道一樣寬闊。有些地方我看不到……那些昏暗的地方……就像藏在山的背面（他又想起那面飛揚的方巾）……還有岔路……」

他陷入了沉默，腦中全是當時看到的畫面。當紗幕突然揭開，未來赤裸裸地展現出來，他以前那些預知的夢、生命中的經歷，都未能讓他做好準備承受這一切。

他回想剛才的經歷，又認出了自己那可怕的使命——他生命的艱難不斷向外擴散，就像膨脹的氣泡……時間在它面前退縮了……

潔西嘉摸到帳棚的光板控制器，打開開關。

微弱的綠光驅走陰影，減輕了潔西嘉的恐懼。她看著保羅的臉，注意到他的眼睛，那種向內探視的眼神。她知道自己在什麼地方見過這種神情——災難紀錄。在那些經歷饑荒和慘痛傷害的兒童臉上。他們的眼睛像兩個坑，嘴巴抿成一條直線，雙頰凹陷。

那是意識到駭人事實的神情，她想。像一個人被迫知道自己死期將至。

他不再是孩子了，真真切切。

她開始聚精會神，琢磨起保羅話中隱含的意味：保羅可以看到未來，看到脫身的方法。

「有個方法可以躲過哈肯能人。」她說。

「哈肯能人！」保羅不屑一顧道，「別再想那些變態的人類了。」他盯著母親，藉著光板研究母親臉上的線條。這些線條洩漏了她的祕密。

她說：「你不應該將人歸為人類，你還沒有──」

「別那麼確信自己知道人和人類的分別。」他說，「我們每個人身上都帶著過去。而且，我的母親，有一件事妳還不知道，但妳應該知道──我們是哈肯能人。」

彷彿一道霹靂打下，她的大腦頓時一片空白，似乎想關閉所有感官意識。但保羅的聲音繼續堅決地傳入，拖著她前進。

「下次妳找到鏡子時，仔細觀察妳的臉。但現在，先研究我的吧。如果妳不想自欺欺人的話，一定會看出蛛絲馬跡。看看我的手，看看我的骨骼結構。如果這一切還不能說服妳，就聽我說。我走進了未來，讀過一個檔案，看到一個地方，我有一切資料。我們是哈肯能人！」

「是……脫離家族的分支，」她說，「就是這樣，對嗎？是哈肯能堂親的……」

「妳是男爵的親生女兒。」他說，看到母親用手摀住自己的嘴，「男爵年輕時很放蕩，有一次，他上了一個女人的鈎，那是一個貝尼．潔瑟睿德，妳們中的一員，目的是取得他的基因。」

保羅說「妳們」時的語氣刺中了她，就像摑了她一掌，但這卻使她清醒過來。她無法否認他的話。她過去那許許多多意義不明的空白，如今有了清楚的去向，且彼此相連：她們需要一個貝尼．潔瑟睿德女兒，不是為了結束亞崔迪與哈肯能的古老世仇，而是為了修補她們基因譜系中的某些遺傳因子。是什麼因子？她搜尋著答案。

保羅彷彿看穿了她的心事，繼續說道：「她們自以為能得到我，但我卻與她們期望的不同，而且提前降生。這一切，她們還不知道。」

潔西嘉用手緊緊摀住自己的嘴。

神母啊！他就是奎薩茲．哈德拉赫！

在他面前，潔西嘉感到自己赤身裸體、毫無遮掩。她知道他的雙眼能看穿任何偽裝。而這，潔西嘉明白，就是她恐懼的源頭。

「妳正在想，我就是奎薩茲．哈德拉赫。」他說，「拋開這個念頭吧。我是妳們意料之外的產物。」

我必須把這個消息傳回學校。潔西嘉想，親緣索引也許能揭開這到底是怎麼回事。

「她們不會知道我的，等她們知道時，一切已經太晚了。」保羅說。

她想轉移他的注意，放下手說：「我們會在弗瑞曼人那裡找到容身之處嗎？」

「弗瑞曼人有句諺語，他們認為這句話出自沙胡羅——掌管永生的古老父神。」保羅說。「他們說：『準備好領受一切際遇。』」

同時，他暗自想道：是的，我的母親，在弗瑞曼人那裡。妳也會有藍色眼眸，也會在漂亮的鼻子旁邊留下蒸餾服過濾管的壓痕……而且，妳將生下我的妹妹：聖．尖刀厄莉婭。

「如果你不是奎薩茲．哈德拉赫，」潔西嘉說，「那你是——」

「妳不可能了解的。」他說，「除非親眼目睹，否則妳不會相信。」

他心想：我是一粒種子。

他突然醒悟，自己是落在多麼肥沃的土地上啊。而當他明白這一點時，那可怕的使命感充盈他的全身，在他體內那片空蕩蕩的地方肆虐，悲痛深切到他幾乎喘不過氣。

在前方的道路上，他看到兩條主要分岔——在其中一條岔道上，他將面對邪惡的老男爵，說聲：「你好，外公。」一想到這條路，以及沿路經歷的一切，他就一陣反胃。

另一條岔道則是一片片模糊的灰影，不時冒出激戰。他在這條路上看到一種戰士宗教。烈火在宇宙中四處蔓延，迷信的軍人個個被香料酒灌醉，上空有亞崔迪氏族的綠黑旗迎風飄揚。其中也有葛尼・哈萊克和幾個父親的老部下，人數少得可憐，都戴著從供奉父親顱骨的聖壇中拿出來的鷹徽紋章。

「我不能走那條路。」他喃喃說道，「那不就正中妳們學校那些老巫婆的下懷了。」

「我聽不懂你在說什麼，保羅。」他母親說。

他仍舊一言不發，將自己當成種子來思考，以他的種族意識來思考——他最初體驗到種族意識時，還以為那是可怕的使命。他發覺自己不再恨貝尼・潔瑟睿德，也不恨皇帝，甚至不恨哈肯能人。他們的所作所為都是出於種族本能，想振興自身散落的遺傳特性，想在新穎、優異的基因匯流之池中，交換、融合、改良血脈。而種族憑本能知道，要做到這一點，只有一種可靠的方法——古老的方法。這方法已通過考驗，萬無一失，且所向披靡，那就是聖戰。

當然，我不能選擇那種方式，他想。

但他的靈眼再次看到供奉父親顱骨的聖壇，和飄揚的綠黑旗下野火般蔓延開來的激戰。

潔西嘉清清喉嚨，因他的沉默而心神不寧。「這麼說……弗瑞曼人將會庇護我們？」

保羅抬起頭，隔著朦朧的綠光盯著她臉上天生的貴族五官說：「對，這是其中一條路。」他點點頭，「他們將稱我為……摩阿迪巴——『指出道路的人』。是的……他們將這樣稱呼我。」

之後，他閉上雙眼，心裡想著，現在，父親，我終於可以哀悼你了。他感到淚水滑下自己的面龐。

第二卷　摩阿迪巴

1

聽到雷托公爵的死訊，並得知他的死法之後，我父親帕迪沙皇帝大發雷霆。我們從未見他如此盛怒。他責怪我母親，責怪那條逼他將貝尼．潔瑟睿德推上皇帝王座的協定。他責怪宇航和邪惡的老哈肯能男爵。他見到誰就責怪誰，甚至包括我，說我和其他人一樣，是女巫。我試圖安撫他，說這只是遵循古老的自保法則，即使最遠古的統治者也忠於此一法則。他嗤之以鼻，問我是否認為他是懦夫。那時我就明白，他的怒火並不是因為在意公爵之死，而是在意公爵之死對整個皇室的意義。此時回想，我覺得父親也許和摩阿迪巴一樣能預知未來，畢竟父親與摩阿迪巴有著相同的血脈。

——伊若琅公主《父親的皇宮家事》

・・・

「現在，哈肯能人要殺哈肯能人了。」保羅悄聲道。

他在夜幕降臨前不久就醒了，在密閉黑暗的帳棚裡坐了起來。母親躺在對面的帳棚邊，保羅聽見她窸窸窣窣地動了動。

保羅看看地板上的近接感測器，研究著黑暗中螢光管照亮的指針。

「天很快就要黑了，」他母親說，「為什麼不拉開括約門？」

保羅意識到，她的呼吸已經改變了一段時間，也就是她一直靜靜躺在黑暗中，直到確定他已經醒來。

「拉開括約門也沒有用，」他說，「外面一直有沙暴，帳棚已經被沙埋住。我馬上去把沙子挖開，弄出條通道來。」

「還沒有鄧肯的消息嗎？」

「沒有。」

保羅心不在焉地摩挲著大拇指上的公爵印戒，突然恨起這顆星球的物產，那正是殺害他父親的幫凶。他氣得渾身發抖。

「我聽見沙暴又開始了。」潔西嘉說。

這句空洞、不用回答的話讓他恢復了些冷靜。他將心思放在沙暴上。他先前便看到風沙捲過蒸餾帳棚透明的一端，冷冷的細沙如流水般掠過盆地，翻過溝壑，拖著長長的尾巴捲上天空。外面原本有一塊岩塔，他眼看著那尖塔在暴風吹襲下變幻形狀，成為一塊低矮的乾酪色楔形石。流進這座盆地的沙塵像晦暗的咖哩粉，遮天蔽日，隨後，沙子淹沒了帳棚，光線頓時暗了下來。

營柱在沙子的重壓下嘎嘎作響。沙管氣泵不停將帳棚外的空氣抽進來，發出微弱的呼哧聲，打破了帳棚內的沉寂。

「再試試收發機。」潔西嘉說。

「沒用的。」他說。

他找到自己頸邊夾著的蒸餾服水管，吸了一口帶著體溫的水，心想他這才算真正開始了厄拉科斯人的生活：從自己的呼吸和體內回收水分，以此維生。水淡而無味，但緩解了他發乾的喉嚨。

潔西嘉聽到保羅喝水，也感受到那光滑的蒸餾服貼合她的身體，但是她拒絕承認口渴。要承認乾渴，就要徹底覺悟厄拉科斯有最可怕的一面：這裡的人必須保衛哪怕最微不足道的一點點水氣，儲存帳棚集水袋中寥寥的幾滴水，痛惜在戶外呼氣所浪費的水分。

和可怕的現實相比，倒頭再睡愜意多了。

但今天入睡時，她做了場夢。一想到那個夢她就慄慄不安。在夢中，她將手伸入流沙下，那裡刻著一個名字：雷托・亞崔迪公爵。流沙淹沒了名字，她拂開細沙，想讓名字露出來。但是，還沒等最後一個字母出現，第一個字母就重新被流沙填滿。

流沙怎麼也止不住。

她的夢變成慟哭，越來越響。那是荒唐的嚎啕。她大腦的某個部分意識到，那是她幼年的哭聲，比嬰兒稍稍大的時候。在夢中，一個背影朦朧的女子正在遠去。

是我那不知名的母親，潔西嘉想，那個貝尼・潔瑟睿德生下我之後，就將我交給其他女修，那是命令。她是不是很高興能擺脫這個哈肯能嬰兒？

「他們的弱點是香料。」保羅說。

這種時候，他怎麼還有辦法想著進攻？她自問道。

「星球上到處都是香料，」她說，「你怎麼襲擊他們？」

她聽見他動起來，聽見包裹從帳棚另一頭拖過來發出的沙沙聲。

「在卡樂丹，我們依靠的是海軍和空軍。」他說，「在這裡，是沙漠軍。弗瑞曼人就是關鍵。」

他的聲音從帳棚括約門附近傳來。她受過的貝尼・潔瑟睿德訓練使她察覺到，保羅語氣中有一絲對她的怨恨。

保羅一生所受的訓練都教導他要恨哈肯能人，潔西嘉想，可現在，他發現自己竟然也是哈肯能人……因為我。他太不了解我了！我是公爵唯一的女人，我接受了他的生活，他的價值觀，甚至不惜違背貝尼．潔瑟睿德女修會的命令。

帳棚的照明板在保羅手下亮了起來，熒熒綠光照出一片半球形區域。保羅蹲在括約門，調整好蒸餾服的兜帽，準備走到外面的沙漠。他的前額遮住了，嘴上戴著過濾器，鼻塞也調整好，臉上只露出窄窄的一道，烏黑的雙眼朝她看了一眼，隨即轉開。

「妳也穿戴好，準備出去。」他說。聲音穿過過濾器，有些含混不清。

潔西嘉將過濾器拉到嘴上，一邊看著保羅啟動帳棚的括約門，一邊調整面罩。

括約門一拉開，在保羅啟動靜電壓塑器固定細沙之前，細沙已唰唰湧進帳棚。壓塑器重組沙粒的位置後，沙牆出現一個洞。他爬了出去，而她則傾聽著保羅在沙漠上的一舉一動。

我們會在外面發現什麼？她猜想，哈肯能人的軍隊和薩督卡軍團？那些都是可以預料的危險。會有什麼預料不到的危險嗎？

她想到包裡的壓塑器及其他古怪裝備。突然間，每種裝備都化身成某種未知的危險，佇立在她的腦海中。

她感到一股熱流從沙漠地表吹來，掠過她露在蒸餾服外的雙頰。

「背包遞上來。」是保羅的聲音，低沉而戒慎。

她順從地走過去，將背包推到門口，水在密封水瓶裡汩汩作響。她抬頭向上望，只見群星將保羅框成了一道剪影。

「這裡。」他說著，手往下伸，將背包拉上地面。

現在，她只能看見一圈星星像亮晃晃的刀尖一樣朝下指著她。一陣流星雨劃過她眼前的夜空。她覺得流星像是一個警告，也像林間裡的老虎斑紋，又像閃光的墓碑，使她的血液為之凍結。她想起哈肯能人正為她和兒子的人頭懸出重賞，不禁心頭發涼。

「快出來，」保羅說，「我要把帳棚疊起來。」

一陣沙雨從地面傾瀉而下，拂過她的左手。一隻手能握住多少沙粒？她問自己。

「要我幫忙嗎？」保羅問。

「不。」

她嚥一口唾沫，爬進洞裡，感到被壓緊固定的沙子在她手下嘎吱作響。保羅向下伸出手，抓住她的手臂。她站到他身旁一片光滑的沙地上，在滿天星光下望向四處，沙幾乎填滿了兩人腳下的盆地，只剩下周圍一圈昏暗的岩頂。她用受過嚴格訓練的感官探索著黑暗中更遠的地方。

小動物的聲響。

鳥兒。

一串流沙落下，沙裡有什麼東西，發出幾不可聞的聲音。

保羅摺好帳棚，從洞口拉了出來。

星辰微光讓黑夜更顯得鬼影幢幢。她望著這一片片陰森暗影。

黑暗是蒙上眼睛的回憶。她想，你聽著各種聲音，聽著令你的先人膽寒的哭號，那記憶是如此古老，只保存在你最原始的細胞中。用耳朵看，用鼻子看。

她身旁的保羅說：「鄧肯告訴過我，如果他被抓住，他只能堅持……這麼長時間，我們必須馬上離開。」他背包上肩，越過盆地，走到沙子較淺的一側，爬上斷崖俯視沙漠曠野。

潔西嘉機械式地跟上，注意到自己現在是如何以兒子為天。現在我的悲哀比流沙漠還要沉重，她想，這個世界奪走了我的一切，除了一樣最古老的東西：對明天的希望。我現在是為了我的少年公爵和尚未出世的女兒而活。

她爬到保羅身邊，感到沙子不停將她的腳往下拉。

他望著北方，目光越過一排岩石，審視著遠方的一處峭壁。

星光映照下，遠處岩石的輪廓就像一艘海上的古式戰艦。長長的艦體在無形的波濤中起伏，天線來回搖晃，煙囪向後傾斜，像個π字聳立在船尾。

岩石輪廓上方突然閃現一束橙色強光，空中一道明亮的紫光射向那束橙光。

又一束紫光！

又一束刺向天空的橙色光！

彷彿一場遠古海戰，令人想起炮火互轟，兩人不由得屏息凝視。

「火柱。」保羅低聲道。

一輪紅色的火光在遠處岩石上方升起，一條條紫光在天際織出鑲邊。

「火焰噴射器和雷射槍。」潔西嘉說。

厄拉科斯的一號月亮從左方的地平線上冉冉升起，因沙塵而愈顯火紅。兩人看到那一側有沙暴的跡象：沙漠上飄著一帶飛沙。

「一定是哈肯能人的撲翼機，正在搜捕我們。」保羅說，「他們把沙漠切成一格格……像是要確保上面的一切都會被踩死……像踩死一窩昆蟲。」

「或者說，一窩亞崔迪人。」潔西嘉說。

「我們必須找掩蔽，」保羅說，「往南沿著岩石走。如果他們在空曠地帶發現我們……」他轉過身，將背包上肩，「他們會殺死任何移動的東西。」

他沿著岩架走了一步，就在此時，他聽到撲翼機滑行時低沉的嘶嘶聲，看到了上方撲翼機那陰森的黑影。

2

父親曾經告訴我，尊重事實幾乎是一切道德的基礎。「世上沒有無中生有。」他說。如果你知道「事實」可以何等不穩固，你就會明白這是多麼深刻的思索。

——伊若琅公主《與摩阿迪巴的對話》

• • •

「我一直以自己能洞悉事物本質為傲，」瑟非．郝沃茲說，「這是身為晶算師的詛咒：你無時無刻不在分析數據，永遠無法停止。」

說話時，那張飽經風霜的臉在黎明前的昏暗中顯得沉著冷靜，被沙弗汁染紅的嘴唇抿成一線，輻射狀的皺紋往上擴散。

一位身穿長袍的人蹲在郝沃茲對面的沙地上，一言不發，明顯不為他的話所動。

兩人蹲伏在一座岩石下方，岩石往前橫伸，俯視下方廣闊的凹地。曙光灑在盆地對面嶙峋的峭壁上，天地間一片粉紅。懸岩下寒氣逼人，前一晚刺骨的乾冷還未退去。天亮前這裡颳過一陣暖風，此時卻冷了下來。郝沃茲能聽到身後寥寥無幾的士兵牙齒打顫的聲音。

蹲在郝沃茲對面的是弗瑞曼人。黎明前第一絲微光初現時，他越過凹地來到這裡，輕輕滑過沙面，融入沙丘，近乎無影無蹤。

弗瑞曼人伸出一隻手指，在兩人間的沙地上畫了一幅圖，看上去像一只碗，碗裡伸出一道箭頭。「那裡有許多哈肯能人的巡邏隊。」他說著，舉起手指，指向對面的岩石。郝沃茲和他的士兵就是從那塊岩石上爬下來的。

郝沃茲點點頭。

許多巡邏隊，沒錯。

但他仍不知道這個弗瑞曼人的來意，這使他頗為惱怒。晶算師的訓練本來應該讓他有能力看出別人的動機。

這是郝沃茲一生中最糟的一晚。當遭到攻擊的報告送抵時，他正待在齊木坡，那是一座有軍隊駐防的小村落，也是昔日首都迦太奇的前哨。一開始，他想的是：只是偷襲，哈肯能人在試探他們。

但報告一個接一個，越傳越快。

兩支軍團在迦太奇著陸。

五支軍團——五十個旅！正進攻公爵在厄拉欽恩的主要基地。

阿桑特，一支軍團。

裂岩，兩支戰鬥群。

之後報告更為詳盡：敵軍中還有皇家薩督卡軍，可能有兩支軍團，顯然一清二楚大批軍火要派往何處。一清二楚！情報太出色了。

郝沃茲暴怒，直到他的晶算師能力可能因這股怒氣而無法順暢運作。進攻的規模如此之大，他的心像被拳頭擊中，痛苦難當。

現在，他躲在一小塊沙漠岩石下，朝自己點了點頭，將撕裂的外衣拉緊，裹住身體，像要擋住冰冷的陰影。

進攻的規模。

他一直預計敵人會從宇航那裡租用臨時運輸艦來發動突擊。在氏族對氏族的戰役中，這是十分普遍的策略。運輸艦定期在厄拉科斯降落、起飛，為亞崔迪氏族運送香料。郝沃茲已經採取了預防措施，防止敵軍偽裝成香料運輸艦展開偷襲。至於全面進攻，他們預計敵人的兵力不會超過十個旅。

但根據最近的統計，在厄拉科斯降落的星艦竟有兩千多艘。不止有運輸艦，還有巡防艦、偵察艦、裝甲艦、運兵機和投放箱。

超過一百個旅——十支軍團！

也許厄拉科斯整整五十年的香料收入才剛夠負擔一次這樣的進攻。

也許真是這樣。

為了攻擊我們，男爵不惜血本，我低估了他。郝沃茲想，我對不起公爵。

還有叛徒的問題。

我要活到親眼看著她被絞死！他想，當初有機會時，我真該殺死那個貝尼·潔瑟睿德女巫。他毫不懷疑是誰出賣了他們——潔西嘉女士。所有已知事實都指向她。

「你的人，葛尼·哈萊克和他的部分人馬跟我們的走私販朋友在一起，很安全。」那個弗瑞曼人說。

「很好。」

所以葛尼可以離開這顆見鬼的星球，我們沒有全軍覆滅。

郝沃茲回頭看了看擠作一團的部下。昨天晚上他還有三百名最優秀的戰士，如今只剩二十人，其中一半身上帶傷。現在，許多人睡著了。有的倚著岩石站著睡，有的趴在岩石下方的沙地裡。他們最後的撲翼機，被他們用來運送傷兵的那一架，在天亮前不久損壞了。他們用雷射槍割開它，藏好碎片，然後艱難跋涉，躲進這個盆地邊緣的藏身處。

郝沃茲只大概知道他們的位置——大約在厄拉欽恩東南二百公里。通往大盾壁附近弗瑞曼人穴地的大道在他們南方某地。

郝沃茲對面的弗瑞曼人將面罩和蒸餾服的兜帽甩向腦後，露出沙色的頭髮和鬍鬚。他的前額又高又窄，頭髮從額頭直直向後梳，無法看透的雙眼因長期服用香料而完全變藍。嘴巴一側的髭鬚有些髒汙，連接鼻塞的貯水管壓得頭髮亂蓬蓬的。

弗瑞曼人取出鼻塞，調整一番，揉了揉鼻翼一側的傷疤。

「如果你們今晚要從這裡越過凹地，」他說，「千萬不要帶屏蔽場。岩壁上有一條裂縫……」他轉身指著南方「……在那裡。從那裡到流沙漠都很空曠，屏蔽場會引來……」他猶豫了一下，「……沙蟲。沙蟲不常到這裡來，但屏蔽場每次都會引來沙蟲。」

他說的是沙蟲，郝沃茲想，但本來打算要說別的東西。是什麼？他想從我們這裡得到什麼？

郝沃茲嘆了口氣。

他以前從未如此疲憊，連能量錠都無法緩解肌肉疲勞。

那些該死的薩督卡！

一想到那些狂熱的士兵，想到他們所代表的皇室背信棄義，他就生出一股自責的憤恨。他自己的晶算師資料評估告訴他，若想在蘭茲拉德高等理事會伸冤，他們活著呈上證據指控皇室的機會太過渺茫！

「你們想去找那些走私販嗎？」弗瑞曼人問。

「可能嗎？」

「路途很遙遠。」

「弗瑞曼人不喜歡說『不』。」艾德侯曾經這樣告訴他。

郝沃茲說：「你還沒告訴我，你的人能不能幫助我的傷兵。」

「他們受傷了。」

每次都是同樣該死的答案！

「我們知道他們受傷了！」郝沃茲厲聲道，「那不是——」

「安靜，朋友！」弗瑞曼人警告他說，「你的傷兵怎麼說？你的部落需要水，傷兵中有沒有人認知到這一點？」

「我們還沒談水的問題，」郝沃茲說，「我們——」

「你不願面對這個問題，這我理解。」弗瑞曼人說，「他們畢竟是你的朋友，你的族人。但你們有水嗎？」

「不夠。」

弗瑞曼人用手指著郝沃茲的衣服，衣服破了，露出下面的皮膚。「你們沒有蒸餾服，離穴地又很遠。你必須做出水的決定，朋友。」

「可以出錢請你們幫忙嗎？」

弗瑞曼人聳聳肩。「你們沒有水。」他瞥了一眼郝沃茲身後的人群，「你打算付多少傷兵？」郝沃茲瞪著對方，陷入沉默。身為晶算師，他知道他們牛頭不對馬嘴。對方的每個字都不是平常的意思，而另有所指。

「我是瑟非．郝沃茲。」他說，「我可以代表我的公爵講話。現在，為了換取你們的援助，我在這裡許下承諾，絕不違背約定。我期望的是有限的援助，希望能保存我的軍力，等我把那個自以為可以逃過復仇的叛徒送到地獄，援助就可以結束。」

「你希望我們介入你們的復仇？」

「復仇的事我自己會處理，我只希望有人能負責幫我照料傷兵。我要親自去報仇。」

弗瑞曼人皺起眉頭，「你怎麼可能對這些傷兵負責？他們對自己負責。水才是問題，瑟非．郝沃茲，你要讓我為你作出水的決定嗎？」

那人的手伸到藏在長袍下的武器上。

郝沃茲一凜，心想：他也想出賣我們？

「你在害怕什麼？」弗瑞曼人質問道。

這些傢伙說話還真不拐彎抹角！郝沃茲謹慎地說：「哈肯能人懸賞要買我的人頭。」

「哈，哈！」弗瑞曼人的手鬆開武器，「你以為我們也像帝國一樣腐敗。你不了解我們。哈肯能人的水甚至不夠收買我們最小的孩子。」

卻足以支付宇航的天價，運送兩千多艘戰艦。郝沃茲想。那筆運費至今仍令他咋舌。

「我們都在跟哈肯能人作戰。」郝沃茲說，「難道我們不應該共患難，合作解決問題？」

「我們是在合作。」弗瑞曼人說，「我看到你們跟哈肯能人打仗，你們打得很好。有幾次，我真的希望你的部隊能和我們一起作戰。」

「我的部隊可以怎麼幫你？說吧。」郝沃茲說。

「誰知道？」弗瑞曼人說，「哈肯能的部隊到處都是。但你還是沒有做出水的決定，也沒有讓你的傷兵自己決定。」

我必須小心，郝沃茲告誡自己，這裡面有件事我還沒搞清楚。

他說：「你能讓我知道你們的做法嗎，厄拉欽恩的做法？」

「外地人的思維。」弗瑞曼人說，語氣中帶著幾分譏笑。他指著對面西北方向的崖頂說：「昨晚我們看著你們穿過那片沙漠。」他放下手臂，「你讓你的部隊走在沙丘迎風面上。不好。你們沒有衣服，沒有水，撐不了多久。」

「厄拉科斯上沒有好走的路。」郝沃茲說。

「沒錯，但我們殺死了哈肯能人。」

「你們怎樣處理自己的傷兵？」郝沃茲詢問道。

「一個人會不知道自己什麼時候值得搶救、什麼時候不值得嗎？」弗瑞曼人問，「你們的傷兵知道你們沒有水。」他歪過頭，斜睨著郝沃茲，「時間到了，該做出水的決定了。受傷的人和沒受傷的人，都必須為部落的將來打算。」

部落的將來，郝沃茲想，亞崔迪部落。確實。他強迫自己提出那個他一直在迴避的問題。

「你們有聽到公爵或他兒子的消息嗎？」

無法看透的藍眼睛朝上盯著郝沃茲的眼睛。「消息？」

「他們的命運！」郝沃茲厲聲喝道。

「每個人的命運都一樣。」弗瑞曼人說，「你們的公爵，聽說，他命數到了。至於天外之音，他的兒子，是在列特手裡。列特沒提過。」

這不用問我也知道。郝沃茲想。

他回頭看了一眼自己的手下，他們都醒了，也聽見了。他們望著沙漠遠方，臉上寫著覺悟：他們不可能回到卡樂丹，現在連厄拉科斯也丟了。

郝沃茲轉回身，對弗瑞曼人說：「你有聽到任何關於鄧肯．艾德侯的消息嗎？」

「屏蔽場關閉時，他在大房子裡。」弗瑞曼人說，「我只聽說過這些……沒別的了。」

她破壞了屏蔽場，放進哈肯能人。他想，我是那個背對著門坐的人。她怎麼能做這種事？這也會出賣她自己的親生兒子。可是……誰知道貝尼．潔瑟睿德女巫是怎麼想的……如果那也算得上是「想」的話。

郝沃茲竭力嚥下一口唾沫，「你什麼時候會有那男孩的消息？」

「厄拉欽恩發生的事，我們知道的不多。」弗瑞曼人聳聳肩，「誰知道呢？」

「你有管道可以打聽嗎？」

「也許吧。」弗瑞曼人揉著鼻子旁的壓痕說，「瑟非．郝沃茲，告訴我，你懂哈肯能人使用的那些重兵器嗎？」

火炮，郝沃茲痛苦地想，誰能料到他們竟會在屏蔽場時代使用火炮？

「你說的是火炮。」他說，「他們用這種武器把我們的人堵死在山洞裡。對這些爆破性武器，我有……理論知識。」

「任何人退到只有一個出口的山洞，都是自尋死路。」弗瑞曼人說。

「你為什麼問起這種武器？」

「列特想要。」

難道這就是他想從我們這裡得到的東西？郝沃茲猜想道。他說：「你來這裡，就是為了蒐集有關大炮的訊息？」

「列特想要親自看到火炮。」

「那你們應該去搶一座回來。」

「我們有。」弗瑞曼人說，「我們搶到一座，藏在一個地方讓史帝加為列特研究這種武器。如果列特想看看，也可以親自去那裡看。但我懷疑他不會去，那武器不是很好，不適合厄拉科斯。」

「你們……搶到一座？」郝沃茲問。

「那場仗打得很好。」弗瑞曼人說，「我們只損失了兩個人，卻讓他們一百多人失去了水。」

每門大炮都有薩督卡守衛，郝沃茲想，但這個沙漠瘋子竟然滿不在乎地說，在跟薩督卡的戰鬥中只損失了兩個人！

「要不是那些跟哈肯能人一起作戰的人，我們就不會損失那兩個人了。」弗瑞曼人說，「那些人當中有一些非常厲害的戰士。」

郝沃茲的一個手下一瘸一拐地走過來，低頭看著蹲在地上的弗瑞曼人問道：「你是在說薩督卡嗎？」

「他說的就是薩督卡。」郝沃茲說。

「薩督卡！」弗瑞曼人說，從聲音中聽得出他很高興，「哈——原來那些人是薩督卡！今晚真不錯。薩督卡。哪支軍團的？你們知道嗎？」

「我們……不知道。」郝沃茲說。

「薩督卡，」弗瑞曼人沉思起來，「但他們穿著哈肯能人的制服，這不是很奇怪嗎？」

「皇帝不希望別人知道他向一個大氏族開火。」郝沃茲說。

「但你知道他們是薩督卡。」

「我算什麼？」郝沃茲苦澀地問。

「你是瑟非・郝沃茲。」弗瑞曼人就事論事地說，「唔，我想，我們反正總會掌握這個情報的。那三個俘虜已經送去給列特的人審問了。」

郝沃茲的副官慢慢地問，每一個字都帶著難以置信的口氣。「你們……俘虜了薩督卡？」

「只抓住三個。」弗瑞曼人說，「他們很會打。」

要是當初我們有時間跟這些弗瑞曼人聯繫上就好了，郝沃茲想著，心裡又酸又痛，要是我們可以訓練他們、武裝他們就好了。神母，我們本來可以擁有多麼強大的軍隊啊！

「你們之所以會耽擱，或許是因為擔心天外之音吧。」弗瑞曼人說，「如果他真是天外之音，沒有任何東西可以傷害他。還沒證實的事不值得考慮。」

「我效力於這個……天外之音。」郝沃茲說，「必須關注他的安危，我對自己發過誓。」

「你發誓捍衛他的水？」

郝沃茲匆匆瞥了一眼自己的副官，後者仍盯著弗瑞曼人看。郝沃茲的注意力轉回蹲著的人影上，「是的，發誓捍衛他的水。」

「你希望回到厄拉欽恩，他的水所在的地方？」

「到……是的，他的水所在的地方。」

「那你為什麼不一開始就說這牽涉到水？」弗瑞曼人站起身來，將鼻塞固定好。

郝沃茲頭一偏，示意副官回到其他人身邊。副官疲乏地聳聳肩，照做了。郝沃茲聽見那些人開始低頭接耳。

弗瑞曼人說：「總有辦法找到水的。」

郝沃茲身後有人罵了一聲。郝沃茲的副官喊道：「瑟非，阿基死了。」

弗瑞曼人把一隻拳頭放在耳邊。「水的結盟！這是個徵兆！」他盯著郝沃茲說，「我們在附近有個地方可以接收這份水。我叫我的人來好嗎？」

副官回到郝沃茲身旁說：「瑟非，有幾個人的妻子留在厄拉欽恩，他們……嗯，你知道在這種情況下大家會怎麼樣。」

弗瑞曼人仍舊把拳頭舉在耳邊。「這是不是水的結盟？瑟非．郝沃茲？」他質問道。

郝沃茲的大腦飛轉，他明白弗瑞曼人話中的含意了，但懸岩下疲憊不堪的人們明白之後會有什麼反應？他惴惴不安。

「是，水的結盟。」郝沃茲說。

「讓我們的部落合一。」弗瑞曼人說著，放下了拳頭。

那彷彿是個信號，有四人立即從他們上方的岩石上滑下來，飛快跑到懸岩下，將死者裹進一件寬大的袍子裡，抬起來沿著岩壁往右跑，腳下帶起一團團沙塵。

郝沃茲那些疲憊的部下還未回神，一切就結束了。那群人像抬沙袋一樣抬著裹在袍子裡的屍體，在斷崖轉了道彎，不見踪影。

郝沃茲手下的一個人大喊：「他們把阿基抬去哪裡？他——」

「他們把他抬去……埋掉。」郝沃茲說。

「弗瑞曼人從來不埋死人！」那人吼道，「別想耍我們，瑟非。我們知道他們要做什麼，阿基是我們——」

「為天外之音殉道的人，」弗瑞曼人說，「如果你們都是為天外之音獻身的人，為什麼要哀號？以這種方式死去的人，只要人們還記著他，他就會永遠跟記憶同在。」

但是郝沃茲的人紛紛湧上，滿臉憤怒，其中一人已經抓起雷射槍，開始拉動槍栓。

「待在原地別動！」郝沃茲大聲喝斥道，肌肉已因過度疲勞而僵硬，但他竭力控制自己的身體，「這些人尊重我們的死者，習俗不同，但意思都一樣。」

「他們會從阿基體內榨出水來。」手持雷射槍的人咆哮道。

「你的人是不是想參加葬禮？」弗瑞曼人問。

他甚至連問題出在哪裡都看不出來，郝沃茲心想，弗瑞曼人天真到驚人的程度。

「他們關心這位值得尊重的戰友。」郝沃茲說。

「我們將以同等的敬意對待你們的戰友，一如對待我們自己的戰友。」弗瑞曼人說，「這是水的結盟。我們知道儀式。一個人的肉體屬於自己，但水屬於整個部落。」

手持雷射槍的人又向前邁了一步，郝沃茲急忙說：「現在你們願意幫助我們的傷兵了嗎？」

「沒人會質疑結盟。」弗瑞曼人說，「部落為自己的成員所做的一切，我們都會為你們做。首先，我們必須讓你們每個人都有衣服，還有一些必需品。」

手持雷射槍的人猶豫了起來。

郝沃茲的副官問道：「我們是在用阿基的……水，來買他們的幫助嗎？」

「不是買。」郝沃茲說，「我們加入他們了。」

「只是風俗不同。」另一個人喃喃自語道。

郝沃茲開始放心了。

「他們會協助我們去厄拉欽恩嗎？」

「我們會殺哈肯能人。」弗瑞曼人說著，咧嘴一笑，「還有薩督卡。」他往後退了一步，將手握成杯狀放在耳邊，頭往後仰，仔細聽著。過了一會，他放下手說：「來了艘飛機。到岩石下面去藏好，別動。」

郝沃茲打了個手勢，他的人都聽命躲了起來。

弗瑞曼人抓住郝沃茲的手臂，將他和其他人一起往後推。「該戰鬥的時候才戰鬥。」那人說著，手伸到長袍下，取出一個小籠子，從籠中抓出一頭小動物。

郝沃茲認出那是小蝙蝠，頭正轉動著，郝沃茲看到牠的眼睛藍中透藍。

弗瑞曼人撫著小蝙蝠，輕聲低吟著安慰牠，然後彎下身子，對準牠的頭，讓一滴唾液從舌頭上滴入蝙蝠向上張開的口中。蝙蝠伸開翅膀，但仍舊停在弗瑞曼人張開的手掌上。那人拿出一枝小管子，舉在蝙蝠頭邊，對著管子嘰嘰喳喳講了一陣子，然後舉起小蝙蝠，向上一拋。

蝙蝠往斷崖俯衝，消失在視線之外。

弗瑞曼人摺起籠子，塞進長袍，再次低下頭凝神聆聽。「他們駐紮在高地上，」他說，「不知道在那上面找什麼。」

「誰都知道我們是朝這個方向撤下來的。」郝沃茲說。

「不要以為自己是獵人唯一的目標。」弗瑞曼人說，「看看盆地另一頭，你會看到一件事。」

時間一分一秒流逝。

郝沃茲幾個手下動了動，開始低聲交談。

「要像嚇到的動物那樣安靜。」弗瑞曼人噓了一聲說。

郝沃茲發現對面山崖有動靜，黃褐色背景上有道黃褐色小點快速晃著。

「我的小朋友帶回消息了。」弗瑞曼人說，「牠是優秀的信使——無論白天還是黑夜。如果失去這樣一位朋友，我會不高興。」

凹地對面的動靜漸漸消失了，整整四、五公里寬的沙地上空無一物，只有白日高溫帶來的熱浪在隱隱翻騰。

「現在，要絕對安靜。」弗瑞曼人小聲說。

一行人深一腳淺一腳地從對面斷崖的一處缺口走出，逕直穿過凹地。在郝沃茲看來，他們很像弗瑞曼人，但又有點不對勁。他數了數，一共六人，在沙丘上舉步維艱。

「噗噗噗噗」，郝沃茲這群人右後方的高空傳來撲翼機的拍動聲。一架塗著哈肯能機徽的亞崔迪撲翼機朝穿越凹地的那幾人俯衝下去。

那群人停在一座沙丘頂，揮手示意。

撲翼機在他們上方一個急轉彎，往回飛，激起一團沙塵，降落在那些弗瑞曼人面前。五人從撲翼機湧出，郝沃茲看到了一塵不染、閃爍微光的屏蔽場——動作剽悍俐落，是薩督卡。

「啊，用上他們那愚蠢的屏蔽場。」郝沃茲旁邊的弗瑞曼人嘶聲道，朝凹地毫無遮蔽的南壁看了一眼。

「他們是薩督卡。」郝沃茲小聲說。

「很好！」

薩督卡呈半圓形朝等在那裡的弗瑞曼人包抄過去，手上的刀刃在太陽下亮晃晃。弗瑞曼人圍在一起，一副事不關己的模樣。

突然，兩隊人周圍的沙地上冒出許多弗瑞曼人，他們衝到撲翼機旁，鑽了進去。沙丘頂的兩隊人馬開始交戰，在沙塵的遮蔽下動作忽隱忽現。

沒多久，塵埃落定，沙丘頂上只剩下弗瑞曼人。

「他們在撲翼機上只留了三個人，好運氣。」郝沃茲旁邊的弗瑞曼人說，「我們搶到撲翼機了，我敢說一定刮都沒刮到。」

郝沃茲有個部下在他身後說：「那些都是薩督卡！」

「你有沒有留意到他們打得多好？」弗瑞曼人說。

郝沃茲深吸一口氣，嗅到塵土中的煙硝味，感受到乾及熱。他的聲音也同樣乾巴巴的，「是的，他們打得很好，確實很好。」

繳獲的撲翼機拍著雙翼，東倒西歪地起飛了，然後機翼收起，陡然朝南爬升。

原來這些弗瑞曼人也會駕駛撲翼機，郝沃茲想。

遠處的沙丘上一個弗瑞曼人揮舞著一條綠色方巾：一次……兩次……

「還有更多撲翼機過來！」郝沃茲身旁的弗瑞曼人叫道，「準備好，我還想神不知鬼不覺帶大家離開這裡。」

神不知鬼不覺！郝沃茲想。

又兩架撲翼機從西面高空衝向沙漠。那些弗瑞曼人已消失得無影無蹤，剛剛還在激戰的地方只剩下八塊藍斑——身穿哈肯能制服的薩督卡屍體。

一架撲翼機從郝沃茲上方的斷崖滑過。一見這艘撲翼機，郝沃茲不由得倒吸一口氣——一艘大型運兵機。展開雙翼，速度很慢地重重飛著，像一隻歸巢的巨鳥。

遠處，一架俯衝的撲翼機射出手指粗細的紫色雷射光束，打在沙地上，激起一條清晰的沙塵。

「懦夫！」郝沃茲身旁的弗瑞曼人怒罵道。

運兵機朝那堆身穿藍衣的屍體降落，雙翼完全展開，上下搧動著，準備快速停機。

南方閃過一道金屬反光，引起了郝沃茲的注意。一架撲翼機正全力俯衝，機翼收起，平平貼在機身兩側，機尾在深銀灰色的空中噴出金色火焰。這架撲翼機像支利箭朝運兵機直衝而去。由於周圍有雷射槍在開火，運兵機並未開啟屏蔽場。撲翼機直直撞了上去。

爆炸的巨響挾著熊熊烈火，撼動整個盆地。斷崖上四處都有岩石不斷滾落。運兵機和撲翼機的那片沙地朝天空噴出數股橘紅色光線——一切都被大火吞噬了。

是那架弗瑞曼人剛繳獲的撲翼機，郝沃茲想，他決心犧牲自己，跟那艘運兵機同歸於盡。神母啊！這群弗瑞曼人都是些什麼人？

「不錯的交換。」郝沃茲身旁的弗瑞曼人說，「那艘運兵機上一定載了三百人。現在，我們必須取他們的水，還得制定計畫再弄一架撲翼機。」他移步走出岩石陰影下的隱蔽處。

一群身穿藍色軍服的人翻過斷崖，如雨點般落下來，落地動作被懸浮器放慢了。電光火石間，郝沃茲認出他們是薩督卡，嚴厲的臉上是戰鬥的狂熱。郝沃茲發現他們沒帶屏蔽場，人手一刀，另一隻手拿著擊昏槍。

一刀砍下，郝沃茲的弗瑞曼同伴咽喉中刀，向後便倒，扭歪的臉翻倒在地。郝沃茲剛拔出自己的佩刀就被擊昏槍射出的子彈擊倒，眼前頓時一片黑暗。

3

摩阿迪巴確實可預見未來，然而你必須明白，此能力有其限度。想想人的視力。你有眼睛，但沒有光就無法視物。如果你人在山谷，便無從看見山谷另一端。同理，摩阿迪巴並不總能看透神祕的層巒疊嶂。他告訴我們，根據預言所做的決定，哪怕只是用一詞取代另一詞，都可能改變未來的全貌。他還告訴我們：「時間的幻象相當廣闊，但當你朝未來前進時，時間卻成了一扇窄門。」他總是拒絕誘惑，並不選擇看上去清晰而安全的路徑，並警告說：「那樣的路從來只會通往淤塞。」

——伊若珢公主《厄拉科斯的覺醒》

• • •

夜色中，一隊撲翼機從上方滑過。保羅抓住母親的手臂，厲聲說：「別動！」

接著，他看到月光下領頭的那架撲翼機，看到機翼如何向下撲搧減速著陸，控制操縱桿的手不顧後果地急衝急收。

「是艾德侯。」他倒吸一口氣道。

那架撲翼機及其同伴降落在盆地上，像一隊歸巢的鳥。艾德侯走出撲翼機，不等沙塵散去，逕直朝兩人跑來。兩個身穿弗瑞曼長袍的人跟在他後方，保羅認出了其中一人：高個子、沙色鬍鬚的凱恩斯。

「這邊走！」凱恩斯大叫著轉向左方。

凱恩斯身後，其他弗瑞曼人正拋出纖維罩蓋住撲翼機。撲翼機變成了一排低矮沙丘。

艾德侯滑下來，在保羅前面停下，向他致意道：「爵爺，弗瑞曼人在這附近有個臨時庇護所，我們——」

「那後面是怎麼回事？」

保羅指指遠處斷崖上空的暴亂——噴射的火光，雷射槍紫色的光束在沙漠上交織。

艾德侯鎮靜的圓臉上露出罕見的笑容：「爵爺，我給他們留了一點小小的驚——」

突然，耀眼的白光灑滿沙漠，像太陽一樣明亮，將他們的影子一一投在岩壁上。說時遲那時快，艾德侯一隻手抓住保羅的手臂，另一隻手抓住潔西嘉的肩膀，使勁將兩人從岩架上推到下方的凹地裡。眾人趴在沙地上，聽著爆炸聲在上方轟響。巨大的衝擊波震碎了他們剛才所在的岩架。

艾德侯坐起來，撣掉身上的沙土。

「不是氏族用的原子武器！」潔西嘉說，「我還以為——」

「你在那裡設了屏蔽場吧。」保羅說。

「很大的屏蔽場，全功率運轉。」艾德侯說，「只要雷射光一碰，就會……」他聳了聳肩。

「亞原子裂變，」潔西嘉說，「那是危險的武器。」

「不是武器，女士，是防禦。下次哪個飯桶再用雷射槍，可就要三思了。」

從撲翼機上爬下來的弗瑞曼人在他們上方的沙丘停下，一人低聲喊道：「朋友，我們應該躲起來。」

艾德侯扶起潔西嘉，保羅則自行站了起來。

「爆炸會相當引人注意，爵爺。」艾德侯說。

爵爺，保羅想。

別人這樣稱呼自己時，這個詞的發音變得十分奇異。「爵爺」一直是他父親。在那剎那，保羅的預視力再次觸動他。他看到那種使人類走向亂世的狂暴種族意識滲透了他。這種幻象使他心驚膽戰。他讓艾德侯領著自己，沿盆地邊緣走到一塊岩架旁邊。那裡的弗瑞曼人正在用壓塑器打開一條通往沙面下的路。

「爵爺，我可以幫你拿背包嗎？」艾德侯問。

「這包不重，鄧肯。」保羅說。

「您沒有護體屏蔽場，」艾德侯說，「穿我的好嗎？」他看了看遠處的斷崖，「看樣子，周圍不太可能再有雷射光。」

「留著你的屏蔽場吧，鄧肯，你的右臂就足以保護我了。」

潔西嘉看到保羅的讚揚起了作用，艾德侯更加貼近保羅。她想：我兒子多麼善於處理與手下的關係。

弗瑞曼人搬開一塊堵住洞口的岩石，露出一條通向地下基地的通道。弗瑞曼人用偽裝罩遮住入口。

「這邊走。」一個弗瑞曼人說，領著他們走下石階，踏入一片黑暗之中。

在他們後面，偽裝罩遮蔽了月光。前方一道綠光照亮了石階、岩壁和一道彎向左側的轉角。現在，他們周圍全都是身穿長袍的弗瑞曼人，擁著他們一路向下。轉過那道彎，他們看到另一條向下傾斜的甬道，通往一間凹凸不平的洞室。

凱恩斯站在他們面前，頭罩甩在腦後，蒸餾服的領子在綠光照耀下閃閃發亮，長髮和鬍鬚亂作一團，沒有眼白的藍眼睛在濃濃的眉毛下顯得特別深邃。

雙方見面的這一刻，連凱恩斯都不明白自己為何會這麼做：我為什麼要幫助這些人？這是我所做過最危險的事，我可能會受他們連累。

接著，凱恩斯直視保羅。這名少年已經一副成熟男人的模樣，壓抑悲傷，除了他的身分應有的得體舉止，什麼都不顯露——他已是公爵了。但凱恩斯心知肚明，這個爵位之所以還在，完全是因為這位年輕人——這是相當沉重的負擔。

潔西嘉四下打量這間石室，用貝尼．潔瑟睿德的方式一一記在自己腦中：一間實驗室，不是軍隊設施。正如古式民屋，有不少犄犄角角。

「這是皇家生態實驗站之一，我父親曾經想要拿來作前哨基地。」保羅說。

他父親曾經想要！凱恩斯想。

凱恩斯再次懷疑自己的決定：我出手幫助這些難民是不是太蠢了？我為什麼要這樣做？現在抓住他們易如反掌，還可以用他們來換取哈肯能人的信任。

保羅學著母親的樣子審視著這個房間。牆壁是單調的岩石，一邊擺著工作檯，上面放著一排實驗器械——刻度盤閃閃發光，拖著電線的香料分離器上有幾個玻璃凹槽。到處都瀰漫著臭氧味。

幾個弗瑞曼人沒有停步，繞過一道隱蔽的轉角繼續前進。不多時，那邊傳來新的聲音：機器的咔咔聲、傳動輪和驅動機發動的轟鳴聲。

保羅往房間的另一頭望去，那面牆邊擺著許多籠子，裡面裝著小動物。

「你說得對，你認出了這個地方。」凱恩斯說，「保羅．亞崔迪，你打算用這地方做什麼？」

「把這顆星球變成適合人類居住的地方。」保羅說。

也許，我就是因為這一點才幫助他們的。凱恩斯想。

機器的嗡嗡聲突然低下來，周圍一片寂靜。空曠的房間裡響起小動物尖細的叫聲，只吱吱叫了幾聲就戛然而止，彷彿這種叫聲讓牠們自己感到難為情。

保羅的注意力又回到籠子上，他看出那幾隻動物是褐色翅膀的蝙蝠。一個自動餵食機從牆上伸出來，穿過整個籠子。

一個弗瑞曼人從一處暗室走出來，對凱恩斯說：「列特，屏蔽場產生器停了，我無法把我們屏蔽起來，避不開探測器。」

「能修好嗎？」凱恩斯問。

「快不了。零件……」那人聳聳肩。

「那好，只好不用機器了。」凱恩斯說，「拿個手動泵把空氣抽到地面上去。」

「馬上去。」那人急匆匆離開了。

凱恩斯又轉向保羅說道：「你的答案很好。」

潔西嘉注意到此人自在的男低音，那是皇室的口音，慣於發號施令。她沒有忽略那人對他的稱呼，「列特」。列特是弗瑞曼人的生死之交，是這位溫順的行星生態學家的另一張面孔。

「我們萬分感激你的幫助，凱恩斯博士。」她說。

「嗯……再說。」凱恩斯說著，對一個手下點了點頭，「夏米爾，把香料咖啡端到我房間！」

「馬上就好，列特。」那人說。

凱恩斯指著石室側牆上的一道拱形開口：「請！」

潔西嘉先端莊地點了點頭，這才移步。她見保羅給艾德侯打了個手勢，示意他在這裡安排衛兵。

通道只有兩步深，通向一道厚重的門，門後是正方形的辦公室，金色的燈球照亮了整個房間。潔西嘉走進去時，手在門上一撫，驚訝地發現那竟然是塑鋼門。

保羅朝房間裡走了三步，將背包放下，聽到門在身後關上，開始四下打量這個地方。房間每邊長約八公尺，牆壁是天然的岩石，咖哩色。右側是一排金屬檔案櫃。一張矮書桌擺在正中，霧白的玻璃桌面布滿黃色氣泡，四周擺著四把懸浮椅。

凱恩斯繞過保羅，為潔西嘉拉開一張懸浮椅。她坐下，留意著兒子審視房間的樣子。

保羅繼續站了片刻，感覺到室內空氣流動微微有些異樣，代表右邊那排櫃子後面有一道祕密出口。

「保羅．亞崔迪，你不坐下嗎？」凱恩斯問。

小心翼翼地避開我的頭銜，保羅想。但他還是坐下了，一言不發。凱恩斯也坐了下來。

「你覺得厄拉科斯可以成為人類的樂園。」凱恩斯說，「可是，你也看到了，帝國派來這裡的只有受過訓練的走狗，只會搜尋香料！」

保羅舉起戴著公爵印戒的大拇指說：「看見這個戒指了嗎？」

「是的。」

「你知道它代表什麼嗎？」

潔西嘉倏然轉身盯著兒子。

「你父親躺在厄拉欽恩的廢墟裡，死了。」凱恩斯說，「所以，理論上，你的確是公爵。」

「我是帝國的士兵。」保羅說，「所以，理論上，同樣也是皇帝派來這裡的走狗。」

凱恩斯的臉陰沉下來，「即使站在你父親屍體旁的是皇帝的薩督卡？」

「薩督卡是一回事，我手上統治權的法定來源是另一回事。」保羅說。

「厄拉科斯用自己的方式決定該誰坐上發號施令的寶座。」凱恩斯說。

潔西嘉轉頭看了看凱恩斯，心想：這人很剛硬，沒有人能使他屈服……而我們需要剛硬。保羅在冒險一搏。

保羅說：「薩督卡來到厄拉科斯，正說明我們那位可敬的皇帝是多麼害怕我父親。而現在，我會讓帕迪沙皇帝有理由害怕——」

「小伙子，」凱恩斯說，「有些事情你不——」

「你應該稱呼我閣下，或者爵爺。」保羅說。

慢慢來，潔西嘉想。

凱恩斯瞪著保羅。潔西嘉發現，這位行星生態學家臉上有一絲讚賞，露出了興致。

「閣下。」凱恩斯說。

「對皇帝來說，我是燙手山芋。」保羅說，「對所有想把厄拉科斯當成戰利品來瓜分的人來說，我同樣是燙手山芋。只要我還活著，我始終是燙手山芋，塞在他們喉嚨裡，總有一天會噎死他們。」

「空口白話。」凱恩斯說。

保羅凝視著他，過了一會，他說：「你們有個傳說，利桑·阿拉黑，也就是天外之音，那個將帶領弗瑞曼人進入樂園的人。你們的人——」

「迷信！」凱恩斯說。

「也許是。」保羅贊同道，「但也許不是。有時候，迷信會有些奇怪的根源、奇怪的分支。」

「你有個計畫，這一點倒是很明顯……閣下。」凱恩斯說道。

「你的弗瑞曼人能給我證據，證明這裡有身穿哈肯能軍服的薩督卡人嗎？」

「相當有可能。」

「皇帝會派一個哈肯能人重掌厄拉科斯的大權，也許甚至會是野獸拉班。」保羅說，「就讓他來吧！他一捲入他脫不了罪的陰謀，皇帝就會面對蘭茲拉德的訴狀。在那裡，他必須回答——」

「保羅！」潔西嘉說。

「就算蘭茲拉德高等理事會接下了你的案子，」凱恩斯說，「那也只會有一個結果：皇室和各大氏族的全面戰爭。」

「混戰。」潔西嘉說。

「但我會將我的案子提交給皇帝，」保羅說，「給他一個混戰之外的選擇。」

潔西嘉用乾巴巴的語氣說：「勒索？」

「政客的手段之一，妳也承認自己做過。」保羅說。潔西嘉從他的話中聽出了幾分苦澀，「皇帝沒有兒子，只有女兒。」

「你的目標是王座？」潔西嘉說。

「他不會願意冒險讓整個帝國在全面戰爭下分崩離析。」保羅說，「行星一顆顆毀滅，到處治安敗壞——他不會冒這個險。」

「你所說的，是一場不顧一切的賭博。」凱恩斯說。

「蘭茲拉德的大氏族最怕的是什麼？」保羅問，「他們最怕厄拉科斯現在正在發生的事——薩督卡會各個擊破，幹掉他們。所以才會有蘭茲拉德。這就是大公約的黏合劑。只有聯合起來，他們才能跟皇帝的軍隊分庭抗禮。」

「但他們——」

「這就是他們害怕的事，而厄拉科斯將會成為號召大家團結的口號。」保羅說，「他們每一個人都會從父親身上看到自己——被一個個挑出來消滅。」

凱恩斯對潔西嘉說：「他的計畫會成功嗎？」

「我不是晶算師。」潔西嘉說。

「但妳是貝尼．潔瑟睿德。」

她若有所思地看了凱恩斯一眼，然後說：「他的計畫有利有弊……處於這個階段的所有計畫都這樣。一個計畫成不成功，既取決於構思，也取決於執行。」

「『法律是極致的科學』。」保羅引述道，「這句話刻在皇帝的大門上。我打算向他展示法律。」

「但我不確定自己能不能信任提出計畫的人。」凱恩斯說，「厄拉科斯有自己的計畫，我們——」

「在皇帝的寶座上，我一揮手就可以創造厄拉科斯的樂園。」保羅說，「這就是我手裡的錢，我用來購買你的支持。」

凱恩斯的身體一僵：「我的忠誠是非賣品，閣下。」保羅盯著桌子對面的凱恩斯，與他那藍中透藍的冰冷目光相交，審視著那長滿鬍鬚的臉、凜然的身態，嘴邊露出冷冷的笑，說道：「說得好。我道歉。」

凱恩斯迎著保羅的目光，說：「哈肯能人從不認錯。也許你跟他們不一樣，亞崔迪。」

「那可能是他們教育的失誤。」保羅說，「你說你是非賣品，但我相信你會接受我的出價。為了回報你的忠誠，我也向你獻上我的忠誠……全心全意。」

我兒子繼承了亞崔迪氏族的真誠，潔西嘉心想，他有那種巨大的、近於天真的榮譽感，這是多麼強大的力量啊。

她看到保羅的話撼動了凱恩斯。

「這是廢話。」凱恩斯說，「你不過是個孩子，並且——」

「我是公爵。」保羅說，「我是亞崔迪，而亞崔迪氏族從不背棄這樣的結盟。」

凱恩斯嚥了口唾沫。

「當我說『全心全意』的時候，」保羅說，「我的意思是『毫無保留』，我願意為你獻出生命。」

「閣下！」凱恩斯說。這個詞脫口而出，潔西嘉看得出來，他現在已經不再是對一名十五歲的少年講話，而是對一個男人、一個地位比他高的人講話。在這一刻，凱恩斯口服心服。

此時此刻，他願意為保羅犧牲性命。她想，亞崔迪家的人怎麼能夠如此迅速、如此輕易地做到這一點？

「我知道你的承諾是真心的。」凱恩斯說，「但哈肯能——」

保羅身後的房門砰地一聲打開，他猛一轉身，看到令人暈眩的激戰——叫喊、鋼鐵的撞擊，通道裡蒼白扭曲的面孔。

為了保護身邊的母親，保羅撲向門口，看見艾德侯堵在通道，看到朦朧的屏蔽場後方他那殺紅的雙眼、他後方利爪般的手，以及徒勞地砍在屏蔽場上的刀，還有擊昏槍火力被屏蔽場彈回時發出的橘色火焰，而艾德侯的刀刃在這一切中穿梭，濺出一陣陣殷紅。

凱恩斯已經衝到保羅身旁，兩人把全身的重量壓在門上。

保羅最後瞥了一眼艾德侯，他力抗蜂擁而至的哈肯能軍人——急推猛拉，竭力穩住蹣跚的步伐，黑色山羊毛般的頭髮上鮮紅的血直冒，像朵盛放的死亡之花。隨後，門關了。咔的一聲，凱恩斯將門閂上。

「看來，我已經做出決定。」凱恩斯說。

「你的機器關掉之前，有人偵測到了。」保羅說。他將母親從門口拉開，看到她眼中的絕望。

「咖啡沒有送來，我應該要料到有狀況。」凱恩斯說。

「你這裡有條逃生暗道。」保羅說，「是不是該用了？」

凱恩斯深深吸了口氣，說：「這道門至少可以抵擋二十分鐘，除非他們使用雷射槍。」

「他們不會用雷射槍，因為害怕我們這一側有屏蔽場。」保羅說。

「他們是穿著哈肯能軍服的薩督卡人。」潔西嘉低聲說道。

開始撞門了，一陣陣有節奏的撞擊聲。

凱恩斯指著右牆的櫃子：「這邊走。」他走到第一個櫃子前，打開抽屜，動了動裡面的操縱桿，整面牆連同櫃子一起移開，露出黑黢黢的地道口。「這也是塑鋼門。」凱恩斯說。

「你準備做很周全。」潔西嘉說。

「我們在哈肯能人手下活了八十年。」凱恩斯說。他領著兩人走進黑暗，隨即關上地道門。

四周驟然一黑，潔西嘉看見前方地面上有道發光的箭頭。

凱恩斯的聲音從身後傳來：「我們在這裡分手。這堵牆比房門結實，至少可以抵擋一小時。沿著地上的箭頭往前走，一路上都會有這樣的箭頭，你們走過後就會自動熄滅。這些箭頭可以指引你們穿越迷宮，到達另一個出口，我在那裡藏了一架撲翼機。今晚會有一場橫掃沙漠的大沙暴，你們唯一的希望就是迎向沙暴，衝進風暴頂端，順著風暴飛。偷撲翼機時，我的人就是這麼做的。只要飛在沙暴內的高處，你們就能活下來。」

「你怎麼辦？」保羅問。

「我試著從另一條路逃走，如果我被抓住了……那，我仍舊是皇家行星生態學家，我可以說我被你們抓住了。」

像懦夫一樣逃跑。保羅想，但如果不這麼做，我要怎麼活下去為父親報仇？他轉過身，面對密道大門。

潔西嘉聽見他的動作，道：「鄧肯已經死了，保羅。你看見他的傷口了，你什麼忙也幫不上。」

「總有一天，我要叫他們血債血償。」保羅說。

「所以你必須立即動身。」凱恩斯說。

保羅感到凱恩斯的手放到自己肩頭，拍了拍。

「凱恩斯，我們在哪裡碰頭？」保羅問。

「我會派弗瑞曼人去找你們，我們知道沙暴的路線。現在快走，願神母賜你們速度和好運。」

黑暗中一陣匆忙的腳步聲，他走了。

潔西嘉摸到保羅的手，輕輕拉著他說：「我們絕不能走散。」

「沒錯。」

他跟著她走過第一道箭頭，腳底一觸，箭頭立即暗了下去，前方亮起另一道箭頭，召喚著兩人繼續前行。

兩人走過第二道箭頭，看著箭頭滅掉，看著前方出現另一道箭頭。

兩人跑了起來。

詭計中有詭計再套著詭計和後面的詭計，潔西嘉想，我們現在是不是成了某人詭計中的一環？

在微弱的光線下，兩人只能隱約感覺到箭頭指引著自己轉過一個個轉角，經過一個個岔路口。有段時間通道往下傾斜，然後向上，一直向上。終於有了臺階，轉過一個彎，臺階突然沒了，前方是一堵發光的牆，牆的正中露出一個黑色把手。

保羅按了一下把手。

牆旋開了，前方燈光雪亮，照出一座在岩石上鑿出的山洞，洞中央蹲伏著一架撲翼機。撲翼機另一側是一堵平坦的灰牆，牆上有個大門標記。

「凱恩斯到哪裡去？」潔西嘉問。

「他做了任何優秀的游擊隊領導人都會做的事。」保羅說，「他把我們分成兩組，並作好安排，就算他被俘，也不可能說出我們在哪裡，因為他真的不知道。」

保羅將她拉進洞內，注意到腳下踢起厚厚的塵土。

「這裡很久沒人來了。」他說。

「他似乎很有把握弗瑞曼人能找到我們。」她說。

保羅放開她的手，走到撲翼機左側，打開艙門，把他的背包放到後座上。「撲翼機有屏蔽系統，探測器偵查不到。」他說，「儀表板上有大門的遙控開關和燈光控制。被哈肯能人統治了八十年，他們學到做事要周密。」

潔西嘉倚著撲翼機的另一側，緩了口氣。

「哈肯能人會在這一帶部署火力，」她說，「他們並不蠢。」她想了想方位，指著右邊說：「我們看見的沙暴是從那個方向來的。」

保羅點點頭，竭力克制心中那股突然不想動的感覺。他知道原因，卻發現，即使知道也於事無補。他在今晚的某個時刻做了一個決定，扭轉了走向，未來變成深不可測的未知數。他知道此刻兩人所處的時空，然而「此時此刻」卻是一個神祕的地方。他彷彿遠遠看著自己走進一座深谷，漸漸消失在視野之外。走出山谷的路有無數條，有些路或許可以將保羅．亞崔迪帶回眼前，許多卻不會。

「我們等的時間越久，敵人準備得越充分。」潔西嘉說。

「進去，繫好安全帶。」他說。

他和她一起爬進撲翼機，繼續與一個念頭纏鬥：這是一片伸手不見五指的領域，任何預知力都無法看到的時空。突然間，他震驚地意識到，自己越來越依賴預知力，這削弱了他處理眼前這種緊急狀況的能力。

「如果你只依賴眼睛，你的其他感官會變弱。」這是貝尼．潔瑟睿德的格言。保羅想著這句話，發誓永遠不再重蹈覆轍……如果他能活下來。

保羅繫緊安全帶，看到母親也繫好後，開始檢查撲翼機。撲翼機的機翼完全伸展，精巧的金屬葉片交錯著向外張開。他拉了下伸縮控制桿，收起機翼，準備按照葛尼．哈萊克教過他的方法，用噴射系統起飛。啟動器輕輕發動了，儀表板的表盤指針開始轉動，渦輪發出低沉的嘶嘶聲。

「好了嗎？」他問。

「好了。」

他按下燈光的遙控開關。

黑暗籠罩兩人。

他伸手按下大門的遙控開關，表盤微光將他的手襯成一片陰影。前方傳來嘎嘎聲，沙塵滾滾落下的咻咻聲打破了沉寂。一股挾帶沙塵的微風拂上保羅的臉，他關上他那一側的艙門，感受到機艙立即開始增壓。

有大門標記的那堵牆豁然洞開，整片黑暗中露出一格方形星空，在沙塵遮蔽下有些朦朧。遠處的星光隱約灑在層層疊疊起伏的沙丘上。

保羅按下儀表板上閃閃發亮的起飛開關，機翼猛地搧向後下方，將撲翼機從機庫中拉了出去。機翼設定為爬升狀態，噴射發動機開始產生動力。

潔西嘉的手輕輕放在雙屏儀表板上，感受兒子動作中的穩定確實。她很害怕，也異常興奮。現在我們唯一的希望就是保羅所受的訓練，她想，他的年輕，他的敏捷。

保羅提高噴射發動機的動力，機身傾斜，向上方衝去，將兩人重重按回椅背，前方星光下突然出現一堵黑影。他繼續加大動力，機翼一陣猛搧，兩人飛出了星光下的岩壁、覆上銀光的岩塊及砂岩。因沙塵而越顯胭紅的二號月亮出現在右側的地平線，昭告沙暴肆虐的路徑。

保羅的手在儀表板上飛快地舞動，機翼卡嗒作響，縮成短短一截。撲翼機以極窄的傾斜角傾斜，重力壓得兩人喘不過氣。

「我們後面有噴射火焰！」潔西嘉說。

「我看見了。」

他將操縱桿向前猛推。

撲翼機像受驚的動物般向前猛躍，衝向南面的沙暴和沙漠的巨弧。保羅看到下方近處陰影斑駁，那是岩層的盡頭，複雜的下層結構由此沉入沙丘。月光投下一彎彎影子——那是一座座連綿不絕的沙丘。

天邊升起碩大無朋的沙暴，掛在星空的背景前，像堵灰牆。

撲翼機一震，有東西擊中了它。

「是炮彈！」潔西嘉倒吸一口氣，「他們用了某種投射武器。」

只見保羅臉上突然露出野獸般的獰笑：「看來他們不想用雷射槍。」

「但我們並沒有屏蔽場！」

「他們知道嗎？」

撲翼機又是一震。

保羅轉頭瞥了一眼，說：「看樣子，他們只有一架撲翼機追得上我們。」

他將注意力轉回飛行上，注視著前面高高升起的沙暴牆像塊實心的固體般陰森森壓了過來。

「投射武器、火箭，所有古老武器——我們以後要全教給弗瑞曼人。」保羅喃喃說道。

「沙暴。」潔西嘉說，「是不是該轉向了？」

「後面那架撲翼機有什麼動靜？」

「他拉高了。」

「現在！」

機翼晃了一下，飛機猛地一斜，向左衝入那貌似緩慢實則洶湧翻滾的沙暴牆內。重力壓擠之下，保羅只覺得臉頰都變形了。

兩人明顯滑入一團緩慢移動的沙塵雲，沙塵越來越濃，最後完全遮蔽了沙漠和月亮。飛機融入一片沙沙作響的無邊黑暗，只剩儀表板發出熒熒綠光。

有關沙暴的所有警告突然閃入潔西嘉腦海：沙暴可以像切奶油般切開金屬，可以把肉從骨頭上刮掉，再吞掉骨頭。她能感到狂風像沙毯不停撲打，保羅竭力控制，但撲翼機仍舊劇烈扭動。她看到他突然切斷動力，感到飛機急速下沉。周圍的金屬吱吱作響，不停抖動。

「沙！」潔西嘉大聲叫道。

在儀表板的光線中，她看到保羅搖搖頭：「這種高度其實沒多少沙。」

但她能感覺到兩人正沉入巨大的氣旋。

保羅讓機翼完全伸展，進入滑翔模式。機翼在風中吱嘎吱嘎響個不停。他緊盯著儀表面板，憑本能滑行著，盡力保持飛行高度。

沙子擦過撲翼機的響聲減弱了。

撲翼機開始向左翻滾，保羅全神貫注在水平儀上，努力將撲翼機拉平。

潔西嘉突然有股奇異的感覺：飛機彷彿並沒有移動，移動的是外面的一切。一道黃沙掠過舷窗，唰唰的摩擦聲又讓她想起了周遭大自然的威力。

風速大約是每小時七百或八百公里，她想。腎上腺素令她緊繃狂躁。我絕不能害怕，她告誡自己，嘴裡默誦著貝尼·潔瑟睿德的禱文。恐懼會扼殺心智。

慢慢地，長期訓練占了上風。

她恢復了鎮定。

「我們騎虎難下了。」保羅輕聲說，「我們不能下降，也不能著陸……我不認為我可以把我們拉出去，只能順著風暴飛。」

鎮定漸漸從她身上溜走，潔西嘉感到自己的牙齒在打顫，於是咬緊牙關。隨即，她聽見了保羅的聲音，低沉、冷靜。他在背誦禱文：

「我絕不能害怕。恐懼會扼殺心智。恐懼是小號的死神，會徹底摧毀一個人。我要面對恐懼，讓恐懼掠過我，穿過我。當這一切過去，我將睜開靈眼，凝視恐懼走過之路。恐懼消逝後，不留一物。唯我獨存。」

4

你鄙視什麼？人們經由這一點真正認識你。

——伊若琅公主《摩阿迪巴手冊》

・・・

「他們死了，男爵。」侍衛隊長埃金・內夫得說，「那女人和男孩不可能活著。」

弗拉迪米爾・哈肯能男爵從他私人艙房內的懸浮床上坐了起來。他的太空巡防艦已降落在厄拉科斯，像重重外殼一樣圍著他的艙房，護衛著他。艙房內，星艦表面粗糙的金屬壁全被幃幔、織品及珍稀藝術品遮住。

「錯不了。」衛隊長說，「他們死了。」

男爵在懸浮床上動了動龐大的身軀，出神凝視著艙房對面壁龕裡一具跳躍男孩的木雕上。睡意漸去，他將手伸到脖子的一層層肥肉下方，調整了一下加裝了靠墊的懸浮器，眼光越過室內的燈球，往門廊方向望去，死盯著站在屏蔽場外的內夫得隊長。

「他們絕對死了，男爵。」那人又重複了一遍。

男爵注意到內夫得眼中有一絲塞木塔迷藥造成的呆滯。顯然，接到報告時，他正深深沉浸在那種藥物帶來的亢奮中，趕到這裡之前才服了解毒劑。

「我收到詳盡的報告。」內夫得說。

讓他緊張一下，冒點冷汗吧。男爵想，御下工具必須保持鋒利，隨時可用。權力和恐懼——保持鋒利，隨時可用。

「你見到他們的屍體了？」男爵用低沉的聲音問道。

內夫得遲疑了。

「嗯？」

「大人……有人看見他們飛進沙暴裡……風速超過八百公里，沒有任何生命能在那樣的沙暴中活下來，大人，沒有！就連我們自己的撲翼機也在追擊時墜毀了。」

男爵盯著內夫得，注意到每當他嚥唾沫時，下頷的肌肉緊張地抽動。

「你看到屍體了？」男爵問。

「爵爺……」

「你得意洋洋地跑來這裡，想幹什麼？」男爵咆哮道，「就為了把一件不確定的事說成確定的？你以為我會表揚你的愚蠢，再給你升一次職嗎？」

內夫得嚇得臉色刷白。

看看這些膿包，男爵想，我周圍全是這類沒用的蠢蛋。就算我把沙子撒在這傢伙面前，告訴他這是米，他也會啄下去。

「因為艾德侯，我們才找到他們？」男爵問。

「是的，大人！」

看他回答得多不假思索，男爵想。「他們想逃到弗瑞曼人那裡，對嗎？」男爵問。

「是的，大人！」

「你的……報告中，還有提到什麼嗎？」

「那個皇家行星生態學家，凱恩斯，也牽扯了進去，大人。不知道在什麼情況下，艾德侯加入了凱恩斯一夥……我甚至可以說，是在很可疑的情況下。」

「然後呢？」

「他們……呃，一起逃進沙漠的一個地方。顯然，那個男孩和他母親當時正躲在那裡。我們的軍隊激動地追了過去，其中幾個人遇到屏蔽場爆炸。」

「我們損失了多少人？」

「我……啊，不清楚，大人。」

他在撒謊，男爵想。損失肯定相當慘重。

「那個皇家馬屁精，那個凱恩斯。」男爵說，「他在玩兩面手法，是嗎？」

「對，這一點我敢以我的名譽擔保，大人。」

他的名譽！

「派人殺了他。」男爵說。

「大人！凱恩斯可是皇家行星生態學家，是皇帝的僕……」

「那麼，就布置成意外的樣子！」

「大人，在攻進那個弗瑞曼人巢穴的時候，薩督卡和我們的人馬一起作戰。凱恩斯目前在他們手上。」

「把他從他們手裡要過來，就說我要審問他。」

「如果他們反對呢？」

「如果你處理得好，他們不會反對。」

內夫得嚥下一口唾沫：「是，大人！」

「那個人必須死。」男爵低聲吼道，「他竟然想要幫助我的敵人。」

衛隊長把身體重心從一隻腳移到另一隻腳。

「怎麼？」

「大人，薩督卡……手裡還押著兩個人，您或許有興趣。他們抓住了公爵刺客團的團長。」

「郝沃茲？瑟非．郝沃茲？」

「我親眼看到那個俘虜了，大人。是郝沃茲。」

「竟然有這種事！」

「他們說他是被擊昏槍擊倒的，大人。在沙漠裡他不能使用屏蔽場。他幾乎沒有受傷。要是我們把他弄到手，對我們會很有利。」

「你說的可是晶算師。」男爵咆哮道，「沒有人會不充分利用晶算師。他開口了嗎？關於這次戰敗他都講了些什麼？他知道多少……不。」

「他沒怎麼開口，大人，但我們發現，他認定出賣他們的是潔西嘉女士。」

「啊……啊。」

男爵坐回懸浮床，沉吟了半晌，然後說：「你確定嗎？他的怒火是燒向潔西嘉女士？」

「他當著我的面說的，大人。」

「那就讓他以為她還活著。」

「但是，大人……」

「閉嘴！我要你們好好對待郝沃茲，不許告訴他尤因醫師的任何事。要讓他聽到尤因醫師是為保護公爵而死。從某個角度講，這可能是真的。要加深他對潔西嘉女士的懷疑。」

「大人，我不……」

「內夫得，控制並誤導晶算師的方法，就是向他提供他所需要的情報，錯誤的情報——錯誤的結論。」

「是，大人。可……」

「郝沃茲餓不餓？渴不渴？」

「大人，郝沃茲還在薩督卡手裡！」

「是啊。沒錯，對。但是，薩督卡會和我一樣急著從郝沃茲那裡得到情報。關於我們的盟友，我注意到一件事，內夫得。論政治手腕……他們不太高明。我相信這是刻意造成的，皇帝希望他們這樣。是啊，我相信這是刻意的。你要提醒薩督卡指揮官，我最拿手的就是從不願合作的俘虜嘴裡挖出情報。」

內夫得一副鬱悶的模樣。「是，大人。」

「你去告訴薩督卡指揮官，我想同時提審郝沃茲和凱恩斯，讓他倆狗咬狗。我想，這一點，他那個腦子還是轉得過來的。」

「是，大人。」

「一旦這兩個人到了我們手裡……」男爵點點頭。

「大人，薩督卡人一定會要求派觀察使參加每次……審訊。」

「我相信，我們一定能製造緊急事件，把任何惹人厭的觀察使支開，內夫得。」

「我明白，大人。到那時，凱恩斯就會發生『意外』。」

「凱恩斯和郝沃茲都會發生意外，內夫得。但只有凱恩斯會發生真正的意外。我要的是郝沃茲。對，啊，就是這樣。」

內夫得眨了眨眼，又嚥了口唾沫。看樣子還是有疑問，但終究選擇了沉默。

「給郝沃茲好吃好喝，要很親切。」男爵說，「彼特死前配製過一種慢性毒藥，把這種藥下在他的水裡。還有，從此之後，解毒劑都要混入郝沃茲的日常飲食中……除非我下令停藥。」

「解毒劑，是。」內夫得搖搖頭，「可——」

「別蠢了，內夫得，公爵差點用牙裡的毒藥膠囊害死我。他當著我的面吐出來的毒氣奪走了我最有價值的晶算師——彼特。我需要人接替他。」

「郝沃茲？」

「郝沃茲。」

「可——」

「你是要說，郝沃茲完全忠於亞崔迪氏族。沒錯。但亞崔迪已經滅門了，我們會成功招安他的。一定要說服他，讓他認為公爵的死不是他的責任，這一切都是那個貝尼．潔瑟睿德女巫幹的。還有他的主人實在不怎麼樣，讓感情蒙蔽了理智。晶算師欣賞不受感情左右制定計謀的能力。內夫得，我們會爭取到那個可怕的瑟非．郝沃茲。」

「爭取他。是，大人。」

「郝沃茲很不走運，他的主人拿不到多少情報，沒辦法將晶算師應有的推斷能力提升到極致。郝沃茲會看出這有幾分是真的。公爵付不起錢僱用最有效率的間諜，他的晶算師沒辦法拿到所需要的情報。」男爵盯著內夫得說，「我們永遠不能欺騙自己，內夫得。真相是非常強大的武器。我們知道我們是怎樣戰勝亞崔迪的，郝沃茲也知道。這勝利是我們用錢砸出來的。」

「是，大人！錢砸出來的。」

「我們會爭取到郝沃茲。」男爵說，「我們要把他藏起來，不讓薩督卡人和他接觸。但我們要留一手……用解毒劑來控制他。那種慢性毒藥會一直留在人體內，而且，內夫得，郝沃茲永遠也不會懷疑。毒素檢測器查不出解毒劑，郝沃茲儘管檢查自己的食物好了，他查不出任何中毒的跡象。」

內夫得的眼睛瞪大，終於聽懂了。

「缺少某件東西，會跟有某種東西一樣致人於死。」男爵說，「缺少空氣會怎麼樣？缺少水呢？缺少我們上癮的東西？」男爵點點頭，「內夫得，你懂我的意思嗎？」

內夫得緊張地嚥了一口唾沫：「懂了，大人。」

「那就趕緊去辦。去找薩督卡指揮官，把這件事辦妥。」

「遵命，大人。」內夫得鞠躬，轉身快步跑開。

我的郝沃茲！男爵想，薩督卡人會把他交給我的，就算他們起了疑心，頂多懷疑我想幹掉那個晶算師。我會讓他們深信不疑的！這群蠢蛋！他可是史上最可怕的晶算師之一，受過訓練的殺手，而他們會把他扔給我，就像扔一個準備銷毀的蠢玩具。我會讓他們見識到，這樣的玩具究竟有什麼用途。

男爵將手伸到懸吊床旁的帷幔下，按下按鈕，傳喚他的大侄子拉班。然後，他坐回床上，面帶微笑。

亞崔迪一門死絕了！

那個愚蠢的侍衛隊長是對的，必死無疑。厄拉科斯的沙暴一路狂掃，沒有任何生命可以倖存，更別說撲翼機了……還有機上的人。那個女人和男孩已經死了。適當的賄賂，動用難以想像的巨款，將勢不可擋的軍隊請來這顆星球……還有狡猾編造、只流入皇帝一人之耳的報告，所有精心策畫，終於取得輝煌的戰果。

權力和恐懼——恐懼和權力！

男爵能看到前方的路。總有一天，哈肯能人會登上皇位。不是他自己，也不是他的兒子，而是另一個哈肯能人。當然，絕不是他召來的拉班，而是拉班的弟弟，年輕的菲得—羅薩。那孩子有一股男爵欣賞的鋒芒——凶殘。

一個可愛的孩子，男爵想，一兩年後，他十七歲，我就可以確定他能不能成為哈肯能氏族用來奪取皇冠的工具。

「男爵大人！」

那人站在男爵臥室門的屏蔽場外，身材矮小，一身肥肉，長著跟他父輩一樣的小眼睛、脹鼓鼓的肩膀。現在他的肥胖裡還有幾分結實，但任何人都能一眼看出，總有一天他將不得不依賴移動式懸浮器來支撐那具過重的身子。

頭腦簡單肌肉發達，男爵想，不是晶算師的料，我這個侄子……不會是另一個彼特。但也許是專為眼前這項任務而生。如果我放手讓他去做，他會把路上的一切障礙全碾碎。哦，厄拉科斯人會多麼恨他！

「我親愛的拉班。」男爵說。他關閉房門的屏蔽場，但明知護體屏蔽場在床頭燈球的照射下會發出明顯微光，卻仍刻意開到最大。

「您召我來有什麼指示？」拉班說。他走進房間，瞥了一眼護體屏蔽場引起的空氣擾動，然後環顧四周，想找一把懸浮椅，卻沒有找到。

「站近點，讓我能清楚看到你。」男爵說。

拉班又向前走了一步，知道這該死的老傢伙有意撤掉屋裡的椅子，逼訪客站著。

「亞崔迪一族全都死了，血脈斷了。」男爵說，「這就是我召你來厄拉科斯的原因。這顆星球重新屬於你了。」

拉班眨眨眼睛：「可我以為，您準備推舉彼特・德・弗立斯——」

「彼特也死了。」

「彼特？」

「彼特。」

男爵重新啟動房門的屏蔽場，以隔絕一切能量侵入。

「你終於對他厭煩了，是嗎？」拉班問。

在屏蔽能量的房間裡，他的聲音顯得平板單調，死氣沉沉。

「這些話我只跟你講一次。」男爵低沉地說，「你暗指我除掉了彼特，就像扔掉小玩意兒一樣。」他舉起肥嘟嘟的手，打了個響指，「是這樣嗎？我還沒笨到那種程度，侄子。如果你再用言語或行動暗示我很愚蠢，我就要對你不客氣了。」

拉班瞇起的眼睛流露出恐懼。他隱約知道老男爵對族人有多不留情。當然，很少弄出人命，除非涉及驚人的利益或挑釁。儘管如此，家族處罰仍有可能極其痛苦。

「原諒我，男爵大人。」拉班說。他垂下眼睛，盡量顯得卑躬屈膝，以此來掩飾憤怒。

「你騙不了我，拉班。」男爵說。

拉班仍然垂著眼皮，嚥了一口唾沫。

「我要強調一點。」男爵說，「絕不要隨隨便便除掉一個人，整個封邑或許會透過一些正當法律程序來做這種事。殺人必須是為了達成壓倒一切的目標——而且，要明白那個目標！」

拉班的聲音裡透著憤怒：「但你就除掉了那個叛徒——尤因！昨天晚上我來的時候，看到他的屍體被抬了出去。」

拉班盯著他的叔叔，突然被自己的話嚇到。

但是，男爵卻微笑起來。「我對危險的武器一向非常小心。」他說，「尤因醫師是叛徒，他把公爵出賣給我。」男爵的聲音突然強硬起來，「我收買了一個蘇克學院的醫師！一所權力中樞的學院！聽清楚了，小子？如果放任不管，那種武器會不受控制。我並不是隨便除掉他。」

「皇帝知道你收買了一個蘇克學校的醫師嗎？」

這個問題倒是一針見血，男爵想，難道我錯估了這個侄子？

「皇帝還不知道。」男爵說，「但他的薩督卡一定會向他報告。不過，在那之前，我會通過鉅貿聯會將我的報告交到皇帝手中。我會解釋說，我很幸運發現了一個偽稱自己受過心理制約的醫師。一個假醫師，你明白嗎？人人都知道，你不可能改變蘇克學院的心理制約，所以，皇帝會接受這個解釋。」

「啊——我明白了。」拉班喃喃道。

而男爵心想：是啊，我倒希望你真的明白了。我希望你真的看出來，保住這個祕密有多重要。突然，男爵有些懷疑自己。我為什麼要那樣做？既然我必須先利用他，然後再拋棄他，那我為什麼還要向這個愚蠢的侄子吹噓？男爵生自己的氣，覺得自己被人出賣了。

「這件事必須保密。」拉班說，「我明白了。」

男爵嘆了一口氣說：「關於厄拉科斯，這次我給你的指示跟上回不同，侄子。上次你統治這個地方的時候，我嚴格控制你。但這次，我只有一個要求。」

「大人？」

「收入。」

「收入？」

「拉班，你知道不知道，把這麼龐大的軍隊運來進攻亞崔迪，我們花了多少錢？你對宇航運送軍事物資的要價有沒有一點起碼的概念？」

「很貴，對嗎？」

「貴！」

男爵一隻肥碩的手臂朝拉班一揮。「榨乾厄拉科斯的每一分錢，整整榨上六十年，也只勉強夠付這筆費用！」

拉班吃驚地張開嘴，又閉上了。

「貴！」男爵輕蔑地說，「該死的宇航壟斷了太空。要不是我老早就開始籌措這筆錢，我們早就毀了。你要知道，拉班，全部壓力都由我們承受，甚至連薩督卡的運輸費也是我們出的。」

這已經不是第一回了，男爵不止一次想過，宇航是否也有遭人設計的一天。這些人太陰險了，抽你的血，卻不會抽太多，讓你下不了決心反抗，最後被他們捏得死死。到那時，他們就會不停逼你掏錢，掏錢，再掏錢。

對於軍事行動，他們向來收取高昂費用。「風險率。」滑頭的宇航代表這樣解釋。即使你在宇航的銀行機構中成功安插一個間諜，他們就會在你的系統中安插兩個。

難以忍受！

「這麼說，收入第一。」

拉班說。男爵垂下手臂，手掌握拳，「狠狠壓榨。」

「只要榨出錢，我就可以做任何我想做的事？」

「任何事。」

「您帶來的大炮。」拉班說，「我可以——」

「我正要運走。」

「可您——」

「你以後再也用不到這些玩具。那些大炮是改造過的，現在已經沒有用，而我們需要金屬。這種武器沒辦法穿透屏蔽場，拉班，那不過是出其不意。這顆討厭的星球有無數岩洞，我們早就料到公爵的人會撤到岩洞去。我們的大炮只不過是把他們封死在洞裡的工具。」

「弗瑞曼人不用屏蔽場。」

「你如果想要，可以留下一些雷射槍。」

「好的，大人。而我可以隨心所欲？」

「只要你能榨出錢來。」

拉班心滿意足地笑了：「我完全明白，大人。」

「首先我們要搞清楚一件事，沒有什麼東西你能完全明白。」男爵咆哮道，「你只需要明白怎麼執行我的命令。侄子，你有沒有想過，這個星球上至少有五百萬人？」

「大人，您是不是忘了，我以前曾是這裡的代理西瑞達？請大人原諒，我要說那數量也許還低估了。要算出散居在凹地和盆地的人口是相當困難的。如果考慮到弗瑞曼人……」

「弗瑞曼人不值得考慮！」

「請原諒，大人。薩督卡並不這麼認為。」

男爵猶豫了，盯著他的侄子說：「你知道什麼情況？」

「我昨晚抵達時，大人已經休息了。我……嗯，擅自連絡了我手下的……嗯，以前手下的一些軍官，他們一直在擔任薩督卡的嚮導。他們報告說，有一夥弗瑞曼人在東南方的某個地方伏擊了一支薩督卡部隊，把他們殲滅了。」

「殲滅一支薩督卡部隊？」

「是的，大人。」

「不可能！」

拉班聳了聳肩。

「弗瑞曼人打敗了薩督卡。」男爵譏笑道。

「我只是在複述我得到的報告。」拉班說，「據說，這支弗瑞曼部隊先俘虜了公爵手下那位可怕的瑟非．郝沃茲。」

「啊……」

男爵點點頭，笑了起來。

「我相信這個報告。」拉班說，「您不知道弗瑞曼人以前多麼令人頭痛。」

「也許吧。但你那些軍官看到的並不是弗瑞曼人。他們一定是郝沃茲訓練的亞崔迪人，偽裝成弗瑞曼人了。這是唯一可能的答案。」

拉班再次聳了聳肩：「這個……薩督卡認為他們是弗瑞曼人。薩督卡已經著手實施一項計畫，準備消滅所有弗瑞曼人。」

「好極了！」

「但是——」

「這樣一來，薩督卡人就有事可幹了，而我們很快就會得到郝沃茲。萬無一失！我可以感覺到！啊，真是愉快的一天！薩督卡人去追剿幾伙沒用的沙漠混混，我們卻得到真正的大獎。」

「大人……」拉班躊躇著，皺起眉頭，「我總覺得我們低估了弗瑞曼人，無論是數量還是——」

「別理他們，孩子！他們是烏合之眾，我們關心的是人口集中的小鎮、城市、村落。那裡可有不少人，對吧？」

「是的，大人。」

「他們讓我放心不下，拉班。」

「讓您放心不下？」

「哦……他們中有九成人不值得擔心，但總有那麼幾撮人……那些小氏族之類，那些人野心勃勃，可能會幹出危險的事。如果他們之中有人帶著令人不愉快的消息離開厄拉科斯，向外散布這裡發生了什麼事，我會非常不高興。你知道我會多麼不高興嗎？」

拉班嚥了口唾沫。

「你必須立即採取措施，從每個小氏族扣下一個人質。」男爵說，「每個離開厄拉科斯的人都必須明白，這單純就是一場氏族對氏族的戰爭，沒有牽涉到薩督卡。你明白嗎？我們向公爵提出寬大的處置，要流放他，但他還沒來得及接受，就在一起不幸的事故中送了命。他已經準備好要接受了。事情就是這樣。如果有人散播謠言，說薩督卡出現在這裡，就是笑話。」

「這也是皇帝的希望？」拉班說。

「也是皇帝的希望。」

「走私販怎麼辦？」

「沒人會相信走私販，拉班。人們可以忍受他們，但不會相信他們。不過你還是得給那些人一些賄賂……還要採取其他措施，我相信你能想出辦法來。」

「是，大人。」

「那麼，你在厄拉科斯有兩件事要做，拉班。收入和無情的鐵拳。這裡用不著憐憫。認清土著的本質，他們是奴隸，嫉妒他們的主人，一有機會就造反。絕不能對他們露出半點同情和憐憫。」

「能消滅整顆星球嗎？」拉班問。

「滅絕？」頭猛地一轉，顯出男爵的驚訝，「誰說要滅絕？」

「呃，我原以為您準備遷入新的居民，而且——」

「我說的是壓榨，侄子，不是滅絕。別浪費這裡的人口，只要逼他們徹底臣服就行了。你一定是肉食性動物吧，我的孩子。」他笑起來，帶著酒窩的胖臉上露出嬰兒般的神情，「食肉性動物永遠不會停下來。沒有憐憫，永遠不停。憐憫是神話裡湊出來的怪物。等你餓到肚子咕嚕咕嚕叫、渴到喉嚨乾裂的時候，自然會把憐憫丟開。一定要隨時記住飢餓和乾渴的滋味。」男爵撫摸著移動式懸浮器上凸起的肚子，「就像我一樣。」

「我明白了，大人。」

拉班左右看了一眼。

「那麼，一切都清楚了，侄子？」

「只除了一件事，叔叔，那個行星生態學家，凱恩斯。」

「啊，是啊，凱恩斯。」

「他是皇帝的人，大人。他可以隨意來去，而且和弗瑞曼人的關係十分密切……還娶了弗瑞曼女人。」

「明天太陽落下時，凱恩斯就會死了。」

「殺死皇帝的下屬──這可是危險的事，叔叔。」

「你以為我為什麼要這麼堅持，這麼快動手？」男爵質問道，他的聲音很低，帶著一種說不出的威懾力，「另外，你永遠不必擔心凱恩斯會離開厄拉科斯，也不用擔心他對香料的那股狂熱。」

「當然！」

「知道內情的人，絕不會做出任何威脅到香料供給的事。」男爵說，「凱恩斯當然知道。」

「我忘了。」拉班說。

他們在沉默中對望著。

過了一會，男爵說：「還有，你要把給我本人的香料供給當作頭等大事。雖然我私下囤積了大量存貨，但公爵的人搞了那次自殺式攻擊，把我們準備出售的大部分庫存都毀掉了。」

拉班點點頭說：「是，大人。」

男爵心情變好，「那麼，明天早上，你把這裡殘留的機構重整一下，對他們說：『我們尊敬的帕迪沙皇帝陛下已經任命我來管理這個星球，並結束所有爭執。』」

「明白了，大人。」

「這一回，我相信你的確是明白了。明天我們再具體討論一下細節。現在，讓我先睡上一覺。」

男爵關閉門口的屏蔽場，看著侄子走出房門，消失在視線之外。

頭腦簡單，男爵想，四肢發達，頭腦簡單。在他的碾壓之下，那些人會變成肉醬。然後，當我派菲得—羅薩去解除他們的重負時，他們就會朝他們的拯救者大聲歡呼。敬愛的菲得—羅薩，仁慈的菲得—羅薩，把他們從野獸拉班的蹂躪下解救出來的恩人。菲得—羅薩，一個值得追隨、為他而死的人。到那時，那孩子會懂得如何有恃無恐地壓榨。我確定，他是我們需要的人。他會學到的。多麼可愛的孩子，真是個可愛的孩子。

5

年方十五，他已學會沉默。

——伊若琅公主《摩阿迪巴童年史》

．．．

保羅竭力控制住撲翼機，越來越清楚他正在歸理千絲萬縷的風暴拉力。他那比晶算師還要強大的意識正在輸入各種瑣碎的細節，精密計算著。他感受著鋒面、沙浪、紊亂的氣流和不時捲起的渦旋。儀表板上表盤的指針發出幽幽綠光，機艙內顯得怒氣騰騰。艙外黃褐色的沙塵看上去毫無差別，但他內在的感知能力卻開始看透沙幕。

必須找到一股適當的渦旋，他想。

時間過了很久，他感到風暴在減弱，但仍吹得他們搖擺不定。他等待著沙暴中出現另一股渦流。渦旋來了，像突如其來的巨浪，將整個機身震得嘎嘎作響。保羅大膽地讓撲翼機猛地向左傾斜。潔西嘉在姿態指引儀上看到了這項操作。

「保羅！」她尖叫道。

渦旋讓兩人翻滾著、扭轉著、顛撲著，將飛機向上拋起，彷彿它是噴泉水柱中的一小塊木片。然後，渦旋將他們噴了出去。在二號月亮的月光下，飛機就像飛舞沙塵中的一小顆展翅微粒。

保羅俯視下方，看到那根沙塵滾滾的熱風柱，正是它剛剛把他們吐了出來。他看到沙暴逐漸減弱，慢慢消失，像沒入沙漠的乾枯河流。從他們所在的上升氣流望下去，沙塵映著月光，變成了灰色。

「我們出來了。」潔西嘉悄聲道。

保羅扭轉機首，避開沙塵，讓機翼有節奏地拍打著。他掃視夜空。

「我們出來了。」他說。

潔西嘉感覺到心臟怦怦亂跳。她強迫自己鎮靜下來，看著逐漸縮小的沙暴。她的時間感告訴她，他們乘著那種結合多種大自然力量的沙暴飛了將近四小時，但她大腦的某個部分認定他們飛了整整一生。她感到自己獲得了新生。

正如祈禱文所說，她想，我們面對它，而不是抗拒它。沙暴從我們身旁掠過，包圍著我們。它過去了，而我依然屹立。

「我不喜歡機翼發出的聲音。」保羅說，「我們的飛機在沙暴中受損了。」

他經由操縱桿上的雙手感覺到飛機受損發出的嘎嘎聲。他們飛出了風暴，但他的預視仍然僅能看到有限的未來。不過，他們終究逃出來了。保羅不由自主地抖著，發現自己離天啟僅有一步之遙。

他顫抖著。

這種感覺十分強烈，令人不寒而慄。他思索著，究竟是什麼導致這種令人戰慄的覺醒。他覺得部分原因是厄拉科斯富含香料的飲食，另一部分則是祈禱文，彷彿這些言語本身就具有某種力量。

「我不能害怕……」

因與果：他逃過凶殘的力量，活了下來，感覺到自己正站在自身意識的邊緣。如果沒有祈禱文的魔力，不可能有這種覺醒。

《奧蘭治合一聖書》的話在他腦海中迴響：「我們究竟缺乏什麼，因而對身旁的另一個世界視而不見、聽而不聞？」

「這裡到處是岩石。」潔西嘉說。

保羅晃晃腦袋，全神貫注在撲翼機的降落程序上。他望向母親指出的地方，看到前方及右方沙地上拔地而起的暗黑色岩石。他感到風繞著腳踝轉，在機艙中捲起一陣塵土。機體某個地方有道缺口，可能是風暴的傑作。

「最好降落在沙面上。」潔西嘉說，「機翼可能承受不起全力剎車。」

他朝前方沙丘上一道朝月光拔升的粗礪岩脊點點頭。「降在那堆岩石附近。檢查一下安全帶。」

她照做了，心想：我們有水，也有蒸餾服。只要能找到吃的，我們就能在這片沙漠上存活很久。弗瑞曼人住在沙漠中，他們能做到，我們也能。

「我們一停下來，馬上朝岩石那邊跑。」保羅說，「我來拿背包。」

「為什麼……」她不作聲了，點點頭，「沙蟲。」

「我們的朋友，沙蟲。」他糾正她說，「沙蟲會吃掉這架撲翼機，再也沒人能查出我們在這裡降落。」

他思索得多麼徹底，她想。

飛機向下滑翔……越來越低……

眼前景物一掠而過：沙丘那朦朧的陰影，周圍如島嶼般升起的岩石。撲翼機輕輕擦過一座沙丘的頂部，躍過沙谷，又擦過另一座沙丘。

利用沙的摩擦力減速，潔西嘉想，不由得暗自讚賞他的技巧。

「坐穩了！」他警告說。

他向後拉動機翼的制動桿，先是輕輕拉，越來越用力。他感到撲翼機兜住空氣，疾風呼嘯著穿過層層交疊的護板和機翼上的主葉片。

突然，幾乎毫無徵兆，因沙暴吹打而變得疲弱的左翼向內、向上捲起，砰的一聲砸上機身。撲翼機越過一座沙丘頂部，向左一翻，底朝天，一頭栽入旁邊的沙丘上。沙土傾瀉而下，機首立刻被沙子淹沒，機身朝折損的左側機翼倒下，右翼高高翹起，直指星空。

保羅用力扯開安全帶，從母親上方一躍，拉開艙門。周圍的沙子立刻湧入機艙，帶進一股燧石燃燒後的焦味。他從後座將背包拖過來，看見母親也解開了安全帶，站到右邊座位的邊緣，踩著座位鑽了出來，爬到機身的金屬外殼上。保羅緊隨在後，抓住背包帶拖了出來。

「跑！」他命令道。

他指向沙坡後方，那邊高高聳立著一座風沙侵蝕的岩塔。

潔西嘉跳下撲翼機，拔腿便跑，踉踉蹌蹌、一步一滑地攀上沙丘。她聽見保羅喘息著跟在身後。兩人爬上一道往岩石方向迤邐的沙脊。

「沿著沙脊跑。」保羅命令說，「這樣比較快。」

兩人艱難地朝岩石跑去，腳不時陷入沙中。

一道前所未聞的聲音朝兩人逼近，那是極低的沙沙聲，有東西在沙面下蜿蜒游走。

「沙蟲！」保羅說。

聲音越來越大。

「快！」保羅氣喘吁吁地喊道。

前方的第一座巨礫像一片從流沙漠往上延伸的海灘，就在前方不到十公尺處。這時，身後響起金屬碎裂的嘎吱聲。

保羅將背包移到右手，抓住背包帶，背包隨著他的腳步拍打著身側。他另一隻手拉著母親的胳膊，拚命爬上突起的岩石，穿過一道風沙刻鏤出來的皺摺溝壑，爬上布滿礫石的岩面。吐出的氣乾燥之極，喉嚨裡火辣辣的。

「我跑不動了。」潔西嘉喘著粗氣說。

保羅停下來，將她推入一道岩縫，轉身俯視著下方的沙漠。一座沙冢一拱一拱地移動著，與兩人所在的岩島平行。月光如水，沙浪泛起漣漪，浪頭般湧起的沙冢大約在一公里外，掀起的沙浪幾乎與保羅的眼睛一樣高。沙蟲所經之處，一座座沙丘被夷為平地，只留下蜿蜒的爬痕，在兩人遺棄撲翼機殘骸的那片沙漠上迂迴穿行。

沙蟲過後，再看不見撲翼機的蹤影。

湧起的沙堆又往沙漠中心移去，穿過來時的路線，一路追尋著獵物。

「牠比宇航的星艦還大。」保羅悄聲道，「我聽說沙漠深處的沙蟲更大，但沒料到……會這麼大。」

「我也沒料到。」潔西嘉喘著氣說。

那東西已經轉身離開岩石，加速朝地平線而去，留下一道拱起的蹤跡。兩人傾耳聆聽，直到牠游走的聲音漸漸消失在周圍細沙流動的唰唰聲中。

保羅深深吸了口氣，抬頭望著冷月映照下的峭壁，引用了一句弗瑞曼人《訓誨書》中的話：「『夜間行進，白日於濃重的陰影中休憩。』」他看看母親，「離天亮還有幾小時，妳能繼續走嗎？」

「再等一下。」

保羅走上巨礫，背包上肩，繫好背包帶，手裡拿著羅盤站了一會兒。

「妳準備好了就動身。」他說。

她手一撐，從岩石上站起身來，感到體力恢復了。「往哪邊走？」

「順著這條岩脊。」他指著說。

「深入沙漠。」她說。

「弗瑞曼人的沙漠。」保羅輕聲道。

他驀地一驚，停下腳步。他想起在卡樂丹做過的一場預知夢，夢境鮮明猶在眼前。他見過這片沙漠，但場景與眼前稍有不同。那像是一幅溶入潛意識的光學影像，被記憶吸收了，如今真正身臨其境的時候，卻無法與現實對應。他一動也不動，幻象卻似乎動了起來，以不同於以往的角度慢慢靠近他。

在夢中，艾德侯和我們在一起。他想起來了，可現在，艾德侯已經死了。

「你找到路了嗎？」潔西嘉問，誤以為他是在猶豫。

「沒有。」他說，「但我們還是得走。」

他拉緊背包帶，沿著風沙鑿出的溝槽向上爬。溝槽通往一大片岩石，月光下，階梯形的岩脊一路向南攀升。

保羅朝岩脊走去，攀上第一道岩階，潔西嘉緊隨其後。

沒過多久，她發現這條路線艱難無比，只能邊走邊看，隨機應變。岩石間的沙坑拖慢兩人的步伐，風沙蝕刻的岩壁鋒銳割手，面前的障礙迫使兩人做出選擇：翻越或迂迴繞過？兩人順著地形加快或減慢，只在不得不說話的時候才開口，嗓音嘶啞，氣喘吁吁。

「當心這裡，岩階上有沙，很滑。」

「注意上面那塊岩石，別撞上去。」

「走在岩脊下面。月亮在我們背後，月光會暴露我們的行蹤。」

保羅在岩石的彎角停下腳步，背倚著一道窄窄的岩架休息。

潔西嘉靠在他身旁，慶幸可以稍事休息。她聽見保羅在拉蒸餾服的水管，於是也吸了一點自己的回收水。水有點鹹，她不由得想起卡樂丹的水——高大的噴泉在空中劃出一道弧線，水量如此豐沛，大家都不在意水本身……只留意噴泉的形狀、倒影，或是聲音。

停下吧，她想，休息一會兒……真正的休息。

她突然想到，悲憫就是允許停下，哪怕只是停一下。不能停步的地方不存在悲憫。

保羅從岩架上起身，轉身，攀過一道斜坡。潔西嘉嘆了口氣，跟了上去。

兩人滑下一道斜坡，來到一片陡峭的岩面。在這個地形破碎的地方，重新腳步凌亂地前進。

潔西嘉只覺得一整夜腳下都是大大小小的顆粒：巨礫、碎石、岩片、砂礫、沙子本身、沙粒、細沙或沙塵。

沙塵會堵塞鼻塞，必須吹出來。砂礫和碎石在堅硬的岩面上滾來滾去，一不小心就會滑倒。剝落的岩片會割傷手腳。

無所不在的沙堆會拖住腳步。

保羅突然在一道岩棚上停下，他母親來不及收步，撞上他。他扶住母親，幫她重新站穩。

他指著左方，潔西嘉順著他的手臂望過去，看清兩人正站在斷崖頂上，二百公尺深的下方是一片沙漠，綿延不絕，像靜止的海洋躺在那裡，布滿銀色波浪——無數曲折的影子彷彿正在匯入弧形的沙脊。遠處，另一道峭壁高高聳入灰濛濛的霧靄中。

「大平漠。」她說。

「太寬了，很難穿越。」保羅說，臉上罩著過濾器，聲音變得很低沉。

潔西嘉左右看了看，下面除了沙子，什麼也沒有。

保羅直視前方，越過遼闊的沙丘，看著隨月亮移動不停變幻的陰影。「大約三四公里寬。」他說。

「沙蟲。」她說。

「肯定有。」

疲憊湧上，痠疼的肌肉令潔西嘉的感官變得遲鈍。「我們可以休息一下，吃點東西嗎？」

保羅讓背包滑下肩頭，坐下來，靠在背包上。潔西嘉一隻手放在他肩膀，撐住自己的身體，然後倒在他身側的岩石上。坐穩之後，她感到保羅轉過身去，聽見他在背包裡翻著什麼。

「拿著。」他說。

他將兩粒能量膠囊塞進她的掌心。他的手十分乾燥。

她勉力從蒸餾服水管中吸了一小口水，吞下兩粒能量膠囊。

「把水全喝完。」保羅說，「有句格言：身體是水分的最佳儲存所。那能保持體能，讓妳更有力氣。要相信妳的蒸餾服。」

她照做，將集水袋中的水喝光，覺得體能恢復了。她想著儘管身心俱疲，但此時此刻這裡是多麼靜謐祥和！她記得以前聽吟遊武士葛尼・哈萊克說過：「一口乾糧和隨之而來的靜謐，勝過無數犧牲和戰役。」

潔西嘉向保羅複述這句話。

「的確是葛尼的話。」他說。

她注意到他的語調，那聽起來有如在說一個死去的人。她想：可憐的葛尼也許真的死了。亞崔迪的軍隊若非戰死就是被俘，或像兩人一樣迷失在這片一滴水也沒有的虛空中。

「葛尼總是能引用最貼切的詩歌。」保羅說，「我彷彿能聽到他說：『我要讓河流乾涸，將大地出賣給毒蛇；我要以陌生人的手，讓原野荒蕪，毀滅在其中生存的一切。』」

潔西嘉閉上雙眼，發現自己被兒子嗓音中的悲愴感動得泫然欲泣。

過了一會，保羅說：「妳……感覺如何？」

她意識到他是在問她肚中的胎兒，於是回道：「你的妹妹幾個月後才會降世，我覺得……體力還夠。」

她想著：我是在跟自己的兒子講話，卻講得這麼拘謹、有禮！對貝尼．潔瑟睿德來說，這種古怪的問題，只能往自己內心深處尋求解答。於是她靜下心來，找到了這股拘謹的根源：我害怕自己的兒子。害怕他變得這麼陌生，害怕他可能看到的未來，也害怕他可能會對我說的話。

保羅拉下兜帽，蓋住眼睛，聆聽著夜色下急促的蟲鳴。他的沉默壓得自己難以喘息。他感到鼻子發癢，於是撓了撓，卸下鼻塞，隨後聞到一股濃郁的肉桂香，越來越濃。

「這附近有香料。」他說。

一陣暖風拂過保羅的臉頰，翻動著他斗篷的衣褶。但這風並不像沙暴那樣帶著凶險。他已經能分辨兩者的差異。

「天快亮了。」他說。

潔西嘉點點頭。

「有一種方法可以安全橫越那片沙漠。」保羅說，「弗瑞曼人的方法。」

「沙蟲怎麼辦？」

保羅說：「我們的沙漠求生包裡有一根沙錘，如果我們埋到岩石的後面，就可以引開沙蟲一陣子。」

她望向遠方，在兩人與另一座峭壁之間是片廣袤的沙漠，在月光下熒熒生輝。「一陣子？夠走四公里嗎？」

「也許吧。如果我們橫越時只發出自然的聲響，那種不會引來沙蟲的聲音……」

保羅打量著大平漠，在腦海中搜尋他的預視記憶。跟沙漠求生包放在一起的說明書隱約提到沙錘和創造者矛鉤，用途究竟是什麼？他想找出答案。他覺得很古怪，一想到沙蟲，他感受到的就是無孔不入的恐懼。在他的意識邊緣，他隱隱覺得沙蟲應該受到尊重，而非害怕，假如……假如……

他搖搖頭。

「腳步聲聽起來必須沒有節奏。」潔西嘉說。

「什麼？哦，是的。如果我們打亂腳步……嗯，沙子本身會不時移來移去，沙蟲不可能理會每個微小的聲音。試之前，我們必須好好休息。」

他望著對面那堵岩壁，注意著高懸於崖頂的月影移動的時間，然後說：「不到一小時，天就要亮了。」

「我們在哪裡度過白天？」她問。

保羅扭過頭來，指著左邊說：「那裡，斷崖朝北方繞向那裡。妳可以看到風沙是怎麼侵蝕岩石，那邊是迎風面，一定會有一些岩溝，很深的那種。」

「最好現在就出發？」她問。

他站起身，扶她站起來。「要往下爬，妳休息夠了嗎？在紮營之前，我想盡可能走到離崖底近一點的地方。」

「夠了。」她點頭示意他帶路。

他猶豫了一會，然後拿起背包，在肩膀上背好，轉身朝下方走去。

要是有懸浮器就好了，能抵消重力。潔西嘉想，那樣的話，往下一跳就到了，多容易。但也許懸浮器跟屏蔽場一樣會引來沙蟲，在大平漠不應該使用。

兩人越過一道道岩棚，一路向攀下。前方是一道岩溝，月影勾勒出了兩側的輪廓，一直延伸到另一端的出口。

保羅在前方帶路往下攀，小心翼翼地移動著，但步伐很快，因為月光明顯就要變暗了。兩人一路向下繞，進入越來越深的黑暗。上方的岩石影影幢幢，彷彿要攀上群星。走著走著，岩溝突然變窄，只有大約十幾公尺寬，外側是昏暗的灰色沙坡邊緣，沙坡斜斜向下，沉入一片黑暗。

「我們可以從這裡下去嗎？」潔西嘉低聲問道。

「我想可以。」

他一隻腳踩在斜坡表面試了試。

「我們可以滑下去。」他說，「我先下，聽到我停下後妳再下。」

「小心。」她說。

他踩上斜坡，沿著柔軟的沙面向下滑，幾乎滑到底層，那裡全是沙子，四周岩壁環伺。

身後傳來沙子滑落的聲響。黑暗中，他費力望著斜坡，差點被傾瀉而下的流沙推倒。隨後，周圍漸漸沉寂下來。

「母親？」他叫道。

沒有回應。

「母親？」

他丟下背包，奮力往斜坡上爬，像瘋子一樣在沙堆上又抓又挖，拚命將沙子往後拋。「母親！」他大口大口喘著氣，叫道，「母親，妳在哪裡？」

又一道沙瀑流瀉在他身上，他腰部以下全被埋在沙中。他掙扎著爬了出來。

她遇上了沙崩，他想，被埋在沙子下面了。我必須冷靜，仔細想想。母親不會立即悶死，她會用並度僵直讓自己不需要氧氣。她知道我會把她挖出來。

他用母親所教的貝尼．潔瑟睿德法平息擂鼓的心跳，將心智變成一面白幕，讓剛剛發生的事一幀幀投放。每道轉彎，每步滑行，一切記憶都以幾分之一秒為單位播映在他腦海中，急促的速度正與內在的肅穆互為對比。

過了一會，保羅斜斜爬上沙坡，極其小心地摸索著，直到找到岩溝的壁面，那裡有一道凸出的岩石。他開始挖，小心翼翼將沙子搬走，以免再次引起沙崩。一塊布料在他手下露了出來，他循線找到一隻手臂，輕輕沿著手臂繼續挖，終於看到母親的臉。

「聽得到我嗎？」他輕聲問道。

沒有回答。

他挖得更快了，把她的肩膀也挖了出來。她的身體摸上去軟軟的，但他終於探到她緩慢的心跳。

並度僵直，他告訴自己。

他撥掉她腰部以上的沙，將她的雙臂搭在自己肩上，沿著斜坡往下拉。一開始很慢，然後，感到上面的沙快要塌了，立刻全力猛拉。他越拉越快，大口大口喘著氣，努力保持身體的平衡，終於將她拉到堅實的岩面上。他把她扛在肩上，搖搖晃晃地狂奔。此時整道沙坡也塌了下來，唰唰的巨響迴盪在岩壁間，越來越震耳欲聾。

他停在岩溝出口，下方大約三十公尺處就是連綿不絕的沙丘。他輕輕將她放在沙地上，在她耳邊悄聲低語，讓她從昏厥中恢復。

她慢慢醒來，呼吸聲越來越重。

「我知道你會找到我的。」她喃喃道。

他回頭看看岩溝說：「如果我沒找到妳，對妳也許更好。」

「保羅！」

「背包被我弄丟了。」他說，「埋在沙子下面……至少一百噸沙。」

「全部了？」

「備用的水、蒸餾帳棚——所有重要的東西。」他摸了摸口袋，「羅盤還在。」又在腰帶裡搜了搜，「小刀、雙筒望遠鏡。有了這些，我們可以好好瞧瞧這個我們即將葬身的地方。」

就在此時，太陽從岩溝盡頭左側躍出地平線。廣袤的沙漠閃爍起各種色彩，躲在岩石中的鳥兒齊聲高歌。

但潔西嘉在保羅臉上只看到絕望。她用輕蔑的口氣惱怒地說：「我是這麼教你的嗎？」

「妳不明白嗎？」他說，「支撐我們在這裡活下去的一切，都被沙子埋住了。」

「你找到我了。」她說，聲音變得柔和、理智。

保羅重新蹲下。

過了一會，他仰頭望向岩溝那道新形成的沙坡，仔細審視著，計算著沙土的鬆軟程度。

「那道斜坡上的沙子，如果我們能固定住一小塊，從那裡往下挖洞，再固定住洞口表層的沙土，也許就能插根棍子勾住背包。只要有水就能辦到，但我們的水不夠……」他突然住口，然後說道，「泡沫！」

潔西嘉一動也不動，以免干擾他快速運轉的思維。

保羅向外望著開闊的沙丘，鼻子和眼睛一起搜索著，找出方向，最後凝神盯著下方一片暗沉的沙土上。

「香料。」他說，「香料的成分是高鹼性。而我有羅盤，裡面的電池是酸性。」

倚著岩石的潔西嘉挺直身子。

保羅不理她，逕直跳了起來，沿著被風吹得堅實的坡面往下，從岩溝出口迂迴跑進下面的沙漠。

潔西嘉觀察他如何前進，見他蓄意打亂自己的步伐——一大步……停，兩大步，三大步……滑行，停……

他的步伐完全沒有節奏，而節奏會讓埋伏獵食的沙蟲發現有外來異物在沙漠中移動。

保羅到達香料區，挖出一堆香料放進長袍裡包住，回到岩溝。他將香料扔在潔西嘉面前的沙地上，蹲下來，用刀尖拆開羅盤，卸下羅盤表面後，取下腰帶，將羅盤的零件倒上去，從中取出電池。接著，他取出羅盤的刻度盤，手裡只剩下羅盤的空殼。

「你需要水。」潔西嘉說。

保羅從脖子旁邊抓過吸水管，吸了一大口，將水吐在羅盤外殼裡。

如果不成功，水就浪費了。潔西嘉想，不過，不管怎樣，那都不重要了。

保羅用小刀劃開電池，將結晶倒進水裡。水裡泛起少許泡沫，然後平息下來。

潔西嘉眼角的餘光瞥見上方有動靜，她抬起頭，看見一排鷹佇立在岩溝邊，緊盯著下方暴露在空氣中的水。

神母啊！她想，牠們從那麼遠的地方就嗅到水了！

保羅將蓋子扣回羅盤，取走蓋子上的「重啟」按鈕，留下一道小孔，以便液體流出。他一手拿著改造好的羅盤，另一隻手抓起一把香料，回到岩溝上，研究著斜坡的地勢，沒繫腰帶的長袍在微風中輕輕飄動。他費力地往斜坡上走了一段，踢開腳下細細的流沙，攪起一團沙塵。

沒過多久，他停了下來，將一小撮香料塞進羅盤，用力晃了晃。綠色泡沫從蓋子上的小孔中汩汩冒出。保羅對準斜坡倒下，在那裡圍出一道低低的土堤，踢開沙堤下的沙，一邊用更多泡沫固定露出的沙面。

潔西嘉走到他下方，大聲喊道：「要我幫忙嗎？」

「上來挖。」他說，「我們大約要挖三公尺，上面的沙隨時可能塌下來。」說話間，羅盤盒裡已經不再有泡沫流出。「快。」保羅說，「不知道這些泡沫能擋住沙子多久。」

潔西嘉爬到保羅身側。他又塞入一撮香料，搖了搖盒子，泡沫重新流出。

保羅用泡沫築土堤時，潔西嘉開始雙手刨沙，將挖出的沙拋到斜坡下。「要挖多深？」她氣喘吁吁地問。

「大約三公尺。」他說，「我只能算出背包的大概位置，說不定還得加寬洞口。」他往旁邊移了一步，在鬆軟的沙上滑了一跤，「斜著挖，不要直直往下。」

潔西嘉照他說的做了。

洞慢慢變深，都已對齊盆地的地表了，還是不見背包蹤影。

我會不會算錯了？保羅暗自問道，我一開始就慌了手腳，鑄成大錯。這影響了我的推算嗎？

他看看羅盤，裡面的酸液只剩下不到六十毫升。

潔西嘉在洞裡站直身子，用沾滿泡沫的手在臉上擦了擦，望著保羅。

「在靠上的那一層。」保羅說，「輕一點，好。」他又往羅盤盒裡塞進一撮香料，讓泡沫流到潔西嘉雙手周圍。她開始從洞口斜著往下插，第二次手就碰到了硬物。她慢慢挖出一截帶有塑膠扣的背帶。

「別拉，千萬別拉。」保羅說著，聲音輕到幾近耳語。

「我們的泡沫用完了。」

潔西嘉一手抓住背帶，抬頭看著他。

保羅把空羅盤盒扔進下方的盆地，說：「把妳的另一隻手給我。現在仔細聽我說。我會把妳拉到洞邊，然後往山下拉。帶子一定要抓緊。這個斜坡已經自己固定住，我會盡全力不讓妳的頭被沙子埋住。等這個洞被沙子填滿，我就把妳挖出來，把背包也拉上來。」

「我明白。」她說。

「準備好了？」

「好了。」她的手指握緊背帶。

保羅猛拉了一下，她有一半身子被拉出洞外。土堤塌陷，沙子傾瀉而下，但保羅始終護著她的頭。流沙平息之後，潔西嘉發覺自己下半身被埋住，左臂和左肩都在沙下，但下頜被保羅的長袍包著，並未受傷，只有右肩因保羅的拉扯而隱隱作疼。

「背帶仍然在我手裡。」她說。

保羅慢慢將手插進她身旁的沙中，找到背帶。「我們一起拉。」他說，「要穩，千萬別扯斷背帶。」

兩人將背包一點點拉上來，更多沙子傾瀉而下。當背帶清楚露出沙面之後，保羅停手，先將母親從沙中救出來，然後兩人一起沿著斜坡向下拉，終於將背包拉出沙坑。

不到幾分鐘，兩人已經站在岩溝底，背包就夾在兩人中間。

保羅看著母親，泡沫沾汙了她的臉和長袍，泡沫乾掉後，沙子結成硬塊沾在她身上，她看上去像是一面靶，被人用濕答答的綠色沙球猛砸一通。

「妳看起來一團糟。」他說。

「你自己也不怎麼樣。」她說。

兩人開始放聲大笑，接著流下眼淚。「本來不應該發生的。」保羅說，「都怪我粗心大意。」

她聳聳肩，感到結塊的沙子從長袍上滾落。

「我去把帳棚搭起來。」他說，「最好脫下長袍，抖一抖。」他拿起背包，轉身走開了。

潔西嘉點點頭，忽然覺得累到無力回話。

「岩石上有一道釘孔。」保羅說，「有人在這裡搭過帳棚。」

為什麼不呢？她邊拂袍子邊想，這地方不錯——在岩壁深處，面朝四公里外的另一面斷崖。既遠到足以避開沙蟲的攻擊，又近到可以輕易到達即將穿越的沙漠。

她轉過身，見保羅已經搭好帳棚，拱形營柱撐起的半球體與岩溝的壁面融為一體。保羅從她身旁走過，舉起雙筒望遠鏡，飛快地調轉旋鈕，將張力透鏡的焦點對準對面的斷崖。大平漠的另一側，晨曦為對面的褐色斷崖披上金色薄紗。

潔西嘉望向保羅，發現他正研究著那片末日景致，雙眼察看著流沙和峽谷。

「那邊還長了些東西。」他說。

潔西嘉從帳棚旁的背包拿出另一副望遠鏡，走到保羅身側。

「那裡。」他一手拿望遠鏡，另一隻手指著遠方。

她朝他所指的方向望去。

「巨人柱仙人掌，乾巴巴的。」她說。

「附近可能有人。」保羅說。

「可能是某個植物實驗站留下的東西。」她提醒道。

「這裡是沙漠中相當南的地方了。」保羅說。他放低望遠鏡，撫著鼻塞下方的皮膚，感到雙唇十分乾裂，嘴裡全是沙土味。「那裡看起來像弗瑞曼人的地盤。」他說。

「你確定弗瑞曼人會很友善？」她問。

「凱恩斯保證他們會幫我們。」

但沙漠上的人得拚死求生，她想，這種滋味我今天也嘗到了一些。拚死求生的人或許會為了我們的水殺死我們。

她閉上雙眼，腦海中浮現一幕卡樂丹的景致，與眼前的荒瘠形成了鮮明的對比。保羅出生之前，某次她和雷托公爵在卡樂丹外出度假。兩人飛越南方叢林，掠過野草怒伸的枝葉和稻穗纍纍的三角洲。一片綠意盎然中，兩人看到螞蟻般的人群，肩上挑著懸浮扁擔，排隊運送貨物。而海面上，無數帆船撐起白色船帆，像海上盛開的朵朵鮮花。

一切都逝去了。

潔西嘉睜開眼睛，望向沉寂的沙漠。白天溫度漸升，狂躁的燄魔開始攪動沙漠曠野上的空氣。對面的岩壁在熱浪中如同透過廉價玻璃看到的景物。

一陣風沙在岩溝出口灑落一片沙幕。這是晨風從崖頂吹下的細沙，夾雜著漠鷹飛離時帶起的沙粒，沙沙作響。然而，沙瀑平息後，她仍然能聽到沙沙聲，越來越響，聽過一次便永難忘懷。

「沙蟲。」保羅輕聲說。

沙蟲以不可一世的氣勢從右方呼嘯而來。只見一道沙冢橫衝直撞，切過兩人放眼所及的沙丘。沙冢前端高高舉起，揚起陣陣沙濤，像船首劈開的巨浪。接著，沙冢不見了，消失在兩人左側。

聲音漸小，最後歸於平靜。

「我見過幾艘比這還要小的星際巡防艦。」保羅悄聲說。

她點點頭，繼續盯著沙漠另一端。沙蟲所經之處留下一道巨大溝壑，從兩人面前迤邐而過，長到睥睨一切，彷彿無窮無盡，最後消失在天地交會之處。

「休息的時候，我們應該繼續你的課程。」潔西嘉說。

他壓下升騰的怒火，「母親，難道妳不認為我們可以不用……」

「今天你慌了。」她說，「對你自己的大腦和並度神經，你或許比我更了解。但對於神經與肌肉的關係，你要學的還很多。身體有時會自行做出本能反應，保羅，這一點我可以教你。你必須學會控制每一條肌肉，每一根筋脈。你需要重新練手，先從手指肌肉練起，然後是手掌的肌腱和指尖的靈敏度。」她轉過身，「來，進帳棚，現在就開始。」

他彎了彎左手的手指，看著她爬過括約門，知道自己無法改變她的決定……他必須同意。

我已經融入我受過的訓練中，不論那些訓練是什麼。他想。

重新練手！

他看看自己的手，和沙蟲那樣的生物比起來，顯得多麼渺小。

6

我們來自卡樂丹。以我們的生命型態而言，那裡就是天堂。在卡樂丹，無論是現實中的天堂，抑或心靈中的天堂，都無需建造——我們能夠看到，天堂就在我們身邊。然而，我們不停在為天堂般的生活付出代價——我們變得柔弱，喪失了銳氣。

——伊若琅公主《摩阿迪巴談話錄》

• • •

「這麼說，你就是那個厲害的葛尼．哈萊克。」那人說。

哈萊克站在圓形的洞穴辦公室裡，看著坐在對面金屬控制臺後方的走私販。那人穿著弗瑞曼長袍，有一雙淺藍色的眼睛，這顯示了他常吃外星球食物。辦公室的陳設完全仿照星際巡防艦的艦橋——有通訊設備，有螢幕，沿著呈三十度弧面的牆壁擺放，還有一排排遙控的備炸及發射按鈕。控制臺構成了投影系統，將影像投到弧形牆上。

「我是斯泰本．杜埃克，埃斯馬．杜埃克的兒子。」走私販說。

「那麼，我欠你一份情了，多謝你的援助。」哈萊克說。

「啊哈……感謝。」走私者說，「坐。」

一把星艦用的椅子從螢幕旁邊的牆裡伸出來。哈萊克嘆了口氣，在椅子上坐下，感到筋疲力竭。

他從走私販身側的黑色鏡面上看到了自己，不由得蹙起眉頭盯著那張浮腫的臉，上面布滿了疲倦的紋路，橫過下頷的赤棘鞭痕陰沉地扭動著。

哈萊克將目光從自己的鏡像上轉開，盯著杜埃克。他在這名走私者身上看到了家族特徵：他父親的笨重身軀，突出的濃眉，岩板般的臉頰和鼻子。

「你的人告訴我，你父親死了，是哈肯能人殺死的。」哈萊克說。

「是哈肯能人或你們的叛徒殺的。」杜埃克說。

憤怒戰勝了哈萊克的部分疲倦，他直起身體：「你知道那個叛徒的名字嗎？」

「我們還不確定。」

「瑟非．郝沃茲懷疑是潔西嘉女士。」

「啊……那個貝尼．潔瑟睿德女巫……也許吧。但郝沃茲現在是哈肯能人的俘虜。」

「我聽說了。」哈萊克深深吸了一口氣，「我以為，我們還要討論另一樁交易——如何殺死更多哈肯能人的交易。」

「我們不做任何引人側目的事。」杜埃克說。

哈萊克的身體一僵：「可是——」

「至於你和你那些被我們救出來的人，歡迎你們到我們這裡避難。」杜埃克說，「你說到感謝，很好，那就為我們效力，還清你們欠下的人情。能幹的人我們總是需要的。不過，你要是敢公然跟哈肯能人過不去，再小的事我們就會除掉你。」

「他們殺了你的父親，夥計！」

「也許吧。如果真是這樣，我要告訴你，對那些輕舉妄動的人，我父親會奉送一句：『石頭鈍，沙子悶，但蠢人的報復比石頭更鈍，比沙子更悶。』」

「這麼說，你的意思是不採取任何行動了？」哈萊克譏諷道。

「我沒這麼說。我只是說，我要保護我們跟宇航的協議，而宇航要求我們謹慎。要除掉敵人，有的是其他辦法。」

「啊……啊。」

「『啊』，沒錯。如果你想找到那個女巫，就找吧。但我要提醒你，你也許太遲了……還有，我們懷疑她究竟是不是你要找的人。」

「郝沃茲很少犯錯誤。」

「但他居然允許自己落入哈肯能人之手。」

「你認為他才是叛徒？」

杜埃克聳聳肩：「按理說是可能的。我們認為那個女巫死了。至少，哈肯能人相信她死了。」

「你似乎知道很多哈肯能人的事。」

「線索和聯想……流言和直覺。」

「我們有七十四個人。」哈萊克說，「既然你希望我們加入你們，那麼，你一定認定我們的公爵已經死了。」

「有人見到他的屍體了。」

「那個男孩——保羅少爺也……」哈萊克想咽口唾沫，但喉嚨哽住了。

「根據我們得到的最新消息，他跟他母親一起在沙漠風暴中失蹤了。看樣子，就連屍骨也別指望能找到了。」

「這麼說，那個女巫也死了……全死了。」

杜埃克點點頭，「還有，那個野獸拉班，據說將再次登上沙丘星的權力寶座。」

「蘭吉維爾的拉班伯爵？」

「是的。」

怒火幾乎吞沒了哈萊克，他久久才冷靜下來，喘著氣粗聲道：「我自己有一筆帳要跟拉班算，他欠我一家人的命……」他摸著下頷的傷疤，「……還有這個……」

「時機還沒到，不該貿然復仇。」杜埃克說。他皺著眉頭，望著哈萊克下頷顫抖的肌肉，眼皮鬆垂的眼中瞳孔突然一縮。

「我知道……我知道……」哈萊克深深吸了一口氣。

「你和你的人可以先為我們效力，等存夠旅費就離開厄拉科斯。有許多地方——」

「我解除了部下對我的一切誓言，他們可以自行選擇。但既然拉班在這裡——我留下。」

「以你的心態，我不知道應不應該讓你留下。」

哈萊克怒視著走私販：「你懷疑我的話？」

「不，不……」

「你從哈肯能人手裡把我救出來，我之所以效忠雷托公爵，也是出於這個原因。我要留在厄拉科斯……跟著你……或者，跟著弗瑞曼人。」

「一個想法不論是說出口還是放在心裡，都是真實的東西，都有力量。」杜埃克說，「你或許會發現，和弗瑞曼人在一起，生死只有一線之隔。」

哈萊克閉上眼睛，感到疲倦襲上心頭。「領導我們穿過沙漠和陷阱的領袖啊，你在何方？」他喃喃地自言自語。

「慢慢來，報仇雪恨的一天總會來的。」杜埃克說，「速度只是魔鬼的詭計。讓你的悲哀冷卻下來……我們有方法讓你散散心。心病有三道靈藥──水、綠草，還有美女。」

哈萊克睜開眼睛，「我寧願要拉班．哈肯能的血從我腳下流過。」他盯著杜埃克說，「你真認為會有那麼一天？」

「葛尼．哈萊克，你要怎麼迎接明天，和我沒什麼關係。我只能幫你活過今天。」

「那麼，我接受你的幫助。我會一直待在這裡，直到你告訴我報仇雪恨的日子到了，可以為你父親和所有……」

「聽我說，鬥士。」杜埃克說著，向前傾身靠在桌子上，肩膀與眼睛齊高，眼神堅決，臉突然像一塊飽經風霜的岩石。「我父親的水──我會親自跟哈肯能人討回來，用我自己的刀。」

哈萊克盯著杜埃克，在那瞬間，這個走私販讓他想到雷托公爵：同樣是領袖，英勇無畏，對自己的立場和未來的道路充滿把握。他就像公爵……抵達厄拉科斯之前的公爵。

「你願意接受我的劍嗎？」哈萊克問。

杜埃克坐回到座位，放鬆下來，默默打量著哈萊克。

「你覺得我是鬥士嗎？」哈萊克追問道。

「公爵的副手中，你是唯一一個逃出來的。」杜埃克說，「你的敵人千軍萬馬，但你兵來將擋……你擊敗敵人的方法，正是我們擊敗厄拉科斯的方法。」

「嗯？」

「我們是憑著忍耐才在這裡活下來的，葛尼．哈萊克。」杜埃克說，「厄拉科斯才是我們的敵人。」

「一次只對付一個敵人，你是這個意思吧？」

「正是如此。」

「這也是弗瑞曼人應付環境的方法？」

「也許吧。」

「你說過，也許我會發現，跟弗瑞曼人在一起，日子太艱苦。是因為他們住在沙漠，住在野外嗎？」

「誰知道弗瑞曼人住在哪裡？對我們來說，中央高原是無人區。但我更希望談談——」

「有人曾經告訴我，宇航很少安排香料運輸艦飛越沙漠上空。」哈萊克說，「但有流言說，如果你知道該往哪裡看，就能看到沙漠到處有一點一點的綠地。」

「流言！」杜埃克冷笑一聲，「現在你要在我們和弗瑞曼人之間作出選擇嗎？我們有一整套安全措施，在岩石上鑿出了我們自己的穴地，還有藏身的凹地。我們過著文明人的生活，而弗瑞曼人則是蓬頭垢面的烏合之眾，我們只利用他們尋找香料。」

「但他們可以殺死哈肯能人。」

「你想知道結果嗎？即使到現在，他們還是像動物一樣被人四處追殺。哈肯能人用雷射槍獵殺他們，因為他們沒有屏蔽場。他們正在被滅族。為什麼？因為他們殺死哈肯能人。」

「他們殺死的真是哈肯能人嗎？」哈萊克問。

「你是什麼意思？」

「難道你沒聽說過，可能有薩督卡跟哈肯能人在一起？」

「同樣是流言。」

「但是，搞大屠殺——那不像是哈肯能人。對他們來說，屠殺是一種浪費。」

「我只相信我親眼看到的事實。」杜埃克說，「你自己決定吧，鬥士。是跟我，還是跟弗瑞曼人。我們倆有共同的仇敵，我答應為你提供避難所，讓你有機會親手殺死仇人，那也是我要的。這一點你可以確定。弗瑞曼人能給你的，只是被人追殺的生活。」

哈萊克遲疑了。他感受到杜埃克話中的明智和憐憫。但不知為何，他仍舊無法釋懷。

「相信你自己的能力。」杜埃克說，「是誰的決定讓你的部隊在戰火中逃出生天？是你。決定吧。」

「就這樣吧。」哈萊克說，「公爵和他兒子都死了？」

「哈肯能人相信這一點。對於這種事，我傾向相信哈肯能人。」杜埃克嘴邊露出一絲冷笑，「但只有在這種事情上，我才會相信他們。」

「那麼，就這樣吧。」哈萊克又重複了一遍。他擺出傳統手勢：伸出右手，手心向上，大拇指平平地抵著手心。「我向你奉上我的劍。」

「接受。」

「你希望我去說服我的那些人嗎？」

「你打算讓他們自行決定？」

「他們跟了我這麼久，一直跟到這裡，但大多數人都是卡樂丹出生的，厄拉科斯跟他們想像的不一樣。在這裡，他們失去一切，只保住了性命。我希望由他們自行決定，就現在。」

「現在不是退縮的時候。」杜埃克說，「他們都追隨你這麼久了。」

「你需要他們，是吧？」

「我們永遠需要有經驗的戰士……現在這種情況下，尤其需要。」

「你已經收下我的劍。你希望我去說服他們嗎？」

「我認為他們還是會繼續追隨你的，葛尼．哈萊克。」

「但願如此。」

「是啊。」

「那麼，在這件事上，我可以自己決定了？」

「你自己決定吧。」

哈萊克從座椅中撐起身體，感受到即使如此輕微的動作，也耗費他不少僅存的精力。「現在，我要保證他們有地方住，還要有吃有喝。」他說。

「跟我的軍需官商量吧。」杜埃克說，「他叫德里斯。告訴他，我希望你們受到熱情款待。等一下我會親自去看你們，現在我先要處理一批等著裝艦的香料。」

「財富碾壓一切！」哈萊克說。

「財富碾壓一切！」杜埃克說，「亂世正是我們做生意的大好時機。」

哈萊克點點頭，聽到一陣微弱的窸窣聲，感到了空氣流動，一道氣密艙門在他身邊旋開。哈萊克轉過身，彎腰走出門去，離開了辦公室。

他注意到自己正站在大會堂中，他的人也被杜埃克的助手帶了過來。這是一道相當長的狹窄空間，在天然岩石中開鑿而成。會堂牆面十分光滑，說明開鑿時用上了雷射切割槍。天花板一路向遠方延伸，高度足以延續岩石拱頂的天然支撐力，同時還兼顧空氣對流。大廳兩側，武器架和武器櫃沿牆排列。

哈萊克注意到他的部下中，能站立的人都堅持站著，絲毫不因疲倦和戰敗而稍有懈怠，心中不由得生出幾許驕傲。走私販派來的醫師在他們中間走動著，醫治傷兵。懸浮擔架集中放在左側一個地方，每個傷兵身旁都有一個亞崔迪人看護著。

亞崔迪人的訓練──「我們照顧自己人！」這句話如同天然岩石的內核，讓團隊結合無間。

他的一名副手向前邁了一步，從箱子中拿出他的九弦琴，向他敬了個禮：「長官，這裡的醫師說，馬泰已經沒希望了。他們這裡只有戰地急救藥物，沒有骨骼庫和器官庫。他們說，馬泰堅持不了多久。他對您有一個請求。」

「什麼請求？」

那位軍官將九弦琴往前一遞。「馬泰想聽一首歌，好舒服上路，長官。他說，您知道是哪首歌……他以前就常常要求您唱那首歌。」那軍官哽咽著說，「就是那首〈我的女人〉。您……」

「我知道。」哈萊克接過九弦琴，從指板的鈎子上挑出撥片，在九弦琴上輕柔彈了幾下，發覺已經有人調過音了。他眼睛一陣酸楚，但努力驅散悲傷，闊步向前，隨手彈出幾個和弦，盡力露出輕鬆的笑容。

他的幾個部下和走私販的醫師彎腰伏在一具擔架上。哈萊克走近時，有人伴著早已熟悉的旋律輕聲唱了起來：

我的女人站在窗前，
玲瓏身姿映在四四方方的玻璃上，
她舉起胳膊……彎了彎……攏在胸前。
落日的餘暉中一身胭紅金黃。
到我身邊來吧……
到我身邊來，愛人的溫柔臂膀。

為了我……

為了我，愛人的溫柔臂膀。

唱歌的人停下了，伸出一隻綁著繃帶的手，為躺在擔架上的人闔上眼瞼。

哈萊克撥出最後一個輕柔的和弦，心想：現在我們只剩下七十三人了。

7

世上有許多人無法理解皇室的家庭生活，但我將盡量為您簡略描述。我認為，我父親只有一個真正的朋友，那就是哈西米爾·芬倫伯爵，一個天生的閹人，帝國最可怕的鬥士之一。伯爵短小精悍，相貌醜陋。某天，他為我父親帶來一個新的姬侍，而我則被母親派去暗中監視。我父親當年與貝尼·潔瑟睿德簽訂了協約，絕不允許姬侍生下皇室繼承人。但那些人常使出狠毒的詭計，而我們為了自保，無不暗中監視父親。我母親、我的姊妹和我自己，都開始精於躲過各種難以察覺的奪命暗器。雖然這麼說可能極為聳人聽聞，但我不相信我的父親對這些陰謀毫不知情。皇室不同於其他家庭。而現在，來了一個新的姬妾，與我父親一樣滿頭紅髮，且婀娜妖嬈，骨肉亭勻有如舞者，所受的訓練明顯包括精神誘惑。當她一絲不掛地在我父親面前搔首弄姿時，他看得目不轉睛，良久才開口道：「她太美了，我們會留下這件禮物。」您不知道她的這種神態自若在皇室中引起過多少恐慌。畢竟，對我們而言，最致命的威脅是城府及自我控制。

——伊若琅公主《父親的皇宮家事》

・・・

向晚時分，保羅站在蒸餾帳棚外。帳棚所在的岩隙籠罩在濃重的陰影中。他的目光越過空曠的沙漠，凝視著遠處的斷崖，心裡想著是否該喚醒帳棚裡熟睡的母親。

兩人的藏身處之外是層層疊疊的沙丘，背向斜暉的那一面顯得黑魆魆，像夜幕的碎片。而且一片平坦。

他的意識在這片大地上搜尋突出的景物，但在令人昏沉沉的熱氣和地平線之間，沒有任何稱得上聳立的東西。沒有花卉，也沒有東西隨著微風輕輕搖曳……銀藍色的天空下，只有沙丘和遠處的斷崖。

如果沙漠那邊並沒有什麼廢棄的實驗站，該怎麼辦？他自問道。如果那裡也沒有弗瑞曼人，我們看到的植物只不過是偶然長出來的，又該怎麼辦？

帳棚裡，潔西嘉醒了。她翻身仰躺，從帳棚透明的窗口斜望出去，默默盯著保羅。他背朝她站著，站姿讓她想起他的父親。她感到悲不可抑，於是將視線移開。

過了一會，她調整好蒸餾服，喝了些帳棚集水袋中的水，振作好精神後，鑽出帳棚來到外面，伸了個懶腰，舒展筋骨。

保羅沒轉身，說道：「我意外喜歡這裡的寧靜。」

大腦是多麼善於調整自己以適應環境。她想起貝尼．潔瑟睿德的格言：面對壓力時，大腦若非朝正向，便是朝負向前進：啟動或關閉。可以將之視為一道光譜，在消極的一端，終點是無意識；而在積極的一端，終點則是超意識。面對壓力時，大腦會偏向何端，這會受到訓練的強烈影響。

「在這裡生活，可以很不錯。」保羅說。

她試著用他的眼光來了解沙漠，試著將這顆星球的一切嚴苛視為天經地義，揣測著保羅看到的種種可能未來。人可以獨自活在這裡，她想，不用擔心有人在背後謀害你，也不用害怕遭人追殺。

她走到保羅身邊，舉起雙筒望遠鏡，調好焦距，觀察著對面的斷崖。乾溝中長著巨人柱和其他刺狀生物……陰影中還有一片低矮的黃綠色野草。

「我去收起帳棚。」保羅說。

潔西嘉點點頭。她走到岩隙出口，從那裡可以俯瞰沙漠。她將望遠鏡轉向左方，看見一塊白燦燦的鹽場，邊緣混入汙濁的深褐色。一片白色土地，在這個白色意味著死亡的地方。但這塊鹽場卻透露別的訊息：水。過去某個時期，曾經有水流過那片瑩白區域。她放下望遠鏡，調整斗篷，傾聽保羅走動時的動靜。

太陽越沉越低，陰影漸漸伸到那片鹽場。日落處的地平線上，霞光恣意四射，溢向躡足朝沙地逼近的黑影。之後，濃重的夜幕降下，如墨水般驀然在沙漠上潑灑開來。

星辰！

她仰望星空，察覺到保羅走過來，站在她身旁。沙漠中的夜色由下往上漸亮，彷彿正往星辰升騰。白晝的勢力漸退，一陣短暫的和風拂過她的臉頰。

「一號月亮很快就會升起。」保羅說，「背包收拾好了，沙錘也埋好了。」

我們可能永遠迷失在這座煉獄，她想，而且無聲無息。

夜風揚起沙塵，擦過她的臉頰，帶來肉桂氣息。在黑暗中，有香氣陣陣噴灑。

「聞聞。」保羅說。

「隔著過濾器都能聞到。」她說，「珍貴的物產，但能買到水嗎？」她指著盆地另一端，「那裡沒有任何人工照明。」

「弗瑞曼人會藏在那些岩石後方的穴地裡。」他說。

在兩人右側，一輪銀環升出地平線：一號新月。它躍入視野中，上面臥著一道拳形圖案。潔西嘉打量著銀色月光映照下的沙漠。

「我把沙錘插在岩隙最深的角落。」保羅說，「點燃上面的蠟燭後，我們大約有三十分鐘時間。」

「三十分鐘？」

「之後，沙錘就會開始召喚……沙蟲。」

「喔，我準備好了，可以出發了。」

他從她身邊走開。潔西嘉聽到他向上走，回岩隙去了。

黑夜像一條隧道，她想，通往明天的隧道……如果我們還有明天的話。她搖搖頭，又想：我為什麼要這麼消沉？我受過訓練，不該這麼糟糕！

保羅回來了，背起背包，帶頭走下山崖，來到第一座沙丘前，停下來，聽了聽，等待身後的母親趕上。他聽見母親輕柔的腳步聲，還有沙粒冷冰冰的滑動聲——這是沙漠的密碼，拼出自身的安全程度。

「我們的步伐不能有節奏。」保羅說著，回想弗瑞曼人如何在沙上行走……既有預知的記憶，也有真實的回憶。

「看我怎麼走。」他說，「這是弗瑞曼人在沙漠上的走法。」

他走到沙丘的迎風坡，沿著曲面，拖著腳在沙上前進。

潔西嘉凝視看著他走了十步，然後跟在後方模仿。她看出門道了：他們聽上去必須像沙子在自然移動……像風。但她的肌肉對這種不自然的凌亂節奏很不滿：踏出……拖……拖……踏出……踏出……拖……踏出……

時間一分一秒地流逝，前方的岩壁似乎仍遙不可及，身後的斷崖依然高高聳立。

咚！咚！咚！咚！

後面傳來鼓聲。

「沙錘。」保羅輕聲道。

沙錘的敲擊繼續著，兩人發現，大步往前走時，很難不受沙錘節奏的影響。

咚！咚！咚！咚！

兩人走進月光照耀下的盆地底部，四周迴盪著隆隆鼓聲。往上，往下，翻越翻湧的沙丘：踏出……拖……停……踏出……橫越砂礫區，豆粒大的礫石從兩人腳底滾落：拖……停……踏出……

兩人的耳朵不停搜索著那種特別的唰唰聲。

聲音終究出現了。一開始很輕，被兩人拖曳的腳步聲蓋過。但越來越響……從西方遠遠傳來。

咚！咚！咚！咚！沙錘繼續敲擊。

身後的唰唰聲響徹夜空。兩人邊走邊回望，看到追蹤而來的沙蟲拱起的沙冢。

「繼續走。」保羅小聲說，「別回頭看。」

兩人啟程的那片岩石陰影中爆出狂躁的摩擦聲，一陣陣嘎嘎亂響。

「繼續走。」保羅重複著。

兩人已經走了一半，雖然沒有標記，但保羅看得出來，這裡正位於兩座斷崖的正中央。

在身後，擊打、狂亂撕咬岩石的巨響仍撼天動地。

兩人繼續往前走走走……肌肉不由自主地抽痛，似乎會永遠疼下去。但保羅看到前方的斷崖越來越高了，正朝兩人招手。

潔西嘉腳不停步，腦中一片空白。她知道，自己現在全靠意志力在前進。她渴得喉嚨發疼，很想停下來喝口集水袋裡的水，但後方傳來的聲音驅走了這股奢望。

咚！咚……

遠方的斷崖再度傳來狂暴的騷動聲，淹沒了鼓音。

然後一片死寂！

她點點頭，明知他看不見這個動作，但她需要藉此告訴自己，她必須要求早已因不自然的步伐而透支肌力的肌肉要更加賣力……

「快。」保羅悄聲說。

象徵安全的岩壁在前方直攀星空，保羅看見斷崖下有片平坦的沙地。他踏上沙地，因筋疲力竭而踉踉蹌蹌，不由得伸出一隻腳，想站穩身體。

低沉的咚咚聲在兩人周圍的沙地上迴響。

保羅立刻向一旁斜走兩步。

咚！咚！

「鼓沙！」潔西嘉低聲說。

保羅恢復了平衡，迅速掃了一眼四周的沙漠，斷崖也許只在兩百公尺外。

身後傳來唰唰聲——像風，又像漲潮，儘管這裡並沒有水。

「跑！」潔西嘉尖叫道，「保羅，跑！」

兩人腳下響起一連串低沉的咚咚聲。然後，兩人跑出了沙鼓區，來到碎石地上。對原先因彆扭而凌亂的步伐而疼痛不堪的肌肉來說，奔跑反而是種解脫，這種動作合理多了。但沙子和碎石拖慢了兩人的腳步。沙蟲的唰唰聲越來越近，像風暴一樣，怒吼著朝兩人撲來。

潔西嘉一個踉蹌，跪了下去。此刻她腦子裡只有疲憊、聲響和恐懼。

保羅一把拉起她。

兩人手牽手，繼續向前跑。

一根細細的桿子插在前方的沙地上，兩人從桿子旁邊跑過，又看到另一根。

潔西嘉直到跑過去之後，才留意到桿子。

又一根——插在風蝕的岩縫中。

再一根。

岩石！

她經由腳感受到岩石的堅實，那種堅硬的反震。更加穩定的腳步給了她新的力量。

一條深深的岩縫，由上至下垂直劃過兩人前方的斷崖，在岩壁上留下一道陰影。兩人撲過去，擠進窄小的洞裡。

身後，沙蟲穿行的聲音停下了。

潔西嘉和保羅扭過頭，用力盯著沙漠看。

在沙丘開始隆起的地方，大約五十公尺外一片岩灘的盡頭，一道銀灰色弧形從沙漠裡升起，沙石和灰塵瀑布般滾落在四周。弧形升得更高了，變成一張伺探的巨嘴。這是一道又黑又圓的洞，邊緣映著月色幽幽發光。

保羅和潔西嘉縮在窄小的岩縫裡，眼睜睜看著巨口蜿蜒逼近，濃郁的肉桂氣息撲進鼻腔，森森白牙在月光中閃爍。

巨口忽前忽後迂迴穿梭。

保羅屏住呼吸。

潔西嘉蹲在地上，目不轉睛地看著。

她必須運用貝尼．潔瑟睿德訓練出來的高度專注力來壓制原始的恐懼，驅逐深刻在種族記憶中正作勢在腦海中叫囂的驚慌。

保羅卻油然生出某種狂喜。剛才的瞬間，他突破了時間的屏障，進入更加幽深未明的領域。他的內在之眼什麼也沒看見，只能感到前方一片黑暗，彷彿他以前跨出的某一步使他墜入深井……或是跌入巨浪波谷，無從看到未來。未來的景象出現天翻地覆的改變。

時間的黑牆並未嚇倒他，反而大大強化了他的其他感官。他發現，自己正一絲不漏地看著那頭從沙地上冒出、獵捕著他的怪物，記錄下牠的所有狀態。那張巨口的直徑約有八十公尺……四周長滿一圈白牙，閃著晶刃匕的森森幽光……呼吸的洪流噴出肉桂味，雜著淡淡的乙醛味……酸性……

沙蟲掃過兩人上方的岩石，遮蔽了月光。碎石和細沙瀑布般瀉進狹窄的藏身處。

保羅將母親往洞內擠了擠。

肉桂！

肉桂味從他身旁流過。

沙蟲與香料有什麼關係？他暗自問道。他想起列特－凱恩斯曾說漏了嘴——沙蟲和香料有某種關聯。

轟隆隆！

彷彿右方極遠處響起一聲焦雷。

又一聲，轟隆隆！

沙蟲退回沙地，在那裡躺了一會兒，亮晶晶的牙齒反射著月光。

咚！咚！咚！咚！

另一根沙錘！保羅想。

聲音還是從右方傳來的。

沙蟲劇烈震動，退回沙地內，沙地上只剩一道拱起的圓弧，形狀像半口大鐘，又像臥在沙丘上的隧道頂。

沙子唰唰作響。

那怪物繼續往下沉，後退著，翻滾著，變成一道隆起的土塚，穿過沙丘之間的鞍部，蜿蜒而去。

保羅走出岩縫，看著那道沙浪滾過荒漠，向新的沙錘方向竄去。

潔西嘉跟著走了出來，傾耳細聽：咚！咚！咚！咚！咚……

未幾，沙錘聲停了。

保羅摸出蒸餾服上的管子，啜了一口回收水。

潔西嘉凝神看著他的動作，但身心俱疲加上餘悸猶存，她腦中只有一片空白。「牠真的走了？」她小聲問道。

「有人在召喚牠。」保羅說，「弗瑞曼人。」

她感到自己漸漸回神。「牠可真大！」

「沒有吞掉我們撲翼機的那條大。」

「你確定是弗瑞曼人？」

「他們用了沙錘。」

「他們為什麼要幫我們？」

「也許他們並不是在幫我們，而是碰巧在召喚沙蟲。」

「為什麼？」

答案懸在他意識的邊緣，就是不肯現身。他腦海中有一幅幻象，那與沙漠求生包裡嵌有倒鉤的棍子有關——創造者矛鉤。

「他們為什麼要召喚沙蟲？」潔西嘉問。

一絲恐懼觸動了他的心，他強迫自己將目光從母親身上別開，抬頭看著斷崖。「我們最好在天亮前找到上山的路。」他指指前方說，「我們剛剛不是經過一些桿子？那邊還有更多。」

她沿著他手指的方向望去，看到了桿子——飽經風蝕的路標，標示出陰影中一道狹窄的岩架，一路曲折伸入上方高懸的岩隙中。

「他們標出了走上斷崖的路。」保羅說。他將背包上肩，走到岩架底部，開始向上攀登。

潔西嘉等了一會，稍事休息，體力恢復後才跟了上去。

兩人沿著桿子的指引往上攀爬，岩架漸窄，最後縮成狹窄的岩舌，再過去便是一道幽深岩縫的開口。

保羅側著頭，窺視這個黑魆魆的地方，動作刻意放慢，小心翼翼，以免一不小心從狹窄的岩架上滑落。從外面望入，岩縫內一片漆黑。狹縫向上伸展，盡頭是璀璨的星空。他用耳朵搜索著，卻只能聽見不令人意外的聲響：涓涓細沙的唰唰聲，昆蟲的唧唧聲，動物跑動的啪嗒聲。他伸出一隻腳，在岩縫的黑暗中探尋，發現腳下的岩石表面有一層砂礫。慢慢地，他一點點繞過岩角，示意母親跟上。他緊緊抓住她的衣襟，幫她繞過岩角。

兩人抬頭仰望，看著彷彿鑲嵌在兩道岩壁之間的星光。保羅只能模模糊糊看到身旁母親的動作像一團灰影。「要是能冒險點一盞燈就好了！」他悄聲道。

「除了眼睛，我們還有別的感官。」她說。

保羅向前探了一步，將重心移到一隻腳上，另一隻腳摸索著，結果碰到一個障礙。他提起腳，發現是臺階，於是踩了上去。他向後伸出手，摸到母親的手臂，拉著她的長袍，要她跟上。

又是一道臺階。

「我想，路一直通到崖頂。」他小聲說。

臺階又低又平，潔西嘉想，無疑是人工鑿成的。

她跟著保羅影影綽綽前行的身影，試探著腳下的臺階。岩壁之間的空隙越來越窄，最後幾乎夾住她的肩膀。臺階盡頭是條峽道，長約二十公尺，通往月光遍灑的低窪盆地。

保羅走出峽道，來到盆地邊緣，輕聲說道：「多美的地方！」

潔西嘉站在他後方一步外，無法言語，僅能凝視著盆地，默默贊同。

儘管身心交瘁，儘管回收管、鼻塞和蒸餾服的緊縛令人不舒服，儘管驚魂未定，渾身痠痛只想要休息，但盆地的美仍令她目眩神移，忍不住駐足欣賞。

「像仙境。」保羅輕聲道。

潔西嘉點點頭。

她眼前是四處蔓延的沙漠植物：灌木叢、仙人掌、一簇簇的草葉，全都在月光下顫動著。左側的圓壁黑黢黢的，右方是霜冷月色。

「這一定是弗瑞曼人的地盤。」保羅說。

「有這麼多植物活下來，一定是人類的傑作。」她贊同道，擰開吸水管的蓋子，吸了口水。溫熱、微帶酸味的水沿著喉嚨滑下，神奇地令她精神大振。她重新蓋上蓋子，蓋子擦過細沙，發出嚓嚓響聲。

有個動靜引起了保羅的注意，就在他右下方的盆地底部。他低頭俯看，穿過迷濛的灌木和野草，發現一片楔形的皎潔沙地上有些砰砰亂跳的小動物。

「老鼠！」他低聲說。

砰砰砰！牠們在陰影中鑽進跳出。

不知什麼東西掠過兩人眼前，無聲地墜入老鼠群中。隨後便是一聲細細的尖鳴，一隻幽靈般的灰鳥撲楞著翅膀飛起來，爪子上抓著一個小小的黑點，掠過盆地飛走了。

我們需要這個提醒。潔西嘉想。

保羅仍舊盯著盆地對面。他吸了口氣，聞著夜色中湧動的鼠尾草味，感到微微刺鼻。那隻猛禽——他認為牠正代表了這片沙漠的本質。猛禽襯出這片盆地的靜謐，如此萬籟俱寂，幾乎可以聽到乳藍月光流過巨人柱和荊棘。月光低吟，比他聽過的任何音樂更為和諧。

「我們最好找個地方把帳棚搭起來。」他說，「明天我們可以試試看去找弗瑞曼人，他們……」

「找到弗瑞曼人以後，大多數入侵者都後悔了！」

這道雄渾的聲音打斷了他的話，也令這一刻緊張了起來。聲音來自兩人右上方。

「請不要跑，入侵者。」保羅正準備退回峽道，那聲音又說，「跑只會浪費你們體內的水。」

他們想要我們身體裡的水！潔西嘉想。一切疲乏從她的肌肉中退去，她不露聲色，但已完全準備好反擊。她準確地找到聲源，心想：這麼神出鬼沒！我竟然沒聽到。但她隨即意識到，那道聲音的主人只允許自己發出最細微的響動，聽起來就像生物活動。

兩人左方的盆地邊緣又傳來另一個聲音：「快下手，史帝加。取他們的水，我們好繼續上路。沒多久就要天亮了，我們的時間不多。」

保羅不像他母親那麼習慣緊急應變，正在懊惱他剛才身體一僵，下意識便想後退。那一刻的恐慌蓋過他的能力。此時，他強迫自己遵照母親的教導：放鬆，然後佯裝放鬆，然後肌肉運勁成鞭，隨時準備朝任何方向揮去。

他一動不動，覺察到內心的惴惴不安，也明白恐懼的來源。這一回，未來又是一片幽黑，而他和母親被殘暴的弗瑞曼人包夾，對方唯一感興趣的，只是兩具缺乏屏蔽場護體的肉身所蘊含的水。

8

改造後的弗瑞曼宗教，正是我們現今所謂「宇宙之柱」的源頭。他們的祁紮銳塔弗威德帶著預兆、證言和預言來到我們中間，為我們帶來厄拉科斯的神祕混合體，而最能代表其深切之美的，莫過於動人心弦的音樂，既具古老型態，又烙上全新覺醒。有誰沒聽過《老人的讚美歌》並為之心蕩神馳？

我舉足穿越沙漠，
海市蜃樓盪漾恍若主人迎賓。
貪求榮耀，渴望冒險，
我在阿爾—庫拉布的地平線上留下足痕。
看時間夷平高山，
轉身貪婪搜羅我的身影。
我眼看那雀鳥倏忽逼近，
勇猛猶勝豺狼發恨，
占滿我年輕的樹身。
我能聽見眾鳥啾啾，

正以喙爪撕扯著我的枝根！

——伊若琅公主《厄拉科斯的覺醒》

• • •

那人爬過沙丘頂，更像一顆在正午豔陽中閃爍的沙粒。他只披著一條破爛的斗篷，露出的皮膚在烈日下曝曬。他的兜帽已經從斗篷上扯掉，但他撕下一條破布，當作頭布裹在頭上。頭巾下露出一縷縷沙色頭髮，與他稀疏的鬍鬚和濃濃的眉毛相互呼應。藍中透藍的眼睛下方有道殘留的顏料向下伸到臉頰。鬍鬚上有條暗淡的壓痕，是蒸餾服水管壓過的痕跡。

爬過沙丘頂之後，他停了下來，手臂往下伸到沙丘迎風面，背上、手臂上和腿上的血凝結成塊，傷口沾滿片片黃沙。他慢慢將手伸到身下，撐著站了起來，搖搖晃晃站在那裡。即使他的動作近乎散漫，但仍帶有幾分往日的一絲不苟。

「我是列特—凱恩斯。」他對著空曠的地平線宣告，名聞遐邇的雄厚嗓音不再，只剩拙劣誇張的粗啞，「我是皇帝的行星生態學家。」他嘟噥著，「厄拉科斯的行星生態學家，我是這片大地的總管。」

他踉踉蹌蹌走了幾步，跌倒在迎風面結成硬殼的沙表上，雙手無力地插入沙中。

我是這片大地的總管，他想。

他明白自己陷入半譫妄，明白自己該挖個洞，將自己埋入較涼爽的地下沙層。但他仍能聞到地下某處某片香料預菌體發出略帶甜味的刺鼻氣息。他比任何弗瑞曼人更加清楚這股氣息所隱含的危險。如果他能聞到香料菌的氣味，那就意味著沙下深處的氣體已將要噴發。他必須離開。

他的雙手沿著沙丘坡面虛弱地攀爬。

他的腦子突然閃過一個異常清晰的念頭：一顆星球真正的財富藏於土地之中，那是文明的根源，而我們如何介入？農業。

他又想，人的思維真怪，總是循著固定的單一思路，難以跳脫。哈肯能軍隊將他留在這裡，沒有水，沒有蒸餾服。他們認為即使沙漠沒能殺死他，沙蟲也會吃掉他。他們認為這樣做很有趣，把他留在那裡，讓他自己星球的殘暴雙手一點一點扼死他。

哈肯能人一直覺得弗瑞曼人很難消滅。他想。我們不會輕易死去，但我大限已到……很快就要死了……但我就算死，也還是個生態學家。

「生態學的最大作用就是理解因果。」

這個聲音嚇了他一跳，因為他熟悉這聲音，知道這聲音的主人已經死了。那是他父親的聲音。在他繼承父業之前，他父親一直是這顆星球的生態學家。父親很久以前就死了，在普拉斯特盆地的場方事故中身亡。

「你這下麻煩了，兒子。」他父親說，「你本該知道企圖幫助公爵家的那個孩子會有什麼後果。」

我神志不清了，凱恩斯想。

聲音似乎是從右側傳來。凱恩斯的臉擦過沙子，轉頭朝那個方向望，卻只看見蜿蜒的沙丘在烈日下與熱魔共舞。

「一個系統有越多生命，就會有越多生態區位讓生物進占。」他父親說。這一回，聲音來自他的左後方。

他為什麼轉來轉去？凱恩斯自問道，難道他不想見我？

「生命會提升環境的容量，讓更多生命存活。」他父親說，「生命會讓營養更容易取得，通過從有機體到另一個有機體的大量化學相互作用，將更多能量輸入系統。」

他為什麼要反覆嘮叨同一件事？凱恩斯自問，這些我十歲以前就知道了。

漠鷹開始在他上空盤旋。如同這裡大多數野生動物，牠也是食腐動物。凱恩斯看見一團陰影從他手邊掠過，於是掙扎著轉頭仰望。鷹群像銀藍色天空中一道模糊的補丁，又像飄在他上方遠處的色斑。

「我們是通才。」他父親說，「在處理涉及整顆星球的難題時，你無法劃出清晰的界線。星球生態學必須隨時修改、調整。」

他究竟想告訴我什麼？凱恩斯狐疑道，是不是一些我沒看到的因果？

他的臉頰跌回灼熱的沙子上，鼻端嗅到下方的香料預菌體釋出一股岩石燒灼的氣味。他大腦中某個掌管邏輯的角落突然生出一種想法：我上方有幾隻食腐鳥，也許我的一些弗瑞曼人會看見牠們，跑來查看。

「對行星生態學家的工作來說，最重要的工具是人。」他父親說，「你必須向這些人傳布生態學知識。正是為了這個目的，我才創造了這套全新的生態符號系統。」

他在重複我童年時期他對我講過的話，凱恩斯想。

他開始覺得身體發寒，但大腦中那個邏輯尚存的角落告訴他：你上方是太陽，你沒有蒸餾服，你很熱，火熱的太陽正在烤出你體內的水分。

他的手指無力地在沙上抓著。

他們甚至沒給我留一件蒸餾服！

「空氣中的水分有助於阻止生命體內水分過度蒸發。」他父親說。

他為什麼要重複那些淺顯的事？凱恩斯問自己。

他試著想像空氣中的水分——沙丘上綠草如茵……他身下某個地方有活水，沿著長長的露天渠道緩緩流動，最終完全蒸發到空中。這幅圖景只出現在書本的插圖中。地表水、灌溉用水……他想起書上的話，在每個生長季節，灌溉一公頃土地需要五千立方公尺的水。

「我們在厄拉科斯的首要目標是種草。」他父親說，「我們從這些能夠適應貧瘠土地的變異野草開始。成功把水留在草地之後，我們就著手培植山地森林，接著是幾座露天水體，開始是小型水庫，然後沿著盛行風按一定的間隔排列設立捕風器凝結水氣，將風偷走的水收回。我們必須創造真正的季風——富含水氣的風。但我們永遠離不開捕風器。」

總是向我說教，凱恩斯想，他為什麼不閉嘴？難道他看不出我就要死了？

「你也會死的。」他父親說，「你身下很深的地方正形成一股氣泡，再不從沙丘上面爬下來，你就死定了。氣泡就在那裡，你知道的。你可以聞到香料菌。你知道，那些小創造者正將一部分水注入香料預菌體。」

身下有水的想法使他發狂。他想像著那些水，被堅韌的半植物、半動物的小創造者封入多孔的岩層，輕輕一碰，岩層裂開，一股涼快、純淨、清澈、舒爽的水就會注入……

香料預菌體！

他吸了一口氣，聞到一股甜香，比剛才濃郁多了。

凱恩斯強撐著自己跪起來，聽見一隻鳥尖鳴一聲，撲楞著翅膀急急飛走了。

這裡是香料沙漠，他想，即使在白天的烈日下，周圍也一定有弗瑞曼人。他們一定會看到鳥，也一定會來查看。

「動物需要遷徙。」他父親說，「游牧民族也是。這種移動是為了滿足身體對水、食物、礦物的需要。

現在，我們必須控制遷徙，讓遷徙為我們的目標服務。」

「閉嘴，老頭。」凱恩斯喃喃道。

「我們必須在整顆星球上做一件前所未見的事。」他父親說，「我們必須把人當成改造行星生態的力量——在這片大地上安插最能適應的地球生命：這裡種一株草，那裡放一隻動物，那裡住一個人。我們要用這種方法轉化水循環，創造全新的地貌。」

「閉嘴。」凱恩斯嘶啞道。

「遷徙路線是第一個線索，讓我們得以掌握沙蟲和香料的關係。」他父親說。

沙蟲！凱恩斯的腦中突然湧現希望。泡沫破裂時，創造者一定會來。但我沒有矛鉤，又怎麼有辦法騎上大創造者？

挫敗感正在耗盡他僅存的精力。水是這麼近，僅僅在他身下大約一百公尺左右。沙蟲一定會來，但在地表無法抓到牠，也無法利用牠。

凱恩斯向前撲倒在沙地上，趴在剛才爬行時壓出的淺坑裡。他感到左臉挨著的沙子熱得發燙，但那股觸覺卻彷彿離他很遠。

「厄拉科斯的環境促成了當地生命形態特有的演化模式。」他父親說，「但長期以來，幾乎沒有人從香料的角度來看生態平衡，這真奇怪。這裡沒有大面積的綠地，卻有接近理想的氮—氧—二氧化碳平衡。這個星球的能量圈就在那裡，看得見，也能理解——一個殘酷的變化過程，但仍是完整的過程。有缺口？那麼就有東西去填補缺口。科學由無數事物組成，一旦解釋清楚，就再簡單不過。在我親眼目睹小創造者之前很久，我就知道，這種東西必定存在，就在沙漠深處。」

「請別再說教了，父親。」凱恩斯喃喃道。

一隻鷹落在他向前伸出的手附近，凱恩斯看見牠收起翅膀，偏著頭，一動不動地盯著他。他奮力嘶吼了兩聲。鷹跳開兩步，仍舊盯著他不放。

「在此之前，人類及其活動一直是各行星地表的災害。」他父親說，「大自然往往會向人類索賠，或者消滅人類，或者封鎖人類，以大自然自己的方式將人類融入系統中。」

老鷹低下頭，翅膀展開又收起，留神盯著他伸出的手。

凱恩斯發覺自己已經沒有力氣喝開牠。

「大自然與人類之間這種互相掠奪、互相壓榨的古老系統將在厄拉科斯結束。」他父親說，「你不可能永無止境地掠奪你所需要的一切，絲毫不顧子孫後代。一個星球的物理性質就寫在經濟、政治紀錄中，這本紀錄就擺在我們面前。我們的方向是那麼明顯。」

他永遠停不下來，永遠在說教。凱恩斯想，說教，說教，說教。

鷹向前跳一步，離凱恩斯的手更近了。牠的頭朝這邊轉，又朝那邊轉，打量著他裸露在外的皮肉。

「厄拉科斯只生產單一作物。」他父親說，「單一作物。它使統治階級像歷史上的所有統治階級那樣，過著窮奢極欲的生活。在他們之下，則是以剩餘物資為生、半人半奴隸的大眾。我們關注的，正是這些大眾和剩餘物質，他們的價值遠遠超乎人們的想像。」

「我不聽了，父親。」凱恩斯喃喃道，「走開！」

他又想：這附近一定有我的弗瑞曼人，他們不會看不到盤旋在我上方的這些鳥。他們會來查看的，哪怕只是為了得到最微不足道的一點點水分。

「厄拉科斯的人民將會明白，我們的目的是使這片大地有水流動。」他父親說，「至於我們打算怎麼做，不用說，大多數人只有一點理解，以為很玄妙。許多人甚至以為，我們會從其他水資源豐富的星球引來活水，這些人不知道質量比的問題大到無人負擔得起運輸費。但是，只要他們相信我們，那就隨他們高興去想吧。」

再過一會兒，我就會爬起來，告訴他，我把他當成什麼。凱恩斯想，他本該幫我一把，卻只站在那裡喋喋不休。

那隻鷹又往前跳了一步，更靠近凱恩斯的手。同時，又有兩隻鷹飛下來，停在後面的沙地上。

「我們的人民必須有相同的宗教和法律。」他父親說，「違抗之舉必須被視為邪惡，必須受到宗教懲處。這會產生雙重利益，使人民更順從，同時更勇敢。我們不應過於依賴個人的勇猛，不應將個人的勇氣置於全體人民的勇氣之上。」

在我最需要的時候，我的人民又在哪裡？凱恩斯想。他用盡全身力氣，把手朝距離最近的那隻鷹一伸，但只伸出一指長。牠向後一躍，跳到同伴中間。所有的鷹都伸開翅膀，準備飛起。

「我們的時間表將達到一種自然現象的境界。」他父親說，「行星上的生命是一個巨大的、緊密交織的共同體。一開始，動植物的變化完全受我們所掌握的物理力量主宰。等所有生命穩定之後，我們的影響力就不會那麼直接，而只是在引導——當然，到那時，我們還是不會撒手不管。記住。我們只需要控制行星能量圈的百分之三——只需要百分之三，就能讓整個結構變成為我們想要的自給自足系統。」

你為什麼不幫我？凱恩斯心想，總是這樣，在我最需要你的時候，你總是撒手不管。他想把頭轉過去，瞪著他父親說話的方向，瞪得那老頭不敢看他。但肌肉卻不聽他的使喚。

凱恩斯看見那隻鷹動了一下，朝他的手走過來，一次只謹慎地邁一步。牠的同伴則裝出漠不關心的樣子，等待著。那隻鷹停下了，只要再跳一步就能夠啄到他的手。

就在這時，凱恩斯豁然開朗。猛然間，他看到厄拉科斯未來的種種可能性，這是他父親從來沒有看到過的。各種不同的可能性沿著不同路徑，如洪水般在他腦海裡奔流不息。

「不要讓你的人民落進某個英雄的手裡，沒有比這更可怕的浩劫。」他父親說。

看透了我的心思！凱恩斯想，哼，隨便他！

消息已經送到我的各個穴地、所有聚落。他想，沒有什麼能阻擋。如果公爵的兒子還活著，他們會找到他，遵照我的命令保護他。他們也許會拋開那個女人，他的母親，但他們會救下那男孩。

那隻鷹向前跳了一步，足以啄到他的手了。牠偏著腦袋，打量著這具俯臥的軀體。突然間，牠伸直身子，抬頭向上，尖鳴一聲躍入空中，側著身體斜飛而去，身後跟著牠的同伴們。

他們來了！我的弗瑞曼人找到我了！凱恩斯想。

然後，他聽到沙發出的唰唰聲。

每個弗瑞曼人都能立即認出這種聲音，不會和沙蟲和沙漠中其他生物所發出的聲音混淆。在他身下某處，香料預菌體已經從小創造者身上得到足夠的水和有機物質，正在大肆生長。一團巨大的二氧化碳泡沫正在地底深處形成，即將向上「噴發」。爆炸中心將形成一道沙塵渦旋。屆時，沙漠深處已經形成的東西將翻上沙漠表面，而地表的東西則會被吸入地底。

鷹群在上空盤旋，發出沮喪的尖鳴。牠們知道即將發生什麼事。任何沙漠生靈都知道。

而我是沙漠生靈，凱恩斯想，你懂嗎，父親？我是沙漠生靈。

他感到自己被泡沫高高抬起，然後感到泡沫碎裂了。沙塵渦旋圍著他，將他拖入冰冷的黑暗之中。有那麼一刻，冰冷和潮濕的感覺令他無比喜悅、寬慰。接著，當他的星球殺死他的時候，凱恩斯突然想到，他父親和所有科學家都錯了——只有意外和差錯，才是宇宙中最永恆的定律。

就連那群漠鷹也都能理解這個事實。

9

預言和預知——若問題還未得到解答，要如何檢驗以上兩者的真偽？試想：有多少預測是實際描述未來的「波形」（摩阿迪巴以此一詞指涉他所看到的未來）？又有多少是先知打造未來，以符合他們的預言？「預言」此一行為本身會造成多少和聲？先知看到的是未來，抑或某條脆弱的線，某處缺失或裂痕，而他可以用他的語言、他的決定加以擊破，如同鑽石切割者刀刃一插，便能切開寶石？

——伊若琅公主《對摩阿迪巴之個人所思》

• • •

「取他們的水。」黑暗中，那人喊道。保羅戰勝恐懼，望向母親。他那雙訓練有素的眼睛看到她已經做好戰鬥準備，肌肉蓄勢待發。

「至感遺憾，我等不得不斷然除掉兩位。」兩人上方傳出了聲音。

是最初跟我們講話的那個人，潔西嘉想，對方至少有兩人，一個在我們右方，一個在左方。

「Cignoro hrobosa sukares hin mange la pchagavas doi me kamavas na beslasle pal hrobas!」右側那人隔著盆地喊道。

在保羅耳中，這是段莫名其妙的亂碼。但潔西嘉受過貝尼．潔瑟睿德訓練，聽懂了這段話。這是契科布薩語，古老的狩獵語言，意思是：也許這兩人就是我們正在尋找的陌生人。

喊聲之後，周圍突然沉寂下來。散發淡淡象牙藍的圓環形二號月亮在橫越盆地的岩石上方轉動，皎潔且脈脈。

岩壁傳來攀爬聲，上方、兩側都有……月光下許多黑點在移動，從陰影中不斷湧出。

整支部隊！保羅心想，胸口一陣劇痛。

一個身披斑駁斗篷的高個子走到潔西嘉前方，為了方便談話，將面罩推到一邊，月光下露出濃濃的鬍鬚，臉和眼睛仍然藏在兜帽中。

「我們在這裡找到了什麼？妖精還是人？」他問。

潔西嘉聽出對方話中的善意調侃，暗暗生出一線希望。這是發號施令的聲音，也是最早從夜色中冒出來嚇到兩人的那個聲音。

「我敢說，是人。」那人說。

雖沒看到，但潔西嘉能感覺到那人長袍的衣褶中藏著刀。她一陣後悔，痛苦地想到保羅和她都沒有屏蔽場。

「妳會說話嗎？」那人問。

潔西嘉將皇族的所有高傲融入她的神態和語氣中。她必須盡快回答，但這個人講的話還不夠多，她還未找出他的文化背景和弱點。

「是誰在夜間如匪徒般來到我們面前？」她質問道。

兜帽下的頭突然一顫，顯示出對方的緊張。接著，這人慢慢放鬆下來，說明了此人有出色的自我控制力。

保羅從他母親身邊走開，既分散敵人的進攻，也使兩人都有施展拳腳的空間。

保羅的動作引起了對方注意，罩著兜帽的頭轉了過來，臉上露出一道窄窄的縫迎向月色。潔西嘉看到了尖挺的鼻子、閃閃發亮的眼睛——深色，完全是深色，沒有一點眼白，還有向上高高翹起的深褐色髭鬚。

「小傢伙有前途。」那人說，「如果你們是哈肯能人的逃犯，我們或許會很歡迎。你們是嗎，孩子？」

保羅腦中閃過各種可能：圈套？事實？必須當機立斷。

「你們為什麼歡迎逃犯？」保羅問道。

「一個像大人一樣說話和思考的孩子。」那個高個子說，「好，我來回答你的問題，孩子。我不向哈肯能人繳法伊——也就是不進貢水。所以，我可能會歡迎逃犯。」

他知道我們是誰，保羅想，從聲音裡聽得出來，他講得不盡不實。

「我是史帝加，弗瑞曼人。」高個子說，「這名字能幫你快點回答嗎，娃黎？」

是他的聲音，保羅想。他記得在上次會議中見過這男人，當時他來索要一具屍體，那是他朋友，死於哈肯能人之手。

「我認識你，史帝加。」保羅說，「你那次來找你朋友的水，我也在我父親的會議上。你帶走了我父親的一個人，鄧肯，艾德侯——朋友之間的交換。」

「艾德侯拋棄了我們，回到他的公爵那裡去了。」史帝加說。

潔西嘉聽出他的口氣中有一絲怨恨，於是全神戒備，準備攻擊。

上方的岩石中響起一個聲音：「我們是在浪費時間，史帝加。」

「這是公爵的兒子。」史帝加吼道，「一定就是列特要我們找的那個人。」

「可他只是……一個孩子，史帝加。」

「公爵是男人，而這個小傢伙知道怎麼使用沙錘。」史帝加說，「敢穿過沙胡羅的地盤，他是勇者。」

潔西嘉聽出他已經將她排除在外。他作出決定了嗎？

「我們沒有時間驗他的身分。」上面那個聲音抗議道。

「但是他很可能就是利桑．阿拉黑——天外之音。」史帝加說道。

他在尋找預兆！潔西嘉想。

「但那個女人……」上方的聲音說。

潔西嘉重新蓄勢，那聲音充滿殺機。

「是的，這個女人。」史帝加說，「還有她的水。」

「你懂規矩的。」岩石中傳出的聲音說，「不能跟沙漠共存的人……」

「閉嘴。」史帝加說，「時代變了。」

「這也是列特的指令嗎？」岩石叢中的聲音問。

「翼手的聲音你也聽到了，詹米斯。」史帝加說，「為什麼要逼迫我？」

潔西嘉心想：翼手！根據腔調的線索，這個詞可以有許多含意。這是禪遜尼神學和律法的語言，而翼手指蝙蝠，會飛的小型哺乳動物。「翼手的聲音」是說他們收到遠方的傳信，要他們尋找保羅和她。

「我只是提醒你別忘了你的職責，我的朋友史帝加。」上方的聲音說。

「我的職責是保持部落強盛。」史帝加說，「那是我唯一的職責，不需要別人提醒。我對這個小大人很感興趣。他很臃腫。他依靠太多水過活，現在又遠離了父親的太陽，另外，他也沒有我們的伊巴德眼睛。可他講起話、做起事來，卻不像那些住在盆地上的窩囊廢。他父親也不是。這怎麼可能？」

「我們不能待在這裡吵上一整晚。」岩石間的聲音說，「如果有巡邏隊……」

「我不想再和你說話了，詹米斯。閉嘴！」史帝加說。

上面那人不吭聲了，但潔西嘉聽見他在移動，躍過峽道，一路向下爬到盆地底層，來到兩人左側。

「翼手信使的話表明，救下你們兩人對我們有好處。」史帝加說，「我可以從這個堅強的小大人身上看出這一點。他還小，可以學。但妳呢，女人？」他盯著潔西嘉。

我已經掌握他的嗓音和說話模式，潔西嘉想，用魅音，只需一個字就能控制他。但他很強壯……讓他保持清醒的頭腦、完全的行動自由，對我們更有價值。走著瞧。

「我是這孩子的母親。」潔西嘉說，「你欣賞他的力量，那有一部分是我訓練出來的。」

「女人的力量可以是無限的。」史帝加說，「聖母當然更是。妳是聖母嗎？」

這一回，潔西嘉沒理會問題所隱藏的含意，真誠回答道：「不是。」

「妳受過沙漠的訓練嗎？」

「沒有。但許多人認為，我受過的訓練很有價值。」

「關於價值，我們有自己的判斷。」史帝加說。

「每個人都有權做出自己的判斷。」她說。

「很好，妳是明白事理的人。」史帝加說，「我們不能延誤行程，留在這裡考察妳，女人。妳明白嗎？我們不想要妳的影子來糾纏我們。我將帶走這個小大人，妳兒子。他將在我的部落中得到我的支持和庇護。但妳，女人——妳懂嗎？這跟個人無關，這是規矩，是伊斯提斯拉赫。這麼解釋夠清楚了嗎？」

保羅向前走了半步：「你在說什麼？」

史帝加飛快地瞟了保羅一眼，但注意力仍然放在潔西嘉身上，「如果不是從小接受在沙漠生活的嚴格訓練，妳可能會毀掉整個部落。這是法律。我們不能帶上妳，除非……」

潔西嘉動手了。起初向下一癱，假裝昏倒在地。對一個虛弱的外來者而言，這再自然不過，也必然會使對方一楞。她看到史帝加右肩下垂，準備抽出長袍衣褶中的武器衝向她，於是一個兔起鶻落，身體一轉，手臂一揮，兩人袍服相接。下一瞬間，她已經背靠山岩，史帝加擋在她身前，動彈不得。

母親一動作，保羅就退開兩步。潔西嘉進攻，他則朝暗處猛衝。一個絡腮鬍漢子在他前方站起，手持武器屈身向他撲來。保羅一個右直拳打在那人的胸骨下，側身避讓，在他的脖根上劈了一掌，在那人倒下時奪過他的武器。

他奔進黑暗之中，沿著岩石往上爬，奪來的武器插在腰間。武器的形狀摸上去並不熟悉，但他還是認出這是投射兵器，這透露了這個地方的不少事情，也指出這裡沒有使用屏蔽場。

他們只會留意我母親和那個叫史帝加的傢伙。她對付得了他。我必須到達一個安全有利的位置，在那裡威脅他們，好讓她有時間逃跑。

盆地傳來一陣刺耳的卡嗒聲，子彈嗖嗖飛過他四周的岩石，其中一顆擦到他的長袍。他擠過岩石一角，發現自己人在一道垂直狹窄的石縫中，於是開始一點一點往上爬。背抵著一側岩壁，腳蹬著另一側，動作緩慢，盡可能不發出聲音。

只聽史帝加的吼聲在盆地中迴盪：「退回去，你們這些沙蟲腦白癡！再往前一步，她就會擰斷我的脖子。」

盆地裡傳來一個聲音：「那個男孩跑掉了，史帝加。我們……」

「他當然跑掉了，你這滿腦子沙的……哇！……輕點，女人！」

「告訴他們不要再追我兒子。」潔西嘉說。

「他們已經停下了，女人。他跑掉了，如妳所願。地底的神啊！妳為什麼不早說妳不是一般的女人，還是個戰士？」

「讓你的人往後退。」潔西嘉說，「要他們都到盆地去，站到我看得見的地方……我知道你們有多少人，你最好相信。」

她想：現在形勢很微妙，但只要這個人像我想的那麼明智，我們就有機會。

保羅一寸寸往上爬，發現了一道狹窄的岩架，可以靠在上面休息片刻，同時監視下面的盆地。史帝加的聲音又響了起來。

「如果我拒絕呢？妳能怎樣……唔唔！別動手，女人！聽著，我們沒有傷害妳的意思。老天！妳既然能這樣制住我們之中最強的人，妳的價值十倍於妳體內的水。」

現在該來測試他的判斷力了，潔西嘉想。她說：「你問起天外之音。」

「妳可能就是傳說中的人物。」他說，「但要試煉後，我才會完全相信。我只知道妳跟著那個愚蠢的公爵來到這裡……哎——哎！女人！我不在乎妳殺了我，我說的是事實！他值得尊敬，也很勇敢，但像那樣把自己送到哈肯能人的拳頭下，太蠢了！」

沉默。

片刻後，潔西嘉開口道：「他沒有選擇，但我們別爭論這件事了。現在，告訴你那個藏在灌木叢後面的人，叫他別妄想用武器瞄準我，不然我就先要你的命，再收拾他。」

「你！」史帝加吼道，「照她說的做！」

「可是，史帝加……」

「照她說的做，你這沙蟲臉的蛇，滿腦子沙的蜥蜴屎！照她說的做，不然我就幫她把你大卸八塊。

你還看不出這女人的價值嗎？」

灌木叢後方的那個人從半遮半掩的地方直起身來，放低槍口。

「他已經照妳說的做了。」史帝加說。

「現在！」潔西嘉說，「向你的人說清楚，你對我有什麼打算。我不希望看到哪個小伙子一時頭腦發熱，犯下愚蠢的錯誤。」

「混進村莊和鄉鎮時，我們必須掩蓋自己的身分，把自己打扮成凹地人和盆地人。」史帝加說，「我們不帶武器，因為晶刃匕是神聖的。但是妳，女人，妳有詭祕的格鬥術。這種招數我們以前只是聽說過，很多人甚至不相信。但誰也不會懷疑親眼看見的事實。妳制住一個武裝的弗瑞曼人。這種身手是搜身都不會暴露的武器。」

史帝加的話音剛落，盆地中一陣騷動。

「如果我答應傳授你那種……詭祕的格鬥術，又怎麼樣？」

「那我就會像支持妳兒子一樣支持妳。」

「我們怎麼能肯定你的承諾是真的？」

史帝加的語氣不像剛才那麼理智了，變得有點氣憤。「女人，我們這裡沒人會隨身帶著紙簽訂契約，但我們絕不會晚上許下承諾，天一亮就食言。男人說出口的話就是契約。作為部落首領，我部落裡全部的成員都會遵守我的承諾。傳授我們這種詭祕的打法，妳就會得到我們的庇護，直到妳自己想離開為止。妳的水將和我們的水融合。」

「你能代表所有弗瑞曼人發言嗎？」潔西嘉問。

「過一段時間也許可以。但現在，只有我兄弟列特才能代表所有弗瑞曼人。在這裡，我只能保證守密，我的人絕不會向其他穴地人提起你們。哈肯能人已經殺回沙丘，妳的公爵死了，外面都在傳你們兩人已經死在一次聖母級的沙暴中。獵人不會追死去的獵物。」

這樣的話，應該算安全了。潔西嘉想，但這些人的通訊很暢通，能夠隨時送出任何消息。

「我猜，哈肯能人一定會懸賞捉拿我們。」她說。

史帝加沉默不語。她幾乎能看到他飛快地轉著念頭，同時感到他的肌肉在自己手下扭動。

過了一會，他說：「我再說一遍，我已經給妳部落的承諾。我的人現在已經知道妳對我們的價值。出賣妳，哈肯能人能給我們什麼？自由嗎？哈！不，妳是塔夸，比哈肯能金庫裡的所有香料加起來都還要值錢。」

「那麼，我會將我的格鬥術傳授給你們。」潔西嘉說，感到自己的話無意中帶上了宗教儀式的慎重。

「現在，妳可以放開我了吧？」

「可以。」潔西嘉說。她鬆開他，往旁邊跨了一步，將盆地邊緣盡收眼底。這次的試煉很糟，她想，但保羅必須了解這些人，為此，我犧牲生命也在所不惜。

在悄無聲息的等待期間，保羅一點一點向前挪，以便看清母親所處的位置。移動時，他忽然聽到沉重的呼吸，然後突然屏住。聲音就在上方，在他藏身的這條垂直岩縫裡。他朝上望去，感到星光下隱約有一道模糊的影子。

史帝加的聲音從盆地裡傳來：「你，上邊那個！別再找那男孩了，他馬上就會下來。」

保羅上方的黑暗中響起一個聲音，可能是少女或少年。「但是，史帝加，他不可能……」

「我說別管他了，荃妮！妳這蜥蜴爪子！」

保羅上方傳來低聲咒罵：「竟敢叫我蜥蜴爪子！」黑影退回去，不見了。

保羅重新留意盆地，緊盯著母親身側那個史帝加灰影的動靜。

「你們都過來。」史帝加叫道，然後轉向潔西嘉，「現在輪到我問妳了。我們要怎麼確保妳會履行妳那一半的承諾？妳一直生活在紙張、空洞的合約和這一類的——」

「我們貝尼．潔瑟睿德跟你們一樣，從不食言。」潔西嘉說。

四周頓時鴉雀無聲。久久之後，人群中響起一片騷動：「一個貝尼．潔瑟睿德女巫！」

保羅從腰帶抽出繳獲的武器，瞄準史帝加。但那人和他的同伴依然瞠目結舌，直直盯著潔西嘉。

「是那個傳說！」有人說。

「聽說，夏道特梅帕絲在報告中就是這樣認定妳的。」史帝加說，「但這麼重要的事一定要查清楚。如果妳真的是傳說中的那個貝尼．潔瑟睿德，妳兒子將帶領我們前往天堂……」他聳了聳肩。

潔西嘉嘆了口氣，心想：這麼說，我們的護使團甚至在這見鬼的洞裡也植入了宗教安全閥。嗯，也好……產生作用了，當初的用意不就是這樣。

她說：「給你們帶來傳說的女預言家，她的話結合了聖蹟和真預——這我知道。你們希望看到預兆嗎？」

史帝加的鼻翼在月光下翕張。「我們不能留在這裡舉行儀式。」他低聲道。

潔西嘉想起凱恩斯安排緊急逃亡路線時，給她看過一張地圖。那恍如隔世。她記得圖上有個名喚「泰布穴地」的地方，旁邊有道注解：「史帝加」。

「或許等我們到達泰布穴地，預兆就會出現。」她說。

這句話令他大為震驚。潔西嘉心想：要是他見識到貝尼．潔瑟睿德的招數，不知會怎樣。她一定非常優秀，那位護使團的貝尼．潔瑟睿德。這些弗瑞曼人已經被她洗腦，很容易相信我們！

史帝加不安地動了動，「我們得出發了。」

她點點頭，讓他明白，是她允許他們走的。

他抬頭看著斷崖，幾乎直衝著保羅的潛伏處叫道：「喂，你，小傢伙，你可以下來了。」隨後，他轉向潔西嘉，用致歉的口吻說：「你兒子往上爬時，聲音太大了。他還有很多東西要學，不然會給大家帶來危險的，幸好他還年輕。」

「毫無疑問，我們可以讓彼此學到不少東西。」潔西嘉說，「至於現在，你最好去看看你那邊的同伴。我那個笨手笨腳的兒子在奪走他的武器時有點粗暴。」

史帝加轉身急走，兜帽拍動著。「哪裡？」

「那堆灌木叢後面。」她指著說。

史帝加拍拍兩名手下，「去看看。」他掃視著同伴，數著人頭，「詹米斯不見了。」他轉向潔西嘉，「妳的小傢伙也會妳那種詭祕的格鬥術？」

「你一定也注意到了，你發布命令時，我兒子在上面一動也不動。」

史帝加派去的兩個手下扶著一個人回來了，那人在攙扶下踉踉蹌蹌地走著，喘著粗氣。史帝加飛快瞄了那人一眼，又盯著潔西嘉說：「妳兒子只聽妳的命令，是嗎？很好，懂紀律。」

「保羅，你現在可以下來了。」潔西嘉說。

保羅站起身，從岩縫中走到月光下，將繳獲的弗瑞曼武器插進腰帶。他正要轉身，岩石後又冒出一道人影，面朝向他。

在月光和灰岩映照的月色下，保羅看到一個身穿弗瑞曼長袍的小小身影，一張晦暗的臉從兜帽下凝視望著他。一把彈射槍的槍口從長袍衣褶下伸出，對準了他。

「我叫荃妮，列特的女兒。」

聲音輕快，半帶笑意。

「我不會讓你傷害我的同伴。」她說。

保羅嚥下一口唾沫。面前的人影走到一道月光下，於是他看到一張精靈般的臉，一雙幽深的眼眸。一張似曾相識的臉，在他最早期的預知幻象中，這張臉經常出現。保羅瞠目結舌。他記得這副逞強的怒容，還曾向聖母凱亞斯．海倫．莫哈亞描述過，當時他說：「我會遇到她的。」

這張臉就在眼前，但他從沒夢到兩人是在這種情況下相遇。「你弄出來的聲音就跟發脾氣的沙胡羅一樣大。」她說，「而且上來時選了最難的路線。跟我來，我帶你走輕鬆的地方。」

他爬出岩縫，跟著她飄動的長袍越過崎嶇的岩面。她的動作如同瞪羚，在岩石上輕巧騰躍。保羅感到自己滿臉漲得通紅，慶幸此時光線相當昏暗。

這女孩！她彷彿命運的輕撫。保羅感到自己像是迎面趕上浪尖，在向上騰飛時，心情也飄飄然。

不一會，兩人下到盆地底部，站在那群弗瑞曼人之間。

潔西嘉對保羅露出揶揄的笑容，話卻是朝史帝加說：「我們都為對方好好上了一堂課。希望你和你的人不要介意我們剛才動了粗，在當時，這似乎……是必要的，你差一點就……犯錯了。」

「使別人免於犯錯，是來自天堂的禮物。」史帝加說。他左手摸了摸嘴唇，伸出右手從保羅腰間抽出那件武器，扔給他的同伴，「你會有自己的彈射槍，小傢伙，等你證明了自己應當要拿到時。」

保羅欲言又止。他想起了母親的教誨：「初始之時，最需戒慎小心。」

「我兒子有他需要的武器了。」潔西嘉說。她盯著史帝加，逼他想想保羅是怎樣奪走彈射槍的。

史帝加瞟了一眼那個被保羅制伏了的人——詹米斯。後者站在一旁，垂下頭，喘著粗氣。「妳真是難對付的女人。」史帝加說。他伸出左手，衝一個同伴打了個響指，「Kushti bakka te」。

又是契科布薩語。潔西嘉想。

那個同伴將兩方紗布放到史帝加手中。史帝加將紗布捲成束，其中一條繫在潔西嘉兜帽下的脖子上，另一條依樣繫在保羅脖子上。

「現在你們繫上了巴卡的方巾。」他說，「如果我們走散了，別人會知道你們是史帝加穴地的人。至於武器，我們之後再討論。」

接著，他走到手下之間，檢查著每個人，將保羅那個弗瑞曼背包交給其中一人。

巴卡。潔西嘉想，記起了這個宗教用語：巴卡——哭泣者。她感受到正是這塊方巾的象徵意義凝聚了這群人。為什麼「哭泣」能將他們凝聚起來？她問自己。

史帝加走到那個使保羅無地自容的女孩面前，對她說：「荃妮，這個小大人就由妳照顧了。別讓他碰上麻煩。」

荃妮碰了碰保羅的手臂，「過來吧，小大人。」

保羅壓下語氣中的憤怒：「我的名字叫保羅，妳最好……」

「我們會給你一個名字的，小子。」史帝加說，「等米赫納季節一到，進行阿奎能試煉的時候。」

成人季的推理試煉。潔西嘉默默翻譯。保羅必須高高在上，這迫在眉睫，凌駕了一切問題。她厲聲道：「我兒子已經通過戈姆刺試煉。」

四周鴉雀無聲。她知道，這句話大出他們意料，震動了所有人。

「我們對彼此還不夠了解。」史帝加說，「但我們耽擱太久了。不能讓白天的太陽在沙漠上逮到我們。」他走到保羅擊敗的那人身旁，問道，「詹米斯，你還能走嗎？」

有人哼了一聲道：「他趁人不備。不就是個意外，我能走。」

「不是什麼意外。」史帝加說，「你和荃妮負責那個小伙子的安全，詹米斯。這兩個人受我的庇護。」

潔西嘉盯著那個叫詹米斯的人。聽聲音，他就是在岩石間和史帝加爭執的人，那充滿殺意的聲音就是出自他口中，而史帝加覺得有必要讓這個詹米斯更俯首聽命。

史帝加用審視的目光掃了一眼他的隊伍，打了個手勢，讓兩個人走出隊列。「拉魯斯、法魯克，你倆負責掩蓋我們的足跡，要做到一絲不留。多留意——我們帶著兩個沒受過訓練的人。」他轉過身，一隻手指著盆地另一邊，「組成小隊，要有側翼——出發。我們必須在天亮前到達瑞吉斯洞。」

潔西嘉走在史帝加身旁，數了數，弗瑞曼人有四十個，再加上她和保羅，共四十二人。潔西嘉想：他們的行進像軍中的連隊——就連小女孩荃妮也是。

保羅走在荃妮身後。雖然他剛才被那個女孩逮到，但已經壓下不快。此刻，他腦海中的只有母親那聲「我兒子已經通過戈姆刺試煉」的喝斥所帶來的回憶。他發覺，自己的手竟因記憶中的劇痛而一陣陣發疼。

「注意腳下的路。」荃妮低聲說，「不要碰到灌木叢，以免留下痕跡，暴露行蹤。」

保羅嚥了口唾沫，點點頭。

潔西嘉仔細傾聽隊伍前進時發出的聲音，卻只能聽到她自己和保羅的腳步聲，不由得佩服弗瑞曼人的行進方式。他們四十人一起穿越盆地，發出的聲音卻融入大自然的音籟中——彷彿幽靈風帆，身上的長袍在沉沉夜色中飄然掠過。他們的終點是泰布穴地——史帝加的穴地。

她心中沉吟著——穴地。這是契科布薩語，無數個世紀以來，這個古老的狩獵詞彙從未改變。穴地——危急時的會合點。和弗瑞曼人狹路相逢的箭拔弩張過去之後，她開始尋思這門語言和這個詞彙的深邃內涵。

「我們走得很快。」史帝加說，「要是沙胡羅——也就是你們所說的沙蟲給面子，我們天亮前就可以到達瑞吉斯洞。」

潔西嘉點點頭，盡量保存體力。她早已筋疲力竭，全靠意志撐住，還有……她承認，還有興奮。她凝神想著這支部隊的價值，看到了其中透露出來的弗瑞曼文化。

他們所有的人，她想，整個文化，都軍紀嚴明。對流亡的公爵來說，這是無價之寶！

10

弗瑞曼人在古人稱為「掛念」的行為上造詣極深，意即，他們渴望取得某樣東西，但在伸手抓取之前，會自願拖上一段時間。

——伊若琅公主《摩阿迪巴的智慧》

• • •

眾人穿過盆地岩壁上一道窄得必須側身通過的岩縫，在破曉時分抵達瑞吉斯洞。薄薄曙光中，潔西嘉看著史帝加派出哨兵，望著他們散開，爬上斷崖。

保羅邊走邊抬頭仰望，看到那道窄窄的裂縫直插灰藍色的天空，將星球上的這幅岩壁掛毯剖成兩半。

荃妮拉著保羅的袍子，催他快走。她說：「快，天亮了。」

「往上爬的那些人，他們要去哪裡？」保羅悄聲問道。

「第一批日巡者。」她說，「快點！」

外圍留一批哨兵，保羅想，聰明。但更聰明的做法是分成幾支小隊，分批來到這裡。這樣全軍覆沒的風險更小。他突然一頓，意識到這其實是游擊戰的思維。他想起他父親的憂慮：亞崔迪可能會變成游擊家族。

「快點！」荃妮悄聲道。

保羅加快步伐，聽到身後眾人的長袍窸窣作響。他想起尤因那本微縮的《奧蘭治合一聖書》，上面有一段關於人生歷程的話。

「天堂在我右，地獄在我左，死神在我後。」他反覆默念。

轉過一個彎道，通道變寬了。史帝加站在一旁，指揮他們轉進右方角落中一道低矮的洞口。

「快！」他低聲道，「如果巡邏隊在這裡逮到我們，我們就成了籠裡的兔子了。」

保羅跟在荃妮身後，彎腰鑽進洞口。山洞裡隱約有些微弱的灰色光線，是從前方某處發出來的。

「你可以站起來了。」她說。

他直起身子，開始研究這個地方：這是片又深又寬闊的區域，拱頂向外伸展，剛剛到伸手搆不著的高度。隊伍在黑暗中散開。保羅看見母親走到一側，查看著他們的同伴。他同時注意到，儘管她的裝束與弗瑞曼人無異，卻未能融入他們。她的舉手投足都散發著威儀和優雅。

「找個地方休息，不要停在過道上，小大人。」荃妮說，「這裡有吃的。」她把兩小團用葉子包著的食物放在他手上，他聞到濃濃香料味。

史帝加走到潔西嘉身後，向左側那隊人命令道：「把密封罩準備好，保護洞裡的水氣。」接著，他又轉向另一個弗瑞曼人，「雷米爾，拿些燈球來。」然後，他抓住潔西嘉的手臂說：「我想讓妳看些東西，鬼怪女人。」他領著她轉過一道圓弧岩面，向光源處走去。

就這樣，潔西嘉看到洞穴的另一道寬闊開口，高掛在崖壁上。她向外望去，外面是另一座盆地，大約十到十二公里寬，四周以高高的岩壁作為屏障，地上有零星幾叢稀疏的植物。

就在她望向朦朧的盆地時，太陽自遠處峭壁上升起，照亮了淺褐色大地上的岩石和沙礫。她出神看著厄拉科斯的太陽彷彿是從地平線上一躍而出。

那是因為我們想阻止太陽升起，她想，夜晚比白天安全。這時，她突然冒出一種渴望，想在這個從未下過雨的地方看到彩虹。我必須壓下這些妄想。她想，這是軟弱的表現，我再也承受不起軟弱了。

史帝加抓住她的胳膊，指著盆地對面。「那裡！妳看，我們的人。」

她看著他所指的地方，果然發現有人影晃動：盆地底部有許多人從晨曦中散開，躲入對面岩壁的陰影中。儘管距離遙遠，他們的動作在清澈的空氣中仍然十分明顯。她從長袍下取出她的雙筒望遠鏡，焦距對準遠處的人群。只見方巾飄動，像多彩的蝴蝶隨風起舞。

「那就是家。」史帝加說，「我們今天晚上就能抵達。」他盯著盆地，拉著鬍子說：「我的人民這麼晚還在外面工作，那代表附近沒有巡邏隊。等一會兒我會向他們發信號，讓他們準備好迎接我們。」

「你的人民遵守紀律。」潔西嘉說。她放下望遠鏡，發現史帝加正盯著對面的人群。

「他們遵守部落的保存法。」他說，「保存部落，我們用這種方式在自己人中間挑選首領。首領應該是最強大的人，能帶來水和安全的人。」他收回視線，看著她的臉。

她回望著他，注意到他那沒有半點眼白的眼睛、髒汙的眼眶、掛滿塵土的鬍子和髭鬚，還有集水袋的水管，從他的鼻孔向下彎曲，伸入蒸餾服。

「我打敗了你，這會讓你失去威望嗎，史帝加？」她說。

「妳當時並沒向我挑戰。」他說。

「對首領來說，維繫部下對自己的尊重是很重要的。」她說。

「那些沙蚤，沒有一個是我對付不了的。」史帝加說，「妳打敗了我，也就等於打敗了我們全部的人。現在，他們希望能從妳那裡學會那種……詭祕的格鬥術……還有些人想知道妳會不會向我挑戰。」

她掂量著言外之意：「在正式的決鬥中打敗你？」

他點點頭，「我勸妳別這樣做，因為他們不會跟妳走的。妳不屬於沙漠。他們已經從我們昨晚的行進中看出來了。」

「務實的人。」她說。

「確實。」他看了一眼盆地說，「只有我們自己知道我們的需求。但現在，沒多少人會多想這件事，因為我們的家就在眼前。我們外出太久了，一直在準備把我們的香料送到自由貿易商那裡，賣給該死的宇航……願他們的臉永遠是黑色的。」

潔西嘉正打算轉身離開，聽到這話又停了下來，回頭看著他的臉說：「宇航？宇航跟你們的香料有什麼關係？」

「那是列特的命令。」史帝加說，「我們也知道原因，但那實在讓人厭惡。我們拿大量的香料去賄賂宇航，好確保我們頭上沒有衛星，這樣一來，就沒人能刺探到我們在厄拉科斯地面上做了什麼事。」

她想起保羅也這麼說過，他認定這就是厄拉科斯上空沒有衛星的原因。潔西嘉斟酌著，再次問道：「你們在厄拉科斯地面上做什麼？為什麼不想讓別人看見？」

「我們在改變土地……很慢，但很確實。我們要改造厄拉科斯，讓它適合人類居住。我們這一代人是看不到了，我們的孩子也看不到，我們的孩子的孩子，甚至他們的孫子的孫子也可能看不到……但是，那一天總會到來的。」他那隱沒在黑暗中的雙眼凝望著洞外的盆地，「野外會有水，高大的綠樹，人們不用穿蒸餾服也可以隨意走來走去。」

原來這就是列特—凱恩斯的夢。潔西嘉想。她接著又說：「賄賂是危險的，對方的胃口會越來越大。」

「他們的胃口確實變大了。」他說，「但最慢的方法總是最安全的方法。」

潔西嘉轉過身，望著外面的盆地，盡力描摹史帝加腦海中的想像。但她看到的僅僅是遠處帶著芥末色斑點的灰色岩石，以及斷崖上空驀地揚起的漫天塵霧。

「啊——啊！」史帝加說。

起初她還以為那是巡邏車，隨後省悟那是海市蜃樓——是懸浮在沙漠上空的景象：遠處搖曳的綠葉，中間有一條長長的沙蟲正在地表上行進，沙蟲背上似乎有弗瑞曼長袍在飄揚。

海市蜃樓漸漸消失了。

「騎著牠走比自己走強多了。」史帝加說，「但我們不能讓創造者進入這座盆地。所以，我們必須再走一晚。」

創造者——他們對沙蟲的稱呼。她想。

她掂量著他這幾句話的重要性，還有，他居然聲稱不能讓創造者進入這座盆地。她知道自己在海市蜃樓中看到了什麼：弗瑞曼人正騎在一條巨型沙蟲的背上。她用了最強的控制力才不至於流露她的震驚。

「我們必須回到大夥兒那去了。」史帝加說，「要不然，我的人也許會懷疑我在跟妳調情。早就有人嫉妒我了，因為昨晚在托諾盆地那場打鬥中，我的雙手嘗到了妳的甜美。」

「夠了！」潔西嘉厲聲呵斥。

「我沒有惡意。」史帝加說，聲音很溫和，「我們這裡有規定，不許強逼本族女子。而妳嘛……」

他聳聳肩，「以妳的身手，甚至不需要那條規定的保護。」

「請記住，我過去是公爵的女人。」她說，但聲音平靜多了。

「悉聽尊便。」他說，「現在該封閉這個洞口了，這樣大家才能鬆一鬆蒸餾服。我的人今天需要舒舒服服地休息一下。到明天，他們的家人可不會讓他們歇著。」

說完，兩人陷入了沉默。

潔西嘉望著外面的陽光。她不止一次從史帝加的話中聽出弦外之音。除了他的支持，他似乎還有別的提議。他需要妻子嗎？她意識到自己可能和他走到那一步，如此便能消弭因爭奪部落領導權而導致的衝突——經由女人和男人的結合。

但那樣一來，保羅怎麼辦？誰知道這裡的父母都以什麼規則教養後代？她那尚未出世的女兒又該怎麼辦？公爵的遺腹女？她充分思考腹中胎兒的意義，了解當初她允許自己懷孕的動機。她知道動機是什麼——所有終將一死的生物都有這種深入骨髓的本能：通過養育後代來尋求永生。物種的生殖本能勝利了。

潔西嘉瞟了一眼史帝加，發現他正在研究自己，並等待著。在這裡，一個女人與他那樣的男人結婚後生出的女兒會有什麼命運？她問自己，他是否會干涉貝尼．潔瑟睿德所必須遵從的原則？

史帝加清了清嗓子，這個動作顯示，他理解她心裡所想的一部分問題。「對領袖來說，重要的是使他成為領袖的那些東西，也就是他的人民的需求。如果妳教我學會妳那種詭祕的格鬥術，遲早有一天，我們中的某一人將不得不向另一人挑戰。我倒寧願選擇其他方法。」

「還有其他選擇嗎？」她問。

「塞亞迪娜。」他說，「我們的聖母老了。」

沒等她發問，他又說：「我不應該提議當妳的配偶。這跟個人無關，妳確實很漂亮，令人心動。但假如妳成了我的女人，也許會使我的一些年輕人誤會，以為我太貪圖肉體的歡樂，不夠關心部落的需求。就連現在，他們都在豎起耳朵聽，睜大眼睛看。」

一個懂得衡量輕重、考慮後果的男人。她想。

「我的年輕人中，有些小伙子正血氣方剛。」他說，「他們必須小心度過這個時期，我絕不可能讓他們用什麼隨便的理由向我挑戰，因為那麼一來，我就得廢了他們，或殺死他們。對首領來說，只要有光榮的方式可以避開衝突，決鬥都不是解決問題的恰當方法。妳知道的，人民和暴民的分別，其中一點就是有沒有首領。首領維持個體的數量，個體太少，人民就會淪為暴民。」

這些話既是向她剖白，也是向那些暗地裡偷聽的人剖白。話本身十分深刻，他的用心也很深刻。她不由得重新評估眼前這個人。

他很有才幹，她想，他是從哪裡學到這種內在平衡論的？

「律法規定了我們挑選首領的形式，這樣的律法是公正的。」史帝加說，「但並不表示，公正永遠是民族所需要的。我們現在真正需要的是時間，壯大和繁榮的時間，把我們的人散布到更多土地上的時間。」

他的祖先是什麼樣的人？她揣測著，這樣的血統源於何處？她說：「史帝加，我低估你了。」

「我猜也是。」他說。

「我們倆明顯低估了對方。」她說。

「我希望結束這種情況。」他說，「我希望我們能建立友誼……和信任。我希望我們對彼此的尊重是發自內心，而不是為了一時的溫存。」

「我理解。」她說。

「妳相信我嗎？」

「我聽得出你的誠懇。」

「在我們的部落間，塞亞迪娜雖然不是正式的首領，但地位尊貴。她們教導大眾，在這裡維繫著神的力量。」他摸了摸自己的胸膛。

我應該多打聽這位神祕的聖母。她想。潔西嘉對史帝加說：「說起你們的聖母……我聽過一些傳說和預言。」

「據說，一位貝尼．潔瑟睿德和她的後代掌握著我們未來的鑰匙。」他說。

「你們相信我就是那個貝尼．潔瑟睿德？」

她觀察著他的臉，心想：新生的蘆葦容易凋萎，開始的階段總是最危險的。

「我們不知道。」他說。

她點點頭，心想：史帝加是可敬的人。他希望從我這裡看到預兆，但不想洩漏天機，告訴我那個預兆是什麼。

潔西嘉轉身凝視著下方盆地中金色、紫色的陰影，看著洞口布滿沙塵的空氣輕輕顫動。此刻，她心中有各種狡猾的謀畫。她熟悉護使團的迷魂湯，也知道如何利用傳說、人們的恐懼和希望來滿足自己眼前迫切的需求。然而，她感到這裡發生了天翻地覆的改變……彷彿有人已經來到弗瑞曼人面前，利用護使團的深遠影響力謀奪了自己的利益。

史帝加清了清喉嚨。

她感到他的不耐，知道此時已是白天，人們等著封閉這個洞口。她該大膽行動了。她知道她需要什麼：某種智慧宮，某種翻譯知識的學院，那會帶給她……

「阿達卜記憶。」她喃喃道。

意識彷彿在她腦海裡翻騰湧動。她認出了這種感受，不由得心跳加速。貝尼・潔瑟睿德的任何訓練都不帶有這種認出的信號，那只可能是自發的阿達卜記憶。她放任自己，讓話語自然而然地從口中流出。

「聖言有云，」她說，「遠至飛塵落定之處……」她從長袍裡伸出一隻手臂。只見史帝加睜大了眼睛，身後傳來很多衣袍窸窣作響的聲音，「我見一……手捧儆戒書的弗瑞曼人。」她莊重地吟頌，「他向拉頓，他所反抗並征服了的太陽誦唸經文，向大審判長薩度斯誦唸經文。他唸道：

我的敵人如同綠葉
在風暴中零落飄搖。
難道你沒看見 主的作為？
他將瘟疫送向敵人，
那些設下陰謀暗害我們的宵小，
就像被獵人驅散的飛鳥，
他們的陰謀就像一粒粒毒丸，
受到每一張嘴的拒斥鼓譟。

一陣戰慄傳遍她全身，她垂下手臂。

身後洞內的陰影中響起眾多聲音，低聲回應：「他們的惡業已被推翻。」

「上帝的怒火湧上胸膛。」她說著，一邊想：現在，一切都上軌道了。

「上帝的怒火已點燃。」眾人回應。

她點點頭。「你們的敵人終將滅亡。」她說。

「比拉凱法。」他們回應道。

一片寂靜中，史帝加向她躬身行禮。「塞亞迪娜。」他說，「只要沙胡羅允許，妳就可以通過內部，成為聖母了。」

通過內部。她想，這種說法相當古怪。但其餘部分相當符合預言。剛才所做的一切讓她產生了一種苦澀的悲憤。

我們的護使團幾乎從不失手，即使在這片荒蕪的沙漠，也為我們準備好了庇護所。弗瑞曼人的禱詞為我們闢出藏身之處。現在……我必須扮演上帝之友奧莉婭……也就是浪民口中的賽亞迪娜，這個人物已經和我們貝尼．潔瑟睿德的預言一起深深印在他們的文化中。他們甚至跟我們一樣，稱女性大祭司為聖母。

洞內的暗處，保羅站在荃妮身邊。他口中仍留有食物的餘味，她端給他的食物是鳥肉和穀物，混合著香料蜜，包在葉中。品嘗這種食物時，他意識到自己以前從未吃過這麼濃的香料精華。他一度感到害怕。他知道香料精華會對自己產生什麼影響——香料之變，會將他的心智推入預知意識中。

「比拉凱法。」荃妮悄聲說。

他望著她，發現她和其他弗瑞曼人一樣，在聆聽母親的話時露出了敬畏。只有那個叫詹米斯的人似乎沒受這個儀式的影響，他雙臂交叉抱在胸前，在一旁冷眼旁觀。

「Duy yakha hin mange」，荃妮低聲吟道，「Duy punra hin mange」。我有兩隻眼睛，我有兩隻腳。

她望向保羅，面露疑惑。

保羅深深吸了口氣，努力想平息內心的煩亂。母親的話牢牢纏著香料精華的藥力，他覺得母親的嗓音在自己上下翻騰，像熊熊火焰的陰影。但與此同時，他仍能覺察到她話中的譏誚——他太了解她了！但即便如此，也無法阻止那些香料食品所激發的變化。

可怕的使命！

他感覺到了，那是無從逃避的種族意識。陡然的清明，大量湧現的資料，冷冰冰的精確。他滑倒在地，背倚著岩石坐下，不加抵抗地敞開自己。

他的意識流入一片永恆的領域。在那裡，他可以展望時間，感知可能的路徑，感受未來之風……過去之風：單眼視野的過去，單眼視野的現在，單眼視野的將來——一切結合成三重影像，他由此看到時間轉變成空間。

有危險，危險正在侵襲自己，他感覺到了。他必須緊緊抓住當下的意識，感受各種模糊的經驗偏斜、流動的分分秒秒、不斷將此時此刻凝結成永恆過去的變化。

抓住當下，他第一次感到四處都有時間巨流穩穩向前推進，海潮、波浪、浪濤並發，像海浪拍打嶙峋斷崖。他對自己的預知力有了新的認識，懼意迅速湧上心頭，他明白了時間盲點的根源，誤差的根源。

他明白了，他的預知力是一種靈啟，包含靈啟所照見的極限——那裡既是精確的發源地，也是重大誤差的發源地。某種類似海森堡測不準原理的因素也介入其中：預視未來所消耗的能量改變了他所看到的未來。

他看到的，是這座洞穴內的一個時間節點，諸種可能性滾滾而來，匯聚在這一點。在這裡，哪怕最細微的動作——眼睛一眨，無心的一句話，飄開的一粒沙，都有可能撬動某個巨大的槓桿，影響已知的宇宙。他看到和結局一起出現的激戰，而那又受許多變數影響，只要他稍稍一動，模式就會發生重大改變。

這幅景象讓他想要凝固自己，再也不動，但「不動」也是一種行動，同樣會產生後果。無數個後果，無數條線從這個洞穴呈扇形散開。而沿著絕大多數的線望去，他都看到了自己的屍體，鮮血從一道可怕的刀口中汩汩湧出。

11

我的父親，帕迪沙皇帝，一手策畫雷托公爵的死，將厄拉科斯交還給哈肯能人。那年他七十二歲，但看上去還不到三十五。在公開場合，他通常只穿薩督卡軍服，頭戴波薩格的黑色頭盔，盔頂上飾有象徵皇室的金獅紋章。軍服公然表明他的權力源自軍事。然而他也不總是如此張揚。只要他願意，他可以散發魅力和真誠。但後來那段日子，我常在想，不知與他有關的一切是否真如表面所見。而今，我認為他總在掙扎，一心想逃出那無形牢籠。請記住，他是皇帝，是王朝之君、之父，而回顧起來，這個王朝卻有段最黯淡的歷史。我們拒絕給他合法的子嗣，對統治者而言，這莫不是最可怕的失敗？我的母親選擇服從她的貝尼．潔瑟睿德上司，而潔西嘉女士卻選擇違抗。這兩人中，誰是強者？歷史已有解答。

——伊若琅公主《父親的皇宮家事》

•••

潔西嘉在黑暗的洞中醒來，感覺到四周的弗瑞曼人已經開始四處走動，聞到的是蒸餾服散發出來的酸臭味。她內在的時間感告訴她，外面很快就要入夜，但洞裡仍幽暗不明，在密封罩的遮蔽下與沙漠相隔，以留住大家身體所散發的水蒸氣。

潔西嘉很清楚，自己全然放鬆了，在筋疲力竭下睡了場沉沉的覺，而這意味著她下意識評估過自己在史帝加部隊中的人身安全。她在長袍綁成的吊床上翻了個身，雙腳滑落到岩地上，穿好沙地靴。

繫沙地靴時一定要記得打活結，方便蒸餾服的泵壓運動。她想。需要記下的事真多啊。

潔西嘉口中仍留有早餐的餘味：用葉子包起來的鳥肉和穀物，混著香料蜜吃。她突然想到，在這裡，作息是顛倒的：夜晚從事日間活動，白天則是休息時間。

夜晚隱蔽，白天最為安全。

她從牆上的吊床掛鉤解下自己的長袍，在黑暗中摸索著長袍的領子，迅速套上。

該如何把信息傳給貝尼．潔瑟睿德？她思忖著，她們必須知道有兩人走失了，正在厄拉科斯的庇護所。

燈球在山洞深處亮起，她看到人們在那邊四下走動，包括保羅。他已經穿好衣服，兜帽翻在身後，露出亞崔迪氏族特有的鷹臉。

今天早上休息前，他的舉動非常異常。她想，很退縮，像死而復生的人，還未完全回神。眼睛半閉著，木然凝視著內心。她不由得想起他的警告：混合香料的食物會讓人上癮。

有副作用嗎？她揣測著。他說香料與他的預知力有關，但怪異的是，他一直閉口不談自己所看見的未來。

史帝加從她右方的暗處走來，穿過燈球下的那群人。她留意到他用手指不安地捋著鬍鬚，還有那種警惕的神情，像追蹤獵物的貓。

懼意突然襲上，潔西嘉發現保羅周圍的人再度緊張起來，十分明顯——僵硬的動作，舉行儀式的站位。

「他們受我們的庇護！」史帝加低聲喝道。

潔西嘉認出了站在史帝加對面的人——詹米斯！隨後，從詹米斯緊繃的雙肩上，她看出了他的怒火。

*詹米斯！被保羅打敗的那個人！*她想。

「你知道規矩，史帝加。」詹米斯說。

「誰會比我更清楚？」史帝加問。她聽出他的話音裡有安撫的成分。

「我選擇決鬥。」詹米斯咆哮著說。

潔西嘉迅速穿過洞穴，走過去抓住史帝加的胳膊。「這是什麼意思？」她問。

「是阿默汰規則。」史帝加說，「詹米斯要求檢驗妳是不是傳說中的那個人。」

「她必須找人替她決鬥。」詹米斯說，「如果她的戰士贏了，她就真的是。但根據傳說……」他瞥了一眼湧上的人群，「……她不需要在弗瑞曼人中挑選戰士。那就代表了她的戰士是她帶來的人。」

*他是說，要跟保羅單打獨鬥！*潔西嘉想。

她鬆開史帝加的手臂，向前跨半步說：「我向來自己出戰。」她說，「這是最簡單的……」

「我們怎麼決鬥用不著妳來告訴我們！」詹米斯喝道，「除非妳拿出我沒看過的證據。昨天早上，很可能是史帝加告訴妳該說些什麼。可能他給妳灌了一腦子哄人的話，而妳有樣學樣講給我們聽，想騙過我們。」

我對付得了他，潔西嘉想，*但那樣也許不符合他們所理解的傳說*。她再次好奇護使團的工作在這顆星球上以何等方式出現了變形。

史帝加看看潔西嘉，壓低嗓門，卻有意讓外圍的人都能聽見。「詹米斯是記仇的人，塞亞迪娜。妳兒子打敗了他，而……」

「那是意外！」詹米斯咆哮著，「托諾盆地有女巫作怪。我現在就可以證明給你們看！」

「……而我自己也擊敗過他。」史帝加繼續說，「他發起這次坦哈砥挑戰還有個目的，就是報復我。他這人整天想著暴力，永遠無法成為優秀的首領。太像個加弗拉，腦子有問題。嘴上說的是規矩，心裡想的卻是薩法——違背神意。不，他永遠也不會成為合格的首領。我留了他這麼長時間，是因為他在戰鬥中還算有用。但他發狂的時候，即使對他自己的部落來說也很危險。」

「史帝加！」詹米斯一聲怒吼。

潔西嘉看出史帝加的用心，他想激怒詹米斯，讓他拋開保羅，轉而向史帝加挑戰。

史帝加轉向詹米斯，潔西嘉再次從他低沉的嗓音中聽到了安撫：「詹米斯，他不過是孩子，他是……」

「你叫他時，用的是男人這兩個字。」詹米斯說。「而他母親說，他通過了戈姆刺試煉。他身上長滿了肉，還帶著太多水。幫他們提背包的人說，包裡有好幾公升水！好幾公升！我們卻要吸集水袋裡的水。」

史帝加瞥了一眼潔西嘉，「是真的嗎？你們的背包裡有水？」

「是啊。」

「好幾公升？」

「兩公升。」

「這筆財富妳打算怎麼用？」

財富？潔西嘉想著。她感覺到對方語氣中的冰冷，搖了搖頭。

「在我出生的地方，水從天上落下，流過地面，匯入大河。」她說。「還有遼闊的海洋，那是一望無際的水，你甚至看不到海的另一邊。我從沒受過用水的訓練，我以前從來沒有把水當成財富。」

周圍的人群中響起一片嘆息：「水從天上落下……流過地面。」

「妳知不知道，我們中有些人出了意外，用光了集水袋的水。今晚到達泰布穴地之前，他們會有天大的麻煩？」

「我怎麼會知道？」潔西嘉搖了搖頭。「如果他們需要，就把我們背包裡的水給他們吧。」

「妳希望這樣使用這筆財富嗎？」

「我希望用水來拯救生命。」

「那麼，我們接受妳的恩惠，塞亞迪娜。」

「別想用水收買我們！」詹米斯咆哮著。「你也別想激怒我去對付你，史帝加。我知道你想要阻止我證明自己說對了，想要我先向你提出挑戰。」

史帝加面向詹米斯，「你鐵了心要逼這孩子與你決鬥是嗎，詹米斯？」他的聲音低沉狠辣。

「她必須找到戰士為她出戰。」

「即使她有我支持她？」

「我要求行使阿默汰規則。」詹米斯說，「這是我的權利。」

史帝加點點頭。「那麼，如果這男孩沒能把你打倒，在那以後，你必須面對我的戰刀。而這一次，我出刀時不會再猶豫。」

「你不能這麼做。」潔西嘉說，「保羅不過是……」

「妳不能干涉，塞亞迪娜。」史帝加說。「哦，我知道妳能打敗我，因此，妳也就能打敗我們之中的任何人。但如果我們聯合起來，妳會贏不了。我們必須這樣，這是阿默汰規則。」

潔西嘉盯著燈球熒熒綠光下的史帝加，一言不發。他的臉罩上一層寒霜。她又轉頭望向詹米斯，看到他眉間的怨毒。她想：我早就應該看出來，他在盤算。他是那種不動聲色的人，凡事都放在心裡。我早該防備的。

「如果你傷害了我兒子，」她說，「你就要會一會我了。現在我向你挑戰，我要把你剁成一團……」

「母親，」保羅向前邁了一步，碰碰她的衣袖，「也許，如果我跟詹米斯解釋一下……」

「解釋？」詹米斯冷笑一聲。

保羅沉默了，盯著那個人。保羅並不怕他，他的動作並不靈活。那晚在沙地相遇時，他輕而易舉就打倒了他。但是，保羅仍能感受到這座洞穴的節點正在翻騰，仍然記得他在預知的幻象中看到自己死在刀下。在幻象中，他沒有什麼路可以逃走……

史帝加說：「塞亞迪娜，妳必須退後到……」

「別再叫她塞亞迪娜！」詹米斯說，「這一點還沒證明！她確實知道祈禱文，那又怎麼樣？我們的孩子也背得出來。」

他講的夠多了，她想，我有方法可以控制他，一句話就可以定住他。她猶豫了，但我無法制住所有人。

「到時候，你要面對的人就是我了。」潔西嘉說。她稍稍拉高嗓門，讓聲音帶著一股淒厲，結尾時一哽。

詹米斯盯著她，臉上露出驚恐。

「我會讓你見識到痛苦，」她用同樣的聲調說，「決鬥時記住我這句話。你會生不如死，相比之下，就連戈姆刺都算得上幸福的回憶。你整個人會扭曲……」

「她在對我下咒！」詹米斯大口喘息著，握起右拳，舉在耳邊，「我要求她保持沉默！」

「批准。」史帝加道，向潔西嘉投去警告的一瞥，「如果妳再開口說話，塞亞迪娜，我們會知道妳是在施展巫術，妳會受到懲罰。」他點頭示意她退開。

幾隻手拉著她，扶她退到後方，但她感到這些人並沒有惡意。她看見人群從保羅身邊退開，長著一張精靈臉的荃妮在保羅耳邊喃喃低語，一邊朝詹米斯點了點頭。

眾人圍成一道圓，帶來更多燈球，全都調成黃光。

詹米斯走進圓圈，脫下長袍，捲成一團扔給人群中的某人。他站在那裡，身上的深灰色蒸餾服因為縐縮而斑斑點點。他低下頭，嘴湊近肩頭，從集水袋的水管吸了幾口水。過了一會，他伸直身子，脫下蒸餾服，小心翼翼將衣服遞進人群中。他圍著腰布，腳上緊緊纏著腳絆，右手拿了一把晶刃匕，站在那裡等待著。

潔西嘉看著少女荃妮幫助保羅，看著她把晶刃匕塞進保羅手裡，又看著他掂量了一下，感受刀的重量和平衡感。潔西嘉又想起，保羅的普拉那肌肉和並度神經都受過訓練，他在最狠的學校學會搏鬥。他的老師，像鄧肯・艾德侯和葛尼・哈萊克等人，全都是一方的傳奇人物。此外，這孩子還熟知貝尼・潔瑟睿德的種種手段，而且一副矯健、自信的模樣。

但他只有十五歲，她想，又沒有屏蔽場。我必須阻止這場決鬥。無論如何，總會有辦法的……她抬起頭來，發現史帝加正注視著她。

「妳不能阻止決鬥，」他說，「也絕對不能講話。」

她一隻手摀住嘴，心想：我已經把恐懼植入詹米斯心中，他的動作會因此遲緩下來……但願如此。要是我會唸咒——要是我真會唸咒就好了。

保羅獨自站著，剛好站在圓圈邊上，身著平時穿在蒸餾服下的搏擊短褲，右手舉起晶刃匕，赤腳站在布滿沙石的岩石上。艾德侯反覆告誡過他：「若你不清楚地面狀況，赤腳是最好的。」還有剛才荃妮的指點：「每次擋開攻擊之後，詹米斯都會持刀轉向右側，這是他的習慣，我們都知道。他會盯著你的眼睛，趁你眨眼的時候出刀。他可以左右開弓，所以要留神他的刀突然換手。」

但保羅覺得，自己全身上下最強的地方就是他所受過的訓練和已成本能的臨場反應，這是他日復一日、一小時又一小時在訓練場上鍛造出來的。

葛尼．哈萊克的話也必須記住：「優秀的刀器戰士要同時想到刀尖、刀刃和護手。刀尖也可以砍，刀刃也可以戳，護手也可以扣住對方的刀刃。」

保羅瞟了一眼晶刃匕，沒有護手，只有刀柄上一道細細的、邊緣突起的環，以保護握刀的手。更糟的是，他不清楚刀身可以承受多大的力量，甚至不知道刀身是否會斷裂。

詹米斯開始在保羅對面沿著圓圈邊緣側身向右移動。

保羅彎下身子，隨即意識到自己並沒有屏蔽場，而他以前所受的訓練，全都是教他如何在屏蔽場不著痕跡護著自己的情況下對打，教他以最快的速度閃躲防守，進攻的速度則刻意放緩，以找出時機，刺穿敵人的屏蔽場。雖然訓練他的人也一再告誡他不能冀望屏蔽場會令對方下意識放慢進攻速度，但他知道，屏蔽場意識已成了他的一部分。

詹米斯遵循儀式喊道：「願汝刀斷人亡！」

也就是，這刀是會斷的。保羅想。

他提醒自己，詹米斯也沒有屏蔽場，但他不曾受過屏蔽場訓練，因而沒有屏蔽場戰士的習慣。

保羅隔著圓圈盯著詹米斯。那人看上去像身上纏著繩結的骷髏，手上的晶刃匕在燈球下發出米黃色光暈。

一絲恐懼感襲上保羅心頭，他突然感到自己孤身一人，赤裸裸地站在朦朧的黃光下，困在人群圍成的圓圈中。預知力將數不清的經歷灌入他腦中，向他暗示未來最可能的發展趨勢，還有引發這些趨勢的一系列決斷。但這一回是真實的此刻，是他在過去預見到的死亡，由無數細微的不幸所牽動。

他意識到，任何因素都會改變未來的結局。觀戰的人群中有人咳嗽，令人分心；燈球的光線有變，使人疑神疑鬼。

我害怕了。保羅告訴自己。

他在詹米斯對面戒備地繞著圈子，反覆默唸貝尼．潔瑟睿德對抗恐懼的祈禱文：「恐懼是心志的殺手……」這些語句如冰水般澆遍他的全身。他感到肌肉不再糾結，變得平靜、敏捷。

「我要用你的血來洗我的刀！」詹米斯怒吼道。最後一個字剛出口，已經猛撲上前。

潔西嘉看到他的動作，嚥下了尖叫。

那人一刀砍了個空。保羅已經站在詹米斯身後，面前就是對手毫無遮擋的後背。

機會！保羅，快！潔西嘉在心裡尖叫道。

保羅慢了一拍，雖然姿勢流暢俐落，但實在太慢，竟讓詹米斯及時閃開，後退一步，移到了右側。

保羅退回原地，放低姿勢。「想洗刀，先得找到我的血。」他說。

潔西嘉發現兒子還是受制於屏蔽場攻防的節奏，明白兒子所受的訓練現在成了一把雙刃劍。他的反應結合了少年的敏捷和苦練的成果，達到眼前這些人從未見到的極致。但攻擊方面，過去的訓練卻形成束縛，導致他下意識放慢速度。屏蔽場會彈回速度太快的攻擊，只有緩慢還擊才能趁虛而入。精準控制和虛招齊下，才能刺穿屏蔽場。

保羅看出來了嗎？她問自己，他必須看出來！

詹米斯再次進攻，藍墨水似的眼炯炯發亮，身影在燈球光下像道模糊的黃影。

保羅又側身避開，動作過於緩慢地還擊。

又一次。

又一次。

保羅的反擊每回都慢了一拍。

潔西嘉注意到一個細節，她只希望詹米斯沒看出來。保羅的防衛雖然快得令人看不清，但兩人每次都會形成一個精準的角度——在那個角度下，屏蔽場會彈開詹米斯的攻擊，假如有屏蔽場的話。

「妳兒子是在耍那個可憐的笨蛋嗎？」史帝加問。沒等她回答，他已經揮手示意她別開口，「對不起，妳必須保持沉默。」

此刻，兩道人影在岩石上互繞圈子。詹米斯持刀的手伸在身體前方，刀尖微側。保羅伏低上身，刀子壓低。

詹米斯再次揮刀。這次他繞到右側，之前保羅一直朝那個方向閃躲。

保羅沒有後退，也沒有閃躲，他的刀刃迎上對方握刀的手，然後退開，閃身移到左側——多虧荃妮的警告。

詹米斯退回圓圈中央，揉著握刀的手。血從傷口上滴下，片刻後止住了。燈球朦朧的光線中，他的雙眼睜得大大，像兩道藍黑色的洞。他審視著保羅，眼神中出現一絲戒備。

「哦！那一個受傷了。」史帝加咕噥了一聲。

保羅先伏低上身，然後高聲喊道：「你投不投降？」按照過去的訓練，第一次見血後必須這麼問。

「哈！」詹米斯大叫一聲。

人群中傳出憤怒的議論聲。

「等一等！」史帝加高聲說，「這小伙子還不懂我們的規矩。」他轉身對保羅說，「坦哈砥挑戰中沒有投降，不死不休。」

潔西嘉看到保羅艱難地嚥下一口唾沫，她想：他從沒這樣殺過人……在這種血淋淋的廝殺中。他能做到嗎？

保羅在詹米斯動作的逼迫下，向右慢慢繞圈。他已預先知道，這座洞穴內有數不清的變數在洶湧翻騰，而這又使他飽受折磨。他的新覺醒告訴他，這次決鬥中，他必須明快做出許多緊迫的決定，前方的道路才會清晰地現身。

變數推動另一個變數——於是，這座洞穴才會成為曖昧不明的節點，橫亙在他的未來之路上，彷彿洪流中的巨石，在周圍的急流中激出無數渦旋。

「結束戰鬥吧，小子。」史帝加低聲說，「別再耍他了。」

保羅憑恃自己的速度優勢，向圈內進逼。

詹米斯則連連後退。現在他已經覺悟，眼前的人不是在坦哈砥挑戰中無力防衛的異地人，任意受弗瑞曼晶刃匕宰割。

潔西嘉看到詹米斯臉上閃過絕望的陰影。現在的他最危險 。她想，情急之下，什麼事都做得出來。他看出來了，這一回，他的對手並非自己部落裡的小孩子，而是天生的戰士，還訓練有素。我種在他心裡的恐懼就要開花結果了。

她發覺，自己竟在內心深處同情起詹米斯，但這種情緒轉瞬即逝——她意識到兒子即將面臨巨大的凶險。

詹米斯可能做出任何事……任何無法預料的事。她告訴自己。她不知保羅是否曾經看到即將發生的事，現在的他是否正在重溫經歷。但她看到了兒子移動的方式，看到一串串汗珠出現在他的臉上、肩上，也從他肌肉的動作看出他的小心戒慎。潔西嘉首次感受到，保羅的天賦中原來還有不確定的因素，但她並不明白箇中緣由。

保羅現在開始進逼，繞著圈子，但不出手。他看出對手的懼意，腦中響起鄧肯・艾德侯的聲音：「對手怕你的時候，你應該讓那股懼意滋長，讓懼意有時間影響他。讓懼意變成驚駭。驚慌的人會與自己對抗。最終，他會孤注一擲。這是最危險的時刻。但驚慌的人通常會犯下致命的錯誤。你受訓的目的，就是發現，並利用這些錯誤。」

山洞裡的人群開始低聲議論。

他們以為保羅在戲弄詹米斯。潔西嘉想，他們認為保羅不用這麼殘忍。

但她同時也感受到人群中那股洶湧的暗潮，沉浸在這場決鬥中。她能看到詹米斯身上的壓力越來越重，至於他何時會承受不住，她、詹米斯……或保羅，都心知肚明。

詹米斯高高躍起，右手向下猛劈。但這隻手是空的。晶刃匕已經換到他的左手。

潔西嘉倒吸一口氣。

但荃妮已經警告過保羅：「詹米斯可以左右開弓。」而他所受的訓練也深入到足以接招並反將對方一軍。「注意刀，而不是拿刀的手。」葛尼・哈萊克一次次這麼警告過他，「刀比拿刀的手更危險，而且任何一隻手都可以握刀。」

保羅看出詹米斯犯下的致命錯誤：躍起是為了迷惑保羅，掩飾換刀的動作，但他的腳下功夫很差，躍起後，慢了一拍才站穩。

除了燈球昏暗的黃光和圍觀者墨藍的眼睛，其他一切與練習場上的過招相差無幾。當身體的移動本身就可以用來攻擊屏蔽場時，屏蔽場便會失效。這種情況下，屏蔽場格鬥也追求進攻速度。只見保羅電光火石間轉換刀勢，斜斜一揮，向上插入詹米斯往下落的胸口——然後退開，看著對手倒下。

詹米斯像破布倒地，臉朝下喘了一口氣，朝保羅轉過臉，隨即一動不動地躺在岩地上，沒有生命的眼睛瞪得大大的，像黑色的玻璃珠。

「用刀尖殺人有失藝術性。」艾德侯曾經這樣告訴保羅，「但若時機出現了，也不用被這句話綁住。」

人們一擁而上，擠滿整個圓圈，推開保羅。他們激動地包起詹米斯的屍體，不一會兒，一群人抬著用長袍纏好的包裹，快步跑進洞穴深處。

岩地上沒有屍體了。

潔西嘉擠過去，走向兒子，感到自己彷彿在裹著長袍、散發惡臭的後背間游泳。人群中一片異樣的沉默。

現在是可怕的時刻，她想，他殺了一個人，但無論頭腦或力量都明顯比對方優越。他絕不能露出一絲一毫的得意。

她擠過最後一圈人，來到一塊小小的空地，兩個滿臉鬍子的弗瑞曼人正在幫助保羅重新穿上蒸餾服。

潔西嘉凝視著兒子。保羅兩眼炯炯發光，重重地喘息著，任由那兩人為他穿衣服，自己卻一動不動。

他跟詹米斯對打，身上連一點傷都沒有。其中一個人喃喃說道。

荃妮站在一旁，目不轉睛看著保羅。潔西嘉看出這個女孩很興奮，那張精靈般的小臉流露仰慕。現在就說，而且要快。她想。

她讓自己的口吻和神態都帶著強烈奚落，開口道：「那麼——你殺死人了，滋味如何？」

保羅楞住了，像冷不防被打了一拳。他抬起頭，迎向母親冷冰冰的目光，一時間血氣上湧，臉色晦暗，不由自主朝詹米斯躺過的地方看了一眼。

詹米斯的屍體已經被抬進洞穴深處，史帝加剛從那邊回來，擠到潔西嘉身旁，對保羅說：「下一次，等你向我挑戰，試圖爭奪領導權時，不要以為你可以像戲弄詹米斯那樣戲弄我。」語氣嚴峻，竭力壓制著內心的憤怒。

潔西嘉能感受到自己和史帝加的嚴厲言詞如何像刀一樣插在保羅心上。這些弗瑞曼人所犯的錯開始發揮作用。她像保羅那樣搜尋周圍這群人的臉，看到保羅所看到的：仰慕，是的，還有害怕……有些人臉上還流露著——厭惡。她望了望史帝加，他一臉認命。潔西嘉明白他是怎麼看待這場決鬥的。

保羅看著母親。「妳知道殺人的滋味。」他說。

她從他的聲音裡聽出痛悔，知道他已經回神。潔西嘉掃了大家一眼，說道：「保羅以前沒有用刀殺過人。」

史帝加轉頭望著她，一臉難以置信。

「我沒有戲弄他。」保羅說。他擠到母親面前，拉拉長袍，瞥了一眼洞內被詹米斯的鮮血染黑的地方。「我並不想殺死他。」

潔西嘉看到史帝加臉上漸漸露出了信任的神情，看著他用青筋糾結的手拉了拉鬍子，如釋重負。同時，她也聽到人們省悟的喃喃自語。

「原來你要他投降就是為了這個。」史帝加說，「我明白了。我們的方式不同，但你以後會明白其中的深意。我還以為，我們讓一條毒蠍加入了我們。」他躊躇了一下，這才開口道：「我不該再叫你小子了。」

人群中有人大聲喊道：「你得給他起個名字，史帝加。」

史帝加點點頭，捋著鬍鬚說：「我看到你的力量……像柱子下面基石的力量。」他停了一會說道：「我們以後會叫你『烏蘇爾』，意思是柱子的基石。這是你的祕密名號，你在隊伍裡的名字。我們泰布穴地內部的人可以用這個名字稱呼你，但外人不能這麼叫。」

竊竊私語傳遍了整個隊伍。「選得好，那種……力量……會給我們帶來好運。」潔西嘉感受到他們的認同，知道自己也受到認同。她是真正的塞亞迪娜。

「現在，你希望選哪個成年名字，讓大家在公開場合用？」史帝加問。

保羅看了母親一眼，又回過頭看著史帝加。在他的腦中，此時此刻正與他曾預見的「記憶」相互比對。他能感受到兩者的不同，那就像一股實質的壓力，將他壓進現實的窄門。

「你們怎麼稱呼小老鼠，會蹦蹦跳跳的那種？」保羅問道。他想起在托諾盆地裡跳來跳去的那種小動物，一邊說，一邊用一隻手比劃。

隊伍中響起一陣嘻嘻哈哈的笑聲。

「我們叫牠摩阿迪巴。」史帝加說。

潔西嘉倒吸一口氣。那就是保羅告訴過她的名字，他說弗瑞曼人會接受他們，並稱他為「摩阿迪巴」。她突然害怕起自己的兒子，同時也為他感到害怕。

保羅嚥了一口唾沫，感到自己正在扮演一個早已在腦海中演過無數次的角色……然而……卻還是有些不同。他可以看到自己高踞令人目眩的山峰之巔，無所不知，但周圍全是無底深淵。

他再次想起那個幻境，追隨亞崔迪綠黑旗的狂熱戰士，以先知摩阿迪巴的名義，在整個宇宙燒殺搶掠。絕不能發生。他告誡自己。

「這就是你想要的名字？摩阿迪巴？」史帝加問。

「我是亞崔迪氏族的一員。」保羅輕聲道，然後高聲道，「完全放棄我父親給我起的名字是不對的，你們可以叫我保羅—摩阿迪巴嗎？」

「你就是保羅—摩阿迪巴了。」史帝加說。

保羅心想：這件事從沒出現在我的幻視中，我做了一件不同的事。

但他感覺到周圍依然盡是深淵。

隊伍中又響起嗡嗡低語，人們交頭接耳：「既有智慧又有力量……還能要求什麼……傳說肯定是真的了……利桑．阿拉黑……天外之音。」

「我要告訴你一件有關你新名字的事。」史帝加說，「你的選擇讓我們很滿意。摩阿迪巴精通在沙漠中的生存之道。摩阿迪巴會自己製造水。摩阿迪巴會躲避太陽，改在涼爽的夜間活動。摩阿迪巴很會繁殖，整個星球上到處都有。我們把摩阿迪巴稱為『男孩的導師』。這是一座強大的柱基，你可以在上面建立自己的生活，保羅—摩阿迪巴，我們的烏蘇爾，歡迎你。」

史帝加用一隻手掌觸了觸保羅的前額，然後縮回手，擁抱保羅，喃喃唸道：「烏蘇爾。」

史帝加剛鬆開保羅，隊伍裡另一名成員就上前擁抱保羅，重複著他的新名字。全隊人一個接一個擁抱他，一道道聲音迴盪在洞中：「烏蘇爾……烏蘇爾……烏蘇爾……」他一邊接受眾人的問候，一邊認出不少熟悉的面孔。他已經可以叫出隊伍中一些人的名字了。接下來是荃妮，她也抱著保羅，把臉頰貼在他的臉頰上，呼喊著他的名字。

之後，保羅再次站在史帝加面前。史帝加說：「你現在是貝都因兄弟會的一員了——我們的兄弟。」他板起面孔，以命令的語氣說，「現在，保羅—摩阿迪巴，繫緊蒸餾服。」他瞥了一眼荃妮，「荃妮！保羅—摩阿迪巴的鼻塞，我從沒有見過這麼不合適的！我不是命令妳照顧他嗎？」

「我沒有材料，史帝加。」她說，「當然，有詹米斯的蒸餾服，但是——」

「夠了！」

「那我就把我自己的分給他吧。」她說，「我只要有件蒸餾服就行，直到……」

「用不著。」史帝加說，「我知道我們還有一些多餘的蒸餾服配件。多餘的配件在哪裡？我們是一個團體還是一群野人？」

隊伍中伸出若干隻手來，主動拿出幾件結實的衣物。史帝加從中選了四件，交給荃妮。「把這些給烏蘇爾和塞亞迪娜換上。」

隊伍後面傳出一個聲音：「那些水呢，史帝加？他們包裡的那幾瓶水？」

「我知道你需要水，法魯克。」史帝加說著，看了看潔西嘉。她點點頭。

「打開一瓶給那些需要水的人。」史帝加說，「司水員……司水員到哪裡去了？啊，希莫姆，小心量一量，看需要多少水。只取出必要的水量，不要多了。這水是塞亞迪娜亡夫的遺產。回穴地以後，要先扣去損耗，以野外兌換率來償還。」

「野外兌換率是多少？」潔西嘉問。

「十比一。」史帝加說。

「但是……」

「這是明智的規定，妳以後會明白的。」史帝加說。

隊伍後面，無數長袍發出窸窸窣窣的聲音，人們排隊取水。

史帝加伸出一隻手，人們安靜下來。「至於詹米斯，」他說，「我下令舉行一次隆重的葬禮。詹米斯過去是我們的同伴和貝都因兄弟會的兄弟，他用坦哈砥試煉證實了我們的好運。在我們向死者表示敬意前，不能就這麼離開。我提議舉行隆重的葬禮……在太陽下山前，讓黑暗保護他踏上旅程。」

聽到這些話，保羅覺得自己又一次墜入深淵……時間盲點。在他腦中，未來消失了……除了……除了……他依然能感覺到亞崔迪軍的綠黑旗在飄揚……就在前方某處……他依然看得見聖戰的陰影，還有染血的劍刃和狂熱的戰士。

不會那樣的，他告訴自己，我一定要阻止。

12

上帝創造厄拉科斯，以試煉他的信徒。

——伊若琅公主《摩阿迪巴的智慧》

• • •

寂靜的洞穴中，潔西嘉聽得見人們走在沙上發出的唰唰聲和洞外遠處的鳥鳴。史帝加說過，那是他的哨兵發出的信號。

巨大的塑料密封罩已從洞口移開，夜幕開始籠罩四野。暮色越過她面前的岩石，朝遠處開闊的盆地蔓延。她感到日光正漸漸遠離，不僅是因為暮色已重，乾熱也正逐漸消退。這些弗瑞曼人明顯有一種本領，連最微妙的溼度變化也能感覺得到。她知道，自己那訓練有素的意識很快就能學會那種本領。

洞口打開時，眾人匆忙繫緊蒸餾服。

洞內深處，有人開始唱起聖歌：

「Ima trava okolo! I korenja okolo!」

潔西嘉默默翻譯著：這些是灰！這些是根！

詹米斯的葬禮開始了。

她望著洞外厄拉科斯的落日，望著一帶帶彩雲斜過空中。夜晚開始慢慢將暮色推向遠處的岩石和沙丘。

但炎熱仍流連不去。

熱迫使她想到水，也使她想到這些人可能全都受過訓練，只會在特定時間感到口渴。

渴。

她還記得卡樂丹月光下的海浪，如白色長袍，拂著礁石……就連海風也帶著重重的水氣。此刻，微風掀動她的長袍，吹得她臉頰和前額上裸露的皮膚陣陣刺痛。新的鼻塞令她極為不適，讓她不斷想到鼻塞下面的管子，從鼻側往下直伸到蒸餾服裡，目的是回收她呼吸中的溼氣。

蒸餾服本身就是一具汗水盒。

「當妳適應了體內較低的含水量之後，蒸餾服就會得更舒服。」史帝加說過。

她知道他是對的，即使如此，她在此時此刻也無法感到舒服。她下意識念茲在茲的都是水。不，她糾正自己，是溼氣。

兩個詞差之毫釐，失之千里。

她聽見漸漸走近的腳步聲，轉過頭，見保羅從洞穴深處走出來，身後跟著精靈臉荃妮。

還有一件事，潔西嘉想，保羅應該提防他們的女人。這些沙漠中的女人當不了公爵夫人。當情婦，可以，但妻子不行。

隨後，她對自己感到訝異，心想：跟他有關的大業是不是已經影響了我？她意識到自己受到了多麼強大的制約。我只想到皇室婚姻的需要，一點也沒想到我自己是個情婦。不過……我不僅僅是雷托的情婦。

「母親。」

保羅在她面前停下，荃妮站在他身旁。

「母親，妳知道他們在那邊做什麼嗎？」

潔西嘉看著他兜帽下眼睛那兩道黑影。「我大概猜得出來。」

「荃妮帶我去看了……我應該去看一眼，他們需要我的允許……才可以秤水。」

潔西嘉看著荃妮。

「他們在提取詹米斯的水。」荃妮說，細細的聲音透過鼻塞傳了出來，「這是規矩：肉體屬於個人，但他的水屬於部落……除非那人是死於戰鬥。」

「他們說這水是我的。」保羅說。

潔西嘉突然警覺起來，心中一凜。連自己都不知道為什麼。

「決鬥中獲得的水屬於勝利者，」荃妮說，「這是因為決鬥時不能穿蒸餾服。勝利者必須收回他在打鬥中失去的水。」

「我不想要他的水。」保羅喃喃道。他感到內在之眼看到了許多畫面在同時翻動著，斷斷續續，而他自己也是這些畫面的一部分。他倉皇失措，不確定自己可以怎麼做，但有一件事他很篤定：他不想要這些從詹米斯肉體中提取出來的水。

「那是……水。」荃妮說。

荃妮的語氣令潔西嘉感到驚訝。「水」，如此簡單的發音竟包含這麼多內涵。一句貝尼．潔瑟睿德格言出現在她腦中：生存能力就是在陌生水域游泳的能力。潔西嘉想：保羅和我，我們必須在這片陌生水域找出潮流和模式……如果我們想生存下去。

「你要接受那些水。」潔西嘉說。

她聽出自己的腔調。她曾用同樣的語氣跟雷托公爵講話，告訴她那已故的公爵，他必須受賄，接下一大筆來路不明的錢——因為財富能維持亞崔迪的權勢。

在厄拉科斯，水就是財富。這一點她看得非常清楚。

保羅仍然一言不發，隨即明白自己的確會聽從她的命令去做——不是因為那是她的命令，而是因為她的語氣迫使他重新考慮。拒絕接受水，意味著拒絕接受弗瑞曼人的生活方式。

保羅想起尤因的《奧蘭治合一聖書》第四百六十七頁的一段話，於是他說道：「所有生命均誕生自水。」

潔西嘉盯著他。他從何處聽到這句話？她暗自問道，他還沒研讀過祕史。

「說得沒錯。」荃妮說，「這是『聖真諦』中的箴言。《列王紀》就是這麼寫的：『水是萬物中第一個被創造出來的。』」

潔西嘉突然沒來由地渾身一顫（這種沒來由比戰慄更令她不安）。她轉過身掩飾慌亂，卻剛好看見日落。太陽沉到地平線下，帶著強烈災厄意味的血色灑滿天空。

「是時候了。」

史帝加的聲音在洞內迴盪。「詹米斯的武器已經毀掉了，他已受到沙胡羅的召喚。是沙胡羅決定了月亮一天天虧缺，最後變成彎鉤。」史帝加的聲音低沉下來，「詹米斯也是如此。」

沉寂像一張厚重的毯子覆蓋著岩洞。

潔西嘉看見史帝加灰色的身影彷彿幽靈般在洞內暗處移動。她又回頭看了一眼盆地，微微感到涼意。

「詹米斯的朋友們，請過來。」史帝加說。

潔西嘉身後的人動起來，在洞口拉起一道簾子。洞穴深處亮起一盞燈球，懸在眾人上方，暈黃光線照亮了緩緩移動的人流。衣袍沙沙作響。

荃妮讓開一步，彷彿被燈光拉開。

潔西嘉彎腰，在保羅耳畔用家族密語說：「跟著他們。他們怎麼做，你就怎麼做。只是簡單的儀式，為了安撫詹米斯的靈魂。」

不會那麼簡單。保羅想，只覺得意識深處有東西在擰絞，彷彿想努力抓住某個不停移動的東西，讓它動彈不得。

荃妮悄悄走回潔西嘉身旁，拉起她的手，「來吧，賽亞迪娜，我們必須和他分開坐。」

保羅看著她們離開，走向暗處，留下他一個人。他有一種被拋棄的感覺。

安裝簾子的那些人走到他身後。

「來吧，烏蘇爾。」

他讓人領著往前走，然後被推入人群。眾人在史帝加四周圍成一圈。史帝加站在燈球下，身旁的岩地上放著一個彎曲、凹凸不平的包裹，上面蓋著一件長袍。

史帝加打了個手勢，全隊人都蹲坐下來，衣袍隨著動作窸窣作響。保羅與他們一起蹲下，看著史帝加。在燈球的照耀下，他的眼睛像兩道深陷的凹窩，脖子上的綠巾瑩瑩發亮。保羅將注意力轉向史帝加腳邊蓋著長袍的包裹，認出了布料裡伸出的巴利斯九弦琴琴把。

「聖言有云，」史帝加吟道，「一號月亮升起之時，靈魂將隨之而去，將這具軀殼裡的水留在身後。今晚，當我們看到一號月亮升起時，蒙召喚者為誰？」

「詹米斯。」全隊人齊聲回答。

史帝加以腳踵為軸，轉了一圈，依次望著每個人的臉。「我是詹米斯的朋友。」他說，「當獵鷹撲翼機在岩中祕洞向我們俯衝時，是詹米斯把我拉到安全的地方。」他朝身邊那堆東西彎下腰去，掀起長袍。「身為詹米斯的朋友，我拿起這件長袍——這是首領的權利。」他將長袍搭在肩上，直起身來。

此時，保羅才看清露出來的那堆東西：一件閃閃發光的銀灰色蒸餾服，一只砸凹了的密封水瓶，一塊中間放著一本小冊子的方巾，一具沒有刀身的晶刃匕刀把，一把空刀鞘，一個摺起的背包，一只羅盤，一個密波傳信器，一支沙錘，一堆拳頭大小的金屬鉤，一小包雜物，樣子像是一把包在布裡的小石子，一捆羽毛……背包旁放著那把九弦琴。

這麼說，詹米斯也彈九弦琴。保羅想。這件樂器讓他想起葛尼·哈萊克，想起失落的往昔。在他所見到通往未來的線中，他看到自己或許有機會再見到哈萊克，那機會十分渺茫。這些線令他相當迷惑。這是否意味著，某件我將做……也許會做的事，可能會毀掉葛尼……或許，使他重生……或者……

保羅嚥下一口唾沫，搖了搖頭。

史帝加再次朝那堆東西俯身。

「這些給詹米斯的女人和外面的哨兵。」他說道，將那包小石子和那本書放進他長袍的衣褶中。

「首領的權利。」眾人齊聲朗誦。

「詹米斯的咖啡量具。」史帝加拿起一個扁平的綠色金屬圓盤，「回到穴地後，舉行適當的儀式時，交給烏蘇爾。」

「首領的權利。」眾人齊聲朗誦。

最後，他拿起那把晶刃匕的刀把，站在那裡。「獻給死原。」

「獻給死原。」眾人應和道。

潔西嘉也在圓圈上，坐在保羅對面。她點點頭，認出了這種儀式的古老淵源。這是蒙昧和知識、野蠻和文明的結合——我們有一套莊嚴的葬禮，他們的做法應該是從那裡生出來的吧。她看著保羅，暗自問道：他看出來了嗎？他知道該怎麼做嗎？

「我們是詹米斯的朋友。」史帝加說，「我們不會用淚水為我們的死者送行。」

保羅左邊一個蓄著灰色鬍鬚的人站了起來。「我曾是詹米斯的朋友。」他走到那堆遺物旁，拿起密波傳信器，「雙鳥城的圍困中，當我們的水量降到最低時，詹米斯分出他的水與我們共享。」那人說著，回到他在圓圈中的位置。

我應該要說我曾是詹米斯的朋友嗎？保羅問自己，他們期望我也從那堆東西中拿走什麼嗎？他看到人們紛紛把臉轉向他，又轉開了。他們確實是這麼期望的！

保羅對面的另一人站起身，走到背包旁，拿走羅盤。「我曾是詹米斯的朋友。」他說，「當巡邏隊在光明岩追上我們時，我受了傷。是詹米斯把他們引開，受傷的人才得以獲救。」他回到圈子裡他的位置。

再一次，人們把臉轉向保羅。他看到他們一臉期待，卻不得不垂下眼簾。一隻手肘輕輕推了他一下，一個聲音輕聲道：「你想給我們帶來毀滅嗎？」

我怎麼能說自己曾是他的朋友呢？保羅想。

又一道人影從保羅對面站起來，那人的臉隱沒在兜帽裡，逕直走到燈光下。保羅立即認出，那是他的母親。她從那堆東西裡拿起一塊方巾。「我曾是詹米斯的朋友。」她說，「當他靈魂中的魂魄看到真理的請求時，他的靈魂讓步了，讓我的兒子免於一死。」她回到她的位置上。

保羅想起的卻是決鬥後母親奚落的口吻：「殺人的滋味如何啊？」

再一次，他看到人們兜帽下的臉轉向他，感到隊伍裡慢慢滋長的憤怒和恐懼。保羅腦中突然閃過一個念頭，母親曾給他看過一本影像書，專門介紹「死者的異教膜拜」，他讀過一段相關內容。他知道自己必須做什麼了。

慢慢地，保羅站起身來。

眾人舒了一口氣。

走向圓圈中央時，他感到他的自我變小了，彷彿失去了一部分，必須在這裡找回來。他彎腰從那堆遺物上拿起九弦琴。琴弦不知碰到了遺物堆上的什麼物件，一根弦發出柔和的琴音。

「我曾經是詹米斯的朋友。」保羅輕聲說。

淚水燙著眼睛，他不得不拉高音量：「詹米斯教會我……殺戮……是要付出代價的。我希望我能更了解詹米斯。」

他茫然地摸索著回到他在圓圈中的位置，跌坐在岩地上。

有個聲音輕聲說：「他流淚了！」

這句話迅速傳遍圓圈上的人。

「烏蘇爾把水送給了死者！」

他感到手指觸摸著他濕潤的臉頰，聽到敬畏的低語。

潔西嘉也聽見了，並感受到其中深意。這裡一定有什麼關於流淚的可怕禁忌。她全神想著那句話：「他把水送給了死者！」一份給予另一個世界的禮物：眼淚。毫無疑問，眼淚是神聖的。

在此之前，這個星球上的任何東西——水販、當地人乾燥的皮膚、蒸餾服或嚴格的用水紀律，都沒有讓她如此深刻地體會水的無上價值。在這裡，水比任何事物都更加寶貴——水就是生命本身，各種象徵、儀式都以水為核心。

水。

「我摸到他的臉頰了。」有人小聲說，「我摸到了那份禮物。」

起初，觸摸他臉頰的手指嚇到了保羅，他不由得緊緊抓住冰冷的九弦琴琴把，感到琴弦深深勒入他的掌心。後來，順著那些在黑暗中摸索的手，他看到了手後面的臉——他們全都瞪大眼睛，一臉敬畏。

不一會，那些手縮了回去，葬禮繼續進行。但這時，保羅與周圍的眾人之間出現了一片微妙的空間，全隊人都退後半步，以充滿尊重的退讓來向他致敬。

葬禮儀式在低沉的頌歌中結束：

滿月召喚你——
你將晉見沙胡羅；
夜色猩紅，天空塵揚，
你浴血而亡。
我們向圓月祈禱——
好運因你悠長。
而在堅實的大地上，
我們一定會找到
一心探求的寶藏。

史帝加腳邊只剩下一個鼓起的袋子。他俯下身去，把手掌壓在上面。有人走到他身旁，在他肘邊彎身。保羅從兜帽的陰影下認出了荃妮的臉。

「詹米斯攜帶著三十三公升七又三十二分之三打蘭屬於部落的水。」荃妮說，「現在，我在塞亞迪娜的面前，祝福這水。Ekkeri-akairi，這就是水，屬於保羅—摩阿迪巴的水！Kivi aka-vi，就這麼多，Nakelas! Nakelas，數吧！量吧。以我們的朋友詹米斯 jan-jan-jan 的 ukair-an，心跳……」

聲音驀然停下，在凝重的寂靜中，荃妮轉過身，凝視著保羅，說：「我是火焰，你是煤；我是露珠，你是水。」

「比拉凱法。」眾人齊聲朗誦。

「這部分水屬於保羅—摩阿迪巴。」荃妮說，「願他為部落守護它，保存它，不要因粗心大意而失去它。願他在需要的時候，慷慨地運用它。願他在為部落獻身時，無私地送出它。」

「比拉凱法。」

我必須收下這份水。保羅想，他慢慢站起身來，一步步走到荃妮身旁。史帝加退後一步，讓出地方，同時輕輕從他手中接過九弦琴。

「跪下。」荃妮說。

保羅跪下。

她引導著保羅的雙手伸向水袋，放在富有彈性的水袋表面。「部落將這份水託給你。」她說，「詹米斯離開了它，安心地取走吧。」她拉著保羅站了起來。

史帝加將九弦琴還給他，另一隻手攤開，掌心裡是一小堆金屬環，大小不一，在燈球光下閃閃發光。

荃妮拿起最大的金屬環，勾在手指上。「三十公升。」她說。她一個接一個拿起金屬環，每一個都舉起來給保羅看，不停數著，「兩公升；一公升；七個一打蘭的計水器，一個三十二分之三打蘭的計水器，加在一起是三十三公升及七又三十二分之三打蘭。」

她用手指勾住，讓保羅察看。

「你接受這些水嗎？」史帝加問。

保羅嚥了口唾沫，點頭應道：「是的。」

「等一會兒，」荃妮說，「我會教你怎麼繫在方巾上。這樣你需要安靜的時候，它們就不會卡噠響，暴露你的行蹤。」她伸出手來。

「妳願意……替我保管嗎？」保羅問。

荃妮轉過頭看著史帝加，一臉驚愕。

他笑了笑，說：「我們的烏蘇爾，保羅—摩阿迪巴，還不懂我們的習俗，荃妮。替他保管計水器吧，到教會他怎麼攜帶計水器為止。這還不算是承諾。」

她點了點頭，從長袍裡拉出一條布，把金屬環串上去，布條上下各打了一道複雜的結，猶豫了一下，才塞進長袍下方的腰袋。

我漏了什麼？保羅想。他感受到周圍的情緒，大家都在笑話他。他想起一幕預知的畫面：將計水器交給女人——是在求婚。

「司水員。」史帝加說。

隊伍中一陣沙沙的衣袍聲，兩個人走了出來，抬起水袋。史帝加取下燈球，領頭往洞穴深處走去。

保羅被推到荃妮身後。他注視著岩壁上方濃烈的燈光，舞動的燈影，感到眾人雖然一言不發但充滿期待，興致勃勃。

潔西嘉被熱情的手拉入隊尾，被擁擠的人群包圍著。她一時有些恐慌。她認出了這場儀式的一些片段，也聽出了對話中零星的契科布薩語和波坦尼方言。她知道，這一刻看似單純，但隨時可能爆發激烈的暴力。

「走—走—走，」她尋思。

就像一場完全不受大人管轄的兒童遊戲。

史帝加在一堵黃色岩壁前停步，按下一塊突起的岩石，岩壁悄無聲息地滑開，露出一道扭曲的岩縫。他帶頭經過一扇漆黑的蜂巢網格，保羅走過時感到一陣涼風撲面而來。

保羅轉過頭，疑惑地望著荃妮，拉了拉她的手臂，「空氣感覺很潮濕。」

「噓……」她小聲說。

但後方有個人說：「今晚的捕風器裡水氣真不少，是詹米斯在告訴我們，他很滿意。」

潔西嘉走過括約門，聽到門在身後合上了。她發現弗瑞曼人在經過蜂巢網格時都放慢了腳步。當潔西嘉自己走到網格對面時，她感覺到了潮濕的空氣。

捕風器！她想，他們在地表某個地方藏著一部捕風器，把空氣送到下面這個比較涼爽的地方，讓空氣中的水蒸氣凝結。

眾人通過另一道石門，門上也有一道蜂巢網格。隊伍一走過，門就合上。吹在背上的氣流帶著潔西嘉和保羅能明顯感覺到的水氣。

在隊伍最前方，史帝加手上的燈球下沉，然後被保羅前方眾人的頭擋住。過了一會，保羅感到腳下出現了階梯，朝左下方彎去。燈光從岩壁上反射回來，照在一片兜帽上。人們沿著螺旋臺階走了下去。

潔西嘉感到周圍的人緊張起來，沉默形成一股壓力，令她神經緊繃。走完階梯後，隊伍通過另一道矮門，一座巨大的開闊空間吞噬了燈球的燈光。這座巨大洞穴有一面高高拱起的岩頂。

保羅感到荃妮把手放在他的手臂上，聽見寒氣逼人的空氣裡傳來微弱的滴水聲。在這座水的聖殿裡，極致的靜默籠罩著這群弗瑞曼人。

*我在夢裡見過這個地方。*他想。

這念頭既讓他安心，又令他不安。在這條道路的前方，狂熱的弗瑞曼人打著他的名號，在宇宙間斬出一條屬於他們的榮耀之路。亞崔迪的綠黑旗將成為恐怖的象徵，激昂的戰士高呼著「摩阿迪巴」，衝入戰場。

*絕不能那樣。*他想，*我不能讓那種事情發生。*

但他卻能感覺到體內的種族意識正在叫囂，還有自身可怕的意圖。他還意識到，任何小事都無法改變那股駭人的毀滅力。它正在沿路不停吸聚重力和動力。即使他在此時死去，它也會藉由他母親和未出生的妹妹之手完成——集此時此地隊伍裡所有人之力，包括他自己和母親，也無法阻止。

保羅環顧四周，見隊伍排成一條人龍。眾人推著他向前，直到走近一堵天然岩石鑿成的矮牆。他的視線越過史帝加手上的燈球，看見一片黑幽幽的平靜水面。水面漫流到陰影中，而遠處的岩壁只隱約可見，或許有一百公尺遠。

潔西嘉感到臉頰和前額乾燥緊繃的皮膚在潮濕的空氣中鬆弛了下來。水池很深，她能感覺到深度。她竭力抵抗將手伸入水中的誘惑。

左邊傳來淅瀝水聲。她沿著陰影中的弗瑞曼隊伍看過去，見保羅身旁站著史帝加，司水員正將背來的水倒入一只流量計。流量計是水池邊上一道灰色孔眼。水緩緩流過時，發光的指針也隨之移動，最後停在三十三公升七又三十二分之三打蘭。

測得真精確，潔西嘉想。她還發現，水流過之後，流量計的槽壁上沒有留下水漬——這些槽壁不會吸附任何水。這個簡單事實透露出一條意義重大的線索：弗瑞曼人是完美主義者，工藝高超。

潔西嘉沿著矮牆走到史帝加身旁，人們禮貌地給她讓開路。她注意到保羅的眼神有些退縮，但現在她的全付心思都在這座神祕的巨大水池上。

史帝加看著她。「我們之中的人再需要水，」他說，「到這裡後也不會碰這裡的水，這妳知道嗎？」

「我相信。」她說。

他望著水池。「這裡有三億八千多萬公升的水。」他說，「我們把水和小創造者隔開，藏起來，好好保存。」

「貴重的寶藏。」她說。

史帝加舉著燈球，直視她的眼睛。「比寶藏還貴重。我們有數千座這樣的蓄水池，只有極少數人才知道全部蓄水池的方位。」他將頭偏向一側，燈球黃色的燈影投射到他的臉上和鬍鬚上，「聽見了嗎？」

他們側耳聆聽。

捕風器凝聚的水滴落水池，泠泠水聲充溢了整個空間。潔西嘉看到所有人都全神貫注地聆聽著，陶醉在這聲音中。只有保羅似乎站得很遠很遠。

對保羅來說，這滴答聲意味著時間正分分秒秒從他身邊流過，且一去不回。他感到自己需要做出決定，卻無力移動。

「經過精確計算，」史帝加悄聲道，「我們可以知道距離我們的目標還差多少水，誤差不會超過一千萬公升。等有了足夠的水，我們就可以改變厄拉科斯的面貌。」

眾人低聲回應道：「比拉凱法！」

「我們將用綠草固定沙丘。」史帝加說著，聲音激昂了起來，「我們將用樹木和叢林把水留在土壤裡。」

「比拉凱法！」

「讓兩極的冰帽逐年後退。」史帝加說。

「比拉凱法！」

「我們將把厄拉科斯變成我們的家園樂土，要在兩極安裝鏡片融化寒冰，要在溫帶造湖蓄水，只把沙漠深處留給創造者和牠的香料。」

「比拉凱法！」

「再不會有人缺水。井裡、池塘裡、湖裡、運河裡，到處都可以取水。水將從暗渠中流出，澆灌我們的植物。任何人都可以拿到水，只要伸手就可以捧起水。」

「比拉凱法！」

潔西嘉感受到這些話的宗教成分，發覺自己本能地生出敬畏。他們正在跟未來聯手，她想，他們要攀越高峰。這是科學家的夢……而這些單純的人，這些粗人，滿腦子都是這個夢。

她想著列特—凱恩斯，那位完全融入本地的皇家行星生態學家。她為他而驚歎。這是一個捕獲眾人靈魂的夢，她從中感受到那位生態學家的手筆。這個夢，令人捨生忘死。她認為，兒子所需要的另一樣至關重要的資源正是這個：為目標獻身的人民。這種人最容易灌輸熱誠和盲信。他們會像利劍一樣所向披靡，幫助保羅贏回他的地位。

「我們該走了。」史帝加說，「回去等一號月亮升起。當詹米斯平安上路時，我們就可以回家了。」

大家不情願地小聲嘟噥起來，但還是跟著他，轉身沿著水閘爬上階梯。

保羅走在荃妮身後，覺得一個重大時刻已經過去，他錯過一個必須要做的決定，現在已經被自身的神話困住了。他知道自己見過這個地方，那是在遙遠的卡樂丹，他在一場預言夢的片段中經歷過這些事，只是細節不明。他對自身天賦的局限產生一股新的疑惑。他彷彿乘著時間的巨浪，時而滑下波谷，時而衝上浪尖，而四周的波浪也澎湃起伏，將浮在海面的東西推上浪尖，又捲入波谷。

而激烈的聖戰自始至終都在他前方影影幢幢，暴力、殺戮，像屹立在海浪間的海岬。

隊伍從最後一道門魚貫而出，進入主洞。門閉上，燈光熄滅，洞口的密封罩也取下，露出籠罩著沙漠的夜空和群星。

潔西嘉走到洞口乾燥的平臺上，仰頭看著星空。明亮的星子彷彿近在眼前。此時，她感到身旁的人群騷動起來，身後某處響起了九弦琴的樂音。保羅應著音調輕哼著，聲調帶著一股令她皺眉的陰鬱。山洞深處，荃妮的聲音從暗處飄出：「給我講講你出生地的水吧，保羅—摩阿迪巴。」

保羅說：「下次，荃妮，我保證。」

聲音如此悲傷。

「這是一把很好的巴利斯九弦琴。」荃妮說。

「非常好。」保羅說，「妳認為詹米斯會介意我用他的琴嗎？」

他居然在這麼緊繃的時刻提到死人。潔西嘉想。其中的寓意令她不安。

一個男人插嘴說：「詹米斯有時很喜歡音樂，真的。」

「那就給我唱一首你們的歌吧。」荃妮請求道。

那女孩的嗓音嬌柔動人，潔西嘉想，我必須警告保羅小心他們的女人……越快越好。

「這是我一位朋友的歌。」保羅說，「我想，他已經死了，他叫葛尼。他稱這首歌為夜曲。」

隊伍靜了下來，聽著保羅用少年人清亮的高音，伴著九弦琴叮叮噹噹的琴聲唱了起來：

在此晴朗時刻看見餘暉——
金燦的太陽消逝在第一道薄暮中。
狂亂的內心，激情的麝香，
混成了思念。

歌詞撞擊著潔西嘉的心房，赤裸奔放，使她突然間深切地意識到自己的存在，感受到自己的身體和肉慾。她帶著一絲緊張，靜靜聽著。

夜是珍珠香薰的安魂曲……
這是屬於我們的歌！
歡笑聲中，
你的眼睛神采奕奕——

鮮花裝點的戀情，
牽動我們的心；
鮮花裝點的戀情，
滿足了我們的渴望。

歌聲散去，四周一片寂靜，保羅的餘音仍縈繞在空氣中。我兒子為什麼要給那女孩唱情歌？她問自己。她突然感到一陣恐懼，感到周圍有一種生命力在流動，可她卻抓不住駕馭的韁繩。他為什麼要選這首歌？她猜測著，有的時候，本能的舉動是最真實的。他為什麼要那麼做？

保羅默默坐在黑暗中，腦裡只有一個念頭：我母親是我的敵人。她現在還不知道，但她的確是我的敵人。她要發動聖戰。她生我，訓練了我，但她卻是我的敵人。

13

進步這個概念可以是種保護機制，將我們與未來的恐怖事物隔離。

——伊若琅公主《摩阿迪巴語錄》

・・・

十七歲生日那天，菲得—羅薩．哈肯能在氏族競技場上殺死了第一百名奴隸角鬥士。宮廷的觀察使芬倫伯爵和夫人為此專程造訪哈肯能的母星羯地主星，並受邀於當日下午和哈肯能的直系親屬一起坐在三角競技場上的金色包廂。

為了向準男爵祝賀，也為了讓全體哈肯能人及臣民都記住菲得—羅薩是指定的爵位繼承人，當天被定為羯地主星的節日。男爵頒下法令，從正午到次日正午不用服勞役。在家族城市哈可，人們費盡心思營造歡慶假象，建築物旌旗飛揚，面朝宮殿大街的牆壁都粉刷一新。

但芬倫伯爵和夫人注意到，只要一離開主要大道，街上就到處堆著垃圾，黑黢黢的水窪映滿粗糙的棕色牆壁倒影，路人行色匆匆，鬼鬼祟祟。

男爵的要塞以藍色城牆包圍，無懈可擊到令人不寒而慄。但伯爵和夫人看得出來，哈肯能人已經開始為消滅亞崔迪氏族付出代價——到處是衛兵，手上的武器閃著特殊光澤，明眼人一看就知道經常使用。從一區到另一區的通道都設有崗哨，甚至在要塞裡也是如此。僕人的步伐、雙肩的狀態、逡巡的眼神……在在顯示出所受的軍事訓練。

「壓力越來越大。」伯爵用密語輕聲對他的夫人說。「男爵才剛開始明白，幹掉雷托公爵實際上要付出的代價有多大。」

「等有時間了，我要給你講講鳳凰浴火重生的傳說。」她說。

兩人來到要塞的接待廳，等著觀看家族競技。這廳不算太大，也許只有四十公尺長、二十公尺寬，但大廳邊緣每根裝飾柱頂都突然收窄，尖尖的，而天花板則微微拱起，給人空間極大的錯覺。

「啊——啊，男爵來了。」伯爵說。

男爵沿著大廳的長邊走過來，因為需要控制懸浮器撐著的一身肥肉，所以邁著特殊的步伐，搖搖晃晃，下頷上的肥肉上下抖動。懸浮器在他那身橘紅色的長袍下輕搖轉向，戒指在他手上熠熠生輝，長袍綴著熾焰蛋白石的部位閃閃發亮。

菲得—羅薩走在男爵身側，滿頭黑髮燙成一卷卷，顯得放浪張揚，與下面那雙陰鬱的眼睛不太相稱。他穿著黑色的貼身長袍，緊身長褲，褲腳略呈喇叭形，小腳上套著軟底便鞋。

芬倫夫人注意到這名年輕人的儀態和貼身長袍下面流暢的肌肉，心想：這是不允許自己發胖的人。

男爵在兩人面前停下，一把抓住菲得—羅薩的手臂。「我的侄子，未來的男爵，菲得—羅薩．哈肯能。」然後，他把自己那張嬰兒般胖嘟嘟的臉轉向菲得—羅薩，「這就是我向你提起過的芬倫伯爵和夫人。」

菲得—羅薩依禮低頭致意。他打量著芬倫夫人：一頭金髮，婀娜多姿，完美的身形裹在米色的曳地禮服中，全身的簡單樣式，沒有任何裝飾。一雙灰綠色眼眸回望著他。她身上有一種貝尼．潔瑟睿德式的嫻靜安詳，使這個年輕人稍感不安。

「嗯──啊，嗯。」伯爵說。他端詳著菲得─羅薩。「年輕人，嗯，很嚴謹。嗯──親愛的，對嗎？」

伯爵瞥了一眼男爵說，「我親愛的男爵，你說你向這嚴謹的年輕人提過我們？你說了些什麼？」

「我跟我侄子講過，皇帝對您十分器重，芬倫伯爵。」男爵說著，心裡卻在想：好好記住他，菲得！記住這個偽裝成兔子的殺手──這才是最危險的殺手。

「當然！」伯爵說著，朝自己的夫人笑了笑。

菲得─羅薩發現，這個人的言談舉止近乎無禮，會停在露骨的地方，令人不得不注意。年輕人全神留意伯爵：這是個矮小的人，看來似乎很瘦弱。相貌狡猾，有一雙過大的黑眼睛，鬢腳灰白。至於他的舉動──他會將手或頭轉到一個方向，說話卻朝著另一個方向，讓人無所適從。

「嗯──啊，這麼，嗯，嚴謹的年輕人，真是少見啊。」伯爵拍著男爵的肩頭說，「我……啊，祝賀你找到這麼完美的，嗯，繼承人。真是，嗯，長者的智慧，可以這麼說。」

「您過獎了！」男爵彎腰致敬。但菲得─羅薩注意到，叔叔眼中並無謙恭之意。

「你，嗯，在說反話。這說明，啊，你正在，嗯，盤算什麼大事。」伯爵說。

又來了，菲得─羅薩想，這話似乎很無禮，但你又聽不出他到底在暗示什麼。

聽著這人的話，菲得─羅薩覺得自己的腦子彷彿被人按進了泥潭，裡面塞滿了嗯呀啊。他改為留意芬倫夫人。

「我們……啊……占去這位年輕人太多時間了。」她說，「據我所知，他今天應該出現在競技場上。」

真是個美人兒，相比之下，皇室的後宮佳麗都黯然失色！菲得─羅薩想。他隨即說道：「夫人，今天我將為您而殺戮。如果您允許的話，我將在競技場上把勝利的光榮奉獻給您。」

她迎上了他的目光，神態平和，但語氣凜冽道：「我不允許。」

「菲得！」男爵叫道，他心想：小鬼頭！想惹這狠毒的伯爵向他挑戰嗎？

但伯爵只是笑了笑，「……嗯……啊……」

「該上競技場了，你真的應該去好好準備一下了，菲得。」男爵說，「好好休息，別冒任何愚蠢的險。」

菲得－羅薩鞠了一躬，臉色陰沉下來，帶著怒氣。「我相信一切都會如您所願的，叔叔。」接著向芬倫伯爵點了點頭，「閣下。」又朝伯爵夫人點了點頭，「夫人。」然後轉過身去，大步走出客廳，幾乎看都沒看聚在雙開門旁的小氏族。

「太年輕了！」男爵嘆了一口氣。

「嗯……的確，嗯……」伯爵說。

而芬倫夫人想：他會不會就是聖母所說的那名年輕人？這就是我們必須保存的血脈嗎？

「在出發去競技場之前，我們還有一個多小時。」男爵說，「也許咱們現在可以聊聊了，芬倫伯爵。」他肥碩的腦袋朝右一偏，「形勢不同了，有很多事需要商討。」

男爵想：現在可以瞧瞧皇帝這個跑腿的本事了，看他怎麼傳話，讓大家聽懂。總不會大咧咧到粗魯的程度吧。

伯爵對他的夫人說：「嗯……啊……嗯，妳……可以……啊……迴避一下嗎，親愛的？」

「每一天，有時甚至每個小時，都會發生變化。」她說，「嗯——」她溫柔朝男爵微笑，轉身走開，昂首朝大廳盡頭的雙開門走去，氣度高華，曳地長裙發出沙沙聲。

男爵注意到，她走近時，小氏族都停止了談話，所有人的目光都尾隨著她。貝尼．潔瑟睿德！男爵想，把她們全除掉，這個宇宙會更好！

「我們左邊那兩根柱子之間有個靜錐區。」男爵說，「我們可以在那邊談，不必擔心有人偷聽。」他在前面帶路，搖搖擺擺走進那片隔音區，要塞裡的各種音響頓時顯得模糊而遙遠。

伯爵走到男爵身邊，兩人轉身面對牆壁，這樣一來，別人便無法讀出他們的唇語了。

「我們對你命令薩督卡人離開厄拉科斯的方式很不滿意。」伯爵說。

直截了當！男爵想。

「薩督卡人不能再冒險待在那裡了，不然可能會有人發現皇帝在幫我。」男爵說。

「但你的侄子拉班並沒有施壓解決弗瑞曼人的問題。」

「皇帝希望怎麼辦？」男爵問，「厄拉科斯上可能只剩下一小撮弗瑞曼人。南部沙漠是無人區，而我們的巡邏隊定期在北部沙漠地區掃蕩。」

「誰說南部沙漠是無人區？」

「你們自己的行星生態學家說的，親愛的伯爵。」

「可凱恩斯博士已經死了。」

「啊，是的……很不幸。真的很不幸。」

「我們從一次橫越南部地區的飛行中得到消息，」伯爵說，「有證據表明，那裡有植物生長。」

「這麼說，宇航已經同意從空中監視厄拉科斯了？」

「你清楚得很，男爵，皇帝在法律上不可能下令監視厄拉科斯。」

「而我又付不起價錢。」男爵說，「那次飛越是誰的手筆？」

「一個……走私販。」

「有人對您撒了謊，伯爵。」男爵說，「講到探勘南部地區，他們做得不可能比拉班的人馬更好。沙暴、沙塵靜電，這些您都知道。地面導航系統的安裝速度還趕不上毀壞的速度。」

「我們以後再另找時間討論各種形式的靜電吧。」伯爵說。

啊——男爵想。「那麼，您是在我的帳目裡發現了錯誤嗎？」男爵質問道。

「你一設想錯誤，就無法自衛了。」伯爵說。

他是故意要激怒我。男爵想。他做了兩次深呼吸，盡量讓自己冷靜下來。他可以聞到自己的汗味，長袍下面懸浮器的安全帶忽然使他又癢又煩。

「公爵的情婦和那個男孩死了，皇帝不可能為此不高興。」男爵說，「他們飛進沙漠中心，剛好遇上風暴。」

「是啊，有這麼多意外，挺方便的。」伯爵贊同地說。

「我不喜歡您的語氣，伯爵。」男爵說。

「憤怒是一回事，暴力是另一回事。」伯爵說，「我警告你：如果我在這裡也不幸遇上意外，各大氏族就會了解你在厄拉科斯上所幹的一切。他們早就懷疑你做買賣的方法了。」

「最近我能回想的唯一一次買賣，」男爵說，「就是運送幾支軍團的薩督卡人到厄拉科斯。」

「你認為你可以用這件事要挾皇帝嗎？」

「我沒那麼想！」

伯爵微笑著說：「薩督卡指揮官會說，他們並未得到皇帝的命令。他們只是想跟你的弗瑞曼暴徒打上一仗。」

「許多人都會懷疑這樣的供詞。」男爵說。話是這麼說，但這樣的威脅使他緊張不安。薩督卡人真會那麼嚴守軍令嗎？他自問道。

「皇帝的確希望審查一下你的帳簿。」伯爵說。

「隨時恭候。」

「你……啊……不反對嗎？」

「沒什麼可反對的。我在鉅貿聯會的管理工作完全禁得起最嚴格的審計。」他心想：就讓他去捏造證據，揭開一切好了。我將站在那裡，像堅毅不屈的普羅米修斯那樣，說：「相信我，我是冤枉的。」那以後，無論他再對我提出任何指控，哪怕是真實的指控，各大氏族都不會相信他了。

「毫無疑問，你的帳本禁得起最嚴格的審查。」伯爵喃喃地說。

「皇帝為何對消滅弗瑞曼人如此感興趣？」男爵問。

「想改變話題，是嗎？」伯爵聳聳肩，「是薩督卡人想要這樣，不是皇帝。他們需要練習殺人……而且，他們討厭功虧一簣。」

他是在提醒我，他背後有一群嗜血的殺手撐腰，想藉此嚇唬我嗎？男爵猜測著。

「做買賣總免不了殺人。」男爵說，「但也該有個限度，總得剩下幾個人開採香料。」

伯爵爆發出急促、刺耳的尖笑，「你以為你制得住弗瑞曼人？」

「控制弗瑞曼人的挽具向來不夠。」男爵說，「但殺戮已經使我僅剩的良民感到不安了。時候到了，該考慮用另一種方式來解決厄拉科斯的問題了，我親愛的芬倫。我必須承認，這一靈感來自皇帝。」

「啊——哈？」

「您看，伯爵。給我靈感的是皇帝的監獄星球，薩魯撒・塞康達斯。」

伯爵兩眼放光，緊盯著他，「厄拉科斯和薩魯撒・塞康達斯有什麼關聯？」

男爵覺察到了芬倫眼中的警覺，說：「目前還沒什麼關聯。」

「目前？」

「您必須承認，只要把厄拉科斯當成監獄行星，就可以養出堅實的勞力。」

「你期望增加犯人的數量嗎？」

「厄拉科斯一直動盪不安，」男爵承認說，「我不得不相當嚴苛地壓榨，芬倫。畢竟，為了運送我們雙方的軍隊來到厄拉科斯，您知道我向該死的宇航付了多少錢。錢總要有個來處。」

「男爵，我建議，沒有皇帝的允許，不要把厄拉科斯變成監獄行星。」

「當然不會。」男爵說，芬倫突然冷下來的語氣讓他吃了一驚。

「還有一件事。」伯爵說，「我們聽說，雷托公爵的晶算師瑟非．郝沃茲沒死，你僱用了他。」

「就那麼浪費人才，我做不到。」男爵說。

「可你向我們的薩督卡司令官撒謊，說郝沃茲死了。」

「那只是善意的謊言，我親愛的伯爵。我沒心思跟那個傢伙糾纏。」

「郝沃茲真的是叛徒嗎？」

「噢，天哪！當然不！是那個假醫生。」男爵擦掉脖子上的汗水，「您得明白，芬倫，我沒有晶算師可用，這您也知道。我沒試過身邊沒有晶算師的日子，太讓人不安了。」

「你怎麼讓郝沃茲轉而效忠你的？」

「他的公爵死了。」男爵勉強擠出笑容，「用不著怕郝沃茲，我親愛的伯爵。這個晶算師體內已經滲透了一種潛伏的毒藥，我們在他的飯裡摻入解藥。如果沒有解藥，毒性一發作——他幾天內就會死。」

「撤掉解藥。」伯爵說。

「可他很有用啊！」

「他知道太多活人不該知道的事情。」

「您說過，皇帝並不怕事情敗露。」

「不要跟我耍什麼花招，男爵！」

「等我看到蓋有皇帝封印的命令時，我自會服從。」他說，「但是，你的一時興起，我不會照辦。」

「你以為這只是一時興起嗎？」

「還會是什麼？皇帝欠我人情，芬倫。我替他除去那個討厭的公爵。」

「在一大堆薩督卡人的幫助下。」

「除了我，還有哪個氏族願意提供偽裝的軍服，幫皇帝瞞天過海？」

「同樣的問題，他也問過自己，男爵，只不過重點稍有不同。」

男爵打量著芬倫，注意到對方下頜僵硬的肌肉，看得出他正小心翼翼地控制著自己。「啊——啊，那麼，」他說，「我希望皇帝該不會以為，他在翻臉對付我的時候，還能掩蓋這一切吧。」

「他希望不用走到那一步。」

「皇帝不至於相信我會威脅他吧！」男爵故意在語氣裡流露出幾分憤怒和悲痛。他心想：就讓他冤枉我好了！這樣我就可以坐在皇位上，捶胸頓足地訴說我的冤屈！

伯爵的聲音變得乾巴巴的，顯得很遙遠，他說：「皇帝相信他的直覺所告訴他的一切。」

「皇帝敢當著整個蘭茲拉德的面控告我謀反嗎？」男爵懷著希望，屏住呼吸。

「皇帝沒有什麼不敢做的。」

在懸浮器的幫助下，男爵一個急轉身，遮住自己的表情。這個心願竟然有可能在我生前實現！他想，皇帝！就讓他冤枉我吧！到那時——通過賄賂和施壓，聯合大氏族。他們會聚在我的旗下，像尋求庇護的農民。他們最害怕的就是皇帝的薩督卡把矛頭指向他們，各個擊破。

「皇帝真誠地希望，他永遠不必指控你謀反。」伯爵說。

男爵發現很難讓自己的語氣只帶著委屈，而不暗藏譏諷，但他努力做到了：「我一直是最忠心耿耿的臣民，這些話讓我深受打擊，我啞口無言。」

「嗯——啊——嗯——」伯爵說。

男爵依然背對著伯爵，點點頭，一會兒後說：「該去競技場了。」

「是啊。」伯爵說。

他們走出錐罩，並肩朝大廳盡頭那群小氏族走去。要塞某處響起沉悶的鐘聲——比賽入場前二十分鐘的預告。

「小氏族的人正等著你引領他們入場。」伯爵一邊說，一邊朝身邊的人群點頭致意。

雙關語……雙關語。男爵想。

他抬頭望著大廳出口側面牆上的新辟邪物——巨大的公牛頭標本和已故雷托公爵的父親亞崔迪老公爵的油畫，心中突然湧起不祥的預感。忽然間，他很想知道這些辟邪物過去是如何激勵雷托公爵的。它們從前掛在卡樂丹的大廳裡，後來又掛在厄拉科斯——神勇的父親和殺死他的公牛頭。

「人類只有一種，嗯，科學。」伯爵道。兩人走上鮮花夾道的道路，從大廳進入休息廳。房間不大，窗戶很高，地下鋪著白紫相間的瓷磚。

「什麼科學？」男爵問。

「就是……嗯，不滿足的……嗯，科學。」伯爵說。

後面尾隨的那群怯懦、湊趣的小氏族笑了，笑聲中帶著恰到好處的奉承，但與侍從打開大門後突然從外面湧進的馬達轟鳴聲不甚協調。外面是一排地面車輛，車上的三角旗在微風中飄揚。

男爵提高音量，蓋過突如其來的音響，說：「希望我侄子今天的表演不會讓您失望，芬倫伯爵。」

「我啊——萬分期盼。」伯爵說，「寫報告書時——嗯，總是要考慮到——嗯，一開始的官職。」

男爵一驚，為了掩飾，趕緊假裝在出口的第一級臺階上絆了一下。報告書！那是有關顛覆皇室的罪行報告！

但伯爵咯咯笑起來，一副開開玩笑的樣子，拍了拍男爵的手臂。

儘管如此，前往競技場的一路上，男爵始終放不下心。他坐在車駕座椅上，往後倚著裝甲靠背，一直暗暗觀察身旁的伯爵，心裡猶豫不定：皇帝的跑腿為什麼覺得有必要當著小氏族的面開那個特別的玩笑？芬倫幾乎從來不做任何他認為沒有必要的事，可以只用一個詞時絕不用兩個詞，也向來一語雙關。

他們在三角競技場的金色包廂裡落坐。場內號角齊鳴，包廂上方和周圍一層層看臺上擠滿了喧囂的人群和飛揚的三角旗。就在這時，男爵得到了答案。

「我親愛的男爵，」伯爵靠過來，湊近他的耳朵說，「你知道，皇帝還沒有正式批准你所選擇的繼承人。」

男爵極度震驚，感到周圍的喧鬧聲完全消失了，自己彷彿突然進入隔音區，什麼也聽不見。他瞪著芬倫，幾乎沒看見伯爵夫人穿過外面的衛隊，走進金色包廂，加入他們。

「這就是我今天到這裡來的真正原因。」伯爵說，「皇帝想知道你挑選的繼承人恰不恰當，他希望我能寫一份報告給他。沒有什麼比競技場更能揭露一個人真正的內心世界了，對嗎？」

「皇帝答應過，說我可以自行挑選繼承人！」男爵咬牙切齒道。

「再說吧。」芬倫說著，轉頭招呼他的夫人。她坐下，衝男爵笑了笑，目光轉向下面的沙地。競技場上，菲得—羅薩穿著緊身衣褲出場了。他右手戴著黑手套，握著一把長刀，戴白手套的左手握著一把匕首。

「白色代表毒藥，黑色代表純潔。」芬倫夫人說，「這種風俗真怪，是吧，親愛的？」

「唔——唔。」伯爵說。

氏族專屬的頂層看臺上響起一片歡呼。菲得—羅薩停下來接受歡呼，抬起頭，掃視著那些面孔。他看到了他的族親、表親、同父異母兄弟、內室家眷和親近的外族。那麼多張嘴，像粉紅色的喇叭，在一片五顏六色的服飾和旗幟中嘰哩呱啦。

這時，菲得—羅薩突然想到，那一排排擁擠的臉渴望看到鮮血，無論是奴隸角鬥士的血，還是他的血。當然，在這次戰鬥中，無疑只會有一種結果。這裡的危險只有形式，沒有內容——然而……

菲得—羅薩對著太陽高高舉起手中雙刀，以傳統的方式向競技場的三個角一一致意。白手套中的匕首（白色，毒藥的象徵）先入鞘，接著黑手套中的長刀也收入鞘中。但是，代表純潔的刀現在並不純潔，黑色的刀刃也淬過毒，這件祕密將把今天變成專屬於他的勝利。

他只花了一點時間調整好身上的防護盾，然後停下來，感受前額發緊的皮膚，確保自己已受到妥善的保護。

這是讓人緊張的一刻，但菲得—羅薩從容不迫，一舉一動帶著馬戲團老闆的自信：向教練和護衛點點頭，用審視的目光檢查他們的裝備——帶著尖刺、閃閃發光的手銬腳鐐已放在應放的地方，倒刺和鐵鉤上拖著藍色飾帶。

菲得—羅薩向樂隊發出信號。

節奏緩慢的進行曲開始了，古老、莊嚴。菲得—羅薩率領他的隊伍穿過角鬥場，來到他叔叔的金色包廂下，躬身行禮。有人扔下慶典鑰匙，他一把抓住。

音樂停止。

在突如其來的安靜中，他退後兩步，舉起鑰匙，高呼道：「我把真理的鑰匙獻給……」他停下來，知道他叔叔會怎麼想：這個年輕的傻瓜會把鑰匙獻給芬倫伯爵夫人，引起騷動！

「……獻給我的叔叔和保護人，弗拉迪米爾．哈肯能男爵大人！」菲得－羅薩高聲叫道。

他得意地看到叔叔長長舒了口氣。

音樂重新響起，這一回是快節奏的進行曲。菲得－羅薩領著他的人跑步穿過角鬥場，回到戒備森嚴的門——這道門只允許佩戴門卡的人進出。羅薩向來以不使用保護門自豪，也很少需要護衛。但今天，這些都派上用場——特殊安排有時會帶來特殊危險。

競技場再次安靜下來。

菲得－羅薩轉過身，面對前方的大紅門——角鬥士將從那道門進場。

特殊的角鬥士。

瑟非．郝沃茲想出來的這個計畫真高明，簡單又直接。菲得－羅薩想，不能給奴隸角鬥士下藥，那樣太危險，會被揭穿。他們另有做法：用催眠將一個關鍵詞輸入角鬥士的腦海中，在關鍵時刻唸出關鍵詞，他的肌肉就會麻痺。菲得－羅薩在腦中反覆背誦這個生死攸關的關鍵詞，無聲地嚅動著嘴唇唸道：「人渣！」觀眾看到的只是一個沒注射過迷藥的奴隸角鬥士被人送進競技場，企圖殺死未來的男爵。精心安排好的所有證據都將指向奴隸總管。

紅色大門的伺服電機發出低沉的嗡嗡聲，大門漸漸開啟。

菲得－羅薩全神貫注地注視著大紅門。開始的一刻最關鍵，奴隸角鬥士一進場，訓練有素的眼睛就能從他的外表獲知需要知道的一切。所有奴隸角鬥士都應該注射過艾樂迦迷藥，成為格鬥場上的待宰羔羊。但你得留意他們如何舉刀，如何轉身防禦，看他們是否真的在意看臺上的觀眾。奴隸腦袋的擺動方式更可以提供反擊和佯攻最重要的線索。

大紅門砰地打開。

一個身材高大、肌肉發達的人衝了出來，光頭、黑眼睛深陷，皮膚呈紅蘿蔔色，一副注射過艾樂迦迷藥的樣子。但菲得－羅薩知道，那顏色是染上去的。這個奴隸穿著綠色緊身連衣褲，繫著紅色的半屏蔽場腰帶。腰帶上的箭頭指向左邊，表明他的左邊有防護盾護身。他用使劍的方式舉起刀，刀尖稍稍向外挑。從姿勢上可以看出，這是受過訓練的武士。慢慢地，他向前走進角鬥場，有防護盾護體的那一側朝向菲得－羅薩和警戒門邊的那群人。

「我不喜歡這傢伙的樣子。」一個為菲得－羅薩拿倒鉤的人說，「您確信他注射過迷藥，少爺？」

「他的顏色是對的。」菲得－羅薩說。

「可他的站姿像個真正的武士。」另一個教練說。

菲得－羅薩向前走了兩步，走到沙地裡，打量著這個奴隸。

「他把自個兒的手臂怎麼了？」一個教練說。

菲得－羅薩注意到，這人的左前臂有一塊鮮血淋漓的抓傷。菲得的目光順著那人的手臂一直向下看到他的手，然後轉向綠色褲子的左臀——那裡有一個用血畫成的圖案：一隻鷹的輪廓。

鷹！

菲得－羅薩抬起頭來，看著那雙深陷的黑眼睛，發現對方正帶著不同尋常的警覺神情盯著他。

這是雷托公爵的武士！我們在厄拉科斯俘獲的俘虜！菲得－羅薩想，不是一般的奴隸角鬥士！一陣寒意貫穿全身。他很想知道，郝沃茲是否對這次競技另有安排：計謀裡套著計謀，偽裝裡還有偽裝，而最後的懲罰只會落到奴隸總管頭上。

菲得—羅薩的主教練在他耳邊小聲說：「我不喜歡那個傢伙的樣子，大人。讓我先在他拿刀的手臂上插一兩個倒刺試試。」

「我要用自己的倒鉤。」菲得—羅薩從教練的手中接過一對帶倒鉤的矛，掂了掂，試試平衡。這些倒鉤本來該塗上藥的，但這次卻沒有，主教練也許會因此丟掉性命。但這也是計畫的一部分。

「這次角鬥之後，你會成為英雄。」郝沃茲是這樣說的，「儘管遭受背叛，你仍一對一殺死你的角鬥士。奴隸總管會被處死，你的人會接替他的職務。」

菲得—羅薩向前走了五步，進入角鬥場內。他故意站了一會兒，打量著那個奴隸。他知道，看臺上的行家應該意識到情況不對勁。那個武士有注射過迷藥的膚色，但站得很穩，絲毫不抖。現在，臺上的角鬥迷會交頭接耳：「瞧他站得多穩。他應該很焦躁——要麼進攻，要麼撤退。可瞧瞧他，保存著體力，等待時機。他不應該這樣等。」

菲得—羅薩感到自己血脈賁張。就讓郝沃茲去打主意出賣他吧。他想，我對付得了這個奴隸。這一回，毒藥是抹在我的長刀上，而不是匕首。這件事就連郝沃茲也不知道。

「嗨，哈肯能！」那個奴隸大喊道，「準備好領死了嗎？」

一片死寂籠罩了競技場。奴隸從不發動挑戰！

現在，菲得—羅薩看清了那個奴隸的眼睛，看到了他眼中的冰冷凶殘。菲得留意著對方的站姿，留意他的放鬆及敏捷，留意他的肌肉正蓄勢迎接勝利。奴隸的祕密消息渠道將郝沃茲的信息傳給這個角鬥士：「你將有機會殺死準男爵。」看樣子，這部分的計畫進行的很順利。

一絲緊張的微笑掠過菲得—羅薩的嘴角。從對手的站姿，他看到計畫成功了。他舉起倒刺。

「嗨！嗨！」奴隸向他挑戰，向前逼近了兩步。

現在，看臺上的人不可能看不出來了。羅薩想。

藥物應該要引發恐懼，使奴隸成為半個廢人。他的一舉一動都應該要洩漏內心的絕望——他知道自己不可能贏。他知道準男爵那隻戴白手套的手握著的刀上塗了什麼毒藥，所以他應該滿腦子想的都是那些毒藥的可怕故事：準男爵從不給對手痛快，他喜歡示範稀有毒藥的藥性；他可以站在角鬥場上，看著在地上翻滾的受害者，興致勃勃地指出毒藥的副作用。這個奴隸確實也害怕，但不驚恐。

菲得—羅薩高高舉起倒鉤，用近似問候的態度點了點頭。

奴隸猛撲過來。

他的佯攻和防守攻擊是菲得—羅薩所見過最好的。一次又狠又準的側擊，只差一點沒有砍斷準男爵左腿的肌腱。

菲得—羅薩退開，將帶倒鉤的矛留在奴隸的右前臂上，倒鉤完全沒入肌肉，不傷到筋骨是不可能拔出來的。

看臺上響起一聲驚呼。

這聲音使菲得—羅薩洋洋得意。

他知道他叔叔現在的感受：身旁坐著宮廷的觀察使芬倫伯爵和夫人，他不可能插手角鬥。眾目睽睽之下，任何干預都會被注意到。男爵只能用一種辦法干預場上的競賽——威脅到他自己的辦法。

奴隸退後，牙咬著刀，騰出雙手，用倒鉤矛上的飾帶將矛緊緊纏在手臂上，以免影響行動。「你的破針我感覺不到啊！」他喝道，再一次向前逼來，鋼刀擺出架勢，以左側身體面對敵手，身體後傾，最大程度地用那半個防護盾保護身體。

奴隸的這個動作也沒有逃過觀眾的眼睛，氏族的看臺上傳出尖聲斥罵。菲得—羅薩的教練也大聲喊叫，問他是否需要他們上場協助。

他揮手讓他們退回警戒門。

我將奉上一場前所未見的精采表演。菲得—羅薩想，不是那種可以靠著椅背欣賞的平淡殺戮。今天的場面會讓他們的五臟六腑絞成一團。等我成了男爵，他們每個人都會記住這一天，都會因為今天而怕我入骨。

奴隸角鬥士像螃蟹般側身向前逼近，菲得—羅薩則緩緩後退。角鬥場上的沙土在腳下嘎嘎作響，他耳中聽到的是奴隸的喘息，聞到的是他自己的汗味和瀰漫在空氣中的淡淡血腥味。

準男爵穩穩倒退，轉向右邊，準備使出手中的第二根矛。奴隸躍到一邊。菲得—羅薩像絆了一跤，耳邊聽到看臺上傳來尖叫聲。

奴隸再一次猛撲過來。

眾神啊！好一個勇猛的鬥士！菲得—羅薩邊跳開邊想。他全仗著年輕人的敏捷才保住性命，但又把第二根矛插進奴隸右臂的三角肌。

看臺上，興奮的歡呼聲傾瀉而下。

他們是在為我喝采。菲得—羅薩想。他聽得出來，喝采聲充滿狂熱。郝沃茲說過，他會聽到這種歡呼。他們從來沒為氏族的鬥士熱烈歡呼過。他帶著一絲冷酷，想起郝沃茲告訴過他的一句話：「一個人更容易被他所欽佩的敵人給嚇倒。」

菲得—羅薩敏捷地退到角鬥場中央，讓觀眾看得更清楚。他抽出長刀，伏低身體，等著那個奴隸往前衝。

對方只耽擱了一會兒，將第二根矛緊緊繫在手臂上，然後就衝了過來。

讓整個家族目睹我所做的事吧。菲得—羅薩想，我是他們的敵人，讓他們一想到我，就想起現在的我吧。

他抽出匕首。

「我不怕你，哈肯能豬。」奴隸角鬥士說，「你的折磨傷不了死人，不等你的教練碰到我，我就會死在自己的刀下。我會跟你同歸於盡！」

菲得—羅薩獰笑著，抽出淬毒的長刀。「試試這個。」說著，他用另一隻手的匕首發起佯攻。

奴隸把刀換到另一隻手，向內急轉，邊閃邊格開準男爵的匕首——那把握在白手套裡，按照傳統應該淬過毒的刀。

「受死吧，哈肯能！」奴隸角鬥士氣喘吁吁地叫道。

兩人鬥作一團，從沙地打到角鬥場邊。菲得—羅薩的防護盾和奴隸的半個屏蔽場相撞時迸出藍光，周圍的空氣瀰漫著屏蔽場的臭氧味。

「死在你自己的毒藥上吧！」奴隸嘶吼道。

他扭住菲得—羅薩戴白手套的手，用力往內側彎，扭著他認為淬過毒的那把匕首，朝菲得—羅薩刺下去。

讓他們目睹這一幕！菲得—羅薩想，手中長刀向下一拉，叮噹一聲，砍上奴隸手臂上綁緊的矛，傷不了對手。

菲得—羅薩一陣短暫的絕望，他沒想到矛竟會對奴隸有利，成了另一面防護盾。這個奴隸的力氣真大！匕首無情地往內刺，勢不可擋。菲得—羅薩不得不想到一件事：一個人也可能死於無毒的刀刃。

「人渣！」菲得—羅薩氣喘吁吁地說。

關鍵詞一出，角鬥士的肌肉聽話地一鬆。對菲得—羅薩來說，這就夠了。他推開角鬥士，在兩人間騰出空隙，揮舞長刀。淬毒的刀尖一閃，在角鬥士的胸前由上至下劃出一條血痕。毒藥立即造成了致命的痛楚，那人鬆開菲得—羅薩，搖搖晃晃地後退。

現在，就讓我親愛的家族成員看著吧。菲得—羅薩想，讓他們想想，這個奴隸企圖把他認為的毒刀扭過來刺我，結果如何？讓他們去猜測，一個可以做出這種舉動的角鬥士是怎麼混進競技場的。最後，讓他們時時記住，他們永遠無法肯定我是用哪隻手握著毒刀。

菲得—羅薩默默站在一旁，看著那個奴隸緩慢的動作。角鬥士神智不清地搖晃著。現在，每個觀眾都能認出他臉上的神情。死亡寫在他臉上。奴隸知道自己完了，也知道自己是如何送命的——不該淬毒的刀上淬了毒。

「你！」奴隸呻吟道。

菲得—羅薩退後幾步，讓出位置給死神。毒藥還沒有充分發揮麻痺神經的藥效，但對方遲緩的動作說明毒藥正在生效。

奴隸搖搖晃晃地向前邁進，彷彿被一根繩子拉著。一次向前踉蹌一步，每邁出一步，他的世界裡便只有這一步。他手裡仍舊緊緊抓著刀，但刀尖不住顫抖。

「總有一天……我們中的……一個……會……殺死……你。」他喘著氣說。

奴隸角鬥士的嘴悲哀地微微一擰，之後坐下、癱倒，渾身一僵，從菲得—羅薩身前向遠處一滾，臉朝下趴在地上。

安靜的角鬥場中，菲得—羅薩向前走去，腳尖伸入角鬥士身下，把他翻過來，臉朝上，好讓觀眾看他被毒藥扭曲的臉，痙攣的肌肉。但角鬥士已經用刀結束自己的性命，胸膛上只露出刀把。

沮喪之餘，菲得—羅薩也頗為佩服，這個奴隸竟然能夠戰勝麻痺，自我了斷。同時，他也領悟了這其中有一種真正令人恐懼的東西。

令人恐懼的是使人成為超人的那種力量。

菲得—羅薩正思索著這個問題，突然意識到周圍的觀眾席和看臺上爆出陣陣喧囂，人們縱情歡呼著。

菲得—羅薩轉過身，抬頭看著他們。

所有的人都在歡呼，只除了男爵、伯爵和伯爵夫人。男爵手支著下頷坐在那裡沉思，伯爵及其夫人則望著下面的他，笑容像假面具一樣掛在臉上。

芬倫伯爵轉身對他的夫人說：「啊——嗯，一個，嗯，足智多謀的年輕人。哦，嗯，是不是啊，親愛的？」

「他的——啊，反應相當敏捷。」

男爵看著她，又看看伯爵，重新盯著角鬥場。他想：居然讓刺客這麼接近我的人！憤怒漸漸取代了恐懼。今晚，我要把那個奴隸總管放在小火上慢慢烤死……要是這位伯爵和伯爵夫人也插上一手……

男爵包廂裡的談話對菲得—羅薩來說太遙遠了，他們的聲音淹沒在四周興奮的跺足吶喊聲中：

「頭！頭！頭！頭！」

菲得—羅薩懶洋洋地轉身朝向男爵。男爵不禁皺起眉頭，勉強壓住心頭的氣憤，朝站在蜷曲的奴隸死屍身邊的年輕人揮了揮手。給那孩子一顆人頭吧，他揭露了奴隸總管的陰謀，這是他的獎品。

菲得－羅薩看到叔叔表示同意的信號，心想：他們以為給了我榮譽，我要讓他們明白我是怎麼想的！

他看見他的教練們拿著一把鋸刀走過來，準備切下戰利品，便揮揮手讓他們退回去。教練們猶豫不決，於是他再次揮手。他們以為區區一顆人頭就算給我榮譽了！他想。他彎下腰，掰開奴隸握著刀把的手，拔出插在那人胸膛上的刀，把刀放在奴隸軟綿綿的手中。

這些事轉眼便做完了，他站起身，打手勢召來他的教練。「給這個奴隸留個全屍，把他和他手裡的刀一起下葬。」他說，「這人值得尊敬。」

金色包廂裡，芬倫伯爵傾身湊近男爵說道：「高貴的行為啊——太精采了。你的侄子既有勇氣又有風度。」

「他拒絕人頭，這是對大家的侮辱。」男爵說。

「一點也不。」芬倫夫人說。她轉過身，抬頭望著四周的層層看臺。

男爵注意到她頸部的線條——真正平滑的雪膚，像個小男孩。

「他們喜歡你侄子所做的事。」她說。

坐在最遠位置上的人都明白了菲得－羅薩這一舉動的含意，觀眾看著教練把完整的奴隸屍體抬走。男爵看著觀眾，意識到伯爵夫人的看法是正確的。觀眾簡直瘋了，相互拍打，尖叫著跺腳。

男爵疲倦地說：「我將不得不下令舉行慶功宴。你不能這樣把大家送回去，他們的精力還沒有發洩完。他們一定要看到我跟他們分享快樂，跟他們一樣興高采烈。」他給衛兵打了個手勢，上面的僕從立即放低橘紅色的哈肯能三角旗，一次，兩次，三次。這是慶功宴的信號。

菲得—羅薩走過角鬥場，站在金色包廂下，還刀入鞘，雙臂垂在身側。人群狂亂的吼聲絲毫沒有減弱的跡象，他用壓過喧囂的音量高聲問道：「慶功宴嗎，叔叔？」

觀眾看到他們正在交談，等待著，喧鬧聲漸漸平息下來。

「為你慶功，菲得！」男爵朝下方大聲說道。他再次下令三角旗發出信號。

角鬥場對面，屏蔽場已經撤除，年輕人跳入角鬥場，競相朝菲得—羅薩奔去。

「是你命令撤除屏蔽場的，男爵？」伯爵問。

「沒人會傷害這個小伙子。」男爵說，「他是英雄。」

第一批人衝到菲得—羅薩面前，把他舉在肩上，繞著角鬥場遊行。

「今晚，他可以不帶武器，不穿防護盾，獨自走過哈肯能最糟的街區。」男爵說，「只要他出現，他們會把最後一點食物、最後一滴酒都讓給他。」

男爵從椅子上撐起來，把一身肥肉安頓在懸浮器上。「請原諒我先行告退了，有些事需要我立即處理，衛兵會護送你們返回要塞。」

伯爵站起來，微微欠身，「當然，男爵。我們正企盼著慶功宴。我還從來沒有——嗯，參加過哈肯能人的慶功宴。」

「是啊，」男爵說，「慶功宴。」他轉身離開，走出包廂的私人出口，立即被他的衛兵圍得水洩不通。

一個衛隊指揮官向芬倫伯爵鞠了一躬，「靜候您的吩咐，大人。」

「我們——嗯，先等一會兒，等最擁擠的——嗯，人群散去之後再離開。」伯爵說。

「是，大人。」那人彎下腰，往後退了三步。

芬倫伯爵轉向他的夫人，再次用密語說：「當然，妳也看見了？」

她用同樣的密語回答道：「那小子事先就知道角鬥士沒被注射迷藥。一時害怕是有的，但並不驚訝。」

「是計畫好的。」他說，「整場角鬥完全是計畫好的。」

「毫無疑問。」

「這裡面還散發著郝沃茲的臭味。」

「確實如此。」她說。

「我剛才還要求男爵除掉郝沃茲。」

「那是一個錯誤，親愛的。」

「我現在明白了。」

「哈肯能人也許不久就會有新男爵了。」

「如果那就是郝沃茲的計畫。」

「他的計畫一向禁得起考驗，真的。」她說。

「那個年輕人更好控制。」

「對我們來說……過了今晚。」她說。

「引誘他，妳不覺得有什麼困難吧，我負責繁衍血脈的小母親？」

「沒問題，親愛的。他盯我的樣子，你也看見了。」

「是的，現在我也明白為什麼我們必須得到那支血脈了。」

「是啊，還有，我們必須控制住他。我將在他意識深處植入一個關鍵詞，控制住他的普拉那肌肉和並度神經。」

「我們要盡快離開——妳一有把握，我們就走。」他說。

她打了個寒噤，「當然了，我可不想在這麼可怕的地方懷胎。」

「我們這麼做，是為了全人類。」他說。

「你要做的事，再簡單也不過。」她說。

「我也需要克服一些古老的偏見。」他說，「妳知道，那種相當原始的偏見。」

「我的小可憐。」她說著，拍了拍他的臉頰，「你也知道，要想拯救那支血脈，這是唯一的辦法。」

他用乾巴巴的聲音說：「我很理解我們要做的事。」

「我們不會失敗的。」她說。

「愧疚都是從失敗感開始的。」他提醒道。

「我們不會愧疚。」她說，「用精神控制法，讓菲得—羅薩的靈與後代進入我的子宮——然後就走。」

「那個叔叔，」他說，「妳以前見過這麼變態的人嗎？」

「十分殘暴，」她說，「但他的這個侄子可能比他更糟。」

「那得歸咎於他叔叔，妳知道的。想想看，如果用其他方法來撫養這小子——比如說，用亞崔迪的禮教去引導他，會怎樣？」

「真讓人難過。」她說。

「但願我們能把那個亞崔迪的年輕人和這個傢伙一起救下來。關於那個少年保羅，我聽過一些事，那是最值得讚揚的小伙子，是先天血統和後天訓練的優良結合。」他搖搖頭，「但是，我們不應該浪費感情，不應該對貴族的不幸過度悲傷。」

「貝尼・潔瑟睿德有句諺語。」她說。

「每件事妳們都要諺語。」他不滿地說。

「你會喜歡這句諺語的。」她說，「原話是這麼說的：『死要見屍。即使見到了，你仍舊有可能搞錯。』」

14

摩阿迪巴在《沉思的時代》中告訴我們，當他第一次面對厄拉科斯的生存物資時，他的教育才真正開始。從那以後，他學會了如何豎起沙桿測天氣，通過皮膚的刺痛學會風沙的語言，知道了沙子造成的鼻癢會讓人發昏，還學會如何收集身體散失的珍貴水分，如何守衛水，保存水。當他的眼睛變成伊巴德香料藍時，他終於學會了契科布薩人的生活方式。

——史帝加為伊若琅公主《摩阿迪巴其人》所作的序言

• • •

史帝加的隊伍在沙漠兩度迷路，終於在一號月亮暗淡的月光下爬出盆地，回到穴地。穿長袍的人們聞到了家的味道，於是加速前行。歸人身後的灰色曙光在天邊山凹處最亮，按照弗瑞曼人的地平線曆法來算，現在正值仲秋，弗瑞曼人稱之為帽岩月。

穴地的孩子把風颳落的枯葉堆在斷崖腳下，但除了保羅和他母親偶爾弄出一點雜音，整支隊伍走在上面發出的聲音完全與夜裡萬籟融為一體，無法分辨。

保羅擦去前額汗濕的沙塵，感到有人拉了一下他的手臂，只聽荃妮低聲道：「照我說的做：把兜帽放下來蓋住前額！只露出眼睛。你在浪費水。」

身後傳來低聲的命令，要兩人安靜：「沙漠聽見你們了！」

上方高高的岩石間響起一聲鳥鳴。

隊伍停了下來，保羅突然一陣緊張。

岩石間響起微弱的敲擊聲，很輕，不比野鼠跳到沙地上的聲音大多少。

鳥兒又叫了起來。

一陣騷動掠過隊伍。野鼠一點點蹦到沙地另一邊去了。

鳥兒再次啾啁。

隊伍繼續往上，爬進岩石間的岩縫，弗瑞曼人突然屏住呼吸，保羅不由得警覺起來。他發現大家在偷偷瞥向荃妮。荃妮似乎有些退縮，躊躇不前。

現在腳下踩著的是岩石了，周圍響起衣袍拂動的聲音。保羅覺得紀律有些鬆弛下來了，但荃妮和其他人仍然保持安靜。他跟著一道人影往上走，走了幾級臺階，轉過一道彎，走過更多臺階，進入一條地道，穿過兩道用來密封水氣的門，最後走進燈球照亮的走廊，兩邊的岩壁和岩頂都是黃色的。

保羅看見周圍的弗瑞曼人紛紛把兜帽甩到腦後，拔掉鼻塞，大口大口深呼吸。還有人嘆息著。保羅扭頭去找荃妮，發覺她已經從自己身邊走開。他被一具具穿著長袍的身體包圍著。有人擠了他一下，說：「對不起，烏蘇爾。真夠擠的！總是這樣。」

在他左邊，一張長滿鬍鬚的瘦長臉轉向保羅。那人叫法魯克。汗跡斑斑的眼窩裡有雙深藍色的眼珠，在黃色燈光下顯得更藍了。「摘掉兜帽吧，烏蘇爾。」法魯克說，「到家了。」他幫保羅解開兜帽的帶子，用手肘在人群中擠出一小塊空間。

保羅拔出鼻塞，把嘴罩轉到一邊。這地方特有的味道向他襲來：未盥洗的體味、蒸餾回收汗液遺留的酸味、無所不在的人體酸臭味，還有濃郁的香料味，香料及香料製品的味道蓋過了所有異味。

「我們為什麼要等，法魯克？」保羅問。

「我想，在等聖母吧。你聽到那消息了吧——可憐的荃妮。」

可憐的荃妮？保羅問自己。他看看四周，這裡這麼擠，他很想知道她在哪裡，母親又在哪裡？

法魯克深深吸了口氣。「家的味道。」他說。

保羅看著這人陶醉在空氣的惡臭中，語調裡絲毫沒有譏諷。這時，他聽到了母親的咳嗽聲，聲音穿過擁擠的人群傳到他耳裡：「你們穴地裡的味道真濃，史帝加。我看你們用香料做了不少東西……紙張……塑料……還有那個，是不是化學爆炸物？」

「妳聞一聞就可以知道這麼多嗎？」這是另一個男人的聲音。

保羅意識到她說這話是為他好，她要他盡快接受這種撲鼻的惡臭。

隊伍前面傳來一陣騷動，還有拉長的吸氣聲，那似乎傳遍了所有弗瑞曼人。保羅聽見竊竊私語沿著隊伍傳了過來：「那麼，這是真的了——列特死了。」

列特，保羅想，然後：荃妮，列特的女兒。零零碎碎的信息在他腦海中拼湊起來。列特是那個行星生態學家的弗瑞曼名字。

保羅看著法魯克，問：「是不是那個又叫凱恩斯的列特？」

「列特只有一個。」法魯克說。

保羅轉過身，凝視著前方一個弗瑞曼人穿著長袍的背影。這麼說，列特—凱恩斯死了。他想。

「是哈肯能人的陰謀。」有人小聲說，「弄成了意外……在沙漠裡迷路了……撲翼機墜毀了。」

保羅體內有怒氣湧現。那個人把他們當朋友，幫他們逃出哈肯能人的魔掌，又派出他的弗瑞曼部隊來尋找沙漠上的兩個流浪者……又一個哈肯能的受害者。

「烏蘇爾更渴望報仇了嗎？」法魯克問。

沒等保羅回答，前方傳來一聲低沉的召喚，整個隊伍擁著保羅一起走進一間更寬大的岩室。他發現自己站在一塊空地上，面對史帝加和一個奇怪的女人。這女人穿著色彩鮮亮的外套，橘綠相間，衣服上綴滿流蘇。她的雙肩裸露在外。保羅看得出她沒穿蒸餾服。她的皮膚呈淺橄欖色，烏黑的頭髮從高高的前額向後梳起，更突出她那鮮明的顴骨和深色雙眼之間高聳的鷹鉤鼻。

她轉身面對他，保羅看到她耳朵上掛著用計水環串起的金環。

「就是他打敗了我的詹米斯？」她問。

「安靜，赫若。」史帝加說，「那是詹米斯要求的——他要求進行坦哈砥試煉。」

「他不過是個孩子！」她說著，猛地一搖頭，計水環晃來晃去，發出叮噹聲，「我的孩子被另一個孩子弄得沒了父親！當然了，那是一場意外。」

「烏蘇爾，你多大了？」史帝加問。

「十五個標準年，十五歲。」保羅說。

史帝加環視整個隊伍。「你們中有人要向我挑戰嗎？」

沉默。

史帝加看著那個女人說：「在我學會他那種詭祕的打法之前，我不願向他挑戰。」

她回望著他：「但是——」

「你看見那個陌生女人了嗎？那個與荃妮一起去見聖母的女人？」史帝加問。「她是外星來的塞亞迪娜，是這孩子的母親。母親和兒子都是高手，能使出詭祕的戰鬥術。」

「天外之音。」那女人小聲說著，轉頭望著保羅，雙眼流露出畏懼。

又是那個傳說。保羅想。

「也許吧。」史帝加說，「但還沒有試煉過。」他再度望向保羅，「烏蘇爾，這是我們的規矩，你現在要負責照顧詹米斯的女人和兩個兒子。他的穴房，居室，是你的了。他的咖啡用具也是你的……還有這個，他的女人。」

保羅打量著這個女人，心想：她為什麼不為自己的男人悲痛哀悼？為什麼她沒有恨我的意思？突然，他看到所有弗瑞曼人都盯著他，等待著。

有人輕聲說：「還有工作要做。快說吧，你要怎麼接受她。」

史帝加說：「你接受赫若作你的女人，還是僕人？」

赫若舉起雙臂，單腳腳跟著地，款款轉圈。「我還年輕，烏蘇爾。他們說，我看起來還像當年跟喬弗在一起時那麼年輕……在詹米斯打敗他之前。」

詹米斯殺了另一個人才得到她。保羅想。

保羅說：「如果我接受她作為我的僕人，以後我可以改變主意嗎？」

「你有一年的時間改變你的決定。」史帝加說，「在那之後，她就是自由的女人了，可以隨心所欲……或者，你可以在任何時候還她自由，讓她自己做選擇。但無論如何，照顧她是你的責任，為期一年……而且，你要永遠為詹米斯的兒子負起一定的責任。」

「我接受她作為我的僕人。」保羅說。

赫若跺著腳，氣憤地晃著肩膀，「可我還年輕！」

史帝加看著保羅說：「謹慎是很寶貴的素質，對首領來說。」

「可我還年輕！」赫若重複道。

「安靜！」史帝加命令道，「如果某樣東西有價值，就會一直有價值。帶烏蘇爾去他的居室，要確保他有地方休息，有乾淨衣服換。」

「噢——！」她說。

保羅已經記下夠多信息，對她有了初步了解。他能感覺到隊伍的不耐煩，知道已經耽擱了大家。他想大膽問問他母親和荃妮的下落，但從史帝加緊張的站姿來看，那會是一個錯誤。

他面對赫若，提高嗓音，加上顫音，以激起她的敬畏：「帶我去我的居室，赫若！我們另找時間來談妳的孩子。」

她退後兩步，畏懼地朝史帝加看了一眼。「他的聲音真奇怪。」她嘶啞道。

「史帝加，」保羅說，「我欠了荃妮父親很重的一筆債，如果有任何……」

「我們將在會議上做決定。」史帝加說，「那時候你再講吧。」他點點頭，示意眾人解散，轉身走開。其餘的人跟在他後面紛紛離去。

保羅拉起赫若的手臂，注意到她的手臂冰涼，感到她正在發抖。「我不會傷害妳的，赫若，帶我去我們的居室吧。」他用平和的語氣說。

「一年後，你該不會趕我走吧？」她說，「我也知道我不像過去那麼年輕了。」

「只要我活著，我這裡就會有妳的安身之處。」他說著，放開她的手臂，「現在走吧。我們的居室在哪裡？」

她轉身帶著保羅沿著走廊出去，向右轉了道彎，走進寬闊的通道，頭頂上一盞盞分布均勻的黃色燈球照亮了整條通道。岩石地面光滑平整，打掃得一塵不染。

保羅趨前幾步，走在她旁邊，一邊走，一邊打量著她那鷹似的側面輪廓。「妳不恨我嗎，赫若？」

「我為什麼要恨你？」

一群孩子在一條側向走道的岩架上盯著兩人瞧，她衝他們點點頭。保羅瞥見孩子身後隱約露出幾個成年人的身影，半掩在掛簾後。

「我……打敗了詹米斯。」

「史帝加說，葬禮已經舉行過了，而且你也是他的朋友。」她側過臉來，從旁邊看了他一眼，「史帝加說，你把水送給死者了，是真的嗎？」

「是的。」

「那比我會做……比我能做的還要多。」

「妳不為他哀悼嗎？」

「該哀悼的時候，我會為他哀悼的。」

兩人穿過一個拱形洞口。保羅望過去，發現這是一間又大又亮的岩室，許多男男女女正在機器旁工作著，動作似乎很急切。

「他們在那裡幹什麼？」保羅問。

兩人已經走過拱門了，她回頭看了一眼，說：「他們急著在我們逃離這裡之前完成塑膠製品的生產額。為了種草，我們需要許多露水收集器。」

「為什麼要逃離？」

「在屠夫停止追殺我們，或者被趕出我們的土地之前，我們必須不斷逃亡。」

保羅打了個趔趄，忙穩住身形。他感到時間似乎凝固了一瞬，想起了一個片段，一段預言式的圖像——但卻有點失真，像一連串動畫的下一幀，和他記憶中的預視景象稍有不同。

「薩督卡在追殺我們。」他說。

「除了一兩個空穴地之外，他們什麼也找不到。」她說，「他們在沙漠中只會找到自己的死亡。」

「他們會找到這個地方嗎？」

「可能。」

「那我們為什麼還要花時間……」他朝身後的拱形洞口點點頭，「……製造……露水收集器？」

「要繼續種植。」

「露水收集器是什麼？」他問。

她扭頭瞥了他一眼，一臉驚訝，「難道他們什麼也沒教你？……我是說，在你原來的星球上。」

「沒提過露水收集器。」

「唉──」只有意味深長的一個字。

「那究竟是什麼？」

「你在外面流沙漠裡看到的每一叢灌木，每一株野草。」她說，「你以為在我們離開之後，是怎麼活下來的？每一株植物都被好好種在自己的小坑裡。那些小坑裝著橢圓形的變色塑膠球，很光滑。光照上去，看起來是白色的。如果你從高處往下看，就能看到它們在早上的陽光下發亮。白色的反射光。但等太陽老爹走了，變色塑膠會在黑暗中變回透明。它冷卻得非常快，能把空氣中的水氣凝結在表面。水氣多了，就變成露珠，滴下去就能維持植物生存。」

「露水收集器。」他喃喃自語，迷上了這個裝置的簡潔之妙。

「我會在適當時候哀悼詹米斯。」她說道，似乎還想著保羅的另一個問題，「詹米斯是好人，但很暴躁。詹米斯啊，很會養家，跟孩子在一起的時候沒話說。他把喬弗的兒子，我的第一個孩子，當成自己的兒子。在他眼中，他們都一樣重要。」她用懷疑的眼光盯著保羅，「跟你在一起，也會這樣嗎，烏蘇爾？」

「我們沒有那個問題。」

「可如果……」

「赫若！」

保羅的嚴厲語調讓她畏縮了。

左側的拱門裡是另一間燈火通明的岩室。「那裡在造什麼？」他問。

「他們在修理織布機。」她說，「但今晚就必須拆掉，馬上運走。」她手指著左邊一條側向走道，「從那邊走過去，是食品加工廠和蒸餾服修理廠。」她看看保羅，又說，「你的蒸餾服看樣子是新的，但如果需要修理的話，我對蒸餾服可是很拿手。最忙的時候，我會到廠裡支援。」

從這裡開始，兩人不斷遇到其他人，隧道兩邊的洞口也越來越密。一隊男女從兩人身旁走過，扛著沉重得咯咯作響的包裹，渾身散發著濃郁的香料味。

「他們得不到我們的水，」赫若說，「也得不到我們的香料。這一點你可以放心。」

保羅望向地道牆上的一個個洞口，看見凸出的壁架都蓋著厚厚的毯子，房間裡的牆壁上都掛著色彩鮮艷的掛毯，成排靠墊擺在地上。洞口的人在兩人走近時沉默下來，凶巴巴瞪著保羅。

「你打敗了詹米斯，大家都覺得很奇怪。」赫若說，「看樣子，等我們在新穴地裡安頓下來，你必須做些什麼來證明自己。」

「我不喜歡殺人。」他說。

「史帝加也是這麼說的。」但她的語氣卻透露出她並不相信這話。

前方尖細的讀書聲越來越響。兩人來到另一個洞口，比保羅見到過的任何洞口都還要寬。他放慢腳步，往房裡瞧。屋裡擠滿孩子，全盤著腿坐在栗色地毯上。

遠處牆上掛著一塊黑板，旁邊站著一個身穿黃色罩衫的女人，一隻手還拿著投影筆。黑板上畫滿了圖——圓圈、楔形、弧線、蛇行曲線和方形，還有被平行線分割的圓弧。女人指著那些圖，一個個點下去，盡可能快速地移動投影筆，而孩子則有節奏地跟著她的手往下讀。

保羅跟著赫若往穴地深處走，越往裡走，耳邊的朗誦聲越微弱。

「樹，」孩子齊聲讀道，「樹、草、沙丘、風、高山、丘陵、火、閃電、岩石、石塊、塵、沙、熱、避難所、熱量、滿、冬天、冷、虛空、侵蝕、夏天、洞穴、白天、壓力、月亮、夜晚、沙潮、斜坡、種植、夾板……」

「這種時間你們還開課？」保羅問。

她臉色變得肅穆，語調沉痛道：「列特教導我們，教育一刻也不能中止。我們會永遠記住死去的列特，契科布薩人都是這麼做。」

她穿過走道，走到左邊，登上一塊隆起的平臺，分開橘紅色紗簾，往旁邊一站，說：「你的穴房已經準備好了，烏蘇爾。」

登上她站的那個平臺前，保羅猶豫了一下，他突然不大情願和這個女人獨處一室。他想到，自己正被一種奇特的生活方式所包圍，只有透過弗瑞曼人的理念和價值體系，才能理解這種生活方式。他感到這個弗瑞曼世界正在試探他，用自己的方式企圖將他誘入圈套中。他知道圈套中有什麼——瘋狂的聖戰，那個讓他感到應該不惜一切避免的聖戰。

「這是你的穴房，」赫若說，「你為什麼不進去呢？」

保羅點點頭，走到她身旁，從她手裡接過簾子，順手摸了摸織物中的金屬纖維。他跟著她穿過很短的門廊，走進較大的房間。房間呈正方形，每邊大約六公尺，地上鋪著厚厚的藍地毯，藍綠色的織物蓋住岩石牆壁，天花板上也遮著黃色織物，懸在上方的燈球調成了黃光。

看起來像一頂古代帳棚。

赫若站在他面前，左手叉腰，一雙眼睛打量著他的臉。「孩子們跟一個朋友在一起，」她說，「等一下就會過來。」

保羅飛快掃視這個房間，掩飾自己的窘迫不安。他看到右邊有面薄薄的簾子，半掩住另一個更大的房間，裡面沿牆擺了一排靠墊。他感到通風管吹來了一股柔和的微風，發現管口就在他的正前方，巧妙地隱藏在另一面簾子後方。

「你要我幫你脫掉蒸餾服嗎？」赫若問。

「不……啊，謝謝。」

「要我拿吃的來嗎？」

「是的。」

「那個房間外面有間休息室。」她用手指了指，「你在那裡脫蒸餾服會比較舒適、方便。」

「妳說我們必須離開這個穴地。」保羅說，「我們不用打包什麼的嗎？」

「時候到了就會收。」她說，「屠夫還沒查到我們這片區域。」

她仍然躊躇著，盯著他瞧。

「你還沒有伊巴德香料藍的眼睛。」她說，「怪雖怪，但也不是完全沒有吸引力。」

「去拿吃的來，」他說，「我餓了。」

她衝他笑了笑——是那種一切了然於胸的、女人的微笑，讓保羅頗為不安。「我是你的僕人。」她說著，輕快地轉身，低頭從厚厚的壁簾下鑽了出去。壁簾落回原地之前，保羅看見另一條通道。

保羅突然對自己生起氣來。他撩開右邊的薄簾，走進那個較大的房間，站了一下，心神不寧。他想知道荃妮在哪裡……剛剛失去父親的荃妮。

我們在這一點上很相似。他想。

外面走廊傳來一聲拖得長長的呼喊，聲音因為隔著簾子而減弱了。呼喊重複著，稍稍遠了些。然後又是一聲。保羅明白了，這是有人在報時。他發現自己沒在這裡見過鐘錶。

一股淡淡的石炭酸灌木燃燒後的氣味鑽進他鼻孔，蓋過穴地裡無處不在的臭味。保羅發覺自己已經壓下這種氣味對嗅覺的侵擾。

他又想起母親，不斷變化的未來景象中總有她的身影……還有她的女兒。未來和現在，多重時間在他的意識中飛舞，他猛地搖了搖頭，把注意力集中在眼前這些代表弗瑞曼文化的物品上，這些東西向他證明了已經吞沒他們的弗瑞曼文化有多麼深邃、廣博。

以及種種難以捉摸的怪誕。

他在夢中看到了一件跟這些洞穴和這個房間有關的事情，而那件事，跟他目前的所見所聞都迥然相異。

這裡看不見毒素檢測器的影子。在這個擁擠的洞穴群中，沒有任何使用毒素檢測器的跡象，但他仍舊在穴地的臭氣中嗅到了毒物的氣味，既有劇毒，也有普通毒物。

一陣簾子的唰唰聲。保羅轉過身，以為是赫若帶著食物回來了。但他沒有看到赫若，只看到兩名小男孩，站在一幅印著錯視圖的簾子下方，也許一個九歲，一個十歲，用貪婪的目光盯著他。兩人的腰間都掛著一把雙刃式的小晶刃匕，一手按著刀柄。

保羅想起了弗瑞曼人的故事：他們的孩子戰鬥起來跟成人一樣凶悍。

15

手在動，嘴在動——
奇思妙想從言語中湧出。
還有那雙吞噬萬物的雙眼！
他是一座自我的孤島，

——伊若琅公主《摩阿迪巴手冊》

• • •

洞穴高處亮著一盞螢光燈，將朦朧的光線投到擁擠的穴內，側面指出這個岩石環繞的密閉空間相當大……潔西嘉覺得，甚至比她的貝尼．潔瑟睿德大會堂還大。史帝加和她站在岩架上，她估計岩架下面聚集了五千多人。

還有更多人陸續到來。

四處是人們的竊竊私語。

「已經派人去你兒子的居室叫他來了，塞亞迪娜。」史帝加說，「妳希望和他商量一下妳的決定嗎？」

「他可以改變我的決定嗎？」

「妳講話時所用的空氣來自妳自己的肺部，但是——」

「我的決定不變。」

但她還是有些不安，不知道是否該用保羅作藉口，退出這場危險的考驗。同時也應該考慮到未出世的女兒。危及母親身體的事，也會危及女兒的身體。

幾個男人扛著捲起的地毯走過來，在地毯的重壓下哼哼喲喲。他們把地毯扔在岩架上，揚起一陣灰塵。

史帝加握著她的手臂，領她回到岩架的邊緣，站在一個可以發出迴響的角形區域內，指著一具石凳說：「聖母將坐在這裡。但在她來之前，妳可以坐在上面休息一下。」

「我想站著。」潔西嘉說。

她看著人們打開地毯，在岩架上鋪好。她朝人群望去。現在，下方的岩穴底層至少有一萬人了。而人們還在陸續趕來。

她知道，外面的沙漠上空早已是紅色的日暮時分，但這個洞廳裡卻永遠是微黃的黎明。下面是灰濛濛的浩瀚人海，他們聚在這裡，看她拿自己的性命冒險。

她右邊的人群突然讓開一條路，她看見保羅走了過來，兩側各有一名小男孩護衛。孩子一副神氣活現、不可一世的樣子，手按刀柄，怒視著兩邊的人牆。

「詹米斯的兒子，現在是烏蘇爾的兒子了。」史帝加說，「他們把護衛的職責看得很重。」他大膽衝潔西嘉笑了笑。

潔西嘉明白，史帝加是想幫她緩和一下緊張的情緒。她承認，史帝加的努力確實起作用了，她也很感激他的用心，但仍無法不介意自己即將面對的危險。

我沒有選擇，只能這樣做。她想，如果我們要在這群弗瑞曼人中保住我們的地位，就必須迅速行動。

保羅攀上岩架，把孩子留在下方。他在母親面前停下，看了看史帝加，回過頭來對潔西嘉說：「發生了什麼事？我以為是召我來開會。」

史帝加舉起一隻手，示意大家安靜，然後指指左邊。擁擠的人群再次讓出一條路，荃妮沿著夾道的人牆走了過來，一張精靈臉帶著悲傷的神情。她已經脫掉蒸餾服，換上優雅的藍色長袍，露出纖細的手臂。她在左臂靠近肩膀處繫了一條綠手巾。

綠色代表哀悼。保羅想。

詹米斯的兩名兒子才剛間接向他解釋過這個習俗。他們告訴他，他們不穿綠色，因為他們接受了他，讓他成為他們的保護人與父親。

「你就是天外之音嗎？」他們問。保羅卻從他們的話中聽出了聖戰。他聳聳肩，用提問堵住那兩張喋喋不休的嘴。他很快便了解，這兩個孩子中，年長的那個叫凱利弗，十歲，是喬弗的兒子；而年幼的那個叫奧羅普，八歲，是詹米斯的兒子。

這是奇異的一天。應他的要求，兩名孩子一直在他身邊護衛著。他必須避開人們的好奇心，好找出花時間理清思緒和預知的記憶，想出方法預防聖戰。

現在，站在岩架上母親身旁，看著下方擁擠的人群。保羅懷疑是否真的有方法可以阻止狂熱軍團源源湧入。

荃妮走近岩架，四名女子遠遠跟在她身後，用轎子抬著另一位女人。

潔西嘉沒有理會走近的荃妮，只全神貫注盯著轎上的女人：一個乾癟、滿臉皺紋的老邁生物，一身黑袍，兜帽甩在後方，露出結髻的灰髮和細長的頸項。

抬轎的女子站在下方，把轎子輕輕放在岩架上。荃妮攙扶著老婦人站了起來。

這就是他們的聖母。潔西嘉想。

老婦人重重倚在荃妮肩頭，朝潔西嘉蹣跚走來，看上去像裹著黑袍的一捆乾柴。她在潔西嘉面前停下腳步，抬頭凝視了很長時間，才用沙啞的嗓音輕聲道：「原來妳就是那個人。」頂在細長頸項上的頭顫顫巍巍地點了一下，「夏道特梅帕絲同情妳，她是對的。」

潔西嘉輕蔑地飛快答道：「我不需要任何人同情。」

「我們會知道的。」老婦人沙啞地說。她用讓人驚訝的速度迅速轉身，面向人群，「告訴他們吧，史帝加。」

「非這樣不可嗎？」他問。

「我們是米斯爾。」老婦人用嘶啞的聲音道，「自從我們的禪遜尼祖先逃離尼羅特阿歐魯巴以來，我們就懂得遷徙和死亡。年輕一代要將這一切傳承下去，我們的民族才不會滅亡。」

史帝加深深吸了口氣，向前跨出兩步。

沉默籠罩這座擠滿人的洞穴。現在大約有兩萬多人，全都默默站著，幾乎一動不動。這使潔西嘉突然感覺到自己的渺小，並滿心戒慎。

「今晚，我們必須離開這座長久以來庇護我們的穴地，向南深入沙漠。」史帝加說。他低沉的聲音越過一張張仰視的面孔，經由岩架後方的角形區域遠遠傳出去，發出隆隆的迴響。

人群依然保持沉默。

「聖母告訴我，她活不過下一次哈伊拉了。」史帝加說，「以前我們也經歷過沒有聖母的生活，但在尋找新家園的險惡路途上，這很不利。」

人群騷動起來，傳出一波波低語，以及洶湧的焦慮。

「但這也許不會發生。」史帝加繼續說，「因為我們神奇的新塞亞迪娜潔西嘉，已經同意在這個時候加入儀式。她會在我們失去聖母的力量之前通過考驗。」

神奇的潔西嘉。潔西嘉想著這個稱謂。她看到保羅正盯著她瞧，眼中充滿疑問。但在這種奇異氣氛下，他只能閉口不語。

如果我死於這次考驗，他怎麼辦？潔西嘉暗自問道，並再次憂心忡忡起來。

荃妮領著老聖母走到角形區深處的石凳上坐下，然後退回，站在史帝加身旁。

「就算神奇的潔西嘉失敗了，我們也不會失去一切。」史帝加說，「荃妮，列特的女兒，將被奉為塞亞迪娜。」他朝旁邊跨開一步。

角形區深處傳來老婦人的聲音，是那種放大過的低語，嚴厲而穿透人心：「荃妮剛結束她的哈伊拉——荃妮看見水了。」

人群低聲回應：「她看見水了。」

「我願奉列特的女兒為塞亞迪娜。」老婦人嘶啞道。

「接受。」人們紛紛回應。

保羅對儀式的聲音幾乎聽而不聞，他仍全心想著史帝加所說的那些話。

如果她失敗了呢？

他轉身回望眾人口中的聖母，打量著這位枯乾的老婦人。她有一雙深不可測的藍眼，看起來彷彿一陣微風都能將她吹走，身上卻隱隱透出一種在季風沙暴中也能巍然不動的力量。他還記得曾以戈姆刺的痛苦來考驗他的聖母凱亞斯．海倫．莫哈亞，眼前這人也散發相同的氣勢。

「我，聖母拉瑪約，代表眾神發言。」老婦人說，「荃妮成為塞亞迪娜是符合天意的。」

「符合天意。」眾人回應道。

老婦人點點頭，輕聲說道：「我賜予她銀色的天空、金色的沙漠和發光的岩石，以及未來的綠色原野。我把這些賜予塞亞迪娜荃妮。在這播種的典禮上，為了讓她不至於忘記她已獻身給我們，把這些低下的任務交給她吧，讓她像沙胡羅一樣承擔這些工作吧。」她抬起一隻褐色棍子般的手臂，然後垂下。

潔西嘉感到，發生在自己身邊的儀式彷彿一股激流，挾著她，讓她無法後退。她看了一眼保羅充滿疑問的臉，準備接受嚴峻的考驗。

「司水員到前面來。」荃妮說，少女的嗓音中只有最輕微的一絲顫抖，透露出她的猶疑。

此刻，潔西嘉感到自己正處於危險的中心。從眾人凝神觀望的眼睛中，從場內的寂靜中，她看到了這種危險。

人們讓開一條彎彎曲曲的路，一小隊男人兩兩成對從後面朝前擠來，每一對都抬著一隻小皮袋，大約是人頭的兩倍大。袋子沉甸甸地上下晃悠著。

兩個領頭的人把抬來的袋子放在岩架上荃妮的腳邊，退了回去。

潔西嘉看了看袋子，又望向那些人。他們的兜帽都甩在腦後，露出項下紮成一卷的長髮，凹陷的深色眼睛回望著她，一瞬也不瞬。

袋子裡散發出芬芳的肉桂香，飄到潔西嘉面前。香料？她猜想著。

「有水嗎？」荃妮問。

左邊的司水員，一個鼻上橫著一道紫色傷疤的男人點點頭說：「有水，塞亞迪娜。但我們不能喝。」

「有種子嗎？」荃妮問。

「有種子。」那人回答說。

荃妮跪了下去，把手放在晃來晃去的水袋上，「願眾神賜福於水和種子。」

潔西嘉很熟悉這種儀式，她回頭望向老聖母拉瑪約。老婦人閉起雙眼，彎腰坐著，像是睡著了。

「塞亞迪娜潔西嘉。」荃妮說。

潔西嘉扭過頭，看見女孩正盯著她。

「妳嘗過聖水嗎？」荃妮問。

潔西嘉還沒來得及回答，荃妮又說：「妳不可能嘗過聖水。妳是外來者，沒有這份尊榮。」

人群中傳出一聲嘆息，衣袍的沙沙聲讓她後頸上寒毛倒豎。

「穀物成熟，創造者已死。」荃妮說。晃動的水袋上方有條盤起的出水管，她一邊說，一邊鬆開水管。

此時，潔西嘉感到周遭的危險感沸騰了。她瞥了一眼保羅，見他正沉迷於這場儀式的神祕氣息，兩眼緊盯著荃妮。

他預見過這一刻嗎？潔西嘉很想知道。她一隻手放在腹部，想著未出世的女兒，暗自問道：我有沒有權利拿我倆的性命來冒險？

荃妮朝潔西嘉舉起出水管，說：「這是生命之水，比水更偉大的水——解脫靈魂的水。如果妳確實是聖母，這水會為妳打開宇宙之門。現在，就讓沙胡羅來評斷吧！」

對腹中女兒的責任，對保羅的責任。這兩種責任撕扯著潔西嘉的心。為了保羅，她知道自己應該接過噴水管，喝下水袋裡的液體。但當她彎下身，湊近送過來的水管時，本能告訴她這是極度危險的。

水袋裡的東西散發出一種苦味，很像她知道的許多毒藥，但又不盡相同。

「現在，妳必須喝下去。」荃妮說。

不能回頭了。潔西嘉提醒自己。然而，在她接受的所有貝尼・潔瑟睿德訓練中，她想不出任何方法可以幫助她度過這一刻。

這是什麼？潔西嘉問自己，酒？毒藥？

她彎下身，湊近出水管，聞到一股肉桂香，隨即回起當初鄧肯・艾德侯的醉態。香料酒？她問自己。她把管子放進嘴裡，只吸了一小口液體，嘗到一股香料味，舌頭上一陣辛辣，隱隱有些刺痛感。

荃妮的手在皮袋上一按，一大股液體噴進潔西嘉口中。她還沒來得及動作，已經不由自主地嚥了下去，之後才想到要竭力保持冷靜、莊嚴。

「淺嘗死亡的氣息比死亡本身更可怕。」荃妮說。她盯著潔西嘉，等待著。

潔西嘉看著荃妮，嘴裡仍含著水管。袋中的氣息湧進她的鼻腔、嘴裡、眼中、臉頰上——接著是一股刺激的甘甜。

冰涼！

荃妮再次把液體噴入潔西嘉口中。

鮮美！

潔西嘉打量著荃妮的臉，看著她的精靈臉，在她臉上看到列特—凱恩斯的痕跡，那稚弱到還未被歲月固定下來。

他們給我吃的是一種迷藥。潔西嘉告訴自己。

但不像她知道的任何迷藥，也不是貝尼・潔瑟睿德訓練裡教過的任何藥物。

荃妮的面龐如此清晰，彷彿有一道光清楚勾勒出面部輪廓。

一種迷藥。

令人暈眩的死寂環伺著潔西嘉。她身體的每條肌肉都接受了這個事實：有件深刻的事發生了。她覺得自己是一粒有知覺的微塵，甚至比任何亞原子粒子都要小，但卻能活動，可以感知周遭的世界。她豁然開朗，就像猛地拉開帷幕——她意識到，她能像感知肌肉運動一樣感知自己的內心世界。她是微塵，但又不僅僅是微塵。

聖母！

學校一直有傳言，說某些人沒能通過嚴格的聖母試煉，被迷藥奪走了性命。

潔西嘉凝神望向聖母拉瑪約，她知道，這一切都發生在彷彿凝結的瞬間。所謂凝結，只是針對她一人。對她來說，時間暫停了。

時間為什麼會暫停？她問自己。她凝視周圍人們臉上凍結的表情，看見荃妮上方有粒小小的塵埃，定定地懸在那裡。

等待。

問題的答案像爆炸一樣突然出現在她的意識中：她的時間之所以暫停，是為了拯救她的生命。

她專注於心靈的動覺，凝視內在，隨即看到一個細胞核，一個黑點，然後她退了回去。

這就是我們不能觀看的地方。她想，所有聖母都不願提起，只有奎薩茲·哈德拉赫才能看的地方。

這股覺悟使她恢復了一點自信。她再次冒險，全神貫注在心靈的動覺上，讓自我變成一粒微塵，在體內尋找危險的東西。

她在剛才吞下的迷藥中找到了。

那種東西是跳動的粒子，速度之快，連凝固的時間也無法將之停下。跳動的粒子。她認出熟悉的結構：原子鏈。這裡有個碳原子，螺旋形擺動……葡萄糖分子。接下來，整個分子鏈展現在她面前，她認出了其中的蛋白質……甲基蛋白質的結構。

啊——哈！

看出迷藥的本質時，她體內發出了心靈上的無聲嘆息。

她邊用精神動覺展開探索，邊鑽入那粒子，挪開一個氧原子，讓另一個碳原子與之結合，重新附著在氫氧鏈上。

變化蔓延開來……隨著催化作用打開了接觸表面，速度變得越來越快。

凝結的時間鬆開了，她感到周圍動了起來。水袋上的水管貼在她嘴上，正緩緩地收集一滴水。

荃妮正從我體內取出催化劑，改變這水袋裡的毒質。潔西嘉想，為什麼？

有人扶她坐下。她看到老聖母拉瑪約被帶到她身旁，坐在鋪著地毯的岩架上，用乾癟的手撫摸她的脖子。

她的意識中還有另一顆精神動覺的粒子！潔西嘉竭力排斥，但那粒子卻越逼越近……越逼越近。

相觸！

那就像最強烈的靈犀相通，體內同時有兩個人：不是感應，而是意識互通。

和年邁的聖母。

但潔西嘉看出，面前的這位聖母並不把自己當成老婦。她們共同的靈眼中有一個影像：一名少女，精神靈動，性格溫和。

在互通的意識中，那年輕女孩說：「是的，那就是我。」

潔西嘉只能聽，無法開口回應。

「很快妳就會擁有這一切，潔西嘉。」意識之內的影像說。

這是幻覺。潔西嘉告訴自己。

「妳知道不是。」那幅影像又說，「快點，不要排斥我，時間不多了，我們……」長長的停頓，之後那個聲音說：「妳應該要告訴我們，妳懷孕了！」

潔西嘉總算能在互通意識中開口說話：「為什麼？」

「因為這會影響妳倆！神母啊，我們都做了些什麼？」

潔西嘉感到互通意識中有股微微牽動，這才看到靈眼中有另一個微粒正在瘋狂四處衝撞、旋轉，散發出純粹的恐懼。

「妳必須堅強起來。」老聖母的影像說，「幸虧妳懷的是女兒。這種儀式會殺死男胎。現在……小心，輕輕地……摸摸妳胎中的女兒。和妳胎中的女兒同在。將恐懼吸走……穩穩地……用妳的勇氣和力量……輕輕地……輕輕地……」

那顆旋轉的微粒朝她晃過來，越來越近，潔西嘉強迫自己去摸它。

恐懼幾乎壓倒了她。

她能運用的武器只有一種：「我絕不能害怕。恐懼會扼殺心智……」

祈禱文給她帶來類似平靜的東西。另一顆微粒靠在她身上，一動不動。

言詞是不會起作用的。潔西嘉對自己說。

她卸下一切，只留基本的情緒反應，散發出愛、安慰，以溫柔的偎依呵護那微粒。

恐懼退卻了。

老聖母再次現身，這一次是三重意識互通——其中兩個很活躍，另一個只是靜靜汲取。

「時間緊迫，我不得不這樣做。」意識中的老聖母說，「我有那麼多東西要傳給妳。不知道妳女兒接受這一切之後，是否還能保持神智健全。但我們必須做：部落的需求至高無上。」

「什麼——」

「安靜，接收吧！」

各種經歷在潔西嘉面前展開，很像貝尼・潔瑟睿德學校裡潛意識訓練的課程投影……只是更快……快得令人頭暈目眩。

同時卻清晰如眼見。

前任聖母的每一次經歷都栩栩如生：有一個愛人——精力充沛，蓄著鬍鬚，有一雙弗瑞曼人的眼睛，而潔西嘉可以通過老聖母的回憶看到他的力量和溫柔。但有關他的一切轉瞬間就過去了。現在沒有時間去考慮這會對她腹中的女兒造成什麼影響，只來得及不停接收、記錄。這些經歷如洪水般湧向潔西嘉：出生、生活、死亡，重要的和不重要的，播放後便再不重複。

但為什麼記憶中總有斷崖頂落下的沙瀑？她問自己。

太晚了，潔西嘉明白了正在發生的事：老聖母性命垂危，並在死前將自己的經歷全部注入潔西嘉的意識中，就像把水倒進杯子一樣。潔西嘉眼看著另一個微粒逐漸退回到出生前的意識中。正在思維中死去的老聖母已把自己的一生留在潔西嘉的記憶裡，同時嘆息般吐出最後幾句模糊的話。

「我一直在等妳，已經等很久了。」她說，「這就是我的一生。」

就是這樣，全部封裝。

甚至包括死亡的瞬間。

我現在是聖母了。潔西嘉意識到。

她籠統地知道，她已經變成了一個真正意義上的貝尼・潔瑟睿德聖母。有毒的迷藥轉化了她。

她知道，這和貝尼・潔瑟睿德學校的做法不盡相同。從來沒人傳授過她這些關於聖母的祕密，可她就是知道。

最後的結果是相同的。

潔西嘉感覺到女兒的微粒仍然在觸摸她的內在意識，不斷探尋著，卻沒能得到回應。

明白自己身上發生的一切變化之後，可怕的孤獨感蔓延到她的全身。她自己的生命放慢了步伐，周圍的生命卻彷彿加快了速度，她因而能清晰看到生命如何活躍地互相影響。

隨著她的身體逐漸擺脫毒藥的威脅，粒子意識傳來的感覺稍稍減退，漸漸放鬆下來。但是她仍能感覺到另外那個代表她女兒的粒子。自己竟然讓這種事發生在女兒身上，她懷著愧疚撫慰著那粒子。

我做了，我可憐的、還未成形的寶貝小女兒。是我把妳帶進這個宇宙，讓妳的意識毫無防備地暴露在這個宇宙的千變萬化之中。

那顆微粒流出微弱的愛和安慰，像鏡子一樣映照出潔西嘉傾注給它的感情。

潔西嘉還來不及回應，突然感到勢不能擋的阿達卜記憶湧了上來。有件事需要立即去做。她在這些記憶中摸索著，同時意識到藥性改變的藥物已經滲透她全身，讓她變得遲鈍、迷糊，難以動作。

我可以改變這種狀況。她想，我能去除這迷藥的毒性，使它變得無害。但她又感到不應該那樣做。我置身在一場融合儀式中。

隨即，她知道自己該怎麼做了。

潔西嘉睜開眼睛，朝荃妮舉在她頭上的水袋做了個手勢。

「這水已經受過聖禮。」潔西嘉說，「把水混合起來，讓這變化降臨到所有人身上，讓所有人都能領受、分享神恩。」

讓催化劑發揮效用。她想，讓眾人飲用，提高他們對彼此的覺知。這藥現在安全了……聖母已經轉化了藥性。

然而，記憶裡仍然有什麼在催促她、推動她。還有件事必須去做，她意識到了，但藥物的作用使她無法專心。

啊——年邁的聖母。

「我見到聖母拉瑪約了。」潔西嘉說，「她走了，但精神留了下來。讓我們在這場儀式中顯耀她的記憶吧。」

我怎麼會知道要說這些話？潔西嘉問自己。

她明白了，那些話來自另一個記憶。老聖母的生命已經傳給她了，成為她的一部分。可是，這份禮物中還是有某些東西並不完整。

「讓他們狂歡去吧。」她的另一個記憶說，「他們在生活中得不到多少歡樂。另外，在我從妳的記憶中消逝前，妳我也需要一點時間熟悉彼此。我已經被妳的一些記憶片段給吸引了。啊，妳意識中的東西真有意思，那麼多我想像不到的東西。」

壓縮的記憶心智向潔西嘉解封了，她像是沿著一條寬闊的走道望過去，進入其他聖母似乎無窮無盡的記憶中。

潔西嘉退縮了，唯恐迷失在這片眾人合一的海洋中。然而，走道仍繼續向她展示古老到遠超乎她想像的弗瑞曼文化。

她看到波里特林星球上的弗瑞曼人：一支在安逸星球上漸漸變得軟弱的民族，帝國的入侵者輕而易舉便征服了他們，強迫他們前往比拉．特喬斯和薩魯撒．塞康達斯這些星球拓殖。

潔西嘉感受到生離死別的嚎啕。

記憶通道深處，一個影像厲聲嘶叫：「他們不允許我們朝聖！」

沿著通道繼續深入，潔西嘉看到比拉．特喬斯的奴隸營，看到了掃蕩，看到人們被挑選出來發配到羅薩克和哈蒙塞普。殘暴的景象一幅幅展現在她面前，就像一朵朵可怕的毒花。她看到歷史之脈由一個塞亞迪娜傳給下一個塞亞迪娜——起初是口耳相傳，藏在沙漠的勞動歌謠中；後來人們在羅薩克發現了這種有毒的迷藥，再由聖母加以改進……之後，他們在厄拉科斯發現了生命之水，藥力變得更加精妙。

記憶通道的更深處，另一個聲音嘶吼著：「永不饒恕！永不遺忘！」

潔西嘉凝神觀看生命之水是如何現身，看到了它的源泉：那是沙蟲（創造者）臨死前分泌的液體。當她在新接收的記憶中看到沙蟲被殺死的情景時，倒抽了一口氣。

這個生物是被淹死的！

「母親，妳沒事吧？」

保羅的聲音侵入她的意識。潔西嘉從內在意識中掙脫，抬頭看著他。她知道自己有責任照顧他，但也氣憤他偏在此刻出現。

我就像雙手麻痺的人，從有意識的那一刻起，就一直沒有感覺。直到有一天，雙手被外力強逼著要有觸覺。

這些思緒懸在她的腦中，在密封的意識中。

然後我說：「啊！我沒有手！」但我周圍的人卻說：「手是什麼？」

「妳沒事吧？」保羅重複道。

「沒事。」

「我能喝這東西嗎？」他指指荃妮手上的水袋說，「他們要我喝。」

她聽出他話中的暗示，知道他已經探查出這種水在轉化前含有毒素，也知道他在關心她。潔西嘉突然很想了解保羅預知力的局限。她從他這句問話中發現了許多東西。

「你可以喝，」她說，「水已經轉化過。」他從保羅肩頭望過去，見史帝加正低頭凝視著她，那雙深色眼睛裡滿是探詢。

「現在，我們知道妳不會是假的了。」史帝加說。

她感到他的話裡也有某種暗示，但迷藥強大的藥力使她的感官變得遲鈍。她覺得溫暖、舒心！這些弗瑞曼人多好啊，讓她擁有這樣的情誼。

保羅看得出來，母親漸漸被藥力制住。

他在記憶中搜索著——凝結的過去、流動的可能未來，就像在審視停滯的時間，用靈眼的鏡頭細細察看。時間碎片一從光陰之流中抽出，就會變得難以理解。

這種迷藥——他可以把相關的知識集合起來，以了解迷藥在母親身上的作用。但是，這些知識缺乏自然規律，缺乏相互映照的系統。

他突然明白了，看見過去如何占據現在是一回事，但預視力的真正考驗是在未來中看到過去。

事物一直存在，但並不是以表面上看起來的樣子。

「喝下去！」荃妮說，拿起水袋的角形噴管，在他鼻子下晃了晃。

保羅直起身子，看著荃妮，感到空氣中充斥著狂歡的興奮。他知道，喝下水袋裡的迷藥，吸收了香料精髓後，他會發生什麼變化。他會回到幻象中，那裡純由時間構成，時間會變成空間，而他會被拋上令人頭暈目眩的巔峰，被迫去理解未來。

史帝加在荃妮身後說：「喝吧，小伙子。你拖慢了整場儀式。」

保羅傾聽著人群的呼聲，聽出其中的狂熱：「利桑．阿拉黑，天外之音！摩阿迪巴！」他低下頭看看母親，她坐在那裡，似乎平靜地睡著了，呼吸平穩而低沉。就在這時，保羅腦海中閃現出一句話：「她在生命之水中沉睡。」那句話來自未來，而未來是他孤獨的過去。

荃妮拉了一下他的衣袖。

保羅把角形噴管放進嘴裡，耳邊聽到人們的歡呼。荃妮壓了一下水袋，他感到一股液體直噴入喉，立刻被濃烈的味道熏得暈眩。荃妮拿開噴管，把水袋交到岩架下方向上伸出的手中。他的眼睛注視著她的手臂，還有手臂上那條表示哀悼的綠帶。

荃妮直起身來，注意到保羅的目光，說：「即使在聖水帶來的歡樂中，我也能哀悼他。他給了我們倆一件東西。」她把手放在他的手心，拉著他沿岩架走去，「一個共同點，烏蘇爾——我們倆都因哈肯能失去了父親。」

保羅跟著她，覺得自己的頭和身體分開了，又重新連在一起，形成一種奇特的連結感。雙腿好像已經不屬於自己，離他很遠，軟綿綿的。

兩人走進一條狹窄的側向走道，兩邊的牆映著外面燈球朦朧的燈光。保羅感到迷藥開始在他身上發揮奇異藥效，讓時間如花朵綻放一般在他面前敞開。轉進另一條陰暗的走道時，他需要靠在荃妮身上才能穩住自己。她衣裙下面的身體既柔軟又緊實，讓他熱血沸騰。這種感覺與藥力結合，將過去和未來融入現在，讓他再也分不清過去、未來和現在的邊界。

「我認識妳，荃妮。」他輕聲說，「我們曾經坐在沙灘上方的岩架上，我安慰著妳，讓妳不再害怕。

我們曾在穴地的黑暗中撫摸對方，我們……」他發覺自己有點神智不清，於是用力甩了甩頭，腳下隨即一絆。

荃妮扶他站穩，領他穿過厚厚的簾子，走進一戶溫暖的黃色私宅。裡面擺著兩張桌子，若干靠墊，還有鋪著橙色床單的床墊。

保羅漸漸意識到兩人已停下了腳步，荃妮面朝著他，眼中流露出一絲恐懼。

「你必須告訴我。」她輕聲說。

「妳是希哈婭。」他說，「我的沙漠之春。」

「當部落分享聖水的時候，」她說，「我們在一起——我們所有人。我們……共享，我知道……大夥兒都和我在一起，但我害怕和你共享。」

「為什麼？」

他極力凝神望著她，但過去和未來都揉入了現在，使她的影像模糊不清。他以無數方式，在無數地點、無數背景中，看到了她。

「你身上有某種令人畏懼的東西。」她說，「當我帶你離開其他人的時候……我這麼做，是因為我能感覺到其他人想要什麼。你……強逼眾人。你……讓我們看見了！」

他努力說清楚話：「妳看見了什麼？」

她低頭看著自己的雙手。「我看見一個孩子……在我懷裡。是我們的孩子，你和我的孩子。」她把一隻手放到自己嘴上，「我要怎樣才能認識每一個你？」

這些人有一些天分。他的意識告訴他，但他們壓下來了，因為預感讓人恐懼。

在意識清明的瞬間，他看見荃妮正瑟瑟發抖。

「妳想要說什麼？」他問。

「烏蘇爾。」她悄聲道，仍在顫抖。

「妳不能再進入未來了。」他說。

她的淚水使他深深憐惜她。他把她拉過來靠在自己身上，撫著她的頭說：「荃妮，荃妮，不要怕。」

「烏蘇爾，幫幫我。」她啜泣道。

就在她說話的時候，他感到體內的迷藥發揮了全部效用，撕開了帷幕，讓他看見自己混亂的灰色未來。

「你好安靜。」荃妮說。

他在意識中穩住自己，注視著時間往怪誕的空間中延展，旋轉著，同時卻保持巧妙的平衡。時間化成空間，很窄，同時又不斷攤開，像一張網，網羅了無數星球、無數力量。那既是一根他必須從上面走過的細鋼絲，也是一塊他必須維持平衡的蹺蹺板。

在蹺蹺板的一邊，他看到了帝國；看到一個叫菲得—羅薩的哈肯能人，像致命的利刃般朝他砍來；看到薩督卡衝出自己的星球，血洗厄拉科斯；看到宇航的密謀和默許；看到貝尼．潔瑟睿德在策畫育種。這些景象聚在一起，像雷暴雲頂湧上他的地平線，能阻擋的只有弗瑞曼人和他們的摩阿迪巴，後者彷彿沉睡的巨人，而弗瑞曼人已準備好喚醒他，讓他發起橫掃宇宙的瘋狂聖戰。

保羅覺得自己就在軸心上，整個結構都圍繞這個軸心旋轉，而他懷著一絲幸福，在荃妮的陪伴下，走上和平的細絲。他能看見這根細絲在他面前伸展，看到隱蔽穴地裡一段相對寧靜的時光，以及夾在暴力衝突中的安詳瞬間。

「再沒有其他安詳的地方了。」他說。

「烏蘇爾，你哭了。」荃妮喃喃道，「烏蘇爾，我的力量，你是把水獻給死者嗎？給哪位死者？」

「給那些還未死去的人。」他說。

「那，就讓他們享受活著的時光吧。」她說。

他經由藥效的迷霧，感受到她的話有多正確，遂緊緊擁住她。「希哈婭！」他喊道。

她伸出一隻手，撫著他的臉頰，「我不再害怕了，烏蘇爾，看著我。當你這樣抱著我時，我看到了你所看到的未來。」

「你看到什麼？」他問道。

「我看到，在風暴之間的平靜，我們互相把愛給了對方。這是我們要做的事。」

藥效又控制了他，他想：妳給了我這麼多安慰，這麼多忘卻。他重又體驗到那種無比清晰的洞察，時間的影像歷歷如見，然後感覺到他的未來變成了記憶——交歡時的親狎、互訴及分攤心事、種種溫柔及粗暴……

「我們之中，更堅強的人是妳，荃妮。」他喃喃低語，「和我在一起吧。」

「永遠在一起。」她說著，吻上他的臉頰。

第三卷　先知

1

世上無人與我父親交契，無論是女人、男人，抑或孩子。他與身邊人士的關係中，最接近莫逆之交的，是他兒時的玩伴哈西米爾．芬倫伯爵。兩人的友情首先可從一件事情中窺見：厄拉科斯事件後，是伯爵出面緩解了蘭茲拉德對我父親的懷疑。我母親表示，為這件事，他共花了價值逾一億太陽幣的香料賄賂各方，此外還有其他贈禮：女奴、皇室的榮譽和名譽軍銜。伯爵友誼的第二項證據反映在抗命上：他違抗我父親的命令，拒絕殺死一個人，儘管這完全是他力所能及之事。接下來我會詳述此事。

——伊若琅公主《芬倫伯爵剖繪》

• • •

弗拉迪米爾．哈肯能男爵怒氣沖沖地衝過私人寓所的走廊。傍晚的陽光透過高高的窗戶流瀉進來，在走廊投下斑斑駁駁的光影。他的身體在懸浮器裡劇烈地扭動著，急拉著。

他如風暴般一陣狂掃：私人廚房、圖書室、小會客廳，然後衝進僕役的前廳——眾人已聚在這裡放鬆取樂。

侍衛隊長阿金．內夫得伏臥在大廳長沙發上，扁平的臉上露出服用塞木塔迷藥後的遲鈍和恍惚，周圍迴盪著怪誕、如訴如泣的塞木塔音樂。他自己的隨從坐在離他很近的地方聽候差遣。

「內夫得！」男爵怒吼道。

眾人亂作一團。

內夫得站起身來。在迷藥的作用下，臉上依然一派鎮靜，但蒼白的臉色透露他的畏懼。塞木塔音樂停了下來。

「男爵大人。」內夫得說。多虧迷藥的藥效，他的聲音才勉強沒有發顫。

男爵掃視著周圍那一張張臉，發覺大家一臉驚惶，不敢作聲。他把注意力轉回內夫得身上，柔聲說道：「內夫得，你當我的侍衛隊長多久了？」

內夫得嚥了一口唾沫：「到了厄拉科斯後，大人，快兩年了。」

「你是否無時無刻憂慮我的人身安危？」

「我全力以赴，大人。」

「那好，菲得—羅薩在哪裡？」男爵怒吼道。

內夫得一縮：「大人？」

「你不認為菲得—羅薩對我的安全是個威脅嗎？」他的聲音再次變得柔和。

內夫得舔了舔嘴唇，塞木塔迷藥造成的呆滯略微退了些。「菲得—羅薩在奴隸的營區，大人。」

「又在跟女人鬼混，是嗎？」男爵竭力想壓住怒火，氣得渾身發抖。

「老爺，可能他——」

「閉嘴！」

男爵又朝前廳邁進一步。周圍的人紛紛後退，與內夫得隔開一段微妙的距離，盡量畫清界線，以免遭怒火波及。

「我沒命令過你，要你隨時掌握準男爵在什麼地方嗎？」男爵一邊問，一邊又朝前邁了一步，「我從沒跟你說過，要你一字不差地查出準男爵講了什麼話，還有，他是對誰講的嗎？」再一步，「我沒跟你說過，無論什麼時候，準男爵一進入女奴隸的營區，你都必須向我報告嗎？」

內夫得緊張地嚥著口水，汗水從他額頭上冒了出來。

男爵保持著平淡的語氣，幾乎沒有一絲重音：「我沒跟你講過這些嗎？」

內夫得點點頭。

「還有，我沒跟你說過，要檢查所有送到我那裡的奴隸男孩嗎？而且要你……親自檢查？」

內夫得又點點頭。

「恐怕，你並沒有發現，今晚送來的那個男孩大腿上有傷疤？」男爵問，「有沒有可能你……」

「叔父。」

男爵轉過身，盯著站在門口的菲得－羅薩。侄子這麼快就趕來——瞧這年輕人一臉掩飾不住的急切。一切都很清楚：菲得－羅薩派自己的間諜系統緊盯著男爵。

「我房裡有具屍體，我想叫人搬走。」男爵說，手始終握著衣袍下的拋射兵器，慶幸自己的屏蔽場是最高等級。

菲得－羅薩瞟了一眼倚著右邊牆壁的兩個衛兵，點了點頭。那兩人立即退出房門，沿著走廊朝男爵的房間匆匆走去。

這兩個，嗯？男爵想，哼，這小魔頭，想耍詭計，你還有得學！

「我想，你離開的時候，奴隸營風平浪靜吧，菲得。」男爵說。

「我一直在跟奴隸總管下金字塔棋。」菲得－羅薩說。他想：到底什麼地方出了問題？我們送給叔父的男孩顯然已經被殺了。可要做那件事，他是最理想的人選，就連郝沃茲也不可能有更好的選擇。那個男孩是最理想的！

「下金字塔棋。」男爵說，「真棒啊。你贏了嗎？」

「我……啊，是啊，叔父。」菲得—羅薩竭力掩飾心中的不安。

男爵打了一個響指：「內夫得，你想重新得到我的賞識嗎？」

「大人，我做錯什麼了嗎？」他戰戰兢兢地說。

「現在已經不重要了。」男爵說，「菲得—羅薩下金字塔棋贏了奴隸總管，你聽見了？」

「是的……大人。」

「我要你帶上三個人去找奴隸總管。」男爵說，「絞死他，完事之後，把他的屍體帶來給我，讓我瞧瞧你辦事妥不妥當。我們的人手中，可不能有這麼蹩腳的棋手。」

菲得—羅薩臉色一白，向前跨了一步。「但是，叔父，我……」

「等會再說，菲得。」男爵揮了揮手，「等會兒。」

那兩個跑去男爵房間處理奴隸男孩屍體的衛兵搖搖晃晃地從前廳門口經過，屍體拖在兩人中間，垂著手臂。男爵看著他們，直到他們走出視線。

內夫得上前一步，走到男爵身邊，「您要我現在就去幹掉奴隸總管嗎？大人？」

「現在就去。」男爵說，「等你辦完，把剛才走過去的那兩個傢伙也解決掉。我不喜歡他們抬屍體的樣子。幹這種事就該乾淨俐落。我希望也能看到他們的屍體。」

內夫得說：「大人，是不是我做——」

「照你大人吩咐的去做。」菲得—羅薩說。他想：現在唯一能期望的是先救自己，別讓他扒了我的皮。

很好！男爵想，至少他還知道該如何停損。男爵在心裡對自己笑了笑，心想：此外，這小子也還知道怎麼做才能迎合我，知道萬全之道是別引火上身。他知道我必須留下他。我總有一天要離開，到那時，除了他還有誰可以接手？我沒有其他能幹的人。但他必須學習！而在他學習的期間，我也必須保住自己的性命。

內夫得打了個手勢招來幫手，帶著他們走出廳門。

「你願意陪我回我的房間嗎？菲得？」男爵問道。

「隨時恭候差遣。」菲得－羅薩說，朝男爵鞠了一躬，心想：我被逮住了。

「你先走。」男爵說著，指了指廳門。

菲得－羅薩壓下懼意，只略微遲疑了一下。我徹底失敗了嗎？他暗自問道，他會不會把毒刃插到我背上？……慢慢地，刺穿屏蔽場？他是不是另有繼承人了？

就讓他感受這一刻的心驚膽戰吧。男爵一邊跟在侄子後面，一邊思忖著，他將繼承我的爵位，但必須是在我選定的時刻。我不會讓他毀掉我的基業！

菲得－羅薩壓住自己往後看的衝動。他感到背後的肌膚直起雞皮疙瘩，彷彿他的身體本身也在猜測那一擊會在何時落下。他的肌肉忽緊忽鬆。

「你有聽到來自厄拉科斯的最新消息嗎？」男爵問。

「沒有，叔父。」

菲得－羅薩強迫自己別轉身，一路沿著長廊走出僕人的側樓。

「弗瑞曼人有了個新先知，或者說某種宗教領袖。」男爵說，「他們叫他摩阿迪巴，有意思，真的。摩阿迪巴的意思是『老鼠』。我已經告訴拉班，就讓他們繼續信仰他們的宗教，讓他們有事可以忙。」

「確實很有意思，叔父。」菲得—羅薩說。他轉進通往他叔父住處的私人走廊，心想：他為什麼談起宗教來了？這是不是什麼微妙的暗示？

「可不是嗎？」男爵說。

他們走進男爵的寓所，經過客廳進入臥室。眼前是扭打之後的現場：一盞脫落的懸浮燈，床墊掉在地板上，一支按摩棒迸成碎片，散落在床架上。

「這計畫很高明。」男爵說，將護身屏蔽場開到最強，然後停下來，和他侄子面對面，「但還不夠高明。告訴我，菲得，你為什麼不親手幹掉我？你有足夠多的機會。」

菲得—羅薩找到一把懸浮椅，徑直坐下，同時在心裡聳了聳肩。

我現在一定要表現得夠放肆，他想。

「您教導過我，自己的手一定要保持乾淨。」他說。

「啊，是的。」男爵說，「當你面對皇帝時，你必須能夠真誠地說，你沒幹過那種事。皇帝身旁的女巫會傾聽你的話，並分出真偽。是的，我警告過你。」

「您為什麼從來不買個貝尼·潔瑟睿德，叔父？」菲得—羅薩問，「有個真言師在您身邊……」

「你知道我的癖好！」男爵呵斥道。

菲得—羅薩審視他的叔父，說：「可是，有個貝尼·潔瑟睿德還是……」

「我不信任她們！」男爵喝道，「別轉移話題！」

菲得—羅薩溫和地說：「遵命，叔父。」

「我記得，幾年前你上過競技場。」男爵說，「那天好像有人安排了個奴隸要刺殺你，是不是真的？」

「那是很久以前的事了，叔父。畢竟我——」

「好了，不要迴避。」男爵說。聲音聽起來很緊繃，顯然正在壓抑憤怒。

菲得—羅薩看著他叔父，心想：他全知道，否則不會這麼問。

「是假的，叔父。我那麼安排，是想除掉你的奴隸總管。」

「非常聰明，」男爵說，「也很勇敢。那個奴隸格鬥士差點要了你的命，是不是？」

「是的。」

「如果你有配得上那份英勇的手段和精明，那你就真是可怕的對手了。」男爵不住搖頭。他還記得在厄拉科斯上遇刺的那一天，在那之後，他發現自己常為失去彼特而深感惋惜。那個晶算師很敏銳，精得像魔鬼，但儘管如此，卻也沒能救下自己的命。男爵又搖了搖頭。命運有時真是難以捉摸。

菲得—羅薩環視了一下臥房，打量著扭打後留下來的痕跡，好奇他叔父是如何戰勝他們精心準備的那個奴隸。

「我是怎樣打敗他的？」男爵問道，「啊——哈，好了，菲得，就讓我保留一些武器安度晚年吧。我們最好利用這次機會訂一個協議。」

菲得—羅薩盯著他，心想：協議！那麼，他的意思是讓我繼續當他的繼承人，否則哪需要什麼協議，一個平等的，或者近乎平等的協議！

「什麼協議，叔父？」菲得—羅薩的聲音依然平靜、理智，絲毫沒有暴露內心的興奮，他為此感到自豪。

男爵也注意到他的自制，點點頭說：「你資質很好，菲得。我不會浪費好資質。然而，你始終不願去了解我對你的真正價值。你很倔強，你看不出來為什麼該把我當成對你最有價值的人，好好保護我。這……」他指了指臥室裡打鬥後的狼藉，「這很愚蠢。我不會獎勵愚蠢。」

說重點，你這個老蠢蛋！菲得—羅薩想。

「你把我當成老蠢蛋。」男爵說，「奉勸你一句，別這麼想。」

「您剛才提到協議。」

「啊，年輕人就是沒耐性。」男爵說，「好吧，主要內容是這樣的：你，不要再做這種企圖謀害我的蠢事。而我，在你準備好接手之後，會為了你退開。我會讓位當個顧問，留你坐上權力的寶座。」

「讓位，叔父？」

「你仍然認為我很蠢，」男爵說，「而這份協議更加證明了這一點，是吧？你以為我是在求你！做事要小心，菲得。我這個老蠢蛋看穿了你在那個奴隸男孩的大腿上埋了一根隱祕的毒針，埋在我平時撫摸的部位，是吧？只要輕輕一壓——刺破了！那根毒針會刺進這個老蠢蛋的手心。啊——哈，菲得……」

男爵搖搖頭，心想：要不是郝沃茲警告過我，他就成功了。嗯，就讓這小子以為是我自己看穿了他的陰謀。從某個角度講，確實也是，是我從厄拉科斯的廢墟中救出郝沃茲。再說，這小子也需要對我的能耐有些敬畏。

菲得—羅薩仍然沉默不語，內心激烈鬥爭著。可以相信他嗎？他真打算退位嗎？為什麼不呢？只要我夠謹慎，總有一天會繼承他的爵位。他不可能永遠不死。也許，企圖提前推翻他確實很愚蠢。

「您提到協議，」菲得—羅薩說，「我們用什麼來保障雙方遵守協議？」

「我們怎樣才能互相信任，是吧？」男爵問，「那麼，菲得，你的部分，我會安排瑟非．郝沃茲監視你。我信任郝沃茲在這方面的能力。你明白我的意思吧？至於我，你必須信任我。我總不會永遠不死，是不是，菲得？既然我掌握了一些你應該知道的事，也許你應該要開始不放心了。」

「我向您發誓。但您會給我什麼？」菲得－羅薩問。

「我讓你繼續活著。」男爵說。

菲得－羅薩再次審視他的叔父。他派郝沃茲來監視我！如果我告訴他，當初正是郝沃茲策劃了那個詭計，利用奴隸格鬥士讓他失去他的奴隸總管，他會有什麼反應？他很可能會說我在撒謊，企圖陷害郝沃茲。不，那個精明的瑟非是個晶算師，早就預料到會有這麼一天了。

「那麼，你怎麼說？」男爵問。

「我還能說什麼？我接受，當然了。」

而菲得－羅薩心想：郝沃茲！他腳踩兩條船，想挑撥我們……不是嗎？難道，他轉投到我叔父的陣營，只因為我沒跟他商量那個奴隸男孩的計畫？

「我派郝沃茲去監視你，你沒什麼話要說？」男爵說。

菲得－羅薩的鼻翼翕動，流露出內心的憤恨。多年來，郝沃茲這個名字在哈肯能氏族中一直代表危險……而現在又有了新的含意：更加危險。

「郝沃茲是危險的玩具。」菲得－羅薩說。

「玩具！別傻了，我知道能從郝沃茲那裡得到什麼，也知道如何控制他的能力。郝沃茲是重感情的人，菲得。沒有感情的人才讓人害怕，但重感情……哈，你可以反過來利用這種天性。」

「叔父，我不明白您的意思。」

「我講得夠清楚了。」

菲得－羅薩並不答話，唯有閃動的眼瞼洩漏了他此刻的憤慨。

「你不了解郝沃茲。」男爵說。

你也不了解！菲得－羅薩心想。

「郝沃茲落到今天這一步該怪誰？」男爵問，「我？當然是我。但他以前是亞崔迪的工具，多年來一直打敗我，直到皇室插手。他眼睛看到的就是這樣。他並不怎麼把對我的仇恨放在心上。他相信自己隨時可以打敗我，也正因為他這樣相信，所以被我打敗了。我把他的注意力引導到我希望的方向——反抗帝國。」

菲得－羅薩恍然大悟，額頭上現出緊繃的線條，雙唇一抿。「反抗皇帝？」

讓我親愛的侄子也嘗嘗那種滋味吧。男爵想，讓他對自己說：「菲得－羅薩．哈肯能皇帝！」讓他問問他自己，那值多少？肯定超過老叔父的性命，我可是能讓他夢想成真的人！

慢慢地，菲得－羅薩用舌尖舔了舔嘴唇。這個老蠢蛋說的是真的嗎？這裡面的好處比原先以為的還要多。

「那，郝沃茲跟這件事有什麼關係？」菲得－羅薩問。

「他以為他是在利用我們實現他對皇帝的復仇大計。」

「成功之後呢？」

「他還沒想過復仇以後的事。郝沃茲是個必須為別人效力的人，這一點就連他自己都沒看清。」

「我從郝沃茲那裡學到很多東西。」菲得－羅薩附和道，同時覺得叔父所說的句句屬實，「但我學得越多，我就越覺得我們應該除掉他……越快越好。」

「你不喜歡被他盯著？」

「郝沃茲誰都盯。」

「他也許可以將你推上王位。郝沃茲精明能幹，也非常危險、狡猾。不過，我還不打算停掉他的解藥。寶劍也很危險，菲得。儘管如此，我們有套住這把劍的劍鞘——他身中劇毒。只要我們停掉解藥，死亡就會像劍鞘一樣套住他。」

「從某個角度講，這就像是競技場。」菲得—羅薩說，「虛擊中有虛擊，招招相接。必須注意格鬥士朝哪個方向斜，他朝哪裡看，怎麼握刀。」

他朝自己點了點頭，看得出這些話很合他叔父的意，但心裡想著：沒錯！就像在競技場上！而頭腦就是刀鋒！

「現在你明白你是多麼需要我了吧。」男爵說，「我還有用呢，菲得。」

劍當然還是可以揮幾下的，直到太鈍派不上用場。菲得—羅薩心想。

「是的，叔父。」他說。

「那好，」男爵說，「現在我們就去奴隸營，我們兩人。我要看著你親手把娛樂廳裡所有的女人都殺掉。」

「叔父！」

「還會有其他女人的，菲得。但我說過，跟我在一起，你一個粗心的錯都不能犯。」

菲得—羅薩臉色一深。「叔父，您——」

「你要接受懲罰，並從中學到些東西。」男爵說。

菲得—羅薩看著叔父幸災樂禍的眼神，心想：我一定要記住這個晚上，也要記得，我必須記住其他夜晚。

「你不會拒絕的。」男爵說。

如果我拒絕了，你又能怎樣，老頭子？菲得—羅薩自問。但他知道，為了讓他屈服，男爵可能還有其他的懲罰，也許更陰險，更殘酷。

「我了解你，菲得。」男爵說，「你不會拒絕的。」

好吧，菲得—羅薩心想，現在我還需要你，我明白。協議是訂好了，但我不會永遠需要你。而且，到時候……

2

人類潛意識的深處有股無所不在的需求，即追求一個符合邏輯的合理宇宙。但是，現實中的宇宙卻總是領先邏輯一步。

——伊若琅公主《摩阿迪巴語錄》

• • •

我跟許多大氏族的統治者打過交道，從沒見過比這頭豬更危險、更令人作嘔的。瑟非．郝沃茲對自己說。

「在我面前，你可以直言無諱，郝沃茲。」男爵低沉地說。他往後靠在懸浮椅上，一雙擠在肥肉間的銳利雙眼令人不安地盯著郝沃茲。

老晶算師低頭望著橫在他與弗拉迪米爾．哈肯能男爵之間的桌子，注意到桌上擺滿豐盛的食物。在評估男爵的時候，就連這點也是需要考慮的因素，此外還有這間私人會議室的紅牆、空氣中瀰漫的淡淡藥草甜香（掩蓋了更重的香料味）。

「你絕不會因為一時興起，就讓我警告拉班。」男爵說。

郝沃茲堅韌的老臉毫無表情，絲毫沒有流露出內心的厭惡。「有很多事值得懷疑，大人。」

「是啊。你懷疑薩魯撒．塞康達斯，但我想知道厄拉科斯是如何牽扯進去的。你說，厄拉科斯跟皇帝那顆神祕的監獄行星有某種關聯，而皇帝正為此心煩意亂。如今，我之所以急忙警告拉班，僅僅是因為情報員趕著乘那艘運輸艦離開。你說這件事不能耽擱。那好，很好。但我現在要求你給我一個解釋。」

他太嘮叨了，郝沃茲想，不像雷托。雷托要告訴我什麼事，都只是揚揚眉毛或揮揮手。也不像老公爵，簡單一個詞就能表達整句話的意思。這個草包！毀掉他是在幫助全人類。

「除非你給我一個充分而完整的解釋，否則不能離開。」男爵說。

「你提到薩魯撒．塞康達斯的時候，似乎沒把它當一回事。」郝沃茲說。

「那裡是流刑地。」男爵說，「整個銀河系裡最糟的賤民都被遣送到薩魯撒．塞康達斯。我們還需要知道什麼？」

「那顆監獄行星的環境比其他地方都嚴苛。」郝沃茲說，「你應該聽過，那裡新犯人的死亡率高達六成。你也應該聽過，皇帝在那裡採用了各種壓制手段。這你全都知道，卻從來不覺得可疑？」

「皇帝不允許各大氏族刺探他的監獄。」男爵發牢騷地說，「但話又說回來，他也沒來查我的地牢。」

「而薩魯撒．塞康達斯讓人感到好奇的是……唔……」郝沃茲把一根瘦骨嶙峋的手指放到嘴唇上，「……皇帝的不允許。」

「也就是說，有些事他不得不在那裡做，而他並不為此自豪！」

郝沃茲黯淡的雙唇露出一絲極淡的微笑。他盯著男爵，雙眼在螢光管的燈光下閃閃發亮。「你從來沒想過，皇帝的薩督卡軍團是從哪裡來的？」

男爵嘟起肥厚的雙唇，那讓他看起來像是噘嘴的嬰兒，聲音裡帶著暴躁的火氣說道：「為什麼……他招募……也就是說，他徵召，徵來的，從……」

「嘖！」郝沃茲猛地打斷男爵，「你也聽說過薩督卡的輝煌戰績，那些可不是謠傳，對不對？全都是第一手資料，來自跟薩督卡打過仗的極少數倖存者，對不對？」

「薩督卡是優秀的戰士，這一點毫無疑問。」男爵說，「但我認為我自己的軍團……」

「跟薩督卡相比，不過是度假的遊客！」郝沃茲厲聲道，「你以為我不知道皇帝為什麼要回頭對付亞崔迪氏族？」

「這個問題不是你能妄加揣測的。」男爵警告說。

會不會就連他也不知道，皇帝這麼做的動機是什麼？郝沃茲自問。

「只要跟我的工作有關，任何問題我都必須揣測。你僱我就是為了這個。」郝沃茲說，「我是個晶算師，你總不能阻止晶算師搜集情報或推算結果吧。」

男爵盯著他看了很長時間，這才說道：「要說什麼就說吧，晶算師。」

「帕迪沙皇帝回頭對付亞崔迪氏族，是因為公爵的軍事統帥葛尼·哈萊克和鄧肯·艾德侯訓練了一支戰鬥部隊，一支小型戰鬥部隊，即使跟薩督卡軍相比也毫不遜色，有些人甚至更出色。公爵正打算擴充軍力，好讓它在各方面都跟皇帝的軍隊一樣強大。」

男爵斟酌著這個剛揭露的消息，然後說：「厄拉科斯跟這又有什麼關係？」

「厄拉科斯提供了兵源，而且這些人早就習慣最艱苦的生存訓練。」

男爵搖了搖頭，「你該不會是指那些弗瑞曼人吧？」

「我指的正是弗瑞曼人。」

「哈！那為什麼要警告拉班？在薩督卡的屠殺和拉班的鎮壓下，不會剩下多少弗瑞曼人了。」

郝沃茲默不作聲地盯著他。

「最多一小群人！」男爵重複道，「光去年一年，拉班就殺掉了六千個弗瑞曼人！」

郝沃茲還是盯著他，一言不發。

「前年殺掉九千。」男爵說，「薩督卡在離開之前，至少殺了兩萬人。」

「拉班的軍隊在過去兩年折損了多少人？」郝沃茲問。

男爵摸著下頷說：「這個，他一直在大量徵募新兵，這倒是真的。他的徵兵員許下了相當誇張的承諾，而且——」

「我們可否估計大約有三萬人？」郝沃茲問。

「似乎有點高。」男爵說。

「恰恰相反。」郝沃茲說，「我和你一樣，也可以從拉班的報告中讀出言外之意。我們的密探呈交給我的報告你當然早就一清二楚。」

「厄拉科斯是相當暴烈的星球。」男爵說，「沙暴造成的損失可能……」

「我們都知道死於沙暴的人數。」郝沃茲說。

「就算他損失了三萬人，又怎麼樣？」男爵質問道，臉色因為血氣上衝而愈發陰沉。

「你自己算算。」郝沃茲說，「他在過去兩年間殺掉了一萬五千人，但折損了兩倍的人。你說薩督卡殺了另外兩萬人，可能更多一些。但我看過他們從厄拉科斯返航時的載運清單。如果他們殺了兩萬人，那他們的折損就幾乎是五比一。你為什麼不正視這些數字？男爵，去搞懂那代表什麼？」

男爵冷冷地一字一頓地說：「那是你的工作，晶算師。那代表什麼？」

「鄧肯．艾德侯曾經去過一個弗瑞曼穴地，我向你報告過他清點出來的人數。」郝沃茲說，「一切都對得上。就算他們只有二百五十個那樣的穴地聚落，人口也有大約五百萬。我最精準的估計是，那種聚落的真正數量至少是我們所掌握的兩倍。而你卻把你的人分散在這樣的星球上。」

「一千萬？」男爵的下頷驚愕得顫動起來。

「至少。」

男爵嘟起肥厚的雙唇，晶亮的眼睛目不轉睛地盯著郝沃茲。這真的是晶算師計算結果嗎？他心想，怎麼可能？為什麼從來沒人起疑？

「我們甚至還沒把他們的出生增長率計算進去。」郝沃茲說，「我們所做的一切，只不過是除掉一些發育不良的樣本，留下強壯的，讓他們越變越強——就像薩魯撒．塞康達斯。」

「薩魯撒．塞康達斯！」男爵吼道，「這跟皇帝的監獄行星有什麼關係？」

「一個在薩魯撒．塞康達斯那樣的環境中生存下來的人，會比絕大多數普通人更強悍。」郝沃茲說，「如果再給他們第一流的軍事訓練……」

「胡說！照你的說法，我也可以向弗瑞曼人招募新兵？在我侄子壓制過他們之後。」

郝沃茲用溫和的語調說：「說到壓制，你沒有壓制過自己的部隊？」

「這個……我……但是——」

「壓制這種東西是相對的。」郝沃茲說，「你的人馬過得不是比他們周圍那些人要好得多？他們知道如果不投到男爵麾下，就沒什麼舒服的路好選，是吧？」

男爵陷入沉默，目光游移不定。可能嗎——拉班竟在無意中為哈肯能氏族提供了終極武器？

過了一會，他說：「這樣招募上來的人，你要怎麼保證他們的忠誠？」

「我會把他們編成小隊，編制不超過一個排。」郝沃茲說，「我會讓他們離開原先的高壓環境，然後隔離他們，只讓他們和了解他們出身背景的教官在一起。至於教官，最適合的人選，就是比他們早脫離高壓環境的人。然後，我會灌輸給他們一些玄奧的概念，讓他們以為，他們的星球其實是一個神祕的訓練基地，專門用來訓練像他們那樣優秀的戰士。同時，我會向他們展示這麼優秀的戰士可以得到什麼：優渥的生活、美女、豪宅……所有他們渴望的一切。」

男爵開始點頭：「薩督卡在家鄉過的日子。」

「對，當地招募的新兵逐漸相信，像薩魯撒．塞康達斯這樣的地方完全有理由存在，那就是培養他們，精銳部隊。在許多方面，就連最普通的薩督卡也過著跟大氏族成員一樣尊貴的生活。」

「多麼絕妙的主意！」男爵喃喃道。

「你跟我一樣懷疑薩魯撒．塞康達斯了。」郝沃茲說。

「這種事是怎麼開始的？」男爵問。

「啊，是這樣：柯瑞諾氏族的原籍在哪裡？第一批犯人送到薩魯撒．塞康達斯以前，那裡有沒有人？就連皇帝的表親雷托公爵也不清楚。大家對這類問題都噤若寒蟬。」

男爵呆呆地沉思起來。「是的，一個嚴守的祕密，他們用了各種手段……」

「還有，那裡還藏了什麼？」郝沃茲問，「帕迪沙皇帝有座監獄行星？這大家都知道。他有——」

「芬倫伯爵！」男爵脫口說道。

郝沃茲停了下來，皺著眉頭，用迷惑的目光端詳著男爵。「芬倫伯爵怎麼了？」

「幾年前，在我侄子的生日那天，」男爵說，「這位皇室特使，自負的芬倫伯爵，以官方觀察使的身分來到這裡……呃，簽訂皇帝和我的一件商務協議。」

「哦？」

「我……呃，在我們的一次會談中，我相信我說了幾句把厄拉科斯改建成監獄行星的事。芬倫他

——」

「你講了哪些具體內容？」

「具體內容？那是很久以前的事了，而且——」

「我的男爵大人，如果你希望能充分利用我的大腦，就必須給我足夠多的訊息。那次會談沒記錄下來嗎？」

男爵臉色一沉，怒道：「你跟彼特一樣可惡！我不喜歡這些——」

「彼特已經不在你身邊了，大人。」郝沃茲說，「說起那個彼特，他到底怎麼了？」

「他對我太隨便，要求太多。」男爵說。

「你曾經向我擔保說，你不會浪費任何對你有用的人。」郝沃茲說，「你該不會用威脅和詭辯來浪費我的才能吧？我們現在討論的是，你跟芬倫伯爵到底說了些什麼。」

慢慢地，男爵恢復了沉靜。走著瞧，總有一天，他想，我會記住他這種態度的。沒錯，我會記住的。

「等等。」男爵說。他努力喚回那次在大堂的會談，在腦海中回想罩住兩人的靜音錐罩。「我說過類似這樣的話。」男爵說，「『皇帝知道，做這類買賣免不了一定程度的殺戮。』當時我是指我們的勞力損失。然後我又說，我正在考慮用另一種方式來解決厄拉科斯的問題。我還說，皇帝的監獄行星給了我靈感，我想效仿。」

「該死的！」郝沃茲咒罵道，「芬倫伯爵怎麼說？」

「那之後，他就開始向我詢問你的情況。」

郝沃茲坐回到座位，閉上眼睛思索著。「原來，這就是他們開始關注厄拉科斯的原因。」他說，「好吧，大勢已去。」他睜開眼睛，「事到如今，厄拉科斯一定遍布他們的眼線。整整兩年！」

「但是，那只不過是無心提出的建議——」

「在皇帝眼中沒有無心這種事。你給拉班的指令是什麼？」

「就是他應該要讓厄拉科斯人學會怕我們。」

郝沃茲搖搖頭，「你現在有兩個選擇，男爵。一是把當地人殺光，把他們徹底消滅掉，要不就——」

「浪費整支勞動力？」

「難道你寧願看到皇帝和那些仍聽他號令的大氏族一起跑來這裡，表演一次刮除術，像刮葫蘆瓢一樣，把羯地主星刮個一乾二淨？」

男爵審視著他的晶算師，然後說：「他不敢！」

「不敢嗎？」

男爵的雙唇顫抖著，「另一個選擇是什麼？」

「犧牲你親愛的侄子拉班。」

「犧牲……」男爵說不下去了，死盯著郝沃茲。

「不再給他派軍隊，不給他任何援助，不給他回訊息，只說你已經聽說了他在厄拉科斯處理事務的可怕手段，說你只要一有可能就會立即採取適當的措施去糾正。我會讓你的一些訊息被皇帝的間諜截獲。」

「可香料怎麼辦？稅收怎麼辦？還有——」

「繼續索取你身為男爵應得的收益，但必須謹慎。給拉班訂個固定的總額。我們可以——」

男爵兩手一攤，說：「但我要怎麼確定，我那狡猾的侄子不——」

「我們在厄拉科斯上還有自己的密探。告訴拉班，要麼達成你訂下的香料配額，要麼你派人取而代之。」

「我了解我侄子。」男爵說，「這只會逼他變本加厲地壓榨那裡的人民。」

「他當然會！」郝沃茲厲聲道，「現在已經停不下來了！你只能希望別弄髒自己的手。就讓拉班去替你建立你的薩魯撒・塞康達斯吧，甚至沒有必要送任何犯人給他，人他都已經有了。只要拉班不斷逼他的人去達到你的香料配額，皇帝就不會懷疑你有其他的動機。這就足以解釋這顆星球為什麼會成為煉獄。而你，男爵，無論講話或行動，都看不出有其他虐待厄拉科斯人的理由。」

男爵的語氣抑制不住地流露出詭祕的激賞：「啊，郝沃茲，你可真狡猾！那麼，我們該如何重回厄拉科斯，利用拉班為我們準備好的東西？」

「再簡單不過了，男爵。如果你把每年的配額都訂得比上一年略高些，問題很快就會爆發。產量會下降，這樣你就可以除掉拉班，自己接管……來終結這場混亂。」

「天衣無縫。」男爵說，「但我已經厭倦了這一切。我準備讓另一個人來替我接管厄拉科斯。」

郝沃茲打量著對面那張肥胖的圓臉。慢慢地，這位老兵兼間諜開始點起頭來。「菲得－羅薩？」他說，「原來，這就是你現在採取高壓手段的原因。你自己也非常狡猾嘛，男爵。也許我們可以把這兩個計畫合二為一。是的，你的菲得－羅薩可以去厄拉科斯當他們的救星，可以贏得民心。沒有問題。」

男爵笑了，而在笑容背後，他暗自問道：那麼，這個計畫有多符合郝沃茲個人的陰謀？

郝沃茲看出自己已經可以告退，於是站起身，走出那間四面紅牆的房間。他一邊走，一邊不禁想著一些令人不安的未知因素會如何影響他對厄拉科斯每一步估算。葛尼・哈萊克現在躲在走私販那裡，他從那邊發來情報，提到一個新的宗教領袖——摩阿迪巴。

也許我不該告訴男爵，應該任由這個宗教就地興盛起來，甚至傳布到盆地和裂谷的人民中間。他對自己說。但有一點是眾所周知的：鎮壓會助長宗教。

然後，他又想到哈萊克對弗瑞曼戰術的描述。那戰術有哈萊克本人的風格……還有艾德侯……甚至郝沃茲自己。

難道艾德侯還活著？他問自己。

但這是毫無意義的問題。直到今天，他還沒問過自己，保羅有沒有可能還活著。他只知道，男爵堅信亞崔迪氏族已死絕了。男爵還承認，那個貝尼．潔瑟睿德女巫一直是他的武器。這只能意味著一切都結束了——甚至包括那個女人的兒子。

她對亞崔迪氏族的恨是多麼陰毒，他想，就像我對這個男爵的恨。我對他的反擊能否像她一樣，徹底結束男爵的一切？

3

世間萬物皆有模式，此為宇宙的一環。這種模式是對稱的、簡潔的、優美的——這類特質，你會在真正的藝術品中看到。你也會在季節遞嬗中、在沙粒沿著沙脊流動中、在灌木那叢生的枝椏和葉片的圖紋中看到。我們試圖摹仿這種模式，將之複製到我們的生活和社會中，追求這種節奏、律動及形式。然而，在尋求終極完美的過程中，仍有可能遇上某些危險。顯然，這種終極模式包含自身的固化。一切皆在此一盡善盡美中步入死亡。

——伊若琅公主《摩阿迪巴語錄》

• • •

保羅—摩阿迪巴記得他吃下富含香料精華的一餐。他牢牢抓住這個記憶不放，因為那是一個支點，只要抓住了，他就可以站上有利位置，告訴自己，眼下經歷不過是場夢。

我是一個舞臺，他對自己說，我是獵物，被種種殘缺的幻象、種族意識及那可怕的使命攫獲。

然而，他無法擺脫那股在內心深處氾濫的恐懼：他擔心自己迷失在時間中，擔心過去、未來和現在混在一起，無法區分。這是一種視覺疲勞，他知道。他必須不斷將預見的未來當成某種記憶，而記憶本身在本質上又屬於過去。

那一餐是荃妮為我準備的。他告訴自己。

但現在，荃妮正在遙遠的南方，那處有熾熱太陽的寒冷地區，隱藏在新穴地某個祕密堡壘中，安全地陪著兩人的兒子雷托二世。

又或者，那是還沒發生的事？

不，他打消自己的疑慮，因為他的妹妹厄莉婭已經跟著母親和荃妮一起到那裡去，乘著野生創造者背上的聖母轎，長途跋涉二十響，深入南方。

他甩開騎乘巨型沙蟲的念頭，問自己，又或者，厄莉婭還未出世？

我正在展開突擊。保羅回想起來，我們發動奇襲，收回了當年在厄拉欽恩戰死的烈士之水。我在火葬臺上找到父親的遺骸。然後，我將父親的顱骨奉祀在一座弗瑞曼人堆石上，俯瞰著哈格隘口。

又或者，那也是還沒發生的事？

我受的傷是真的，保羅告訴自己。我的傷疤是真的。安葬我父親顱骨的聖壇也是真的。

在半夢半醒間，保羅想起某次赫若——詹米斯的妻子將他推醒，對他說有人在穴地的走廊打起來了。那裡一直都是臨時營地，直到女人和孩子被送往遙遠的南方。赫若站在內室入口，一條條黑色髮辮用水環串成的鏈子綁在腦後。她撩開臥室的門簾，告訴他，荃妮剛殺了一個人。

這件事發生過。保羅告訴自己。這是真事，不是預知的幻象，不是未定的未來。

保羅記得自己急忙跑了出去，發現荃妮正站在走廊黃色的燈球下，套著一件艷藍色裏襟長袍，兜帽甩在腦後，一張精靈般的小臉因剛剛的搏鬥而漲紅。她正要把晶刃匕插入刀鞘，旁邊有群人抬著一具包裹匆忙沿著過道走遠。

而保羅記得，當時他還告訴自己：你總是一眼就能看出他們抬的是屍體。

因為是在穴地，荃妮將水環用繩子拴在一起，戴在脖子上。轉身面向他時，那些水環叮叮噹噹地晃動著。

「荃妮，怎麼回事？」他問。

「我了結了一個來向你單挑的傢伙，烏蘇爾。」

「妳殺了他？」

「是。不過，也許我該把他留給赫若。」

（保羅想起來了，當時周圍那些人相當讚賞她這番話，就連赫若也笑了。）

「但他是來向我挑戰的！」

「你親自教過我那種詭祕格鬥術了，烏蘇爾。」

「當然！可妳不該——」

「我生在沙漠裡，烏蘇爾。我知道該怎麼用晶刃匕。」

他壓住怒火，盡量講理道：「也許這是事實，荃妮。可……」

「我不是在穴地裡提著掌上燈球捉蠍子的孩子了，烏蘇爾。我不是在玩遊戲。」

保羅瞪著她，發覺她那漫不經心的態度中帶著奇特的凶殘。

「他不值得你出手，烏蘇爾。」荃妮說，「我不會讓他這種人來打攪你沉思。」她走近了些，用眼角斜睨著他，把音量降到只有他才能聽到的程度，輕聲說道：「而且，吾愛，等他們明白，挑戰者可能會先遇上我，然後在摩阿迪巴的女人手下可恥地死去，挑戰者就會變少了。」

沒錯，保羅對自己說。那必定是發生過的事，是真實的過去。而想要考考摩阿迪巴新刀的挑戰者也的確驟減了。

某個地方，在並非夢境的世界裡，有什麼東西在動，還可以聽到夜梟泣啼。

我在做夢，保羅對自己說，是香料食物的緣故。

他仍然有種被遺棄的感覺。他想知道，有沒有可能，他的靈魂已經以某種未知的方式悄悄溜進形象界[1]：與現實世界相似的另一個世界，一個形而上的領域，在那裡，所有物理限制都不復存在。弗瑞曼人相信，他的真身就在那裡。一想到那樣的地方，他就害怕。因為，當一切限制都不復存在，也就意味著所有參照物都不復存在。在那樣一個世界裡，他無法定位自己，無法說：「我就是我，因為我在這裡。」

他母親說過：「人們分裂了，其中的一些人，因為對你有不同看法而分裂了。」

我必須從夢中醒來，保羅告訴自己，因為這件事已經發生了——他母親所說的情況。潔西嘉女士現在是弗瑞曼人的聖母，她的話應驗了。

保羅知道，潔西嘉害怕他與弗瑞曼人之間的宗教關係。她不喜歡穴地及地塹的人都以祂來稱呼摩阿迪巴。她去各個部落探詢，派出自己的女祭司間諜，憂心忡忡地思索蒐集到的回答。

她曾經向他引用一句貝尼．潔瑟睿德諺語：「當宗教和政治同乘一輛馬車時，乘客相信，無論什麼也阻擋不了他們。他們會一路狂奔，越來越快，越來越快。他們腦中沒有任何阻礙，忘記斷崖並不會自行向盲目狂奔的人示警，直到一切都太晚。」

保羅想起當時他坐在母親的下榻處，一塊黑色門簾遮住穴室，門簾上織滿弗瑞曼神話。他坐在屋裡聆聽她講話，發覺她總是在留心觀察，就連她垂下眼睛的時候也是如此。她的鵝蛋臉上新增了幾條嘴角皺紋，但頭髮還是明亮的古銅色。然而，她那雙大大的綠眼睛已經隱沒在香料染透的藍翳下。

1 形象界（alamal-mithal）：作者引用伊斯蘭的宇宙觀。形象界夾在實質界與精神界之間，所有想法、思維及行動皆有形象表現。——編注

「弗瑞曼人有一種簡單而實用的宗教。」他說。

「宗教從來都不簡單。」她警告說。

保羅本來便覺得前方烏雲密布，此時更是胸中火起。他只能說：「宗教將我們的力量聯合起來。」

「你有意營造這種氣氛，這種氣勢。」她挑戰地說，「你一直將這些想法灌輸給他們。」

「那是您自己教我的。」他說。

但她那一天不斷爭執、反駁。他還記得，小雷托的割禮正是在那天舉行。保羅知道她心煩意亂的部分原因：她始終不肯接受他與荃妮的婚外關係——「少年少女的結合」。但荃妮已經為亞崔迪生下子嗣，潔西嘉發覺自己無法再拒絕這一對母子了。

潔西嘉在他的注視下不安起來，說：「你認為我是不近人情的母親。」

「當然不是。」

「我知道你是以什麼眼神看著和你妹妹在一起的我。你不了解你妹妹。」

「我知道厄莉婭為什麼與眾不同。」他說，「在您改變生命之水時，她還沒有出世，還是您身體的一部分。她——」

「你什麼也不懂！」

保羅突然間無法將自己從時間幻象中獲得的訊息表達出來，只好說：「我並不認為您不近人情。」

她看出了他的沮喪，於是說：「有件事，兒子。」

「什麼？」

「我確實喜歡你的荃妮，我接受她了。」

這是真的，保羅對自己說。並不是殘缺的未來幻象，不會在時間的扭曲中發生變化。

他放心了，在他的世界取得了一處踏點。現實一點一滴穿透夢境進入他的意識。他突然想起，自己是在沙漠上的臨時沙營內。由於粉沙很軟，荃妮將蒸餾帳棚搭在粉沙上。這說明了荃妮就在附近——荃妮，他的靈魂；荃妮，他的希哈婭，像沙漠之春一樣甘美；荃妮，南方沙漠墾植場的女兒。

這時，他記起睡前她為他吟唱的一首沙地歌謠：

哦，我的靈魂，
今晚，我無意於天堂。
但我向沙胡羅起誓，
你將前往天堂，
因吾愛。

她還唱了情侶在沙漠上常常合唱的步行曲，節奏就像在沙丘上拖著腳走動時的一頓一頓。

告訴我你的眼
我就告訴你你的心。
告訴我你的足
我就告訴你你的手。
告訴我你要入夢
我就告訴你醒時的事。

告訴我你的渴望

我就告訴你你的所需。

當時，他聽到另一座帳棚傳出巴利斯九弦琴的琴音，於是想起了葛尼．哈萊克。那熟悉的樂器讓他想起葛尼，他記得曾在一支走私販的商隊裡看到葛尼的臉，但葛尼若不是沒看見他，就是不能看他或認他，以免哈肯能人發現應已死去的公爵之子其實還活著。

然而，在一片黑暗中，彈奏者的演奏風格，那手指在九弦琴上的獨特按法讓保羅想起那位活生生的樂手。彈琴者是跳躍者查特，弗瑞曼敢死隊隊長，摩阿迪巴的護衛隊首領。

我們人在沙漠，保羅記起來了，在哈肯能巡邏範圍外的流沙漠中心。我到這裡來，是為了在沙上行走，要設法誘出一條創造者，騎上去親自駕馭，只有這樣我才有可能成為徹頭徹尾的弗瑞曼人。

他摸了摸腰上的彈射槍和晶刃匕，感到周圍一片沉寂。

這是破曉前那種特殊的沉寂。這時，夜梟歸巢，而白天出沒的動物還沒有被太陽這個敵人驚醒。

「你必須在白天踏沙前進，好讓沙胡羅看見，知道你毫不畏懼。」史帝加這樣說過，「所以，我們要把時間調整過來，晚上休息。」

保羅悄悄坐起來，感到身上的蒸餾服鬆鬆垮垮的，看了看外面隱沒在陰影中的蒸餾帳棚，輕手輕腳地移動著，可荃妮還是聽見了。

荃妮躺在帳棚的另一處陰影裡，在昏暗中說道：「天還沒全亮，吾愛。」

「希哈婭。」他說，語氣中半帶笑意。

「你把我稱作你的沙漠之春。」她說，「但今天我是你的鞭子，是負責監督儀式的塞亞迪娜。」

他開始繫緊他的蒸餾服。「妳告訴過我《訓誨書》的一句話。」他說，「妳告訴我：『女人就是你的沃野，因此，快到你的田裡耕耘去吧。』」

「沒錯，我是你長子的母親。」她承認道。

保羅看著荃妮灰濛濛的身影跟著他動了起來，穿好她自己的蒸餾服，準備走到沙漠上。「你應該盡量休息。」她說。

他從荃妮的言語間感受到她對自己的愛，溫柔地責備道：「負責監督的塞亞迪娜既不會告誡也不會警告應試者。」

她滑到他身旁，撫著他的臉頰說：「今天，我既是監督者，也是女人。」

「妳應該把這個任務留給別人。」他說。

「等待是最糟糕的事，」她說，「我寧可守在你身邊。」

他吻了吻她的手心，檢查蒸餾服的面罩，轉身拉開帳棚的密封罩。一股並不十分乾燥的空氣帶著寒意迎面撲來，這種濕度的空氣會在黎明時分凝結出少量露水。隨風吹來的還有香料預菌體的味道。他們早已探測到香料預菌體位於東北方，這意味著附近可能有創造者。

保羅鑽出括約門，站在沙地上，伸展四肢以驅除睡意。一個珍珠形發光體發出黯淡的綠光，慢慢挖鑿著東方的地平線。部隊的帳棚偽裝成小型沙丘散布四周，仍籠罩在昏暗中。他看到左邊有人在動。是衛兵，他知道他們看見自己了。

他們很清楚他今天要面對的危險，每個弗瑞曼人都曾經面對過。為了讓他做好充分準備，他們將這最後幾刻的寧靜留給了他。

今天一定要完成，他對自己說。

他想起面對屠殺時他揮舞的力量，想起那些把兒子送到他這裡接受詭祕格鬥訓練的老人，想起那些在會議上聽他演說、照他的計畫行事的老戰士，想起那些得勝歸來、向他致上弗瑞曼人最高敬意的人們，他們高呼著：「你的計謀生效了，摩阿迪巴！」

然而，哪怕最平凡、最年輕的弗瑞曼武士都能做到的事，他卻從沒做過。保羅很清楚，大家都知道他在這一點有別於弗瑞曼人，而這動搖了他的威信。

他還沒騎過創造者。

是的，他曾經與其他人一起接受沙漠旅行及突襲的訓練，但卻從來沒有孤身遠行。除非能騎創造者，否則就得倚賴別人的能力，世界因而變得窄小。沒有一個真正的弗瑞曼人會容忍這種處境。在流沙漠另一端約二十響的地方，就是廣袤的南方。如果他不能駕馭創造者，就無法踏上那裡，除非他像聖母或其他病人及傷者一樣坐在轎子上。

整個晚上，保羅的回憶不斷湧現，在他的內在意識中翻騰。他發現一件奇異的雷同：制伏了創造者，將能鞏固他的領導地位；控制了內在靈眼，他就能擁有更高的統御力。而這兩者以外的區域陰雲密布，一場大風暴正醞釀著席捲整個宇宙。

他以多種方式理解宇宙，而其間的差異令他輾轉難安——既準確又不準確，且兩者不相上下。他看到了未來，然而，當未來一步步逼近、漸漸增強為現實時，此時此刻卻彷彿有了自己的生命，自行生出種種微妙的變化。那個可怕的使命仍糾纏不去，種族意識也糾纏不去，血腥、狂熱的聖戰陰影籠罩了一切。

荃妮鑽出帳棚，站在他身邊。她抱著胳膊，像平時揣摩他心情時那樣，眼角斜瞅著他。

「再給我講講你出生地的水吧，烏蘇爾。」她說。

他看出她在盡力分散他的注意，讓他在面對生死考驗之前盡量放鬆。天漸漸亮了，一些弗瑞曼敢死隊員已開始收帳棚了。

「我寧願你給我講講穴地，講講我們的兒子。」他說，「我們的雷托還成天抱著我母親不放嗎？」

「現在他又纏上厄莉婭了。」她說，「他長得好快，會是個大個子。」

「南方是怎樣的地方？」他問。

「等騎上創造者之後，你就能自己去看了。」她說。

「但我希望能先透過妳的眼睛看一看。」

「那裡非常荒僻。」她說。

保羅撫摸著她前額上從蒸餾服兜帽中露出來的產子方巾，說：「為什麼妳不提穴地的事？」

「我已經說過了。我們的男人離開後，營地變得非常寂寞，只是個勞動的地方。我們在工廠或陶器作坊工作。要製造武器，要去埋預測天氣的沙桿，要採集香料去賄賂人，要在沙丘上種草固定沙丘，要織布、編毯子、給電池充電，還要訓練孩子，以免部落人手不足。」

「穴地裡沒有令人高興的事嗎？」他問道。

「孩子就很高興。我們遵守禮儀。部落有足夠的食物。有時候，我們中間的某個人還可以到北方和她的男人團聚。無論如何，血脈不能斷。」

「我妹妹，厄莉婭——大家還是無法接受她嗎？」

荃妮在漸亮的曙光中轉向他，盯著他，一眼就看穿他的心思。

「這件事最好另外找時間談，吾愛。」

「還是現在就談吧。」

「你應該保存精力，好應付考驗。」她說。

他看出自己已經碰觸到某件敏感的事，也聽出她不想再談。「未知之事令人憂慮。」他說。

她立刻點頭：「還是有些……厄莉婭的古怪引起了誤解。女人很怕她，她只比嬰兒大點兒，可她說的那些事……只有成年人才知道。她們不明白……發生在子宮裡的變化讓厄莉婭……異於常人。」

「有麻煩嗎？」他一邊問，一邊心想：我已經看到許多厄莉婭遇到麻煩的幻象了。

荃妮望著前方漸漸升起的旭日，說：「有些女人一起去向聖母投訴，要求她驅除附在她女兒身上的妖魔。她們引用經文說：『不得與女巫一同生活。』」

「我母親跟她們說什麼？」

「她引用了一條律法，把那群女人打發掉了。她還說：『如果厄莉婭引起了麻煩，那是掌權者的錯，因為她們沒能預見並阻止麻煩。』她試著向大家解釋，當日的變化如何影響子宮裡的厄莉婭。但部落的女人還是不高興，因為她們很困擾。最後，她們嘟嘟噥噥地離開了。」

厄莉婭以後會引起大麻煩的，他想。

細沙吹上他暴露在面罩外的臉，帶來陣陣香料預菌體的氣息。「沙瀉，帶來清晨的沙雨。」他說。他望著遠方灰茫茫的沙漠大地，毫不留情的大地，漫無邊際的黃沙。一道閃電在無雲的空中劃破黑暗，閃向南方。這是個徵兆，表示有場大風暴正在積聚靜電。隆隆的雷聲過了許久才隱約傳來。

「妝點大地的雷聲。」荃妮說道。

更多人鑽出帳棚。衛士紛紛從兩邊朝兩人走來。無需任何命令，一切都依循遠古的慣例，無需任何人下令。

「盡量少下命令。」他父親曾經告訴他……不過，那是很久以前的事了，「一旦你對某件事下過命令，你就必須不斷對同一類事下命令。」

弗瑞曼人本能地知道這條規則。

隊上的司水員哼唱起晨間頌歌，今天的歌聲中加進了激勵沙蟲馭者的語句。

「世界是具殘骸。」那人吟唱起來，如泣如訴的聲音越過沙丘彼方，「誰能逃過死亡天使？沙胡羅之令無可違抗。」

保羅聽著，認出這也是他手下弗瑞曼敢死隊死亡頌歌的首段歌詞，此外，也是敢死隊隊員投身戰鬥前的誓詞。

過了今天，這裡會不會也豎起岩石聖壇，以紀念另一個逝去的靈魂？保羅向自己問道，弗瑞曼人日後會不會在這裡駐足，每人都往聖壇疊一塊石頭，憑弔死在這裡的摩阿迪巴？

他知道，今天是重要的轉折點，是從當前的時空位置輻射出無數條軌跡通往未來的事實。一幕幕不完整的幻象折磨著他。他越抵抗他那可怕的使命，越阻止那即將到來的聖戰，交織在未來幻象中的動亂就越不可收拾。他的整個未來正變成一條河流，朝深淵衝去，而在那之後的洶湧節點完全隱沒在雲霧之中。

「史帝加過來了。」荃妮說，「我必須站開，吾愛。現在，我的身分是塞亞迪娜，必須監督整場儀式。《編年史》可能會忠實記錄這次儀式。」她抬頭凝視他。有那麼一刻，她顯得很拘謹，但很快就恢復自制，「等這件事過去，我會親手給你準備早餐。」她說著，轉身離開。

史帝加越過粉沙地向他走來，腳下揚起一連串細微的沙塵。他仍然帶著桀驁不馴的眼神，深陷在眼窩裡的一雙眼睛緊緊盯著保羅。蒸餾服面罩下隱約露出烏黑發亮的鬍鬚，雙頰上深刻的皺紋彷彿由天然岩石風化而成。

他扛著一根旗杆，旗杆上掛著保羅的軍旗：一面綠黑旗，旗杆上刻著水紋。這面旗幟已經成為這塊土地上的傳奇，保羅不無自豪地想著：不論我做什麼，即使是最簡單的事也會變成傳奇。他們會記下我如何與荃妮分離，如何問候史帝加——我今天的一舉一動。無論是生是死，都是傳奇。但我絕不能死，否則這就僅僅是一個傳奇，再也沒有什麼能阻止聖戰。

史帝加將旗杆插在保羅身旁的沙地上，雙手垂在身體兩側，藍中透藍的眼睛依然平視前方，眼神堅毅。保羅看著史帝加，想到自己的眼睛也因為香料的緣故蒙上這種顏色。

「他們不讓我們朝聖。」史帝加說著，像參加儀式那麼莊重。

保羅按照荃妮教他的話回答說：「誰能剝奪弗瑞曼人隨心所欲行走或騎乘的權利。」

「我是耐巴，絕不讓敵人生俘。」史帝加說，「我是死亡三腳中的一腳，誓把仇敵消滅掉。」

兩人默默不語。

保羅掃視散落在史帝加身後沙地上的弗瑞曼人，只見大家全都站著一動不動，各自祈禱著。這時，他聯想到弗瑞曼這支民族的生活是由殺戮構成，所有人民終日生活在憤怒與悲痛之中，從沒考慮過可以用什麼來取代這兩種情緒——只除了一個夢，也就是列特－凱恩斯生前注入他們腦中的那個夢。

「領導我們穿越沙漠、避開陷阱的主在哪裡？」史帝加問。

「永遠和我們在一起。」弗瑞曼人齊聲吟誦道。

史帝加挺直肩膀走近保羅，壓低聲音說：「現在，記住我告訴你的那些話，動作要簡單俐落——別耍花樣。我們的族人在十二歲開始騎創造者。你的年紀已經超出六歲，而且不是生來就過著我們這種生活，沒有必要為了給別人留下深刻印象做出大膽的舉動。我們都知道你很勇敢。你要做的只是召來創造者，然後騎上去。」

「我會記住的。」保羅說。

「一定要這麼做。我不會允許你讓我的教導蒙羞。」

史帝加從衣袍下拉出一根長約一公尺的塑膠棒，一頭尖，另一頭卡著一支上緊發條的沙錘。「這個沙錘是我親自為你準備的，很好用，拿去。」

保羅接過沙錘，感受到溫暖光滑的塑膠表面。

「你的矛鉤在西薩克利那裡。」史帝加說，「等你走出去，爬上那邊那座沙丘，他就會把矛鉤交給你。」他指指右邊，「召來一條大創造者讓我們瞧瞧，烏蘇爾。露一手。」

保羅留意到史帝加說話的語氣——半秉公，半含朋友的擔心。

在那一刻，太陽似乎一下子就蹦出了地平線。藍灰色天空染上了一片銀白，即使對厄拉科斯來說，今天也是極其乾燥、炎熱的一天。

「現在正是灼熱的一天裡最適當的時機。」史帝加說，已經完全是公事公辦的語氣了，「去吧，烏蘇爾。騎上創造者，像首領那樣在沙漠上奔馳吧。」

保羅向他的軍旗敬了個禮。晨風已息，綠黑旗軟軟垂下。他轉身朝史帝加所指的沙丘走去。那是一座灰濛濛的褐色斜坡，上面有一道S形沙脊。絕大多數人早就開始往反方向散開，爬上另一座遮蔽著他們營地的沙丘。

保羅前方只剩一道身穿長袍的身影：西薩克利，弗瑞曼敢死隊的小隊長。那人靜靜站著，只露出蒸餾服兜帽和面罩之間的雙眼。

保羅走近時，西薩克利遞過兩根細細的鞭桿，各約一公尺半長，一端是閃閃發亮的塑鋼鉤子，另一頭打磨得很粗糙，可以牢牢握住。

保羅按儀式要求，左手接過兩根桿子。

「這是我自己用的矛鉤，」西薩克利沙啞著嗓子說，「沒出過問題。」

保羅點了點頭，繼續保持著必要的沉默，走過西薩克利身邊，爬上沙丘斜坡。在沙脊上，他回頭望了一眼，看到隊伍像驚散的昆蟲般四散開來，他們的衣袍在風中飄動著。如今，他獨自一人站在沙脊上，眼前只有一望無際的地平線——平坦的、靜止的地平線。這是史帝加為他挑選的沙丘，比周圍的沙丘都還要高，便於觀察。

保羅彎下身，將沙錘深深埋入迎風面的沙裡。迎風面的沙很密實，能將鼓聲傳到最遠。然後，他頓了頓，溫習所學過的知識，溫習每一道足以決定生死的必要步驟。

他一拔掉插銷，沙錘就會發出召喚。在沙漠的另一端，巨大的沙蟲——創造者會聽到鼓聲，並立刻趕來。保羅知道，有了帶鉤的鞭桿，他就可以騎到創造者高高拱起的背上。只要用矛鉤鉤開沙蟲體節鱗甲的前沿，沙蟲擔心沙子鑽進鱗甲擦傷敏感的內側，就不會鑽回沙面下。事實上，沙蟲會捲起巨大的軀幹，讓鉤開的部分盡可能遠離沙漠地表。

我是沙蟲馭者，保羅對自己說。

他低頭看了一眼左手的矛鉤，心想，只需移動矛鉤，沿著創造者巨大身軀的曲線向下，就可以讓創造者翻轉，指揮牠去任何地方。他見別人這樣做過。訓練的時候，他也在別人的協助下爬上沙蟲背騎了一會兒。等捉來的沙蟲被騎得筋疲力盡，躺在地上一動不動時，就必須召喚新沙蟲了。

保羅知道，只要他能通過這次考驗，就有資格踏上那二十響的旅程，前往南方好好休息、復元。那裡有墾植場和穴地，也是女人和族人躲避大屠殺的藏身處。

他抬頭望向南方，邊提醒自己：從流沙漠中心召來的創造者是個未知數，這次考驗對召喚者本人而言也同樣是個未知數。

「你必須謹慎判定創造者離你有多遠。」史帝加曾解釋道，「你必須站在夠近的地方，才能在牠經過時騎上去，但也不能太近，否則牠會吞掉你。」

保羅猛然下定決心，抽掉沙錘的插銷。沙錘開始旋轉，召喚的鼓聲從沙下傳了出去，一陣有節奏的敲擊聲：咚！咚！咚！

他直起身來，掃視地平線，回想史帝加所說的話：「謹慎判斷朝你逼近的沙浪。記住，沙蟲很少能神不知鬼不覺地接近沙錘。同時還要傾聽。一般情況下，看見牠之前就能聽到牠。」

還有荃妮昨晚的憂心叮嚀，那些告誡如今也充斥他耳際：「當你在沙蟲前進的路線上站好之後，必須紋絲不動。你必須把自己想像成沙漠的一部分，好好藏在斗篷下，身體從內到外都要變成一座小沙丘。」

他慢慢掃視著地平線，凝神傾聽，搜尋著沙蟲出現的徵兆。

東南方遠遠傳來一陣嘶嘶聲，那是沙的低語。不一會兒，他看到遠方曙光下沙蟲鑽動時的輪廓。保羅立即意識到，那是自己從所未見的大型創造者，他甚至沒聽說過有這麼大的沙蟲。長度看上去超過二・四公里，凸起的巨頭一路拱起沙浪，像座不斷向前移動的大山。

無論在未來幻象中還是在現實生活裡，這都是前所未見，保羅告誡自己，然後衝過去，在那傢伙將要經過的路線上站好，全神貫注在這緊張的一刻上。

4

「控制鑄幣廠和法庭——其他的交給賤民。」這就是帕迪沙皇帝的建議。他會說：「想獲得利潤，就必須統治。」這話中不乏真理，但我問自己：「誰是賤民，誰又是被統治者？」

——伊若珢公主《厄拉科斯的覺醒》之「摩阿迪巴寫給蘭茲拉德的密信」

•••

一個念頭自行鑽入潔西嘉腦海中：從現在起的每一刻，保羅都可能正在接受騎乘沙蟲的考驗。他們竭力向我隱瞞，但那昭然若揭。

而荃妮也走了，去執行什麼神祕的任務。

潔西嘉坐在她的休息室裡，伺機享受晚課間的片刻寧靜。這是一座舒適的寢室，不如躲避大屠殺前她在泰布穴地住過的房間寬敞，但地板上同樣鋪著厚厚的地毯，也有柔軟的坐墊，一伸手就能搆到的矮咖啡桌，牆上掛著絢麗多彩的壁毯，頭頂則是發出柔光的黃色燈球。房間裡充溢著弗瑞曼穴地特有的刺鼻味，但現在，對她來說，這種氣味等於安全。

然而，她知道自己永遠也無法克服那種身處異鄉的感受，那是藏在地毯和壁毯下方的刺人事實。

一陣叮鈴噹啷的聲音隱約傳入休息室。

潔西嘉知道這是慶賀嬰兒出生的儀式，可能是蘇比婭吧，她的產期就在這幾天。潔西嘉也知道，自己很快就會看到嬰兒，一名藍眼睛的小胖娃娃被帶到聖母這裡接受賜福。她還知道，她的女兒厄莉婭會參加儀式，也會向她詳述經過。

還不到為離家在外的人夜禱的時間，也還不到為波里特林、比拉．特喬斯、羅薩克和哈蒙塞普等行星上死於突襲的奴隸哀悼的時間，部落不會在那種時刻之前為嬰兒舉行慶生禮。

潔西嘉嘆了口氣。她知道，自己之所以想東想西，是希望盡量不去想她的兒子和他面對的危險：帶毒鉤的陷阱、哈肯能人的突襲（已越來越少，因為弗瑞曼人用保羅的新戰術消滅了大量哈肯能撲翼機和巡邏隊），還有沙漠本身的危險——沙蟲、乾渴和沙陷。

她想叫杯咖啡，同時她也想到一件先前就意識的事：弗瑞曼人的生活方式是如此矛盾。與裂谷的農人、勞工相比，他們在穴地岩洞裡的生活優渥多了；然而，他們在沙漠上長途跋涉時所受的苦，卻比哈肯能奴隸都還要多。

一隻膚色很深的手從她旁邊的門簾後方伸出，將一個杯子放在咖啡桌上，然後縮了回去。杯子冒出陣陣香料咖啡的芳香。

慶生的供品，潔西嘉想。

她端起咖啡抿了一口，衝自己笑了笑，自問道：在我們這個宇宙裡，還有哪個社會，像我這種身分的人可以放心收下來歷不明的飲料，還敢毫不畏懼地喝下？當然，我能在毒發之前就將毒素轉化掉，但端上來的人不知道這件事。

她喝乾杯中的咖啡，感受著熱乎乎的可口飲料所蘊藏的能量和提神作用。

她又想，還有哪個社會，人們會這麼自然而然地尊重她的隱私和安逸，以至於送禮的人僅把禮物放下，卻不進來打攪她。尊重和愛，這本身就已經是一種禮物——當然，還帶著一絲懼意。

還有件事閃現在她的意識中：她一想到咖啡，咖啡就出現了。她知道，這不是心靈感應。這是「精神合一」，指整個弗瑞曼穴地聚落化為一體。他們因共用的香料餐而中了輕微的香料毒，而一體化就是中毒的補償。當然，民眾永遠也不可能獲得香料帶給她的靈啟。他們既沒受過訓練，也沒有做好準備。他們的心靈抵制那些他們不能理解或無法接受的知識。但有些時候，他們依然可以像單一生命那樣感受外物，做出反應。

而且，他們從來沒有想過這種巧合。

保羅通過沙漠的考驗了嗎？潔西嘉問自己。他有這個能力，但即使最會游泳的人都有可能意外淹死。

等待。

等待是最折磨人的，她想，你可以就那樣長久等下去，然後，那種折磨會擊垮你。人的一生中有各式各樣的等待。

我們到這裡已經兩年多了，她想，哈肯能總督是那個魔迪厄·納哈煬，野獸拉班。要想奪回厄拉科斯，就算只是看到希望，也至少還需要兩倍長的時間。

「聖母？」

門簾外傳來一個聲音，是赫若，保羅家的另一個女人。

「進來吧，赫若。」

門簾分開，赫若彷彿從中間滑了進來。她穿著穴地便鞋，兩隻手臂露在紅黃色的披巾外，幾乎露到肩頭。她的中分黑髮向後梳起，像昆蟲的雙翼般平滑油亮，五官突出的臉上總帶著潑辣的表情，此時正眉頭緊皺。

跟在赫若身後進來的是厄莉婭，一個大約兩歲的小女孩。

一看到女兒，潔西嘉像往常一樣忍不住留意到她就像小保羅的翻版——同樣嚴肅、探究的大眼睛，都有黑色的頭髮、緊抿的雙唇。但兩人還是有些微妙的不同，而這正是厄莉婭令大部分成年人不安的部分。這孩子不比剛學會走路的幼兒大多少，卻具有遠遠超越年紀的沉著和覺察力。成年人震驚地發現，她聽到隱晦的黃色笑話會哈哈大笑。有時他們還發現自己被她的咬舌音所吸引，她用尚未發育完全的軟顎嘟囔出的話中暗含狡黠，而那種狡黠背後所需的閱歷是兩歲大的孩子不可能擁有的。

赫若怒沖沖嘆了一口氣，重重坐在墊子上，皺眉看著厄莉婭。

「厄莉婭。」潔西嘉朝女兒打了個手勢。

孩子走到母親身旁，找了張墊子坐下，緊緊抓住母親的手。肉體的接觸使兩人靈犀相通，在厄莉婭出生之前，兩人就一直如此。這並不是互通思想（這確實會出現，當潔西嘉在儀式轉化香料的毒性時，兩人接觸會引發思想互通）。兩人互通的是某種更宏大的東西，是直接意識到另一個生命迸發的火花，一種鮮明而深切的東西，一種可以使兩人的感情合一的神經共鳴。

赫若是兒子家中的一員，潔西嘉按照符合對方身分的正式禮節問候道：「Subakh ul kuhar，妳今晚好嗎，赫若？」

赫若以同樣的傳統禮節回答道：「Subakh un nar。我很好，妳也好嗎？」聲調平板。然後她又嘆了口氣。

潔西嘉感覺到厄莉婭看得興味盎然。

「我哥哥的珈尼瑪正在生我的氣。」厄莉婭用她的咬舌音說。

潔西嘉留意到厄莉婭對赫若的稱呼——珈尼瑪。在弗瑞曼語中，這個詞代表「戰利品」，引申為某樣有了新用意的東西。比如說，一具用來當窗簾墜飾的矛頭。

赫若朝孩子喝道：「別想侮辱我，孩子。我知道我的地位。」

潔西嘉問：「這回妳又幹了什麼，厄莉婭？」

赫若回答說：「今天，她不僅不和其他孩子一起玩，還硬擠進……」

「我躲在簾子後面，看蘇比婭生孩子。」厄莉婭說，「是個男孩。他哭啊哭啊，嗓門真大！當他哭夠的時候——」

「她走出來摸了他一把，」赫若接著說，「然後他就停下不哭了。大家都知道，弗瑞曼孩子出生的時候，只要是在穴地，就必須讓他哭個夠，因為以後他就不能再哭了，免得在沙漠旅途中暴露我們的行蹤。」

「他已經哭夠了。」厄莉婭說，「我只是想感受一下他的火花，他的生命。就這些。當他感覺到我的時候，他就不想再哭了。」

「這只會引起更多閒話。」赫若說。

「蘇比婭的孩子健康嗎？」潔西嘉問。她看出有什麼東西在深深困擾著赫若，很想知道那是什麼。

「像任何母親所希望的那樣健康。」赫若說，「她們知道厄莉婭並沒有傷害他，也不太介意她撫摸他。他立刻就安靜下來，一副很高興的樣子。只是——」赫若聳了聳肩。

「只是我女兒有些怪怪的，對不對？」潔西嘉問，「因為她說話的方式超出了她的年紀，也因為她說了許多她這個年齡的孩子不可能知道的事——過去的事。」

「她怎麼會知道比拉・特喬斯星球的孩子長什麼樣？」赫若問。

「但他確實像啊！」厄莉婭說，「蘇比婭的那個男孩看起來真像米莎在那顆星球上生的兒子。」

「厄莉婭！」潔西嘉斥責道，「我警告過妳。」

「可是，母親，我看過，是真的，而且……」

潔西嘉搖搖頭，看到了赫若臉上憂慮不安的神情。我生出了什麼？潔西嘉問自己，這個女兒一生下來就知道我所知道的一切，甚至……比我知道的還多。看樣子，我體內那些聖母把時間長廊裡的一切都透露給她了。

「不光是她說的那些事。」赫若說，「還有那些練習，她的坐姿、瞪著岩石的樣子。她居然有辦法只動鼻子旁邊的一條肌肉，或是指背上的一條肌肉，還有——」

「那些是貝尼．潔瑟睿德的訓練。」潔西嘉說，「妳知道的，赫若。妳不會否認我女兒繼承了我的能力吧？」

「聖母，您也知道，我不在乎那些事。」赫若回答道，「但外面那些人在說閒話。那些話不安好心，我覺得危險。她們說您的女兒是魔鬼，其他孩子也不跟您女兒一起玩，說她是——」

「她跟其他孩子確實很不一樣。」潔西嘉說，「但她絕不是魔鬼，只是——」

「她當然不是！」

潔西嘉對赫若激烈的語氣感到驚訝，她朝下瞟了一眼厄莉婭。這孩子似乎正在神遊，渾身散發出一種……等待的感覺。潔西嘉又把注意力移回赫若身上。

「妳是我兒子家中的一員，我尊重這一點。」潔西嘉說（厄莉婭在她手中扭了扭），「妳可以坦白跟我講，是什麼事讓妳那麼煩惱。」

「過不了多久，我就不再是您兒子家中的一員了。」赫若說，「我是為我兒子才等了這麼久，為了讓他們能作為烏蘇爾的兒子受到特殊訓練。我能給他們的也只有這些了，因為人人都知道我沒跟您兒子同過床。」

厄莉婭又在她身邊扭動起來，像半睡半醒中想要取暖。

「儘管如此，妳一直都是我兒子的好伴侶。」潔西嘉說。她暗暗加了一句：伴侶……而非妻子。這些念頭她一直放在心上。隨後，她直接想到穴地的傳聞所帶給她的折磨：大家都說，她兒子與荃妮的伴侶關係已經成為永久的關係了，也就是婚姻。

我愛荃妮，潔西嘉想，但她提醒自己：愛情必須為皇室的需要而讓路。皇室婚姻除了愛之外，還有別的理由。

「您以為我不知道您為您兒子所做的安排？」赫若問。

「妳是什麼意思？」潔西嘉質問道。

「您打算讓各部落都投到祂旗下。」赫若回答道。

「這不好嗎？」

「我看到他有危險……而厄莉婭就是危險的一部分。」

這時，厄莉婭愈發往母親身上湊，睜開眼睛審視著赫若。

「我一直在觀察妳們兩人在一起的樣子。」赫若說，「妳們接觸的方式。摩阿迪巴就像我兄弟，而厄莉婭是他妹妹，所以她就像我的親人。她還只是個小嬰兒的時候，我們受到了侵略躲到這裡，我從那時就開始守著她、保護她。我在她身上看到了許多東西。」

潔西嘉點點頭，覺得身邊的厄莉婭開始不安了起來。

「您明白我的意思。」赫若說，「我們第一次談論她，她就聽懂了。什麼時候有過這樣的嬰兒，這麼小就懂用水的紀律？有哪個嬰兒會像她那樣，對保母講的第一句話就是『赫若，我愛妳』？」

赫若盯著厄莉婭，「您知道我為什麼會忍受她侮辱我？因為我知道那些話裡沒有惡意。」

厄莉婭抬頭看著母親。

「是的，我有推斷的能力，聖母。」赫若說，「我本來有可能成為塞亞迪娜。我已經見到我看出的東西。」

「赫若……」潔西嘉聳聳肩說，「我不知道該說什麼。」她對自己的話感到驚訝，因為那是真的。

厄莉婭直起身，挺了挺肩膀。潔西嘉感受到女兒的等待結束了，也感受到女兒身上那股混雜了決斷和悲哀的情緒。

「我們犯了一個錯。」厄莉婭說，「我們現在需要赫若。」

「是那次播種的儀式。」赫若說，「當您轉化生命之水的時候，聖母。當時厄莉婭還在您肚子裡。」

需要赫若？潔西嘉問自己。

「除了她，還有誰能在族人間為我們說話，還有誰能讓她們開始了解我？」厄莉婭問道。

「妳要她做些什麼？」潔西嘉問。

「她早就知道該怎麼做了。」厄莉婭說。

「我會把事實真相告訴她們。」赫若說。她的臉似乎突然顯得蒼老、悲傷，橄欖色皮膚擠出愁眉，使那張嚴厲的臉變得迷人。「我會告訴她們，厄莉婭只不過是裝成小女孩，但她從來就不是小女孩。」

厄莉婭搖著頭，淚水順著臉頰往下流。潔西嘉感到女兒的悲傷如波浪般傳到自己身上，彷彿是她自己的悲傷。

「我知道我是怪胎。」厄莉婭輕聲說。成年人的結論出自兒童之口，像苦澀的確認。

「妳不是怪胎！」赫若厲聲說道，「誰敢說妳是怪胎？」

潔西嘉再一次為赫若那種出於保護的嚴厲語氣大為吃驚。她看出厄莉婭的判斷是對的，她們確實需要赫若。部落的人會理解赫若，理解她的話，理解她的感情。很明顯，她愛厄莉婭，就像愛她自己的孩子。

「誰說的？」赫若重複道。

「沒人說過。」

厄莉婭拉起母親的阿巴袍一角，拭去臉上的淚水，然後把揉皺弄溼的袍角拉平。

「妳自己也別那麼說。」赫若語氣強硬地命令道。

「好的，赫若。」

「現在，」赫若說，「妳可以告訴我這到底是怎麼回事，這樣我就可以告訴其他人了。告訴我，妳出了什麼事。」

厄莉婭嚥了一口唾沫，抬起頭來看著母親。

潔西嘉點點頭。

「有一天我醒來，」厄莉婭說，「就像是從睡夢中醒來一樣，只不過，我記不得當時是不是在睡覺。我人在一個溫暖、黑暗的地方。我嚇壞了。」

聽到女兒稍有些口齒不清的童音，潔西嘉想起在大岩洞舉行儀式的那一天。

「我嚇壞了。」厄莉婭說，「想要逃，卻找不到路。然後，我看見一點火花……但不像是用眼睛看到的。那火花就在我身邊，和我在一起，我能感覺到那個火花的情緒……它安撫我，告訴我一切都會好起來。那火花就是我母親。」

赫若揉著眼睛，對厄莉婭微笑著，安慰她。但這個弗瑞曼女人的眼中有股狂烈，炯炯發亮，彷彿這雙眼睛也在努力傾聽厄莉婭的話。

潔西嘉心想：我們真的能明白這種人是怎麼想的嗎？她的想法來自她的祖先、她的訓練，以及她獨特的經歷。

「就在我感到安全、安心之後，」厄莉婭繼續說，「又有個火花加入我們……一切就在那一刻發生了。另外那個火花是老聖母。她把……許多生命傳給我母親……一切……我跟她們在一起，全都看見了……一切。結束後，我就是她們，是其他人，也是我自己……只是，我花了很長時間才重新找回自己。那裡有那麼多人……」

「這很殘酷，沒人應該這樣覺醒。」潔西嘉說，「問題在於，這一切，妳只能接受，別無選擇。」

「我什麼都做不了！」厄莉婭說，「我不知道該怎麼拒絕或隱藏自己的意識……或者切斷意識……一切就那麼發生了……一切……」

「我們不知道。」赫若喃喃道，「當我們把水交給妳母親時，並不知道妳正在她肚子裡。」

「不要為這個難過，赫若。」厄莉婭說，「我並不為自己遺憾。畢竟，這一切是有理由的：我是聖母，這個部落有兩個聖……」

她停下來，側首傾聽著。

赫若用腳後跟一頂，把自己頂回到墊子上坐好，盯著厄莉婭看了看，然後把注意力轉回潔西嘉臉上。

「妳沒懷疑過？」潔西嘉問。

「是啊！」厄莉婭說。

一道門簾把她們與穴地過道隔開，起落有致的吟唱穿過門簾傳來，歌聲越來越大，現在已經很清晰了。「Ya! Ya! Yawm! Ya! Ya! Yawm! Mu zein, wallah! Ya! Ya! Yawm! Mu zein, Wallah!」吟唱者從外側通道走過，低沉的歌聲傳入穴室，漸漸消失在遠方了。

當歌聲變得夠弱時，潔西嘉開始祈禱儀式，聲音中充滿悲戚：「齋月到了，比拉．特喬斯上的四月。」

「我的家人坐在院子的水池邊。」赫若說，「噴泉飛沫四濺，空中水氣瀰漫。有棵波圖果樹，掛滿渾圓、澄黃的橘子，伸手就能摘下。身旁的籃子裡裝著蜜許杏、蜜糕和一杯杯香料羹——各式各樣的美食。在我們的花園裡，在我們的畜欄中，有的只是和平……大地上一片祥和。」

「我們的生活充滿快樂，直到侵略者到來。」厄莉婭說。

「在朋友的哭喊聲中，熱血變冷。」潔西嘉說，感到過去的記憶不斷湧出。那是與所有聖母共有的過去。

「La, la, la，女人在哭泣。」赫若說。

「侵略者穿過庭中庭，手持利刃向我們撲來，刀上淌著我們男人的血。」潔西嘉說。

和穴地所有房間一樣，沉默籠罩著她們三人。她們在沉默中回憶，過去的悲痛猶在眼前。

不久，赫若宣布儀式結束，嚴厲的口氣是潔西嘉從未聽過的。

「永不饒恕，永不遺忘。」赫若說。

說完之後，三人默默沉思。就在此時，外面傳來一陣竊竊私語，還有許多袍裙沙沙作響的聲音。有人站在她房間的門簾外。

「聖母？」

一個女人的聲音，潔西嘉聽出來了，是薩薩，史帝加的幾個妻子之一。

「什麼事，薩薩？」

「出事了，聖母。」

潔西嘉心頭一緊，突然害怕是保羅出事。「保羅他……」她喘著氣。

薩薩撥開門簾，走進房間。簾子落下之前，潔西嘉瞥見外屋站著黑壓壓一群人。她抬起頭來看著薩薩。這是個又矮又黑的女人，穿著一件繪著紅色圖案的黑袍，藍眼睛一眨不眨地盯著潔西嘉，小鼻子的鼻翼翕張，露出鼻塞長期摩擦留下的疤痕。

「什麼事？」潔西嘉問道。

「沙漠裡傳來了消息。」薩薩說，「烏蘇爾為通過考驗去和創造者決鬥……就在今天。年輕人都說他不會失敗。入夜之前，他就會成為沙蟲馭者。這裡的年輕人正在集結，說要發動襲擊。他們會衝到北方和烏蘇爾會合。他們說，到時他們會大聲呼喊，還說要逼他向史帝加叫陣，要他奪取部落的領導權。」

集水、固沙、植草，緩慢而穩妥地改造這個世界——這些已經不夠了。潔西嘉想，小規模突襲，有把握的突襲——自從我和保羅訓練好他們之後，這些也不夠了。他們感受到自己的力量，他們渴望戰鬥。

薩薩把身體的重心從一隻腳轉移到另一隻腳，清了清喉嚨。

我們知道要謹慎地等待，潔西嘉想。但關鍵在於挫折感。我們也知道，等太久反而有害。因為，如果拖太久，我們會喪失使命感。

「年輕人都說，如果烏蘇爾不向史帝加挑戰，那他一定是怕了。」薩薩說。

她說著，垂下眼簾。

「原來如此。」潔西嘉喃喃道。她心想：我知道這種事遲早會發生，史帝加也知道。

薩薩再次清了清喉嚨，說道：「就連我弟弟夏布也這麼說，他們不會給烏蘇爾別的選擇。」

終於來了，潔西嘉想，保羅必須自己處理這件事。聖母不能捲入領導權之爭。

厄莉婭把手從母親手裡掙脫出來，說：「我要和薩薩一起去，聽聽那些年輕人怎麼說。或許有什麼解決辦法。」

潔西嘉與薩薩視線相交，嘴裡卻對厄莉婭說道：「那就去吧，要盡快向我報告。」

「我們不希望發生這種事，聖母。」薩薩說。

「我們不希望這樣。」潔西嘉認同道，「部落需要所有的力量。」她瞥了赫若一眼，向她問道：「妳要跟她們一起去嗎？」

赫若聽出這句話中沒說出口的顧慮，回答道：「薩薩不會允許任何人傷害厄莉婭，她知道我和她很快就會成為同一個人的妻子。她和我，我們將共享同一個男人的懷抱。我們已經談過了，薩薩和我。」赫若抬頭看看薩薩，又轉頭對潔西嘉說：「我們約定好了。」

薩薩伸出一隻手拉著厄莉婭，說：「我們要快點，那些年輕人正要出發。」

她們匆匆鑽出門簾，小個子女人拉著孩子的手，但看上去卻是孩子在帶路。

「要是保羅—摩阿迪巴殺死了史帝加，會對部落不利。」赫若說，「以前都這樣，用這種方式來推翻前任。但時代不同了。」

「對妳來說，時代也不同了。」潔西嘉說。

「您該不會以為我無法肯定誰輸誰贏吧。」赫若說，「烏蘇爾只會贏，不可能輸。」

「我正是這個意思。」潔西嘉說。

「您以為我的個人感情會影響我的判斷。」赫若搖了搖頭，水環項圈在她脖子上叮噹作響，「您大錯特錯。或許您還以為我懊悔沒被烏蘇爾選中，以為我在妒忌荃妮？」

「妳依妳所能做出了自己的選擇。」潔西嘉說。

「我同情荃妮。」赫若說。

潔西嘉渾身一僵。「妳的意思是什麼？」

「我知道您怎麼看荃妮。」赫若說，「您認為她配不上您的兒子。」

潔西嘉往後一靠，放鬆坐在墊子上，聳聳肩說：「也許吧。」

「您也許是對的。」赫若說，「但如果您真這樣想，或許您還意外找到了一個同盟——荃妮本人。她希望他能得到所有最好的東西。」

潔西嘉突然感到喉頭一緊，艱難地嚥了一下，說：「荃妮跟我很親，她完全可以——」

「您這裡的地毯太髒了。」赫若說。她避開潔西嘉的目光，環顧周圍，「您這裡總有那麼多人進進出出，應該要叫人打掃得更勤一些。」

5

傳統宗教無法擺脫與政治相互作用。傳統社會中，宗教與政治鬥爭勢必滲入訓練、教育及律法。由於此一壓力，此類社會的領導人終將面對內部的終極難題：是屈從於徹底的機會主義，以此為代價，維護自身統治；或為了維護傳統道德規範，冒險犧牲自我。

——伊若琅公主《摩阿迪巴：宗教問題》

• • •

保羅站在巨型創造者前進路線旁的沙地上等著。我絕不能像走私販那樣等待，不能煩躁又緊張，他提醒自己，我必須成為沙漠的一部分。

現在，那傢伙離保羅只有幾分鐘的路程了，前進時摩擦沙子的嘶嘶聲充斥在清晨的空氣中。牠那洞窟似的圓形巨口張開來，露出巨牙，像某種碩大無朋的花，散發的香料異味濃郁撲鼻。

保羅的蒸餾服柔軟貼身，他只隱約感覺到鼻塞和面罩。此刻他的腦海中只有史帝加傳授的內容，以及在沙漠上刻苦學習的每個時刻。

「在礫砂上，你應該離創造者軀幹多遠？」史帝加問過他。

他的回答十分正確：「創造者的軀幹直徑除以二，就是安全距離。」

「為什麼？」

「為了避開牠前行帶動的渦流，同時還有時間奔跑，騎上去。」

「你已經騎過我們養來繁殖和製造生命之水的小創造者。」史帝加說，「但是，這次你要召來考驗自己的，是野生的創造者，是沙漠上的長老。對這樣的創造者，你必須有適當的尊重。」

現在，沙錘沉沉的打擊聲與創造者前行的嘶嘶聲混在一起。保羅深呼吸。即使隔著過濾器，他也能嗅到沙子裡香料礦的刺鼻味。那位野生創造者，沙漠的長老，漸漸逼近，幾乎要撞上他。牠那高高隆起的頭節掀起的沙浪將會掃過他的膝蓋。

來吧，你這可愛的魔頭！他想，來，你聽見我的召喚了，來吧，來吧！

沙浪把他頂起來，地表的沙塵掃過他。他穩住身體，整個世界只剩從他眼前掠過的烏壓壓彎曲沙牆、那如斷崖般聳立的體節、那一條條清楚劃分每段體節的環線。

保羅舉起矛鉤，順著鉤子往上看，傾身向前。他感到鉤子鉤住了，拉著他往前直衝。他向上躍起，雙腳牢牢蹬住沙牆，斜吊在固定住的矛鉤上。這才是真正的考驗：如果他的矛鉤已經準確地鉤住創造者體節環的前沿，扯開鱗甲，牠就不會側滾下來壓扁他。

創造者的速度放慢了，從沙錘上滑過去，沙錘靜了下來。慢慢地，牠開始翻身——上，再上——帶著那兩根刺進身體的鉤刺，能翻多高就翻多高，讓沙子不至於舔上體節內柔軟的組織。

保羅發現自己正直直騎在沙蟲上。他大喜過望，感覺自己像巡視疆域的帝王。他壓下那股想要蹦跳玩鬧、讓沙蟲轉身，以展示自己征服了這隻生物的衝動。

他突然明白當初為什麼史帝加要警告他別去學莽撞的年輕人：他們帶著這些魔頭起舞、玩耍，在牠們背上倒立，抽出雙鉤，然後在沙蟲把他們甩下去之前重新鉤回去。

保羅把一支矛鉤留在原處，抽出另一支，鉤住沙蟲身側下方。他試了試，確定第二支鉤牢之後，取下第一支，重施故技，帶著沙蟲前進。沙蟲翻身，一邊翻，一邊掉過頭來，直奔等在遠處細沙地上的其他人，然後繞著那片地兜圈子。

保羅看到他們跑過來，鉤住沙蟲的軀幹往上爬，但盡量避開敏感的體節邊緣，直到爬上沙蟲。他們呈人字形排在他身後，用矛鉤穩住身體。

史帝加沿著隊列往上爬，檢查著保羅雙鉤的位置，抬頭看了看保羅的笑臉。

「你成功了，是嗎？」史帝加問，並提高音量，壓過沙蟲在沙上滑行的嘶嘶聲，「你就是這麼想的？你成功了？」他挺直身子說，「現在讓我告訴你，你做得很糟。我們有些十二歲的孩子做得都更好。在你等待的地方，左邊就有鼓沙，要是沙蟲往那邊轉，你根本不能撤到那邊。」

笑容從保羅臉上退去。「我看見鼓沙了。」

「你為什麼不發信號，讓我們中的某個人站在你後面當副手？就算是在考驗中，你也可以這麼做。」

保羅嚥下一口唾沫，把臉轉向迎面吹來的風。

「你覺得我現在跟你講這些話很糟。」史帝加說，「但這是我的職責。我要考慮你對整個隊伍的價值。如果你跌到鼓沙中，創造者就會扭頭朝你奔過去。」

雖然保羅心中湧現怒火，但他知道史帝加說的是事實。過了好一會，他才憑著母親給他的訓練重新恢復了冷靜。「我很抱歉。」他說，「這種事今後不會再發生了。」

「情況緊迫的時候，總要給自己留個副手。萬一你無法出手，也會有人制住那條創造者。」史帝加說，「記住，我們要合力，才能確保勝利。合力，記住了嗎？」

他拍了拍保羅的肩膀。

「我們合力。」保羅贊同道。

「現在，讓我看看你懂不懂怎麼駕馭創造者。」史帝加說，聲音很嚴厲，「我們是在沙蟲的哪一面？」

保羅朝下瞥了一眼腳下覆滿鱗甲的沙蟲體表，留意鱗甲的特徵和大小，發覺越往右邊鱗甲越大，越往左越小。他知道，每條沙蟲移動時都有一面比另一面更經常朝上。長大後，哪一面朝上就幾乎固定不變了。底部的鱗甲會更大些，更厚些，也更光滑一些。光憑背部鱗甲的尺寸，就能判斷大沙蟲現在是哪一面朝上。

保羅移動雙鉤，鉤住左邊，示意那一側的人跟他一起沿著沙蟲的身側鉤開體節，使沙蟲直著身子翻轉。在牠轉過身子之後，他又示意兩個馭者走出隊列，站到前方。

「Ach, haiiii-yoh」，他以傳統的呼法大喊左轉，左邊的馭者鉤開體節。

沙蟲為了保護敞開的體節，氣勢赫赫地轉了個圈，把身子扭過來。等牠完全掉頭，朝南轉向來時的方向，保羅高呼道「Geyrat」，向前進！

馭者鬆開矛鉤，沙蟲直直向前急馳。

史帝加說：「非常好，保羅摩阿迪巴。勤加練習，你或許能成為沙蟲馭者。」

保羅皺起眉頭，心想：我不是第一個爬上來的嗎？

身後突然爆發出一陣笑聲，整個隊伍開始齊聲高呼他的名字，響徹雲霄。

「摩阿迪巴！摩阿迪巴！摩阿迪巴！摩阿迪巴！」

刺棒擊打尾部體節的聲音沿著沙蟲背脊遠遠傳入保羅耳中。沙蟲開始加快速度。他們的長袍在風中飄揚，前進時發出的嚓嚓聲也越來越響。

保羅回頭望著身後的隊伍，找到了荃妮的臉。他一邊盯著她，一邊對史帝加說：「那麼，我現在是沙蟲馭者了，對嗎，史帝加？」

「Hal yawm，你今天成了沙蟲馭者。」

「那麼，我可以選擇我們的終點嗎？」

「本來就該這樣。」

「而且，我是今天誕生在哈巴亞流沙漠這裡的弗瑞曼人。我的人生今天才開始，之前我只是孩子。」

「不完全是孩子。」史帝加說著，拉緊被風掀開的兜帽一角。

「但是，我的世界曾經被塞子封住，如今塞子拔開了。」

「沒有塞子了。」

「我要去南邊，史帝加——二十響遠。我要看看我們創造的這片土地，這片我過去只能通過別人的眼睛看到的土地。」

我還要去看看我的兒子和家人，他想。現在，我需要時間來想想在我頭腦中已成過去的將來。動亂開始了，要是我沒有待在可以解決動亂的地方，局面會難以收拾。

史帝加用沉著、審視的目光看著他。而保羅仍留神看著荃妮，看到她臉上立即露出感興趣的神情，也留意到他的話在隊伍中點起了興奮之火。

「大夥兒渴望跟你一起去襲擊哈肯能的凹地，那片凹地只有一響遠。」史帝加說。

「弗瑞曼敢死隊員跟我一起出擊過。」保羅說，「這之後，他們會再次和我出擊，直到厄拉科斯的天空下再也見不到哈肯能人。」

創造者往前衝時，史帝加打量著保羅。保羅意識到，此刻的這一幕勾起了史帝加的回憶，讓他回想起當年列特—凱恩斯死後，他如何指揮泰布穴地，又如何取得長老議會的領導權。

保羅想：他已經聽過弗瑞曼年輕人鬧事的報告。

「你希望召集長老嗎？」史帝加問。

隊伍中的年輕人兩眼發光。他們邊騎邊晃著身體，留意事態發展。保羅從荃妮的眼神中看出了她的不安。她一會兒看看她的舅父——史帝加，一會兒看看她的男人——保羅。

「你猜不出我想要什麼的。」保羅說。

他心想：我不能退縮，必須控制住這些人。

「今天，你是沙蟲馭者。」史帝加說，語氣冰冷生硬，「你要如何行使這個權力？」

我們需要時間放鬆，好好冷靜思考，保羅想。

「我們去南方。」

「即使我說，今天結束時我們就應該折返北方？」

「我們去南方。」保羅重複道。

史帝加用長袍緊緊裹住自己，渾身散發出一貫的威嚴，說道：「我們將召集首領會，我會發出通知。」

他以為我要向他挑戰，保羅想，他也知道自己無法對抗我。保羅面向南方，感受風吹打在他裸露的臉頰上，一邊想著做決定所必須考量的因素。

他們不明白！他想。

但保羅知道，他不能因為顧忌而轉向。在他預見到的時代風暴中，他必須牢牢守住中心線。未來的某個瞬間將出現可以平息動盪的關鍵時刻，但前提是，他必須位在那個可以一擊奏功的地方。

只要還有一線希望，我就不會向他挑戰，保羅想。只要還有辦法可以阻止聖戰……

「我們將在哈巴亞山脊下的鳥巢洞紮營，在那裡吃晚飯、祈禱。」史帝加說。創造者邊爬邊晃，他用一支矛鉤穩住自己，伸手指向前方沙漠上突起的一道低矮岩石屏障。

保羅觀察著那道斷崖，層層疊疊的岩石像波浪一樣漫過斷崖。沒有半點能讓剛硬的地平線顯得柔和些的綠意、花朵。斷崖後面便是深入南方沙漠的路徑，就算他們驅使創造者全速前進，也至少是十天十夜的行程。

二十響。

這條路通向一處遠離哈肯能人巡邏隊的地方。他知道那裡是什麼樣子，那些夢已經展示過了。他們行進中的某一天，遙遠地平線上的顏色會有一點輕微變化——變化如此之小，以至於他會覺得，那是自己一廂情願幻想出來的。那裡就是他們的新穴地。

「我的決定符合摩阿迪巴的心意嗎？」史帝加問道。他的語氣只帶了極其輕微的譏諷，但弗瑞曼人一向敏感，鳥鳴的每一個音調、翼手信使的每一道平靜信息都能分辨。所以大家都聽出了史帝加的譏諷，紛紛把目光轉向保羅，看他怎麼回應。

「在我們獻身敢死隊時，史帝加聽過我向他宣誓效忠。」保羅說，「我的敢死隊員都知道我言出必行，難道史帝加不相信？」

史帝加垂下眼簾，他聽出了保羅話中的痛苦。

「烏蘇爾，我同一穴地的夥伴，我永遠也不會懷疑他。」史帝加說，「但你是保羅—摩阿迪巴，亞崔迪公爵，也是天外之音。這些人我甚至不認識。」

保羅扭頭望著聳立在沙漠上的哈巴亞山脊。他們腳下的創造者仍然強健而服從，還能載他們走上過去弗瑞曼人所走過最遠的兩倍路程。他知道這一點。除了講給孩子聽的古老傳說以外，沒有什麼的年紀能與這位沙漠長者相比。保羅意識到，牠將成為新傳奇的素材。

一隻手抓住他的肩膀。

保羅看了看那隻手，順著手臂看到後面那張臉——還有史帝加露在面罩和蒸餾服兜帽之間那雙深色的眼睛。

「在我之前領導泰布穴地的那個人，是我的朋友。」史帝加說，「我們共患難。我救過他好幾次……他也救過我好幾次。」

「我是你的朋友，史帝加。」保羅說。

「沒人懷疑。」史帝加說。他挪開手，聳了聳肩，「但這是慣例。」

保羅知道，史帝加過於注重弗瑞曼人的慣例，無法考慮其他的可能性。在這裡，要想取得部落的領導權，繼任者必須殺死前任首領。如果前任首領意外死於沙漠，繼任者就必須殺死部落中最強壯的人。史帝加就是這樣成為耐巴的。

「我們該讓創造者回沙地下面了。」保羅說。

「是的，我們可以從這裡走到山洞那邊。」史帝加贊同道，

「我們騎得夠遠的了。牠會把自己埋進沙裡，生上一兩天悶氣。」保羅說。

「你是沙蟲馭者。」史帝加說，「你說吧，我們什麼時候……」他突然停下來，凝視著東方的天空。

保羅轉過身，眼睛染上的香料藍翳使他看到的天空有些發暗，遠方很有節奏的閃光在蔚藍天空的映襯下十分清晰。

撲翼機！

「一架小型撲翼機。」史帝加說。

「可能是偵察機。」保羅說，「你認為他們發現我們了嗎？」

「從這麼遠的距離看過來，我們只不過是地表的一條沙蟲。」史帝加說，他用左手打了個手勢，「下去，在沙地上散開。」

小隊開始從沙蟲側面往下滑，一個接一個跳下去，躲在斗篷下面，與沙漠融為一體。保羅特意記住荃妮跳下去的位置。不一會兒，沙蟲背上只剩他和史帝加。

「第一個上來，最後一個下去。」保羅說。

史帝加點點頭，用矛鉤穩住身形，從側面跳了下去，落在沙地上。

保羅一直等到沙蟲安全離開小隊散開的區域，才取下矛鉤。沙蟲還沒筋疲力竭，這一刻得格外小心。

那條巨大的沙蟲一擺脫刺棒和矛鉤，就開始往沙子裡鑽。

保羅輕盈地沿著牠那寬闊的背脊往後跑，算準時機往下跳。一著地，就按過去學到的那樣全力衝向一座沙丘的滑落面，裹著衣袍，把自己藏在紛紛落下的沙瀑下面。

然後，等待……

保羅輕輕翻過身，從衣袍縫隙望出去，看到了一線天空。他想像著身後一路藏起來的其他人也正做著同一件事。

看見撲翼機之前，他先聽到機翼撲打的聲音。撲翼機的噴射發動機輕輕哼著，掠過他那片沙漠的上空，然後繞了一道很大的弧，朝山崖那邊飛去。

保羅注意到，這是一架沒有標誌的飛機。

飛機越過哈巴亞山脊，消失在視野之外。

沙漠上傳來一聲鳥叫。又是一聲。

保羅抖掉身上的沙，爬上沙丘頂端，其他人也都站直身子，從山脊那邊一路走來，排成蜿蜒的一條線。保羅從他們中間認出了荃妮和史帝加。

史帝加指指山脊方向。

他們聚攏過來，開始在沙面上行走，小心地以節奏散亂的步伐滑過沙面，以免引來創造者。史帝加靠過來，和保羅並肩走在被風壓實的沙丘頂端。

「是走私販的撲翼機。」史帝加說。

「看來是這樣。」保羅說。「但對走私販來說，這裡太深入沙漠腹地了。」

「他們跟哈肯能巡邏隊之間也有麻煩。」史帝加說。

「如果他們能深入沙漠腹地這麼遠，就有可能去得更遠。」保羅說。

「確實如此。」

「如果他們冒險深入南部地區，就有可能看到不該看到的東西。那樣就糟了。走私販也販賣情報。」

「他們是在尋找香料，是吧？」史帝加問。

「那樣的話，會有一支空中小隊和一輛沙地爬行車在某個地方等著。」保羅說，「我們有香料，就讓我們在沙地上設誘餌吧，最好能抓住幾個走私販。該給他們一次教訓了，好讓他們明白這是我們的土地。再說，我們的人也需要練習一下新武器。」

「烏蘇爾說話了。」史帝加說，「烏蘇爾為弗瑞曼人著想。」

而保羅心想，但在那個可怕的使命面前，連烏蘇爾也不得不屈從，做出違背心願的決定。

一場沙暴正在醞釀。

6

當法律及職責因宗教作用合而為一時，你永遠無法擁有完全的自覺，無法充分意識到自己。你總是有所缺損，而非完整個體。

——伊若琅公主《摩阿迪巴：宇宙中的九十九個奇蹟》

• • •

走私販的沙地爬行車和其運機艦懸浮在沙丘的斜坡上，旁邊圍著數架嗡嗡轟鳴的撲翼機，像一群蜜蜂擁著蜂后。在機群正前方，一道低矮的山脊從沙地上升起，像大盾壁的小型仿造品，乾燥的山脊兩側被新近颳起的暴風掃得乾乾淨淨。

沙地爬行車的控制室裡，葛尼．哈萊克傾身向前，調整著雙筒望遠鏡的焦距，仔細觀察周圍的地形。他看到山脊另一邊有片黑色區域，可能是香料噴發。他向一架在空中盤旋的撲翼機發出信號，派它過去偵察。

撲翼機搧著翅膀，表示收到信號。它飛出機群，迅速向那片黑沙撲去，盤旋在那片區域的上空，垂下探測器，一直放到貼近地面的高度。

撲翼機幾乎是立即收起翼尖，機首向下，繞著圈子，告訴正在等待的沙地爬行車——香料找到了。

葛尼收起雙筒望遠鏡，知道其他人也看到信號了。他喜歡這塊香料田，因為山脊提供了良好的遮蔽和保護。這裡是沙漠腹地，不大可能遇伏……然而……葛尼還是發信號派出一支小隊飛到山脊上空偵察，同時命令後備小隊在附近散開，占據有利位置——不能太高，會被遠處哈肯能人的探測器發現。

話雖如此，可葛尼不相信哈肯能人的巡邏隊會這麼深入南方。這裡終究是弗瑞曼人的地盤。

葛尼檢查自己的武器，咒罵防護盾在這裡派不上用場。必須不惜一切代價，避免使用任何會招來沙蟲的設備。他揉著下頷上的赤棘鞭痕，打量起周圍的景致來。他覺得，最安全的做法是派出地面部隊穿越山脊。步行探查仍然最可靠。在弗瑞曼人和哈肯能人相互攻擊之時，再怎麼小心都不為過。

在這裡，使他不安的是弗瑞曼人。只要你出得起錢，他們不介意你花錢買走所有香料，但如果你踏入他們的禁區，他們就會變成盛怒的妖魔。而他們近來又變得極其狡詐。

這些原住民在戰鬥中很狡詐，又熟悉地形，這使葛尼非常苦惱。他們是葛尼所遇過最善戰的人。要知道，葛尼可是由宇宙中最好的戰士訓練出來的。他還是沙場老將，而只有極少數最優秀的戰士才能從那些戰爭中倖存下來。

葛尼再次仔細觀察周圍的地形，納悶自己為何感到不安。也許是他們看見的那條沙蟲……但那是在山脊的另一邊。

一顆腦袋突然從甲板上冒出來，鑽進控制室，走到葛尼身旁。這是工廠指揮官，一個獨眼老海盜，長著滿臉鬍鬚，因長期食用香料食物而有湛藍的眼睛和奶白色的牙齒。

「看樣子像盛產的礦區，長官。」指揮官說，「要我開過去嗎？」

「從那片山脊下來，」葛尼命令道，「讓我跟我的人登陸。你們可以從那裡把沙地爬行車拉到礦區去。我們要看看那塊岩石。」

「是。」

「萬一出了什麼事，」葛尼說，「先救爬行車，我們可以搭撲翼機離開。」

爬行車長向他敬了敬禮。「是，長官。」他鑽出艙口，退回了下面。

葛尼再一次掃視地平線。他正侵入弗瑞曼人的土地，因此不得不考慮到弗瑞曼人在此出沒的可能性。弗瑞曼人的驍勇及神出鬼沒都令他相當憂慮。這次行動有許多方面使他不安，但酬金非常豐厚。同時，他不能讓撲翼機升到高空偵察，還必須保持無線電安靜，這也增加了他的不安。

沙地爬行車掉頭，開始下降，然後輕輕滑到山脊腳下乾燥的沙地，踏板降在沙子上。

葛尼打開頂蓋，解開安全帶，爬行車一停穩，他便爬了出去，一邊順手把艙蓋關好。他翻過踏板護架，直接跳到救生網外面的沙地上。他的五個貼身衛兵則從機鼻的艙口鑽出來，站在他旁邊。其他人依序鬆開連接爬行車和運機艦的運載翼，兩者一分離，運機艦便離開地面，上升至低空盤旋。

巨大的沙地爬行車一著陸，便歪著機身離開岩脊，搖搖擺擺地開往沙漠中那片黑色的香料田。

一艘撲翼機突然俯衝下來，滑了一小段距離，停在附近。然後，其他撲翼機開始一架接一架著陸，吐出葛尼的手下之後，又升回空中懸浮。

葛尼穿著蒸餾服試試肌肉能不能使力，舒展舒展筋骨。他把面罩從臉上取下來，這樣一來，一會兒發布命令時，聲音會更有氣勢，為此即使損失些水分也是必要的。他開始往岩石上爬，一邊察看著地形。腳下是鵝卵石和礫沙，還有陣陣的香料味。

設立緊急基地的好地方，他想，也許應該在這裡埋一些物資。

他回頭瞥了一眼，看到手下跟在他身後散開。出色的戰士！就連那些他還沒來得及測試的新人也很出色。用不著每次都交代他們該做什麼，任何人身上都見不到防護盾發出的閃光。這群人裡沒有懦夫，沒人把防護盾帶進沙漠，因為沙蟲會感應到屏蔽場，跑來搶走他們找到的香料。

葛尼站在岩石上，從此處稍高的視野可以看到大約半公里外的香料田，沙地爬行車剛剛抵達邊緣地帶。他抬頭看了掩護的機隊，注意到它們的高度——不算太高。他衝自己點了點頭，轉身繼續往山脊爬。

就在這時，山脊炸開了！

十二道怒吼的火焰直直衝向盤旋著的撲翼機和運機艦的機翼。沙地爬行車那邊傳來爆炸聲，葛尼周圍的岩石上突然間布滿頭戴兜帽的戰士。

葛尼來不及細想，只在心裡驚叫道：看在神母的份上！火箭！他們竟敢用火箭！

然後，他眼前出現一個頭戴兜帽的人。那人壓低身子，手持晶刃匕準備進攻。另外還有兩個人站在高處的岩石上，一左一右等候著。葛尼眼前這個戰士只露出兜帽和沙色斗篷面罩之間的雙眼。然而，那人蓄勢待發的姿勢透露出此人是訓練有素的戰士。而那雙藍中透藍的眼睛表明，對手是沙漠深處的弗瑞曼人。

葛尼伸手拔刀，眼睛盯著那人手裡的晶刃匕。他們既然敢用火箭，就很可能還有其他抛射兵器。這種時候尤其需要小心。他單憑聲音就能判斷，他的機隊至少已有一部分被擊落，同時身後還傳來低吼聲，說明有幾人正陷入苦戰。

那名弗瑞曼戰士站在葛尼面前，視線始終盯著葛尼的手。他看看葛尼的刀，又收回目光，看著葛尼的眼睛。

「把刀留在刀鞘裡，葛尼·哈萊克。」那人說。

葛尼猶豫了一下。即使透過蒸餾服的過濾器，他也聽得出這個聲音很耳熟。

「你知道我的名字？」他問。

「你沒必要對我用刀，葛尼。」那人說著，直起身來，將晶刃匕插回斗篷下的刀鞘裡，「告訴你的人，停止無用的抵抗。」

那人把兜帽甩到身後，又把過濾器拉到一邊。

眼前的人使葛尼渾身一僵。一開始，他以為自己見到雷托．亞崔迪的鬼魂，然後，他慢慢明白了。

「保羅。」他輕聲說，「真的是保羅嗎？」

「你不相信自己的眼睛嗎？」保羅問。

「他們說你死了。」葛尼喘著粗氣，向前邁了半步。

「叫你的人投降。」保羅命令道，朝山脊低處的岩層揮了揮手。

葛尼轉過身，勉強把目光從保羅身上挪開。他放眼望去，看到只有少數幾處仍在戰鬥。戴兜帽的沙漠人似乎到處都是。沙地爬行車靜靜地躺著，車頂站滿了弗瑞曼人。空中不見一架撲翼機的蹤影。

「別打了！」葛尼吼道。他深深吸了口氣，合攏雙手圍成喇叭狀，大聲喊道：「我是葛尼．哈萊克！別打了！」

慢慢地，打鬥中的人戰戰兢兢地分開來。一雙雙眼睛疑惑地轉向他。

「這些人是朋友。」葛尼叫道。

「好個朋友！」有人高聲罵道，「我們有一半的人都被他們殺死了。」

「這是誤會。」葛尼說，「不要一錯再錯。」

他轉身面向保羅，盯著這個年輕人濃濃的弗瑞曼藍眼。

保羅的嘴角露出微笑，表情卻帶著些冷峻。葛尼不由得想起老公爵，保羅的祖父，但又隨即注意到他的剽悍凌厲，亞崔迪家以前沒人有這股氣勢。他的皮膚變得像皮革一樣堅韌，目光犀利，彷彿只用眼睛隨便一瞟，就可以掂出任何東西的分量。

「他們說你死了。」葛尼重複道。

「讓他們那樣想，似乎是最好的防衛。」保羅說。

葛尼明白了，那就是自己所能得到的所有道歉——自己被遺棄，只能倚賴手上有限的資源，被誤導，相信他的小公爵……他的朋友，已經死了，而他所得到的道歉就是這句話。於是，他突然很想知道，這人身上是否還留有他所認識、他用訓練鬥士的方法教出來的那名少年。

保羅邁前一步，走近葛尼，發覺了他眼中的痛苦。

「葛尼……」

一切彷彿自然而然就發生了，兩人抱在一起，拍著彼此的背，感受著對方可靠的堅實血肉。

「你這小子！你這小子！」葛尼不住地說。

而保羅則叫著：「葛尼，老兄！葛尼，老兄！」

未幾，兩人站開，看著彼此。葛尼深深吸了口氣說：「原來，就是你讓弗瑞曼人的戰術變得這麼高明。我早該想到的。他們不斷做些我自己也會策畫的事。要是我早知道……」他搖了搖頭，「要是你給我帶句話就好了，小伙子。什麼也阻擋不了我。我會不顧一切地跑來，而且……」

保羅的眼神使他停了下來……是那種嚴厲的、審度的眼神。

葛尼嘆了口氣。「當然，有人會想，為什麼葛尼．哈萊克要不顧一切跑到弗瑞曼人那裡。有些人不但會懷疑，還會搜尋答案。」

保羅點點頭，看了看等在一旁的弗瑞曼人，他們臉上露出好奇的神情。他把目光從敢死隊員的臉移回到葛尼，發覺這位前劍術師父滿臉歡喜。保羅把這看成好兆頭，暗示自己踏上了一條通向美好未來的大道。

有了葛尼站在我這邊……

保羅的目光越過弗瑞曼敢死隊員，沿著山脊朝下看了一眼，打量著跟哈萊克一道來的走私販。

「你的人站在哪一邊，葛尼？」他問。

「他們全是走私販。」葛尼說，「哪邊有利可圖，他們就站在哪一邊。」

「我們的冒險事業沒什麼利潤。」保羅說。就在這時，他注意到葛尼正晃動右手的手指，發出幾不可察的暗號。這是他們過去的手語暗號，告訴他走私販裡有不可信任的人，必須提防。

保羅努努嘴，表示自己知道了，一邊抬頭望了望站在他們上方岩石上戒備的人馬，看到史帝加也在那裡。一想到與史帝加之間還有未了的問題，保羅漸漸冷靜下來，不再那麼興高采烈了。

「史帝加，」他說，「這是葛尼．哈萊克，我跟你談起過他。他過去是我父親的親衛隊長，也是教過我的劍術大師之一，老朋友了。在任何危險情況中都可以信任他。」

「我聽說，」史帝加說，「你是他的公爵。」

保羅盯著高處那張黝黑的面孔。史帝加為什麼這麼說？「他的公爵。」最近，史帝加的話裡總有一種奇怪的語氣，很微妙，彷彿他寧願說些別的。這不是史帝加的風格，他是弗瑞曼領袖，一個坦率直言的人。

我的公爵！葛尼想。他再次望向保羅。是的，雷托公爵死後，保羅便接繼承了公爵的頭銜。

厄拉科斯上弗瑞曼戰爭的模式在葛尼腦海中有了新的發展。我的公爵！他心裡原本已經死去的一個地方復活了。他只有一部分意識集中在保羅身上，聽到保羅下令解除走私販的武裝，盤問他們。

葛尼聽到自己的一些手下紛紛抗議，思緒這才回到保羅的命令上。他搖搖頭，轉過身去。「你們這些人都聾了嗎？」葛尼大聲吼道，「他就是厄拉科斯的正統公爵，照他的命令去做。」走私販們抱怨著繳械投降。

保羅上前一步走到葛尼身邊，壓低聲音說：「我沒想到落入陷阱的會是你，葛尼。」

「我可是上了一課。」葛尼說，「我敢打賭，那片香料田只有表面撒上薄薄一層香料，地下除了沙子什麼也沒有。那是引我們上鉤的誘餌。」

「你賭贏了。」保羅說。他看著下面那些正被卸下武器的人，「你的手下裡還有沒有我父親的人？」

「沒有。我們分得很散。自由行商那邊只剩下幾個，大多數人一存夠錢就離開了。」

「可你留下來了。」

「我留下來了。」

「因為拉班在這裡。」保羅說。

「我以為，除了復仇之外我已經一無所有了。」葛尼說。

山脊頂上突然傳來奇怪的吆喝聲，聲音很短促。葛尼一抬頭，見到一個弗瑞曼人正揮動著方巾。

「創造者來了。」保羅說。他走到岩石突出的一角上，葛尼緊隨其後，兩人一起朝西南方望去。在不遠不近的沙漠裡，可以看見一條沙蟲鑽地時拱起的土堤正穿越無數沙丘，沙塵滾滾直奔山脊而來。

「夠大了。」保羅說。

他們腳下的沙地爬行車卡嗒卡嗒地發動履帶，如巨大的昆蟲般，踏著隆隆的步伐朝岩石奔去。

「可惜沒辦法救下那架運載機。」保羅說。

葛尼瞟了他一眼，回頭看看沙漠上的一縷縷煙和星艦殘骸，是被弗瑞曼人用火箭打下來的運載和撲翼機。他突然為那些喪命的人感到痛心——那都是他的人。他說：「你父親會更關心他沒能救下的人。」

保羅用嚴峻的目光盯了他一下，旋即垂下雙眼。過了一會，他說：「他們是你的朋友，葛尼。這我理解。可對我們來說，他們是入侵者，可能會看到他們不該看到的東西。這一點你也必須理解。」

「我很理解。」葛尼說，「現在，我想見識一下那些我不該看到的東西。」

保羅抬起頭來，看到哈萊克臉上露出過去熟悉的狡黠笑容，他下頜那道赤棘鞭痕也如過去一樣扭動起來。

葛尼朝腳下的沙漠點了點頭。到處都是弗瑞曼人，各自忙著自己的事。使他感到震驚的是，似乎沒人擔心沙蟲正在逼近。

充當誘餌的香料田後面是遼闊的沙丘，一陣鼓聲從那邊傳來。沉沉的聲響彷彿是透過腳傳入身體。葛尼看見弗瑞曼人沿著沙蟲前進的路線在沙地上一一散開。

沙蟲繼續奔來，就像是巨型砂魚蜥，高高拱起沙丘地表。牠的體節扭動、起伏，掀起陣陣沙浪。沒過多久，葛尼便在岩頂的制高點上親眼目睹沙蟲被制伏的一幕：持鉤人大膽一躍、那生物的翻身、整整一隊人都躍到沙蟲布滿鱗甲、閃閃發亮的彎曲身側上。

「這就是你不該看到的事之一。」保羅說。

「一直有這種傳言，」葛尼說，「但若不是親眼看到，實在難以置信。」他搖了搖頭，「厄拉科斯的所有人都害怕這傢伙，可你們卻把牠當坐騎。」

「你也聽過我父親提到的沙漠軍，」保羅說，「這就是。這顆行星的地表是屬於我們的！任何風暴、任何生物、任何惡劣的環境都無法阻擋我們。」

我們。葛尼想，他指的是弗瑞曼人。他講到自己時，已經把自己當成弗瑞曼人的一員了。葛尼再次打量著保羅那雙香料藍的眼睛。他知道，自己的眼睛也染上了幾分香料藍，但走私販可以得到宇宙各地的食物，所受的影響還不深。當走私販提到「被香料刷過」時，意思是指那人太本地化，通常暗示著不可信任。

「以前在這個緯度，我們不會在光天化日下騎沙蟲。」保羅說，「但拉班的空中部隊剩得不多了，他不會浪費軍力在沙漠上尋找幾個小黑點。」他看著葛尼，「你的撲翼機出現在這裡，真是讓我們大吃一驚。」

我們……我們……

葛尼搖搖頭驅走這種想法。「和你們相比，大吃一驚的人應該是我們吧。」他說。

「拉班對凹地和村莊的人說了些什麼？」保羅問。

「他們說，他們在裂谷村莊裡加強了防禦工事，你們傷害不了他們。他們還說，他們只需要守在防禦工事裡，你們就會在徒勞無益的進攻中累死自己。」

「一句話，」保羅說，「他們動彈不得。」

「而你們想去哪裡就去哪裡。」葛尼說。

「這是我從你那裡學到的策略。」保羅說，「他們已經喪失了主導權，這代表他們已經輸掉這場戰爭。」

慢慢地，葛尼露出會意的微笑。

「我們的敵人只能待在我想要他們待的地方。」保羅看了看葛尼，「好了，葛尼。你會支持我打完這一仗嗎？」

「支持？」葛尼瞪著他說，「爵爺，我從來沒有放棄過為你效力的念頭。你是唯一一個讓……以為你死了的人。而我呢，就到處漂泊，每天得過且過，等著拿自己的命去換另一個人的命——拉班的命。」

保羅有些尷尬，不作聲了。

一個女人爬上岩石，朝他們走來，蒸餾服兜帽和面罩之間露出的眼睛始終在保羅和他同伴之間掃來掃去。女人在保羅面前停下腳步。葛尼注意到她站得離保羅很近，一副宣告所有權的樣子。

「荃妮，」保羅說，「這是葛尼．哈萊克，我跟妳提過他。」

她看看哈萊克，又扭頭對保羅說：「我記得。」

「那些人騎著沙蟲去哪裡？」保羅問。

「他們只是把牠趕開，好讓我們有時間搶救設備。」

「那麼……」保羅突然頓住，用力嗅了嗅空氣。

「風來了。」荃妮說。

他們頭頂的山脊上有人高聲叫道：「喂——風來了！」

葛尼發覺弗瑞曼人的動作明顯加快了，跑來跑去，幾近匆忙。沙蟲沒有讓弗瑞曼人恐懼，風卻使他們緊張起來。沉重的沙地爬行車爬上他們腳下乾燥的沙地。一扇石門突然在岩石間開啟，露出一條通道……香料工廠一進洞，石門便合攏起來，緊密到連葛尼也看不出痕跡。

「你們有很多這樣的隱藏處嗎？」葛尼問。

「很多很多。」保羅答道。他看著荃妮說，「去找柯巴。告訴他，葛尼警告我，這伙走私販裡有幾個不能信任的傢伙。」

她看了葛尼一眼，回頭望望保羅，點點頭，轉身跳下岩石，靈巧得像頭羚羊。

「她是你的女人。」葛尼說。

「是我長子的母親。」保羅說，「亞崔迪氏族又添了一個雷托。」

葛尼什麼也沒說，只是雙眼睜大，接受了這個事實。

保羅警惕地觀察著周圍的動靜。南方的天空已是整片咖哩色，斷斷續續的陣風和猛烈的氣流颳起沙塵，揚到他們上方的半空中。

「繫好你的蒸餾服。」保羅一邊說，一邊繫緊自己的面罩和兜帽。

葛尼照做了。幸虧有過濾器，這裡的風沙可真厲害。

保羅說：「有哪些人你不信任，葛尼？」聲音隔著過濾器傳來，有些含糊不清。

「有幾個新招來的人，」葛尼說，「是從外星球……」他突然一頓，被自己用的詞嚇了一跳。外星球，這個詞竟如此輕易地從他嘴中溜出。

「哦？」保羅說。

「他們不像我們平時招來的那些尋寶人，」葛尼說，「他們更剽悍。」

「哈肯能間諜？」保羅問。

「爵爺，我認為，他們並不向哈肯能人報告。我懷疑他們是皇帝的人馬，有點薩魯撒—塞康達斯人的影子。」

保羅目光銳利地瞥了他一眼，「薩督卡？」

葛尼聳聳肩，「可能。但他們偽裝得很好。」

保羅點點頭，心想：葛尼這麼快就變回亞崔迪家臣……只是，還是有點保留……跟原先不太一樣。厄拉科斯改變了我，也改變了他。

兩個戴兜帽的弗瑞曼人從他們腳下的亂石堆中露出身形，開始往上爬。其中一人肩上扛著一個很大的黑色包裹。

「我的人在哪裡？」葛尼問。

「都很安全，在我們腳下的岩石裡。」保羅說，「我們在這裡有個山洞，鳥巢洞。等沙暴過去，我們再決定怎麼處置他們。」

山脊上面有人喊道：「摩阿迪巴！」

保羅聞聲轉過身去，看見一個弗瑞曼衛兵正示意他們下到洞裡去。保羅發出信號，表示他已經聽見了。

葛尼表情驟變。他打量著保羅。「你就是摩阿迪巴？」他問，「你就是『沙之意志』？」

「那是我的弗瑞曼名。」保羅說。

葛尼轉身走開，心頭湧起不祥的煩悶感。他的人一半躺在沙漠裡死了，其餘的人被俘。他並不關心那些新招募來的傢伙，他們本來就值得懷疑。但其他人裡也有好人，有朋友，他覺得自己應該對他們負責。「等沙暴過去，我們再決定怎麼處置他們。」這就是保羅的話，摩阿迪巴的話。葛尼想起那些關於摩阿迪巴，關於天外之音的傳聞：他如何剝下哈肯能軍官的皮做鼓面，身邊如何圍著弗瑞曼敢死隊員，那些隊員又如何唱著死亡聖歌湧入戰場。

原來是他！

那兩個弗瑞曼人爬上山岩，輕快地躍到保羅面前一塊凸出的岩石上。黑臉人說：「全弄好了，摩阿迪巴。我們最好現在就下到山洞裡去。」

「好的。」

葛尼注意到那人說話的語氣。半命令半請求。這就是那個名叫史帝加的人，弗瑞曼新傳奇中的另一號人物。

保羅看著另一人扛著的包裹，說：「柯巴，包裹裡是什麼東西？」

史帝加回答說：「在沙地爬行車上找到的，上面有你這位朋友的姓名縮寫，裡面裝著一把九弦琴。我聽你講過好多次葛尼．哈萊克彈九弦琴的故事。」

葛尼打量著說話的人，看到蒸餾服面罩外隱約露出幾縷黑色的鬍鬚、一雙銳利的鷹眼，和一個鷹鉤鼻。

「爵爺，你有個很為人著想的朋友。」葛尼說，「謝謝你，史帝加。」

史帝加示意他的同伴把包裹遞給葛尼，說：「謝謝你的公爵大人吧。全靠他的支持，你才能加入我們。」

葛尼接過包裹，為對方的言外之意感到困惑。這人的口吻明顯帶著挑釁。葛尼很想知道，這個弗瑞曼人是不是在嫉妒。突然跑出來一個叫葛尼．哈萊克的傢伙，甚至在到達厄拉科斯之前就認識保羅，還跟保羅交情深厚，這份關係是史帝加永遠無法介入的。

「你們倆都是我的好朋友。」保羅說。

「史帝加，大名鼎鼎的弗瑞曼人。」葛尼說，「任何殺哈肯能人的勇士，我都很榮幸能跟他結交。」

「你願意和我的朋友葛尼．哈萊克握握手嗎？」保羅問。

慢慢地，史帝加伸出手來，用力握住葛尼結滿老繭的握劍大手。「很少有人沒聽說過葛尼．哈萊克的大名。」他一邊說，一邊鬆開手，轉身對保羅說：「沙暴的勢頭很猛。」

「我們立即動身。」保羅說。

史帝加轉身帶著他們向下穿過岩石堆，沿著一條彎彎曲曲的小徑走到一道隱蔽的裂口，那裡有道低矮的入口通往洞穴。他們剛走進洞穴，裡面的人便急忙用密封條把門封死。燈球照亮了一間寬大的圓頂穴室，一邊有塊突出的岩架，一條通道從那裡伸向洞穴深處。

保羅跳上那塊岩架，帶頭進入通道，葛尼緊隨其後，其他人則朝洞口對面的另一條通道走去。保羅帶路經過一座前廳，走進內室，內室牆上掛著葡萄酒色的深紅壁毯。

「我們可以在這裡待一會兒，沒人會來打擾。」保羅說，「他們尊重我的……」

房間外突然響起叮叮噹噹的警鈴聲，緊接著傳來大聲呼喝和武器碰撞的聲音。保羅急忙轉身往回衝，穿過前廳，跑到外面那塊岩架上，俯視著腳下的大廳。葛尼手持武器跟在後面。

下面的洞底，一群人正混在一起廝殺。保羅站了片刻，估量著眼前這一幕。他認出戰鬥一方是身穿弗瑞曼長袍和沙地斗篷的自己人，另一方則身著不同服裝。憑著母親過去對他的訓練，保羅能從蛛絲馬跡推斷重要事實：弗瑞曼人正在與那些身穿走私販服裝的人搏鬥，而走私販已經被擠成幾個小三角，背靠背三人一組苦苦支撐。

近身搏鬥時的這種習慣，是皇家薩督卡軍的標記。

一個擠在人群中奮戰的敢死隊員看見了保羅，頓時，戰鬥呼號在洞內響起，此起彼伏：「摩阿迪巴！摩阿迪巴！摩阿迪巴！」

另一雙眼睛也認出了保羅，一把烏黑的匕首風馳電掣般向他射來。保羅一側身，只聽匕首啪的一聲劈在他身後的岩石上，然後瞥見葛尼拾起了那把匕首。

走私販的三角隊形被逼向後方。

葛尼舉起匕首，遞到保羅眼前，指指匕首上細如髮絲的皇家黃紋章——金色獅子頭，匕首柄的每一面都刻著眼睛。

毫無疑問是薩督卡。

保羅走到岩架上。下面只剩三個活著的薩督卡，穴室的地上橫七豎八蜷縮著幾具血肉模糊的屍體，有薩督卡，也有弗瑞曼人。

正在格鬥的人動搖起來，猶豫不決。

「住手！」保羅喊道，「保羅．亞崔迪公爵命令你們住手！」

「你們，薩督卡！」保羅朝剩下的那幾人大聲喝道，「你們是奉誰的命令，竟敢來威脅一位有統治權的公爵？」他的人開始從四面八方壓向那幾個薩督卡，保羅飛快補上一句，「快住手！」

那個三角形小隊已經被擠在角落裡，其中一人質問道：「誰說我們是薩督卡？」

保羅從葛尼手上拿過那把匕首，舉過頭頂：「這把匕首說的。」

「那誰說你是有統治權的公爵？」那人又問。

保羅向他周圍的敢死隊員一指，說：「這些人說我是有統治權的公爵。你們的皇帝把厄拉科斯賜給亞崔迪氏族，我就是亞崔迪。」

薩督卡站著不吭聲，躊躇不決。

保羅打量著那個人。身材高大，相貌平凡，左邊臉頰上一道暗淡的傷疤橫過半邊臉。他的神態暴露出內心的憤怒和迷惑，渾身上下卻仍舊散發傲氣。沒有那股傲氣，所有薩督卡就跟裸體一樣——而有了這股傲氣，即使他一絲不掛，看上去也像穿著全套衣物。

保羅看著他的敢死隊小隊長說：「柯巴，他們怎麼會有武器？」

「他們把匕首藏在蒸餾服下面的暗袋裡。」那個小隊長說。

保羅掃視了一遍滿屋的死者和傷者，將目光投向小隊長，無需多說，小隊長自己就垂下了雙眼。

「荃妮在哪裡？」保羅問，屏住呼吸，等著對方的回答。

「史帝加把她帶到一邊去了。」他朝另外一條通道努努嘴，然後看著地上的死傷者，「該為這個過失負責的人是我，摩阿迪巴。」

「你那裡有多少這樣的薩督卡，葛尼？」保羅問。

「十個。」

保羅輕盈地跳到岩室底部，大步走到那個說話的薩督卡旁邊，站在他的攻擊範圍內。

弗瑞曼敢死隊員緊張了起來，他們不喜歡看到保羅離危險那麼近。他們希望保有摩阿迪巴的智慧，因此竭力避免保羅涉險。

保羅頭也不回地問他的小隊長：「我們的傷亡如何？」

「兩死四傷，摩阿迪巴。」

保羅看到薩督卡後面有動靜，是荃妮和史帝加，兩人正站在另一條通道裡。他改而望向那個薩督卡，緊盯著對方的眼睛。這雙眼睛帶著外星特徵，有很分明的眼白。「你叫什麼名字？」保羅問道。

那人僵住了，看看左邊，又看看右邊。

「想都別想。」保羅說，「很明顯，你們受命找出誰是摩阿迪巴，然後設法幹掉我。我敢說，正是你們幾個建議到這沙漠深處來尋找香料。」

身後的葛尼倒吸一口氣，保羅禁不住露出一絲微笑。

那個薩督卡的臉漲得通紅。

「站在你們面前的不止有摩阿迪巴。」保羅說，「你們死了七個人，而我們只死了兩個。三比一。跟薩督卡戰鬥，這表現相當不錯，對嗎？」

那個薩督卡剛想上前，敢死隊員馬上逼過去，他不得不退後。

「我在問你的名字。」保羅用魅音語調問道，「告訴我你的名字！」

「上尉阿拉夏姆，皇家薩督卡。」那個薩督卡脫口而出，然後張大了嘴，困惑地望著保羅，原先那股把石洞看成野蠻人巢穴的傲慢神態漸漸消失了。

「好！阿拉夏姆上尉。」保羅說，「為了你今天看到的一切，哈肯能人肯定樂意付出高價。至於皇帝——雖說他背信棄義，但為了得到亞崔迪遺族的情報，恐怕也會不惜代價。」

上尉看了看一左一右留在他身邊的兩個人。保羅幾乎能看出那人腦子裡正轉著什麼念頭：薩督卡絕不投降，但必須讓皇帝知道這個威脅的存在。

保羅運用魅音說：「投降吧，上尉。」

上尉左邊那人毫無徵兆地撲向保羅，胸膛卻撞上他的上尉手中閃出的匕首。襲擊者呆呆地癱倒在地，身上還插著匕首。

上尉轉向唯一剩下的同伴說：「由我來決定什麼是對皇帝陛下最有利的。」他說，「明白嗎？」

另一個薩督卡的雙肩耷拉下來。

上尉轉向保羅：「我為你殺了一個朋友。我永遠不會忘記，你也別忘了。」

「你們是我的俘虜，」保羅說，「你們向我投降了。至於你們是生是死，已經無關緊要。」保羅示意衛兵帶走兩個薩督卡，打了個手勢，讓負責搜身的小隊長過來

衛兵擁上，押著俘虜離開了。

保羅朝小隊長俯身。

「摩阿迪巴。」柯巴說，「我讓你失望了，我……」

「這是我的錯，柯巴，」保羅說，「我早該提醒你該搜查些什麼。今後搜查薩督卡的時候，要記住這次教訓。另外還要記住：每個薩督卡都有一兩個假腳趾甲，只要跟身上的其他祕密物品相連，就可以發射信號。他們會有好幾顆假牙。頭髮也暗藏鯢迦藤，那東西細到讓人幾乎無法看到，卻堅韌到足以勒死人，並把頭割下來。要對付薩督卡，你必須仔細搜查，認真搜查——既用普通的儀器，也要使用X光，甚至剃掉他們身上的每根毛髮。可即使你這麼做了，還是會漏掉些什麼。」

保羅抬頭看看葛尼，後者早就來到他身邊，正聽他講話。

「那我們最好還是殺了他們。」小隊長說。

保羅搖了搖頭，眼睛卻仍看著葛尼。「不。我打算讓他們逃跑。」

葛尼望著他。

「閣下……」他喘著粗氣說。

「怎麼？」

「你的人說得對，應該立刻處死這些俘虜，銷毀所有證據。你已經使皇家薩督卡蒙羞了！皇帝知道了會寢食難安，恨不得把你架在火上慢慢烤死。」

「皇帝對我不大可能有那麼大的能耐。」保羅緩緩地、冷漠地說。面對那些薩督卡時，他的內心深處發生了某些變化，意識裡累積了一系列決策。「葛尼，」他說，「拉班身邊有許多宇航的人嗎？」

葛尼挺直身子，眼睛瞇成一條縫。「你的問題毫無——」

「有沒有？」保羅喝道。

「厄拉科斯現在到處都有宇航的代理商，他們到處購買香料，好像那是宇宙中最稀有的東西似的。要不你以為我們為什麼要冒險深入……」

「香料的確是宇宙中最稀有的東西，」保羅說，「對他們來說是。」

他朝史帝加和荃妮望去，看到兩人正穿過大廳朝他走來。「而控制香料的人是我們，葛尼。」

「控制香料的是哈肯能人！」葛尼反駁說。

「能摧毀它的人，才是控制它的人。」保羅說。他揮了揮手，不讓葛尼繼續爭論，然後朝身旁的荃妮和站在他面前的史帝加點了點頭。

保羅把左手握著的薩督卡匕首遞給史帝加。「你為部落的利益而活，」保羅說，「你能用這把匕首汲取我的生命之血嗎？」

「如果這是為了部落的利益！」史帝加嘶吼道。

「那就用這把匕首吧。」保羅說。

「你是在向我叫陣嗎？」史帝加質問道。

「如果我是，」保羅說，「我會站在這裡，不帶任何武器，讓你殺死我。」

史帝加倒吸一口氣。

荃妮叫道：「烏蘇爾！」然後看了葛尼一眼，又把目光轉回保羅身上。

史帝加掂量保羅的話時，保羅說道：「你是史帝加，一個鬥士。可當薩督卡在這裡打起來的時候，你卻不在戰鬥的前線。你首先想到的是保護荃妮。」

「她是我的外甥女。」史帝加說，「而且，如果我懷疑你的敢死隊能不能對付這群豬……」

「為什麼你首先想到的是荃妮？」保羅質問道。

「不是！」

「哦？」

「我首先想到的是你。」史帝加承認說。

「你以為你能下得了手來對付我嗎？」保羅問。史帝加的身體顫抖起來，低聲道：「這是傳統。」

「殺死在沙漠中發現的外來人，奪走他們的水，作為沙胡羅賜予的禮物，這才是傳統。」保羅說，「可那天晚上，你卻允許兩個這樣的人活下來，那就是我母親和我。」

史帝加仍然沉默不語，渾身顫抖地盯著他。保羅接著說：「傳統已經改了，史帝加，是你自己改的。」

史帝加低頭看著手裡那把匕首上的黃色紋章。

「當我成為厄拉科斯的公爵，身邊站著荃妮的時候，你以為我還有時間關注泰布穴地每一件管理細節嗎？」保羅問，「難道你會插手每戶家庭的家務事嗎？」

史帝加還是繼續死盯著手裡的匕首。

「你以為我會砍掉自己的右臂嗎？」保羅質問道。

慢慢地，史帝加抬起頭來望著他。

「你！」保羅繼續說，「你以為我願意使我自己或整個部落失去你的智慧和力量嗎？」

史帝加壓低聲音說：「我部落中這位我知道他姓名的年輕人，我能憑著沙胡羅的意旨，在決鬥場上殺死他。而天外之音，卻是我不能傷害的人。當你將這把匕首交給我的時候，你就已經知道了。」

「對，我知道。」保羅承認道。

史帝加攤開手，匕首鋃鐺一聲掉到石頭地面上。

「傳統變了。」他說。

「荃妮，」保羅說，「去找我母親，派人送她到這裡來，她的忠告會……」

「可你說過我們要去南方！」她抗議道。

「我錯了。」他說，「哈肯能人不在那裡，戰鬥也不在那裡。」

她深深吸口氣，接受了這道命令。所有沙漠女人都會這麼做。碰上生死攸關的大事時，她們會接受必須做的一切。

「妳帶句話給我母親，只能讓她知道。」保羅說，「告訴她，史帝加承認我是厄拉科斯的公爵，但必須找到辦法讓年輕人接受，又無需動用暴力。」

荃妮瞥了一眼史帝加。

「照他說的做。」史帝加吼道，「我們都知道他可以打敗我……我下不了手……這是為了部落的利益。」

「我會跟你母親一起回來。」荃妮說。

「請她來。」保羅說，「史帝加的直覺是對的。妳安全，我才會更強大。妳要留在穴地。」

她剛想抗議，又把話嚥了回去。

「希哈婭。」保羅說著，用上了她的暱稱。他飛快地轉向右邊，正好迎上葛尼那雙怒氣沖沖的眼睛。

自從保羅提到他母親以來，葛尼就不再在意保羅和弗瑞曼人的對話，那些話就像雲彩一樣從他身旁飄過。

「你母親。」葛尼說。

「遭到襲擊的那天夜裡，艾德侯救了我們。」保羅說，一想到要與荃妮分別，他就心煩意亂，「現在，我們已經……」

「鄧肯．艾德侯怎麼樣了，爵爺？」葛尼問。

「他死了——為我們換來一點逃跑的時間。」

那個女巫還活著！葛尼想，那個我發誓要向她復仇的人！還活著！很明顯，保羅公爵還不知道生他的是何等人。那個妖女！竟把他父親出賣給哈肯能人！

保羅從他身邊擠過去，跳上岩架。他回頭瞥了一眼，發現傷者和屍體已經被搬走了，而他苦澀地想到，保羅—摩阿迪巴的傳說只怕又添了新的一章。我甚至沒有拔刀，可人們會說，這一天我親手殺死了二十個薩督卡。

葛尼跟在史帝加身後，亦步亦趨，但他心不在焉。怒火使他甚至看不見這個洞穴和燈球的黃光。那女巫還活著，可那些被她出賣的人卻成了孤墳中的白骨。我一定要設法在殺死她之前，向保羅揭露她的真面目。

7

多少次，人們的憤怒使他們不肯聽從自己內心的聲音。

——伊若琅公主《摩阿迪巴語錄》

• • •

聚在洞內大廳的人群散發出一種氣息，在保羅殺死詹米斯那天，潔西嘉也曾感受過的氣息。人們的喃喃低語中透出緊張不安。大家三五成群聚在一起，像長袍上的衣結。

潔西嘉從保羅的私人住所出來，一邊朝岩架上走，一邊把一具信息筒塞進衣袍底下。她從南方一路北上，風塵僕僕，但現在已經休息夠了。保羅不允許他們使用繳獲的撲翼機，她餘怒未消。

「我們還沒有完全掌握制空權。」保羅這樣說，「此外，我們絕不能過分依賴外星燃油。燃油和撲翼機必須收集，在進攻那天發揮最大作用。」

保羅和一群年輕人一起站在岩架附近。蒼白的燈光給眼前的一幕染上幾分不真實的意味，看上去像一幕舞臺劇，只不過加上了擁擠的人群所散發的體味、嘈雜的低語、拖沓的腳步聲。

她審視著自己的兒子，想知道他為什麼還沒炫耀他的意外驚喜——葛尼・哈萊克來了。一想到葛尼，過去的愜意生活便重新湧上心頭，那些與保羅父親共度的甜美時光。

史帝加和他的一小群人馬站在岩架另一邊。他一言不發，渾身散發一貫的威嚴。

我們絕不能失去那個人。潔西嘉想，保羅的計畫一定要成功。否則，無論誰殺死誰，都將是極大的悲劇。

她大步走下岩架，從史帝加面前走過，沒有看他，逕直走入岩架下的人群中。她朝保羅走過去的時候，人們紛紛為她讓出路來，所到之處一片安靜。

她知道這沉默意味著什麼：不宣之於口的疑問，以及對聖母的敬畏。

走近保羅時，年輕人紛紛從保羅身邊退開。他們對保羅表現出一種不同於以往的尊崇，令她深感不安。「一切在你之下的人都覬覦你的地位。」貝尼．潔瑟睿德格言是這麼說的。可在這些人臉上，她沒有發現任何貪婪的表情。人們的宗教狂熱使他們對保羅只有仰望尊崇，毫無覬覦之意。這時，她又記起另一句貝尼．潔瑟睿德諺語：「先知皆死於暴力。」

保羅看著她。

「是時候了。」她說著，把信息筒遞給他。

跟保羅在一起的這些人裡有一個比較大膽，他看著對面的史帝加說：「你要向他挑戰了嗎，摩阿迪巴？現在時候到了，毫無疑問。否則他們會把你當成懦夫……」

「誰敢說我是懦夫？」保羅質問道。他的手飛快地伸向腰間，握住晶刃匕的刀柄。

保羅身邊這幾人首先沉默下來，隨後，沉默漸漸蔓延到人群中。

「有正事要做。」保羅說，剛才提問的那個人向後退去。保羅轉身離開，從那群人中擠到岩架下，動作輕盈地跳上去，面向眾人。

「動手吧！」有人喊道。

喊叫過後，人群中響起一片竊竊私語。

保羅等著大家安靜下來。在散亂的腳步聲和咳嗽聲中，整座岩洞慢慢安靜了。寂靜中，保羅抬起頭，開始講話，洪亮的聲音就連洞裡最遠的角落也能聽得清清楚楚。

「大家已經等得不耐煩了。」保羅說。

臺下立即響起興奮的叫喊聲。他又等了一會，直到回應的喧譁聲漸漸平息下來。

確實，他們已經等得不耐煩了，保羅想。他舉起信息筒，忖度著裡面的內容。他母親把它交到他手上，告訴他，這是從一個哈肯能情報員身上繳獲的。

信裡的意思很清楚：拉班被拋棄了，只能依賴厄拉科斯上現有的資源！他無法得到支援，也不會再有補給！

保羅再次高聲說道：「你們認為，現在時機成熟了，我該向史帝加挑戰，奪取軍隊的領導權！」

沒等大家回答，保羅憤慨地厲聲說道：「你們以為天外之音就這麼愚蠢嗎？」

大家都嚇到了，山洞裡一片死寂。

他接下宗教的權杖了，潔西嘉想，他不該這麼做！

「這是傳統！」有人喊道。

「傳統改了。」保羅淡淡地回道，試探人們隱藏的情緒。

山洞一角響起憤怒的聲音：「要改變什麼，我們說了算！」

人群中傳出幾聲零星的附和。

「悉聽尊便。」保羅說。

潔西嘉聽出保羅話中的微妙語調，知道他正在運用自己教他的魅音。

「你們說了算，沒錯。」保羅認同道，「但先聽聽我怎麼說。」

史帝加沿著平臺走過來，蓄著大鬍子的臉相當平靜。「這也是傳統。」他說，「在議事時，任何弗瑞曼人都有權發言。保羅─摩阿迪巴也是弗瑞曼人。」

「部落的利益高於一切，是這樣嗎？」保羅問。

史帝加繼續用威嚴而毫無起伏的語氣說：「這個原則始終領導著我們部落前進。」

「好。」保羅說，「請問大家，我們的部落的軍隊是由誰率領的？另外，又是誰透過我們那些用奇異的方式訓練出來的指揮官，率領所有弗瑞曼部落和軍隊？」

保羅等了等，掃視著人群。沒人回答。

過了一會，他又說：「是史帝加率領這一切嗎？他自己都說不是。難道不是我在率領大家嗎？就連史帝加有時都會聽令於我。而那些德高望重的人，智者中最睿智的人，也都在長老會議中服從我、推崇我。」

人們有些驚慌不安，不知該說什麼，只好繼續沉默。

「那麼，」保羅說，「是我母親在率領大家嗎？」他指指臺下身穿神職黑袍站在人群中的潔西嘉，「大家都知道，在做重大決定的時候，史帝加和所有部落首領幾乎每次都會詢問她的意見。但聖母會走在沙漠裡，帶領戰士突襲哈肯能人嗎？」

保羅可以看到，不少人皺起眉頭開始思索，但有些人還在憤怒地嘟囔著。

這麼做很危險，潔西嘉想，但她想起了信息筒和裡面的信息。她看出了保羅的意圖：直探他們最深的猶疑，解決那些猶疑，其餘的一切自然會迎刃而解。

「不是由挑戰和決鬥取得的領導權，沒人會承認，是這樣嗎？」保羅問。

「那是傳統！」有人喊道。

「那我們的目標是什麼？」保羅問，「推翻拉班那頭哈肯能禽獸，把我們的星球改造成水源豐富的地方，讓我們的家人過上幸福生活——這不是我們的目標嗎？」

「艱難的任務需要用殘酷的方式達成。」有人大聲說。

「你們會在戰鬥之前砸壞自己的刀子嗎？」保羅質問道，「我是在指出事實，而不是在誇口或向誰挑戰。在場的諸位，沒有一個人能在單打獨鬥中擊敗我，包括史帝加在內。這一點，史帝加本人也承認。他知道，你們也都知道。」

人群中再次響起憤怒的咕噥。

「你們中間有許多人曾經在訓練場上跟我交過手，」保羅說，「知道我不是在說大話。我指出這一點，是因為這是人人都知道的事實，而我不會蠢到看不出來。我比你們更早開始接受這些訓練，我的幾個老師也比你們所見過的任何人更強悍。你們以為我是怎麼戰勝詹米斯的？你們在我當時的那個年紀，也都只在演練中學習打鬥。」

他的魅音運用得恰到好處，潔西嘉想，但對這些人來說還不夠。他們對魅音有相當不錯的抵制力，他還必須用道理說服他們。

「現在，」保羅說，「讓我們來看看這個。」他舉起信息筒，剝掉殘餘的封皮，「這是從一個哈肯能情報員身上搜到的，真實性毋庸置疑。這封信是寫給拉班的，告訴他，他請求增派新部隊的要求被駁回了，他的香料收成遠低於限額，他必須利用他現有的人手，從厄拉科斯榨出更多香料。」

史帝加走過來站在保羅身邊。

「你們之中有多少人明白，這意味著什麼？」保羅問，「史帝加立刻就看出來了。」

「他們孤立無援了。」有人大聲回答道。

保羅把信息筒塞進腰包，從脖子上解下一根用魆迦籐編成的繫繩，從上面取下一個戒指，高高舉起。

「這是我父親的公爵印戒，」他說，「我曾發誓絕不戴上，直到我準備好率領我的軍隊橫掃厄拉科斯，並宣布它是我的正統封邑。」他把戒指戴在手指上，然後握緊拳頭。

沉默籠罩著整座山洞。

「誰統治這裡？」保羅問道。他舉起拳頭，「我統治這裡！我統治厄拉科斯的每一寸土地！它是我的公爵封地，無論皇帝說『是』還是『否』！皇帝把它給了我父親，我父親又傳給了我！」

保羅踮起腳尖，又站了回去，觀察著人群，感受他們的情緒波動。

差不多了，他想。

「當我奪回屬於我的統治權時，這裡的一些人將在厄拉科斯擔任重要職位。」保羅說，「史帝加就是其中之一。我並不是想收買他！也不是出於感激，儘管我和許多人一樣，欠他救命之恩。不！不為別的，就因為他的睿智和強大，因為他用自己的智慧而不僅僅用紀律來率領這支軍隊。你們以為我很蠢嗎？你們以為我會砍斷自己的右臂，讓他血淋淋躺在這個山洞的地上，就為了讓你們看好戲嗎？」

保羅犀利的目光掃過人群，「你們誰敢說我不是厄拉科斯正統的統治者？難道我為了證實自己的統治權，就必須讓這流沙漠中的每個弗瑞曼部落都失去首領嗎？」

保羅身邊的史帝加激動了起來，看著保羅，等他示意。

「我會在最需要人才的時候，反而削弱我們自己的力量嗎？」保羅問，「我是你們的統治者，而我要對你們說，現在該停止自相殘殺了。不要再殺死我們自己最好的戰士。我們要把刀鋒對準我們真正的敵人——哈肯能人！」

史帝加唰地抽出自己的晶刃匕，刀尖朝上，指向人群上空，高呼道：「保羅—摩阿迪巴公爵萬歲！」

震耳欲聾的吼聲立刻響徹山洞，此起彼伏，迴盪良久。人們歡呼著，吟唱著：「Ya hya chouhada! 摩阿迪巴！摩阿迪巴！摩阿迪巴！Ya hya chouhada!」

潔西嘉向自己翻譯道：「摩阿迪巴的鬥士萬歲！」她、保羅和史帝加，三個人導演的這一幕成功了。

騷動漸漸平息下來。

洞內完全恢復平靜時，保羅面向史帝加說：「跪下，史帝加。」

史帝加雙膝著地，跪在岩架上。

「把你的晶刃匕交給我。」保羅說。

史帝加照做了。

我們不是這樣計畫的，潔西嘉想。

「跟著我唸，史帝加。」保羅說。然後，比照父親在授勳儀式上所說的話，他唸道：「我，史帝加，從我的公爵手中接過這把刀。」

「我，史帝加，從我的公爵手中接過這把刀。」史帝加說著，從保羅手中接過那把乳白色的晶刃匕。

「我的公爵所指，便是我的刀鋒所向。」保羅說。

史帝加以緩慢莊嚴的語調複誦道：「我的公爵所指，便是我的刀鋒所向。」

潔西嘉記得這個儀式的來源。她眨眨眼，忍住淚花，搖搖頭。我知道他這麼做的理由是什麼，她想，我不該動搖的。

「只要我的血管中仍有鮮血流淌，我的刀就屬於我的公爵，並用於消滅他的敵人。」保羅說。

史帝加跟著他唸了一遍。

「吻一吻這把刀。」保羅命令道。

史帝加聽命行事，然後，又以弗瑞曼人的方式吻了保羅的刀柄。保羅點點頭，史帝加還刀入鞘，站起身來。

人群中傳出充滿敬畏的嘆息，潔西嘉聽到話聲傳來：「那個預言——一個貝尼．潔瑟睿德將為我們指引前進的方向，而一位聖母將會見證一切。」接著，從更遠處傳來，「她通過她的兒子指引我們！」

「史帝加率領這個部落，」保羅說，「沒有人能搞錯。他代我發布命令。他要你們做的，就是我要你們做的。」

高明，潔西嘉想，部落的領袖絕不能在那些應聽命於他的人面前丟臉。

保羅壓低聲音說：「史帝加，我想在今晚派出沙漠旅者，同時放出翼手信使，召集一次部落首領聯合會。你派出去之後，就帶著卡特、柯巴、奧辛和兩名你自己挑選出來的小隊長，到我房裡來制定作戰計畫。等各部落首領到達時，我們必須打場大勝仗，讓他們瞧瞧。」

保羅點頭示意母親陪他一起離場，然後率先走下岩架，穿過人群，朝中央通道和早已準備好的起居室走去。當保羅從人群中擠過去的時候，無數隻手伸出來想要觸摸他的身體，陣陣歡呼聲不斷湧人他耳朵。

「史帝加指向哪裡，我的刀就砍向哪裡，保羅—摩阿迪巴！快讓我們戰鬥吧，保羅—摩阿迪巴！讓我們用哈肯能人的血來澆灌我們的大地！」

潔西嘉可以感受到人們的激情，意識到這些人渴望戰鬥。他們已經完全準備好了。我們正把他們推上巔峰，她想。

進入內室後，保羅示意母親坐下，說：「在這裡等一下。」然後，他掀開掛簾，走進一條支道。

保羅走了以後，內室裡顯得非常安靜。掛簾後面如此之靜，甚至能聽到鼓風機將穴地裡循環的空氣打到她附近時發出的微弱颯颯聲。

他是去帶葛尼．哈萊克到這裡來，她想。她心中有一股古怪的混雜情緒，令她感到疑惑。在搬來厄拉科斯之前，葛尼和他的音樂一直是卡樂丹無數愉快時光的一部分。如今，她卻覺得卡樂丹彷彿是發生在別人身上的故事。這近三年來，她已變成另一個人。就要與葛尼重逢了，這使她不得不重新估量這些變化。

保羅的咖啡壺放在她右邊的矮桌上，這套銀鎳合金製品是從詹米斯那裡繼承來的。她看著它，心想不知有多少手摸過這具金屬。這個月裡，荃妮就是用它來服侍保羅。

沙漠女人除了侍候他喝咖啡以外，還能為公爵做些什麼？潔西嘉向自己問道。她無法給他帶來權力，也沒有家族勢力。保羅只有一個選擇——通過政治聯姻與某個強勢的大氏族結盟，對方甚至可能是皇族。皇室中畢竟還有待嫁公主，而且任何一個都接受過貝尼．潔瑟睿德訓練。

潔西嘉想像自己離開了嚴酷的厄拉科斯，以公爵之母的身分，安定地過著她所熟悉的權貴生活。她瞥了一眼遮住岩洞石壁的厚壁毯，回想自己是怎麼抵達這裡——置身一大群沙蟲間，乘著沙蟲背上的聖母轎，高高的行李架上堆滿為未來戰鬥所準備的必需品。

只要荃妮活著，保羅就看不到他的責任，潔西嘉想。她給他生了個兒子，這已經夠了。

她突然非常渴望見到孫子，這孩子在許多方面都那麼像他的祖父——真像雷托啊。潔西嘉把雙掌放在臉頰兩側，開始用呼吸法來穩定情緒，醒醒神，然後向前彎腰，專心練習，讓身體服從頭腦的指揮。

她清楚地知道，保羅選擇這個鳥巢洞作為他的指揮部是無可挑剔的。這是理想的地點，北邊的風口關通往一處岩壁環繞的凹地，那裡有一座防備森嚴的重要村莊，許多厄拉科斯工匠和技工的家，同時，也是整個哈肯能人防禦區的維修中心。

門簾外傳出一聲咳嗽，潔西嘉挺起身子，深深吸了口氣，然後慢慢呼出。「進來。」她說。

簾子甩開，葛尼．哈萊克竄進屋內。她只來得及瞥一眼他臉上那奇怪的扭曲表情，葛尼已經轉到她背後，一隻強壯的手臂卡住她下頷，把她提了起來。

「葛尼，你這個蠢貨，你要幹什麼？」她質問道。

隨即，她感到刀尖抵在自己背上，一陣寒意從刀尖蔓延，傳遍她全身。剎那間，她明白了：葛尼想殺死她。為什麼？她想不出任何理由，他不是那種會叛變的人。但她確信自己沒有誤會他。明白這一點之後，她的大腦飛快動了起來。他不是好對付的人，而是老練的殺手，會提防魅音、所有戰鬥策略、每一種致死及攻擊的詭計，是她親自用精妙的暗示和洗腦協助訓練出來的殺人凶器。

「妳以為妳能逃出生天嗎？女巫？」葛尼怒罵道。

她還來不及細想，也沒來得及回答，保羅便掀開門簾走了進來。

「他來了，母……」保羅突然頓住，注意到屋內的緊張局面。

「站在原地別動，爵爺。」葛尼說。

「你在……」保羅搖了搖頭。

潔西嘉剛要開口，突然感到葛尼收緊了手臂，緊緊勒住她的咽喉。

「沒有我的允許不准開口，女巫。」葛尼說，「我只要妳說一件事給妳兒子聽。我已經準備好了，只要妳有一絲反抗的跡象，我就把這把刀刺入妳的心臟。妳只能用一種聲調講話，不許繃緊肌肉，不許移動。妳的一舉一動都要非常小心，才能多活幾秒鐘。我向妳擔保，妳能做的就只有這些了。」

保羅向前踏了一步。「葛尼，老兄，這是怎麼——」

「停在原地別動！」葛尼厲聲喝道，「再向前走一步，我就要她的命！」

保羅的手滑向腰間的刀柄，極其平靜地說：「你最好解釋一下你在幹什麼，葛尼。」

「我發過重誓，一定要殺死出賣你父親的叛徒。」葛尼說，「你以為我能忘記那個把我從哈肯能奴隸營裡救出來，還給了我自由、生命、榮譽……和友誼的人嗎？對我而言，那份友情是世上最珍貴的東西。如今，背叛他的人就在我的刀下。沒人能阻止我——」

「你大錯特錯，葛尼。」保羅說。

而潔西嘉心想：原來是這麼回事！誰想得到！

「錯了？我錯了？」葛尼質問道，「那就讓我們聽聽這個女巫自己怎麼說好了。但她要記住，我已經用賄賂、打探和欺騙證實了這個指控。為了得到部分真相，我甚至對一個哈肯能親衛隊長用了塞木塔迷藥。」

潔西嘉感到勒住她咽喉的手臂微微鬆了些，但她還沒開口，保羅就說道：「叛徒是尤因。我只跟你講一次，葛尼。證據很確鑿，推翻不掉。確實是尤因。我不管你的猜疑是從哪裡來的，那可能毫無意義但如果你傷害我母親……」保羅從刀鞘裡抽出晶刃匕，橫在身前，「……我就要你血債血償。」

「尤因醫師是受過制約的醫師，可以為皇室服務。」葛尼怒喝道，「他不可能變成叛徒！」

「我知道有一種方法可以解除那種制約。」保羅說。

「證據！」葛尼堅持說。

「證據不在這裡。」保羅說，「在泰布穴地，遙遠的南方。但如果……」

「這是詭計。」葛尼吼道，手臂重新勒緊了潔西嘉的咽喉。

「沒有什麼詭計，葛尼。」保羅說。聲音無比悲慟，撕扯著潔西嘉的心。

「我看過從哈肯能間諜身上搜出的信件，」葛尼說，「那封信直接指出——」

「我也看過那封信。」保羅說，「有一天晚上，我父親拿那封信給我看。他跟我解釋，為什麼他認為那一定是哈肯能人的陰謀，目的是讓他猜疑自己所愛的人。」

「不！」葛尼說，「你還不知道……」

「別說話。」保羅說。語氣沉著，毫無起伏，卻比潔西嘉聽過的任何聲音更難以反抗。

他已經達到魅音的最高境界了，她想。

葛尼架在她脖子上的手臂開始發抖，抵在她背上的刀尖也游移了起來。

「你沒有聽到的，」保羅說，「是我母親那晚因為失去公爵而哭泣的聲音，你也沒看到她眼中一說起天殺的哈肯能人就會噴出的怒火。」

這麼說，當時他全聽見了，她想。淚水頓時模糊了她的雙眼。

「你沒有記取的，」保羅繼續說，「是你在哈肯能奴隸營裡學到的教訓。你說你以我父親的友誼為榮！難道你還不了解哈肯能人和亞崔迪人的區別嗎？難道你還無法嗅出哈肯能人留在陰謀上的臭味嗎？難道你還不了解，亞崔迪人的忠誠是用愛換來的，而哈肯能人用金錢買來的是恨？難道你還看不清這次叛變的真相嗎？」

「但是，尤因？」葛尼喃喃地說。

「我們的證據就是尤因親手寫給我們的信，他在信中承認他的變節。」保羅說，「我用我對你的愛發誓，我說的全是真的。你也知道我對你的愛有多深，就算待會兒我把你殺死在地上，我也仍將保有的愛。」

聽到兒子說出這番話，潔西嘉不禁為他的覺知和洞若觀火的才智而歎服。

「我父親在交朋友這方面很有天分。」保羅說，「他的愛給得很謹慎，但從不會給錯。他的弱點在於他誤解了恨。他以為任何一個恨哈肯能的人都不會背叛他。」他看了母親一眼，又說：「這些她都知道。我已經把我父親的話傳給她了。父親要我告訴她，他從沒懷疑過她。」

潔西嘉感到自己快要失控了，於是咬緊下唇。她能察覺到保羅的語調舉止生硬緊繃，意識到他說出這番話得付出多大的努力。她想朝他奔過去，把他的頭摟在胸前，那是她以往從沒做過的事。但勒住她咽喉的手臂已不再顫抖，銳利的刀尖一動不動地抵在她背上。

「一個孩子一生中最可怕的一刻，」保羅說，「就是發現他父親和母親共有一份他永遠無法嘗到的愛。這是一種失去，也是一種領悟，明白世界分為那裡和這裡，而我們孤身活在這裡。這一刻本身含有真相，讓人無從躲避。當我父親提到我母親時，我聽出了他對她的愛。我母親絕不是叛徒，葛尼。」

潔西嘉這時才完全控制住情緒，她開口道：「葛尼，放開我。」話中不帶任何特殊的命令，也沒有針對他的弱點使詭計，然而葛尼的手臂卻鬆開了。她跑向保羅，站在他面前，但終究還是沒有碰他。

「保羅，」她說，「這個世上還有其他的領悟。我突然明白自己是在利用你、扭曲你、操縱你，把你放在我所選擇的道路上……一條我由於所受的訓練，而不得不選擇的道路──如果我有任何藉口，那就是這個，」她的喉嚨哽住了，過了一會，她抬頭看看兒子的眼睛，接著說，「保羅……我要你為我做一件事：去選擇一條幸福的路。你的沙漠女人，如果你想，就和她結婚吧。別管任何人、任何事，結婚吧。但選擇你自己的路，我……」

她突然停下來，身後傳來的喃喃低語打斷了她的話。

葛尼！

她看見保羅的眼睛直直盯著她身後，於是順著他的目光轉過頭去。

葛尼站在原地，但刀已經插回刀鞘。他撕開胸前的衣袍，露出灰色的蒸餾服。這是走私販從弗瑞曼人手裡買來發給手下的。

「把你的刀刺入我胸膛吧，就這裡。」葛尼喃喃地說，「我說，殺了我吧，我願意接受懲罰。我玷汙了自己的名聲，我對不起我自己的公爵！最好的……」

「別動！」保羅說。

葛尼瞪著他。

「扣上你的袍子，別像傻瓜一樣。」保羅說，「我在一天內已經看夠傻事了。」

「我說，殺了我！」葛尼怒吼道。

「你該更了解我才對。」保羅說，「你以為我有多傻？難道每個我需要的人都要來這麼一次？」

葛尼看著潔西嘉，用完全不像他的淒涼、乞求語氣說：「那就您了，女士，求您……殺了我吧。」

潔西嘉走到他面前，雙手按在他的肩上。「葛尼，為什麼非得堅持要亞崔迪殺死他們所愛的人？」她輕輕地把葛尼敞開的衣袍從他手指下面拉出來，為他掩好衣襟，又幫他把胸前的衣服繫緊。

葛尼結結巴巴地說：「但是……我……」

「你以為自己是在為雷托復仇。」她說，「為了這一點，我敬重你。」

「女士！」葛尼說。他低下頭，下頷垂在胸前，緊閉雙眼，強忍著不讓淚水流出來。

「讓我們把這看成老朋友之間的誤會吧。」她說。保羅聽出撫慰的語氣——她刻意調整了自己的語調，「一切都過去了，萬幸的是，我們之間永遠不會再有這樣的誤會了。」

葛尼睜開淚眼，低頭看著她。

「我所認識的那個葛尼．哈萊克，是同時精通刀法和九弦琴的人。」潔西嘉說，「而我最欣賞的，是身為琴師的葛尼。難道那個葛尼・哈萊克不記得當年我多喜歡聽他為我彈琴了嗎？你還帶著九弦琴嗎，葛尼？」

「我換了把新琴。」葛尼說，「是從楚蘇克星弄來的，音色美妙極了，彈起來像是維羅塔親手所製的樂器，儘管上面沒有他的簽名。我認為，那琴是維羅塔的學生製作的，那人……」他突然頓住了，「該怎麼跟您說呢，女士？我們在這裡閒聊——」

「不是閒聊。葛尼。」保羅說。他走過去站在母親身旁，直視葛尼的眼睛，「不是閒聊，而是能讓朋友開心的事。如果你願意現在為她彈琴的話，我會非常感激你。作戰計畫可以等會兒再談，無論如何，明天之前我們是不會開火的。」

「我……我去拿琴。」葛尼說，「就在過道裡。」他從他們身邊繞過去，穿出門簾走了。

保羅把手放在母親的手臂上，發覺她正在顫抖。

「都過去了，母親。」他說。

她並沒有轉過頭來，只用眼角餘光看著他說：「過去了？」

「當然。葛尼他——」

「葛尼？哦……是啊。」她垂下眼簾。

門簾沙沙作響，葛尼帶著他的九弦琴回來了。他開始調音，盡量迴避兩人的目光。牆上的壁毯吸收了迴音，琴音變得柔和而親暱。

保羅領著母親到靠墊上坐下，讓她倚著牆上厚厚的壁毯和帷幔。他突然驚訝地發現母親變得十分蒼老，臉上開始出現沙漠人特有的乾皺，香料藍的眼睛周圍有了魚尾紋。

她累了，他想，我們必須想辦法減輕她的負擔。

葛尼隨手撥了一個和弦。

保羅看了他一眼，說：「我……有些事要處理一下。在這裡等我。」

葛尼點點頭。他似乎已在神遊，彷彿正徜徉在卡樂丹遼闊的天空下，而地平線上烏雲翻湧，預示大雨將至。

保羅強迫自己轉身離開，穿過厚重的門簾，走進支道。他聽見葛尼在身後彈起小調，便停在屋外站了一會兒，聆聽著柔如的琴聲：

果林，葡萄樹，
豐乳的女神，
溢滿酒杯的佳釀滿路。
為何還要喋喋不休談論殺戮？
高山已化為塵土？
為何我嘗到那些淚珠？

天堂之門大敞，
撒下遍地財富，
我只需合起雙手，
就能取得無數。
為何我還想著埋伏，

想著杯中的劇毒？
為何我會感受到自己的淚珠？

愛人伸出臂膀召喚著我，
帶著溢於言表的幸福，
以及伊甸園的快樂無數。
為何我還記得這些傷痕。
還夢見過去的罪汙？
為何我總是帶著恐懼 陷入噩夢深處？

一名身穿長袍的敢死隊員從保羅前面的通道轉角走出來。他的兜帽甩在身後，繫蒸餾服的帶子鬆鬆地掛在脖子上，表明他剛從大平漠回來。

保羅示意那人停下，然後離開門簾，沿著通道走到那個信使身邊。

那人雙手交叉放在胸前，以弗瑞曼人在典禮儀式上向聖母或塞亞迪娜行禮的方式，向保羅彎腰致意。他說：「摩阿迪巴，各部落首領已經陸續抵達。」

「這麼快？」

「是史帝加早些時候傳來的那一批，他以為……」他聳了聳肩。

「我知道了。」屋裡傳出微弱的九弦琴聲，保羅回頭望了一眼，想起那是母親喜愛的老歌，一首曲調歡快、歌詞悲哀的奇異歌謠，「史帝加很快就會和其他首領一起趕來，待會兒你帶他們到我母親那裡去，她正等著。」

「我會等在這裡的，摩阿迪巴。」信使說。

「好……好的，就這麼做。」

保羅從信使身邊擠過去，繼續朝洞穴深處走。每座這樣的洞穴都有一個特殊場所——就在儲水池旁邊。在那裡，他會找到一條小沙胡羅，不到九公尺長，被四周的溝渠包圍著，因為生長受到限制而長不大。創造者一旦從小創造者菌體中孵化出來，就不能再接觸水，水對牠們來說是一種劇毒。淹死創造者是弗瑞曼人的最高機密，只有這樣才可以獲得那種將他們凝聚成一體的物質——生命之水，而其中所含的毒素只有聖母方能轉化。

保羅在面對母親的生死關頭時做了這個決定。他沒在以前預見的未來中看到葛尼．哈萊克帶來的那個危急時刻。未來，灰雲籠罩的未來，整個宇宙翻騰著，湧向一個沸騰的節點。這個節點包圍著他，像幽靈世界。

我必須看清未來，他想。

他的身體已漸漸對香料產生一定的耐受性，預知的幻象越來越少……越來越朦朧。解方是什麼，他心知肚明。

我要淹死那條創造者。現在就讓我們來看一看，我到底是不是奎薩茲．哈德拉赫。只有奎薩茲．哈德拉赫才能通過聖母所禁受的考驗。

8

那是沙漠戰爭爆發的第三年，保羅—摩阿迪巴獨自躺在鳥巢洞的內室，上方掛著一幅綺絲維壁毯。他像死去般躺在那裡，全神投入生命之水帶來的天機。這種賦予新生的毒藥改變了他，使他不再受時間之限。那個預言實現了：天外之音可以同時活著及死去。

——伊若琅公主《厄拉科斯傳奇故事集》

• • •

黎明前的黑暗籠罩著哈巴亞盆地。荃妮走出盆地，聽著將她從南方帶來這裡的撲翼機發出呼呼的聲音飛走了，飛往荒漠中的一個隱藏處。在她周圍，護衛隊與她保持一定距離，呈扇形在山脊的岩石中散開，以防任何危險。這也是因為摩阿迪巴的女人，他長子的母親，要求單獨走一會兒。

他為什麼要召我來？她問自己。他跟我說過，要我跟小雷托和厄莉婭一起留在南方。

她攏起長袍，輕快地躍起，越過一道岩石屏障，跳上登山小徑。在黑暗中，這些小徑只有受過沙漠訓練的人才認得出。小石子在她腳下滑動著，而她靈活如故。

爬山讓人心神舒暢，緩解了她的憂慮。她的護衛隊悄悄退開了，她覺得似乎少了點安全感。另外，去接她的竟是艘珍貴的撲翼機，這件事令她不由得不安。馬上就要與保羅—摩阿迪巴——她的烏蘇爾重聚了，她的心劇烈跳動了起來。他的名字可能已經成了整片大地的戰呼：「摩阿迪巴！摩阿迪巴！

摩阿迪巴！」但是。她所認識的那個男人還有另一個名字：烏蘇爾。他是她兒子的父親，她溫柔的愛人。

一個高大身影從她上方的岩石中俯瞰著她，示意她加快速度。她加快步伐。黎明時分，鳥兒早已開始鳴叫著飛上天空，一道朦朧的曙光灑在東方的地平線上。

上面那個人影並不是她的護衛。是奧辛嗎？她猜想著，覺得那個身影的動作和舉止都很熟悉。她走到他面前。在逐漸變亮的晨光中認出敢死隊小隊長奧辛那張扁平的大臉。他的兜帽掀開了，嘴上的過濾器鬆鬆地掛著——如果只打算在沙漠裡待一小會兒，有時還是可以這樣做。

「快點，」他輕聲說著，帶她沿著祕密岩縫走進隱蔽的岩洞，「天就要亮了。」他一邊替她拉開密封條，一邊小聲說，「哈肯能人被逼急了，竟然跑到這一帶來巡邏，我們現在還冒不起被發現的危險。」

兩人走過狹窄的側面通道，進入鳥巢洞。燈球亮了起來。奧辛從她身邊擠過去，說道：「跟我走，快。」

兩人沿著通道快步往下走，經過另一道氣閥門，拐入另一條通道，然後撥開掛簾，走進一間凹室。鳥巢洞原先只是供人們歇一晚的驛站，當時這間凹室是塞亞迪娜的休息室。現在，地上鋪著厚厚的地毯和軟墊，一幅繡著紅色巨鷹的壁毯遮住岩壁。一旁的矮桌上撒著幾張以香料製成的紙，散發出陣陣香料味。

聖母獨自坐在門口對面。她抬起頭來，直入人心的凝視能令不知情的人發抖。

奧辛雙手合什，說：「我把荃妮帶來了。」他彎腰鞠躬，掀開門簾退了出去。

潔西嘉想：我要怎樣告訴荃妮？

「我孫子好嗎？」潔西嘉問。

這是禮貌上的問候，荃妮想。可摩阿迪巴在哪裡？為什麼沒在這裡接我？她再次恐慌起來。

「他很健康，也很快活，母親。」荃妮說，「我把他和厄莉婭一起留給赫若照顧。」

母親？潔西嘉想，是啊，在正規的問候中，她有權那麼叫我。畢竟，她已經給我生了個孫子。

「我聽說，柯魯亞穴地送了塊布料作禮物。」潔西嘉說。

「一塊漂亮的布料。」荃妮說。

「厄莉婭有什麼話讓妳帶來嗎？」

「沒有。但人們已經漸漸接受她這個奇蹟。穴地裡一切都很順利。」

她為何要拖拖拉拉地問這些？荃妮不解，一定有很緊急的事，否則他們不會派撲翼機來接我。可現在我們卻在這些禮節上拖拖拉拉！

「我們得從新料子上剪幾塊下來給小雷托做衣服。」潔西嘉說。

「隨妳的意，母親。」荃妮垂下眼簾，「有戰鬥的消息嗎？」她竭力保持面無表情，以免潔西嘉看穿她，知道她在打聽保羅—摩阿迪巴的安危。

「新的勝利，」潔西嘉說，「拉班派人送來一份措辭謹慎的休戰提議。我們取走他那些信使的水，把他們的屍體送回去了。拉班甚至還決定減輕一些凹地村莊的賦稅，但太遲了。大家都知道，他是畏懼我們才那麼做的。」

「摩阿迪巴說中了。」荃妮說。她盯著潔西嘉，竭力隱藏內心的恐慌。我已經提到他的名字，可她毫無反應。別人很難從她那張石頭一樣的臉上看出她的心思……可她太冷淡了吧。她為什麼這麼平靜？我的烏蘇爾出了什麼事？

「真希望我們此刻是在南方。」潔西嘉說，「我們離開的時候，那些綠洲多美啊！難道妳不渴望看到哪天整片大地都開滿了鮮花？」

「確實，大地很美。」荃妮說，「但也有許多悲傷。」

「悲傷是勝利的代價。」潔西嘉說。

她這是讓我為悲傷做好準備嗎？荃妮想。她說：「有那麼多女人失去了男人。當我被召到北方的消息傳開後，有這麼多人嫉妒。」

「是我召妳來的。」潔西嘉說。

荃妮感到自己的心怦怦狂跳。她為可能聽到的消息而心驚膽戰，只想用手捂住耳朵。然而，她仍舊保持著平靜的音調說：「信上的署名是摩阿迪巴。」

「是我簽的。」潔西嘉說。「當時現場有他的幾個敢死隊小隊長。這是必要的託詞。」她想著，保羅的女人很勇敢。即使她幾乎要被恐懼壓垮了，還是留意蛛絲馬跡。是的，也許她就是我們現在需要的那個人。

荃妮說：「您現在可以把不得不說的那些話告訴我了。」聲音裡僅僅滲入幾分聽天由命的語氣。

「我們需要妳到這裡來幫我救活保羅。」潔西嘉說。她想：就這樣！我說得絲毫沒錯，救活。這麼一來，她就會知道保羅還活著，也知道他現在生命垂危。全在同一個詞裡。

荃妮只用了一會兒就冷靜下來，她問道：「要我怎麼做？」她很想朝潔西嘉撲過去，拚命搖晃她，放聲大喊：「帶我去見他！」但她只是坐在那裡，靜靜地等待潔西嘉回答。

「我懷疑哈肯能人在我們中間安插了一個間諜，想毒死保羅。」潔西嘉說，「這似乎是唯一合理的解釋。那是最罕見的毒藥。我用最精微的幾種方式檢查過他的血液，但什麼也查不出來。」

荃妮撲向前去，跪倒在地。「毒藥？他痛苦嗎？我能不能……」

「他不省人事。」潔西嘉說，「他的生命跡象十分微弱，只有用最精密的技術才能測到。如果發現他的人不是我，會發生什麼事？一想到這一點我就不寒而慄。在未經訓練的人看來，他已經死了。」

「您召我來，應該不僅僅是為我好吧。」荃妮說，「我了解您，聖母。有什麼事是您認為我能做而您做不到的？」

她勇敢、可愛，而且，啊，十分機靈。潔西嘉想，她本可以成為優秀的貝尼·潔瑟睿德。

「荃妮，」潔西嘉說，「也許你會認為這難以置信，但我也不大清楚為什麼要召妳來。這是直覺……原始的直覺。那念頭自己就跳出來了…『去叫荃妮來。』」

生平第一次，荃妮看到潔西嘉露出悲傷的神情，痛苦甚至讓她直入人心的眼神變得溫和了。

「我什麼法子都試了。」潔西嘉說，「全試了……用盡所有遠遠超出妳想像的一切手段，可還是……沒用。」

「那個老朋友，哈萊克。」荃妮問，「他會不會是叛徒？」

「不是葛尼。」潔西嘉說。

簡簡單單四個字，卻勝過長篇大論。從她那平淡的否認中，荃妮聽出她所做的搜索、測試……一次次失敗的回憶。

荃妮身體向後，從跪姿轉為蹲姿，然後站起身來，撫平沾滿沙塵的長袍。

「帶我去見他。」她說。

潔西嘉站起來，轉身掀開左邊牆上的一道掛簾。

荃妮跟在她身後，發現自己走進了一間內室。這個房間過去一直是貯藏室，如今，四面岩壁都被厚厚的帷幔遮了起來。在房間另一頭的牆邊，保羅正躺在睡墊上。一盞燈球吊在他上方，照亮了他的臉。一件黑色長袍齊胸蓋在他身上，雙臂露在外面，直直地伸在身體兩側。長袍下的他似乎沒穿衣服，裸露在外的肌膚像蠟而僵硬。他看起來一動也不動。

荃妮忍住衝上前撲到保羅身上的念頭。她發覺自己現在想的都是兒子——雷托。在這剎那，她意識到潔西嘉也經歷過這種時刻：自己的男人有生命之危，她不得不考慮，究竟要怎麼做才能保住稚子。這一領悟使荃妮突然感到自己與那位年長婦人同病相憐，於是她伸出手去，握住潔西嘉，而對方回握的手是那麼緊，令人發疼。

「他活著。」潔西嘉說，「我擔保他還活著。但他的生命氣息細到稍有疏忽就測不到了。有些首領早就私下抱怨講這話的是一位母親而非聖母，又說我兒子明明死了，可我卻不願意把他的水獻給部落。」

「他這樣有多久了？」荃妮問。她從潔西嘉手中抽回手，朝房內走去。

「三星期。」潔西嘉說，「我花了差不多一星期想喚醒他。這期間我們開過會，爭論過……也做過詳細調查。後來我就派人去叫妳了。弗瑞曼敢死隊還服從我的命令，不然我也拖不了這麼長時間……」潔西嘉舔了舔雙唇，看著荃妮向保羅走去。

荃妮俯身站在他身旁，低頭注視著這位年輕人滿臉柔軟的鬍鬚，緊盯著他那高高的眉骨，堅挺的鼻，緊閉的雙眼——他沉沉地臥著，臉上是如此祥和。

「他是如何攝取營養的？」荃妮問。

「他的肉身幾乎不運作了，需求極低，現在還無需進食。」潔西嘉說。

「有多少人知道這件事？」荃妮問。

「只有他最親近的幾個顧問、少數部落首領、敢死隊員，當然，還有下毒的人。」

「找不到下毒者的線索嗎？」

「已經徹查過了，還是一無所獲。」潔西嘉說。

「弗瑞曼敢死隊員怎麼說？」

「他們相信保羅只是在閉關神遊，在最後的戰鬥前凝聚神力。這種想法是我助長的。」

荃妮俯身跪在床墊旁，彎腰湊近保羅的臉，立即覺察到他臉部周圍的空氣有股異味……但那只是香料的味道，弗瑞曼人的生活中無所不在的香料味。然而……

「你們跟我們不一樣，並不是生來就接觸香料。」荃妮說，「您查過沒有，會不會是他的身體在排斥飲食中過量的香料？」

「過敏反應全是陰性。」潔西嘉說。

她突然疲憊至極，於是閉上眼睛，想把這一幕完全抹去。我有多久沒睡覺了？她問自己。太久了。

「當您轉化生命之水時，」荃妮說，「您是通過內部意識在體內進行。您用這種內部意識給他驗過血了嗎？」

「只是普通弗瑞曼人的血，」潔西嘉說，「已經完全適應了這裡的飲食和生活。」

荃妮靠回去，跪坐在腳後跟上。她打量著保羅的臉，努力把恐懼深埋在心底。這是她通過觀察諸位聖母的舉止學到的小竅門。時間是心緒的侍者，讓人得以全神貫注。

過了一會，荃妮問：「這裡有創造者嗎？」

「有幾條，」潔西嘉帶著一絲疲倦說，「這些天來，我們離不開牠們。每次勝利都需要牠的賜福，發起突襲前的每場儀式……」

「可保羅─摩阿迪巴一直迴避這些儀式。」荃妮說。

潔西嘉暗自點了點頭，想起兒子對香料及香料帶來的預知力如何又愛又恨。

「妳怎麼知道的？」潔西嘉問。

「大家都這麼說。」

「閒話太多了。」潔西嘉不快地說。

「給我創造者的原水。」荃妮說。

荃妮的聲音中帶著命令的口氣。潔西嘉僵了一下，隨即省悟這名年輕女人正在屏氣凝神。潔西嘉說：「馬上來。」她掀開門簾走了出去，派人叫司水員來。

荃妮跪坐在那裡，眼睛盯著保羅。要是他真的試了……她想，這種事他真有可能去試。

潔西嘉在荃妮旁邊跪下，捧著一只樸實的水罐。毒素濃烈的味道直衝荃妮的鼻端。她用手指蘸了蘸毒液，湊近保羅的鼻子。

鼻上的皮膚微微收縮了一下。慢慢地，他的鼻孔張開了。

潔西嘉倒抽一口氣。

荃妮用蘸了毒液的手指輕輕抹著保羅的上嘴唇。

他呻吟著長長吸了一口氣。

「怎麼回事？」潔西嘉問道。

「安靜。」荃妮說，「馬上轉化一點聖水出來，快！」

潔西嘉不再發問，她聽出荃妮的聲音裡有股恍然大悟的語氣。看來，荃妮找到答案了。潔西嘉把水壺舉到嘴邊，吸了一小口。

保羅眼皮一顫，睜開眼睛，看著眼前的荃妮。

「沒必要讓她轉化聖水。」他說。聲音很虛弱，但十分堅定。

潔西嘉喝下一小口毒液，身體立即發動，幾乎是自動轉化毒素。在一股儀式中通常會散發的光潔崇高感中，她感覺到保羅發出的生命火花——一道閃光映上她的感知。

在這瞬間，她明白了。

「你喝了聖水！」她脫口而出。

「就一滴。」保羅說，「很少……一滴而已。」

「你怎麼會幹出這種傻事？」她質問道。

「他是妳兒子。」荃妮說。

潔西嘉瞪了她一眼。

保羅的嘴角露出一抹罕見的微笑，溫暖、體諒。「聽聽我的女人怎麼說。」他說，「聽聽她的話，母親。她知道。」

「別人能做到的事，他也必須做到。」荃妮說。

「當我把一滴聖水滴進嘴裡的時候，當我感覺到它，聞到它時，當我明白它會對我起什麼作用時，我就知道了，我能做到妳做過的事。」他說，「妳那位貝尼．潔瑟睿德督察提到過奎薩茲．哈德拉赫，但她們猜想不到我去了什麼地方，就在那幾分鐘裡，我……」他停了下來，迷惑地皺起眉頭，看著荃妮說：「荃妮？妳怎麼到這裡來了？妳應該在……妳為什麼在這裡？」

他想用臂肘撐起自己的身子，卻被荃妮輕輕推回床墊上。

「請不要動，我的烏蘇爾。」她說。

「我覺得很虛弱。」他說著，飛快地環顧四周，「我躺在這裡多久了？」

「三個星期了。深度昏迷，連生命火花也像是消散了。」潔西嘉說。

「可我……我才剛剛喝下那滴水，而且……」

「對你來說是剛剛，對我來說卻是擔憂受怕的三個星期。」潔西嘉說。

「不過是一小滴，而且我已經轉化了毒素。」保羅說，「我改變了生命之水。」裝著毒液的水罐就放在他身旁的地板上，沒等荃妮和潔西嘉阻止，他已經把手插進水罐，掬起一捧毒液，滴滴答答地送到嘴邊，大口吞嚥著掌中的液體。

「保羅！」潔西嘉尖叫道。

他抓住她的手，望著她，臉上掛著死者的微笑，將意識一波波傳送給她。

這種靈犀不像與老聖母或厄莉婭感應時那麼柔和、共享、包容……但仍舊是靈犀：生命意識向對方全面敞開。那使她震驚，使她畏縮，心中充滿對他的畏懼。

他出聲道：「妳提到過一個妳進不去的地方，對吧？就是那個連聖母也無法面對的地方。指給我看。」

她搖搖頭，被他這個念頭嚇壞了。

「指給我看！」他命令道。

「不！」

可她無法逃開。在他那可怕力量的威懾下，她只好閉上眼睛，全神貫注朝意識中的那個黑暗方向望去。

保羅的意識從她腦中流過，包圍著她，進入那片黑暗。恐懼使她不由自主閉上眼睛，但在此之前，她模模糊糊地瞥到了那個地方。不知為何，看到的景象竟使她渾身顫抖。那個地方颶風吹拂，火花閃爍，一圈圈光環不斷擴大、縮小，一條條脹開的白色形體在光環的上下左右不停流動，彷彿被某種不知來自何方的黑暗和風驅趕著。

不久，她睜開眼睛，看到保羅正躺在那裡，盯著她瞧。他仍舊抓著她的手，但那種可怕的靈犀相通已經消失了。她讓自己鎮定下來。不再發抖。保羅這才鬆開她的手。這時，她感覺好像某個支撐物被抽掉似的，整個身體前後搖擺，若不是荃妮跳過來扶住她，她就會跌倒在地。

「聖母！」荃妮說，「出什麼事了？」

「累。」潔西嘉輕聲說，「太……太累了。」

「到這裡來，」荃妮說，「坐在這裡。」她扶著潔西嘉，走到靠墊上倚著牆坐下。

這雙年輕有力的手臂讓潔西嘉十分安心，她緊緊抱住荃妮。

「這是真的嗎？他看見生命之水了？」荃妮問。她輕輕掙脫了潔西嘉的擁抱。

「他看見了。」潔西嘉輕聲說著，思緒仍然因為剛才的接觸而翻滾著。那就像在洶湧的海上漂流數週後終於踏上堅實的陸地。她覺得體內的老聖母……以及所有人，全都驚醒過來，一個個急切地追問著：「那是什麼？怎麼回事？那是什麼地方？」

一切線索都指向同一個結論：她兒子確實是奎薩茲・哈德拉赫，那個可以同時身處許多時空的人，他就是從貝尼・潔瑟睿德夢中走出的人，而這個事實使她惶惑不安。

「怎麼了？」荃妮問道。

潔西嘉搖了搖頭。

保羅說：「在我們每個人的身上，都有兩種古老的力量：奪取和給予。男人不難面對他體內那股奪取的力量，但他幾乎不可能看到給予的力量，除非他變成男人以外的東西。女人的情況則恰恰相反。」

潔西嘉抬起頭來，發覺荃妮一邊聽保羅講話，一邊盯著她瞧。

「妳明白我的意思了嗎，母親？」保羅問。

她只能點點頭。

「我們體內的這些東西非常非常古老，」保羅說，「甚至植根於我們全身每一個細胞。這兩種力量塑造了我們。你可以對自己說：『是的，我知道這是怎麼回事。』但當你真正直視內心世界、毫無遮擋地面對你生命的原始力量時，你才能看到其中蘊藏的危險。你清楚地知道這個危險會壓倒你，制伏你。對給予者而言，最大的危險就是奪取的力量；而對奪取者而言，最大的危險就是給予的力量。無論是給予，還是奪取，都可以輕易吞沒一個人。」

「那你呢，我的兒子，」潔西嘉問，「你是給予者還是奪取者？」

「我正好處於槓桿的支點上。」他說，「沒有奪取，我就無法給予。沒有給予，我也無法……」他突然停了下來，朝他右邊的牆壁看過去。荃妮感到一股氣流吹到臉頰上，扭過頭來，正好看見掛簾合上。

「是奧辛。」保羅說，「他剛才正在偷聽。」

一聽這話，荃妮也感應到某些縈繞在保羅腦中的未來景象。她清楚地知道會發生什麼事，彷彿這件事已經發生過。奧辛會把他剛才的所見所聞說出來，而其他人則會傳揚出去。最後，這個故事將如野火般在整個大地上蔓延。人們會說，再也不用懷疑了。他是男人，卻以聖母的方式看到了生命之水。毫無疑問，他就是天外之音！

「你已經看到了未來，保羅。」潔西嘉說，「你能說你都看到些什麼嗎？」

「不是未來，」他說，「我看到的是現在。」他掙扎著坐了起來。荃妮走過來想幫他一把，但他揮揮手拒絕了，「厄拉科斯的空中布滿宇航的星艦。」

聽到他那肯定的語氣，潔西嘉不禁顫抖起來。

「帕迪沙皇帝本人也來了，」保羅盯著房裡的岩石天花板，「帶著他最倚重的真言師和五支薩督卡軍團。老男爵弗拉迪米爾．哈肯能也在，瑟非．郝沃茲跟在他身邊，七艘星艦載滿他招募來的新兵，他把所有可以調動的兵力都帶來了。另外，每個大氏族都派出了進攻部隊，就在我們上方……等著。」

荃妮搖了搖頭，目光怎麼也無法從保羅身上挪開。他奇怪的舉止、平板的音調，還有渙散的目光，都使她心中充滿敬畏。

潔西嘉乾嚥了一口唾沫，說：「他們在等什麼？」

保羅看著她說：「等宇航允許他們著陸。宇航有能力困住任何未經允許登陸的部隊。」

「宇航是在保護我們嗎？」潔西嘉問。

「保護我們？宇航正是幕後主使！他們把我們所做的一切散播出去，又大幅調低軍隊運輸費用，現在連那些最窮的氏族也跑了過來，等著掠奪我們！」

潔西嘉驚訝地發現，他的語氣中並無怨恨之意。她並不懷疑他的話。她還記得當初從厄拉欽恩逃出來的那個晚上，他指出了未來的路，說未來將把他們帶到弗瑞曼人身邊。現在的他和當時一樣強烈入定。

保羅深深吸了一口氣，說：「母親，妳必須為我們轉化大量的聖水，我們需要這種刺激。荃妮，派出一支偵察部隊……去找一塊香料預菌體的生長地。妳們知不知道，如果我們往香料預菌體大量傾倒生命之水，會發生什麼事？」

潔西嘉掂量他的話，突然聽懂他的意思。「保羅！」她倒吸了一口冷氣。

「死亡之水將引起連鎖反應，」他指指地下，「讓小創造者紛紛死去，切斷香料和創造者這個生命循環中的一個環節。這樣一來，厄拉科斯就會成為真正的荒漠——沒有香料，也沒有創造者。」

荃妮一隻手掩住嘴，被保羅這些褻神的言辭嚇到了，一句話也說不出來。

「有能力摧毀它的人，才是真正控制它的人。」保羅說，「我們有能力摧毀香料。」

「那宇航為什麼還不動手？」潔西嘉輕聲問。

「他們在找我。」保羅說，「想想吧！宇航最好的領航員，那些走在所有人之前、為最快的宇宙星艦尋找最穩妥航線的人，全在找我……可誰也找不到我。他們怕得渾身發抖！他們知道我手裡掌握了他們的祕密。」保羅舉起握成拳頭的手，「沒有香料，他們就是瞎子！」

荃妮終於可以開口說話了：「你說你看到的是現在！」

保羅再度躺下，搜尋著延展開的現在，它的邊界逐漸擴展到未來和過去。香料的光啟開始消退，他勉強維持意識。

「照我的命令去做。」他說，「未來正在變成一片混沌。不論是宇航或我，看到的都是這樣。未來景象的線越收越緊，一切都匯聚在香料這裡……一個他們以前不敢干涉的地方……因為干涉就意味著失去他們不能沒有的東西。但現在他們孤注一擲。所有道路都通向黑暗。」

9

天色漸漸破曉時，厄拉科斯成為宇宙軸心，命運之輪即將轉動。

——伊若琅公主《厄拉科斯的覺醒》

• • •

「你看那是什麼！」史帝加輕聲道。

保羅趴在他身旁，縮在大盾壁邊緣的岩縫裡，雙眼緊貼著弗瑞曼望遠鏡。望遠鏡的鏡頭對著一艘曙光照耀的星艦。星艦停在兩人下方的盆地，東側那面高大的艦體在均勻的朝曦中閃閃發光，陰影籠罩的另一面艦體則露出一排排亮著夜間燈光的黃色舷窗。星艦後方，厄拉欽恩城冷冷地躺臥著，在東北方太陽的照射下閃現微光。

保羅知道，令史帝加驚歎的並不是星艦，而是整體結構，星艦不過是結構的中樞。這是一座一體化的金屬臨時軍營，有數層樓高，從星艦底部向外延伸，形成一道半徑長約一千公尺的圓——一座由金屬扇葉扣連而成的帳棚。這個臨時營地駐紮著五支薩督卡軍團和皇帝陛下，帕迪沙皇帝沙德姆四世。

葛尼．哈萊克蹲在保羅左邊說：「我數出共有九層，那裡一定有很多薩督卡。」

「五支軍團。」保羅說。

「天要亮了。」史帝加悄聲道，「你這樣會暴露行蹤，我們可不喜歡，摩阿迪巴。我們回下面的岩石去吧。」

「我在這裡安全得很。」保羅說。

「那艘星艦裝有拋射兵器。」葛尼說。

「他們以為我們有屏蔽場保護。」保羅說，「即使看見我們，也不會浪費炮彈來襲擊三個身分不明的人。」

保羅掉轉望遠鏡，對準盆地遠處的岩壁，看著對面坑坑窪窪的斷崖，上面一道道小斜坡標誌著一座又一座墳墓，裡面埋葬著他父親的許多士兵。這一刻，他突然覺得那些人的靈魂也正俯視著這個盆地，關切著這場戰役。屏蔽場外圍的哈肯能要塞和城鎮或是已落入弗瑞曼人之手，或是被切斷了補給，像被砍斷根莖的植物一樣凋零。只有這個盆地和厄拉欽恩城還在敵人的控制之下。

「如果他們看見了，」史帝加說，「也許會派架撲翼機來襲擊我們。」

「讓他們來吧！」保羅說，「那我們今天就有撲翼機可燒了……何況我們知道，沙暴就要來了。」

然後，他又掉轉望遠鏡，對準厄拉欽恩另一邊的著陸區。哈肯能人的巡防艦在那邊排成一線，前方有面鉅貿聯會的旗幟在宇聯成員的頭頂輕輕飄揚。他想著宇航已無計可施，才會允許這兩批人登陸，將其他人馬留作後備。宇航就像把手指伸入水中試探水溫的人，隨時準備抽身。

「有什麼新發現嗎？」葛尼問。「我們該進入掩體了，沙暴就要來了。」

保羅再次留神觀察巨大的臨時兵營。「他們甚至把自己的女人也帶來了，」他說，「還有侍衛和僕人。啊——哈，我親愛的皇帝，你真夠自信！」

「有人從密道上來。」史帝加說，「可能是奧辛和柯巴回來了。」

「好吧，史帝加，」保羅說，「我們這就回去。」

然而，他還是用望遠鏡最後掃視一下周圍，研究平原和停泊在上面的高聳星艦、閃閃發光的金屬兵營、靜悄悄的城市、哈肯能僱傭軍的巡防艦。然後，他繞過岩坡朝後面滑下。一名敢死隊哨兵立即遞補他的望遠鏡位置。

保羅撤進大盾壁表面的一道淺坑。這是直徑約三十公尺，深約三公尺的天然石坑，坑底就是弗瑞曼人的半透明偽裝掩體。淺坑右邊的岩壁上有一道洞口，洞旁堆著通訊設備。敢死隊員就部署在這塊淺坑，等著摩阿迪巴下達攻擊令。

有兩人從通訊設備旁邊的洞口鑽出，跟守在洞口的敢死隊員講了幾句。

保羅瞥了史帝加一眼，朝那兩人的方向點了點頭。「把他們的報告拿來，史帝加。」

史帝加聽命走了過去。

保羅倚著岩石伸了個懶腰，伸展肌肉，然後直起身來。他看見史帝加要那兩人鑽回黑黝黝的岩洞，他們要在那條狹窄的人工隧道爬很久才能潛入盆地。

史帝加朝保羅走過來。

「什麼情報重要到不能派翼手信使送來？」保羅問。

「他們想把鳥留著等戰鬥時用。」史帝加說。他瞥了一眼通訊設備，又扭頭看著保羅說：「即使有窄波束，我們也不該用這些設備，摩阿迪巴。他們可以通過訊號定位找到你。」

「他們很快就會忙到沒時間找我了。」保羅說，「那兩個人報告了什麼？」

「我們已經在老豁口底部放走那兩個寶貝薩督卡，他們正趕回主子身邊。火箭發射架和其他拋射武器已就位，戰鬥人員都按你的命令部署好了。都只是例行報告。」

保羅掃了一眼淺坑，藉著偽裝掩體篩下的光線打量部下。他覺得時間過得好慢，就像昆蟲一步步爬過光禿禿的岩石。

「既然我們的薩督卡是用雙腳走的，恐怕要花些時間才能發出信號召來運兵機。」保羅說。「有人監視他們嗎？」

「有。」史帝加說。

站在保羅身邊的葛尼．哈萊克清了清嗓子說：「我們最好到安全的地方去，是吧？」

「沒有這種地方。」保羅說，「天氣預報怎麼說？是不是還對我們有利？」

「曾祖母級的特大沙暴就要來了。」史帝加說，「你感覺不到嗎，摩阿迪巴？」

「感覺確實不妙。」保羅說，「但我還是喜歡沙桿偵測的準確度。」

「沙暴一小時之內就會抵達這裡。」史帝加說。他看向岩縫外面，朝皇帝的臨時兵營和哈肯能人的巡防艦揚了揚頭，「他們也知道沙暴要來了。空中看不到一架撲翼機，一切都被拉進掩體裡拴住。看樣子，他們從他們在太空的朋友那裡搞到氣象報告了。」

「敵人有什麼偵察行動嗎？」

「從他們昨晚登陸以來，一點動靜都沒有。」史帝加說，「他們知道我們在這裡。我認為，現在他們正等著要選一個有利的時機。」

「時機由我們來選。」保羅說。

葛尼抬頭朝天上看了一眼，出聲道：「如果他們讓我們選的話。」

「那支艦隊會待在太空。」保羅說。

葛尼搖了搖頭。

「他們別無選擇。」保羅說，「我們有能力徹底摧毀香料。宇航不敢冒那個險。」

「孤注一擲的人是最危險的。」葛尼說。

「我們不是孤注一擲的人嗎？」史帝加問。

葛尼狠狠瞪著史帝加。

「你沒有弗瑞曼人的夢想。」保羅提醒他，「史帝加想的是我們花在賄賂上的水，還有多年來的等待。這都是為了讓厄拉科斯開滿鮮花。他不是……」

「唔——」葛尼皺起眉頭。

「他為什麼陰著臉？」史帝加問。

「每次戰鬥前，他總是陰著臉。」保羅說，「葛尼只允許自己用這種形式表現幽默。」

葛尼的臉上慢慢浮現狼一般的獰笑，蒸餾服面罩的開口露出白森森的牙齒。「一想到我們將要把那些可憐的哈肯能靈魂狠狠送進地獄，我的臉就更陰了。」他說。

史帝加哈哈大笑起來，「他講起話來像個弗瑞曼敢死隊員。」

「葛尼是天生的敢死隊員。」保羅說。他想：是啊，在我們跟平原上那支部隊交手前，在我們接受真正的考驗前。就讓他們隨便聊聊吧，沖淡一下戰前的緊張氣氛，別老想著戰鬥。他朝岩壁上的裂縫看了看，又把目光轉回葛尼身上，發現這位吟遊詩人又恢復了那副陰沉的樣子，皺著眉頭不知正想些什麼。

「憂慮會侵蝕戰鬥力。」保羅低聲說，「這是你告訴我的，葛尼。」

「我的公爵，」葛尼說，「我擔心的主要是原子彈。我知道你想用原子彈在大盾壁上炸出洞來，可要是你真那麼做的話……」

「就算我們動用了原子彈，上面那些人也不會用原子武器來對付我們。」保羅說，「他們不敢……

理由是一樣的：宇航怕我們摧毀香料源，不敢冒這個險。」

「但禁令規定……」

「禁令！」保羅喝道，「讓各大氏族不敢用原子彈互相攻擊的，是恐懼，而不是禁令。大公約明明白白寫著：『用原子彈對付人類，將懲以星球銷毀。』我們要炸毀的是大盾壁，不是人類。」

「這也太狡辯了！」葛尼說。

「上面那些人心驚膽顫，巴不得有藉口。」保羅說，「別再談這件事了。」

他轉身走開，暗自希望自己真的能像表現出來的那麼自信。過了一會，他說：「城裡的人如何？就位了嗎？」

「是的。」史帝加輕聲道。

保羅看著他問：「你在為什麼發愁？」

「我從來沒遇過能完全信賴的城裡人。」史帝加說。

「我自己就曾是城裡人。」保羅說。

史帝加僵住了，漲紅了臉說道：「摩阿迪巴，你知道，我的意思並不是……」

「我知道你的意思，史帝加。但是，對一個人的評價，不是依據你認為他會做什麼，而是看他實際上做了什麼。這些城裡人有弗瑞曼的血統，他們只是還沒學會掙脫枷鎖，我們可以教他們。」

史帝加點點頭，懊惱地說：「我這輩子都在犯這個毛病，摩阿迪巴。我們在死原學會了輕視城裡人。」

保羅瞥了葛尼一眼，發覺他正在打量史帝加，於是說道：「葛尼，說說薩督卡為什麼要把下面那些城裡人趕出自己的家？」

「老把戲了，公爵大人。他們想用難民來拖累我們。」

「游擊戰早就奏效了，那些武夫已經忘記怎麼跟游擊隊作戰。」保羅說，「薩督卡中計了，以搶奪民女為樂，用反抗者的頭顱裝飾他們的戰旗。他們已經掀起一波波仇恨，要不是這樣，城裡人可能會袖手旁觀，以為即將到來的戰役只會帶來莫大的麻煩……可現在，推翻哈肯能人的可能性大大增加了。薩督卡是在為我們招募新兵，史帝加。」

「城裡人確實顯得很急切。」史帝加說。

「仇恨剛點燃，火勢正旺。」保羅說，「所以我們才把他們組成突擊隊。」

「他們的傷亡會很慘重。」葛尼說。

史帝加點點頭表示認同。

「我們已經把風險告訴他們了。」保羅說，「但他們知道，每殺死一個薩督卡，我們這邊就少一個敵人。各位，你們看，他們有了不惜一死也要完成的事。他們已經發現自己也是人，他們正在覺醒。」

觀測員突然低聲驚呼。保羅走到岩縫那邊問：「那裡發生了什麼事？」

「大騷動，摩阿迪巴，」觀測員小聲說，「在那個見鬼的金屬兵營裡。有輛地面車從西環岩開出來，然後，就像老鷹飛進鵪鶉窩一樣。」

「我們放掉的那兩個薩督卡已經到了。」保羅說。

「現在，他們在整個著陸區周圍啟動了屏蔽場。」觀測員說，「我可以看見屏蔽場引起的空氣震動甚至延伸到他們存放香料的倉庫。」

「現在他們知道是在跟誰作戰了。」葛尼說，「讓那些哈肯能畜生發抖去吧！讓他們為一個還活著的亞崔迪人焦慮不安吧！」

保羅對拿著望遠鏡的弗瑞曼人說：「注意觀察皇帝旗艦上的旗杆，如果那上面升起我的旗——」

「不可能。」葛尼說。

見史帝加迷惑地皺著眉頭，保羅道：「如果皇帝認可了我的聲明，他就會重新在厄拉科斯上空升起亞崔迪的旗幟。一收到他的和解信號，我們就執行第二套方案，只進攻哈肯能人。薩督卡會站在一邊，讓我們自行了結恩怨。」

「對這些星際的事，我沒什麼經驗。」史帝加說，「我聽說過，但似乎不大可能——」

「他們會怎麼做，用不著什麼經驗也能猜得出。」葛尼說。

「他們正往那艘大星艦送去一面新旗。」觀測員說，「一面黃色的旗……中間有一道黑紅相間的圓圈。」

「精明。」保羅說，「是鉅貿聯會的旗。」

「跟其他星艦上的旗一模一樣。」弗瑞曼敢死隊員說。

「我不明白。」史帝加說。

「確實精明。」葛尼說，「如果升起亞崔迪的旗幟，皇帝就必須站在我們這一邊，不能賴帳。如果他在自己的旗艦上升起哈肯能的旗幟，那就是在直接宣戰。可是，不，他升起了鉅貿聯會那面破旗。他是在告訴上面那些人……」葛尼指指太空，「……利益在哪裡。他是說，他不在乎這裡有沒有亞崔迪家的人。」

「沙暴還要多久才會到大盾壁這邊？」保羅問道。

史帝加轉身走開，詢問凹穴裡的一個弗瑞曼敢死隊員。不久，他轉回來說：「很快，摩阿迪巴。比我們預料的還要快。這是曾曾祖母級的超大沙暴……也許，比你所期望的還要大。」

「這是我的風暴。」保羅說。聽見他說這話的弗瑞曼敢死隊員無不露出敬畏的神情。保羅看著他們的臉，繼續說道，「即使它能吹翻整顆星球，也不會超過我的期望。沙暴會不會籠罩整座大盾壁？」

「幾乎可以這麼說。」史帝加說。

一名偵察兵從通往下方盆地的隧道裡爬出來，說：「薩督卡和哈肯能的巡邏隊正在往回撤，摩阿迪巴。」

「他們估計沙暴會往盆地倒下太多沙塵，降低能見度。」史帝加說，「他們以為，我們也同樣會被困住。」

「告訴我們的炮手，在能見度降低前瞄準好攻擊目標。」保羅說，「沙暴一摧毀屏蔽場，他們就轟掉每艘星艦的頭。」他踏上凹穴的岩壁，把用來偽裝掩體的罩子往後拉開一點，從縫隙裡仰望天空。陰沉沉的天空下，遠處的沙暴正從地面捲起一條馬尾狀的飛沙。保羅把罩子重新蓋好，說：「開始派人下去，史帝加。」

「你不跟我們一起去嗎？」史帝加問。

「我跟敢死隊員一起在這裡等一會兒。」保羅說。

史帝加衝葛尼聳了聳肩，鑽進岩壁上的洞口，消失在黑暗中。

「這是用來炸掉大盾壁側邊的起爆器，我交給你了，葛尼。」保羅說，「你來幹好嗎？」

「我來幹。」

保羅朝一名敢死隊的小隊長打了個手勢，說：「奧辛，開始讓偵察隊撤離爆破區，必須在沙暴來襲之前全部撤出。」

那人彎腰致意，跟在史帝加後面走了。

葛尼靠在岩縫邊上，對望遠鏡人員說：「注意南邊的岩壁。確認起爆時那上面沒有我們的人。」

「放一隻翼手信使傳布爆破時間。」保羅命令道。

「一些地面車正朝南邊的岩壁方向移動。」望遠鏡人員說，「有些還用了拋射武器來試探。我們的人按你的指令用了護體屏蔽場。地面車停下了。」

周圍突然一片沉寂。保羅聽見風魔在上方飛舞——沙暴的前沿。沙子開始從掩體與坑口的縫隙間灌進凹地。一陣狂風捲走了掩體的偽裝罩。

保羅邊示意他的弗瑞曼敢死隊員躲進洞裡，邊走到隧道口上那些看守通訊設備的隊員面前。葛尼跟在他身邊，也在隧道口停下。保羅伏在通訊兵身邊。

其中一人說：「這是曾曾曾祖母級的沙暴，摩阿迪巴。」

保羅抬頭看了一眼正在暗下來的天空，說：「葛尼，把南邊岩壁那裡的觀測員撤回來。」沙暴的呼嘯聲越來越大，他不得不提高音量，重複一遍剛才的命令。

葛尼趕緊轉身執行命令。

保羅收緊面罩，繫牢蒸餾服的兜帽。

葛尼回來了。

保羅拍拍葛尼肩頭，指指通訊兵身後那只安在隧道口的引爆器。葛尼走進隧道，停在那裡，一隻手按在起爆器上緊盯著保羅。

「我們收不到信號。」保羅身邊的通訊兵說，「靜電干擾太大了。」

保羅點點頭。眼睛繼續盯著通訊兵面前的標準時鐘。過了一會，保羅看了一眼葛尼，舉起一隻手，注意力又回到時鐘的表盤上——指針慢慢轉過最後一圈。

「起爆！」保羅大喊一聲，猛地揮下手臂。

葛尼用力按下起爆器。

似乎過了整整一秒，他們才感到腳下的大地上下起伏，猛烈震動起來。沙暴的怒吼聲中又加上了爆炸的轟鳴。

那個敢死隊觀測員出現在保羅面前，望遠鏡夾在他的一隻胳膊下。「大盾壁被炸開了，摩阿迪巴！」他大聲說，「沙暴吹進去，摧毀了他們的屏蔽場。我們的炮手已經開火。」

保羅想像沙暴如何橫掃盆地——沙牆攜帶的靜電摧毀了敵人營地上所有的屏蔽場屏障。

「沙暴！」有人高聲喊道，「我們必須躲到掩體下面，摩阿迪巴！」

保羅這才感到沙子像針一樣刺著他暴露在外的臉頰。我們開戰了，他想。他用一隻手臂摟住通訊兵的肩膀，說：「別管這些設備了！隧道裡還有一大堆。」他感到自己被人拉著朝隧道走，弗瑞曼敢死隊員湧到他周圍保護他。他們擠進隧道口，感覺洞裡寧靜了許多，然後轉過彎道，走進一間窄小的岩室，岩室頂上懸著一盞燈球，對面則是另一個隧道口。

一個通訊兵坐在通訊設備旁。

「靜電干擾太大。」那人說。

一股沙塵衝了進來，四處瀰漫，在空氣中打轉。

「封閉這條隧道！」保羅大聲喊道。瞬間的沉寂表明他的命令已經完成。「通往盆地的通道仍然暢通嗎？」保羅問道。

一名敢死隊員馬上跑去查看，一會兒就回來說：「有一小塊岩石在爆炸中掉了下來，但工兵說道路是暢通的。他們正用雷射光束清理現場。」

「告訴他們用手清理！」保羅咆哮道，「誰知道下頭還有沒有殘存的屏蔽場。」

「他們很謹慎，摩阿迪巴。」那人說了一聲，但還是轉身去執行他的命令。

從外面進來的通訊兵扛著設備從他身邊走過。

「我告訴過那些人別管他們的設備了！」保羅說。

「弗瑞曼人不喜歡遺棄設備，摩阿迪巴。」一名敢死隊員斥責道。

「現在人比設備更重要。」保羅說，「我們很快就會有更多設備，或再也不需要任何設備。」

葛尼．哈萊克走上前來，站在他身邊說：「我聽他們說，下去的路通了。我們這裡離地面太近，爵爺，別讓哈肯能人逮到機會報復。」

「他們沒時間報復。」保羅說，「他們才剛發現他們失去屏蔽場的保護，而且無法起飛離開厄拉科斯。」

「不管怎麼說，新指揮所已經全都準備好了，爵爺。」葛尼說。

「指揮所暫時還用不著我指揮。」保羅說，「沒有我，這場仗也會繼續按計畫進行。我們必須等……」

「我收到一條消息，摩阿迪巴。」守在通訊設備旁邊的通訊兵說。他搖了搖頭，把耳機緊緊按在耳朵上。「靜電干擾太大！」他開始在面前的便箋上塗了起來，搖搖頭等著，寫一會兒……等一會兒……

保羅走到通訊兵身邊，其他弗瑞曼敢死隊員朝後退去，給他騰出地方。他低頭看著那人寫下的幾行字，輕輕讀道：「偷襲……泰布穴地……被俘……厄莉婭（□□）家人（□□）死……他們（□□）摩阿迪巴的兒子……」

通訊兵再次搖搖頭。

保羅一抬頭，看到葛尼正盯著他瞧。

「電文很亂。」葛尼說，「因為靜電的緣故。你不知道……」

「我兒子死了。」保羅說。他一邊說，一邊意識到這是真的，「我兒子死了……厄莉婭被俘……成了人質。」他感到心裡空蕩蕩的，成了沒有感情的空殼。他的手所到之處，都是死亡和哀痛，簡直像一場可能會傳遍宇宙的瘟疫。

他體會到老人的智慧了，無數人的經歷積累而成的生存智慧。他覺得，某種東西彷彿正在咯咯發笑，伸出手擰著他的心。

保羅想：對於殘酷的本質，這個宇宙的了解是何等淺薄！

10

摩阿迪巴站在他們面前，說：「雖然我們將被俘之人視為死者，但她仍活著，因為她的種子就是我的種子，她的聲音就是我的聲音。她同樣能看到未來最遙遠的種種可能。是的，因為我的緣故，她能望進充滿未知的深谷。」

——伊若琅公主《厄拉科斯的覺醒》

• • •

帕迪沙皇帝的金屬兵營內有一座橢圓禮儀宮，弗拉迪米爾·哈肯能男爵就站在這間皇家覲見室裡，兩眼低垂看著地面。男爵偷偷張望，打量著這座金屬牆壁的廳室和裡面的人員：皇裔侍衛隊軍官、侍從、侍衛，還有沿著牆站開的整隊薩督卡軍人。這些薩督卡以稍息姿勢站在一面面血跡斑斑的破爛軍旗下，每一面都是繳獲的戰利品，也是廳內唯一的裝飾。

「迴避！皇帝駕到！」覲見室右側傳來一個聲音，在高聳的走廊一路迴響。

帕迪沙皇帝沙德姆四世從走廊裡出來，走進覲見室，後面跟著他的扈從。他站在原地不動，等著侍從把他的王座抬進來。皇帝對男爵視而不見，應該說，似乎對覲見室的所有人都視而不見。

可男爵發現，自己卻無法對皇帝視而不見。他打量著皇帝，想從皇帝身上找出線索，以推斷這場召見的目的。皇帝沉著地站著，耐心等待。他身材修長，姿態優雅，身穿灰色薩督卡軍服，軍服上掛著金、銀飾物。他那瘦削的臉龐和冷峻的眼睛讓男爵想起很久以前死去的雷托公爵。這兩人有相似的鷹臉。只不過，公爵是黑髮，皇帝卻是紅髮，大多罩在波薩格的墨色頭盔下，頭盔上還有皇室的金色頂飾。

侍從抬來皇帝的王座。這是用一整塊哈葛爾石英石雕鑿的大型座椅，呈半透明的藍綠色，中間貫穿黃色的火焰條紋。侍從把王座放在覲見室的高臺上，皇帝登上高臺，在王座坐下。

一個年老女人身穿黑色的寬鬆女袍，自行從皇帝的扈從隊伍走出來，站在王座後方，一隻骨瘦如柴的手搭在王座的石英石靠背上。她的兜帽整個拉下來蓋住了前額，露出的臉向外窺視著，像一幅巫婆的漫畫：深陷的兩頰和眼睛，長長的鼻子，布滿斑點的皮膚，還有突起的青筋。

男爵強忍住見到她的顫慄。聖母凱亞斯·海倫·莫哈亞，皇帝的真言師，她的在場洩漏了這次召見的重要性。男爵把視線從她身上移開，仔細打量著皇帝的扈從，想從他們身上找到蛛絲馬跡。裡面有宇航的兩個代理人：一個高胖，一個矮胖，兩人都有一雙了無生氣的灰眼。隨侍的人群中還有皇帝的長女，伊若琅公主。據說她正在接受最高深的貝尼·潔瑟睿德訓練，注定了要當聖母。她身材修長，金髮白膚，美麗的臉龐輪廓分明，湛綠的雙眼能看穿人心。

「親愛的男爵。」

皇帝紆尊望向他，無懈可擊的男中音在召喚他的同時，也表露出對他的不在意。

男爵深深彎下腰，向前走到他受命站立的位置，離皇帝的高臺十步遠。「我應召晉見，陛下。」

「應召！」老巫婆咯咯笑著。

「好了，聖母。」皇帝斥責道，卻為男爵的狼狽而莞爾。他說：「首先，告訴我，你把你的下屬瑟非·郝沃茲派到哪裡。」

男爵左右看了看，後悔沒有帶上自己的護衛，倒不是因為他們能對抗薩督卡人。然而……

「嗯？」皇帝說。

「他已經失蹤五天了，陛下。」男爵迅速瞥了一眼宇航的代理人，然後收回目光看著皇帝，「他本來應該在走私者的基地著陸，設法混進弗瑞曼極端分子的營地。這個摩阿迪巴……」

「難以置信！」

皇帝點點頭，說：「五天。男爵，告訴我，他失蹤了，你為什麼不憂慮？」

那個女巫爪子似的手拍了拍皇帝的肩，身體靠前，附在皇帝耳邊小聲說了幾句。

「但我正相當憂慮，陛下！」

皇帝繼續盯著他，等他說下去。這時聖母咯咯笑了起來。

「我的意思是，陛下，」男爵說，「郝沃茲反正也活不過幾個小時。」他向皇帝解釋了潛伏的毒藥及需要服用的解藥。

「你真聰明，男爵。」皇帝說，「你的侄兒拉班和小菲得－羅薩又在哪裡？」

「沙暴要來了，陛下。我派他們去視查邊界，以免弗瑞曼人在風沙的掩護下發動進攻。」

「邊界。」皇帝沉吟道，彷彿是在用嘴細細品味這兩個字，「盆地這裡不會有多大的沙暴。有我的五支薩督卡軍團在，弗瑞曼反叛軍不會進攻。」

「當然不會了，陛下。」男爵說，「但因謹小慎微而犯錯，也是無可厚非。」

「啊——哈！」皇帝說，「無可厚非。那麼，我不能談談厄拉科斯這齣鬧劇花了我多少時間嗎？也不能提鉅貿聯會有多少利潤被倒進這個老鼠洞，還有為了這件蠢事，我不得不延宕甚至取消宮廷活動和國家事務？」

男爵垂下眼簾，不敢面對皇帝的震怒。他的堪憂處境，他的孤身一人，以及只能指望大公約和大氏族聯合會反背義規章的事實，都使他惴惴不安。他是要殺我嗎？男爵問自己，他不會的！其他大氏族都在上面等著，巴不得有藉口從厄拉科斯的亂局中撈一筆！

「你有抓到人質嗎？」皇帝問。

「沒用的，陛下。」男爵說，「這些弗瑞曼瘋子為每一個被俘的人舉行葬禮，當他們已經死了。」

「是嗎？」皇帝說。

男爵等待著，目光在覲見室的金屬牆壁間逡巡，想著這片巨大無匹的延展合金軍營。它所代表的無限財富就連男爵也敬畏不已。他帶著侍從，男爵想，還有無用的宮廷僕役、他的女人，以及她們的隨行人員：梳髮的、管服裝的、管造型的，所有人……宮廷的所有寄生蟲，全都在這裡了。一邊阿諛奉承，一邊暗地裡圖謀，陪著皇帝「一切從簡」，等著看皇帝了結這件事，然後為戰爭吟詠幾句，把傷兵當成英雄來崇拜。

「也許你沒找到適當的人質。」皇帝說。

他知道某些事，男爵想。恐懼像石頭般壓在他的胃上，沉重到他一想到食物幾乎要吐出來。可這種感覺卻又像飢餓，他好幾次在懸浮器裡扭動身子，恨不得命人給他端來食物。然而，這裡沒人聽他的吩咐。

「對這個摩阿迪巴，你了解多少？你知道他是誰嗎？」皇帝問。

「肯定是某個烏瑪，」男爵說，「一個弗瑞曼暴徒，宗教投機分子。這種人，文明世界的邊疆每隔一段時間就會出產一批。陛下，這您是知道的。」

皇帝看了一眼他的真言師，回過頭來，陰沉地望著男爵道：「這個摩阿迪巴，你只知道這些？」

「一個瘋子。」男爵說，「不過，所有弗瑞曼人都有點瘋。」

「瘋？」

「他的子民會高呼他的名字投入戰鬥。女人把她們的嬰兒扔向我們，然後撲到我們的刀上，好讓她們的男人趁隙向我們進攻。他們沒有……沒有……規矩。」

「這麼糟啊。」皇帝呢喃道，但嘲諷的語氣沒有逃過男爵的耳朵，「告訴我，親愛的男爵，你調查過厄拉科斯的南極地區嗎？」

男爵抬起頭來望著皇帝。話題突然改變，讓他吃了一驚。「但是……嗯，您知道的，陛下，那整片都是無人區，是沙暴和沙蟲的天下。那個緯度甚至連香料都沒有。」

「你沒有收到香料接駁艦的報告，說那裡出現了幾片綠地嗎？」

「總是有這類的報告。很久以前，我們調查過其中一些地區，植物沒看到幾棵，卻損失了不少撲翼機。代價太大了，陛下。人類在那裡無法活很久。」

「原來如此。」皇帝說。他彈了一下手指，王座左後方的一道門打開了。兩個薩督卡趕著一個看上去大約四歲的小女孩從門裡走進來。她穿著黑色的弗瑞曼女袍，兜帽甩在背後，露出咽喉旁邊掛著的蒸餾服配件。她有一張柔和的圓臉，眼睛是典型的弗瑞曼藍，看上去全無懼意，但目光竟讓男爵莫名其妙心神不寧。

就連那名老貝尼．潔瑟睿德真言師也在小女孩經過時退了一步，還朝她的方向做了一個屏擋的手勢。這孩子的出現顯然令老巫婆大感震驚。

皇帝清了清喉嚨，準備說話，可那孩子卻搶先開口。尖細的聲音，稍稍帶著軟齶的咬舌音，但還是很清晰。「原來他在這裡。」她說著，向前走到高臺邊上，「模樣不怎麼樣嘛。一個嚇壞的胖老頭，虛弱到沒了懸浮器就撐不住自己的身體。」

一個孩子竟口吐如此出人意料的話。男爵氣急敗壞，卻只能瞪著她，啞口無言。難道是侏儒？他問自己。

「親愛的男爵，」皇帝說，「來認識一下摩阿迪巴的妹妹。」

「妹……」男爵轉頭望向皇帝，「我不明白。」

「有時候，就連我也會大意犯錯。」皇帝說，「一直有人向我報告，你所說的那個南極無人區有人類活動的跡象。」

「但那是不可能的！」男爵抗議道，「沙蟲……那裡的沙地明顯……」

「這些人好像有能力避開沙蟲。」皇帝說。

那孩子在高臺上的王座旁坐下，雙腳垂在臺邊晃著，踢著小腿，神情自若地審度四周。

男爵盯著那雙踢動的小腳，看著小腳帶動黑色的長袍，露出袍下的涼鞋。

「不幸的是，」皇帝說，「我只派了五艘運兵機，帶著輕兵器去抓俘虜回來審問。只有一艘航艦逃了回來，帶回三個俘虜。請注意，男爵，我的薩督卡幾乎全軍覆沒，而對手卻主要由婦女、兒童和老人組成。這個孩子就指揮了其中一支隊伍。」

「您瞧瞧，陛下！」男爵說，「您瞧瞧他們都是些什麼人！」

「我是自願讓你們抓來的。」那孩子說，「我不想面對我哥哥，因為我不想告訴他，他的兒子被人殺死了。」

「我們的人只逃回來幾個。」皇帝說，「逃回來！你聽見了嗎？」

「要不是那些火，」那孩子說，「我們也能幹掉他們。」

「我的薩督卡把他們運兵機上的姿態控制噴射器當成火焰噴射器來用。」皇帝說，「他們孤注一擲，才能帶著三個俘虜逃回來。請注意，親愛的男爵，我的薩督卡在跟婦女、兒童和老人的混戰中被迫撤退。」

「我們必須派出火力清剿。」男爵憤憤地說，「必須消滅每一個殘餘的……」

「閉嘴！」皇帝喝道，他在王座上推了一把，向前傾身，「不要再侮辱我的智力。你站在那裡，一副愚蠢的無辜模樣——」

「陛下。」老真言師說。

他揮手要她安靜。「你說你不知道我們發現的那些人類活動，也不知道這支卓越民族的戰鬥力！」皇帝從王座上抬起半個身子說，「你把我當成什麼了，男爵？」

男爵後退了兩步，心想：是拉班。他居然給我來這麼一手，拉班……

「還有你跟雷托公爵的那場假爭執。」皇帝呢喃道，身子向後一靠，「這件事你處理得真漂亮！」

「陛下，」男爵懇求道，「您……」

「閉嘴！」

老貝尼．潔瑟睿德把一隻手放到皇帝肩上，傾身湊近他的耳朵，輕輕說了些什麼。

那孩子坐在高臺上，不再踢腿了。她說：「讓他更害怕些，沙德姆。我本來不應該高興的，但我實在忍不住。」

「安靜，孩子。」皇帝說。他身體前傾，一隻手放在她頭上，眼睛卻盯著男爵。「可能嗎，男爵？你真像我這真言師所說的那樣頭腦簡單嗎？難道你沒認出，這孩子是你的朋友雷托公爵的女兒？」

「我父親從來不是他的朋友。」那孩子說，「我父親死了，這頭哈肯能老禽獸從沒見過我。」

男爵驚得腦子一片空白，呆呆望著小女孩，好不容易才重新發出聲音，嘶啞道：「妳是誰？」

「我是厄莉婭，雷托公爵和潔西嘉女士的女兒，保羅—摩阿迪巴公爵的妹妹。」孩子說著，伸手一推高臺，跳到覲見室的地板上，「我哥哥發誓要把你的人頭掛在他的戰旗上，我認為他一定能做到。」

「安靜，孩子。」皇帝說。他坐回王座，一隻手摸著下頷，細細打量起男爵。

「我不用聽皇帝的命令。」厄莉婭說。她轉過身，抬頭看著高臺上的老聖母，「她知道。」

皇帝抬起頭，望著他的真言師：「她是什麼意思？」

「那孩子是妖煞！」老婦人說，「她母親應該受到史上最重的懲罰，應該處死！無論是這孩子，還是生她的那個女人，越早死越好！」老婦人一根手指指著厄莉婭，「從我腦裡滾出去！」

「心靈感應？」皇帝低聲問道。他轉頭盯著厄莉婭，「神母在上！」

「您不明白，陛下，」那個老婦人說，「這不是心靈感應。她就在我腦子裡，和以前那些把記憶轉給我的聖母一樣。她站在我的腦子裡！她不可能在那裡的，可她確實在！」

「還有什麼？」皇帝厲聲問道，「這是什麼鬼話？」

老婦人站直身子，垂下剛剛指向女孩的手。「我說得太多了。但事實是，這個並非孩子的孩子必須除掉。很久以前，我們就受到警告，要防止這類事情，還有要怎麼阻止這種怪胎出生。然而，我們有一個自己人背叛了我們。」

「胡說八道，老太婆。」厄莉婭說，「妳根本不明白這是怎麼回事，卻還是像傻子一樣吵個不停。」她閉上眼睛，深深吸了一口氣，屏住呼吸。

老聖母呻吟著搖晃起來。

厄莉婭睜開雙眼。「就是這麼回事。」她說，「一場宇宙意外……還有，這裡面也有妳的一份功勞。」

老聖母朝空氣伸出雙手，掌心向著厄莉婭，用力推擋著。

「發生了什麼事？」皇帝問道，「孩子，妳真能把妳的思想灌進別人的大腦？」

「根本不是那麼回事。」厄莉婭說，「除非我生來就是你，否則不可能像你那樣思考。」

「殺了她。」老婦人喃喃說著，緊抓住王座的椅背，撐住自己的身體，「殺了她！」那雙深陷的老眼死死盯住厄莉婭。

「安靜！」皇帝說。他打量著厄莉婭，「孩子，妳能聯絡上妳哥哥嗎？」

「我哥哥知道我在這裡。」厄莉婭說。

「妳能告訴他，要他投降來換妳的命嗎？」

厄莉婭天真無邪地對他笑笑。「我不會那麼做的。」她說。

男爵步履蹣跚地朝前走了幾步，站在厄莉婭身旁。「陛下，」他懇求道，「我一點也不知道……」

「再敢插嘴打斷我，男爵，」皇帝說，「你就再也插不了嘴……永遠。」他仍然全神看著厄莉婭，瞇起眼睛審視著她，「妳不會那麼做，啊？妳能讀到我的心，知道如果妳不服從我的命令，我會怎麼對付妳嗎？」

「我早說過，我不會讀心術。」她說，「但要讀懂你的意圖，並不需要心靈感應。」

皇帝陰沉著臉說：「孩子，妳簡直無可救藥。那我只好集結我的軍隊，把這顆星球變成——」

「沒那麼簡單。」厄莉婭說。她朝那兩個宇航的人望去，「問問他們吧。」

「違背我的意願並不明智。」皇帝說，「妳不該拒絕我這個小小的要求。」

「現在，我哥哥來了。」厄莉婭說，「在摩阿迪巴面前，就連皇帝也可能會發抖，因為他擁有正義的力量，上天會眷顧他。」

皇帝猛然站起身來。「這齣戲演得太過分了。我要把妳哥哥和這顆星球全捏在手心，把他們碾成……」

房間發出隆隆巨響，開始晃動。一道沙瀑突然從王座後面那條連接金屬兵營和皇帝星艦的通道傾瀉而下，眾人立即感覺到皮膚上一陣陣緊縮的壓迫，表明有大範圍的屏蔽場正在啟動。

「我跟你說過，」厄莉婭說，「我哥哥來了。」

皇帝站在王座前，右手壓上耳朵，聽著無線耳機不斷含糊傳出的報告。男爵移了兩步，走到厄莉婭身後。薩督卡躍到門口備戰。

「我們要退回太空，重新集結。」皇帝說，「男爵，我道歉。這群瘋子正在沙暴掩護下發起了進攻。既然如此，我們就讓他們見識皇帝的雷霆怒火吧。」他指著厄莉婭說，「把她的屍體交給沙暴。」

就在他說話時，厄莉婭迅速後退，裝出害怕的樣子。「就讓沙暴帶走所能帶走的吧！」她尖叫著，往後跌入男爵懷裡。

「我抓住她了，陛下！」男爵高聲叫道，「要不要我現在就了結她……哎呀！」他將她狠狠甩到地上，一隻手緊緊抓住左臂。

「抱歉，外公。」厄莉婭說，「你已經中了亞崔迪的戈姆刺。」她站起身來，一枝黑針從她手中落下。

男爵向後翻倒在地，雙眼凸出，瞪著左掌心一道紅色的傷口。「妳……妳……」男爵在他的懸浮器中翻了個身，那一大團鬆弛的肥肉在懸浮場支撐下離開地面約寸許，頭垂下，嘴大張著。

「這些人全是瘋子！」皇帝咆哮著，「快！進星艦，我們要徹底肅清這顆星球的每一……」

他左側突然閃起火花，一團電光球滾過來撞到牆上彈了回來，一接觸到金屬地面，立即發出劈啪巨響。覲見室裡頓時瀰漫著絕緣材料燒焦後的臭味。

「屏蔽場！」一個薩督卡軍官叫了起來，「外層屏蔽場垮了！他們……」

他的話音淹沒在一片金屬撞擊的巨響中。皇帝身後的艙壁抖動、搖晃著。

「他們把我們星艦的機首給轟掉了！」有人大叫道。

滾滾沙塵在房間裡翻騰，得到掩護的厄莉婭一躍而起，朝門外奔去。

皇帝急忙轉身，示意他的人趕緊往王座後方撤，那邊的艙壁上的安全門正來回擺動著。一名薩督卡軍官從沙霧中竄出，皇帝飛快衝他打了個手勢，命令道：「我們就在這裡反擊！」

又一聲猛烈的爆炸撼動了整座金屬兵營，覲見室另一頭的雙扇門砰的一聲大開，風捲狂沙，挾帶著外面的陣陣呼叫。一道小小的、身穿黑色長袍的身影背著光忽隱忽現——厄莉婭衝出去找了一把刀，按照她所受到的弗瑞曼訓練，一一殺死哈肯能和薩督卡的傷兵。薩督卡軍人穿過黃綠色的煙霧衝向門口，手持武器圍成一道弧形保護皇帝撤退。

「救您自己，陛下！」一名薩督卡軍官大喊，「上星艦！」

但獨自站在高臺上的皇帝伸手指著門口，一句話也說不出來。遠處，一段四十公尺長的臨時兵營已經被炸飛，滾滾沙暴正迎面朝覲見室的大門襲來。暗淡的遠方有片沙塵雲低懸，透過沙塵可以看到雲中不時迸出靜電造成的閃電，風暴的電荷使屏蔽場短路了，電火花四射。平原上到處是戰鬥的身影——薩督卡，還有穿著長袍躍起、迴旋的沙漠人，彷彿乘著沙暴從天而降。

皇帝用手指著這彷彿電影鏡頭的一切。

沙霧中鑽出一群井然有序的發光體——一道道隆起的巨弧帶著亮晶晶的輻條，赫然竟是沙蟲的血盆大口。沙蟲組成一堵高牆，每條沙蟲背上都騎著進攻的弗瑞曼人。一片嘶嘶聲中，弗瑞曼長袍在風中飛舞，以楔形隊列切入平原的混戰中。

竟有軍隊朝皇帝的臨時兵營猛殺！這種攻擊史上未見，薩督卡一時不知該如何面對，竟嚇傻在當地。

然而，從沙蟲背上跳下來的是人，刀鋒閃現凶險的黃色光芒，這正是薩督卡受訓要面對的東西，於是他們開始戰鬥。當厄拉欽恩平原展開一場人釘人的廝殺時，一名薩督卡精銳護衛把皇帝推回星艦，封好艙門，準備要在門前慷慨赴死，以身護門。

星艦內一片死寂，皇帝望著身旁滿面驚恐的眾人，看到他的長女因喘不過氣而雙頰漲紅，老真言師像黑色幽靈般將兜帽拉下來遮住臉，最後，他終於找到他搜尋的面孔——那兩個宇航的人。他們穿著灰色制服，毫無裝飾，跟臉上的冷淡表情相當搭配——儘管周圍的人無不情緒激動，兩人顯然無動於衷。

兩人中的高個子舉起一隻手蒙著左眼。皇帝望向他的時候，有人衝撞到他的手臂，撥開他的手，露出那隻眼睛。那人原本用於偽裝的隱形眼鏡掉落在地，向外瞪視的眼睛竟全是藍色，暗得幾乎變成了黑色。

那名矮個子用手肘擠開人群，踏前一步，離皇帝更近了。他說：「我們無法預測事態將如何發展。」高個子重新抬手蒙住眼睛，冷冷加上一句，「可這個摩阿迪巴也一樣不知道。」

這些話把皇帝從迷茫中震醒。他費了好大的勁才敢相信高個子語氣中的輕蔑。那片平原接下來的局勢會如何，不需要宇航領航員那種受過強化的全神貫注也能看出。皇帝心想，這兩個人是否過於依賴他們的技能，以至於不知道怎麼運用雙眼和理智的判斷？

「聖母，」他說，「我們必須制定計畫。」

聖母把兜帽從臉上拉開，兩眼一眨不眨地盯著皇帝。兩人視線相交，彼此心領神會。他們只剩下一種武器，一種兩人都熟悉的武器：出賣。

「把艙房裡的芬倫伯爵召來。」聖母說。

帕迪沙皇帝點點頭，揮手示意他的一名副官去執行。

11

他既是武士，也是祕教徒；既是魔鬼，也是聖人；既狡猾，也單純、仁義、無情；他尚未成神，卻也超越了人。以一般標準無法衡量摩阿迪巴的意圖。他在勝利的那一瞬，看穿了眼前的死亡陷阱，但他接受背叛。能說他這樣做是出於正義嗎？又是誰的正義？記住，我們所談的人是摩阿迪巴，他曾下令剝下敵人的皮做成戰鼓，一揮手便推翻過去的亞崔迪傳統，用他的話說：「我是奎薩茲．哈德拉赫，這條理由就夠了。」

——伊若琅公主《厄拉科斯的覺醒》

•••

勝利的那天晚上，保羅—摩阿迪巴在眾人護衛下來到厄拉欽恩的府邸，亞崔迪氏族在沙丘的第一處居所。那座建築物仍然保持著拉班重建後的樣子，雖然曾遭鎮民洗劫，但未受戰爭波及，只有大廳的一些擺設被推倒或打碎了。

保羅闊步走進正門，葛尼．哈萊克和史帝加緊隨他身後。護衛隊呈扇形在大廳裡散開，把這個地方整理一下，為摩阿迪巴清出一塊地方。一支小隊開始搜查這座建築物，以確保沒有敵人設置的機關和陷阱。

「我還記得我們跟著你父親到這裡來的第一天。」葛尼說。他四下打量大廳的橫梁和高高的窄窗。

「當時我就不喜歡這個地方，現在更不喜歡。任何山洞都比這裡安全。」

「講起話來倒像個道地的弗瑞曼人。」史帝加說。他注意到自己這句話使摩阿迪巴露出一絲淡淡的微笑，「你會重新考慮一下嗎。摩阿迪巴？」史帝加問道。

「這棟府邸有象徵意義，」保羅說，「拉班過去就住在這裡。只要占領這裡，每個人都會明白誰是勝利者。每個角落都派人過去，不要碰任何東西。只要確定沒有哈肯能人或他們的玩意兒留下來就行了。」

「遵命。」史帝加說，語氣聽上去不情不願，但還是服從了保羅的命令。

通訊兵帶著器材匆匆走進大廳，開始在巨大的壁爐旁裝配設備。弗瑞曼衛兵迅速在大廳周圍布好崗哨，然後低聲交談著，帶著猜疑的目光地掃視周圍。對他們來說，這個地方一直是敵人的堡壘，像這樣隨隨便便住進來，他們難以接受。

「葛尼，派人去把我母親和荃妮護送過來。」保羅說，「荃妮知道我兒子的事了嗎？」

「消息已經送出去了，爵爺。」

「創造者已經被帶出盆地了嗎？」

「是啊，爵爺。沙暴差不多停了。」

「沙暴造成的損失有多大？」保羅問。

「直接損失，就是著陸區和平原上的香料儲藏庫。至於間接損失，」葛尼說，「跟戰鬥造成的損失一樣大。」

「我猜，沒有錢修不了的東西。」保羅說。

「除了生命，爵爺。」葛尼說。他的語氣中明顯帶著斥責，彷彿在說：「當人們有性命之危時，亞崔迪人什麼時候先關心財物了？」

可保羅只全神貫注在靈眼上。他看到自己的道路上仍然橫亙著一堵時間之牆，牆上有許多可見的裂縫，而聖戰穿過每道裂縫，沿著時間通道向前肆虐。

他嘆了口氣，走過大廳，看見一把椅子靠牆立著。這把椅子曾經放在餐廳，他父親甚至可能坐過。儘管如此，此刻的他卻只把椅子當成解除疲累、掩飾疲態的東西。他坐下，拉起長袍蓋住雙腿，鬆開蒸餾服的領子。

「皇帝仍舊躲在他那艘星艦的殘骸裡。」葛尼說。

「現階段，就讓他待在那裡吧。」保羅說，「找到那幾個哈肯能人了嗎？」

「他們還在清點屍體。」

「上面那些星艦有什麼答覆？」他抬起下頷，衝著天花板點了點。

「還沒有答覆，爵爺。」

保羅又嘆了口氣，靠在椅背上休息。過了一會，他說：「給我帶一個薩督卡俘虜來，我們必須給我們的皇帝陛下送句話。該是談條件的時候了。」

「是，爵爺。」

葛尼轉身離開，臨走前對保羅身旁的弗瑞曼敢死隊貼身衛兵打了個手勢。

「葛尼，」保羅輕聲說，「自我們重聚以來，還沒聽你對這事件編寫過什麼雋語。」他轉過身去，看著葛尼。葛尼嚥了口唾沫，臉色一肅。

「遵命，爵爺。」葛尼說。他清了清嗓子，但聲音仍很嘶啞：「『勝利的那一天突然變成舉國的哀悼日，因為人們聽說，國王為他兒子的死悲痛欲絕。』」

保羅閉上雙眼，強忍心中悲痛，他必須忍到適當的時候才能允許自己為兒子哀悼，就像當日為父親強忍悲痛。現在，他盡量集中精力思考今天的新發現——混雜的未來，還有偷偷現身在他意識中的厄莉婭。

在他看過的時間幻象中，就數今天所見最不尋常。「我努力對付未來，終於把我的話放在只有你才能聽到的地方。」厄莉婭說，「就連你也做不到這一點，我的哥哥。我發覺這是很有趣的遊戲。而且……哦，對了，我殺了我們的外公，就是那個瘋狂的老男爵。他死的時候沒受多少苦。」

沉寂。他的時間感官看著她漸漸隱去。

「摩阿迪巴。」

保羅睜開眼睛，抬頭看到史帝加那長滿黑色鬍鬚的臉，深邃的眼睛閃爍著作戰的光芒。

「你們找到老男爵的屍體了。」保羅說。

他的沉著使史帝加冷靜下來。「你怎麼知道的？」他輕聲說，「我們剛剛才在皇帝的那一大堆金屬廢墟找到那具屍體。」

保羅不理會他的問題，一抬眼，看見葛尼回來了，身後的兩個弗瑞曼敢死隊員架著一名薩督卡俘虜。

「給你帶來一個，爵爺。」葛尼說。他示意衛兵架著俘虜停在保羅五步之外。

保羅注意到，那個薩督卡眼中有一種受驚後的呆滯，一道瘀傷從鼻子延伸到嘴角。他屬於那種金髮碧眼、五官輪廓深刻的種族，在薩督卡軍中，這種血統的人都有軍階。不過，除了刻著皇室紋章的金鈕釦和褲子上破爛的流蘇，他那身破爛軍服上沒有任何徽章標示他的職位。

「我認為這傢伙是個軍官，爵爺。」葛尼說。

保羅點點頭，道：「我是保羅．亞崔迪公爵。你懂那代表什麼嗎？」

薩督卡瞪著他，一動不動。

「大聲回答我！」保羅說，「否則你們的皇帝可能因此喪命。」

那人眨了眨眼睛，嚥下一口唾沫。

「我是誰？」保羅質問道。

「您是保羅．亞崔迪公爵。」那人啞著嗓子回答道。

他對保羅的態度似乎過於順從，不過，薩督卡對今天所發生的事完全沒有任何心理準備。保羅意識到，他們的生命中只見識過勝利，而這本身就可能是個弱點。他把這個想法暫且拋開，等日後訓練自己的軍隊時再列入考慮。

「我要你給皇帝帶口信。」保羅說。他以古老的客氣措辭念道：「我，大氏族的公爵，皇室的親人，以蘭茲拉德之名發誓，假如皇帝和他的人放下武器，和我會面，我會以我自己的性命擔保他們的安全。」保羅舉起戴有公爵印戒的左手給那個薩督卡看，「我以此戒發誓。」

那人用舌尖舔舔嘴唇，瞥了一眼葛尼。

「沒錯。」保羅說，「除了亞崔迪家的人，還有誰能擁有葛尼．哈萊克的忠誠？」

「我會把口信帶到。」薩督卡說。

「帶他到我們的前進指揮所，送他去皇帝那裡。」保羅說。

「是，爵爺。」葛尼示意衛兵聽命，隨後帶著他們走出大廳。

「荃妮和你母親已經到了。」史帝加說，「荃妮因為悲傷過度，要求單獨待一會兒。聖母則提出要在那間古怪的房子裡歇一陣子。我不知道為什麼。」

「我母親非常懷念那顆她可能再也見不到的星球。」保羅說，「在那裡，水從天上落下，植物茂密到你無法穿越。」

「水從天上落下！」史帝加喃喃道。

剎那間，保羅看到史帝加如何從一個弗瑞曼的耐巴變成天外之音的信徒，一個對他既敬畏又服從的傀儡。這個人退化了，保羅從他身上感受到聖戰的陰影。

我親眼目睹一個朋友變成了信徒，保羅心想。

孤獨感突然湧上，他環顧大廳，留意到他的衛兵在他面前站得多麼規矩得體，像在接受檢閱。他還能感應到他們之間那種微妙的、充滿驕傲的競爭——人人都希望摩阿迪巴能注意到自己。

所有恩典皆為摩阿迪巴所賜，他想，這是他生命中最苦澀的念頭。他們以為我對皇位勢在必得。但他們並不知道，我這麼做只是為了阻止聖戰。

史帝加清了一下嗓子，說：「嗯，拉班也死了。」

保羅點點頭。

右邊的衛兵突然閃到一邊，立正敬禮，讓路給潔西嘉。她穿著她那件黑色的弗瑞曼女袍，走路時稍稍有些像闊步走在沙地上的樣子。可保羅注意到，這棟房子使她回想起當年住在這裡的某些點滴——她曾是公爵的情婦，她的公爵統治過這顆星球。她的樣子帶有幾分舊時的威儀。

潔西嘉在保羅面前停下腳步，低頭看著他。她看出他的疲憊，也看出他是如何掩飾。但她發覺自己沒有任何憐惜。她彷彿已經無法再對兒子生出任何感情。

潔西嘉走進大廳，想著這個地方為何不符合她記憶中的樣子、為何令她難安。它依然是陌生的房子，彷彿她從未在這裡散步，從未和她摯愛的雷托一起走過這裡，也從未在這裡面對醉酒的鄧肯・艾德侯……從來沒有過……沒有，沒有，沒有……

應該有一個詞，「阿達卜記憶」的反義詞，她想。應該有一個詞來表示自我否定的記憶。

「厄莉婭在哪裡？」她問。

「在外面做任何弗瑞曼乖孩子在這種時刻應該做的事。」保羅說，「殺死敵人的傷兵，為收水小隊標出屍體。」

「保羅！」

「妳必須理解，她這樣做是出自善良。」他說，「有時，善良和殘忍是一致的。真怪，我們為什麼會曲解這種隱含的一致？」

潔西嘉瞪著她的兒子，對他身上的深刻變化感到震驚。是因為他兒子的死嗎？她猜測著。然後說：「那些人在講有關你的奇異故事，保羅。他們說你擁有傳說中的所有神力——什麼事都瞞不過你，因為你能看見別人看不見的東西。」

「貝尼．潔瑟睿德也會對傳說有疑問？」保羅問。

「不管你現在成了什麼，我都脫不了干係。」她承認說，「但你不能指望我……」

「如果妳有機會活億萬次，過億萬種生活，妳會喜歡嗎？」保羅問，「還有專門為妳編出來的傳說！想想那些經歷，還有經歷帶來的智慧。但是，智慧會沖淡愛，不是嗎？而且，還會讓仇恨改變形態。如果沒有深深潛入殘忍和善良的深處，妳怎麼知道什麼是無情？妳應該怕我，母親，因為我就是奎薩茲．哈德拉赫。」

潔西嘉突然咽喉發乾，乾嚥了一口，這才說：「你從前否認你是奎薩茲．哈德拉赫。」

保羅搖了搖頭，說：「我再也無法否認了。」他抬起頭來，望著她的眼睛，「皇帝和他的人來了。

隨時會有人來通報。站在我身邊，我想好好看看他們。我未來的新娘也在他們中間。」

「保羅！」潔西嘉厲聲說，「不要犯你父親犯過的錯！」

「她是公主。」保羅說，「對我來說，她不過就只是通向皇位的鑰匙，如此而已。犯錯？妳以為，因為我是妳造就的，所以我就感受不到復仇的渴望嗎？」

「即使報復在無辜的人身上？」她一邊問，一邊在心裡想：千萬別犯我犯過的錯。

「這個世上再也沒有什麼無辜的人了。」保羅說。

「荃妮呢？她也不無辜？」潔西嘉朝通往府邸後半翼的走廊打了個手勢。

荃妮沿著那條走廊進入大廳。她走在兩個弗瑞曼衛兵中間，卻彷彿沒有意識到他們的存在。她的兜帽和蒸餾服的頭蓋都甩在身後，面罩繫在一邊。她腳步虛浮，一路穿過大廳，站到潔西嘉身邊。

保羅看到她臉頰上的淚痕——她把水送給了死者。一股莫大的哀痛襲過他全身。似乎只有在荃妮面前，他才能感受到這種情緒。

「他死了，我的愛。」荃妮說，「我們的兒子死了。」

保羅勉強壓下情緒，站了起來，伸出手撫摸荃妮的臉，感受她溼潤的眼淚。「無人能取代他，」保羅說，「但我們還會有其他兒子。我以烏蘇爾的名義向妳保證。」他把她輕輕拉到一邊，向史帝加打了個手勢。

「摩阿迪巴。」史帝加說。

「他們從星艦那邊過來了，皇帝和他的人。」保羅說，「我就站在這裡。把俘虜帶到房裡來，沒有我的命令，讓他們離我十公尺。」

「遵命，摩阿迪巴。」

史帝加轉身執行命令，保羅只聽弗瑞曼衛兵敬畏地低聲道：「看見沒？他知道！沒人告訴他，可他知道！」

門外傳來皇帝的人馬走近的聲響，他的薩督卡衛隊為了保持精神，邊走邊唱著進行曲。大廳入口傳來一陣低語，是葛尼．哈萊克。他從衛兵面前走過，和對面的史帝加交談了幾句，然後來到保羅身邊，露出奇怪的眼神。

我也要失去葛尼了嗎？保羅問自己，就像失去史帝加一樣——失去一位朋友，換回一個傀儡？

「他們沒帶任何投擲武器。」葛尼說，「我親自檢查過。」他環顧大廳四周，發現保羅已經做好準備，「菲得—羅薩．哈肯能跟他們在一起。要不要我把他揪出來？」

「隨便他吧。」

「還有幾個宇航的人，他們要求享有特權，而且威脅要對厄拉科斯實施禁運。我跟他們說，我會把他們的話轉給你的。」

「隨他們威脅。」

「保羅！」潔西嘉在他身後低聲說，「他說的可是宇航的人！」

「我馬上就會拔掉他們的毒牙。」保羅說。

他想著宇航，這股專擅的勢力，專擅了如此之久，竟變成寄生蟲，離開宿主就無法獨立存活。他們從來不敢拿起刀劍……現在再也無法拿起刀劍。他們的一切都依賴領航員服用迷醉香料後延展的意識疆域，這讓他們出現了一些破綻，而他們大可在意識到這些破綻時奪取厄拉科斯，繼續過著愜意的生活，然後離開人世。相反，他們卻得過且過，寄望這片海洋能在舊主人死去後自動產生新主人，讓他們繼續悠游。

宇航的領航員獲得有限的預知力，卻做出毀滅性的決定：總是選擇暢通無阻的安全航道，而這樣的航道最終會把人帶往停滯不前的未來。

讓他們好好看看他們的新主人吧，保羅想。

「還有一位貝尼．潔瑟睿德聖母，她說她是你母親的朋友。」葛尼說。

「我母親沒有貝尼．潔瑟睿德朋友。」

葛尼再次環顧大廳，然後彎下腰，貼近保羅的耳朵說：「瑟非．郝沃茲跟他們在一起，爵爺。我沒找到機會單獨和他見面，但他用我們過去的暗號告訴我：他一直在為哈肯能人工作，還認為你已經死了。他說他必須留在他們之間。」

「你把瑟非留在那些——」

「他要求的……我也認為這樣最好。即使……他出了什麼問題，我們可以控制他。如果他沒事，我們在那邊也有了耳目。」

保羅隨即想起，他在閃現的預知幻象中瞥見過這一刻的種種可能。在其中一條時間線上，瑟非在皇帝的命令下拿著毒針暗殺「那個剛冒出來的公爵」。

入口處的衛兵朝兩旁退後一步，兩兩一組搭起長矛，組成一道短廊。一行人快步穿過走了進來，衣服窸窣作響，腳下踩著被風吹進官邸的沙土，發出刺耳的聲響。

帕迪沙皇帝，沙德姆四世，領著他的人走進大廳。他的波薩格頭盔不見了，一頭紅髮亂蓬蓬地四竄，軍服的左袖也沿著內側縫線被撕開了。他沒繫腰帶，也沒帶武器，但他那些隨從圍著他，像一堵如影隨形的屏蔽場，為他隔出一小片安全空間。

一個弗瑞曼人垂下長矛，擋住他前進，讓他停在保羅指定的地方。其他人在他身後圍成一團構成顏色繽紛的蒙太奇，而動來動去的腳難掩不安，眼睛則向前直瞪。

保羅的目光掃過這群人，看到其中有掩面遮住淚痕的女人，也有在薩督卡勝利慶典上坐享正面看臺的寵臣。此刻，在失敗的打擊下，他們一句話也說不出，只能默默站著。保羅看見了聖母凱亞斯．海倫．莫哈亞那雙在黑色兜帽下閃閃發光的鷹眼，還有站在她旁邊的菲得─羅薩．哈肯能那張鬼鬼祟祟的長臉。

時間把那張臉出賣給我了，保羅想。

菲得─羅薩身後有人動了動，保羅隨即往那邊望去，看見一張狡猾的瘦長臉，他從未見過──在現實中，在預視的景象中，都從未見過。但他卻覺得自己應該認識這個人，而且，這種感覺還帶著幾分畏懼。

我為什麼應該要怕那個人？他思忖著。

他朝母親傾下身子，輕聲問道：「聖母左邊那個人，那個看上去很邪惡的人──他是誰？」

潔西嘉抬頭看了看，根據雷托公爵留下的卷宗，立即認出那張臉。「芬倫伯爵，」她說，「比我們先一步到達厄拉科斯的人，是天生的閹人……也是殺手。」

皇帝的跑腿，保羅想。這個想法在他的意識中轟然炸開，因為他在預見的各種可能未來中無數次看到皇帝，但這位芬倫伯爵從未出現。

保羅突然想到，沿著時間網絡向四面望去，他曾經無數次見到自己的屍體，卻從沒見過自己死亡的那一刻。

我一直看不到這人，是不是因為他就是殺死我的人？保羅向自己問道。

這給他一種不祥的預感，他心中一凜，強迫自己將注意力從芬倫身上移開，扭頭打量那些倖存的薩督卡和軍官，看著他們臉上的怨恨和絕望。這些人中，還有幾張臉讓保羅多看了幾眼：幾名薩督卡軍官正在估算廳內的軍防，正籌謀著如何轉敗為勝。

保羅的目光最終落到一個女人身上。她高高的個子，皮膚白皙，金髮碧眼，有張貴氣的美麗臉龐，傲慢中帶著古典氣質，對一切無動於衷。不用人說，保羅也知道她是誰——皇室的公主，訓練有素的貝尼·潔瑟睿德，時間幻象曾經多次以許多形式向他展示過這張臉：伊若琅公主。

我的鑰匙，他想。

這時，人群中有個人晃了一下，一張臉及其身影出現在保羅面前——瑟非·郝沃茲。他滿臉皺紋，雙唇黯淡，雙肩駝了下去，一看就知道他已經風燭殘年了。

「瑟非·郝沃茲在那裡。」保羅說，「隨便他站在哪裡，葛尼。」

「是，爵爺。」葛尼說。

「隨便他站在哪裡。」保羅重複道。

葛尼點了點頭。

郝沃茲步履蹣跚地走上前來，一個弗瑞曼人舉起長矛讓他過去，他一走過又放了下來。一雙混濁的眼睛盯著保羅，打量著，探尋著。

保羅朝前走了一步，感受到皇帝和他手下的劍拔弩張。

郝沃茲的目光穿過保羅，直直盯著他的身後。過了一會，這位老人說：「潔西嘉女士，今日我才知道我錯得多麼離譜。您無需原諒我。」

保羅等了一會，但母親仍一言不發。

「瑟非，老朋友。」保羅開口說，「你看到了，我沒背對著門。」

「宇宙中到處都有門。」郝沃茲說。

「我像我父親嗎？」保羅道。

「您更像您的祖父。」郝沃茲嘶啞道，「您的神態，還有您的眼神，都像您的祖父。」

「但我還是我父親的兒子。」保羅說，「因此，我要對你說，瑟非，為了報答你多年來對我們亞崔迪氏族的付出，你現在可以向我開口要任何東西。任何東西。你想要我的命嗎，瑟非？我的命是你的了。」保羅又向前跨上一步，雙手垂在身體兩側，看到郝沃茲漸漸露出醒悟的眼神。

他看出我已經知道他變節了，保羅想。

保羅把聲音壓低到只有郝沃茲才能聽到的程度，耳語般輕聲對他說：「瑟非，我的意思是，如果你真想刺殺我，現在就動手吧。」

「我只是想再次站在您面前，我的公爵。」郝沃茲說。保羅這才意識到這位老人用了多大力氣才撐住了身體不倒下去，急忙伸出手，扶住郝沃茲的雙肩，手下感覺到老人的肌肉正不住地顫抖。

「痛嗎，老朋友？」保羅問。

「痛，我的公爵。」郝沃茲承認道，「但更多的是快樂。」他在保羅的懷裡轉過半個身子，衝著皇帝的方向伸開左手，掌心向上，露出扣在手上的小針，「瞧見了嗎，陛下？」他喊道，「瞧見你這叛徒之針了嗎？我把一生都獻給亞崔迪氏族，你以為現在我就不再那麼忠心了嗎？」

老人的身子在保羅懷裡一沉，保羅難以置信地一顫，感受到他渾身軟了下來，以及懷裡的死亡。他輕輕地將郝沃茲放到地板上，直起身來，示意衛兵抬走遺體。

衛兵遵命行事時，大廳一片死寂。

此時，皇帝臉上出現死一般的表情，他等著，從不允許流露害怕的眼睛也終於暴露了內心的恐懼。

「陛下。」保羅說著，注意到那位頎長的皇室公主渾身一凜。他說出這個詞時，運用了貝尼．潔瑟睿德控制音調的方法，盡可能讓自己的語氣充滿藐視和嘲諷。

果然受過貝尼．潔瑟睿德訓練，保羅想。

皇帝清了清嗓子，說：「也許，我這位受人敬重的親戚以為，他已經控制住大局了。大錯特錯。你違反大公約，使用原子武器攻擊……」

「我使用原子武器攻擊了沙漠裡的一座山。」保羅說，「它擋住我的路，而我只是急於見到你，皇帝陛下，急於聽你解釋你那些古怪的活動。」

「此刻，厄拉科斯上空有各大氏族組成的龐大艦隊。」皇帝說，「只要我一句話，他們就會——」

「噢，是啊。」保羅說，「我差點把他們給忘了。」他在皇帝的隨行人員中尋找著，直到看見那兩個領航員的臉。他扭頭對身邊的葛尼說：「那兩人是宇航的代理人嗎，葛尼？那邊那兩個穿灰色衣服的胖子。」

「是的，爵爺。」

「你們兩個，」保羅指著那兩人，「立即出去，發信號要艦隊飛回家。之後，你們可以請求我允許……」

「宇航不受你指揮！」高個子咆哮道，和他的同伴一起衝到長矛組成的屏障前。保羅點了點頭，弗瑞曼衛兵舉起長矛，放兩人過去。高個子抬起一隻手臂指著保羅說：「你們將會遭到嚴格的禁運，你已經……」

「如果我再聽到你們兩人中任何一人講這種廢話，」保羅說，「我就下令摧毀厄拉科斯所有的香料……永遠。」

「你瘋了嗎？」高個子質問道，朝後退開半步。

「那麼，你承認我有辦法毀了香料了？」保羅問。

那名領航員彷彿注視著虛空半晌，然後說道：「是的，你有辦法，但你不能這麼做。」

「啊──哈。」保羅對自己點了點頭，說，「宇航的領航員，你們倆都是吧？」

「是！」

那個矮個子領航員說：「你們自己也會變瞎的。你這麼做，等於給我們所有人都判了緩慢的死刑。你難道不知道染上香料癮後，貨源斷絕代表了什麼？」

「注視前方安全航線的眼睛將永遠閉上。」保羅說，「宇航的人會變成瞎子。人類被困在各自的星球上相互隔絕。你們知道，我完全有可能做出這種事，也許純粹是想看看好戲……也許，是出於無聊。」

「讓我們私下談談。」高個領航員說，「我相信我們總是能找到折衷方案──」

「發信號給厄拉科斯上空的那些人。」保羅說，「我對這種爭執越來越厭煩了。如果上面那支艦隊不盡快離開，我們之間就沒有必要再談下去。」他朝大廳一側的弗瑞曼通訊員點了點頭說：「你們可以用我們的通訊設備。」

「首先，我們必須討論一下。」高個領航員說，「總不能就這樣……」

「去！」保羅吼道，「能摧毀某樣東西，就擁有對它的絕對控制權。相信你們已經認同我的確有這個力量。我們不是來這裡討論，也不是來談判，更不是來妥協。你們如果不服從我的命令，就會立即嘗到苦果。」

「他是認真的。」矮個領航員說。保羅看到恐懼緊緊攫住了他們的心。

兩人慢慢走到通訊設備旁邊。

「他們會服從你的命令嗎？」葛尼問。

「他們能看到一小段未來，」保羅說，「而現在，他們看到前方只有一堵白牆，那指出不服從命令的後果。我們上空每艘星艦上的每個領航員都能看到那堵牆。他們會服從命令的。」

保羅回過身來看著皇帝：「當年，他們之所以允許你登上你父親的寶座，僅僅是因為你擔保香料將源源不絕。你使他們失望了，陛下。你知道後果嗎？」

「沒有人能允許我——」

「別裝傻了！」保羅喝道，「宇航就像建在河邊的村子，他們需要水，但可以只舀走一點他們需要的水。他們不會在河上築壩來控制水，因為他們只留意他們拿到的東西，而這招來最終的毀滅。香料的流通就是他們的河流，而我已經在上游築好水壩。如果你要毀掉水壩，就得連同河流一起毀掉。」

皇帝捋了捋他的紅髮，瞄了一眼那兩個領航員的後背。

「就連你的貝尼．潔瑟睿德真言師也在發抖。」保羅說，「當然，聖母本來可以用其他毒藥來耍她們那些詭計，可一旦用過香料，其他藥物就再也起不了作用。」

老婦人拉了拉她那身不成形的黑色長袍，用長袍裹緊身子，從人群中擠了出來，站在長矛組成的屏障前。

「聖母凱亞斯．海倫．莫哈亞，」保羅說，「卡樂丹一別之後，已經過了很長一段時間，是吧？」

她的目光越過保羅，望著他母親說：「好吧，潔西嘉，我看得出你兒子的確是那個人。因此，妳可以獲得寬恕，就連妳那個妖煞女兒也是。」

保羅壓下尖刻的憤怒，冷冷道：「妳從來沒有權力和立場原諒我母親做的任何事！」

老婦人死死盯著保羅。

「想在我身上玩你那套把戲嗎，老妖婆？」保羅說，「妳的戈姆刺哪裡去了？試著看看那個妳不敢看的地方！你會發現我正站在那裡盯著妳！」

老婦人垂下眼簾。

「沒有話要說了嗎？」保羅質問道。

「我把你迎入人類的行列，」她喃喃地說，「別玷汙了那件事。」

保羅提高音量道：「看著她，戰友們！這就是貝尼．潔瑟睿德聖母，耐心地推動艱忍的大業。她可以和她的姊妹一起等待——整整九十代人，只為了配出適當的基因，再結合適當的環境，最後生出她們的計畫所需要的人。看著她！她現在知道了，經過九十代，那個人終於生出來了。那就是我，但—我—永—遠—不—會—聽—命—於—她！」

「潔西嘉！」老婦人尖聲叫道，「叫他閉嘴！」

「妳自己叫他閉嘴吧！」潔西嘉說。

保羅怒視那個老婦人。「衝著妳在這裡面扮演的角色，我會很樂意絞死妳。」他說，「而妳阻擋不了我！」在她氣得渾身僵硬時，保羅厲聲喝道：「但我認為，最好的懲罰是讓妳活下去，讓妳永遠碰不著我一根寒毛，也無法逼我去為妳們的陰謀效力。」

「潔西嘉，妳做了什麼好事？」老婦人質問道。

「我只告訴妳一件事，」保羅說，「人類這個種族需要什麼，妳們的確看到了一部分，但妳們的了解是多麼貧乏！妳們想控制人類的繁衍，想根據妳們的藍圖，讓少數挑選的基因相混！妳們懂得太少了，對於——」

「你不許提這些事！」老婦人咬緊牙關低聲道。

「閉嘴！」保羅吼道。在保羅的控制下，這個詞似乎擁有了實體，扭動著穿越兩人之間的空氣，撲向老婦人。

老婦人搖搖晃晃地倒退幾步，跌入身後眾人的懷中，臉色蒼白，為保羅竟然能抓住她的靈魂而震驚不已。「潔西嘉，」她喃喃道，「潔西嘉。」

「我記住了妳的戈姆刺，」保羅說，「妳最好也記住我的。我只用一句話就可以殺死妳。」

大廳四周的弗瑞曼人了然地互看。傳說不就是這樣講的：「他的話將讓不義的人萬劫不復。」

頎長的皇室公主正站在她父親身邊，保羅直直望著她，朝皇帝說：「陛下，我們倆都很清楚有什麼方法能擺脫這個困境。」

皇帝瞟了一眼他的女兒，回頭看著保羅。「你敢？你！一個沒有氏族撐腰的投機分子，一個無足輕重的——」

保羅說：「你早就承認我的身分了——皇室的親戚，這是你說的。我們就別再說廢話了。」

「我是你的統治者。」皇帝說。

保羅瞥了一眼領航員，兩人正站在通訊設備旁望著他，其中一人衝他點了點頭。

「我可以來硬的。」保羅道。

「你敢！」皇帝咬牙切齒道。

保羅只是看著他。

皇室公主把一隻手放在她父親的手臂上。「父親。」她的聲音絲般柔和，非常撫慰人心。

「別跟我耍花招。」皇帝說著，望向自己的女兒，「妳沒有必要這麼做的，女兒。我們還有其他辦法……」

「可這裡出現了適合當您女婿的人。」她說。

老聖母恢復了鎮靜，擠到皇帝身邊，湊近他的耳朵輕聲說話。

「她在為你說情。」潔西嘉說。

保羅繼續盯著金髮公主，走到母親身邊，說：「伊若琅，皇帝的長女，是嗎？」

「是的。」

荃妮走到保羅另一邊，說：「你希望我離開嗎，摩阿迪巴？」

他看著她：「離開？妳再也不會離開我身邊了，永遠不會。」

「我們並沒有互許終身。」荃妮說。

保羅默默低頭看著她，然後說道：「跟我講真話，我的希哈婭。」她剛要回答，保羅卻伸出一根手指搭在她的嘴唇上，不讓她開口，「我們的連結永遠不會鬆脫，」他說，「現在，密切注意這裡發生的一切，我希望等會兒可以聽到妳的意見。」

皇帝和他的真言師繼續低聲爭執。

保羅對他母親說：「她提醒他，當年他們協議的一部分，就是把一位貝尼．潔瑟睿德推上王座，而伊若琅便是她們培育的皇位繼承人。」

「那就是他們的計畫？」潔西嘉問。

「很明顯，不是嗎？」保羅問。

「我看出一些跡象了！」潔西嘉厲聲道，「我問你是要提醒你，不用拿我教你的東西來教我。」

保羅看著她，發覺她嘴角掛著冷笑。

葛尼．哈萊克傾身向前，擋在保羅和他母親之間。「我要提醒你，爵爺，那群人中還有一個哈肯能人。」黑髮的菲得－羅薩此刻正擠在長矛屏障的左側，葛尼朝他那個方向努了努嘴說，「就是左邊那個斜眼的傢伙，那張我所見過最邪惡的臉。你答應過我——」

「謝謝你，葛尼。」保羅說。

「他可是準男爵……不，既然老男爵死了，那他現在就是男爵了。」葛尼說，「我要用他來報仇雪恨，他必須為我——」

「你能打敗他嗎，葛尼？」

「爵爺，別開玩笑了！」

「皇帝和他的巫婆已經爭論得夠久了，您不這樣認為嗎，母親？」

她點點頭說：「確實如此。」

保羅提高音量，對皇帝喊道：「陛下，你們之中是否有一個哈肯能人？」

皇帝扭頭看著保羅，皇室的傲慢表露無遺。「我以為，你身為公爵是言出必行的，我的隨行人員都應該受到保護。」他說。

「我只是問一問，了解一下情況。」保羅說，「我想知道，那個哈肯能人是官方隨行人員嗎？還是僅僅因為怯懦而躲在後面？」

皇帝的笑容十分詭詐：「皇家的任何賓客，都是我的隨行人員。」

「公爵當然言出必行的，」保羅說，「但摩阿迪巴就是另一回事了。他也許並不認同你對隨行人員所下的定義。我的朋友葛尼．哈萊克想殺死一名哈肯能人。如果他……」

「血債血償！」菲得－羅薩高聲叫著，擠到長矛屏障前，用力推搡著說，「你父親稱之為家族世仇，亞崔迪。你說我是懦夫，自己卻躲在你的女人中間，派你的馬屁精來跟我決鬥！」

老真言師態度激烈地在皇帝耳邊說了些什麼，但他推開她，說：「血債血償，是嗎？血債血償可是有嚴格規定的。」

「保羅，別這麼做。」潔西嘉說。

「爵爺，」葛尼說，「你答應過我，讓我親手宰了哈肯能人。」

「你有一整天可以收拾他們。」保羅說著，感受到一股豁出去的惡作劇情緒。他脫下長袍和兜帽，連同腰帶和他的晶刃匕一起遞給他母親，然後開始脫蒸餾服。這時，他感到整個宇宙都在關注這一刻。

「沒必要這麼做。」潔西嘉說，「還有更簡單的解決辦法，保羅。」

保羅脫下蒸餾服，從母親手中握著的刀鞘裡拔出晶刃匕。「我知道，」他說，「投毒、暗殺，所有常見的老辦法。」

「你答應過要給我一個哈肯能人！」葛尼低聲說，臉上的赤棘鞭痕高高鼓起，幾乎漲成了黑色。保羅從他臉上看出了他的憤怒。「你欠我的，爵爺！」

「你因他們而受的折磨難道比我還多？」保羅問。

「我妹妹，」葛尼怒氣沖沖地說，「還有我在奴隸營中捱過的那些年——」

「我父親，」保羅說，「我的好朋友和戰友，瑟非．郝沃茲和鄧肯．艾德侯，還有我流亡時沒有頭銜和救援的那些年……還有一件事：現在是血債血償，你和我一樣清楚那些必須遵守的規矩。」

葛尼．哈萊克垂下雙肩。「爵爺，如果那頭豬……他不過是頭禽獸，給你墊腳都不配，踩在他身上都嫌弄髒了你的鞋。如果一定要這麼做，叫個劊子手來，或者讓我來，但千萬別親自——」

「摩阿迪巴沒有必要這麼做。」荃妮說。

他瞥了她一眼，察覺到她眼中的擔憂。「但保羅公爵必須這麼做。」他說。

「那只是頭哈肯能畜生！」葛尼厲聲道。

保羅猶豫了一下，不知道是否該揭露自己的哈肯能血統。但母親朝他投來嚴厲的目光，打消了他的念頭。他只說道：「不過，這傢伙長得人模人樣，葛尼，可以當人看。」

葛尼說：「如果他……」

「請讓開。」保羅說。他舉起晶刃匕掂了掂，輕輕把葛尼推到一旁。

「葛尼！」潔西嘉說，碰了碰葛尼的手臂，「在這種情況下，他很像他的祖父。不要分散他的心思。現在你能為他做的也只有這些了。」心裡卻想著：偉大的神母，這是什麼家族世仇！

皇帝審視著菲得－羅薩，此人肩膀寬厚，肌肉結實。他又扭頭看看保羅——一個精瘦的年輕人，雖然不像厄拉科斯原住民那麼乾巴巴，卻也跟他們一樣數得出肋骨，而且脅腹深陷，甚至可以清楚看到皮膚下面肌肉的起伏、蓄勢。

潔西嘉靠近保羅，傾身用只有他才能聽見的音量說道：「有件事，兒子。有些時候，貝尼．潔瑟睿德訓練危險人物時，會運用古老的苦樂法，把某個詞植入他心靈最深處。最常用的詞是『尤落希喏』。如果我沒猜錯，這人也是用這種方法訓練出來的，只要你在他耳邊發出那個詞，他的肌肉就會鬆軟無力，而且——」

「這一回，我不想要占什麼便宜。」保羅說，「退回去吧。」

葛尼對她說：「他為什麼要這麼做？想要自盡然後殉難？是弗瑞曼人宗教的無稽之談嗎，是那些蒙蔽了他的理智？」

潔西嘉把臉埋在掌中，意識到自己並不完全了解保羅為何選擇這條路。她能感覺到大廳的死亡氣息，也知道保羅之所以會變這樣，可能就是因為葛尼．哈萊克所猜測的那個理由。她的全部能耐都用在兒子身上，想盡全力保護兒子。然而，她什麼也做不了。

「是因為宗教那些無稽之談嗎？」葛尼再三追問道。

「別說話。」潔西嘉輕聲說，「祈禱吧。」

皇帝的臉上突然露出微笑。「如果我的隨行……菲得─羅薩．哈肯能……希望如此。」他說，「我將解除對他的一切限制，讓他自由選擇自己的方式。」皇帝朝保羅的弗瑞曼敢死隊衛兵擺了擺手，「你那群暴民裡，有人拿走了我的腰帶和短刀。如果菲得─羅薩願意，他可以用我的刀跟你決鬥。」

「我願意。」菲得─羅薩說。

他太自大，保羅想著，這天然的便宜不占白不占。

「把皇帝的刀拿來。」保羅說。他看著衛兵迅速執行了命令，又說道：「放在那邊地上。」他用腳點出一個地方，「清場。讓皇帝的那群烏合之眾統統靠牆站，讓那個哈肯能人站到空地上。」

一陣衣袍的窸窣聲、慌亂的腳步聲，還有低聲的命令和抗議，在這片嘈雜的聲響中，眾人執行了保羅的命令。那兩個領航員仍然站在通訊設備附近，朝保羅皺著眉頭，顯然有些舉棋不定。

他們已經習慣於預知未來，保羅想，然而，此時此地，他們只看見一片空白……就連我也一樣。他探測時間之風、感應那股騷亂，風暴的節點正落在此時此地。如今，就連最細微的縫隙也全都密合了。他知道，這裡面有尚未成形的聖戰，有他一度引為今生恐怖使命的種族意識。這裡面還有足夠的理由去生出奎薩茲．哈德拉赫，或天外之音，或貝尼．潔瑟睿德育種計畫的終結者。人類這支種族感應到自身的休眠，意識到本身已經變得老朽，知道自己現在只需要一場混亂，讓基因在混亂中相混，生出強壯的新混合體。此刻，所有人類都是無意識的獨立生命體，並經歷著一種可以超越一切藩籬的發情。

而且，保羅看得出，自己的任何努力都將徒勞無功，絲毫無法改變未來。他考慮過在自己的意識中擋下聖戰，但聖戰還是會來。即使沒有他，他的軍團也還是會憤怒地衝出厄拉科斯。他們只需要一個傳奇，而他已經成為這個傳奇。他已經給他們指明方向，教他們如何控制那失去香料就無法存活的宇航。

挫敗感席捲了他，他懷著沮喪的心情看著菲得－羅薩脫下破爛的軍服，上身只剩下一條格鬥護腰，護腰中央有片鎧甲。

這就是高潮了，保羅想。從這裡開始，未來之門將大開，雲霧散開，某種榮耀升起。如果我在這裡戰死，他們會說我捨身取義，我的靈魂將領導他們向前；如果我活下來了，他們會說。摩阿迪巴戰無不勝。

「亞崔迪準備好了嗎？」菲得－羅薩遵照古老的世仇決鬥儀式叫陣道。

保羅決定依弗瑞曼人的方式來回答他：「願你刀斷人亡！」他指著地板上的刀，示意菲得－羅薩上前拿起刀來。

菲得－羅薩緊緊盯著保羅，迅速拾起刀來，在手中掂了一掂，感受刀的結構。他非常興奮，彷彿正燃著熊熊烈火。這是他夢寐以求的戰鬥——男人對男人、戰技對戰技且沒有屏蔽場干擾的戰鬥。他可以看到，一條通往權力的康莊大道已經在他面前展開，因為皇帝一定會嘉獎任何殺死這位棘手公爵的人，獎品甚至可能就是那位傲慢的公主和一部分皇權。這個土包子公爵，這個投機分子，怎麼可能打得過千錘百鍊、熟悉各種手段和詭計的哈肯能人。而且。這個土包子也無從知道，他要面對的武器可不僅僅是一把刀。

讓我們瞧瞧你是不是百毒不侵！菲得－羅薩想。他舉起皇帝的刀向保羅致敬，嘴裡說：「受死吧，傻瓜。」

「我們可以開打了嗎，表兄？」保羅問。他的步伐像貓一樣輕巧，眼睛盯著菲得—羅薩手中的刀，伏低身子，乳白色的晶刃匕直指前方，像延展出來的手臂。

兩人繞著彼此兜圈，赤腳在地板上磨出刺耳的聲響，一邊盯著對方，想找出任何微小的破綻。

「你的舞跳得真好。」菲得—羅薩說。

他很多嘴，保羅想，又一個弱點。在沉默面前，他會變得很不安。

「你做過臨終懺悔了嗎？」菲得—羅薩問道。

保羅仍然默默地繞圈。

皇帝的隨行人員都擠了上去，老聖母也在人群中看著這場決鬥，感受到自己的顫抖。小亞崔迪稱那個哈肯能人為「表兄」，這只能說明他知道兩人有共同的血脈。這很容易理解，因為他是奎薩茲·哈德拉赫。但保羅的話迫使她將全部心神放在這場決鬥中她唯一關心的事。

對貝尼·潔瑟睿德的育種計畫而言，這可能是場莫大浩劫。

她也看出一些保羅看到的東西：菲得—羅薩也許可以殺死對手，但絕不會是勝利者。而另一個念頭則幾乎擊垮了她。這項持久又代價高昂的計畫所獲得的兩個成果正在展開殊死決鬥，很可能會同歸於盡。如果兩人都死在這裡，那就只剩兩個選擇：一個是菲得—羅薩的私生女，但那還只是個嬰兒，是一個未知的、不可測的因素，而另一個是厄莉婭，那名妖煞。

「也許你們這裡只有邪教儀式，」菲得—羅薩說，「要不要皇帝的真言師送你的靈魂上路？」

保羅微笑著朝右邊繞過去，保持警覺，為了戰鬥而封鎖了一切憤恨的念頭。

菲得—羅薩跳開一步，舉起右手佯攻，但手上的刀卻在電光火石間切換到左手。

保羅輕鬆避開這一擊，注意到對手在戳刺時的遲緩——屏蔽場制約的結果。不過，制約並不深，而且保羅也發現了菲得－羅薩曾經跟沒有屏蔽場的人交過手。

「亞崔迪人是不是只會跑，或只會呆站著打？」菲得－羅薩問道。

保羅又開始一言不發地繞圈。他回憶起艾德侯的話，那是很久以前在卡樂丹的訓練場上，艾德侯說：「前幾分鐘要用來觀察對手。也許你會失去許多速戰速決的機會，但觀察是勝利的保證。慢慢來，要胸有成竹。」

「也許你以為跳這種舞可以多活幾分鐘。」菲得－羅薩說，「那好吧。」他停下腳步，直起身來，不再跟著保羅繞圈。

不過，保羅已經看夠，有了粗略的掌握。這時，菲得－羅薩率先邁向左邊，露出右臀，彷彿那帶有鎧甲的格鬥護腰已經足以保護他的整個側面。只有受過屏蔽場訓練、手持雙刀的人，才會作出這樣的動作。

難道……保羅猶疑了……那護腰並不僅僅是表面上那麼簡單。

這個哈肯能人表現得太自信了，他的對手可是指揮大軍擊敗了薩督卡軍團的人。

菲得－羅薩留意到保羅的猶疑，說：「已經注定的事，為什麼還要拖拖拉拉？你只是在防礙我拿到這顆爛星球的統治權。」

如果是彈射飛鏢，保羅想，那一定非常陰毒，從腰帶上一點也看不出動過手腳的痕跡。

「你為什麼不說話？」菲得－羅薩質問道。

保羅再次繞圈試探，對菲得－羅薩言語之間流露的不安報以冷笑，那代表沉默帶來的壓迫越來越重了。

「你笑了，呃？」菲得—羅薩問。話沒說完便向前躍起。

保羅預計菲得—羅薩會有輕微的遲緩，因此差點沒能避開他向下揮過的刀刃，手臂被刀尖劃破一道口。他默默忍住痛楚，心頭雪亮，看穿對手早些時候的遲緩其實是詭計，是假動作。看來，這名對手比他所以為的還要狡猾，詭計裡的詭計還套著詭計。

「你們自己的瑟非．郝沃茲指點過我一些戰鬥技巧。」菲得—羅薩說，「他是第一個讓我流血的人。不過，那個老傻瓜沒能活著看到這一幕，真是太遺憾了。」

這時，保羅想起艾德侯說過的話：「盯著戰鬥中的一切動靜，什麼都不預計，這樣才永遠不會感到意外。」

兩人又繞著彼此兜起圈子來，半伏下身子，小心翼翼。

保羅看到對手再度難掩得意，感到大惑不解。一道小小的傷口能代表什麼？除非刀刃上有毒！但是，這怎麼可能？保羅知道自己的人在遞出這把刀之前檢查過。他們受過精良訓練，不可能檢查不出來。

「那邊那個你剛剛跟她講話的女人。」菲得—羅薩說，「就是身材嬌小的那個，她對你來說很特別嗎？也許是你的新寵，她值得我特別照顧嗎？」

保羅繼續保持沉默，用他的內部意識探測著，檢查從傷口流出的血，發現刀刃上塗有麻藥。他重新調整自己的代謝去應付眼前的威脅，並改變麻藥的分子結構，可他還是感到不寒而慄。他們早就準備好一把塗上麻藥的刀，這種麻藥不會觸發毒素偵測器，藥效卻強到足以使肌肉變遲鈍。他的敵人有他們的一套計中計，環環相扣的偷襲。

菲得—羅薩再次跳起來，劈出一刀。

保羅的微笑僵在臉上，裝出一副呆滯的樣子，彷彿迷藥已經開始作用了。然而，他在最後關頭閃身避開，用晶刃匕的刀尖迎上對手向下狠劈的手臂。

菲得—羅薩斜斜一閃，跳到一旁，把刀移到左手，力持鎮定，只有微微泛白的下顎洩漏了左臂的傷口正發出刺骨疼痛。

讓他也去猜疑吧，保羅想，讓他懷疑自己中毒了。

「太陰險了！」菲得—羅薩大聲叫道，「他衝我下毒！我覺得我的手臂中毒了！」

保羅終於打破沉默：「只是一點點迷藥，回報你塗在刀上的麻藥。」

菲得—羅薩舉起左手握著的刀，擺出嘲弄的姿勢，回應保羅的冷笑，雙眼卻在刀後閃出憤怒的火焰。

保羅也把晶刃匕換到左手，擺出與對手相同的姿勢。接下來，兩人再次繞圈，相互試探。

菲得—羅薩開始縮短兩人之間的距離，側身往圈內移動，刀子高舉，下頷緊繃，斜斜看著保羅。他分別朝右方和下方虛晃兩下，兩人隨即互相推抵，緊緊抓住彼此握刀的手，奮力扭打。

保羅格外戒備菲得—羅薩的右臂可能藏有餵毒的彈射飛鏢，因此硬是轉到右側，結果差點沒看到菲得—羅薩護腰下方突然伸出的毒針。當時菲得—羅薩轉了一下，做了個動作，這引起他的警覺，於是毒針以毫髮之差貼著他擦過。

是在左臀！

詭計裡的詭計套著詭計！保羅提醒自己。他調動受過貝尼．潔瑟睿德訓練的肌肉，低下身避開菲得—羅薩的反撲。但為了不被對手臀部上的小針刺到，失足重重摔倒在地，被菲得—羅薩壓在身下。

「看見我屁股上的毒針了？」菲得—羅薩在他耳邊輕聲道，「受死吧，傻瓜！」他開始扭動臀部，讓毒針越貼越近。

「這會麻痺你的肌肉，我再用刀來了結你，絕不會留下任何痕跡，查都查不出來！」

保羅奮力抵抗，一邊聽到內心的無聲叫喊。烙在細胞上的每個先祖都在要求他使用密語去放慢菲得—羅薩的動作，救自己一命。

「我不會說的！」保羅喘著粗氣道。

菲得—羅薩愣了一下，動作稍停。雖然這只是一瞬間，卻足以讓保羅發覺對方有條腿部肌肉很容易讓他失去平衡，一個動作終於把菲得—羅薩翻倒。菲得—羅薩半身側臥，右邊臀部朝上，左臀那根小小的毒針被他自己的身體壓進地板裡了，因此無法轉身。

保羅掙扎著抽出左手，使盡全力，將晶刃匕狠狠地從菲得—羅薩的下頜往上戳，刀尖插入頭部，他抽動了一下，往後癱倒，毒針仍半嵌在地板裡，支住他側臥的屍體。

保羅深吸一口氣，恢復了鎮靜，然後用手一撐，直起身來。他站在屍體旁，手裡拿著刀，刻意慢慢地抬起頭，望著對面的皇帝。

「陛下，」保羅說，「你的隊伍又少了一個人。我們現在可以脫下偽裝和虛假了嗎？可以討論接下來可以怎麼做了嗎？把你女兒嫁給我，讓亞崔迪人也能登上王位。」

皇帝扭頭望向芬倫伯爵。伯爵與他視線相交——灰眼睛對綠眼睛。彼此都很清楚對方的想法，只一瞥就能看出對方的意圖。

替我把那個自命不凡的傢伙幹掉，皇帝的眼神告訴伯爵，是的，這個亞崔迪人年輕又足智多謀，但他剛才苦戰了那麼久，無論如何都不是你的對手。現在就去向他叫陣……你知道該怎麼做。殺了他。

芬倫伯爵慢慢轉頭，久久才轉過來，面對保羅。

「去呀！」皇帝低聲說。

伯爵緊盯著保羅，用他妻子瑪歌夫人以貝尼・潔瑟睿德法訓練出來的方式，感受這名亞崔迪年輕人的神祕和藏而不露的威儀。

我有能力殺死他，芬倫想——他知道這是事實。

這時，在伯爵內心的隱密角落裡有個東西阻止了他，他草草估算了一下自己對上保羅時有什麼優勢：在年輕人面前瞞天過海、行事詭祕、難以捉摸。

保羅透過滾滾的時間激流，對眼前的狀況有了些認知，也終於明白了為什麼從未在預見的未來之網中見過芬倫。芬倫是那些功虧一簣的成品之一，差一點就可以成為奎薩茲・哈德拉赫，卻因為基因模板中的一個缺陷而變成殘廢——一個閹人，他的才華全用於掩飾隱藏內在。保羅心頭湧上對伯爵的深切憐憫，那是他以前從未體驗過的兄弟情誼。

芬倫讀出保羅的情緒，說道：「陛下。我必須拒絕。」

沙德姆四世勃然大怒，快走兩步衝過人群，狠狠一拳打在芬倫下頜上。

芬倫的臉頓時漲得通紅。他直視皇帝，故意不動聲色地說：「我們一直是朋友，陛下，我這麼做是出於友誼。我會忘記你打了我。」

保羅清了清嗓子說：「我們在談王位，陛下。」

皇帝一個急轉身，瞪著保羅吼道：「坐在王座上的人是我！」

「不過，你的王座將安放在薩魯撒・塞康達斯。」保羅說。

「我放下武器來到這裡，是因為相信你話。」皇帝大聲喊道，「你膽敢威脅——」

「你在我面前是安全的，」保羅說，「這是亞崔迪的承諾。然而，摩阿迪巴判你流放到你那顆監獄星球。但是你不用害怕，陛下，我將做出安排，盡全力改善那裡的艱苦環境。那裡會綠意盎然，一片祥和。」

皇帝慢慢聽出了保羅話中隱藏的深意，不禁睜大眼睛瞪著對面的保羅。「現在我們看出你真正的意圖了。」他冷笑著說。

「是啊。」保羅說。

「那厄拉科斯又會如何？」皇帝問，「另一個『綠意盎然，一片祥和』？」

「弗瑞曼人有摩阿迪巴的承諾。」保羅說，「這裡會有露天的流水和豐饒的綠洲。但我們也要兼顧香料。因此，厄拉科斯會一直有沙漠……也會有狂風，以及磨煉硬漢的艱苦環境。我們弗瑞曼人有一句名言：『上帝造出厄拉科斯，是為了培養忠誠。』人類不能違背神的旨意。」

老真言師聖母凱亞斯．海倫．莫哈亞對保羅的言外之意有自己的看法。她看出聖戰的苗頭，說道：「你不能放縱弗瑞曼人，讓他們橫行宇宙。」

「妳應該想想薩督卡的溫和作風！」保羅厲聲道。

「你不能。」她喃喃著。

「你是真言師，」保羅說，「回想一下自己所說的話吧。」他瞥了一眼皇室公主，回過頭來對皇帝說：「最好快點，陛下。」

皇帝用受挫的目光扭頭望向自己的女兒。她撫上他的手臂，安慰他說：「我為這件事受過訓練，父親。」

他深深地吸了一口氣。

「妳無法阻止這件事。」老真言師喃喃自語。

皇帝挺直身體，僵硬地站在那裡，不忘維持他的尊嚴。「由誰來代表你商談，我的親戚？」他問。

保羅轉過身去，望向自己的母親，看到她雙眼緊閉，跟荃妮一起站在弗瑞曼敢死隊中間。他走到她們面前站住，低頭看著荃妮。

「我知道你的理由。」荃妮輕聲說，「如果一定要……烏蘇爾。」

保羅聽出她話中的酸楚，輕撫著她的臉頰在她耳畔私語：「我的希哈婭，什麼也不用怕，永遠不用怕。」隨後垂下手臂，向他母親說，「就由您來代表我商談吧，母親。把荃妮帶在您身邊，她很聰明，而且目光銳利。人們常說，沒人能比弗瑞曼人更會討價還價。她看事情時會懷著對我的愛意，會考慮到她日後的兒子會需要什麼。聽聽她的話。」

潔西嘉聽出兒子話中的苛刻算計，不由得打了一個冷戰。她問：「你有什麼指示？」

「要皇帝拿手裡全部的鉅貿聯會股份作嫁妝。」他說。

「全部？」她大為震驚，幾乎說不出話來。

「他會一無所有。我還要葛尼．哈萊克成為伯爵和鉅貿聯會的董事，要把卡樂丹賜給他作封邑。每一個倖存的亞崔迪人都將有頭銜和相應的權力，連最低階的士兵也不例外。」

「弗瑞曼人怎麼辦？」潔西嘉問。

「弗瑞曼人是我的。」保羅說，「他們的賞賜將由摩阿迪巴來分配。首先任命史帝加擔任厄拉科斯總督，不過，這可以等一等。」

「那我呢？」潔西嘉問。

「您希望得到什麼？」

「也許是卡樂丹吧。」她說著，看了看葛尼，「我不確定，我已經太像弗瑞曼人了……而且，還是弗瑞曼聖母。我需要時間靜一靜，好好考慮。」

「您有的是時間。」保羅說，「還要什麼嗎？葛尼和我可以給您。」

潔西嘉點點頭，突然覺得自己又老又累。她看著荎妮說：「那麼，你要給你情人什麼？」

「我不要封號。」荎妮輕聲說，「什麼都不要。求你。」

保羅低頭看著她的眼睛，突然回憶起她抱著小雷托的樣子。可如今，那孩子在這次暴力衝突中喪生了。「我向妳發誓，」他輕聲說，「妳不需要任何封號。那邊那個女人將是我的妻子，而妳只是我的情人，這一切都是因為政治上的需要，我們必須鞏固和平，獲得蘭茲拉德各大氏族的支持。我們必須遵守這些形式。不過，那個公主除了冠上我的姓，不會從我這裡得到什麼。不會有我的孩子，不會有我的撫摸，不會有我溫柔的目光，更不會有片刻溫存。」

「你現在這麼說，但以後……」荎妮說著，望向大廳另一側那位修長的公主。

「妳這麼不了解我兒子嗎？」潔西嘉在她耳畔說，「妳瞧瞧那位公主，多傲慢，多自信。他們說，她對文學很自負。讓我們期待她從那些東西裡找些慰藉吧，除此之外，她什麼都沒有。」潔西嘉苦笑道，「想想看，荎妮，那個公主空有名分，卻活得不如情婦——永遠無法得到丈夫的片刻溫柔。而我們，荎妮，背著情婦的名號——歷史卻會稱我們為妻子。」

附錄I　沙丘星的生態

在有限的空間內，一超出臨界點，數量的增加便意味著自由的減少。在行星生態系統的有限空間中，人類也是如此，正如密封瓶中的氣體分子。人類的問題並非此一系統內可存活多少人，而是這些存活者可能可以何等方式生存。

——帕道特．凱恩斯，厄拉科斯首任行星生態學家

•••

厄拉科斯給初來者的第一印象通常是：一片無法忍受的荒蕪大地。外邦人會認為，沒有任何生命能在這片曠野繁衍生息，這裡是真正的不毛之地，過去沒有，今後也絕不會有豐饒沃野。

對帕道特．凱恩斯而言，這顆行星只不過是能量的一種表現，是受恆星驅動的機器，需要加以改造，以符合人類生存所需。他把腦筋直接動到四處游牧的原居民，弗瑞曼人。這是莫大的挑戰！他們會成為無與倫比的工具！弗瑞曼人！在生態和地貌改造方面幾乎擁有無限潛能的勢力。

就許多方面，帕道特．凱恩斯都是直接且單純的人。必須迴避哈肯能人的禁令？很好，那就娶一個弗瑞曼女人，生個弗瑞曼兒子，從列特—凱恩斯開始，然後一個個生。教他們生態學，創造全新的符號語言，在頭腦中裝入知識，以之操縱整顆星球的地貌、氣候及季節限制，最終突破所有關於能量的觀念，取得輝煌的覺悟，重新理解秩序。

「任何適合人類生存的星球，都有優美的天體運行及平衡。」凱恩斯說，「而在這種優美中，你可以看到一種動態平衡，那是所有生命都不可或缺的。其目的很簡單：維持並產生調節的模式，促成越來越多變異。在封閉系統中，生命能改善封閉系統供養生物的能力。生物——所有生物都是為生命而服務。當生命的多樣性增加了，生物為生命製造的必需營養素會越來越豐富。於是，整片大地活了起來，充滿了物種與物種之間的關係，關係中還有關係。」

這是帕道特．凱恩斯在一個穴地課堂上傳授的內容。

儘管如此，在開課前，他必須使弗瑞曼人心服口服。要知道他為何能做到，你首先必須明白，他一根腸子通到底，處理任何問題都直來直往。他並不天真，只是無法容忍自己分心。

一個炎熱的下午，他駕駛著單人地面車外出勘察地貌，無意間看到一幕此地常見的慘劇：六個全副武裝、有屏蔽場護體的哈肯能暴徒，在屏障岩壁後方靠近風向袋村的空闊地設陷阱困住三名弗瑞曼少年。一開始凱恩斯還以為那是一場爭執，不像真實廝殺，倒像打鬧，直到他留意到那幾個哈肯能人真的打算殺死弗瑞曼人。那時已有一名弗瑞曼少年因大出血而倒下，同時倒下的還有兩名哈肯能人，但仍然是四名武裝的成年男子對付兩名未成年少年。

凱恩斯並不勇敢，只是一根腸子通到底。哈肯能人正在屠殺弗瑞曼人，毀掉他打算用來改造星球的工具！他啟動自己的屏蔽場，踮腳溜到哈肯能人身後，沒等他們發現就了結了兩個哈肯能人。剩下的兩人朝他殺來，他避開其中一人刺來的劍，乾淨俐落地割斷另一人的喉嚨，然後把僅剩的哈肯能暴徒留給那兩名少年，將全部注意力放在倒地的少年身上，想救那孩子一命。他確實救活了……與此同時，第六名哈肯能人也被幹掉了。

於是出現了相當尷尬的局面！弗瑞曼人不知該如何處置凱恩斯。當然，他們知道他的身分。任何人只要一抵達厄拉科斯，弗瑞曼人都會拿到他的資料檔案。他們知道他是皇家官員。

但他殺了哈肯能人！

成年弗瑞曼人可能只會聳聳肩，帶著些歉意送他的靈魂去見地上的六名死者。但這幾人是閱歷不深的少年，只知道自己道義上虧欠了這名皇家官員。

兩天後，凱恩斯興奮地來到部落穴地，俯視著山下的風口。在他看來，一切都是自然而然。他跟那些弗瑞曼人談起水，談起植草固沙，談起栽種棕櫚建立綠洲，談起開鑿橫跨沙漠的露天水渠。他滔滔不絕，一發不可收拾。

在凱恩斯看不到的地方，一場關於他的激烈爭執爆發了——該怎麼處置這個瘋子？他知道了一個主要穴地的位置，怎麼辦？他所說的那些話呢？這瘋子談到厄拉科斯天堂。不過是空口白話。他知道得太多了。可他殺死了哈肯能人！這筆水債怎麼還？我們什麼時候欠過帝國任何東西？他是殺了哈肯能人，任何人都可以殺哈肯能人，我自己也殺過。

那他說的厄拉科斯百花盛開呢？

很簡單：水從哪裡來？

他說過，這裡就有！而且，他確實救了三個族人。

他救了三個傻瓜。誰讓他們把自己送到哈肯能人的拳頭下？而且他還看見了晶刃匕！

在正式宣布之前數小時，部落的人就都知道這個迫不得已的決定了。穴地的「精神合一」將告訴部落成員必須怎麼做，即使是最殘忍的迫不得已：一名經驗老到的戰士被派去用聖刀執行任務，另有兩名司水員跟著他，準備取走屍體的水。

很難確定凱恩斯是否注意到他的劊子手來了。當時，他正在一群人面前演講。那些人圍在他身旁，小心翼翼地跟他保持一定距離。他邊走邊講，轉圈，打手勢，不停說著露天水源、不穿蒸餾服在戶外走！從池塘汲出的水！柑橘！

預備行刑的劊子手已經來到他面前了。

「讓一讓。」凱恩斯說著，繼續描述他的神祕捕風器。他與劊子手擦身而過，後背完全暴露，倒很方便劊子手落刀。

那名劊子手當時是怎麼想的，已經不得而知。他是否終究聽信了凱恩斯的話且深信不疑？誰知道？總之，他的舉動有案可查。他名叫尤列特，意思是大列特。尤列特往旁邊走開三步，故意倒在自己的刀上，就這樣「讓開」了。自殺嗎？有些人說是沙胡羅把他帶走的。

這是神兆！

從那一刻起，凱恩斯只需手一指，喊聲「出發」，所有弗瑞曼部落就會毫無怨言地沿著他所指的方向前進。男人死了，女人死了，孩子死了，弗瑞曼人還是繼續前進。

凱恩斯回去處理他的皇家瑣事，指導生物試驗站。而現在，弗瑞曼人的身影也開始出現在實驗站工作人員間。他們互視幾眼，滲入「系統」中，看到此前從未想過的可能性。同時，實驗站的儀器也開始出現在部落穴地，尤其是用來挖掘地下集水槽的切割機和隱藏的捕風器。

水開始逐漸被收入地下槽。

弗瑞曼人這時才明白，凱恩斯不是徹頭徹尾的瘋子，只是瘋到足以成為聖人。他是個烏瑪，是先知的兄弟。為凱恩斯而死的尤列特被尊為大審判長薩度斯——天堂的首席大法官。

凱恩斯，直來直往、蠻幹的凱恩斯，他知道高度系統化的調查研究注定不會有任何新發現。因此，他設計了一系列小型實驗，透過定期互換資料推動快速的生態系效應，並讓每組實驗找出自己的路。他們必須累積數百萬起小型事件。他只把獨立的、匆匆進行的粗略實驗組合起來，以通盤觀察實驗會碰上哪些困難。

實驗的核心樣區遍布沙坪，然後根據長期的氣象變化制定了氣候表。他發現，在南、北緯度七〇度範圍內的遼闊帶狀區域內，數千年來地表溫度始終在負一十九至五十度之間，而十至二十九度最利於地球動植物生長，意即，這片區域可以提供很長的生長期……只要解決水的問題。

「我們什麼時候才能解決水的問題？」弗瑞曼人問，「我們什麼時候才能見到厄拉科斯樂園？」

凱恩斯以一種老師回答小孩子「一加一等於幾」的態度，告訴他們：「三百年到五百年左右。」

意志薄弱的人可能會沮喪地哀號，可弗瑞曼人早就在敵人的鞭子下學會耐心等待。確實，這比他們所預期的長了些，但他們全都看得出，幸福的那一天正在接近。於是，他們勒緊腰帶，回去工作。不知為何，失望反而讓夢想中的天堂變得更加真實。

厄拉科斯的問題不在水，而在溼氣。這裡幾乎沒人知道什麼是寵物，也沒多少家畜。有些走私販會馴養沙漠野驢，但即使給這些駝獸穿上改造過的蒸餾服，耗水量還是太大。

凱恩斯考慮過安置還原裝置，把當地岩層中的氫元素和氧元素結合起來還原成水，但這會消耗太多能量。極地冰帽（姑且不論冰帽給百姓的虛幻安全感）所含的水量遠遠無法滿足他的計畫所需……他早就在懷疑水都到哪裡去了。在中海拔地區，空氣濕度逐步上升，某些季風所經之處也是如此。主要的線索就在大氣的平衡：二十三%的氧，七十五．四%的氮，〇．〇二三%的二氧化碳，其餘則是一些微量氣體。

北部海拔二千五百公尺以上的溫帶地區有種原生植物，長約兩公尺的塊莖可蓄水半公升。另外還有一種地球上的沙漠植物．極其頑強，只要種在低氣壓帶，一旁放上露水積聚器就會長得很茂盛。

接著，凱恩斯看到了鹽田。

當時。他的撲翼機正航行在流沙漠深處的兩個實驗站之間，卻被一場沙暴吹離了航線。當沙暴過去，盆地出現了，一個巨大的橢圓形凹地，長軸約有三百公里，在遼闊的流沙漠上閃爍著奇異的白光。凱恩斯立即降落，用手指刮了刮狂風掃過的地面，嘗了嘗。

鹽。

現在，他終於確定了。

厄拉科斯地表曾經有水——曾經。他開始重新勘探乾涸湧泉的證據，那些地方曾經冒出涓涓細流，但水消失了，永遠不再出現。

凱恩斯派出幾個他新培養出來的弗瑞曼湖沼學家前去調查。他們的主要線索是，香料菌噴發後有時會在現場找到皮質碎片。他們一度認為那來自弗瑞曼民間故事中虛構的「沙鱒」，直到挖出更多事實，終於發現一種足以解釋這些皮質碎片的生物。這種生物在沙中浮游，將水封在七度以下多孔地層的豐盛水包中。

每次香料菌噴發以後，這些「水盜」會以百萬計成批死亡。五度的溫度變化就會使這些生物送命。而少數倖存者會進入胞囊休眠狀態，並於六年後長成小沙蟲（大約三公尺長）。而這群小沙蟲裡，只有極少數能夠避開年長沙蟲的吞噬，以及香料菌成熟前的「水包」，最終發育成熟，變成巨型沙胡羅。（水對沙胡羅而言是有毒的，這一點弗瑞曼人早就知道，他們在小型流沙漠裡找到罕見的「發育不良的沙蟲」，將之淹死後製造出他們稱為「生命之水」的啟靈迷藥。這種「發育不良的沙蟲」已具備沙胡羅的雛形，但身長只有九公尺。）

現在，他們掌握了循環關係：從小創造者到香料菌；從小創造者到沙胡羅；沙胡羅四處散播香料，香料餵養名為「沙浮游」的沙地微小生物；沙浮游是沙胡羅的食物，會長大、挖洞，變成小創造者。

凱恩斯和他的人將注意力從那些複雜的關係上移開，全神貫注在微型生態系統中。首先是氣候：沙漠地表的溫度經常高達七十一至七十七度，地下三十公分的溫度可能會降低五十五度，地面上方三十公分則會降低二十五度，而樹蔭或陰影下的氣溫會再降低十八度。第二是營養：厄拉科斯上的沙子大多數是沙蟲消化系統的產物；沙塵（本地無所不在的問題）則是沙子在地表不斷「躍移」而成。沙丘的背風面布滿粗糙的沙礫，迎風面則光滑而堅硬。年久的沙丘因氧化而發黃，年輕的沙丘則保有岩石的顏色，通常都是灰色。

老沙丘的背風面提供了第一批種植區。弗瑞曼人首先看上一種耐瘠的草，這種草具有類似泥炭的纖毛，可以卸下風暴最大的武器——移動的沙礫，因而能纏住沙丘，讓沙丘不再移動。

他們選中的實驗區在南部沙漠腹地，遠離哈肯能人的瞭望哨。一開始，他們沿著盛行西風帶選擇了幾座沙丘，然後在這些沙丘的背風面（陡坡面）種植耐瘠的野草。背風面穩固之後，迎風面就會越積越高，而耐瘠草也會隨之蔓延，覆蓋面越來越大。如此一來，背脊蜿蜒不絕的長沙丘逐漸成型，高度可達一千五百公尺。

當沙丘屏障夠高之後，就可以在迎風面種植生命力更強韌的菅芒，地下的結構體有露出地表部分的六倍粗厚——「牢牢鎖住」。

接下來，他們展開進一步的種植。一年生草本植物（從藜、甜菜、莧菜開始），然後是金雀花、羽扇豆、蔓生的桉樹（卡樂丹北部地區的改良品種）、矮紅荊、山地松等，接下來是真正的沙漠植物：大戟、巨人柱、仙人柱、金鯱仙人球。同時，他們也在這些植物生長的地方引進駱駝草、洋蔥草、戈壁針茅、野生紫花苜蓿、豚草、匍匐美女櫻、月見草、五葉龍膽、黃櫨、石炭酸灌木。

他們隨後引進必要的動物——那些翻開土壤，使土壤鬆軟的穴居動物：敏狐、小更格盧鼠、沙漠野兔、沙地鑽紋龜……然後是使食草動物的數量保持平衡的食肉動物：漠鷹、鵂鶹、老鷹；接下來是填滿生態區位的昆蟲：蠍子、蜈蚣、閉戶蝰蠕、胡蜂和飛蛾，以及控制昆蟲數量的沙漠蝙蝠。

現在進入關鍵實驗：棗椰、棉花、甜瓜、咖啡、草藥——大約二百多種有待實驗和改良的食用植物。

「那些生態文盲並不明白，」凱恩斯說，「生態系統也是系統。系統！一個保持某種動態平衡的系統，而這種平衡極其脆弱，只要一個生態區位出了差錯，都有可能導致系統崩潰：系統有其秩序，從一點流向另一點，如果有東西阻塞了這種流動，秩序就會崩解。未受過訓練的人可能會沒注意到秩序已崩解，直到一切都太晚。所以我們說，生態學最大的作用就是學會理解因果。」

他們完成這套系統了嗎？

凱恩斯和他的人觀察著，等待著。弗瑞曼人明白了，為什麼他預言至少需要五百年。

墾植場傳來報告。

在沙漠邊緣的移植區，沙浮游由於受到新型態生命的感染，開始大批大批地中毒而死，原因是蛋白質不相容。那裡生成的水對厄拉科斯的生物而言是有毒的。圍繞著移植區出現了一片不毛之地，就連沙胡羅也不願進入。

於是，凱恩斯親赴墾植場視察——一趟二十響的長途跋涉（他乘著沙蟲背上的轎子，就像傷員和聖母一樣，因為他從來都沒有能成為沙蟲馭者）。他檢查了不毛之地（這一帶臭氣熏天），得到了意外收穫，來自厄拉科斯的特殊禮物。

他們在土壤中加入硫元素以固氮，把不毛之地變成肥沃的苗場，專門培育地球上的生物，隨心所欲地培育！

「這會改變時間表嗎？」弗瑞曼人問。

凱恩斯重新計算他的行星公式。當時，捕風器的參數已經相當可靠。他知道，處理生態問題無法講求精準，所以留出充裕的容許差。為了讓沙丘固定不動，必須留出相當數量的植被，還要有一定的食物供給（包括人和動物），要有一定規模的根系以留住溼氣，並為鄰近的乾旱區提供水源。到現在為止，他們已經繪製好地圖，標示出沙漠曠野上四處流竄的低溫區，而這些都是必須納入公式中。就連沙胡羅也在圖表上占有一席之地。絕對不能消滅沙胡羅，否則就不會再有香料，而且沙胡羅體內的消化「工廠」製造了大量的乙醛和酸，正是巨大的氧氣來源。一條中型沙蟲（大約二百公尺長）釋放出的氧氣，抵得上地表十平方公里綠色植物的光合作用。

他還要考慮宇航。他們必須用香料來賄賂宇航，以防止厄拉科斯上空出現氣象衛星或其他偵察衛星。如今，這已經成為首要問題。

另外，也不能忽略弗瑞曼人。尤其是這些弗瑞曼人，他們擁有捕風器，也控制了水源周圍的不規則土地。他們學到新的生態知識，正夢想著在厄拉科斯遼闊的土地上建立循環系統，把沙漠變成大草原，再把大草原變成森林植被。

凱恩斯從圖表中得出一個數據：三％。如果他們可以讓厄拉科斯上三％的綠色植物參與製造碳化合物，就可以建立自給自足的循環系統。

「但要多久？」弗瑞曼人問。

「噢，這個，大約三百五十年。」

所以，這個烏瑪一開始說的都是真的。現在活著的人，誰也無法看到那一天，他們的八世子孫也無法看到。但那一天終究會到來。

工作繼續進行：建設，種植，挖掘，訓練孩子。

然後，凱恩斯—烏瑪在普拉斯特盆地的一個岩洞中遇害身亡。

那時，他的兒子列特—凱恩斯十九歲，已經是徹頭徹尾的弗瑞曼人和沙蟲馭者，手下的哈肯能亡魂超過一百人。老凱恩斯早就為兒子申請皇家的任命，此刻也順理成章地批了下來。帝國嚴格的封建制度這一回倒幫上了大忙。

到現在為止，改造星球的進程已經按部就班地展開，具備生態知識的弗瑞曼人堅定地繼續向前。列特—凱恩斯只需觀察、輕輕推一下，以及，監視哈肯能人……直到某天，一位英雄將苦難帶到他的星球。

附錄II　沙丘星的宗教

任何學者都看得出，在摩阿迪巴到來之前，厄拉科斯上弗瑞曼人所信奉的宗教源於毛麼薩日教。此外，許多學者發現，弗瑞曼人還廣泛地借鑑了其他宗教。最常見的例子就是《水的讚美詩》，這首聖歌直接抄自《奧蘭治合一禮拜手冊》，歌中所呼喚的雨雲是厄拉科斯人從來沒見過的物事。然而，值得玩味的是，弗瑞曼人的《訓誡書》與《聖書》、禪遜尼神學，以及禪遜尼宗教的律法有著驚人的一致性。

截至摩阿迪巴時代之前，所有對主流宗教信仰的比較性研究都必須考慮到以下幾支主要的勢力，其信仰分別如下：

一、十四賢哲的信徒。《奧蘭治合一聖書》就是出自十四賢哲之手，他們的見解大多收錄在《釋經》和宗教大同編譯委員會所編寫的其他文獻資料中。

二、貝尼．潔瑟睿德。她們私下否認自己是宗教團體，但運作方式完全是黑箱操作，一切都掩蓋在充滿宗教儀式意味的神祕主義帷幕下。而她們的修練、特殊的符號體系、組織機制、內部的教導方式等等，幾乎全部帶有宗教性質。

三、不可知論者（包括宇航）。對他們來說，信仰有些類似於滑稽木偶劇，主要目的其實是使平民階層生活愉快，保持溫順。他們基本上相信，所有現象，甚至包括宗教奇蹟，都可以化為簡單的解釋。

四、所謂的「原始教義」。包括那些在第一次、第二次、第三次伊斯蘭宗教運動中由禪遜尼流浪者保存下來的教義，還包括楚蘇克的基督教基本教義主義、蘭吉維爾和絲昆上的主流佛教支派，蘭卡瓦塔拉大乘佛教的混合教義、孔雀三角洲星域的禪宗、薩魯撒．塞康達斯上殘存的猶太教和道教、民間的巫術、在卡樂丹的米農間保留下來的毛拉古蘭經及其神學和宗教律法、散布在宇宙中一些隔離世界中的興都教，最後還有巴特勒聖戰的信徒。

當然還有第五種宗教信仰的勢力，影響力是如此廣泛且深遠，值得另外說明。

那就是，當然了——星際旅行。在任何以宗教為主題的討論中，一提及這股勢力就應稱之為：

星際旅行！

在巴特勒聖戰爆發前的一萬一千年中，人類在浩瀚太空的遷徙為宗教打上獨一無二的烙印。首先，早期的星際旅行雖然普及，但缺乏規範，速度緩慢，且充滿不確定性。此外，在宇航壟斷這片市場之前，航行方式就像大雜燴。最早的星際通訊乏善可陳，信號極度失真，因而引發了狂熱的神祕臆想。於是，太空立即為「創世」的概念帶來一些不同於以往的感受和意味。這種變化甚至可以從當時宗教的最高成就中看出。所有宗教的神聖感都受到宇宙暗空的無秩序所影響。

那有如朱庇特和他所有的化身都退回孕育了一切的黑暗之中，取而代之的是女神的內在性，既曖昧模糊，且有張令人驚懼的臉。

遠古的宗教法則在迎合新領地和新象徵的需求時，互相纏繞、糾結。一邊是怪獸魔鬼，一邊是古老的祈願及禱告，此刻正是這兩者激烈交鋒的時代。

從來沒人得出過任何明確的結論。

在此期間，據說《創世紀》受到重新詮釋，允許上帝說：

「要生養眾多，繁衍生息，要填滿星際，治理寰宇，要當浩瀚太空中、無垠大地上以及地下各種奇異野獸、生物的主人。」

這是女巫的時代，她們掌有實權……她們不再誇耀自己能挑發煽動鬧事的人，這個事實最能反映她們的權勢。

然後就爆發了巴特勒聖戰——一場持續了兩代人的激戰。機械邏輯之神被大眾推翻了。人們提出一個新觀念：「人類是無可取代的。」

對所有人類而言，持續了兩代人的血腥暴力是文明的黑暗期。人們回顧他們的神祇及宗教儀式，發現這兩者都充滿了最可怕的等式：以恐懼覆蓋的野心。

當數十億信徒為了信仰浴血奮戰時，宗教領袖猶豫不決地碰面交換意見。當時，宇航正漸漸壟斷所有星際旅行，貝尼・潔瑟睿德也正聯合所有女巫，這兩大勢力推動了這些宗教交流。

最早的幾次跨宗教會議促成了兩大結果：

所有宗教至少要有一條共同戒律：「汝等不得減損靈魂之價值。」

成立宗教大同編譯委員會（後簡稱「譯委會」）。

譯委會在古地球的一座中立小島上召開集會，古地球是各大原始宗教的發源地。他們「一致相信宇宙間有某種神性本質」。每支信徒在百萬以上的信仰都派出代表，以令人驚訝的速度達成協議，並宣告他們的共同目標：

「我們聚集在此，是為了消弭宗教衝突的元凶：宣稱自己是唯一的、僅有的天啟。」

人們歡呼慶祝「即將簽下影響深遠的協議」，事後證明大家太早高興了。一個標準年過去，那紙聲明是譯委會的唯一公告。人們憤恨地談論協議延誤了。吟遊詩人寫下詼諧、辛辣的歌謠，諷刺譯委會那一百二十一個「怪物」（這個外號源於一個關於譯委會的下流笑話）。其中一首歌謠《憂鬱的安眠》每隔一段時間便有人重新傳唱，時至今日也依舊十分流行。歌詞如下：

想想花圈，
憂鬱的安眠——還有
所有這一切老怪物
造成的悲劇。
所有的老怪物！
多麼懶乎，
多懶乎！
你們這一輩子啊，
就夾在眾神之間，
將光陰虛度。

譯委會的會議期間不時有流言傳出，說他們只是在比較經文，而且，不負責地指出是哪些經文。這樣的流言不可避免地激發了反對宗教合一的暴亂，當然，也激發出更多冷嘲熱諷。

兩年過去了……三年過去了。

譯委會的創會委員有九十人不是去世，就是被換下，剩下的人停下來觀察那些接替者的正式就職典禮，然後宣布自己正在寫書，準備徹底根除過去宗教中「所有病態症狀」。

他們說：「我們正在製作一件樂器，能以諸種方式彈出愛。」

許多人都覺得很奇怪，這樣一條聲明竟激起反宗教合一運動中最激烈的暴力衝突。二十個委員被各自的宗教團體召回，其中一人居然偷了一艘太空護衛艦，駕駛著衝向太陽。

歷史學家估計暴亂導致八千萬人喪生。這個數據是按照蘭茲拉德中每個世界損失六千人計算出來的。而考慮到當時的動亂，這樣的估算並不誇大，儘管任何聲稱自己的數據真實無誤的統計都不過是……聲稱而已。星際間的交流跌到最低。

很自然，吟遊詩人樂壞了。當時某齣流行的音樂喜劇中有名譯委會的委員坐在松樹下的白沙上，輕聲唱道：

為了上帝、女人和愛的榮耀，
我們坦蕩蕩毫無畏懼來到這裡，
吟遊詩人啊，吟遊詩人，再唱一首歌謠，
為了上帝、女人和愛的榮耀。

暴動和喜劇不過是時代的症狀，但能揭露許多真相。它們暴露了人們的心理調性、深切的不確定感……以及為某種更好的東西而奮鬥，同時又害怕一切終究是場徒勞。

在那個時代，剛成形的宇航、貝尼．潔瑟睿德和鉅貿聯會是擋住無政府狀態的水壩。他們排除萬難，定期開會，這樣的局面維持了整整兩千年。在這三巨頭的聯合中，宇航的角色很明確：為蘭茲拉德和譯委會的一切會務提供免費運送。貝尼．潔瑟睿德的作用較為隱晦。當然了，她們在這時期將全宇宙的女巫團結起來，探索了迷藥，發展出貝尼．潔瑟睿德的並度神經與普拉那肌肉訓練法，設計出護使團，推動迷信的黑色手臂。然而，〈制驚禱文〉也是在這個階段寫出來的。此外，她們還編纂了《光明書》，這套令人驚歎的叢書收錄了大多數古代信仰的重要祕密。

歷史學家英格斯里的評注也許是唯一合理的解釋：「這是極度矛盾的時代。」

在譯委會成立將近七年時，他們為全宇宙的人類準備了一份重大聲明。在七週年慶那一天，他們揭開了《奧蘭治合一聖書》的神祕面紗。

「這是一本莊嚴、意義深厚的巨著，」他們說，「人們從中意識到，全體人類都是上帝的造物。」

譯委會的人被比擬為考古學家，他們重新發現了上帝的莊嚴，受到鼓舞。據說，他們讓世人理解「偉大的思想體系塵封了數世紀的活力」，而且「擦亮了宗教善惡觀念所孕生的道德義務」。

繼《奧蘭治合一聖書》之後，譯委會推出了《禮拜手冊》和《釋經》。尤其值得一提的是《釋經》——在很多方面都是一部更引人注目的作品，不僅僅是因為言簡意賅（篇幅不到《奧蘭治合一聖書》的一半），更因為坦率，以及那種混合了自憐自艾和自以為是的風格。

對那些相信不可知論的統治者來說，起源有很明顯的吸引力。

「人們在聖行（關於律法的一萬條宗教發問）中找不到答案，於是開始自行推論。所有人都希望能夠擺脫蒙昧，宗教只不過是其中最古老、最高尚的方法，人們通過這種方法努力讓上帝的宇宙具有意義。科學家探求事件的法律意義，而宗教的任務則是讓人類適應這些法律意義。」

然而，《釋經》極可能以結論中的嚴厲語氣，預言了自己的命運。

「許多被稱作『宗教』的思想，其實會不自覺敵視生命。真正的宗教必須讓人們知道，生命充滿了上帝樂見的喜悅，而沒有行動的知識則是空洞的。所有人都必須明白，強調戒條和儀式的宗教大多只是騙局。真正的宗教教誨十分容易辨認。你一定會認出，因為它能喚醒你內在的感覺，讓你看到你一直都知道的事。」

當印刷機和列印機轟轟運轉，而《奧蘭治合一聖書》散布到整個宇宙時，有股奇異的寧靜。有些人認為這是上帝的神蹟，是團結的預兆。

然而，即使是譯委會的委員，也在返回各自的宗教團體之後打破虛幻的寧靜，其中十八人在兩個月內死於私刑，另有五十三人在一年內被迫反悔。

而《奧蘭治合一聖書》則被指控為「驕傲自大」的成果。據說這本書通篇都是引人入勝的邏輯。隨後，為了迎合眾多頑固信徒，一些修訂版開始出現。這些版本傾向於接受象徵體系（十字架、新月、羽毛撥浪鼓、十二聖徒、佛像，諸如此類）。很快，一切都變得很清楚：遠古的迷信和信仰並未被納入此一波宗教融合運動中。

哈羅威為譯委會七年來的工作成果貼上標籤，稱之為「初萌的宿命論」。他的觀點立刻吸引了數十億熱切的擁護者將縮寫的「初宿」理解為「出事」。

譯委會主席陶伯克是禪遜尼人的教長，也是十四個從未放棄宗教合一的委員之一（通俗歷史中稱他們為「十四賢哲」），但他此時也終於承認譯委會確實錯了。

「我們不應試圖創造新的宗教象徵，」他說，「我們早就應該意識到，不應在已被接受的信仰中注入不確定性，不應打亂人們對上帝的好奇。我們每天都要面對人類事務可怕的不穩定性，卻還是聽任我們的宗教日漸嚴格、控制一切，還要求信徒要更加順從。在神諭的大道上，為什麼會有這樣的陰影？

這是在警告我們，宗教制度、象徵仍將繼續，即使原有的意義已不復存在；警告我們，世界上沒有任何一本大全可以涵蓋所有知識。」

不久，陶伯克被迫過起流亡生活，全靠宇航的保密才保全性命。根據宇航的報告，他最後死在避難星——圖拜，死前深受愛戴。他的臨終遺言是：「有些人會對自己說：『我未能成為我希望成為的那種人。』宗教應該為這些人提供出口，絕不能淪為自滿的集合體。」

令人欣慰的是，我們可以認為陶伯克了解他話中的預見性：宗教體制仍將繼續。九十年之後，《奧蘭治合一聖書》和《釋經》滲透了整個宇宙的宗教系統。

當保羅—摩阿迪巴站在供奉他父親顱骨的岩石聖壇前，他右手放在聖壇（右手受到祝福，而左手卻是遭到詛咒），引用了《陶伯克遺澤》中的一句話：

「那些擊敗我的人可以對自己說，巴比倫淪陷了，那些文明也被摧毀。而我要對你們說，人類仍然要接受審判，每個人都站在自己的被告席上。每個人都是場小型戰役。」

弗瑞曼人都說，保羅—摩阿迪巴就像阿布．乍德，以一艘巡防艦挑戰宇航，在一天內往返「那個地方」。「那個地方」是由弗瑞曼神話直譯而來，意思是沒有任何限制的「形象界」。

這樣的描述與奎薩茲．哈德拉赫非常相似。奎薩茲．哈德拉赫是貝尼．潔瑟睿德一直試圖藉由育種計畫培育出來的人，她們稱他為「捷徑」，或「可以同時出現在兩個時空的人」。

其實，這兩種描述都可以直接從《釋經》中找到根源：「當法律與宗教的責任合而為一時，個體與整個宇宙融為一體。」

而摩阿迪巴則這樣形容自己：「我是時間海洋中的一張網，隨意撈起未來與過去。我是移動的薄膜，不會漏過任何可能性。」

這些宗教思想都是同一回事，殊途同歸。《奧蘭治合一聖書》第二十二節中有這樣一段話：「思想不論是否宣之於口，都是真實存在的，也都會影響現實。」

而當我們深入研究摩阿迪巴為《宇宙之柱》所寫的注解時，我們會發現，他深受譯委會和弗瑞曼──禪遜尼思想的影響。

摩阿迪巴：「法律和責任是一體的，不用試圖改變這一點，但要記住這些限制──你永遠無法擁有徹底的自我意識，永遠是集體的一員，而非獨立的個體。」

《奧蘭治合一聖書》：完全相同的語句。（選自啟示錄六十一條）

摩阿迪巴：「宗教經常會為社會的前程披上神祕主義的外衣，如此我們才不必害怕變幻莫測的未來。」

譯委會的《釋經》：完全相同的語句（根據《光明書》，這段陳述源自一世紀初的宗教作家聶修）。

摩阿迪巴：「假如一個孩子、一個未受過訓練的人、一個無知的人，或一個愚蠢的人惹出麻煩，那是掌權者的錯，因為他未能預見也未能阻止這個麻煩。」

《奧蘭治合一聖書》：「世間所有罪過多少都可以歸咎於人的劣根性，而人是上帝創造出來的，因此對上帝來說，這些罪過也就情有可原、可以接受。」（根據《光明書》的追溯，這段話出自古代閃族宗教。）

摩阿迪巴：「伸出你的手，接受上帝賜予的食物。飽足之後，讚美祂。」

《奧蘭治合一聖書》有一段意思相同的話。（根據《光明書》的追溯，這段話只跟伊斯蘭的原教義略有不同。）

摩阿迪巴：「善意是殘忍之母。」

母）豈非神所賜予？撒但（魔鬼）豈非神所賜予？我們不正是從撒但手中取得有害的速度？」（這句話源於弗瑞曼諺語：「速度來自撒但。」因為運動（速度）需要能量，而每一百大卡的熱量就會使身體散發大約一百七十毫升的汗水。在弗瑞曼語中，汗水就是眼淚。當用某種特定的語調發音時，還意味著：「撒但從你身上榨出的生命精華。」）

弗瑞曼人的《訓誡書》：「慈悲之神無法沉重。燃燒的太陽（阿—拉特）豈非神所賜予？水之母（聖

柯尼威爾曾把摩阿迪巴的降臨稱為「神聖地及時」，但時機與此無關。正如摩阿迪巴自己所說：「我在這裡，因此……」

然而，在嘗試理解摩阿迪巴的宗教影響力時，有件事實至關重要：弗瑞曼是一支沙漠民族，祖先早已適應惡劣的環境。在一個分分秒秒都必須應付殺機的地方，弘揚神祕主義並非難事。「你在那裡，因此……」

在這樣的傳統下，他們接受了苦難。也許他們在潛意識裡認為這是懲罰，但他們接受了。我們應當注意到，弗瑞曼的宗教儀式完全擺脫了罪惡感。對他們而言，罪惡感沒有存在的必要，因為他們的律法與宗教完全一致，不服從律法就是犯了宗教之罪。更確切地說，由於他們每天都必須面對殘酷的抉擇（常常是生死抉擇），因此他們淨化了罪惡感。若是在溫和的生存環境中，這類抉擇會產生難以承受的罪惡感。

這或許是弗瑞曼人迷信的根源之一（姑且不論護使團在這方面的推波助瀾）。呼嘯的風沙是神兆？第一次見到一號衛星時必須握起拳頭？一個人的肉體是自己的，水卻屬於部落？對他們而言，生命的神祕並不是要解決的問題，而是必須經歷的現實。神兆使你記住這一點。最後，因為你身在此地，因為你有宗教，勝利終究會屬於你。

幾世紀之前，遠在貝尼．潔瑟睿德與弗瑞曼人爆發衝突之前，她們就在教導這一點：

「當宗教與政治同乘一輛馬車時，當駕車人是在世的聖徒（巴拉卡）時，什麼也阻擋不了他們。」

附錄III　貝尼·潔瑟睿德之動機及意圖報告

厄拉科斯事件後，潔西嘉女士立即要求手下的密探準備一份報告。本文即摘自這份報告。該報告清晰，極為珍貴，遠遠超越一般資料。

貝尼·潔瑟睿德的學校半帶祕教色彩，數百年間一直行事隱密，孜孜矻矻地在人類間進行她們的選擇性育種計畫。世人對她們的評價大多高於該會所應得。她們針對厄拉科斯事件寫了一份報告，名為《事實的考驗》，分析過這份報告之後，我們發現，貝尼·潔瑟睿德學校嚴重忽略了自己在該起事件中的角色。

也許有人會駁斥道，貝尼·潔瑟睿德只能根據她們所掌握的事實展開調查，而她們無法直接見到先知摩阿迪巴。但學校曾經克服比這更困難的阻礙，而她們這次所犯的錯誤也更加嚴重。

貝尼·潔瑟睿德的計畫有其目標，即培育出她們稱為「奎薩茲·哈德拉赫」的人，該詞的意思是「可以同時身處多重空間的人」。簡言之，她們想要培育出擁有超凡心智能力的人，以理解並運用更高階的時空維度。

她們培育的是超級晶算師，一個具有宇航領航員那種預知力的超級人類電腦。現在，請密切留意以下事實：

摩阿迪巴，出生時名為保羅·亞崔迪，是雷托公爵之子，其血脈已經被密切追蹤了一千多年。這位先知的母親潔西嘉女士是弗拉迪米爾·哈肯能男爵的親生女兒，她身上的遺傳標記對育種計畫而言相當重要，這一點貝尼・潔瑟睿德早在兩千年前就已經知道。她是貝尼・潔瑟睿德育種、訓練出來的成果，理應心甘情願為育種計畫獻身。

潔西嘉女士奉命生出一個亞崔迪女兒。在育種計畫中，這個女兒將與菲得—羅薩・哈肯能近親繁殖——他是弗拉迪米爾・哈肯能的侄子，這樣的結合極有可能培育出奎薩茲・哈德拉赫。然而，潔西嘉女士出於某種她坦誠自己也從不完全清楚的原因，違抗了命令，生下兒子。

這起事件本身就應該引起貝尼・潔瑟睿德的警覺，這表明她們的計畫已經滲入不可控制的變數，但實際上她們忽略的不止於此，還有其他更加重要的跡象：

一、保羅・亞崔迪在少年時期就表現出預測未來的能力。許多人都知道他能夠看到未來的景象，既精準又敏銳，推翻了四維空間的解釋。

二、聖母凱亞斯・海倫・莫哈亞，貝尼・潔瑟睿德的督察，她曾經在保羅十五歲時為保羅做過人類測試，親眼目睹他在測試中戰勝了有史以來最強烈的痛苦。然而，她並未在報告中特別說明這一點。

三、亞崔迪家族移居厄拉科斯星之後，當地的原住民弗瑞曼人向少年保羅歡呼，奉他為先知，稱他為「天外之音」。貝尼・潔瑟睿德相當清楚，厄拉科斯地表全是沙漠，氣候嚴苛，極度缺乏地表水，人們重視最基本的生存必需品，所有這一切，必然使人民極易受煽動。然而，弗瑞曼人的反應，以及厄拉科斯的飲食中含有相當高的香料成分此一事實，都被貝尼・潔瑟睿德的觀察員搪塞過去。

四、當哈肯能人和帕迪沙皇帝狂熱的薩督卡軍團重新占領厄拉科斯之後，殺死了保羅的父親和絕大多數亞崔迪部隊，保羅和他的母親卻失蹤了。幾乎馬上就有報告傳出弗瑞曼人突然出了一個新的宗教領袖，一個名喚「摩阿迪巴」的人，他也被尊為「天外之音」。報告明白指出，他身邊有位通過了塞亞迪娜儀式的新聖母，而這位聖母就是「生他的那個女人」。貝尼・潔瑟睿德的記錄清楚寫出，與這位先知有關的弗瑞曼傳說中有如下敘述：「他應由貝尼・潔瑟睿德女巫所生。」

（也許有人會駁斥道，早在數世紀之前，貝尼・潔瑟睿德就已經派遣護使團來到厄拉科斯，把一些與此傳說相近的內容植入當地人心中，以便任何成員困在當地需要避難時，可以利用這些傳說來保護自己。意即，「天外之音」既是貝尼・潔瑟睿德的標準計謀，自然可以忽視。但這一點要成立，我們就得同意，貝尼・潔瑟睿德忽視了保羅－摩阿迪巴的其他線索也是正確的。）

五、厄拉科斯事件越演越烈時，宇航曾主動向貝尼・潔瑟睿德示意，暗示他們的領航員看到「地平線上出現了麻煩」，或「憂慮未來」。這些領航員會服用厄拉科斯的香料迷藥，以獲得有限的預知力去駕駛宇宙星艦穿越太空。這一切無不表明他們看到了節點，那裡是無數微妙決定的交會處，而領航員的預知之眼無法看到節點後方通往未來的道路。這是相當清楚的跡象，指出宇航的某些領航員受到更高等級時空維度的干擾。

（少數貝尼・潔瑟睿德很早就知道，宇航沒有能力直接干預香料重要產地的事務，因為他們早就以無能的方式處理更高等級時空維度——他們至少意識到，在厄拉科斯，即使是最輕微的差錯，也可能是場浩劫。事實證明，宇航的領航員已經預測出，若要控制香料，就一定會導致這種節點。結論很明顯：有股更高層的力量正在控制香料源，而貝尼・潔瑟睿德竟完全未能覺察。）

面對這些事實，我們得出一個無法忽視的結論：貝尼・潔瑟睿德在這起事件的無能表現，只是另一項計畫的產物，而她們對這項更高層次的計畫一無所知！

附錄IV　人物小傳（氏族成員選摘）

沙德姆四世（一〇一三四—一〇二〇二）

帕迪沙皇帝，柯瑞諾家族登上金獅王座後的第八十一任皇帝。一〇一五六年，沙德姆四世在其父皇埃爾如德十一世遭毒鴆後即位。一〇一九六年，被迫退位，由保羅—摩阿迪巴公爵以其長女伊若琅公主的名義建立攝政王朝。他在位期間最著名的事件即「厄拉科斯事變」。後世的許多歷史學家都批評沙德姆四世沉迷於宮廷活動，浪擲官職。波薩格的軍銜在他即位後的最初十六年間增加了兩倍，而在厄拉科斯事變前的三十年間，撥給薩督卡軍進行軍事訓練的軍費卻逐年減少。他有五個女兒（伊若琅、莎莉絲、溫西希婭、喬西法、露琦），沒有合法婚生的兒子。他的四個女兒都在他退位後陪伴他。其妻安妮茹是「隱祕級」的貝尼．潔瑟睿德，卒於一〇一七六年。

雷托．亞崔迪（一〇一四〇—一〇一九一）

柯瑞諾家族的母系表親，人稱「紅公爵」。亞崔迪家族以采邑的形式統治卡樂丹，前後二十代人，直到被迫移居厄拉科斯。他主要是以保羅—摩阿迪巴公爵（烏瑪攝政王）之父的身分聞名於世。雷托公爵的遺骨存放在厄拉科斯的「顱骨聖壇」中。他死於一名蘇克醫生的背叛，而陰謀背後的主腦是弗拉迪米爾．哈肯能男爵。

潔西嘉女士（亞崔迪）（一〇一五四—一〇二五六）

根據貝尼・潔瑟睿德的資料，她是弗拉迪米爾・哈肯能男爵的親生女兒，保羅—摩阿迪巴公爵的母親。她畢業於瓦拉赫九號行星上的貝尼・潔瑟睿德學校。

厄莉婭・亞崔迪女士（一〇一九一—）

雷托・亞崔迪公爵與其伴侶潔西嘉女士所生的女兒。厄莉婭在雷托公爵死後大約第八個月出生於厄拉科斯。在胎兒期暴露在啟靈藥帶來的意識域之中，因此貝尼・潔瑟睿德稱她為「受詛咒的人」。通行的史書稱她為「聖・厄莉婭」，或「聖・尖刀厄莉婭」。生平詳見《聖・厄莉婭：十億世界的女獵人》。

弗拉迪米爾・哈肯能（一〇一一〇—一〇一九三）

通常被稱為哈肯能男爵，正式頭銜為西瑞達男爵（行星總督）。弗拉迪米爾・哈肯能是霸夏・阿布魯德・哈肯能的直系後裔，霸夏當年在柯瑞諾戰役後因臨陣退縮而遭流放。家族由於逐漸成為操控鯨皮市場的巨頭，因而重獲權勢，之後地位更因厄拉科斯的香料財富而更加鞏固。這位西瑞達男爵在厄拉科斯事變中死於沙丘，頭銜短暫地由準男爵菲得—羅薩・哈肯能繼承。

哈西米爾・芬倫伯爵（一〇一三三—一〇二二五）

柯瑞諾家族的母系表親，沙德姆四世的兒時玩伴（根據《柯瑞諾家族野史》中有關旁系血親不甚可靠的記載，芬倫就是對先皇埃爾如德十一世下毒的人）。所有史料都同意芬倫是沙德姆四世一生中最親密的朋友，許多皇室要務都是由芬倫負責，包括在哈肯能家族統治厄拉科斯的時期擔任皇室代表，後來又暫時攝理卡樂丹。厄拉科斯事件後，他陪同沙德姆四世一起隱退到薩魯撒．塞康達斯。

格羅蘇．拉班伯爵（一〇一三二－一〇一九三）

格羅蘇．拉班，蘭吉維爾的伯爵，弗拉迪米爾．哈肯能最年長的侄子。格羅蘇．拉班和菲得－羅薩．拉班（菲得－羅薩被西瑞達男爵選中為他的繼承人，所以改姓哈肯能）是西瑞達男爵同父異母兄弟阿布魯德的婚生子。當阿布魯德被賜予拉班－蘭吉維爾次級行政區的管轄權時，他宣布放棄原姓氏哈肯能，並放棄所有屬於哈肯能人的權利。拉班是母姓。

帝國詞彙表

要研究造就了摩阿迪巴的帝國、厄拉科斯行星與整個文化體系，不免碰到許多不尋常的詞彙。欲鼓勵眾人加深理解，因而提供詞彙解釋與定義如下表。

ACH　沙蟲馭者對沙蟲下達「向左轉」所使用的口令。

B.G.　通常用於簡稱**貝尼．潔瑟睿德**。但例外是如果與年分日期並用，則視為帝國曆法的計年方式，代表「宇航曆前」。帝國曆法系統以宇航公會開始壟斷事業的日子為起始。

LA, LA, LA!　弗瑞曼人悲痛的哀號（LA可譯成最大程度的拒絕承認，走投無路時說出的「不」）。

DERCH　沙蟲馭者對沙蟲下達「向右轉」的口令。

GEYRAT　沙蟲馭者對沙蟲下達「向前進」時所使用的口號。

HAIIIII-YOH!　沙蟲馭者對沙蟲下達行動命令時使用的口號。

HAL YAWM　弗瑞曼語的感嘆詞，表示「終於！」

IKHUT-EIGH!　厄拉科斯星上賣水販子的吆喝聲（語源不明，請參閱「Soo-soo sook!」）。

KULL WAHAD!　帝國中常見的一句驚嘆詞，實際意義視當時情況而定。（據說摩阿迪巴見到一隻漠鷹雛鳥破殼而出時會低聲如此讚嘆。）

MU ZEIN WALLAH! 弗瑞曼人詛咒敵人的傳統發語詞，mu zein代表「沒好事」，wallah則是反身的驚嘆詞，把句子重點帶回mu zein，使得整句意為「沒好事，永遠沒好事，沒一件好事」。

SOO-SOO SOOK! 厄拉科斯星上水販的叫賣聲。Sook指市集（請參閱「Ikhut-eigh」）。

SUBAKH UL KUHAR 弗瑞曼人的問安。

SUBAKH UN NAR 弗瑞曼式招呼語回應。

YA HYA CHOUHADA 「鬥士常存！」弗瑞曼敢死隊的戰鬥口號，本句中的「Ya」（「現在」之意）被後面的「hya」（意為「永遠延續的現在」）所修飾。「chouhada」（鬥士）則代表對抗不公不義事物的鬥士。這個字特別言明鬥士不為任何事物而戰，而是單單捨身對抗一特定事物。

YA! YA! YAWM! 在儀式重要時刻吟誦的弗瑞曼口號。「YA」所包含的字根意指「現在專心！」，而「YAWA」則是經過修飾的詞語，強調「刻不容緩」之意。通常翻譯為「現在，請你仔細聽！」

一號月亮 FIRST MOON 厄拉科斯主要衛星，在夜晚首先升起。有個明顯特徵，是表面有和人類拳頭相仿的花紋。

二號月亮 SECOND MOON 厄拉科斯雙衛星中較小的衛星，顯著特徵是表面有摩阿迪巴鼠的圖形。

人生歷程 SIRAT 《奧蘭治合一聖書》中的一段經文，將人生描述成一段通過一座窄橋（Sirat）的旅途，其間「天堂在我右，地獄在我左，死神在我後。」

大公約 GREAT CONVENTION 在宇航公會、大氏族和皇帝的權力平衡實施的全宇宙休戰協議。主要條文是禁止對人類使用核能武器。每則條文開頭均是「當嚴守此規範……」。

大反叛 GREAT REVOLT 巴特勒聖戰的俗稱（請參閱「巴特勒聖戰」）。

大氏族HOUSE MAJOR　擁有行星封地者，星際企業家。（請參閱「氏族」）

大平漠BLED　平坦、開闊的沙漠。

大盾壁SHIELD WALL　厄拉科斯行星北方的多山地形，保護了一小塊區域不受科里奧利沙暴侵害。

大神母GREAT MOTHER　有角女神，宇宙的陰性法則（又稱宇宙之母）。帝國中許多宗教都崇拜「至高神」，至高神是男性、女性與中性的三位一體，大神母就是其中的女性面相。

小氏族HOUSES MINOR　受限於單一行星的商人階級。（凱拉赫語：Richece。）

小創造者LITTLE MAKER　介於植物和動物之間的厄拉科斯沙蟲媒介生物，潛藏在沙地深處。小創造者的排泄物會生成香料預菌體。

五重屏蔽場PENTASHIELD　安裝在小區域如門或走道上的屏蔽場，共有五層（大型屏蔽場會隨層數增加而變得不穩定），若沒有穿依照屏蔽場密碼設定的偽裝衣，無法通過（請參閱「警戒門」）。

公會GUILD　宇航公會，維持大公約的政治三強之一。公會是巴特勒聖戰後成立的第二所身心能力訓練學校（請參閱「貝尼．潔瑟睿德」）。公會開始獨占太空旅行、運輸以及星際銀行業的時間，是為帝國曆元年（宇航曆元年）。

厄拉科斯ARRAKIS　以「沙丘」之名為人所知的行星，老人星第三號行星。

厄拉欽恩ARRAKEEN　厄拉科斯最早的殖民區，長年作為行星首府。

及踝罩袍JUBBA CLOAK　可用來反射或吸收輻射熱能、搭蓋吊床或簡便避難所的多用途罩袍，在厄拉科斯星上常穿於蒸餾服外。

反背義規章DICTUM FAMILIA　此規定收錄於大公約，禁止以非正規的不當手段殺害皇室或大氏族成員。規章明文規定了正當手段，對暗殺手法設限。

太空漂泊者AMPOLIROS　傳說中太空的「飛翔的荷蘭人」。（「飛翔的荷蘭人」是著名的幽靈船，在歐洲航海傳說中，這艘船注定只能在大海中漂泊，無法靠岸。——編注）

太陽幣SOLARI　帝國的官方貨幣單位。其購買力由宇航公會、蘭茲拉德和皇帝每四年協商一次決定。

尤落希喏UROSHNOR　不具特定意義的發音。貝尼·潔瑟睿德將這類發音嵌入特定對象腦中，作為控制手段。植入者聽到後會暫時失去行動能力。

巴卡BAKKA　弗瑞曼傳說中，為全人類哀悼的哭泣者。

巴利斯九弦琴BALISET　由齊特拉琴直接演變而成的一種九弦樂器，調成楚蘇克調以撥弦彈奏。吟遊詩人愛用的樂器之一。

巴拉卡BARAKA　仍在世且擁有神祕力量的聖人。

巴特勒聖戰BUTLERIAN JIHAD　請參閱「聖戰」（又稱大反叛）。

心感T-P　心靈感應的縮寫。

戈姆刺GOM JABBAR　原意指強力而霸道的敵手，也可稱一種尖端塗有超氰化物的毒刺。貝尼·潔瑟睿德督察對人進行生死試煉，測試此人的人性意識是否能克服動物本能時，會使用戈姆刺。

比拉·特喬斯BELA TEGEUSE　坤特辛星系第五號行星，同時也是禪遜尼（弗瑞曼）人被迫遷徙時的第三個落腳地。

比拉凱法BI-LA KAIFA　真誠（字面意義：「無需多作解釋。」）。

貝都因BEDWINE　請參閱「貝都因兄弟會」。

氏族HOUSE　泛指統治行星或星系的宗族。

水貢FAI　以水納貢，厄拉科斯上主要的稅金形式。

用水紀律 WATER DISCIPLINE　在厄拉科斯上，居住者為了確保不浪費水分而接受的嚴苛訓練。

水債 WATER BURDEN　弗瑞曼語，「至死方休的義務」。

世仇 KANLY　官方認可的氏族爭鬥或仇殺，需遵守大公約的嚴格限制（請參閱「變動仲裁官」）。這套規則原先的目的是保護無辜的旁觀者。

凹地 SINK　厄拉科斯行星上被高地環繞而得免遭盛行的風暴所侵襲的可居住低地區域。

凹地人 PYONS　行星上的農民或勞工，是階級制度中的基層等級，在法律上指監禁在行星上的人。

凹地路線圖 SINKCHART　厄拉科斯星地表的地圖，標有可供定位羅盤使用的避難處路線（請參閱「定位羅盤」）。

加弗拉 GHAFLA　讓自己易受不良因素影響、分心。因此引申為善變者、不該信任的人。

卡樂丹 CALADAN　保羅—摩阿迪巴出生的星球，是孔雀六星域中的第三顆行星。

司水員 WATERMAN　一種弗瑞曼人的聖職，主掌與水和生命之水有關的儀式。

外族 OUT-FREYN　凱拉赫語中的「親近的外人」，指「不屬於親近的社群，非選中之人」。

奴隸 MAULA

巨型運輸艦 HEIGHLINER　宇航公會運輸系統中的主力貨物運輸艦。

布爾汗 BURHAN　生命的證明（常用用法：生命的阿耶蒂與布爾汗。請參閱「阿耶蒂」）。

弗瑞曼人 FREMEN　厄拉科斯星上的自由部族，居住在沙漠中，為禪遜尼漫遊者的孑遺（皇家字典稱弗瑞曼人為「沙賊」）。

弗瑞曼敢死隊 FEDAYKIN　弗瑞曼人的敢死特攻隊。歷史意義：立誓願犧牲性命以撥亂反正的小隊。

瓦拉赫九號行星 WALLACH IX　洛烏津星系第九號行星，貝尼・潔瑟睿德創始學校所在地。

生命之水WATER OF LIFE　一種「啓靈」的毒物（請參閱「聖母」）。特指沙蟲（請參閱「沙胡羅」）淹死時吐出的液體，在聖母體內轉化後，成為穴地狂歡儀式使用的麻醉劑。是種「延伸意識」的麻醉劑。

穴地SIETCH　弗瑞曼語，「危急時的集合地」，因為弗瑞曼人長期處於險境，這個詞變為一般用語，表示任何部落社群居住的洞穴群。

穴房YALI　弗瑞曼人在穴地中的個人住所。

《列王紀》SHAH-NAMA　禪遜尼流浪者半虛半實的第一本書。（該字來自波斯史書，中文譯為《列王紀》或《諸王之書》。——編注）

吉奈士氏族GINAZ, HOUSE OF　他們曾經是雷托．亞崔迪公爵的盟友。在刺客戰爭中，吉奈士氏族和格魯曼氏族一起被打敗。

立體投影SOLIDO　立體投影機投射出的三維影像，影像來源為記錄在魆迦藤帶上的三百六十度來源信號。一般公認伊克斯人製造的立體投影機品質最佳。

伊巴德香料藍眼睛IBAD, EYES OF　攝取大量香料的典型作用，眼白和瞳孔轉為深藍色（表示已對香料重度上癮）。

伊卡茲ECAZ　α——半人馬座B星系第四號行星，又稱「雕刻家天堂」。這個別名源自於星球上的原生植物「霧木」能受人的想法影響而生長，改變外觀。

伊克斯IX　請參閱「理奇斯」。

伊斯提斯拉赫ISTISLAH　為公共福祉而定的規矩。也常作為開始執行必要的殘酷之舉之前的開場白。（作者援用自遜尼派伊斯蘭教法的立法原則，該詞又意譯為「公議」或「優選」。——編注）

貝都因兄弟會ICHWAN BEDWINE　厄拉科斯上全體弗瑞曼人的兄弟會。

共恨 CHEREM　擁有共同的仇恨對象而建立的情誼或關係（通常為了復仇）。

同父異母兄弟 DEMIBROTHERS　在同一家族中，同父異母的兄弟們。

宇航公會 SPACING GUILD　請參閱「公會」。

死亡三腳 DEATH TRIPOD　最初指一種三腳架，沙漠劊子手會將遭處刑者懸掛其上。慣指共恨的三位成員宣誓要對同一位對象復仇。

汝赫靈魂 RUH-SPIRIT　在弗瑞曼信仰中，指個體中永遠根植於（且有能力感應）超自然世界的部分（請參閱「形象界」）。

米斯爾 MISR　歷史上禪遜尼人（弗瑞曼人）對自己的稱呼。

米赫納 MIHNA　弗瑞曼少年經歷試煉取得成人資格的季節。

自由行商 FREE TRADERS　走私販的慣稱。

自真肖像 EGO-LIKENESS　以魃迦藤放映機播放的人像投影，可以重現精細動作，維妙維肖地表現出本人特質的精髓。

艾樂迦迷藥 ELACCA DRUG　燃燒生長於伊卡茲的艾樂迦血紋原木後產生的麻醉劑，可以抹去用藥者大部分的自保意識。使用者的皮膚呈現特有的紅蘿蔔色。通常用來讓奴隸角鬥士準備上場死鬥。

克銳荄爾纖維／繩索 KRIMSKELL FIBER or KRIMSKELL ROPE　以伊卡茲出產的荷夫夫藤所編織的「利爪纖維」，如果拉扯這種繩子，繩結會越收越緊，直到預定的程度（進一步的資料請參閱霍江斯・馮布魯克所著的《伊卡茲的絞勒藤蔓》。）

利桑・阿拉黑 LISAN AL-GAIB　「天外之音」。在弗瑞曼的救世主傳說中是異地來的先知。有時也會譯成「賜水者」（請參閱「摩阿迪巴」）。（作者假借了阿拉伯文al-ghaib，指隱而不顯的事物。在伊斯蘭信仰中也指只有

真主能看見的未來事件——編注）

巡防艦 FRIGATE　能單機在行星上起飛、降落的星艦中體積最大的一種。

希哈婭 SIHAYA　弗瑞曼語中的「沙漠的春天」，帶有豐收季節及「將臨的天堂」的宗教意義。

忒萊素 TLEILAX　撒林星系的唯一行星，叛變的晶算師訓練中心，「變異」晶算師的發源地。

投放箱 DUMP BOXES　泛指任何形狀不一的貨物容器，配有可耐燒熔的外殼和懸吊投放系統，用來將物品從太空中投放到星球表面。

沙丘人 DUNE MEN　慣指厄拉科斯上在沙漠中露天工作的人，如香料獵人等等。又稱沙漠工人、香料工人。

沙弗 SAPHO　從伊卡茲行星出產的屏根中所萃取的高能量液體，晶算師經常服用，宣稱可以增強心智能力。喝下沙弗汁後口中和唇上會出現紅色痕跡。

沙地斗篷 BOURKA　弗瑞曼人在空曠沙漠中穿著的絕緣披風。

沙地爬行車 SANDCRAWLER　通稱設計來在厄拉科斯的地表搜尋和收集香料的機械。

沙地通氣管 SANDSNORK　用來將地表空氣打入被沙蓋住的蒸餾帳棚中的呼吸裝置。

沙胡羅 SHAI-HULUD　厄拉科斯行星的沙蟲，又稱沙漠老人、永恆老父或沙漠祖父。「沙胡羅」這個名稱當以某種語調說出或是當作特殊的專有名詞時則代表弗瑞曼人宗教中的大地之神。沙蟲可以長到相當巨大（沙漠深處會出現過身長超過四百公尺的沙蟲）並且相當長壽，除非是被同類殺死或在對牠們而言有毒的水中淹死。厄拉科斯行星上大部分的沙都來自沙蟲的活動（請參閱「小創造者」）。

流沙漠 ERG　廣闊的沙丘區域；沙粒之海。

沙陷 DUST CHASM　在厄拉科斯沙漠中，表面上看似與其他沙地無異，實際上充滿砂土的深穴裂隙。沙陷是種致命陷阱，因為踏上的人或動物會下沉並窒息（請參閱「沙潮盆地」）。

沙錘 THUMPER　一端有彈簧驅動響板的短棒，功用是插入沙中敲打沙地以召喚沙胡羅（請參閱「創造者矛鉤」）。

沙漠旅者 SANDWALKER　受過訓練、能在廣漠中生存的弗瑞曼人。

沙漠求生包 FREMKIT　弗瑞曼人製造的沙漠生存裝備。

沙漠野驢 KULON　為了適應厄拉科斯沙漠而改造培育的驢子，原本是棲息在地球上亞洲大草原的野驢。

沙潮 SANDTIDE　一般人對塵土潮的稱呼：厄拉科斯行星上充滿沙子的盆地中因太陽和衛星的引力影響而產生的地形起伏（請參閱「沙潮盆地」）。

沙潮盆地 TIDAL DUST BASIN　厄拉科斯星上在過去數世紀中被沙子覆蓋的凹地，若觀測到其中有沙潮（參「沙潮」）現象，則稱之為沙潮盆地。

沙蟲 SANDWORM　請參閱「沙胡羅」。

沙蟲馭者 SANDRIDER　弗瑞曼用語，指能制伏和騎乘沙蟲的人。

形象界 ALAM AL-MITHAL　神祕的擬似世界，在其中不受物理限制。

灼熱良心 PYRETIC CONSCIENCE　即一般所稱「火的良心」，是受皇家制約後的禁制等級（請參閱「皇家訓練」）。

貝尼．潔瑟睿德 BENE GESSERIT　巴特勒聖戰中，「人工智慧機器」和機器人被摧毀殆盡，其後設立的古老學校，傳授身心雙方面的訓練，主收女子。

貝尼．潔瑟睿德之道 WAY, BENE GESSERIT　可用來觀察微小細節的方法。

赤棘 INKVINE　一種生長於羯地主星的攀緣植物。在奴隸營中常用作鞭子，受鞭笞的人身上會留下紫紅色的印痕和多年不退的痛楚。

並度 BINDU　與神經系統相關，特別是對神經的訓練。常被稱為「並度脈序」（請參閱「普拉那」）。

並度僵直 BINDU SUSPENSION　自身發起的特殊假死狀態。

刺客戰爭 WAR OF ASSASSINS　大公約和公會和約所允許的有限度的戰爭形式，用意在於避免牽連無辜的旁觀者。規則要求交戰者正式宣告戰爭的意圖，並限制戰爭中使用的武器。

綺絲維 KISWA　以弗瑞曼神話為主題的花樣或設計。

孤山 GARE　單獨聳立的小型平頂山或山丘。

定位羅盤 PARACOMPASS　任何利用地磁變化現象來指示方向的羅盤皆可稱之；當手邊有相對應的地圖，而且該行星的磁場不穩定或易受磁風暴干擾便可以使用。

定時器 SERVOK　可以執行簡單工作的定時裝置；巴特勒聖戰後仍然被允許使用的少數「自動」裝置之一。

延展合金 FANMETAL　杜拉鋁中增長的賈斯謎水晶所形成的金屬。相對於其重量，可展現出極高強度，所以相當出名。通常用在可摺疊的結構，使用時往外延展打開，因此而得名。

波里特林 PORITRIN　E—阿郎古星系的第三顆行星，被禪遜尼流浪者認定為是他們族群的起源地，不過他們的語言和神話顯示他們的祖先應當來自於更古老的行星。

波坦尼方言 BHOTANI JIB　請參閱「契科布薩語」。

波圖果 PORTYGULS　柳橙。

波薩格 BURSEG　薩督卡軍團的指揮官。

金字塔棋 CHEOPS　棋盤有九階的棋類遊戲，必須在棋盤頂端擺上我方皇后且將敵方國王「將軍」才能獲勝。

地塹 GRABEN　深層地殼移動造成地層下陷，因而出現的長型溝渠地形。

阿巴袍 ABA　弗瑞曼女性所穿的寬鬆罩袍，通常是黑色。

阿卡索 AKARSO　一種原生於錫坤星（A—蛇夫座七〇的行星之一）的植物，主要特徵是接近長方形的葉片。葉面呈綠白相間條紋，表示葉綠素的分布範圍處於連續的多種狀態。綠色條紋是植物處於生長期時葉綠素的所在範圍，白色條紋則是休眠期的範圍。

阿卡索咖啡香 RACHAG　一種類似咖啡因的興奮劑，以阿卡索的黃色果實製成（請參閱「阿卡索」）。

阿奎能測試 AQL　理性思考能力的測驗，原本稱為「七道神祕問題」，開頭為：「是誰在思考？」

阿默汰／阿默汰規則 AMTAL / AMTAL RULE　在未開化世界中的一種規則，用來測試事物的極限或者瑕疵。通稱：破壞測試。

拉頓 AL-LAT　地球人口中的太陽，慣指任何行星的主星。

阿耶蒂 AYAT　生命的跡象（請參閱「布爾汗」）。

教長 ULEMA　禪遜尼神學博士。

阿達卜 ADAB　偶然自行降臨的「觸發記憶」（外在刺激或整體情境觸動引發的深層記憶）。

哈伊拉 HAJRA　探尋之旅。

哈葛爾 HAGAL　又稱「珠寶行星」（θ—少微二星），在沙德姆一世的時代便已開採殆盡。

哈蒙塞普 HARMONTHEP　歷史學家英格斯里以此名字稱呼禪遜尼人遷徙旅程中的第六站星球，據說是孔雀六星系一顆已不復存在的衛星。

奎薩茲・哈德拉赫 KWISATZ HADERACH　意指「捷徑」。為了應對未知，貝尼・潔瑟睿德用基因技術尋找解決方案，也就是一個體內精神力量能夠跨越空間和時間的男性貝尼・潔瑟睿德成員。奎薩茲・

哈德拉赫就是她們對「應對未知的方法」的稱呼。

契科布薩語 CHAKOBSA　所謂的「磁性語言」，有部分從古波坦尼語蛻變而來。契科布薩語由多種方言組成，再經調整改變，以增添安全性。語言最主要的根基是波坦尼人的狩獵語言，這群人是第一次刺客戰爭時受僱的刺客。

娃黎 WALI　尚未受考驗的弗瑞曼青年。

屏蔽場 SHIELD, DEFENSIVE　霍茲曼效應產生器所製造的防護力場，這種力場由第一相位的懸浮中和作用引發。屏蔽場只允許低速移動的物體進入其內（依設定不同，速度在每秒六到九公分以下的物體），只有作用面積極大的電場可以破壞它（請參閱「雷射槍」）。

帝國軍團 LEGION, IMPERIAL　一個軍團等於十個旅（約三萬人）。

律法 FIQH　知識或宗教律法。禪遜尼流浪者的宗教有幾個半傳說半事實的起源，此為其一。

持鉤人 HOOKMAN　手持創造者矛鉤準備抓住沙蟲的弗瑞曼人。

挖沙師 SANDMASTER　管理香料採集的工頭。

施拉格獅 SCHLAG　圖比勒星的原生動物。身披輕薄強韌的毛皮，所以曾一度被捕獵到瀕臨絕種。

柯瑞諾戰役 CORRIN, BATTLE OF　一場太空戰役，也是柯瑞諾皇室氏族名稱的由來。此戰始於宇航曆前八十八年，戰場接近Σ—天龍星，薩魯撒．塞康達斯的柯瑞諾氏族就此確定登基。

殆赫得挑戰 TAHADDI CHALLENGE　弗瑞曼式死亡決鬥，常用於裁決某些重大爭議。

殆赫得檢驗 TAHADDI AL-BURHAN　一種終極試煉，對結果不得再有異議（因為通常會帶來死亡或毀滅）。

毒素檢測器 SNOOPER, POISON　指能靠氣味因子光譜檢測毒物的輻射分析儀。

灶火 FIRE, PILLAR OF　用於開闊沙漠中傳遞信號的簡易火箭。

珈尼瑪 GHANIMA　戰役或打鬥中取得的物品。通常是指可以喚起戰鬥當時記憶的紀念品。

皇家心理制約 IMPERIAL CONDITIONING　蘇克醫療學校的一種訓練，定下最強力的制約，禁止傷人性命。受此訓練的蘇克醫生前額上有菱形刺青作為標記，可以留長髮、束以銀質的蘇克髮環。

皇裔侍衛隊軍官 NOUKKERS　和皇帝有血緣關係的皇室貼身護衛隊軍官，傳統上由皇帝的庶子擔任。

科里奧利沙暴 CORIOLIS STORM　厄拉科斯的大型沙暴，橫掃過開闊平地的風受到星球旋轉的動能而增強，時速可達七百公里。

美藍極 MELANGE　「香料中的香料」，厄拉科斯是唯一產地，以延年益壽的功效著名。少量服用時有輕微致癮性，若是每天攝取的量多於每七十公斤體重兩公克，則有嚴重致癮性（請參閱「伊巴德香料藍眼睛」、「生命之水」和「香料預菌體」）。摩阿迪巴宣稱香料是他的預知力之鑰，宇航領航員也有類似說法。在帝國市場上，價格可以高達每公錢（十公克）六十二萬太陽幣。

耐巴 NAIB　宣誓「絕不活著受俘」的人。也是弗瑞曼人首領的傳統誓言。

計水器 WATERCOUNTERS　不同尺寸的金屬環，在弗瑞曼商店，每種環都代表特定水量。在誕生、死亡和求愛等儀式上，計水器也有特殊含意（超越金錢的概念）。

首領會 GATHERING　與議會不同。首領會是弗瑞曼領袖的正式聚會，用於見證決定下任部落首領的格鬥（議會的目的，則是決定牽涉所有部落的事務）。

香料 SPICE　請參閱「美藍極」。

香料分離器 GRIDEX PLANE　利用電荷差異將沙子從香料叢中分離出來的器具；在香料提煉的第二階段中使用的器材。

香料預菌體 PRE-SPICE MASS　香料產生過程中的一個階段，當水湧進小創造者的排泄物中，菌類便快速生長。在這階段，厄拉科斯的香料會形成著名的「香料噴發」，使得地表和地底深處的物質產生交換。預菌體接觸陽光和空氣後就形成了美藍極（請參閱「美藍極」和「生命之水」）。

香料羹 LIBAN　弗瑞曼香料羹混合了香料水和樹薯粉。原指一種酸奶飲料。

尅剌 KHALA　傳統禱詞，在提到某地時，用來安撫該地凶靈。

修練 TRAINING　在貝尼．潔瑟睿德的脈絡中，這個普通詞彙有特殊含意，意指將神經和肌肉（請參閱「普拉那」和「並度」）的自然功能鍛練到極致。

夏道特 SHADOUT　弗瑞曼語中對「汲水人」的尊稱。

庭中庭 MUSHTAMAL　附加的小花園，或者花園庭院。

捕風器 WINDTRAP　放置在盛行風路徑上，可以凝結氣流中水氣的一種裝置，通常經由裝置中劇烈的溫度下降來達成此目的。

格魯曼 GRUMMAN　女史星系第二行星，因為統治星球的氏族（莫里特尼氏族）與吉奈士氏族之間的爭鬥而出名。

氣象員 WEATHER SCANNER　在厄拉科斯星球上受過專業訓練，能使用探沙和觀測風向等方法預測天氣的人。

烏瑪 UMMA　先知的兄弟會之一（在帝國中，這是具有輕蔑意義的詞，代表發表瘋狂預言的「野人」）。

真言師 TRUTHSAYER　指能夠進入辨真入定，認出不實或虛假的聖母。

真預 IJAZ　本質上便不容否認、永不改變的預言。

訓誨書 KITAB AL-IBAR　厄拉科斯上的弗瑞曼人所寫的一本書，其內容包括了生存指南和宗教指引。

馬什哈德試煉 TEST-MASHAD　榮譽（定義為靈魂的地位）岌岌可危時的試煉。

馬赫迪 MAHDI　在弗瑞曼的救世主傳說中，指「引領人們進入樂園之人」。

高等理事會 HIGH COUNCIL　由蘭茲拉德內部成員組成，有權主持特別的最高法庭，裁定氏族紛爭。

偵察中心 SPOTTER CONTROL　香料偵查團隊中負責控制警戒和保護行動的輕型撲翼機。

偵察艦 MONITOR　一種可以分離成十個部分的太空戰艦，配有強大的裝甲和屏蔽場，設計成可以降落星球表面後分離並再度起飛。

密波傳信器 DISTRANS　一種能夠在厄拉科斯蝙蝠或鳥類的神經系統上暫時產生記號的裝置，使用後生物的一般啼聲內便能攜帶此訊息記號。用另一個密波傳信器可以揀選載波、提取出訊息。

密封罩 DOORSEAL　可攜帶的塑膠密封裝置，用來封住弗瑞曼人度過白天的洞穴營地洞口，以確保濕氣不逸出。

張力透鏡 OIL LENS　荷夫夫油靠著密封力場保持恆定張力，裝設在放大影像的鏡筒內或其他光學儀器內。因為每個透鏡都可以獨立進行微米等級的微調，張力透鏡被視為最精密的可見光光學儀器。

採收機 HARVESTER/HARVESTER FACTORY　用於開採香料的巨大機器（通常長一百二十公尺、寬四十公尺），一般使用於含量豐富、未經汙染的香料噴發處。（採收機又稱為「爬行車」，因為獨立履帶乘載了外形像蟲子的機體。）

採收機 SPICE FACTORY　請參閱「沙地爬行車」。

採收機駕駛員 SPICE DRIVER　任何在厄拉科斯行星的沙漠地表上控制和駕駛移動機具的沙丘人。

探沙 POLING THE SAND　一門預測天氣的技藝，方法為將塑膠或纖維製的杆子插在開闊的厄拉科斯沙漠荒地中，根據沙暴造成的刻痕來預測天氣。

烏蘇爾 USUL　弗瑞曼語，指「柱子基座」。（該字來自阿拉伯文，在阿拉伯語中也指根基。——編注）

族親 COUSINES　血緣關係比表親更接近的親人。

理奇斯 RICHESE　天苑A星系的第四行星，與伊克斯同為機械文化最臻極致的佼佼者。因致力將機械微型化而聞名（關於理奇斯和伊克斯是如何免於巴特勒聖戰更嚴重的影響，詳細研究見蘇美爾與考特曼的《最後聖戰》）。

產子方巾 NEZHONI SCARF　戴在蒸餾服兜帽之下前額之上的罩帽，由已經生過兒子的已婚或「交往中」弗瑞曼婦女穿戴。

麻思基 MUSKY　下在飲料中的毒藥（請參閱「鴆毒」）。

凱拉赫語 GALACH　帝國官方語言。混合了英語和斯拉夫語，此外，人類長期不斷遷徙的過程中吸納各種文化特殊的詞彙，也對凱拉赫語帶來影響。

創造者 MAKER　請參閱「沙胡羅」。

創造者矛鉤 MAKER HOOKS　在厄拉科斯上用來捕捉、攀登和操控沙蟲的矛鉤。

尋獵鏢 HUNTER-SEEKER　凶暴、致命的微小金屬製武器，靠懸浮器漂浮，由附近的控制器所操縱，是常見的暗殺裝置。

掌紋鎖 PALM LOCK　藉由人獨特掌紋來控制開關的鎖。

普拉尼聖塔 PLENISCENTA　一種產自伊卡茲行星的奇特綠花，以甜香氣味而聞名。

普拉那 PRANA (Prana-musculature)　身體的肌肉做為終極訓練中的單位時，以此為名（請參閱「並度」）。

晶刃匕 CRYSKNIFE　厄拉科斯行星居民弗瑞曼人的一種神聖刀械，長約二十公分。製造原料為死亡沙蟲的牙齒，成品分為「固定型態」和「不固定型態」。不固定型態的晶刃匕須接近人體電場才不會分解，固定型態已經過特殊處理，可遠離人體存放。

晶算師 MENTAT　藉由訓練獲取極致邏輯思考能力的帝國公民。又稱「人型電腦」。

撒但 SHAITAN　魔鬼。（該字來自阿拉伯語，中譯本《古蘭經》譯為曬衣陀乃。——編注）

智慧宮 DAR AL-HIKMAN　專門教導翻譯或闡釋宗教文獻的學校。

朝聖 HAJJ　尋聖之旅。

奧莉婭 AULIYA　在禪遜尼流浪者信仰中，立於神左側的女性，神之侍女

游擊 RAZZIA　一種半打劫的游擊隊攻擊方式。

超晶玻璃 METAGLASS　高溫瓦斯注入賈斯謎水晶所形成的玻璃，以強度極高（兩公分厚度之下，每平方公分可承受四百五十公噸）且可選擇性過濾輻射而聞名。

階級制度 FAUFRELUCHES　帝國強制劃分的嚴格階級制度。所謂「人人各有其職、各安其位」。

集水袋 CATCHPOCKET　蒸餾服上收集並儲存已濾淨水的袋子。

塑鋼 PLASTEEL　為了穩定晶體結構而植入史粹維迪姆纖維的鋼條。

塔夸 TAQWA　字面意義為「自由的代價」，意指某件價值很高的東西，一件神向凡人所要求的東西（以及此類要求所引發的恐懼）。（在《古蘭經》中，該字指「畏主」，崇敬並聽從真主的命令行事。——編注）

塞木塔 SEMUTA　燃燒艾樂迦樹的殘留物產生的第二種迷幻藥（結晶萃取而成）。其藥效一般形容為永恆而持續的狂喜，可經由某種稱為「塞木塔樂」的無音律震動引發。

塞亞迪娜 SAYYADINA　指弗瑞曼神職階級中的女性輔祭。

奧沒思 AUMAS　下在食物中的毒藥（尤其是指放在固體食物中）。在某些方言中，亦稱為憔瑪思。

奧蘭治合一聖書 ORANGE CATHOLIC BIBLE　「集結之書」；由一群各宗派的翻譯者所撰寫，內容包含了數種最古老宗教的元素，包括了茂米斯教、大乘基督教、禪遜尼公教及佛陀伊斯蘭教的傳統。咸認

其至尊戒律為「汝不可毀損靈魂」。

微縮膠卷 MINIMIC FILM　直徑一微米的魆迦藤，常用於傳遞間諜或反間諜資料。

暗殺手冊 ASSASSINS' HANDBOOK　第三世紀時編纂的作品，記載了刺客戰爭中常用的毒藥，後續增訂的內容收錄了公會和約和大公約中允許使用的致命武器。

暗黑事物 DARK THINGS　慣用語。指護使團對易受影響的文明廣為散播的迷信。

楚蘇克 CHUSUK　θ—沙利胥星系第四號行星，因出產的樂器品質良好而享有盛名，所以號稱「音樂行星」（請參閱「維羅塔」）。

準 Na-　名詞前綴字，意指「被提名」、或是「下一位」。例如「準男爵」便意指男爵繼承者。

督察 PROCTOR SUPERIOR　身兼貝尼・潔瑟睿德學區主管的貝尼・潔瑟睿德聖母（俗稱：貝尼・潔瑟睿德之眼）。

聖母 REVEREND MOTHER　原指貝尼・潔瑟睿德學校的督察，她們在體內轉化「啟靈藥物」，使自己的意識提升到更高境界。弗瑞曼人將這名稱用於已得到類似「靈啟」的宗教領袖（請參閱「貝尼・潔瑟睿德」和「生命之水」）。

聖言有云 IBN QIRTAIBA　「真言如是說……」，弗瑞曼宗教咒語正式的開頭（咒語源自誡命預言）。

聖真諦 GIUDICHAR　神聖真理。（通常稱為「聖理智慧」，表示原真且有根據的真理。）

聖戰 JIHAD　為了宗教理想而發動的戰爭。狂熱的宗教戰爭。

聖戰（巴特勒） JIHAD, BUTLERIAN　（請參閱「大反叛」）對電腦、會思考的機器和具有意識的機器人進行的聖戰，始於宇航曆前二〇一年，結束於宇航曆前一〇八年。在《奧蘭治合一聖書》中，可以看到這場戰爭留下的主要誡命：「汝等不得製造機器去假冒人類思維」。

聖蹟 KARAMA　神蹟。神靈世界引發的行動。

裝甲艦 CRUSHERS　一種太空戰艦，由小型戰艦緊密連結而成，功能是墜落在敵方陣地、「壓垮」粉碎戰線。

詭祕 WEIRDING　慣用語。形容涉入祕教或巫術。

運兵艦 TROOP CARRIER　宇航公會為了在星球間運送部隊而特別製造的星艦。

運機艦 CARRYALL　在厄拉科斯上，擁有飛行翼（通稱「翼」）的空中負重機械。常用於運輸大型香料原礦、搜尋機具，和精煉設備。

鉅貿聯會 CHOAM　聯合誠信鉅大貿易促進會的縮寫。掌握全宇宙發展的公司，由皇帝和大氏族操控，貝尼．潔瑟睿德與宇航公會也祕密參與。

雷射切割槍 CUTTERAY　短射程的雷射槍，主要作為切割工具和外科手術解剖刀。

雷射槍 LASGUN　一種連續波雷射發射器。在使用屏蔽場的文化中用途有限，因為雷射光命中屏蔽場時會爆炸，迸發熱能、光線、氣體煙塵以及聲音（實際上就是「次原子融合」）。

頌詩應答 CANTO and RESPONDU　一種祈願儀式，是護使團所散布之誡命預言的一部分。

鼓沙 DRUM SAND　壓實的沙，任何在鼓沙表面突如其來的撞擊都會產生特殊的鼓聲。

圖比勒星 TUPILE　一般所稱的「庇護星球」（可能指的是數個星球），為帝國中戰敗氏族的避難所，其位置只有宇航公會知曉，並根據公會和約為不可侵犯之地。

慢性毒藥 RESIDUAL POISON　晶算師彼特．德．弗立斯發明的一種毒藥，人體吸收之後必須不斷施打解藥，否則就會喪命。

慢速擊昏槍 STUNNER　射出低速子彈的武器，子彈種類包括塗有毒藥或其他藥劑的飛鏢。屏蔽場設定和目標的相對速度會影響其效果。

窪地 PAN　在厄拉科斯行星上的低窪地區或由於地底的基盤雜岩下沉而產生的低地皆可稱之（在有足夠水源的星球上，「窪地」指的是以前曾有開闊水體覆蓋的區域，一般相信厄拉科斯行星上也有至少一塊這種區域，不過這點仍有爭議）。

精神合一 TAU, THE　在弗瑞曼詞彙中指的是穴地社群的一體性。能強化此情感的因素包括飲食中的香料，或者特別是攝取生命之水所引發的「道狂歡」行為。

維特迷藥 VERITE　一種摧毀意志的伊卡茲麻醉劑，服用後會使人無法說謊。

維羅塔 VAROTA　有名的巴利斯九弦琴製作家，楚蘇克星人。

蒸餾服 STILLSUIT　在厄拉科斯行星上發明的包覆全身的服裝。布料是可以散熱及過濾身體產生的廢物的微夾層。回收的濕氣會經由導管流回集水袋中。

蒸餾服水管 WATERTUBE　泛稱在蒸餾服或蒸餾帳棚內部，於穿戴者與集水袋間輸水的管子。

蒸餾服修補組 REPKIT　成套的蒸餾衣修理工具和替換零件。

蒸餾服鼻塞 FILT-PLUG　鼻子的過濾裝置，用來捕捉呼吸時吐出的水氣，蒸餾服配件之一。

蒸餾服體液回收管 RECATHS　將人的排泄系統連接到蒸餾服上循環過濾器的管子。

蒸餾帳棚 STILLTENT　微夾層布料所包覆的小型可縮放帳棚，設計目的為將居住者所散發的水氣回收成可飲用的水源。

蓋蒙特 GAMONT　女史星系中第三行星。以享樂主義的文化和帶有異國風情的性習俗聞名。

蓋德 CAID　薩督卡軍階，擔任此職位的軍官主要負責處理與人民往來的事務，統轄整個星球特區的軍事統治。層級比霸夏高，但比波薩格低。

環岩RIMWALL　厄拉科斯行星大盾壁上第二道具有保護作用的峭壁（請參閱「大盾壁」）。

蜜許杏MISH-MISH　杏桃。

蜜糕BAKLAWA　一種加入椰棗糖漿製作的濃郁糕點。

誡命預言PANOPLIA PROPHETICUS　貝尼．潔瑟睿德為了利用落後地區而廣為散布的迷信（請參閱「護使團」）。（作者在此假借了伊斯蘭文化中的Shari-a，原指通往水源之路，在宗教中指真主阿拉誡律的總和。——編注）

彈射槍MAULA PISTOL　以彈簧加壓，可射出毒鏢的槍枝，射程約四十公尺。

影像書FILMBOOK　魆迦藤壓印而成的裝置，用來協助訓練以及乘載協助記憶的脈衝。

憔瑪思CHAUMAS（又稱「奧沒思」）　下在固體食物中的毒藥，有別於其他施用方法不同的毒藥。

摩阿迪巴MUAD'DIB　適應厄拉科斯環境的一種跳鼠，和弗瑞曼的地靈神話有關，厄拉科斯的第二月亮上可以看到外型相像的圖案。因為摩阿迪巴鼠在開闊沙漠中生存的能力，弗瑞曼人很欽佩這種動物。

撲翼機ORNITHOPTER（常稱為「翼機」）　任何可以持續如鳥類般撲翼飛行的飛行器皆可稱之。

標地槍BARADYE PISTOL　厄拉科斯行星上開發的帶靜電荷微粒槍枝，能在沙地上染出大片顏色以標記位置。

標準水瓶LITERJON　厄拉科斯上用來運水的容器，容量為一公升；由高密度、防碎裂的塑膠加上密封製成。

箴言MANTENE　潛在的智慧、論證，和首要的原則。（參聖箴言Giudichar）

羯地主星GIEDI PRIME　β——蛇夫座三六星系中的一顆行星，同時也是哈肯能氏族的發源地。因為能讓植物有效地進行光合作用的光線波長範圍較窄，所以這顆行星只能養活中等數量的人口。

魅音VOICE　貝尼．潔瑟睿德發明的一種複合訓練，光靠輕微改變聲音語調就能操控他人。

魅迦藤 SHIGAWIRE　一種貼地生長的藤蔓壓製而成的類金屬纖維，只生長於薩魯撒・塞康達斯行星和Δ—凱興三號行星，以能承受極大的張力聞名。

鴆毒 CHAUMURKY（又稱「麻思基」、「麻基」）　下在飲料中的毒藥。

戰時密語 BATTLE LANGUAGE　在作戰中，為了清楚溝通而發展出的特殊語言，詞語來源嚴格受限。

熾焰蛋白石 OPAFIRE　一種產於哈葛爾的稀有寶石。

燈球 GLOWGLOBE　使用懸浮系統的照明設備，通常是以有機電池自行供電。

親緣索引 MATING INDEX　貝尼・潔瑟睿德保存的人類配種計畫紀錄，這個配種計畫的目的是製造出奎薩茲・哈德拉赫。

辨真入定 TRUTHTRANCE　在數種能「延伸意識」的麻醉劑中，有一種能引發半催眠入定，處於辨真入定的觀察者可以輕易察覺刻意造假的微小背叛行為（注：「延伸意識」麻醉劑一般是有毒的，對毒性不敏感且可在體內轉換毒物分子結構的人例外）。

霍茲曼效應 HOLTZMAN EFFECT　屏蔽場生成器的反向排斥效應。

靜錐區 CONE OF SILENCE　變形器製造出的力場，靠著一八〇度鏡像的反相波，能減緩波動，從而限制聲波或其他振動所攜帶的能量。

禪遜尼人 ZENSUNNI　分裂教派的信徒，該教派在宇航曆前一三八一年時與莫奧梅斯（或稱「穆罕默德三世」）的教義分離。禪遜尼的宗教主要以強調神祕以及回歸「先人之道」而聞名。大多數學者認為阿里・本・歐哈西是分裂教派最初的領袖，但是有些證據顯示歐哈西可能只是他的第二任妻子——妮塞的發言人而已。

禪遜尼神學 ILM　神學；宗教傳統的科學；禪遜尼流浪者的信仰有幾個半虛半實的源頭，此為其一。

翼手信使 CIELAGO　經改造而能攜帶傳遞密波傳信器訊息的厄拉科斯蝙蝠。

臨時沙營 HIEREG　弗瑞曼人架在開闊沙地上的臨時營地。

齋月 RAMADHAN　歷史悠久的宗教節期，特色是禁食和祈禱；傳統上是日月合曆的第九個月。弗瑞曼人則以一號月亮第九次跨過子午線的日子作為齋月的開始。

瀉沙 EL-SAYAL　沙之雨。科里奧利沙暴將沙塵捲上中海拔空中（約二〇〇〇公尺高）再傾瀉而下。瀉沙常常為地面帶來水氣。

禮儀廳 SELAMLIK　皇家覲見室。

薩法 SARFA　背離上帝之舉。

薩度斯 SADUS　法官。一種弗瑞曼人稱呼大審判長的頭銜，等同於聖徒。

薩督卡 SARDAUKAR　帕迪沙皇帝的狂熱士兵，出身於殘暴的環境中，平均每十三個人中有六個人活不過十一歲。他們所受的軍事訓練強調冷酷的行為和無視個人安危到了近乎自殺的地步。從襁褓時期起，他們就被教導以殘忍行為作為武器，用恐懼來削弱對手力量。在他們對宇宙局勢影響最大的時期，劍術據傳相當於吉奈士十級劍士，精熟的近身肉搏的戰技則和貝尼·潔瑟睿德的高手不相上下。薩督卡部隊中任一人的戰力都相當於十名普通的蘭茲拉德義務役士兵。到了沙德姆四世的時代，雖然仍令人聞風喪膽，但已因過度自信損耗了部分戰力，戰士信仰長久以來的神祕感也因為譏諷的言論而開始破滅。

薩魯撒·塞康達斯 SALUSA SECUNDUS　γ—韋屏星系的第三行星；在其上的皇宮遷移到凱譚後被指定為帝國的監獄行星。薩魯撒·塞康達斯是柯瑞諾氏族的家鄉，也是禪遜尼人流浪旅程中的第二站。在弗瑞曼人的傳說中，他們曾在該行星受人奴役長達九代。

雙刃刀KINDJAL　雙面開鋒的短劍（或是長刀），刀刃帶有弧度，長約二十公分。

龐迪米PUNDI RICE　一種變種米，穀粒可長到四公分長，含有大量天然糖分，是卡樂丹的主要出口貨物。

懸浮SUSPENSOR　霍茲曼場產生器的第二（低功耗）相位，會抵銷一定範圍內的重力場，有效距離依相對質量大小及功率而定。

警戒門PRUDENCE DOOR / PRUDENCE BARRIER（口語：「警門」）　任何讓特定人員在被追捕時方便逃脫而設置的五重屏蔽場皆可稱之（請參閱「五重屏蔽場」）。

護使團MISSIONARIA PROTECTIVA　貝尼．潔瑟睿德的一個部門，負責在落後地區散播迷信，以使那些區域能為貝尼．潔瑟睿德所利用（請參閱「誡命預言」）。

露天渠道QANAT　在受控制情況下引導灌溉用水流經沙漠的開放式運河。

露水收集器／露水沉澱裝置DEW COLLECTORS or DEW PRECIPITATORS　收集器（或稱「凝結器」）是長約四公分的蛋形裝置。以鉻塑膠製成，在光線照射下會反射白光，在黑暗中則恢復透明。收集器的表面溫度相當低，清晨露水會在其上凝結，弗瑞曼人將收集器排列在種了植物的凹陷低地中以提供少量但穩定的水源。

露水採集員DEW GATHERERS　使用狀似鐮刀的露水採集器從厄拉科斯植物上採集露水的工人。

霸夏BASHAR（常稱為霸夏統領）　薩督卡軍團中的軍階，比一般軍事階級中的上校略高一階，這是為了軍政首長所定的軍階，管轄行星上一個子區。（「霸夏軍團統領」是僅限軍事使用的職稱。）

魔迪厄．納哈煬MUDIR NAHYA　弗瑞曼人為野獸拉班（蘭克維爾的拉班伯爵）所起的名字。拉班是哈肯能的侄子，曾擔任厄拉科斯行星總督多年。這個名字常譯為「惡魔統治者」。

變動仲裁官JUDGE OF THE CHANGE　蘭茲拉德高等理事會和皇帝共同指派的官員，負責監督采邑易主的過程、世仇協商和刺客戰爭中的正式戰鬥。只有皇帝駕臨的高等理事會，才能挑戰仲裁官的裁決權。

鬱金香 SONDAGI　圖比勒星上的羊齒鬱金香。

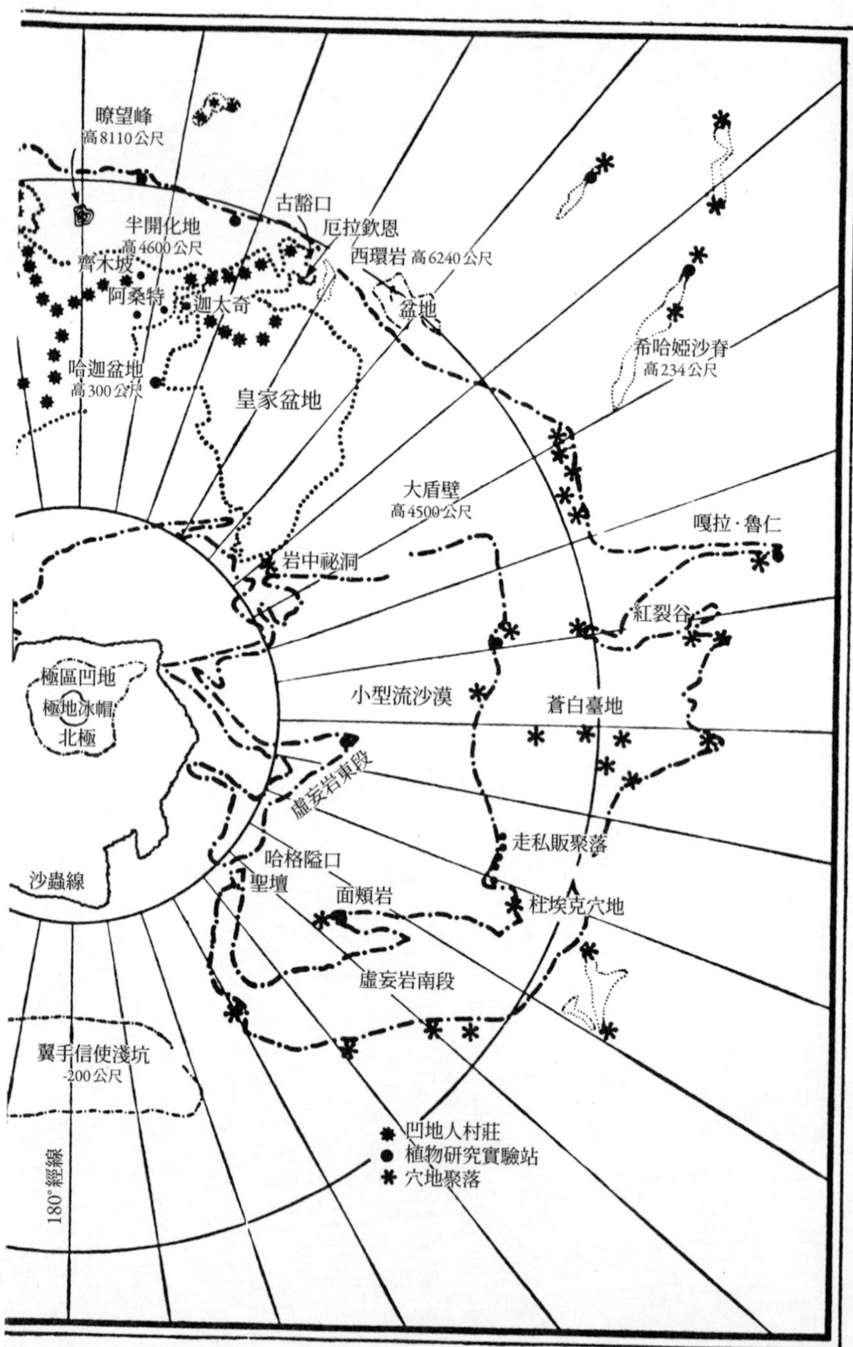
瞭望峰
高8110公尺
古豁口
厄拉欽恩
半開化地
高4600公尺
西環岩 高6240公尺
齊木坡
阿桑特
迦太奇
盆地
哈迦盆地
高300公尺
皇家盆地
希哈姬沙脊
高234公尺
大盾壁
高4500公尺
嘎拉·魯仁
岩中祕洞
紅裂谷
極區凹地
極地冰帽
北極
小型流沙漠
蒼白臺地
虛妄岩東段
走私販聚落
哈格隘口
沙蟲線
聖壇
面頰岩
杜埃克穴地
虛妄岩南段
翼手信使淺坑
-200公尺
凹地人村莊
植物研究實驗站
穴地聚落
180°經線

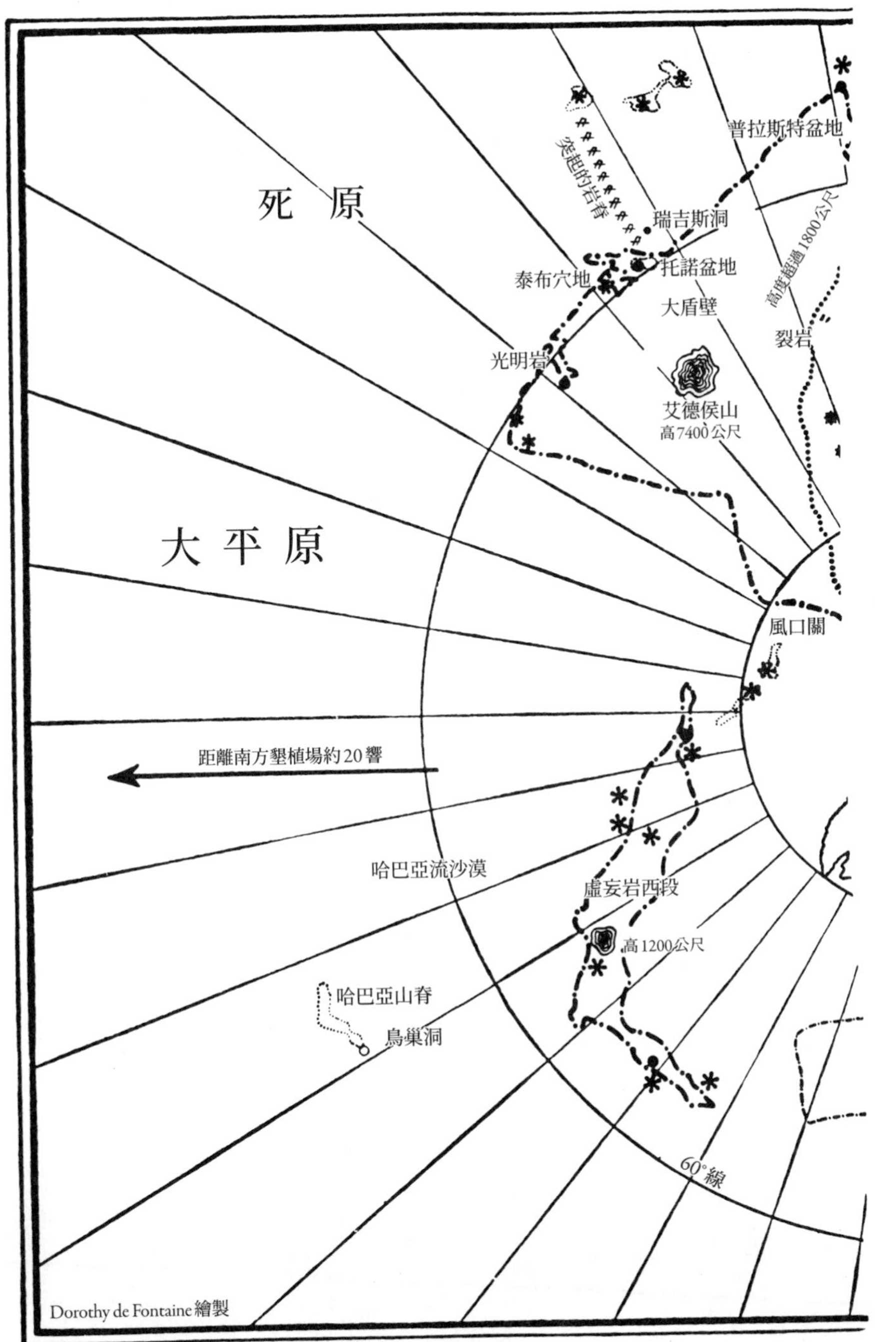
死原
突起的岩脊
普拉斯特盆地
瑞吉斯洞
托諾盆地
泰布穴地
大盾壁
高度超過1800公尺
裂岩
光明岩
艾德侯山
高7400公尺
大平原
風口關
距離南方墾植場約20響
哈巴亞流沙漠
盧妄岩西段
高1200公尺
哈巴亞山脊
鳥巢洞
60°線
Dorothy de Fontaine繪製

地圖標注

高度基準線 Baseline for altitude determination　大平漠。

緯度基準線 Basis for latitude　瞭望峰。

極區凹地 Polar Sink　低於大平漠平面五百公尺。

迦太奇 Carthag　與厄拉欽恩東北相鄰，相距約兩百公里。

鳥巢洞 Cave of Birds　位於哈巴亞山脊。

死原 Funeral Plain　開闊的流沙漠。

大平漠 Great Bled　不同於大流沙漠，是平坦的沙漠，覆蓋了北緯六十度至南緯七十度的區域。多數地區為沙礫及岩石，偶爾有基岩露出。

大平原 Great Flat　一片岩石低地，與流沙漠相接。地勢高於沙平面約一百公尺。帕道特·凱恩斯（列特－凱恩斯之父）發現的鹽盆就位於大平原。在泰布穴地以南到圖示的一些穴地部落周圍，有一列岩脊從地表突起，高度達到兩百公尺。

哈格隘口 Harg Pass　建有聖壇，裡面安置著雷托的顱骨。

古豁口 Old Gap　厄拉欽恩旁大盾壁上的一條豁口，是被保羅—摩阿迪巴炸開的。整條豁口垂直高度有二千二百四十公尺。

南方沙漠 Palmaries of the South　不在地圖上。位於南緯四十度附近。

紅裂谷 Red Chasm　地勢低於沙平面一千五百八十公尺。

西環岩 Rimwall West　一片高聳陡坡（四千六百公尺），矗立於厄拉欽恩旁大盾壁之上。

風口關 Wind Pass　兩側都是斷崖，通往凹地村莊。

沙蟲線 Wormline　北方最遠有沙蟲出沒的地方。（決定性因素是溼度，而非溫度。）

跋

布萊恩・赫伯特（Brian Herbert）

我跟法蘭克・赫伯特相識已超過三十八年。他是非常了不起的人，非常注重榮譽，也非常優秀，在任何聚會場合都是最風趣的人，像磁鐵一樣把聽眾吸到他身邊。說他是知識方面的巨人還算是說得太保守了，因為他那非凡的腦袋裡似乎裝著宇宙間的所有知識。他是我父親，我深愛他。

儘管如此，一如我在為他寫的傳記《沙丘的夢想家》（*Dreamer of Dune*）中所說的，作兒子的想要了解這位傳奇作家，過程並不總是平順。我在法蘭克・赫伯特建立的家庭裡長大，但並不理解他需要絕對的安靜才能專心，無法體會他有雄心要完成重要的寫作計畫，也不能體會他堅信儘管他一再被退稿，但終有一天他的作品終將成功。在我年幼的眼中，他在《沙丘》和其他故事中創造的角色都是從他的腦中誕生的孩子，而他們都在跟我爭寵。他在撰寫鉅著的那幾年間，陪保羅・亞崔迪的時間比陪我還多。父親的書房對我、我姊姊佩妮、我弟弟布魯斯而言都是禁區。那段日子，只有我母親貝弗莉真正了解複雜的父親。最終，我是透過她對他的愛，以及他回應她的愛，才看出這個男人有慈愛的一面。

等我大約二十五歲時，我跟他的嚴厲作風已對抗多年。等我終於看見父親的靈魂，開始感謝他在我母親臨終病危時悉心照料她，便和他成了最好的朋友。他在我自己的寫作之路上拉我一把，告訴我編輯希望在書中看到什麼；他教我創建有趣的角色、製造懸疑，讓讀者一頁頁翻下去。他仔細閱讀《席尼的彗星》（*Sidney's Comet*）（之後成為我出版的第一本小說）的初期草稿後，將幾頁特別標注出來，然後寫了這封訊息給我：「這幾頁……看得出你如何用剪裁將故事變緊湊。就這樣放手去寫吧。」他用這種方法告訴我，他能為我打開門讓我窺視門內，但是與寫作相關的大量勞心勞力，我還是得自己完成。

貝弗莉．赫伯特是窺探法蘭克．赫伯特靈魂的窗戶，這一點，數百萬讀者都在《沙丘：聖殿》的書末看出來了——他寫了好幾頁情深意切的文字獻給她，描述兩人共有的生活。她是他的寫作同伴和切磋才識的對象，那本書的書名就是她想出來的，而他尚在撰寫那本書的一九八四年，她去世了。先前在《沙丘》一書中，法蘭克．赫伯特以貝弗莉．赫伯特為原型，參考她那種莊嚴、溫和的影響力，甚至是她真實擁有的預知力，創造出潔西嘉．亞崔迪女士這個角色。當他寫到「潔西嘉女士潛在的（預言）能力」時，他形容的正是我母親，想到的也是她這一生完成的驚人神祕事蹟。他經常用俏皮的口吻稱她為他的「白女巫」，也就是善良的女巫。而在整個「沙丘」系列中，他也稱呼英勇的貝尼．潔瑟睿德為「女巫」。

《沙丘》是有始以來最受推崇的科幻小說，在全球賣出數千萬本，翻譯成二十幾種語言。《沙丘》之於科幻小說，等同《魔戒》三部曲之於奇幻小說，都是各自領域中評價最高、最受敬重的作品。當然，《沙丘》不只是科幻小說，它也包含強烈的奇幻元素，而且在故事線之下有多層重要的內涵，使它成為主流小說中的經典。

這本小說最初的版本是一九六五年由奇爾頓出版社（Chilton Books）所出的精裝本，該出版社最知名的出版品為豐富的汽車修理指南。沒有別家出版社想碰這本書，部分原因是篇幅太長。他們認為二十一萬字（英文）實在太多了，那個年代大部分小說的長度只有它的四分之一到三分之一。《沙丘》將耗費巨額的印刷成本，精裝本的定價也會超過五美元。從來沒有科幻小說訂出那麼高的售價。

出版社也憂慮小說的複雜性以及作者在一開頭就使用的各種奇異新字彙，後者會拖慢故事的節奏。其中一位編輯說他在閱讀前一百頁時既困惑又煩躁。另一位編輯表示他退回這份書稿可能大錯特錯，不過他仍然這麼做了。

書出版後，剛開始賣得很慢，但法蘭克·赫伯特的科幻寫作同儕和讀者從一開始就看出這本書的優異，將眾人夢寐以求的星雲獎和雨果獎的年度最佳小說獎都頒給它。《全球目錄》（*The Whole Earth Catalog*）雜誌大篇幅報導它。它開始收到絕佳好評，包括《紐約時報》的書評。支持的浪潮漸起。

一九六九年，法蘭克·赫伯特出版了第一本續作《沙丘：救世主》，他在書中警告追隨充滿魅力的領導者有多危險，並呈現出保羅·亞崔迪的黑暗面。許多書迷不想看到心目中的超級英雄被拉下神壇，因而不理解這個訊息。然而這本書仍然大賣，前一本作品也跟著熱銷。回顧《沙丘》，可以清楚看到父親如何撒下種子，預示他打算讓他的主角走上艱困的道路，但是很多讀者不願接受。當《沙丘》發展成系列作品時，《類比》（*Analog*）雜誌編輯約翰·W·坎貝爾[1]提出許多實用的建議，而他也因為保羅·亞崔迪這個角色的走向而並不喜歡《沙丘：救世主》。

我父親曾鑽研政治，因而相信英雄也會犯錯……只不過甘願像奴隸般追隨這類領導者的人數之眾，會將他們犯的錯誤簡化。法蘭克·赫伯特在《沙丘》中的一段題詞中埋下伏筆：「記住，我們所

1 John Wood Campbell，被稱為科幻小說之父，主編《類比》雜誌的那十年幾乎決定了科幻小說的走向。——編注

談的人是摩阿迪巴，他曾下令剝下敵人的皮做成戰鼓，一揮手便推翻過去的亞崔迪傳統，用他的話說：「『我是奎薩茲．哈德拉赫，這條理由就夠了。』」而在列特－凱恩斯奄奄一息地躺在沙漠的戲劇化場景中，他想起自己的父親在許久以前說過的話：「不要讓你的人民落進某個英雄的手裡，沒有比這更可怕的浩劫。」

到了一九七〇年代初期，《沙丘》的銷量開始加速成長，主要是因為這本小說被視為環保手冊，對破壞地球有限資源的危險提出警示。法蘭克．赫伯特出席了第一屆地球日，在費城對超過三萬人發表談話。接著他巡迴全國，向熱情的大學聽眾發言。環保運動席捲全美，父親就坐在浪頭上展開了一趟令人屏息的旅程。他在一九七六年出版《沙丘之子》，立刻就成為暢銷書，攻占全國每一個重要的排行榜。

《沙丘之子》創下科幻小說的紀錄，精裝版和平裝版同時成為《紐約時報》暢銷書，銷量衝破百萬本。在那之後，其他科幻作家也開始有了自己的暢銷書，不過法蘭克．赫伯特是贏得如此大量讀者的第一人，將科幻小說從文學界的貧民區帶出來。到了一九七九年，光是《沙丘》就賣出一千萬本以上，數字還持續在攀升。一九八五年年初，大衛．林區執導的《沙丘》電影版上映後不久，小說平裝版登上《紐約時報》暢銷排行榜第一名。在此書出版後二十年能有這樣的成就實屬驚人，而直到今天，銷量依然不墜。

• • •

一九五七年，父親飛去奧勒岡州，他要為雜誌撰寫專文，報導美國農業部在該地進行的計畫。

政府成功地在沙丘頂種植三芒草，以免公路被沙給淹沒。他本來打算給這篇文章冠上〈他們阻止了移動的沙子〉這個標題，但他很快就意識到自己手上是個更恢宏的故事。

《沙丘》系列的一頁頁文字間夾著一層層法蘭克・赫伯特的生命經驗，並混入他的研究，蹦出各種不拘一格的迷人概念。其一便是，「沙丘」的宇宙是靈性的熔爐，在那遙遠的未來中，宗教信仰融合成耐人尋味的各種形式。眼尖的讀者會認出佛教、蘇非主義及其他伊斯蘭信仰系統、天主教、基督新教、猶太教和印度教。我父親甚至認識禪師艾倫・沃茨（Alan Watts），他住在舊金山灣區的一艘舊渡輪上。父親從多種宗教中汲取思想，卻沒有信奉任何一種。與此概念一致，《沙丘》附錄中描述譯者合一委員會的目的是消除宗教間的爭端，而那爭端是來自各宗教都宣稱掌握了「唯一的、僅有的天啟」。

父親小的時候，信奉愛爾蘭天主教的姨母中有八人都試圖強迫他信天主教，不過他極力抵抗。這件事反倒成了貝尼・潔瑟睿德女修會的靈感來源。這個虛構的組織宣稱自己不信奉組織化的宗教，不過組織中的女修仍然追求靈性。我父母也都符合這樣的描述。

在一九五〇年代，法蘭克・赫伯特為美國參議員候選人服務，負責撰寫政治講稿和宣傳稿。在那十年間，他也帶著家人去墨西哥旅行兩趟，在那裡研究沙漠氣候和作物生長週期，並且在不知情的情況下體驗了某種啟靈藥的效果。這些經驗，再加上他童年的大量經驗，都化為《沙丘》書頁間的養分。這本小說變得跟法蘭克・赫伯特本人一樣複雜而層次豐富。

正如我在《沙丘的夢想家》中所說，《沙丘》裡角色符合各種神話原型。保羅是探索的英雄王子，後來與「皇帝」的女兒結婚（他娶了伊若琅公主，而她的父親正是皇帝沙德姆・柯瑞諾四世）。聖母凱亞斯·海倫·莫哈亞則是女巫教母的原型，保羅的妹妹厄莉婭是處子女巫，帕多特·凱恩斯是沙丘神話中的睿智老人。野獸拉班·哈肯能儘管邪惡凶殘，本質上卻是丑角。

至於主角群的名字，法蘭克·赫伯特從希臘神話和其他神話資料庫裡挑挑揀揀。《沙丘》中亞崔迪家族是以希臘的阿特柔斯家族為藍本，阿特柔斯家族命運多舛，出了墨涅拉俄斯和阿伽門農兩位國王。這個英勇的家族充滿悲劇性的缺陷，還背負著賽伊斯特斯的詛咒。這預示了法蘭克·赫伯特心裡為亞崔迪家族準備了什麼樣的災厄。《沙丘》裡邪惡的哈肯能家族與亞崔迪家族有血緣關係，所以當他們刺殺保羅的父親雷托公爵，那是親人相殘，與阿伽門農死於妻子克呂泰涅斯特拉之手如出一轍。

《沙丘》是將耳熟能詳的神話揉合後的現代作品，在故事中，巨大的沙蟲守衛著珍貴的美藍極，這種古老的香料代表很多種寓意，其一就是有限的石油資源。厄拉科斯星上有凶猛而巨大的蟲子，就像傳說中的龍，有「巨大的尖牙」並「吐出肉桂味」。這很像不知名的英國詩人在〈貝奧武夫〉裡提到的精采故事：駭人的火龍待在大海邊緣，看守貯存在懸崖底下巢穴裡的金山銀山。

法蘭克·赫伯特的經典小說中，沙漠就像沙子的汪洋，巨蟲會潛到深處，那裡是沙胡羅神祕且不為人知的領土。沙丘上端就像浪頭，有許多強大的沙蟲橫行，構成極大的威脅。在厄拉科斯星，據說生命是源自流沙漠中的創造者（沙胡羅），而地球上所有的生命也都是從海洋中演化而來。法蘭克·赫伯特運用妙喻描繪平行概念，並且把現存的條件擴展到數種世界系統中，乍看之下會讓人覺得全然陌生而怪誕，但再仔細一瞧，你會發現那與我們熟知的系統並沒有那麼懸殊的差異……他想像出來的書中角色也和你我身邊的人若合符節。

保羅・亞崔迪（對弗瑞曼人來說是有救世主含意的「摩阿迪巴」）很類似「阿拉伯的勞倫斯」（湯瑪斯・愛德華・勞倫斯〔T. E. Lawrence〕），他是英國公民，在第一次世界大戰期間率領阿拉伯軍隊在沙漠中起義對抗土耳其人，結果大獲全勝。勞倫斯運用游擊戰術摧毀敵軍和通訊網絡，在阿拉伯人眼裡已很趨近救世主。這個歷史事件使法蘭克・赫伯特考慮這樣的可能：在沙漠世界中，一個外人帶領當地的武裝團體對抗道德淪喪的占領者，並在過程中成為神一般的人物。

有一次我問父親他是否對故事中的哪個角色有認同感，令我訝異的是，他竟說是弗瑞曼人粗獷的領袖史帝加。我一直覺得父親更像是威嚴而注重榮譽的雷托公爵，或是傳奇歷險的保羅，或是忠心耿耿的鄧肯・艾德侯。細細思考後，我意識到史帝加在《沙丘》中等同於美國原住民的酋長——這個人物既代表著也捍衛著不會傷害星球生態的古老傳統。法蘭克・赫伯特正是那樣的人，並且遠遠不止於此。他小時候認識一個美國原住民，那個男人名叫印第安亨利，他暗示自己被部落放逐，還傳授我父親他族人的一些生活方式，包括捕魚、在森林裡辨識可食植物和藥用植物，以及如何找到可以吃的紅螞蟻和有豐富蛋白質的幼蟲。

當法蘭克・赫伯特建立起沙漠星球厄拉科斯以及圍繞著它的銀河帝國時，他將西方文化與原始文化放在一起比較，選擇了後者。他在《沙丘》中寫道：「城市出教養，沙漠出智慧。」（他後來在主流小說《靈魂守望者》〔*Soul Catcher*〕中做了類似的設定，偏好古早行事而不是現代作風。）弗瑞曼人就如同阿拉伯平原上的游牧民族貝都因人，過著令人敬佩又遺世獨立的生活，與文明世界隔著廣袤的沙漠。弗瑞曼人在進行宗教儀式時會服用迷幻藥，就像北美洲的納瓦霍族印第安人。而且弗瑞曼人也像猶太人遭到迫害，被逼著躲避當權者，遠離家鄉苟延殘喘。猶太人和弗瑞曼人都期望有個救世主來帶領他們前往應許之地。

《沙丘》裡的詞彙與名字來自許多語言，包括納瓦霍語、拉丁語、查科薩語（在高加索發現的一種語言）、阿茲特克的納瓦特爾方言、希臘語、波斯語、東印度語、俄語、土耳其語、芬蘭語、古英語，當然，還有阿拉伯語。

在《沙丘之子》中，雷托二世讓沙鱒吸附在他的身體上，這有部分源於我父親的兒時經驗，他在華盛頓州長大，會捲起褲管踏入小溪或湖泊，讓水蛭吸在他的腿上。

神一般的超級英雄摩阿迪巴的傳奇人生，則源自可在數種宗教信仰中找到的主題。法蘭克．赫伯特甚至運用了亞洲戈壁、非洲西南方的喀拉哈里沙漠的民族，以及澳洲內陸地區原住民相關的傳說和片段資訊。這些民族數百年來都只靠極少的水維生，在他們生活的環境裡，水是比黃金更珍貴的資源。

在《沙丘》所描述的事件發生前一萬年，曾有一場人類對抗人工智慧機器、推翻殘酷奴役的戰爭，稱為巴特勒聖戰。正因為如此，人類最終查禁了電腦，奧蘭治合一聖書是這麼規定的：「汝等不應造出具人類那等思維之機器。」這場聖戰的根源可以追溯到我父母認識的人，也就是我母親的外公庫珀．蘭德斯（Cooper Landis）以及我們家的友人拉爾夫．史雷特利（Ralph Slattery），兩人都憎惡機器。

不過在沙丘宇宙中，聖戰結束許久之後仍然有電腦存在。隨著系列作陸續推出，我們得知貝尼．潔瑟睿德正是用祕密電腦來管理她們的育種紀錄。還有《沙丘》中具備頂級邏輯能力的晶算師，也是一種「人類電腦」。這些人類中的計算機有很大一部分是根據我父親的祖母瑪麗．史丹利（Mary Stanley）塑造出來的，她不識字，是肯塔基州丘陵區的鄉下婦女，不過她有絕佳的心算能力。晶算師是《星艦迷航記》中，星艦企業號的大副史巴克的先驅……而且一九六〇年代法蘭克・赫伯特就提出思維機器的危險，遠遠早於阿諾・史瓦辛格的「終結者」系列電影。

值得注意的是，「沙丘」宇宙中沒有外星生物。即使是最奇異的一種生物——突變的宇航公會領航員，也是人類。卑鄙的基因巫師忒萊素人也是，從他們的再生箱裡培養出來的甦亡人也是。從法蘭克・赫伯特的想像中蹦出來的人類之中，最不尋常的要數貝尼・潔瑟睿德女修會的女人，她們有共同記憶——這個概念主要來自榮格的書籍和學說，他提出「集體潛意識」的概念，據他所言，這是全人類生來即具備的「思想和行為模式」。我父親跟拉爾夫・史雷特利的太太艾琳針對這些概念進行過深入討論，她是心理學家，一九三〇年代曾在瑞士跟著榮格一起作研究。

一九五七年後，法蘭克・赫伯特的人生愈來愈緊鑼密鼓，因為他把他不尋常的經歷與知識都貫注在他偉大的小說上。他為了研究《沙丘》的素材而讀了大量的書籍，而他記得在某個地方讀到一種說法，說生態是理解後果的科學。這不是他原創的概念，不過正如他從詩人艾茲拉・龐德（Ezra Pound）身上所學到的，他「推陳出新」，用一種讓數百萬人讀得津津有味的形式去包裝這個概念。父親用和美國印第安人類似的世界觀，看出西方人不是與環境和諧共處，而是強迫環境接受人類的所作所為。

儘管撰寫《沙丘》嘔心瀝血，我父親仍說這是他寫得最樂此不彼的一本書。他運用一種他稱為「鉅細靡遺的技巧」，在一九五七年到一九六一年這四年間研讀和準備筆記，然後在一九六一年到一九六五年反覆撰寫和修改。

隨著父親依照不同編輯的建議擴充和縮減手稿的篇幅，有一個錯誤悄悄溜進最終版本的手稿裡。小說中皇帝沙德姆．柯瑞諾四世的年齡略為不一致，不過在整個沙丘系列裡，這只是少之又少的小瑕疵之一。只要想想法蘭克．赫伯特是用打字機寫出這些書，就不禁令人肅然起敬……在不使用電腦的情況下寫出超過一百萬字，還要保證資訊無誤。

一九六一年底，父親正在水深火熱之際，卻開除了他的經紀人勒頓．布萊辛坎（Lurton Blassingame），因為他覺得經紀人沒有給予足夠的支持，也是因為他無法忍受再把作品寄送到紐約出版業，他們多年來一直將他拒於門外。兩年後，新小說即將完成之際，他與布萊辛坎重新合作，共同熬過一次又一次被退稿的折磨——超過二十次，直到奇爾頓出版社終於拿起這本書，並付了七千五百元的預付金。若非奇爾頓出版社有一位高瞻遠矚的編輯史特林．蘭尼爾（Sterling Lanier），《沙丘》也許根本不會問世，而這個世界的文學也會因此失色三分。

• • •

我成年後與父親變得親近，也開始一同寫作。他經常提醒我細節的重要性，以及寫作要有密度。他醉心於心理學，對潛意識相當了解。他喜歡掛在嘴邊的一句話是，在一個救世主來到沙漠星球的冒險故事下方，其實潛藏著好幾個層次，而你要用哪一個層次去讀《沙丘》都可以。最明顯的一層是生態學，不過也有政治、宗教、哲學、歷史、人類演化，甚至是詩的層面。《沙丘》就像是由文字、聲音和影像共同織成的絢麗掛毯。有時他會先用詩的形式寫出一些段落，之後再擴寫、改寫成散文，構成的句子便包含了原始詩句的元素。

父親告訴我，你在讀小說的時候可以循著任何一層去品味，之後你可以重讀一遍，這次聚焦在截然不同的另一個層面。他刻意在書的結尾留下懸念，說他這麼做是為了讓讀者在讀完時留下一些牽掛，讓他們想要重讀。這是很巧妙的把戲，他執行得非常完美。

我身為他的長子，在故事中看出家庭的影響。我先前提到《沙丘》中有紀念我母親的文字，其實也有紀念我父親的文字。他寫到雷托公爵「這位父親的身教一直以來都受到忽視」時，一定想到了自己。這段文字對我意義深遠，因為當時他和我並不融洽。我正經歷青少年的叛逆期，對他管理家庭毫不妥協的作風非常不以為然。

在《沙丘》的開端，保羅．亞崔迪是十五歲，而這本書剛開始在《類比》雜誌連載時，我也差不多是這個年紀。我並不覺得保羅的性格中有很多我的影子，反倒是在保羅的父親，也就是高尚的雷托．亞崔迪公爵身上，看到父親的影子。法蘭克．赫伯特在某一段寫到：「有許多事實能夠幫助我們了解這個人：他對貝尼．潔瑟睿德女士忠貞不渝的愛情，對兒子的殷殷期待……」父親晚年接受採訪時，會如此回答關於我的寫作生涯的問題：「橡實不會落在離橡樹很遠的地方。」他經常向別人誇耀我，多過他直接稱讚我。在他大部分朋友面前，他像是外向的人，但是遇到家庭事務，他經常表現出相反態度，寧可躲回他的書房。他最強烈的情感經常僅訴諸文字，所以我在讀他的故事時往往感覺他在對我說話。

有一次我問我父親，他是否認為他的鉅著能禁得起時間的考驗。他謙虛地說他也不知道，說唯一可信的文學評論就是時間。《沙丘》最初是在一九六五年出版，法蘭克．赫伯特地下有知，一定很開心讀者對他美妙的小說以及之後發展出的系列作品，都始終熱愛不輟。全新一代的讀者正拾起《沙丘》享受故事，就正如他們的父母。

「沙丘」宇宙就和我們的宇宙一樣，仍持續在擴大。法蘭克．赫伯特寫了六本系列作，我也跟凱文．J．安德森（Kevin J. Anderson）合寫了另外幾本，包括「沙丘」系列戲劇化的終章。法蘭克．赫伯特一九八六年去世時正在進行那個計畫，它將是以《沙丘異端》和《沙丘聖殿》為始的三部曲中的第三集。在這幾本小說中，他設計了一個大謎團，而在他離世後的幾十年，謎底成為科幻小說界被看守得最嚴密的祕密。

等我們完成這些故事，將有豐裕的「沙丘」小說可以讀，再加上一九八四年由大衛．林區執導的電影以及兩部電視連續短劇——《法蘭克．赫伯特的沙丘》以及《法蘭克．赫伯特的沙丘之子》——均由理察．魯賓斯坦（Richard Rubinstein）製作。我們設想未來還會有別的改編計畫，不過它們都必須達到我父親用他自己的小說設下的高標。等所有好的故事都講完了，這個系列就會畫下句點。但這其實不是結束，因為我們總是能回頭拿起《沙丘》，重讀一遍又一遍。

布萊恩．赫伯特
華盛頓州西雅圖

（譯／聞若婷）

fiction 10

沙丘
DUNE

作　　者　法蘭克・赫伯特（Frank Herbert）
譯　　者　顧備、聞若婷
校　　對　魏秋綢
責任編輯　賴淑玲
編輯協力　楊琇茹
內頁排版　黃暐鵬
行銷企畫　陳詩韻
總 編 輯　賴淑玲

出　　版　大家出版／遠足文化事業股份有限公司
發　　行　遠足文化事業股份有限公司（讀書共和國出版集團）
231新北市新店區民權路108-2號9樓
電　　話　(02) 2218-1417
傳　　真　(02) 8667-1065
劃撥帳號　19504465　戶名・遠足文化事業股份有限公司
法律顧問　華洋法律事務所　蘇文生律師
初版一刷　2021年09月
二版五刷　2024年04月

定　　價　800元
I S B N　9786267283622
I S B N　9789865562182 (PDF)
I S B N　9789865562199 (EPUB)

沙丘 / 法蘭克.赫伯特(Frank Herbert)著 ; 顧備, 聞若婷譯. -- 初版.
-- 新北市 : 大家 : 遠足文化發行, 2021.09
面 ;　公分.－(fiction ; 10)
譯自 : Dune.
ISBN 978-957-9542-99-9 (平裝)

874.57　　　　109014836